고유한 이름들의 세계

저자

고봉준 高奉準 Koh, Bong Jun

1970년 부산에서 태어났다. 2000년『서울신문』신춘문예에「혁명적 담론에서 생성적 담론으로의 넘어서기 - 백무산론」이 당선되어 등단했다. 지금까지 평론집으로『반대자의 윤리』,『다른 목소리들』,『유령들』,『비인칭적인 것』을 출간했고, 첫 평론집으로 제12회 고석규비평문학상을 수상했다. 현재 계간『포지션』,『딩아돌하』,『문학선』의 편집위원으로 활동하고 있다.

고유한 이름들의 세계

초판인쇄 2015년 6월 8일 **초판발행** 2015년 6월 15일

지은이 고봉준 **펴낸이** 공홍 **펴낸곳** 케포이북스 **출판등록** 제22-3210호

주소 서울시 서초구 반포대로 14길 71, 302호

전화 02-521-7840 **팩스** 02-6442-7840 **전자우편** kephoibooks@naver.com

값 30,000원 ⓒ고봉준, 2015

ISBN 978-89-94519-62-3 03810

The unique

고유한
이름들의
세계

고봉준 지음

name of the world

케포이북스
KEPHOI BOOKS

책머리에

　지금까지 네 권의 평론집을 출간했으니 순리대로라면 이 책에 다섯 번째 평론집이라는 이름을 붙이는 것이 옳았을지도 모른다. 하지만 이 책에 '평론집'이라는 이름을 붙이는 일만은 애써 피하고 싶다. 일반적으로 평론집은 일정 기간에 쓴 모든 글의 묶음이 아니라 특정한 문제의식을 강조하기 위해 선별된 글 모음집이다. 하여, 비슷한 시기에 쓰여졌으나 평론집으로 묶이지 못한 글들도 많고, 때로는 문제의식과는 별개로 쓰는 글들도 있기 마련이다. '평론집'이라는 규격화된 형식이 상대적이나마 대표성을 띠는 글을 중심에 두는 형태라면, 이 책은 그 것과는 다른 형태의 글들, 특히 동시대의 문학적 흐름을 놓치지 않고 성실하게 따라 읽으려 노력했던 산물의 집합체에 가깝다.

　이 책의 기본적인 문제의식은 '작품'이다. 우리 시대의 비평은 다수 대중의 삶을 파탄에 이르게 만든 신자유주의 또는 금융자본주의와 평행선을 그리며 항진하고 있다. 이 때문에 지난 몇 년 동안 쓴 글의 대부분에는 사회적인 이슈와 새로운 사상의 영향이 강하게 투영되어 있다. 이러한 현상은 비단 나 자신만의 문제는 아니며, 우리 시대의 비평이 직면하고 있는 공통적인 운명이다. 얻은 것은 이데올로기, 잃은 것은 예술 같은 넋두리를 하려는 게 아니다. 특정한 문제의식을 중심으로 평론집을 엮다보니 상대적으로 '작품' 읽기에 할애할 수 있는 지면이 없었다. 그래서 한번쯤은 시(집) 읽기만으로 채워진 책을 만들고 싶었다. 문예지의 특집란을 채우고 있는 저 휘황찬란한 이론적 개념들, 때로는 문학적 현실이 그것의 정당성을 보증하는 알리바이처럼 동원되기도 했던 사변적인 논의들이 아니라 한 편의 시, 한 권의 시집, 한 시인의 시세계를 오랫동안 들여다보고 '작품'의 발걸음을 조용히 따라 가는 읽기로서의 글만을 묶고 싶었다. 이 책이 그 의도를 얼마나 충족시켰는지는 솔직히 모르겠다. 하지만 이 책의 2부와 3부와 포함된 많은 글들은 이런 맥락에서 특별히 호출된 것들임을 밝혀둔다. 그래서 2부에는 시인들의 신작시, 시집 등을 대상으로 한 '읽기' 성격의 글들을 집중적으로 배치했고, 3부에는 개별 시인들의 시세계 내지 몇몇 시인들의 시적 경향을 비교하는 방식으로 작성된 글들을 주로 실었다.

이 책은 네 번째 평론집 『비인칭적인 것』(산지니, 2014)과 거의 동시에 기획되었다. 애초의 계획은 현대시를 분석 대상으로 하는 산문집을 만드는 것이었다. 그러니까 평론집에는 다소 이론적이고 논쟁적인 글만을 배치하고, 이 책에는 작품 읽기의 성격이 뚜렷한 글을 배치하는 것이 처음의 생각이었다. 그 생각의 얼마쯤은 구현된 듯하고, 또 얼마쯤은 틀어진 듯하다. 그럼에도 불구하고 이 책을 묶는 데는 개인적인 이유도 있다. 현장 평론은 저널리즘적인 성격이 짙은 글이다. '시의성'이 비평의 중요한 가치 가운데 하나이기에 묶으려는 것도 이유의 하나일 것이다. 하지만 더 근본적인 이유는 이 책을 계기로 비평적 글쓰기의 한 시기를 정리하고 싶었기 때문이다. '정리'라는 말은 다소 거창한 말일 수도 있겠다. 그것은 어렴풋하게나마 다음 행보가 결정된 이후에나 가능한 말이 아닐까. 하지만 '다음'이 정해지지 않았음에도 '정리'라는 말을 꺼내 든 이유는 앞으로의 글쓰기가 지난 15년 동안의 글쓰기와는 조금 달라야 한다는 절박한 심정 때문일 것이다. 그런 점에서 이 책은 나에게는 하나의 문턱이다. 나에게는 나의 글쓰기를 이전과는 다른 환경으로 몰아갈 필요가 있다. 이 문턱 이후의 글쓰기가 어디로, 어떻게 흘러갈 것인지는 내가 결정할 수 없다. 다만 지금보다는 조금 더 깊고 신중한 사유의 흔적을 남기는 현명한 문장이기를 바랄 뿐이다. 어려운 출판 환경에도 불구하고 선뜻 책을 맡아준 케포이북스와 난삽한 글을 꼼꼼하게 읽어준 편집자에게 미안함과 고마움을 함께 전한다.

2015년 5월

고봉준

차례

3부   악령의 감각

1부

이름들의
익명적
공동체

서정시의 현재와 미래

　비평적으로 시를 읽는 것은 두 가지 맥락을 고려한다는 것을 의미한다. 한 편의 작품, 한 권의 시집이 성취한 시적 완성도를 고려하는 것과, 그 작품들이 문학사에서 어떤 맥락에 놓일 것인가를 판단하는 것이 그것이다. 시적 성취를 고려하지 않는 역사적 평가는 개별성에 대해 말하지 않기에 지나친 일반화이기 쉽고, 역사적 맥락을 고려하지 않는 시적 성취는 '문학'을 초역사적인 시선으로 해명하려 하기에 몰역사적 가치에 대한 투항으로 귀결될 위험이 크다. 한 편의 시가 비평가들에게 주목을 받을 때, 여기에는 이 두 가지 맥락이 모두 포함되어 있기 마련이다. 전자가 시인들의 능력이나 시적 긴장의 성취도에 의해 결정된다면, 후자는 역사적인 맥락 안에서 평가된다. 그것은 시의 역사가 특정한 감각과 문법 체계의 역사이고, 한 시대의 문학적 감수성의 변화는 거칠게 말해서 이 감각과 문법 체계의 역사이기 때문이다.

2000년대 한국시에서 소위 '전통 서정시'의 자리는 매우 미약하거나, 심지어 위태로운 것처럼 보인다. 근대시의 성립 이후, 정확하게는 낭만주의 시론이 도입된 이후부터 비교적 최근까지 '서정시'는 변화와 갱신을 거듭하며 한국시의 주류, 즉 지배적인 감각과 문법 체계라는 고유의 위상을 잃지 않았다. 한국의 현대사는 압축적인 서구화의 길을 걸었지만, 역설적이게도 서정시는 한편으로는 모더니즘의 현대성에 대한 대타적 지위를 독점하면서, 다른 한편으로는 시시각각 시대의 지배적 상징과 결합하면서 지배적인 시형의 위치를 누려왔다. 지난 70~80년대에는 민중적 서정으로, 90년대 이후에는 생태적 서정으로 그 성격을 달리하면서 서정시는 갱신의 동기를 외부에서 발견해왔다. 그러나 2000년대에 접어들어 표면적으로 서정시에서 그러한 활기를 발견하기는 매우 어렵다. 오늘날 서정시의 주류적 지위는 양적인 차원에 그칠 뿐, 대중과 비평에 대한 영향력은 실로 미미하다. 여기에는 동일성 비판이라는 시대적 문제의식이 자리하고 있다.

알다시피, 서정시의 핵심은 동일성의 세계관이다. 서정시는 한편으로는 세계와 자아, 인간과 자연 사이의 연속성을 확인하려는 문학적 시도이며, 또 한편으로는 시적 대상과 자아의 충돌보다는 조화를 통해서 세계의 숨겨진 의미를 도출하려는 언어적 실험이다. 역사적으로 존재했던 서정시 일반을 동일성의 시론이라고 일반화하기는 어렵지만, 서정시의 지배적인 시형이 동일성의 세계관에서 시작된다는 것마저 부정할 수는 없다. 물론 서정시에서의 동일성은 외부적인 규제적 이념이 아니라 대상에 대한 시인의 시적 인식이 도달하려는 종착지이고, 그런 한에서 세계의 균열을 봉합하는 지배적인 장치라고 비판될 수도 있지만 또한 대안적인 세계의 발견이라고 말할 수도 있다. 그런데 이러한 서정시는 연속성의 회복과 동일성의 확인이 더 이상 불가능하다고 판단되거나 심지어 그것은 역사적인 의미를 상실했다고 간주되는 순간 위축될 수밖에 없으며, 그 언어적 실험이 세계에 대한 감성적 인식의 폭을 확장시키지 못하고 동일한 감성만을 재생산하는 수준에 머무를 때 그 미학적 의의를 잃어버리게 된다. 2000년 이후에 쏟아진 서정시에 대한 비판은 현상적으로는 후자에 국한되었지만, 그 이면에는 서정시적 동일성이 연속성의 회복이 아니라 근대적인 주체상에 근거한 동일성의 폭력이라는 철학적 판단이 개입되어 있다. 이것은 서정시에 대한 2000년대 시의 거리두기가 다분히 역사적인 맥락에서의 평가, 즉 서정시가 이 시대의 지배적 감각과 문법 체계일 수 없다는 인식에서 비롯된다. 개별 서정시들이 감성적 인식의 폭을 확장시키고 시적 긴장을 통해서 일정한 성취를 보여준다고 하더라도, 그리고 그 작품들에 대해 독자와 비평이 호의적으로 평가한다 하더라도, 서정시 담론이 현대시의 새로운 방향으로 제기될 가능성은 희박한 듯하다.

수사학의 지배적 패러다임이 은유에서 환유로 바뀌고, 더불어 서정시 특유의 승화가 탈승화로 급격하게 바뀌었으며, 현대시의 징후적 특징이 세계와 자아의 연속성이 아니라 불화와 분열에 있다는 역사적 진단은 이미 오래 전에 제시되었다. 발터 벤야민이 보들레르를 서정시를 쓴 마지막 시인이라고 말했듯이, 서정시의 가치는 그것이 여전히 생산되고 있는가라는 양적인 시간의 연속성에 의해 판단되는 것이 아니라 역사적 장르로서 그것에 주어진 임무가 무엇이었는가가 해명됨으로써 대답될 수 있는 것이다. 이런 맥락에서 현대는 결코 서정시의 시대, 아니 서정시 생산에 유리한 시대는 아니다. 서정시에 대한 현대의 비판 역시 본질적으로 이 비역사성에 대한 비판이다. 그러나 서정시의 비판자들은 흔히 서정시의 동일성, 즉 세계와 인간을 연속적으로 이해하는 태도를 비판하지만 실제로 서정시에서의 동일성은 분열된 세계에 연속성을 도입하려는 의지의 표현이지 현실 세계 자체가 연속적이라고 말하는 것은 아니다. 이런 점에서 서정시 또한 세계의 분열상에서 출발하고 있다. 문제는 세계의 균열에 대한 이해의 적확성이 아니라 세계와 자아, 인간과 자연 사이의 연속성을 회복하려는 의지를 드러내느냐, 그 균열의 심층을 더욱 확장함으로써 세계에 대한 비판적 인식을 강조하느냐에 달려 있다.

2000년대의 서정시는 대략 세 가지 흐름을 견지하면서 갱신의 노력을 기울여왔다. 첫째, 생태주의적 시각에서 자연을 인식함으로써 근대의 인간중심주의를 비판하는 대안적인 경향. 문태준과 손택수의 시편들이 여기에 해당한다. 근대적인 패러다임하에서 인간과 자연은 분리된 것으로 간주되었고, 이러한 분리는 결국 자연에 대한 인간의 지배라는 인간중심의 자연관을 상식적인 것으로 통용시켰다. 물론, 서정시에서의 '자연'이 회고적인 자연 친화의 흔적인지, 인간중심주의를 넘어서려는 대안의 모색이었는지는 쉽게 판단될 수 없는데, 그것은 개별 시인과 작품의 세계인식이 작품 속에서 어떻게 구체화되고 있는가를 살펴야 하는 문제가 남아 있기 때문이다. 때문에 2000년대의 서정이 여전히 자연을 중요한 원천으로 삼고 있다는 비판은 서정시의 시대성에 비추어 볼 때에도 적확하지는 않으며, 그러한 비판은 소재주의적 비판의 혐의에서 자유롭지 않다. 문태준의 시에서 '자연'은 생태적인 것인 동시에 불교적인 것이며, 그런 한에서 문태준 시의 서정은 자연 자체를 동일시의 대상으로 삼는 것이 아니라 자연을 한낱 개발과 소유의 '대상'으로 간주해 온 근대적 감성체계를 비판하는 대안적 성격을 지니고 있으며, 궁극적으로 인간과 자연을 실체적으로 구분하는 근대적 사유의 분리선을 해체하려는 지향성을 보여주고 있다. 이상(李箱)의 후예들이 자연을 공포의 대상으로 간주할 때, 손택수는 나무의 푸름에서 반어, 치욕, 고통을 읽는다.『목련전차』라는 제목처럼 손택수의 서정시는 자연을 숭배의 대상이 아니라 문명적인 것, 도시적인 것과의 관계 속에서 포착하고 있는데, 그는『나무의 수사학』에서 자연을 '공동저자'의 반열에 올려놓음으로써 자연을 감정이입의 무표정한 대상으로 삼았던 서정시의 감성체계와는 다른 감성을 선보인다. 문제는 문태준과 손택수의 시에서 '자연'이 시인의 시선에 포착되는 맥락이 도시적인 것과 무관하지 않다는 것, 즉 이들 시에서의 '자연'이 도시적인 감성의 한가운데에서 재발견되는 것이지 현대를 농경사회로 오인하는 낡은 감성의 반복이 아니라는 데 있다.

둘째, 인간의 보편적 감정과 정서에 기대어 노래하면서도 언어와 미학의 양자에서 긴장을 잃어버리지 않는 미학적 경향. 상식적 공감의 세계를 넓혀가는 문인수, 김사인, 이병률, 신용목의 시가 여기에 속한다. 문태준과 손택수의 서정이 다분히 시대의 전령이라는 중책을 떠맡고 있다면, 이들의 시는 속악한 현실세계의 법칙에서 버림받은 대상들을 감싸려는 연민의 정서, 그것들 속에서 더욱 근본적인 세계의 얼굴을 끄집어내려는 인식의 확장, 그리고 가장 낮은 목소리로 모든 생명들을 향해 연대의 가능성을 열어놓으려는 가객처럼 보인다. 이러한 시적 경향 안에서 시인은 다분히 상처받고 슬픈 모든 것들을 위해 대신 울어주는, 아니 그들과 더불어 한 생을 우는 존재로 등장하는데, 이 울음이 단순한 슬픔의 정서에서 그치지 않고 상처의 시간을 버티게 만드는 힘이 될 때, 이들의 서정은 한층 보편적 감정과 정서의 경지에 가까워진다.

셋째, 일상을 반성적인 시선으로 응시하는 삶에 대한 성찰적 경향. 서정시 내에서 성찰적 경향과 대안적·미학적 경향의 경계는 사실상 존재하지 않는다고 말해도 좋다. 과거, 특히 유년의 경험을 주요한 시적 대상으로 삼고 있는 손택수의 시편들이나 일상적인 경험 안에서 자연에 대한 새로운 이해의 가능성을 도출하는 문태준의 시편들, 그리고 낡고 소외된 대상들에서 근원적인 온기와 보편적 감정을 이끌어내는 문인수, 김사인의 시들은 사실 일상적·세속적 시간에 대한 성찰의 의지 없이는 설명될 수 없을 정도로 반성적인 시선을 내장하고 있다. 특히 최근 출간된 장석남의 시집 『뺨에 서쪽을 빛내다』는 '죄'라는 다소 본질적이고 근원적인 질문을 내장하고 있으면서도, 앞으로 나아가려는 의지보다는 지나온 시간의 궤적을 되돌아보려는 반성적 의지가 돋보이는 시집이다. 물론, 문학, 특히 시의 본질이 성찰에 있는 것인지,

나아가 문학에 성찰을 요구하고 문학적 언어가 성찰적 시선에 의해 매개되는 것이 정당하지 않다는 비판도 있다. 시가 성찰을 겨냥할 때 그것은 시의 언어를 잠언으로 이끌어가기 쉽고, 그 결과 시의 언어가 현실과 부딪히는 접면을 상당히 좁힘으로써 현실 자체를 종합해버릴 수도 있기 때문이다. 실제로 2000년대의 서정시 비판에서 동일성만큼이나 많은 비판을 받았던 것이 서정시의 성찰적 경향이었고, 이것은 90년대의 서정시가 성찰적 특징을 과다하게 노출했다는 것과 무관하지 않다. 짧은 지면에서 밝히기는 어렵지만, 우리 시대의 많은 시인들과 비평가들은 시의 언어가 현실의 중핵을 드러냄으로써 세계와의 긴장이나 불화의 한가운데에 머물기를 원하고 있으며, 이런 시각에서 보면 서정시의 삶에 대한 성찰은 여전히 불만족스럽고 비역사적인 현상처럼 보일지도 모른다. 많은 사람들이 서정시의 성찰적 경향을 몽롱한 잠언의 초월성과 연결시켜 비판하고 있는 것은 사실이다. 세계에 대한 인식의 확장을 꾀하려는 의지의 결과이기도 한 이 성찰에의 의지가 우리 시대 서정시의 한 특징인 것은 분명하지만, 성찰에의 의지를 세계에 대한 초월적 시선이라고 단정하기는 어려울 듯하다. 이 비판에 대한 정당한 시적 응답이 결국 2000년대 서정시의 자기 갱신을 이끌어가는 힘이지 않을까.

시와 시의 소통

전통과 실험

1.

　오늘 제게 주어진 발표의 주제는 '시와 시의 소통 — 전통과 실험'입
니다. 이 주제에는 전통적인 서정시와 실험적인 성격이 강한 모더니즘
시, 즉 서정과 반(反)서정의 관계를 비평적 관점에서 해명하라는 요구
가 담겨 있습니다. 이 주제는 많은 비평가들이 이미 시도했던 주제이
고, 동시에 매번 실패했던 주제이기도 합니다. 그것은 그 비평가들의
절대 다수가 '전통'과 '실험' 가운데 하나를 지지하고 있었기 때문입니
다. 그리고 저 또한 그들과 다르지 않습니다. 그럼에도 저에게는 '전통'
과 '실험'의 분리를 서둘러 봉합하려는 의지가, 해야 한다는 당위가 없

습니다. 이것이 또한 그들과 저의 차이입니다. 근대 이후 줄곧 '전통'은 극복의 대상이었습니다. 전통에 대한 계승담론이 없었던 것은 아닙니다만, 적어도 문학과 예술 영역에서 전통론이 득세했던 시기는 매우 짧거나 없었습니다. 옥타비오 파스가 근대를 '단절의 전통'이라고 명명했던 이유도 이러한 배경과 무관하지 않습니다.

최근의 비평계에서 '전통'과 '실험'은 양립불가능한 시의 두 경향, 시적 현대성을 두고 경쟁하는 관계이며, 동시에 시단이 양분되는 원인이기도 합니다. 현재의 맥락에서 '전통'이란 낭만주의의 세례를 받은 전통적인 서정시를 가리키는 단어이며, '실험'이란 낭만주의의 자아의 시학에서 벗어난 모더니즘의 언어, 특히 전통 서정시가 지닌 감수성과 변별되는 현대적 감각의 시를 가리키는 단어입니다. 한국의 시사(詩史)는 결국 서정시적인 '전통'과 그것을 갱신하려는 '실험'의 의지가 길항하면서 흘러온 과정의 연속이지만, 이 길항 자체를 긍정하려는 태도를 발견하기는 쉽지 않습니다. '전통'과 '실험'의 비동시성, 언제부터인가 이 비동시성이 견딜 수 없는 아포리아로 감각되기 시작했습니다. 아마도 그것은 우리가 '근대(현대)적인 것'의 정체에 대해 질문하기 시작하면서부터였을 것입니다. 근대(현대)란 단절의 감각이 부각되는 시기입니다. 옥타비오 파스의 말처럼 근대(현대)는 연속성이 없는 단절을 전통으로 삼는 시대, 그러니까 "전통을 부정하는 것이며 동시에 단절도 부정하는 것"의 시대인 것입니다. 결국 '전통과 실험'의 관계에 대해 질문한다는 것은 우리가 근대의 지평 위에 있다는 것을, 그리하여 단절의 감각으로 세계를 이해한다는 사실을 드러내줍니다.

현대의 서정시가 '자연'을 전통적이고 전근대적인 방식으로 감각한다고 단언하는 것은 분명 지나친 과장입니다만, 전통서정시와 그것에 반(反)하는 시적 경향이 '자연'에 대한 태도가 확연하게 다른 것은 사실입니다. 이 차이를 아날로지와 아이러니의 차이라고 설명하면 조금 더 선명해집니다. 아날로지는 근본적으로 동일성의 시학입니다. 그러나 이 경우의 동일성이 전통서정시를 비판하는 사람들이 말하는 것처럼 자연과 인간의 동일성으로 환원되는 것은 아닙니다. 거칠게 말하면 아날로지는 우주적 동일성이고, 그 동일성 안에서 '자연'과 '인간'이 관계를 맺고 교감한다는 발상을 전제하고 있습니다. 자연과 인간의 동일성이 주체와 대상이라는 이항대립적 권력관계에서 비롯되는 것이 아니라 '우주'라는 더 큰 범위 안에서 펼쳐진다는 것, 그리하여 인간과 자연의 관계만이 아니라 인간과 우주의 관계가 근본적인 문제라는 것을 이해하는 것이 중요합니다. 긴즈부르크가 "서정시는 본질적으로 의미 있는 것, 고상한 것, 그리고 아름다운 것에 관한 이야기다"라고 말했을 때, 그것은 우주적 동일성을 뜻하는 것이었습니다. 그리고 우주적 동일성의 세계에서는 변화보다는 지속의 힘이 강합니다. 거기에서는 변화도 지속의 일부이기 때문입니다. 반면 아이러니의 시학은 이러한 동일성을 전제하지 않습니다. 한때 그것이 가능했지만 근대 이후에는 불가능해졌다고 설명하기도 하고, 처음부터 그러한 동일성은 존재하지 않았다고 말하기도 합니다. 아이러니가 주장하는 것은 이러한 동일성의 균열 이후, 그러니까 지속의 세계가 아니라 변화의 세계이고, '우주'라는 신성하고 근원적인 세계가 아니라 세속적인 가치들 속에서 살아가는 인간의 삶입니다. 어떤 사람들은 이러한 아이러니의 비동일적 세계관을 프로이트의 개념을 빌려서 탈승화라고 말하기도 합니다. 산업 사회의 도래와 탈승화의 시학이야말로 시의 현대성을 설명하는 중요한 논점의 하나입니다.

2.

'전통'과 '실험'의 (불)연속성을 살피기 전에 몇 가지 해명해야 할 오해가 있습니다. 먼저, '서정(시)'이라는 개념 자체에 관한 것입니다. 알다시피 한국의 근대시는 서구와의 충돌과 모방이라는 영향관계 속에서 시작되었습니다. 문학적 전통의 연속성을 강하게 주장하는 사람들도 있지만, 우리의 근대문학이 서구의 영향권 안에서 시작되었다는 사실 자체를 부정하기는 어려울 것입니다. 일찍이 이광수는 신문학을 문(文)의 전통과 구분하여 문학(literature)이라 명명했는데, 마찬가지로 시가(詩歌)와 시(詩)는 비슷하면서도 결정적으로 다른 것입니다. 전자가 노래 / 음악의 일종이라면, 후자는 언어의 내적 리듬감과 운율을 중시한다는 점에서 노래와는 다른 것입니다. 또한 전자가 사물과의 접촉에서 발생하는 감정적 진실에 충실한 것이라면, 후자는 자발적인 감정의 흘러넘침을 절제하는 허구의 한 형식입니다. 전통적인 문(文)과 시가

(詩歌)의 세계에서 시가 거짓이 없는 진실함의 미학을 추구하는 것이었다면, 문학(文學)과 시(詩)의 세계에서 시는 도덕적인 허구의 미학을 추구하는 것이었습니다. 그렇다면 충돌과 모방이 뜻하는 바는 명확합니다. 문(文)이 문학(文學)으로, 시가(詩歌)가 시(詩)로 바뀐 것입니다. 그러나 이 과정이 일방적이지만은 않았습니다. 근대시의 경우, 시가(詩歌)와 시(詩)의 충돌은 일방적이기보다는 일종의 타협과 절충으로 현실화되었고, 이 과정에서 시에 관한 낭만주의적 시각이 자리를 잡았습니다. 시가(詩歌)적 전통과 낭만주의 시학은 시를 자아의 목소리로 간주하는 공통점을 지니고 있었고, 따라서 근대시에서는 '감정'이 특권적인 위치를 점하게 되었습니다. 문학적 타협과 절충이란 이처럼 서로 다른 맥락이 최소한의 공통점에 근거하는 속에서만 가능합니다.

그렇다고 모든 근대시가 이러한 타협과 절충의 산물은 아니었습니다. 초기 카프의 시에서 목격되는 아방가르드한 언어들은 낭만주의와는 무관한, 서구의 경우로 본다면 낭만주의의 시학을 극복하려는 모더니즘의 세례를 받은 것이었습니다. 이러한 반낭만주의적 언어는 당연히 제국 일본을 경유해서 조선에 유입되었고, 상징주의나 이미지즘 등의 사조 또한 일본을 거쳐 조선에 들어오면서 '전통'의 영향력을 급속하게 위축시켰습니다. 그리하여 20년대 이후 조선의 근대시에서 전통과 외래의 타협과 절충에서 비롯된 근대적인 서정시와 모더니즘 이후의 현대시가 불편한 동거를 시작하면서 각자의 계보를 형성하기 시작했으며, 이러한 현상은 오늘날까지 지속되고 있습니다. 이 과정에서 낭만주의적 자아의 시학을 '서정'의 동의어로 간주하는 시학적 관념이 자리하게 되었습니다. 그런데 문제는 모더니즘 이후의 현대시, 그러니까 아방가르드의 세례를 받고 등장한 일군의 현대시를 '서정'이라고 말할 수 있느냐는 것입니다. 이를테면 30년대 이상의 시는 서정시적인 요소를 지니고 있는 것일까요? 어떤 사람들은 형태나 언어의 차이는 있을지언정 모더니즘 이후의 현대시도 본질적으로는 서정시라고 주장합니다. 현대시적 요소가 자아를 부정하지 않는다는, 시인 개인의 감정과 감각에 근거하고 있다는 주장입니다. 반면 서정이란 자아와 세계, 구체적으로는 자아와 자연세계의 연속성에 근거하는 것이기에 모더니즘 이후의 현대시는 본질적으로 서정시가 아니라고 주장하는 사람들도 있습니다. 시인은 물론 비평가들에게서도 이러한 개념적 혼란은 넓게 확인됩니다. 가령 2000년대 초 미래파 논쟁을 상기해 봅시다. 논쟁을 정리하는 방식은 다양할 수 있겠지만, 결과적으로 보면 이 논쟁은 전통적인 서정시적 문법을 벗어난 일련의 시적 경향을 둘러싸고 벌어진 것이었습니다. 서정시적 경향을 긍정하는 비평가들은 미래파의 시에 대해서 대체로 부정적인 입장을 견지했고, 서정시적 경향을 부정적으로 보는 비평가들은 미래파의 시에 긍정적인 입장을 표했습니다. 논쟁이란 항상 논쟁자들의 의도와는 다르게 확장되는 법이지만, 이 논쟁이 서정과 반(反)서정이라는 해묵은 문제를 다시 건드렸기 때문에 생산적인 결과의 유무와는 상관없이, 논쟁의 폭발력은 상당했습니다. 그런데 이상한 일들이 발생했습니다. 논쟁의 대상이 되었던 시인들, 그러니까 미래파라고 분류되었던 시인들 가운데 몇몇이 자신의 시는 반(反)서정시가 아니라 서정시라고 주장하고 나섰습니다. 비평가들이 반(反)서정적 경향이라고 주목했음에도 불구하고 그들은 자신들의 시가 서정을 벗어난 것이 아니며, 심지어 모든 시는 서정시라는 일반론을 개진하기 시작한 것입니다. 이 문제가 중요한 이유는 '전통'과 '실험'이 오늘날 서정과 반(反)서정의 동의어로 사용되고 있기 때문입니다. 만일 이 시인들의 주장처럼 현대시(모두는 아니라 할지라도)의 상당부분이, 즉 우리가 반(反)서정이라고 간주하는 시들까지도 서정시에 포함시킬 수 있다면, '전통'과 '실험'을 서정과 반(反)서정의 대립으로 이해하고 있는 우리의 사고방식은 거짓 대립일 것입니다. 아울러 '전통'과 '실험'의 문학적 거리 또한 우리의 생각보다 크지 않을 수 있을 것입니다. 과연 그럴까요?

다음으로 내용과 형식의 문제입니다. 제 개인적인 느낌인지는 몰라도, 비평적 기호들은 내용과 형식의 문제를 곧잘 서정과 반(反)서정, 전통과 실험의 대립쌍과 함께 놓으려는 경향을 보입니다. '서정-전통-내용' 중심과 '반(反)서정-실험-형식' 중심의 계열이 존재합니다. 물론, 대개의 경우에 내용과 형식은 리얼리즘과 모더니즘으로 환원되는 경향이 있지만, 이러한 환원이 시에서는 전통과 실험, 서정과 반(反)서정의 대립적 관계로 확장되어 이해되는 듯합니다. 모더니즘 시학을 강조하는 대다수의 비평가들이 주문처럼 외우는 것이 '실험'과 '형식', 즉 형식 실험이고, 모더니즘 시학을 비판하는 비평가들 또한 바로 그 형식 실험의 공허함을 지적하곤 합니다. 경험적인 층위에서 보면 실험적인 시는 곧 반(反)서정이라는 일반론이 지배하고 있는 것 같습니다. 물론, 교과서적으로는, 그리고 이러한 대립과 분리를 혐오하는 논자들은 형식과 내용이 경험상으로 분리되지 않으며, 하나가 항상 다른 하나에 의해 작동한다는 것을 내세워 문학작품의 유기체론을 주장하기도 합니다. 내용과 형식이 분리되지 않고, 대립되지 않으면서 하나라는 주장입니다. 그런데 시의 역사는 모든 시가 이러한 방식, 즉 유기체적으로 작용하는 것은 아니었다는 사실을 보여줍니다. 제가 최근에 읽은 테리 이글턴의 용어로 구분하자면, 시에는 '신선한 도적적 성찰'과 '매혹적인 언어'를 강조하는 각각의 흐름이 존재하고, 그것들이 우리의 바람처럼 항상 하나의 작품 속에 유기체적으로 녹아들어 있지는 않다는 것입니다. 이글턴은 시를 도덕적 진술과 연관시키는데, 그가 말하는 '도덕적 진술'이란 시가 어떤 초월적 규범을 따른다는 것이 아니라 인간적 가치, 의미, 목적을 다룬다는 뜻입니다. 그에게 시는 도덕적 진실들을 허구적인 방식으로 다루는 장르입니다. '내용'과 '형식'은 우리가 두 개의 다른 개념으로 그것들을 지시한다는 점에서도 이미 동일하지 않음이 드러납니다. 이를테면 예이츠는 무희와 춤을 어떻게 구분할 수 있는가에 대해서 물었습니다. 일찍이 프로이트도 내용이 있는 '농담'과 기표의 놀이와 더 연관된 '익살'을 구분했습니다. 소설에서도 이야기와 서술은 분명히 다릅니다. 전자는 줄거리를 가리키며 후자는 이야기가 말해지는 방식을 의미하기 때문입니다. 그리고 이러한 내용과 형식의 분리는 비단 서정과 반(反)서정, 전통과 실험이라는 문턱에만 적용되는 것은 아닙니다. 서정적인 시들의 대부분도 '신선한 도덕적 성찰'과 '매혹의 언어'로 갈라져 있습니다. 이러한 분리는 이따금씩 하나의 작품 속에서 결합되기도 하지만, 그것은 필연이라기보다는 우연에 가깝습니다. 이러한 분리, 즉 일반화하기 어려운 시의 개별성이야 말로 결핍이 아니라 시의 존재조건이 아닐까요? 매혹적인 언어가 있고 도덕적 인식의 즐거움이 있지만, 그것들이 항상 동일한 것의 양면처럼 동시적이어야 한다고 생각하는 것은 지나친 억측입니다. 표면적으로 만 본다면, '전통'과 '실험'은 '내용'과 '형식'이라는 두 개의 중심을 근거로 분리되어 있는 것처럼 보입니다. 그러나 '전통-실험'의 쌍과 '내용-형식'의 쌍은 우리의 상식적 기대와 달리 일치하지 않습니다. 그러니까 '전통'에도 내용과 형식이 있고, '실험'에도 내용과 형식이 있는 것입니다. '내용'과 '형식'을 내세워 '전통'과 '실험'을 구분하려는 모든 시도는 '내용'과 '형식'의 유기체적 일원론을 주장하는 것만큼이나 몰역사적입니다.

3.

90년대 이후, 그러니까 포스트모더니즘이 등장하면서부터 시 비평은 '현대성'을 화두로 삼아 시적 현대성의 정체를 규명하는 데 집중해 왔습니다. 한때 신서정이라는 흐름이 평단의 주목을 받은 적이 있었지만, 예외적인 경우를 제외하면 독자 대중은 서정적인 시를, 비평가들은 탈(脫)서정적인 시를 각각 주목했습니다. 이러한 주류의 변화가 '사건'의 성격을 띠고 나타난 것이 이른바 미래파 논쟁입니다. 한국의 현대시는 반(反)서정을 어떻게 사유해야 하는지, '현대적인 것'의 정체, 그러니까 시적 현대성이란 무엇인지를 해명하는 데 집중해 왔습니다. 이러한 흐름은 2000년대에 접어들어서도 지속되었고, 마침내 2005년을 전후해서 '미래파' 논쟁을 계기로 폭발했습니다. '시와 시의 소통－전통과 실험'이라는 이 글의 주제가 맞닥뜨리고 있는 문학적 현실도 바로 이것입니다. 문제는 '전통'과 '실험'이 접점이 전혀 없는 대립적 항이 아님에도 불구하고 '시'라는 명사 속에서 온전하게 '하나'로 이해되기 어려운 차이를 소유하고 있다는 것입니다. 요즘 유행하는 비평적 개념을 빌려서 말하자면, 오늘날 '시'는 '하나'가 아니라 '둘'의 사건인 것입니다. 그리고 이 '둘'이 되는 사건 속에서 우리가 모색하려는 것이 바로 '소통'입니다.

소통이란 무엇일까요? 흔히 소통은 '이해'나 '대화'의 고상한 표현으로 오해되고 있습니다. 그래서 어떤 사람들은 문학에서 '소통'이라는 단어가 등장하기만 하면 알레르기 반응을 보이곤 합니다. 소통의 영어 표현은 커뮤니케이션이지만, 우리는 '문학'이 야콥슨의 기호학이 주장하는 커뮤니케이션의 일종은 아니라고 생각합니다. 무엇보다도 시의 언어는 '의미'를 실어 나르는 투명한 매체로서의 언어가 아닙니다. 그렇습니다. 문학은, 시는 커뮤니케이션이 아닙니다. 만일 시의 궁극적인 목적이 의미를 전달하는 커뮤니케이션이라면, 군이 시가 그토록 비대중적인 단어들을 왜곡된 방식으로 표현하고, 심지어 특정한 표현형식을 창조하는 데 각고의 노력을 기울여야 할 이유가 없습니다. 시도,

시의 '소통'도 그 자체로 커뮤니케이션이 아닙니다. 이것은 '소통'이라는 개념을 지나치게 상식적으로 이해할 때, 우리가 소통의 의미는 물론, 문학의 가치도 상실하게 된다는 것을 뜻합니다. '소통'의 사전적인 의미는 "생각하는 바가 서로 통함"입니다. 이때 우리는 소(疏)를 '통하다'의 의미로 이해합니다. 그러나 저는 소(疏)의 의미가 '멀다', '친하지 않다'라고 이해해야 한다고 생각합니다. 그러니까 소통의 발생조건은 친하지 않음, 즉 거리인 것입니다. 거리가 존재하는 것(다른 것)들만이 소통합니다. 동일한 것은 결코 소통하지 않습니다. 우리가 우리 자신과 소통하지 않는 것처럼 말입니다. 그래서 소통의 가능조건은 역설적이게도 불가능성입니다. 이 경우의 '소통'은 하나가 되는 동일성의 소통이 아니라 '둘'이 되는 것입니다. 이것이 유일무이한 문학적 소통입니다. 거리가 사라지게 되면 소통은 더 이상 불가능하다는 점에서 소통은 우리의 생각처럼 그렇게 명확하게 '하나'가 되는 사건이 아닙니다. 이 대목에서 글쓰기는 "본질을 구현하고 비밀의 위협을 간직하고 있는 바 (…중략…) 반의사소통적이며, 위협적인 것"이라는 모리스 블랑쇼의 말을 되새겨보는 것도 의미가 있을 듯합니다. 저는 진정한 소통이란 타자를 동일자로 포섭하는 폭력을 행사하지 않는 것, 그러면서도 타자와 관계를 맺는 것이라고 생각합니다. 조금 더 근본적으로 설명하면, 소통은 주체로서의 특권을 지닌 나(또는 너)에게는 열리지 않는 관계요, 공간입니다. 소통이란 공동체를 만드는 것, 그러나 '하나'가 되는 통일의 공동체가 아니라 '사이'를 만드는 비관계로서의 관계입니다. 저는 이러한 소통의 개념을 통해서 우리가 '전통'과 '실험'을 '하나'가 되는 사건이 아니라 '둘'이 되는 사건, 그러니까 그것들을 '시'라는 상위의 개념으로 동일화하지 말고 그 자체 차이로서의 관계(비관계)로 인식해야 한다고 생각합니다. 이럴 때, '전통'과 '실험'의 각각에서 공통점을 추출하여 그것을 매개로 그들의 동일성을 증명하는 것은 무의미한 일이 됩니다.

하이데거의 후기 저작인 『숲길』(나남, 2008)에 이런 구절이 있습니다.

> 수풀은 숲을 지칭하던 옛 이름이다. 숲에는 대개 풀이 무성히 자라나 더 이상 걸어갈 수 없는 곳에서 갑자기 끝나버리는 길들이 있다. 그런 길들을 숲길이라고 부른다. 길들은 저마다 뿔뿔이 흩어져 있지만 같은 숲 속에 있다. 종종 하나의 길은 다른 길과 같은 것처럼 보인다. 그러나 그렇게 보일 뿐이다. 나무꾼과 산지기는 그 길들을 잘 알고 있다. 그들은 숲길을 걷는다는 것이 무엇을 뜻하는지 알고 있다.
>
> — 하이데거, 『숲길(Holzwege)』 부분

숲속에 길들이 흩어져 있습니다. 우리는 그것을 숲길이라고 부릅니다. 그것은 프로스트의 숲길처럼 두 갈래일수도 있고, 그보다 더 많을 수도 있습니다. 이 구절을 해석하는 방식은 다양할 수 있습니다만, 저는 '소통'과 관련해서 이 구절을 이해하려 합니다. 예컨대 저는 이 구절에 등장하는 '숲'을 시(詩)라고 바꿔 읽기를 제안합니다. 시 속에 숲길, 즉 다른 시들과 같은 것처럼 보이지만 실제로는 다른 시들이 존재합니다. 그 '다른 시'들을 품고 있는 것이 시(詩)이고, 그러므로 시(詩) 속에 다양한 '다른 시'들이 있을 뿐입니다. 하이데거는 여기에서 "숲길을 걷는다는 것"에 대해서 이야기하고 있지만, '숲'을 시(詩)로 바꿔 읽는 우리는 시를 쓰고-읽는다는 것의 의미에 대해서 물어야 합니다. 숲속의 길들이 같은 것처럼 보일 때조차 다른 것이듯이, 시들은 비슷한 것처럼 보일 때조차 실제로는 다른 것입니다. 개별 작품들이 모두 그렇다는 이야기가 아니라, 경향상에서, 작시법의 차원에서, 그리고 시학의 차원에서 그렇다는 이야기입니다. 그럼에도 그 다름들이 모여서 하나의 숲을 이루고, 시를 구성합니다. 저는 '소통'도 그러하다고 생각합니다. 같은 길처럼 보이는 것들이 다른 채로 공존하는 것. 그리하여 같음을 강요하지 않고 다름(차이)의 비관계로서 공존을 모색하는 것. 만일 우리가 이 비관계로서의 '사이'를 긍정할 수 있다면, 우리는 애써 '전통'과 '실험'의 교집합을 찾아내어 그것들의 본질적인 같음을 증명하지 않아도 될 것입니다. 어떤 시인은 '전통' 경향의 시를 씁니다. 그가 그렇게 쓰는 까닭은 그렇게 쓸 수밖에 없기 때문입니다. 그의 삶과 사유가, 감정과 감각이 그렇게 강요합니다. 어떤 시인은 '실험' 경향의 시를 씁니다. 그가 그렇게 쓰는 까닭 또한 그렇게 쓸 수밖에 없기 때문입니다. 그의 삶과 사유가, 감정과 감각이 그렇게 강요합니다. 시 쓰기에 있어서 그들 시인은 결코 주인이 아닌 것 같습니다. 그들의 시가 다르고, 시론이 다르고, 그리하여 삶의 방식이 다릅니다. 그 다름이 '하나'를 형성하지 않아도 충분히 의미 있는 것이 저는 문학이고 시라고 생각합니다. 그들의 소통은 비관계입니다. 그것은 숲이 아름답고 풍요로운 이유가 그 속에 뿔뿔히 흩어져 있는 다른 길들이 공존하고 있기 때문인 것과 마찬가지입니다. 그러므로 이제 우리는 '시와 시의 소통'이라는 오래된 물음을 떠나서 그것들이 엄연히 다르다는 사실을 인정하고, 그 다름이 '시(詩)'라는 숲을 더욱 풍요롭게 만든다는 것을 받아들여야 합니다. 시(詩)라는 숲 속에서 '전통'도 하나의 길이고, '실험'도 하나의 길입니다. 다만 하나의 길일뿐입니다.

시인은 진정 '일탈 / 예외'를 꿈꾸는가

1.

　시의 역사는 시(인)에 대한 표상을 함축하고 있다. 모든 시대는 시(인)에 대한 고유의 표상을 지니고 있고, 그것들은 시대의 문턱들을 따라 상이한 형태로 가시화된다. 물론 특정한 시대에 시(인)에 관한 표상이 오직 하나만 존재한다고 단정할 수는 없지만, 그러므로 상이한 표상들이 동일한 시공간 속에서 공존하는 양상을 띠기 마련이지만, 시(인)에 관한 지배적 표상이 존재한다는 사실 자체를 부정하기는 어렵다. 하늘과 땅을 매개하는 주술사, 세계를 정념으로 물들이는 천재적 감수성의 소유자, 세계의 질서를 탈구축하는 알레고리커, 기성의 가치와 질서를 부정하는 혁명가, 자신을 표현할 수단을 갖지 못한 사람들과 세계를 위해 먼저 울어주는 존재, 욕망의 흐름 앞에 무릎 꿇은, 그렇지만 머릿속이 상상으로 들끓고 있는 광인 등은 역사적으로 존재했거나 혹은 현실적으로 존재하고 있는 시(인)에 관한 지배적 표상들이다.

그렇다면 시(인)에 관한 현대 / 동시대의 표상은 무엇일까? 이 질문에 대답하는 것은 무척이나 곤혹스러운 일이다. 현대시는 지배적인 / 주류적인 흐름을 규정하기 어려울 정도도 시적 경향의 분화를 가시화하고 있으며, 이러한 시적 경향의 다양성에 현대의 시(인)에 관한 표상의 다양성이 정비례하는 양상을 보여주고 있기 때문이다. 그런데 이 다양한 표상들이 공통적으로 함축하고 있는 하나의 이미지가 존재한다. 시(인)이 세상의 지배적 가치와 법칙을 부정하고 그것으로부터 끊임없이 도피-탈주하는 존재라는 인식이 바로 그것이다. 시인은 세상의 가치법칙을 부정하는 가치파괴자, 자신의 상상력과 내면적 감성을 이용하여 세계의 지도를 다시 그리는 탈구축의 실천자, 따라서 일체의 일상적·지배적 규칙에 얽매이지 않으려는 탈주자라는 이미지가 그 인식의 구체적 형상이다. 이 때문에 시인은 종종 일탈적인 존재로 인식되기도 한다. 그러나 '일탈'이란 정상성의 척도적 권력을 인정함으로써 '일탈' 자체를 예외적인 사건으로 인식하게 만들고, 사회학적인 개념들이 그렇듯이 궁극적으로는 '정상'으로 되돌려져야 할 상태를 지시한다는 점에서 시적 탈구축 / 탈주와는 분명하게 구분된다. 따라서 시(인)을 '예외'라는 일탈적 '사건'의 형식으로 규정하는 것은 적절하지 않다. 오해하지 말자. 이 말은 시(인)에 '예외'적인 것이 존재하지 않는다는 말이 아니다. 어쩌면 현대시란 일상이라는 남루한 시간 속에서 '비일상적인 것'을 끄집어내는 일이라는 점에서 절대적으로 '예외적인 것'과 관련이 있는지도 모른다. 다만 시인들에게 있어서 일상 / 비일상, 현상 / 본질의 대립이 정상 / 예외의 대립과 동일한 것이 아니며, 시인들이 진짜로 문제 삼고 있는 것은 '일상적인 것'은 '정상적인 것'이고 '비일상적인 것'은 '예외적인 것(비정상)'이라는 허구적 구분 그 자체라는 사실을 놓치는 순간 우리는 순진한 사회학자로 전락하고 만다. 그러므로 '일탈'보다는 '예외'라는 개념이 훨씬 적합한 듯하다.

시의 특이성은 '예외'의 사건적 성격에 있다. 이러한 규정을 통해서 강조하고 싶은 것은 시가 일상적 시간 / 경험을 순진하게 재현하는 장르가 아니라는 사실이다. 지난 90년대, 일상성으로서의 시쓰기라는 문제의식이 제기되면서 일상적 시간 / 경험 자체를 언어화하는 방식의 시가 유행한 적이 있었다. 이러한 일상성의 문제는 '시적인 것'의 실정적 범위를 확장시킴으로써 긍정적인 역할을 했는데, 동시에 '사건성'이 완전히 소거된 일상 자체를 언어화하는 것도 시가 될 수 있다는 치명적인 믿음을 확산시키기도 했다. 특히 이러한 경향은 시적 긴장을 잃어버린 중견 시인들의 시와, 그들의 시를 하나의 시적 전범으로 간주하면서 창작을 시작한 시인들에게서 광범위하게 나타났다. 단도직입적으로 말하면 시는 '일상'이 아니라 일상의 비일상화, 즉 예외로서의 사건적 성격의 획득 여부에 성패가 달려있는 장르이다. 시가 '일상적인 것'을 소재로 삼으면 안 된다는 법칙은 없다. 그러나 시가 '일상적인 것'을 응시하는 까닭은 거기에서 '비일상적인 것'을 끄집어내기 위함이며, '일상' 자체를 비일상적 '예외'로 재구성할 수 있는 능력이 존재할 때에만 시는 '일상'과 마주칠 수 있다. 현실적으로 존재하는 모든 시가 이러한 일상의 비일상화를 지향하고 있다는 말할 수는 없겠지만, 적어도 우리들 다수가 동의하는 훌륭한 시들의 공통점이 그러한 일상의 비일상화, 즉 일상이라는 남루한 생존의 시간 속에서 '예외'라는 사건적 시간을 도출하고 있음은 분명한 사실이다. 그러므로 시와 ('일탈'이 아니라) '예외'의 만남은 몇몇 시인들의 개성에 의해 인도되는 것이 아니라 다분히 필연적인 것이다.

2.

시와 '예외'의 관계는 발생론적이다. "시편은 시인이 의도하지 않을 때조차도 반(反)역사를 생산하는 장치이다. 시는 시간의 흐름을 전도시키고 변화시키는 작용을 한다. 다시 말해, 시편은 시간을 정지시키는 것이 아니라, 역사적 시간을 반박하고 변형시킨다." 옥타비오 파스는 『흙의 자식들』에서 '시간'에 대한 상이한 태도를 근거로 '시'와 '역사'를 반정립적인 관계로 규정했는데, 이것은 상징적 질서에 해당하는 '역사'의 직선성과 역사적 시간의 흐름을 전도·변화시키는 '시'의 발생적 차이를 분명하게 보여준다. 여기에서 말하는 '역사'란 과거에서 시작되어 미래로 흘러가는 인과적·목적론적인 근대적 시간관념을 뜻하거니와, 시의 시간은 비유컨대 프루스트의 『잃어버린 시간을 찾아서』에 등장하는 '잃어버린 시간-되찾은 시간'의 짝처럼 미래를 향해 흘러가는 시간의 결을 거슬러 궁극적으로는 그 시간을 영속화하려는 욕망에 가깝다. "예전에 들었거나 호흡했던 어떤 소음, 어떤 냄새가, 현재적이지 않으면서도 실재적이며 추상적이지 않으면서도 관념적인 현재와 과거 속에서 동시에 다시 들리고 맡아지는데, 그러자마자 보통은 감추어져 있던 사물의 영속적 본질이 해방되고, 때로는 오래 전부터 죽은 듯 보였지만 완전히 죽지는 않았던 우리의 진정한 자아가 깨어나서 자기에게 주어진 천상의 양식을 받아 생명을 얻는다"(프루스트, 『잃어버린 시간을 찾아서』).

"사물의 영속적 본질"이나 "진정한 자아"라는 본질론적인 언명이 불편하지 않은 것은 아니지만 프루스트의 이 발언은 시인과 세계의 마주침을 '예외'의 관점에서 탁월하게 설명하고 있다. 흔히 사람들은 시(인)의 예외성을 그것의 기질적 특성에서 도출하려는, 즉 시인은 세계의 모든 질서를 불편한 것으로 받아들이는 앙팡테리블, 사회성이 떨어지는 부적응자, 사회적 가치를 전면적으로 부정하는 무정부적 존재이기 때문에 '예외'의 문제가 발생한다는 식으로 설명하려는 태도를 취한다. 그렇지만 그러한 기질적 특성은 일반화될 수도 없고, '예외'와의 관련에서 보자면 절반의 진실에 불과하다. 오히려 그것은 이미 존재하는 기성의 질서가 세계와 사물, 나아가 인간의 잠재성을 특정한 방식으로, 다수적인 코드로만 현실화하게 만드는 권력의 효과이며, 시인의 반(反)역사적 태도란 결국 잠재성의 다양성을 그 자체로 긍정하려는 욕망의 자연스러운 흐름과 다르지 않다는 사실이 인식될 때에만 정당화될 수 있다. 그러므로 '일탈'이란 기실 비정상적인 것이 도출되는 과정이 아니라 억압되어 있는 삶과 세계의 잠재성이 언어-형식을 통해서 현실화되는 되는 과정이라고 말해야 한다. 그렇기 때문에 이 과정은 일반성-특수성의 짝을 전제한 '일탈'이 아니라 오로지 '예외'일 수밖에 없다.

예외, 시에서 그것은 세계의 다수성을 뜻한다. 세계는 하나이면서 다수라는, 세계는 잠재적인 사건의 총체이면서 또한 매 순간 잠재적인 사건으로부터 발생하는 현실적인 사건의 총체라는 인식이야말로 '잠재적인 것'을 둘러싸고 우리가 '시'와 '예외'에 관해 말할 수 있는 전부이다. 다시 시와 일상성의 문제로 돌아가자. '예외'라는 문제의식에 비추어볼 때 일상성의 문제, 즉 일상적 현실과 경험의 언어적 재현은 그것이 '현실화된 것' 자체를 절대로 넘어설 수 없다는 점에서, '현실화된 것'을 존재할 수 있는 세계와 삶의 유일한 방식으로 수락해버린다는 데 있다. 물론 이 경우 이 '수락'의 과정은 지극히 무의식적인 방식으로 행해질 것이지만, 바로 그 무의식적 과정을 통해서 권력의 미시적 작용-효과는 우리가 세계와 삶을 특정한 방식으로만 이해하기를 요구한다. 그래서 '예외'로서의 시는 일상 그 자체를 긍정하거나 무비판적으로 수락하는 것이 아니라 그러한 상식적 지각에 대해 '아니오'라고 말하는 부정에서 시작된다. 이러한 시적 '부정'의 문제가 서구 미학에서 형식의 문제와 복잡하게 뒤엉킴으로써 형식 실험이나 부정을 위한 부정으로 오해되는 경우도 없지 않지만, 분명한 것은 이 '부정'이 지각의 방식에서 세계와 삶의 잠재성에 이르는 다양성을 긍정하기 위한 부정이라는 사실이다. 잠재성과 다양성의 관점에서 보면 '모든 것'은 항상 모든 것 '이상'이다. 꽃은 단순한 꽃 '이상'이다. 일상적 의미에서 꽃이 들판에 피어 있는 자연적 존재물이거나 꽃병에 꽂힌 감상의 대상이라면, 시에서의 '꽃'은 다양한 이미지들에서 김춘수의 '꽃'처럼 형이상학적인 의미까지 다양하게 변주될 수 있는 잠재성으로서의 '꽃'이다. 마찬가지로 일상적 의미에서 '아이스크림'이 먹을 것으로서의 실용적 대상이라면 시에서 '아이스크림'은 세계의 유동성을 가시적으로 보여주는 이미지로서의 비실용적인 대상일 수 있다.

최초의 질문으로 되돌아가자. 사람들은 흔히 시인을 '일탈'의 존재라고 인식하고, 이러한 인식은 낭만주의적 시인 표상과 결합되어 시인들의 자기표상에도 적지 않은 영향을 행사하고 있다. 세상에 존재하는 모든 가치들을 부정하고 그러한 허무적 부정성에 의지하여 살아가는 존재가 시인이라는 병적 표상은 시인의 실제 모습과는 동떨어진 진부한 신화에 불과하다. 그렇지만 이러한 신화에도 일말의 진실은 존재하는데, 시인의 감각적 세계가 상징적 질서의 세계와 격렬한 불화의 관계를 형성한다는 사실만큼은 분명하다. 그렇지만 앞에서 우리는 이 불화를 비정상성을 의미하는 '일탈'이라는 개념보다 사건성으로서의 '예외'라는 개념으로 이해하는 것이 한층 적절하다고 말했다. 그리고 사건성으로의 '예외'가 부정을 위한 부정의 알리바이가 아니라 세계를 다수성과 잠재성의 차원에 이해함에서 발생하는 문제이며, 다소 극단적으로 말하자면 시적 대상을 실용적인 맥락에서 분리해서 새로운 맥락을 부여하는 행위에는 어떠한 부정적 의지도 개입하지 않는다고 말할 수도 있다. 이렇게 보면 시인은 '일탈'을 꿈꾸는 존재가 아니라 지금-이곳에 일상적 질서와는 다른 가치를, 역사적 시간과는 다른 시간을 불러들이려는 존재에 가깝다고 말할 수 있다. 뒤집어서 말하자면 이러한 다른 시간을 불러들이려는 존재만이 시인일 수 있다. 이것은 시를 쓰는 모든 사람이 곧 시인은 아니라는 의미이기도 하다. 문학에서 이러한 일체의 과정은 의식적인 기획으로 행해질 수도 있지만 대개의 경우 그것은 비의지적·무의식적인 차원에서 발생하는 감각에 좌우된다.

그런데 시가 삶의, 욕망의 산물이라고 할 때, 그것이 일상적 질서와 심각하게 충돌한다는 것은 구체적으로 어떤 의미일까? 즉 '아니오'로 시작되는 시인의 최초의 부정은 구체적으로 무엇에 대한 거부일까? 우리는 위에서 그것을 실용적인 가치와는 다른 가치를 추구하는 것이라고 말했다. 그러나 그것만으로는 부족하다. 가령 우리의 일상을 살펴보자. 우리의 일상은 사회적으로 부여된 가치체계들을 재생산하는 방식으로 영위되고 있으며, 다소 추상적으로 요약하면 자본주의적 가치의 공리계에 충실한 방식으로 영위된다. 그런데 만일 우리가 이 일상적인 질서에서 아무런 불만도 느끼지 못한다면, 나아가 스스로 자본주의의 가치법칙의 충실한 대리인이 되고자 한다면, 그 상태에 만족한다면 '시'는 결코 발생하지 않을 것이다. 시인들은 이 일상적 질서와 자본주의적 가치법칙과는 다른 세계를 보는 존재이다. '본다'라는 동사를 사용하면 이 과정이 마치 의지의 산물인 것처럼 오해될 수도 있지만 대개의 시적 부정('아니오')에서 '본다'라는 술어는 '보여진다'라는 의미로 이해되어야 한다. 시인에게 있어서 '본다'는 것은 능동적인 의지의 산물이 아니다. 이것은 잠재적인 욕망의 표현형식이고, 그렇기 때문에 시인의 감성이나 감각은 일상적 질서와 자본주의의 가치법칙이 우리에게 강요하는 것과는 다른 방식으로 세계를 보는 것이다. 현실과 욕망, 일상과 잠재성 사이의 이 균열이 바로 시적 부정('아니오')이 드러나는 지점이며, 시인들에게 이 부정은 일탈 / 예외에 대한 욕망의 표현된다. 시적 행위가 기존의 질서로부터 일탈하고 상징계의 도덕법칙과는 다른 언술로 발화되는 까닭은 이처럼 기성의 질서, 즉 일상의 질서와 자본주의의 가치법칙이 욕망의 자연스러운 표현을 억압하고 있기 때문이다. 바로 여기에서 모든 시는, 심지어 그것이 '일상'을 소재로 삼고 있을 때조차도 비일상적일 수밖에 없다는 주장이 도출된다. 이러한 욕망의 흐름과 그것을 억압하는 일상적·자본주의적 질서에 대한 인식이 부재하면 시인은 마치 모든 질서를 부정하는 병적 허무주의에 사로잡힌 광인처럼 오해될 수밖에 없다. 그러나 시인에 대한 그러한 표상은 시를 낭만화함으로써 그것이 지니고 있는 파괴력을 봉쇄시켜버리는 효과를 낳는다.

3.

시는 부정을 위한 부정의 형식이 아니다. 또한 시에서의 '부정'은 '일탈'이 아니라 상징적 질서와 자본주의적 가치법칙이 지배하는 이 세계에 다른 시간, 다른 가치를 도입하려는 불가능한 기획이라는 점에서 일종의 '예외'를 구성하는 것이다. 그렇기 때문에 무엇보다도 '거짓 예외'와 '진짜 예외'를 구별하는 일이 중요하다. 시가 '일탈'을 욕망한다는 풍문이 다수의 거짓 예외들을 양산하는 원인이 되고 있다. 물론 그 거짓 예외들보다 더욱 심각한 것은 어떠한 다른 시간, 다른 가치도 도입하지 못하는, 그리하여 오직 일상적 현실 자체를 언어로 재현하는 데 그치는 몰가치적 시편들의 무가치함이다. 그렇다면 '거짓 예외'와 '진짜 예외'를 구별하는 기준은 무엇일까? 이 물음에 간명하게 답할 수 있는 사람은 아마도 없을 듯하다. 그렇지만 그것은 그 기준이 쉽사리 언어화될 수 없기 때문이지 기준 자체가 부재하기 때문은 아니다.

오늘날 다수의 시인들은 일상적 질서와 자본주의적 가치법칙의 외부를 '여행'이라는 형식에서 찾는 경향이 있다. 오늘도 일군의 시인들은 낯선 세계를 경험하기 위해 기꺼이 패스포트를 손에 쥐고 비행기에 오른다. 이러한 경향은 젊은 시인들보다는 여행이 일상화된 중년 이상의 세대에게서 자주 목격된다. 흔히 '여행시'라고 명명되는 이러한 시적 경향들은 대부분 '여행', 즉 떠남을 일상으로부터의 탈출이라는 맥락에서 접근한다. 일상에서는 미처 깨닫지 못했던 것들을 여행지에서 깨달았다는 식의 단순한 차이나, 여행지에서 목격한 낯선 풍경들에 압도당한 상태에서 발화되는 다분히 초월적이고 도덕적인 언설은 여행 시편들의 천편일률적인 레퍼토리 가운데 하나이다. 이러한 여행의 일상화는 '노마드'라는 철학적 개념이 소개되면서 한층 탄력을 받고 있는 듯하다. 그러나 이들의 시가 보여주는 여행과 노마드는 그 본질이 다를 뿐더러, 문화적 차이의 발견이나 낯선 풍경에 압도당한 주체의 모습이 시적 '부정'이나 '예외', 즉 다른 시간, 다른 가치를 도입하는 행위는 아니다. 그러한 여행의 허무함은 그 낯선 곳에서 발생한 에너지가 귀국길에 오르는 순간, 아니 호텔이라는 또 다른 일상의 공간에 들어서기만 해도 휘발되어버리는 것에서 확인할 수 있다. 단적으로 여행은 노마드가 아니다. 그리고 여행, 즉 모든 떠남이 곧 비일상적인 순간의 도래는 아니다. 아니, 현대의 여행은 낯선 곳에서도 '일상'이 유지된다는 전제하에서만 경험될 수 있는 일상의 연장이 아닌가. 그러므로 '여행'이라는 수단을 이용하여 시적 부정, 즉 비일상적 경험을 시화(詩化)할 수 있다는 헛된 믿음은 깨져야 한다. 진정으로 일상의 비일상화가 가능하기 위해서는 지금-이곳에 다른 시간, 다른 가치를 도입할 수 있어야 한다. 이것은 시적 일탈／예외가 진정한 예외가 되기 위해서는 그 부정이 표피적인 부정에 머물러서는 안 된다는 것을 의미한다.

앞에서 우리는 시인의 존재론을 일탈／예외로 이해하는 것에 부분적으로 동의했다. 그리고 이 경우 일탈／예외란 일상적 질서와 자본주의적 가치법칙에 대한 부정임을 명확히 했다. 물론 이 부정에는 상징적 질서가 강제하는 도덕관념 또한 포함된다. 때로 어떤 시인들은 그

관념과 가치의 내용보다 형식의 선재성에 주목함으로써 형식 자체와의 불화를 드러내는 방식으로 시를 쓰기도 한다. 특정한 문학적 스타일이 상징적 질서의 일부라는 인식과, '형식' 자체의 전복을 통해서 상징적 질서와의 불화를 드러내려는 시의 자기갱신은 충분히 존중되어야 한다. 그렇지만 앞에서 지적한 일상적 질서와 자본주의적 가치법칙이 특정한 스타일로 환원되는 것은 아니라는 점에서 시적 불화가 오직 '형식'의 층위에서만 드러날 수는 없다. 이처럼 '여행'이 일탈 / 예외가 아니라 역설적으로 일상적·상징적 질서의 견고함을 확인시키는 허구적 장치라면 일체의 여행, 즉 일상을 벗어나는 행위는 무가치한 것일까? 어쩌면 이 질문에 대한 응답이 '시인은 왜 일탈을 꿈꾸는가?'라는 상식적 물음에 대한 대답보다 훨씬 중요할지도 모른다. 그것은 시적 '예외'가 어떤 조건하에서 '진짜 예외'일 수 있는가라는 질문과 맞닿아 있기 때문이다. 단적으로 말하면 시적 예외를 구성한다는 것은 사물과 세계에 대한 기성의 감성을 바꾼다는 의미이다. 이러한 감성의 변화가 바로 시에서 감각의 현전으로 가시화되는 것이다. 그러므로 진정한 예외란 단순한 언어의 문제가 아니라 그 언어가 삶의 문제를 도외시하지 않을 때, 언어뿐만 아니라 삶 자체를 실험의 대상으로 놓을 수 있을 때에만 가능하다. 이것은 결코 일상적 시·공간을 벗어나는 행위만으로 확보되지 않는다. 알다시피 여행이란 잠시의 일탈과 영속적인 일상으로의 복귀라는 이율배반의 행위이기 때문이다. 이런 점에서 극단적으로 말하면 일탈 / 예외란 아무런 이동 없이도 가능하다. 이것이 노마드의 진정한 철학적 의미이다. 또한 그것은 기성의 질서가 강제하는 도덕관념을 거부하고 새로운 윤리를 창안하는 것으로 성취될 수도 있다. 미셀 푸코의 말처럼 도덕이 공동체와의 관계에서 발생하는 것이라면, 윤리는 그러한 도덕과의 단절에서 시작되어 자신과의 관계에서 발생하는 것이다. 그러므로 진정한 일탈 / 예외는 기성의 질서, 즉 도덕관념과의 단절에서만 가능하며, 그것이 단순한 포즈 이상이 되기 위해서는 삶에 의해서 뒷받침되어야 한다. 오늘날 많은 시인들의 시적 일탈 / 예외가 멈추는 곳이 바로 이 지점이다. 그렇기 때문에 모든 일탈 / 예외를 진정한 일탈 / 예외라고 말할 수는 없다. 삶에 대한 실험을 배제한 일체의 시적 일탈 / 예외는 사실 포즈라는 의심에서 자유롭지 못하며, 이 경우 시인들이 일탈 / 예외를 꿈꾼다는 상식적인 믿음은 또 다른 신화를 양산할 뿐이다.

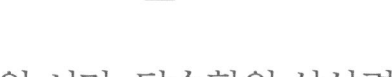

유령의 시간, 탈승화의 상상력

1.

"엘리트들이 세계 정상의 어딘가에서 자신들이 상상한 목적지를 향해 여행을 떠날 때, 가난한 사람들은 범죄와 혼란의 소용돌이에 휘말린다." 인도의 소설가 아룬다티 로이(Arundhati Roy)의 말이다. 우리는 여기에서 범죄와 혼란의 소용돌이에 휘말린 빈자(貧者)들의 '이후'의 삶을 충분히 상상할 수 있다. 그들의 '이후'의 삶을 가장 적절하게 표현할 수 있는 단어는 아마도 '유령'이 아닐까. 그렇다. 그들 대다수는 결국 '유령'이 될 것이다. 극단적인 양극화 사회, 승자독식의 악순환이 상식처럼 굳어지는 세계, 그리하여 불안, 공포, 자살 같은 사회현상들이 빈자들의 삶을 옥죄는 현실, 결국 이 모든 것들이 지금 우리가 살고 있는 세계에 대한 문학적 표상을 유령의 시대로 이끌어갈 것이다.

빈자들 가운데에는 요행으로 범죄와 혼란에 휘말리지 않은 사람들도 있을 것이다. 그러나 우리는 안다. 그 '요행'이 그다지 오래 지속되지 않을 것임을, 그것이 단지 '유령'의 운명이 잠시 유예된 상태일 뿐임을. 오늘날 가난한 사람들이 '유령'의 운명에서 벗어날 가능성은 어디에도 없다. 한때 인간은 생산 능력으로 자신의 존재를 증명했지만, 오늘날 세계가 원하는 존재 증명의 방식은 생산이 아니라 '소비'이다. 문제는 실업이 아니라 실업자 / 실직자의 절대 다수가 생산의 기회를 잃어버리는 순간 유령으로 전락할 위험에 처한 빈자들이라는 것, 소비의 능력을 상실한 가난한 자들이라는 데 있다. 현대인들은 소비능력을 상실하는 순간 급속하게 존재의 가치를 잃어간다. 포스트 IMF 시대의 문학이 인간 존재를 '백수'와 '잠재적 실업자'로 양분했듯이, 지금 우리 사회에는 "유령과 / 유령이 되지 않기 위해 몸부림치는 몸들"(이영광, 「아픈 천국」)이라는 앙상한 구분만이 존재한다. "실직과 가출, 취중 난동에 풍비박산의 세월이 와서는 물러갈 줄 모르는 땅 / 고통과 위무가 오랜 친인척관계라는 곤한 사실이야말로 이생의 전재산이리라"(「아픈 천국」). 그러므로 2000년대 한국 사회에는 이미 유령이 된 사람들과 조만간 유령이 될 사람들만이 살고 있는 것이다. 지그문트 바우만의 용어를 빌려서 표현하면, 이미 '쓰레기'인 존재와 점차 '쓰레기' 상태에 근접해가는 존재들만이 살고 있는 것이다. 그렇다면 '유령'이란 누구인가? 유령은 온전한 죽음의 상태가 아니라는 점에서 시체와 구분되며, 온전하게 살아 있는 존재로 간주되지 않는다는 점에서 정상적인 인간의 범주로 간주되지도 않는다. 맥락은 조금 다르지만, 유령은 "산 것과 죽은 것의 차이를 침해하는 경계적 현상"으로서 산주검과 흡사하며, 그리하여 산 자이면서도 동시에 죽은 자이기도 하다. 살아 있으되 살아 숨 쉬는 존재로 계산되지 않는 인간, 충분히 죽지 못했기 때문이 아니라 살아 있음에도 이미 죽은 존재처럼 인식되는 인간, 그것이 '유령'의 정체이다.

2.

문학은 현실의 언어적 전유 행위이다. 모든 문학적 언어의 차이는 결국 이 전유라는 '굴절'에 의해 결정되며, 전유 과정에서 중요한 것은 문학-언어가 어떤 현실을 반영하거나 재현한다는 고답적인 믿음이나 텍스트 바깥의 현실이 텍스트에 얼마만큼 기입되었는가가 아니라 그것이 새로운 종류의 현실을 구성하는 동력이 된다는 사실을 이해하는 것이다. 언어적 전유로서의 문학이 사회·정치적인 현실에 대한 반영이나 재현과 다르다는 것은 상식적인 이야기이며, 또한 문학의 문학적 가치가 반드시 이러한 현실과의 연관성에 의해서 가늠되는 것은 아니지만, 언제부턴가 문학이 퇴행하는 현실에 대해 관심을 갖기 시작했다는 소문이 들려오기 시작했고, 그와 동시에 '시와 정치'에 관한 이야기들이 문예지의 특집들을 채우기 시작했다. 단적으로 이것은 2000년대의 시가 새로운 언어문법과 상상력의 변화라는 실험성을 강조하는 태도에서 점차 사회적 상상력을 확대하는 방향으로 이동하고 있음을 의미한다. 시의 정치성을 미학적인 문제로 귀결시키려는, 그리하여 예술적 자율성에 충실함으로써 시의 정치성이 획득된다고 믿는 사람들도 없지는 않지만, '시와 정치'가 '정치'와 '치안'이라는 시대적인 문제틀 위에서 발화되고 있음을 감안하면 정치성을 미학과 동일시하기는 어려울 듯하다.

2000년대 전반기, 한국시의 진화는 대개 새로운 언어문법과 상상력의 변화라는 집단적인 특징의 맥락에서 사유되었다. 자아의 고백적·독백적 목소리라는 관습적인 발화법이 부정되고, '자아'에 의해 억눌려 있던 타자들의 목소리가 전면에 등장하고, 더불어 '자아'나 '아이덴티티'라는 부동의 가치들이 서서히 침식되기 시작했다. 존재가 아닌 생성의 사유가 중요한 가치를 부여받았고, 다양한 문화적 텍스트들이 도입됨에 따라 시의 경계가 비약적으로 확장되었고. 더불어 감각의 변주에 예민하게 반응하는 하위언어들이 감수성의 해방을 예고하면서 등장하기 시작했다. 그런데 언제부턴가 이 실험적인 언어들이 '정치(성)'의 문제와 결합되면서, 시와 정치를 사유해야 한다는 목소리들이 등장하기 시작했다. 물론 이 경우의 '정치'란 전통적인 의미처럼 시인이 현실에 직접 참여해야 한다는 시인의 정치가 아니며, 시가 사회·정치적인 문제들을 적극적으로 시화(詩化)해야 한다는 리얼리즘의 새로운 버전도 아니다. 그것은 시가 삶과 동떨어진 객관적 텍스트의 수준에 머물러서는 안 된다는 텍스트주의를 넘어설 가능성에 대한 모색의 일종이었다. 지금 '시와 정치'가 우리 시단이 직면하고 있는 중요한 주제라고 한다면, '유령'이라는 기표는 그러한 주제가 한층 예각화되어 등장한 시적인 개념일 것이다. 이런 까닭에 이영광의 「유령 1」은 매우 징후적인 작품이다.

이것은 소름끼치는 그림자,

그림자처럼 홀쭉한 몸

유령은 도처에 있다

당신의 퇴근길 또는 귀갓길

택시가 안 잡히는 종로2가에서 무교동에서

당신이 휴대폰을 쥐고

어딘가로 혼자 고함칠 때,

너무도 많은 이유 때문에 마침내 이유 없이 울고 싶어질 때

그것은 당신 곁을 지나간다

희망을 아예 태워버리기 위해 폭탄주를 마시며 당신이

인사불성으로 삼차를 지나온 순간,

밤 열한시의 11월 하늘로 가볍게

흩어져버릴 수 있을 것 같은 순간

당신에겐 유령의 유전자가

찍힌다, 누구나 죽기 전에 유령이 되어

어느 주름진 희망의 손에도 붙잡히지 않고

질척이는 골목과 달려드는 바퀴들을 피해

힘없이 날아갈 수 있다

그것이 있는 한 그것이 될 수 있다

저렇게도 깡마르고 작고 까만 얼굴을 한 유령이

이 첨단의 거리를 배회하고 있다니

쉼없이 증식하고 있다니

그러므로 지금은 유령과

유령이 되지 않기 위해 몸부림치는 몸들의 거리

지하도로 끌려들어가는 발목들의 어둠,

젖은 포장을 덮는 좌판들의 폭소 둘레를

택시를 포기한 당신이 이상하게 전후좌우로

일생을 흔들면서 떠오르기 시작할 때,

시든 폐지 더미를 리어카에 싣고

까맣게 그을린 늙은 유령은 사방에서

천천히,

문득,

당신을 통과해간다

— 이영광, 「유령 1」 전문(『아픈 천국』, 창비, 2010)

　이 시에서 '유령'에 관한 여러 형상화보다 한층 강렬한 힘을 발휘하는 것은 "유령은 도처에 있다"와 "쉼없이 증식하고 있다"라는 두 문장이다. 소비가 유일한 미덕인 이 첨단의 시대를 배경으로 유령은 우리의 발걸음과 시선이 닿는 곳 아디에나 존재하고, 심지어 하루가 다르게 그 수가 늘어나고 있다. 오늘날 유령은 더 이상 유령의 공간에 유폐된 채로 살아가지 않는다. 유령의 공간, 즉 예외적인 공간과 우리의 일상이 영위되는 정상적인 공간의 구별은 무의미하다. 사실은 우리의 일상적 세계 모두가 유령이 즐겨 출몰하는 장소이다. 이것은 '일상'과 '예외'를 구분할 수 없다는 것, 유령적 삶과 그렇지 않은 삶을 분명하게 나눌 수 없다는 것, 그리하여 유령적 삶의 외부에 위치한 삶들 또한 어느 정도는 유령적이고, 조만간 유령적 삶에 포획될 것임을 암시한다. 유령은 우리의 퇴근길과 귀갓길에도, 택시가 안 잡히는 종로2가에서 무교동에도, 심지어 "희망을 아예 태워버리기 위해 폭탄주를 마시며 당신이 / 인사불성으로 삼차를 지나온 순간"에도 우리들의 곁에 머물고 있다. 뒤집어 말하면, 하루의 노동을 팔지 않으면 생계를 유지할 수 없는 사람들, 직장을 벗어나는 순간 '이후'의 삶이 소용돌이 속으로 곤두박질치는 가난한 사람들, "시든 폐지 더미를 리어카에 싣고" 어디론가 발걸음을 옮기는 사람들 모두가 사실은 이 도시의 유령인 것이다. 여기에 최근에 등장한 몇몇 유령과 조만간 유령이 될 사람들, 그러니까 청년 백수와 이주노동자, 비정규직, 실직자, 실업자, 장애인, 루저 등을 추가할 수 있을 것이다.

2000년대 시에서 '유령'의 등장은 예외적 사건이 아니다. 가령 조영석의 「선명한 유령」(『선명한 유령』, 실천문학사, 2006)에서 "어디든 막힘없이 떠돌아"다니는 유령은 남루한 노숙인의 형상으로 등장한다. 조영석의 시에서 유령이 유령인 이유는 그의 선명한 모습에도 불구하고 아무도 그에게 눈길을 주지 않는다는 것, 즉 존재감이 상실되었기 때문이다. 도시의 곳곳을 누비는, 그리하여 지금 이 순간에도 우리의 가장 가까운 곳에 있는 유령은 "쥐와 함께 자기도 하며, 옷 속을 바퀴벌레에게 세 주기"도 한다. 유령의 살갗은 곧 그의 옷이기도 하여, 그가 걸치고 있는 옷은 물과 먼지를 빨아들여 점차 갑옷처럼 변한다. 그에게선 항상 "썩어가는 생선 대가리의 냄새"가 난다. 오늘도 우리는 지하철 어딘가에서 "7인용 의자"에 누워 있는 유령과 마주친다. 그러나 남루한 그의 행색과 그의 신체가 내뿜는 악취는 전철의 그 칸을 "전용 객차"로 만들어버리는데, 사람들은 그가 뿜어내는 냄새의 포자에 노출되는 순간 "잠재적 유령"으로 변하기 때문이다. 조동범의 「유령」(『시인』 2009년 하반기호)에서 '유령'은 죽음이 흘러넘치는 도시적 삶의 비극적 일면을 가리키는 상징으로 등장한다. 그의 '유령'은 "유령이 나타났다 / 유령처럼, 횡단보도를 건너던 유령의 몸이 하늘을 날았고 / 몇 장의 현장 채증 사진과 / 도로 위에 단단히 그어진 순백의 증거가 남았다"처럼 예고 없이 다가오는 치명적 위험과 문명의 폭력적인 얼굴을 가리킨다. 이영광과 조영석의 유령이 범죄와 혼란의 소용돌이에 휘말리는 빈자와 루저를 의미하는 것이라면, 조동범의 유령은 도시적 삶에 각인되어 있는 문명의 위험을 의미하는 것이다. 이러한 맥락의 차이에도 불구하고 '유령'이 우리 시대의 문학적 상상력을 지배하는 중요한 기표로 쓰일 수 있는 까닭은 오늘날 우리의 삶이 이러한 위험 — 그것이 가난과 몰락으로 귀결되는 위험이든 생명을 위태롭게 만드는 위험이든 — 에 고스란히 노출되어 있기 때문일 것이다.

3.

　　2000년대 시는 탈승화 경향이 한층 우세하다. 전통적으로 서정시는 자아의 균질적인 목소리에 의해 파편화된 세계의 균열을 봉합하는 승화의 장르로 인식되어 왔다. 장르 개념으로서의 서정시를 '세계의 자아화'라고 단정하기는 어렵지만, 분명한 것은 서정시가 자아에 의해 주도됨으로써 균열보다는 봉합을, 탈승화적 갈등상황보다는 억압을 승화하는 방향을 선호했고, 이러한 승화의 에너지에 의해 세계와 자아의 균열을 부정하고 세계 자체를 긍정하려는 자세를 취해왔음은 분명한 사실이다. 그러나 후기자본주의가 불러온 세계의 균열상은 이제 더 이상 자아에 의해 봉합되기 어려울 정도에 이르렀고, 무엇보다도 자아 자체가 이전처럼 견고한 주체로 존재하지 못하는 상황에 처하게 되었다.

　　낭만주의자들이 말했듯이 자아란 세계와의 갈등과 대결에서 세계의 억압을 견딜 수 있고, 심지어 세계 자체의 속악성을 버텨낼 수 있는 내면적인 동일성의 힘을 의미한다. 일찍이 빅토르 위고는 낭만주의 정신에 입각해서 "자신의 내부를 통해 외부를 바라보는 일"의 중요성을 강조한 바가 있다. "이 우울 속을 들여다봄으로써, 우리의 정신은, 우리는, 심연처럼 깊은 저 먼 곳에서 조그만 원 속에서 거대한 세계를 보게 된다." 그가 인간의 영혼을 비춰준다고 가정한 우물과 거울의 이미지는 오늘날까지도 서정시의 성찰적 특성을 지시하는 표상으로 대물림되고 있고, 실제로 낭만주의자들에게 그 우물과 거울은 세계보다 훨씬 "거대한 세계"로 인식되었다. 그러나 현대는 이러한 자아의 능력이 더 이상 발휘될 수 없는 시대이다. '자아'라는 개념의 허구성을 폭로하는 일도 중요하지만, 설령 그 개념을 인정한다고 하더라도 오늘날 세계의 속물성에 맞서 내면에서 거대한 세계를 발견하고, 나아가 세계의 균열상을 봉합할 수 있는 강력한 자아를 기대한다는 것은 현실적이지 않다. 이것은 한때 서정시가 속물적인 세계와의 치열한 싸움을 통해서 성찰의 가능성을 모색해 왔지만, 이제 더 이상 세계의 속물성을 비난하거나 그 속물성에서 자유로울 수 있는 인간이 존재하지 않는다는 뼈아픈 인식과도 무관하지 않다. 최근의 젊은 시인들이 유사한 방식으로 서정의 자기동일성을 부정하고, 아이덴티티라는 개념을 공격하고 있는 것 역시 이런 인식의 소산이다. 젊은 시인들의 시에서 '자아'라는 완결된 형태를 찾기는 이미 어렵다. 자아의 동일성이 부정되는 것과 마찬가지로 젊은 시인들은 세계를 견고한 존재의 상태로 인지하기보다는 지속적으로 변화·생성하는 유동적인 상태로 포착한다. 한 편의 시에서 이질적인 목소리들이 경쟁하듯 뒤섞이고, 시적 화자의 정체성이 수시로 변하고, 더불어 세계 속의 풍경들이 현실과 환상의 경계를 초과하는 것, 이러한 특징들이 바로 아이덴티티라는 개념이 부정됨으로써 등장한 시적 현상이며, 현대시의 탈승화 경향을 지시하는 사례들이다.

시는 세계를 향한 안티테제다. 시인은 돌연변이다. 이렇게 자유롭고 저항적인 존재의 정신에 주인 따위가 있다는 사실은 어울리지 않는다. 그의 사유를 구속하는 올무는 끊어버려야 한다. 외부의 간섭과 질서에서 내부에서 발생한 배리의 존재태까지, 자아조차도 주인이어서는 안 된다. 주인이라는 개념과 어휘를 말살하는 것이다. 노예는 시인이 될 수 없다. 시는 자유인의 웅변이다.

나는 증오의 시인이다. 사랑의 시인이 찬미하는 대상을 견디지 못한다. 인간이 꽃보다 아름답다거나 인간이 희망이라는 어불성설에 상처받지 않는다. 모든 포유류의 새끼는 살해당하거나 방치되지 않기 위해 귀여운 외양을 가진다. 모성은 독점적이며 잔혹하다. 나나니벌이나 뻐꾸기와 인간 사이에 변별점이 있다고 생각하지 않는다. 인간은 꽃피는 지옥이다. 욕망이다. 자연은 인간을 위해 음풍농월의 대상으로 존재하는 것이 아니다. 자연은 지진과 해일, 태풍과 홍수다. 나는 무지개와 신기루와 사찰을 형언하지 않는다. 대면한 현실을 직시한다.

이 글은 이승원의 시집 『어둠과 설탕』 뒤표지 글의 일부이다. 그의 시 대신 표사를 인용한 까닭은 2000년대 시의 탈승화적 경향을 이보다 적나라하게 보여주는 사례도 찾아보기 힘들기 때문이다. 탈승화란 "세계의 감추어진 추악함과 무질서는 물론 자신의 내면의 온갖 추악함과 모순을 스스로 폭로"(김준오)하려는 심리기제이다. 물론 서정시가 보여주는 동일성에의 의지 또한 세계가 균열되어 있음을 보여주는 증거인데, 세계의 균열이 선차적으로 존재하지 않으면 동일성을 회복하려는 의지 또한 존재할 수 없기 때문이다. 그러나 시를 "세계를 향한 안티테제"의 일종으로 간주하는 젊은 시인들은 동일성을 회복하려는 의지조차 없는데, 그것은 무엇보다 그들이 세계, 즉 상징적 질서를 타파해야할 대상으로 설정하기 때문이다. 비시(非詩)주의 전략을 이용하여 전통적인 시의 경계를 해체하고, 남성적인 권력이 지배하는 상징적 세계를 균열시키는 김민정의 시와, 지배적인 질서와 가치는 물론 속물적인 자본주의적 현실 모두를 상대로 사실상의 전면전을 선포하고 있는 이승원의 시는 기성의 질서를 위협하고 파괴하려는 죽음에의 충동에 의해 견인된다는 점에서 탈승화적 경향의 대표적 사례라고 말할 수 있다. 그리하여 이 부정적인 에너지를 근거로 이승원은 "나는 증오의 시인이다"라고 선언한다. 안티테제와 증오의 시정신, 이것이 세계의 자아화를 통해 화해와 봉합을 이끌어내려는 전통 서정시의 세계와 다르다는 것, 아니 전통 서정시의 그러한 시적 메커니즘마저 부정의 대상으로 간주하리라는 것은 쉽게 짐작할 수 있다.

2000년대 시의 탈승화적 경향은 무엇보다 '자연'에 대한 태도에서 분명하게 확인된다. 일찍이 한 평론가가 서정시에서 자연이 매트릭스의 일종임을 고발한 이래로 최근 젊은 시인들의 시에서는 '자연'이라고 부를만한 것이 등장하지 않는다. 그렇다고 해서 이들의 시가 자연을 도시적인 것으로 대체한 신서정의 성격을 띠는 것도 아니다. 오히려 이들은 "나나니벌이나 뻐꾸기와 인간 사이"의 변별점을 없애버림으로써 반(反)휴머니즘적인 시의 등장을 예고하고, 자연이 "인간을 위해 음풍농월의 대상으로 존재하는 것"이 아님을 명백히 하며, 나아가 "사랑의 시인이 찬미하는 대상"에 관심을 두지 않는다. 물론 이것은 이들 시인들이 도시에서 태어난 아스팔트 세대들이고, 비교적 어릴 때부터 기계문명에 익숙한 채로 성장한 '모니터 킨트'이기 때문에 생기는 감수성의 문제이지만, 더욱 본질적으로는 "대면한 현실을 직시"하지 못하는 문학이 결국 상징적인 차원에서 억압에 공모하는 역할을 수행할 수도 있다는 자각에서 비롯된 것이다. 물론, 여기에서 "대면한 현실"이 구체적으로 무엇인지를 의미하는지를 확인하는 일이 중요하다. 어떤 시인에게 그것은 가부장적인 남성적 질서의 세계로 인지되고, 또 어떤 시인에게는 언어, 법, 질서 등의 상징계적 현실로 인식되며, 또 어떤 시인에게는 우리의 삶을 둘러싸고 있는 자본주의적 가치법칙과 그에 종속된 삶의 질서 모두를 포괄하는 것으로 각인되기 때문이다.

4.

2000년대의 첫 십 년, 젊은 시인들의 시적 실험은 '시'라는 관념과 그에 결부된 감수성의 해방을 겨냥했고, 그 결과 형식 실험은 물론 자아와 아이덴티티라는 동일성의 기제를 부정하는 방향으로 진화해왔다. 이러한 형식과 질서가 문학이라는 제도를 둘러싸고 있는 상징적 질서의 일부이고, 심지어 우리의 일상을 근본적인 차원에서 규정하고 있음은 부정할 수 없다. 그러나 유령의 시대를 맞이하여 최근의 시적 실험은, 시와 정치라는 새로운 물음이 제기하고 있듯이, 상징적 질서에 대한 투쟁 그 이상의 정치성을 요청하고 있다. 이 대목에서 우리는 한편으로는 시의 언어가 범죄와 혼란의 소용돌이에 휘말리는 빈자들의 삶에 어떻게 다가설 수 있는가를 고민해야 하고, 또 한편으로는 볼 수 있는 것, 말할 수 있는 것, 사유할 수 있는 것을 누구에게 어떻게 분배하는가 하는 문제를 미학적 체제의 너머에서 다시 사유해야 한다는 문제와 맞닥뜨리게 된다. 랑시에르가 「프롤레타리아의 밤」에서 썼듯이 대중·인민의 목소리가 무엇을 의미하는가 하는 문제를 불화와 불일치에 기초한 민주주의라는 관점에서 사유해야 하는 것이다. 이러한 과제는 자연스럽게 우리를 빈자들의 삶에 연결시키고, 나아가 시가 '미학'과 '텍스트' 이상의 무엇이어야 하는가라는 현실적·정치적인 문제를 제기한다. 이 질문에 대답하는 것, 그것이 이 극단적인 유령의 시대에 시와 비평이 진지하게 대답해야 하는 문학적 물음일 것이다. 이 물음에 대한 시인들의 대답이 시의 형식 실험만으로 완결될 수 있을까? 내 대답은 부정적이다.

이름들의 익명적 공동체

시단과 시 잡지의 존재이유에 관하여

1.

지난주, 창간을 준비하고 있는 한 시지(詩誌)의 특집 좌담이 있었습니다. 2000년대 시단(詩壇)의 지형과 쟁점에 관해 토론하는 자리였는데, 이야기의 후반부에 잠시 '잡지'의 위상에 대해 이야기할 기회가 있었습니다. 창간을 준비하고 있는 잡지의 의미와 운명에 대해 이야기하는 자리였기에 '잡지'라는 근대문학적 형식에 관해 본질적인 이야기를 주고받지는 못했지만, 좌담에 참석한 사람들의 머릿속에는 아마도 '왜 또 잡지인가?'라는 근본적인 물음이 있었으리라고 생각합니다. 좌담에 참석한 다음날 가까운 지인에게 ㅁ출판사가 계간 시 잡지를 창간할 예정이며,

창간호의 특집 좌담에 다녀왔다고 이야기했더니, 잠시의 망설임도 없이 "잡지를 또 만들어?"라는 냉소적 반응이 돌아오더군요. 그렇습니다. '또'라는 말처럼 '잡지'라는 형식은 문학의 대표적 잉여물로 간주되고 있습니다. 어느새 시인들과 평론가들마저 '잡지'라는 형식에 회의적으로 반응하는 시대가 되었습니다. 오늘날 잡지는 독자의 손에 도달하지 못하고 재고로 쌓여 있다가 폐기처분되거나, '독자'의 범위가 해당 잡지의 필진이나 시인, 평론가들로 한정되어 대중적인 영향력을 전혀 불러일으키지 못하거나, 심지어 개봉과 동시에 버려지는 무용지물로 전락해버렸습니다. 운이 좋아 살아남은 잡지들도 이사 때면 퇴출 1순위로 낙인찍힙니다. 우리는 잡지가 쓸 데 없이 이삿짐을 무겁게 만드는 공공의 적으로 간주되는 시대에 잡지를 만들고, 잡지에 글을 발표하며, 또 잡지를 읽습니다. 세상에는 팔리는 잡지와 안 팔리는 잡지가 있다는, 주류잡지와 비주류잡지가 있다는 자조적인 농담이 결코 '농담'이 아닌 시대입니다. 잡지의 지명도에 따라 사정이 조금 다를 뿐, 냉대 받는 문학적 현실을 상징한다는 점에서 '잡지'의 운명은 대동소이합니다.

'잡지'는 근대문학의 대표적인 문학적 형식 가운데 하나입니다. 문학사가 증언하듯이, 한국의 근대문학은 어떤 면에서는 잡지의 역사였다고 말할 수도 있습니다. 근대문학의 형식으로서 잡지는 동인지와 분명하게 구분되지 않는 특징을 지니고 있지만, 저널리즘 특유의 동시대성과 새로운 문학적 감성의 변화를 껴안은 채 문학의 다양성이 실험되었던 것은, 그리하여 다른 어떤 매체보다도 대중적·문학적 영향력을 구가해온 것이 잡지라는 형식이었습니다. 물론, 근대문학에서 '잡지'가 중요한 의미를 띠었던 데에는 여러 가지 사정이 있었습니다. 근대문학 초기에는 단행본 출간이 보편적이지 않았기에 잡지는 시인들이 작품을 발표할 수 있는 중요한 매체였습니다. 단행본(작품집) 출간과 잡지 사이에는 일정정도 반비례 관계가 성립하는데, 이는 발표지면의 확보라는 잡지의 기본적인 성격과 무관하지 않습니다. 또한 근대문학이 '잡지'라는 형식에 특별한 의미를 부여했던 까닭은 당시의 문학이 예술적인 감성의 표출만이 아니라 대중을 계몽한다는 이데올로기적 기능을 부여받고 있었기 때문일 것입니다. 초기의 근대문학은 독서능력을 증대시킴으로써 대중의 문맹률을 낮추는 역할을 담당하고 있었고, 특정한 도덕적·윤리적 내용들에 충실함으로써 대중들을 계몽·각성시키는 역할을 맡고 있었으며, 그럼으로써 독자 대중에게 국가·민족공동체라는 공통감을 심어주는 역할까지 감당하고 있었습니다. 문학의 이러한 사회적 기능은 오늘날의 시각으로 보면 상당히 비문학적이고 이데올로기적인 것처럼 보이지만, 근대문학의 초기에는 당연시되었습니다. 이런 기능의 수행을 위해서 단행본보다는 잡지라는 대중적 형식이 선택된 측면이 큽니다. 근대문학의 이러한 특징은 문학의 사회적 영향력이 비교적 컸으며, 상대적으로 문단의 인구가 많지 않았다는 것을 전제하고 있습니다. 마지막으로 새로운 문학적 감성은, 유럽의 경우도 마찬가지였지만, 대개 '운동'의 형식을 띠고 출현했다는 사실에 주목해야 합니다. 이것은 앞서 이야기한 것처럼 근대문학의 초기에는 동인지와 잡지의 경계가 오늘날처럼 명확하지 않았다는 것을 의미하며, 그런 현실 속에서 잡지는 특정한 문학적 이념이나 경향이 실험되는 공간으로 이해되었습니다.

2.

그렇다면 오늘날의 '잡지'가 근대적 문학장으로서의 성격을 그대로 이어받고 있는 것일까요? 근대문학적 맥락에서의 '잡지'와 오늘날의 '잡지'가 동일한 성격과 기능을 갖고 있는 것일까요? 이 질문에 대해 긍정적으로 답하기는 무척 어려울 것입니다. 우선, 오늘날의 문학적 감성을 선도하는 것은 잡지가 아니라 단행본입니다. 한때 정치적인 외압 때문에 단행본 출간이 어려웠고, 때문에 동인지, 잡지, 무크지 등의 형식이 크게 유행했던 시절이 있었지만, 90년대 이후 이러한 외부적 요인은 사실상 사라졌습니다. 출판 브랜드의 차이에 따른 영향력의 문제는 여전히 존재합니다만, 그렇다고 단행본 출간이 위축되지는 않습니다. 또한 오늘날의 문학은 더 이상 계몽에의 의지를 가지고 있지 않으며, 이데올로기적 기능에서 자신의 정당성이나 위상을 발견하지도 않습니다. 문학은 오직 '문학'이어야만 한다는 것이 문단 내부의 일반화된 감각입니다. 오늘날 도덕적·윤리적 의무에 충실하려는 문학적 경향은 문단 내부에서도 환영받지 못하며, 대중적인 영향력 또한 거의 없다시피 합니다.

현대에 접어들어 문단의 인구는 비약적으로 증가했습니다. 물론, 시를 쓰는 모든 사람이 곧 시인은 아닙니다. 그것은 우리가 글을 쓰는 모든 사람을 '문인'이라고 부르지 않는 것과 같은 이치입니다. 그런 면에서 '문단'을 문인들의 집단이나 공동체라고 단정하는 것은 사실상 동어 반복 이상의 의미를 갖지 않습니다. 우리는 글을 쓰는 사람들 가운데 특정한 사람들만을 문단인이라고 부르는 데 익숙하며, 나아가 '문단'을 하나의 공동체라고 상상할 수 없는 시대에 살고 있습니다. 어떤 면에서 '문단'은 특정한 지역공동체 내지 '중앙'에서 활동하는 문인들만을 지칭하는 우리(cage)의 또 다른 이름인지도 모릅니다. 하나의 '문단'이 존재한다기보다는 몇 개의 크고 작은 '우리'가 존재한다고 말하는 것이 적절할 것입니다. 지역과 중앙이라는, 중심과 주변이라는 이항적 도식의 무용함과 폭력성을 알고 있으면서도, 이따금씩 '문단=중앙문단'이라고 간주할 수밖에 없는 곤혹스러움도 이런 사정과 무관하지 않습니다. 그렇지만 지금은 '문단'이 결코 하나의 집단으로 통칭될 수 있는 시대가 아닙니다.

잡지의 특이성은 어떨까요? 근대문학의 초창기부터 '잡지'는 문인들의 공유지이거나, 특정한 문학적 경향이 실험되는 장소였습니다. 그러므로 잡지에서 '잡(雜)'이란 다양한 형식의 공존을 의미하는 것이지, 글을 쓰는 모든 사람이 동등하게 참여할 수 있는 열린 공간을 의미하는 것은 아니었습니다. 이러한 선택과 배제는 오늘날에도 여전히 작동하고 있습니다. 다만, 그 선택과 배제의 메커니즘이 '문단'의 범위와 마찬가지로 매우 한정적이고 촘촘한 그물 형태를 띤다는 것은 부인할 수 없는 사실입니다. 한편으로 현재의 '잡지'는 다양한 문학적 경향을 추구하는 다수의 사람들이 참여하고 있는 혼종적(雜) 공간처럼 인식되지만, 또 한편으로 그러한 혼종은 철저하게 '문단'이라는 공동체에 포함되는 사람들에게만 허락된다는 점에서 반혼종적(非雜) 공간이기도 합니다.

오늘날 잡지의 성격과 종류는 두 가지로 구별됩니다. 불특정 다수가 필진으로 참여하는 발표장의 기능을 떠맡고 있는 잡지가 그 하나이고, 특정한 문학적 경향이나 인맥으로 얽혀있는 동인지적인 성격을 띤 잡지가 또 하나입니다. 잡지의 존재이유와 관련해서 다수의 사람들은 후자가 바람직한 잡지상이라고 말합니다. 물론, 하나의 잡지가 특정한 문학적 경향을 대표하는 매체로 자리 잡고, 해당 잡지를 중심으로 특정한 문학적 경향이 실험된다면 잡지들 간의 정체성도 명확해질 것이고, 잡지의 난립 현상에 대한 문인들의 생각도 조금은 달라질 것입니다. 그러나 지금이 정체성 중심으로 잡지가 경쟁할 수 있는 시대인지, 또 현존하는 다수의 잡지들이 대표해야 할 정도로 다양한 문학적 경향이 존재하는지도 의문입니다. 강력한 정체성을 환기하는 소수의 잡지를 제외하고 대다수의 잡지가 형식이나 내용 면에서 대동소이하고 천편일률적인 편집틀을 보여주는 것도 이런 문제와 밀접한 관련이 있을 듯합니다. 언젠가 한 평론가는 시인 고은을 하나의 망명정부라고 명명한 적이 있습니다. 다소 냉소적이지만 이 표현을 패러디하면, 우리는 문학인 각자가 자영업자인 시대를 살아가고 있는 것은 아닌가 합니다. 문학이 더 이상 운동으로 존재할 수 없는 시대, 그래서 집단이 기껏해야 패거리의 완곡한 표현에 불과한 시대 말입니다. 이런 이유에서 잡지의 난립은 그 자체로 부정되어야 할 현상이 아니라 '잡지'라는 형식의 존재 이유에 대해 근본적인 질문을 던질 수 있는 기회이기도 합니다. 문학이 더 이상 운동의 형식으로 존재할 수 없고, 단행본을 비롯한 출판 여건이 그 어느 때보다 발달했으며, 넘쳐나는 잡지의 수 때문에 발표지면이 부족하기보다는 잡지에 발표할 작품의 수가 부족하다고 느껴지는 지금, 더군다나 문학의 사회적 기능이 축소되어 더 이상 독자들이 문학에 대해 관심을 표현하지 않는 이 시대에 '시단'은 왜 존재해야 하며, '잡지'의 존재 이유는 무엇일까요? 이 난감한 질문이 지금 저에게 주어진 물음입니다.

3.

'문단'이나 '잡지'라는 형식이 문학적으로 가장 빛나는 순간은 그것들이 '이름들의 익명적 공동체'로 존재하는 경우입니다. 유명세를 타는 문인들의 집합이 아니라 이름 없는 이름, 오직 작품들의 조각으로만 존재하는 공동체. 그것들은 어느 누구의 소유물이 아니라 '우정의 공동체' 그 자체입니다. 그러나 우리가 현실에서 경험하는 '문단'과 '잡지'는 이러한 익명성을 모두 상실하고 있습니다. 오늘날 '문단'은 '우정의 공동체'는 고사하고 몇몇 작가들이 대표하는 인적 네트워크가 되어버렸습니다. 연말이면 모여 앉아 술자리를 즐기고, 각종 시상식 자리에 몰려다니며 친분을 과시하는 게 '문단'의 전부입니다. 문학적 완성도를 따지기보다는 어느 매체 출신인가에 관심을 기울이고, 유명한 매체 출신이 아니면 눈길을 주지 않는 곳이 문단입니다. 그러다보니 점차 '문단'

과는 상관없이 활동하는 작가들이 증가하고 있는 실정입니다. 지역문단이 노령화되어 활기를 찾기 어렵고, 중앙문단은 점차 존재감을 잃어가고 있습니다. '잡지' 또한 근대문학적 순기능보다는 일부의 '패거리'를 중심으로 끝없이 분화되는, 그리하여 출간된다는 사실 자체로 만족할 뿐 아무런 역할도 하지 못하는 경우들이 허다합니다. 앞서 이야기한 것처럼, '문단'이 하나의 울타리가 아니라 '패거리'의 울타리가 되어 바깥을 향해 배제와 추방의 메커니즘을 서슴지 않을 때, 그리하여 지역문단은 중앙을 혐오하고 중앙문단은 지역을 비웃는 악순환을 벗어나지 못할 때, 문학이 평등의 세계가 아니라 권위와 권력에 의해 서열화 되고 위계화 됨으로써 스스로를 세속화할 때, 우리는 '문단'의 존재의미에 대해서 물어야 할 이유가 없습니다. 어떤 사람들은 중앙문단과 지역문단의 구분, 그리고 그 각각이 몇 개의 하위문단으로 나뉘어 각각의 방식으로 돌아가는 작동방식을 문단의 다양화라고 평가할지도 모르겠습니다만, 그것은 다양성이라는 이름을 내세운 중앙집권체에 불과합니다. 그 모든 집단 / 문단이 자신의 위치하고 있는 공간 내에서는 강력한 중앙의 기능을 하고 있기 때문입니다. '창비'나 '문지' 같은 강력한 중심이 중앙에만 존재한다고 말하는 것이야말로 사태의 본질을 잘못 이해하는 것입니다. '창비'나 '문지'는 서울에도, 부산에도, 그리고 대구와 광주에도 존재합니다. 다만, '간판'이 다를 뿐이지요. '문단'은 느슨한 의미의 공동체이지 하나의 조직이 아니며, 다양한 목소리들이 왕래하는 사이-공간이지 이념이나 취향을 공유하는 조직이 아닙니다. 그런 까닭에 문단의 안과 밖을 가르는 구분선이 명쾌해야 할 이유가 없습니다.

근대문학사를 돌이켜 보십시오. '문단'이라는 이름 아래에 얼마나 다양한 예술가들이 함께 활동했는가를. 과연 그러한 개방성이 오늘날의 문단에 존재하고 있을까요? 우리는 '문단'이 점점 글쟁이들의 이익을 대변하는 이익집단으로 굳어가고 있는 것은 아닌지 물어야 합니다. '문단'은 결코 문인들의 사교단체가 아닙니다. 아니, 문단은 사교모임에 불과할 때조차 문인들의 이익을 대변하는 단체가 아니라 '문학'이라는 이름으로 사람들을 소통시키는 공론장으로 기능해 왔습니다. 이런 맥락에서 문단은 힘 없는 힘으로서 존재해야 합니다. 그러나 오늘날의 문단은 제도로서의 기능만을 수행하는 데 그치고 있습니다.

'잡지'는 또 어떤가요? 오늘날 많은 잡지들이 '잡지'의 존재 이유에 대해 질문을 합니다. 이러한 질문이 급증한다는 것은 이미 잡지의 존재 이유가 미미하다는 것의 반증입니다. 존재 이유가 충만할 때, 우리는 결코 존재 이유를 묻지 않기 때문입니다. 우리는 오직 존재 자체가 위협받고 위태로울 때에만 존재 이유에 대해 질문합니다. 어떤 측면에서 보면 '잡지'야말로 '이름들의 익명적 공동체'에 가장 근접한 형태일 것입니다. 다양한 작품들이 발표되는, 그리하여 한 시대의 문학적 바로미터가 바로 잡지이기 때문입니다. 물론, 문학적 형식으로서의 잡지가 특정한 문학적 경향이나 예술적 취향을 대표하는 상징적 매체로 기능하는 것이 불가능하지 않습니다. 각각의 잡지들이 분명한 자신의 정체성을 표방하고 지켜나간다면 그것 또한 환영해야 할 일입니다. 그러나 지금의 잡지는 예술적 취향의 공통성을 강조하면서도 실상은 특정한 인맥·학맥을 중심으로 운영되는 경우가 허다합니다. 즉 인맥·학맥이라는 약점을 예술적 취향이라는 알리바이로 은폐하고 있는 실정입니다. 예술적 취향의 문제가 배제의 논리로 작동하는 경우도 많습니다. 문학사도 '역사'의 일종인 한에서 지배적인 취향이나 스타일의 존재를 긍정할 수밖에 없습니다. 다양한 예술적 취향들이 공존·경합하는 것은 사실이지만, 그 다양성들 가운데 어떤 취향이 지배적·주류적 취향이 되는 것은 무척 자연스러운 현상입니다.

그러나 나는 magazine이라는 단어를 굳이 '잡지'라고 번역한 사실, 특히 '잡(雜)'에 주목하려 합니다. 지금 한국의 문예지는 두 종류로 구분됩니다. 예술적 취향의 공통성을 표방하는 동인지적 성격의 잡지와 다수의 필진들이 참여하여 예술적 취향들이 공존·경쟁하는 잡지가 그것들입니다. 물론, 후자의 경우에도 편집위원들의 성향에 따라 동인지적 성격(현재 발행되고 있는 『시와 반시』가 대표적입니다)을 띠기도 합니다만, '잡지'라는 형식을 운동의 매개체에 국한시키지 않는다면 잡지는 취향의 단일성보다는 취향이 공유되지 않는 상태의 혼종성을, 다양한 형식적 실험과 함께 배치되는 것이라고 생각합니다. 적어도 '잡지'를 지면을 통한 문단의 헤게모니 경쟁이나 인맥·학맥관리의 방편으로 삼지 않는다면 말입니다. 이 경우 동인지적 성격을 지닌 잡지들의 반론이 있을 수 있습니다. 때로는 잡지가 예술적 운동 그 자체일 수도 있으니까요. 그러나 나는 취향을 공유하는 것만큼이나 공유되지 못하는 취향들의 함께-있음도 의미 있는 작업이라고 생각합니다. 더 나아가 그것은 '문학'이 결코 단일하지 않다는 사실을 보여주는 것이기도 합니다. 이것은 대문자 문학이 성립될 수 없다는 것을 강조하는 것일 뿐, 독자들에게 다양한 취향들을 묶어서 제공해야 한다는 상품적 기능을 의미하는 것이 아닙니다. 아니, 더 냉정하게 말한다면 어떤 방식의 종합을 제시하든 시 잡지가 상품으로서의 가치를 띨 수 있는 시대는 이미 지나갔습니다. 아니, 어쩌면 한 번도 없었다고 말하는 것이 정확할 것입니다. 몇몇 시 잡지들이 작품의 익명성 대신 유명 시인들의 이름을 팔아서 잡지의 지명도와 상품적 가치를 높여보려고 했으나, 결국 그 모든 시도가 실패로 귀결되고 만 것은 시 잡지가 상품의 논리로 접근될 수 없다는 사실을 말해줍니다.

4.

'문단'은 유명한 이름들의 집합이 아닙니다. 문단은 한 사람 한 사람의 문인들을 모두 합친 총합을 가리키는 것이 아니라 익명의 다수로 구성된 공동체의 다른 이름입니다. 그리고 '잡지'는 여러 상품들을 일목요연하게 정리해 놓은 상품 진열대가 아닙니다. 시 잡지의 상품성을 높여서 더 많은 사람들이 잡지를 읽는다면 좋겠지만 지금의 문학적 현실에서 그런 일은 생기지 않을 것 같습니다. 그래서 우리가 잡지에 요구할 수 있는 유일한 것은 문학적 기능, 즉 다양한 문학적 경향들이 공존함으로써 한 시대의 문학적 경향을 정확하게 보여줄 수 있는 감수성의 바로미터입니다. 지나치게 상식적인 답변일지는 모르지만, 나는 오늘날 시 잡지의 존재 이유가 여기에 있다고 생각합니다. 과거의 시가 아닌 현재의 시와, 시간을 앞질러 도래한 미래의 시가 공존하고, 불협화음을 통해서 근대적 세계관을 돌파하려는 경향과 서정적인 통합의 언어를 통해서 근대의 극복을 노래하는 시를 동일한 지면에 배치함으로써 우리 시대의 시가 어떻게 현실을 지배하는 가치에서 벗어나려고 시도하고 있는가를 보여주는 것, 이 상식적인 기능은, 그러나 결코 '상식'이라는 고답적 이름에 머물지 않습니다. 나아가 잡지가 몇몇 사람들의 전유물이 아니라 모든 문학인들이 작품의 익명적인 이름으로 함께 할 수 있는 공동체가 되는 것이야말로 여전히 '잡지'라는 문학적 형식이 존재해야 할 이유입니다.

문단 또한 마찬가지입니다. 문단은 결코 몇몇 명망가들의 사교장에 그쳐서는 안 되며, 특정한 문학적 취향이 좌우하는 공간으로 머물러서도 안 됩니다. 대외적으로 한국문학을 대표하는 기능보다 중요한 것은 문단이 익명의 공동체가 되어 그 속에서 시인들이 각자의 특이성을 표현하고 소통할 수 있는 공간이 되는 것입니다. 냉소적으로 표현하면, 오늘날 시인들은 고독한 자영업자처럼 어두운 방에 홀로 웅크리고 앉아서 시를 씁니다. 이 운명적인 고독감이야 시를 쓰는 모든 사람들이 경험할 수밖에 없다 할지라도, 벽 너머에 또 한 사람의 고독한 인간이 어둠을 밝히고 있음을 희미하게나마 감지할 수 있을 때 우리의 고독은 전혀 다른 느낌으로 다가옵니다. 그리하여 서로가 서로의 독자가 되어줄 수 있을 때, 아니 가상의 독자로 머물러 주기를 마다하지 않을 때, '문단'은 진정한 익명적 공동체가 될 수 있습니다. 그러기 위해서는 먼저 '시단'이 배제의 논리를 작동시켜서는 안 됩니다.

　잡지와 시단의 존재이유, 그것에 대한 우리의 대답은 그것들이 공동체로 존재해야 한다는 것입니다. 공동체는 무리 / 집합의 고상한 동의어가 아닙니다. 일반적으로 공동체는 특정한 무엇을 공유하고 있는 사람들의 집합을 가리킵니다. 그것이 예술적 취향이든 문학적 신념이든, 혹은 그 이상의 어떤 것이든, 모든 공동체는 '공유'의 지점을 상정하려는 속성을 지닙니다. 어쩌면 우리가 문단이나 잡지를 공동체라고 말할 때에도 이런 생각에 빠져 있는 것인지도 모릅니다. 잡지나 문단을 특정한 성향의 집단과 동일시하는 태도 역시 마찬가지입니다. 잡지와 문단에는 항상 문턱이 존재합니다. 이 문턱은 안과 밖을 가르는 경계이자, 외부 존재가 공동체의 경계 안쪽으로 들어오는 것을 가로막는 장벽이기도 합니다. 그렇지만 우리가 잡지와 문단이 공동체라고 말할 때, 익명의 공동체라고 말할 때, 그것은 이러한 장벽의 존재를 허락하지 않는 공동체입니다. 잡지와 시단이 '배제'의 논리를 내세우지 않아야 한다는 것은 정확히 이러한 의미입니다. 우리들 모두는 정치적 신념이나 문학적 취향이 같기 때문에 문단에 참여하거나 잡지에 글을 쓰는 것은 아닙니다. 우리들 모두는 정치적 신념이나 문학적 취향이 다름에도 불구하고 문단에 참여하거나 잡지에 글을 씁니다. 잡지나 문단이라는 제도를 알폰소 링기스(Alphonso Lingis)의 표현처럼 '아무 것도 공유하지 않는 자들의 공동체(the community of those who have nothing in common)'라고 말하는 것은 과장이겠지만, 적어도 잡지나 문단이 취향과 신념의 동일성을 앞세워 '다름'을 배제하는 폭력적인 공동체(이익집단)여서는 안 된다는 것만은 분명합니다. 이러한 공동체가 아니라면 몇몇 사람들의 사유물인 잡지와 작가들의 친목단체로 전락해버린 문단이 더 이상 존재해야 할 아무런 이유도 없습니다.

최근에 읽은 테리 이글턴(Terry Eagleton)의 『이론 이후』(길, 2010)에 나오는 한 구절을 인용하며 글을 마무리하겠습니다. 이글턴의 이 책은 자본주의하에서 '문화' 연구의 운명과 방향성을 조망한 저서이지만, '문화'를 '문학'이나 '시'로 바꿔 읽으면 '유용성이라는 법정'에 호출되어 곤욕을 치르고 있는 문학의 현대적 운명이나 존재 이유에 대한 해명으로 읽을 수도 있다고 생각합니다. 파스칼 카사노바(Pascale Casanova)의 언어를 빌리자면 문학은 '비시장적 가치들이 거래되는 시장'인 셈이지요. 시장적 가치와 실용성의 외부에서 문화에 의미를 부여하려는 이글턴의 시도는 우리가 문학을 이야기할 때 빠뜨리지 않아야 할 지점이라고 생각합니다. "사회적 삶이 점점 더 유용성의 법칙 아래 종속되어갔지만, 문화는 가격을 붙일 수는 없을지언정 가치가 있는 것이 분명히 존재한다는 사실을 일깨워주었다. 어리석기 짝이 없는 도구적 이성이 인간들의 일을 좌지우지하게 되었지만, 문화는 순수하게 그 자체만의 목적을 위해서 존재하는 모든 것을 향유했다. 눈에 보이는 목적 없이, 그 자체로 충분히 즐겁게 말이다. 문화는 고되기 짝이 없는 노동의 굴레와 대조되는 유희의 심오함을 증명해주었다. 인간의 삶이 점점 더 양화되고 관리되어가도, 예술은 독특한 개별성이라는 것이 존재한다는 것을 강력히 주장하기 위해 존재했다."

'시와 인문주의'에 관해 물을 때
함께 물어야 할 것들

1.

　시는 주체−언어−세계라는 세 가지 요인들이 겹쳐지면서 창작됩니다. (…중략…) 세계의 측면에서 '송경동 현상'과 '극서정시'가 대척에 놓이는 듯합니다. 언어의 관점에서 신세대의 산문화된 난해시와 단형서정시가 두 극단이겠지요. 주체의 측면에서 고백에 그치는 경우와 타자와 외부로 나아가는 경향이 대별될 것입니다.

—「지금−이곳의 시인은 누구이며 비평의 역할은 무엇인가」,

계간 『시인수첩』, 2011 겨울, 193쪽

이것은 최근 출간된 한 계간지의 토론 자리에서 사회자가 주체, 언어, 세계라는 세 개의 극점으로 시적 경향의 다양성과 차이를 설명하는 장면의 일부이다. 이러한 분별은 현대시의 변화와 그 성격을 이해하는 좋은 이론적 길잡이임에 분명하다. 그렇지만 우리가 경험하게 되는 구체적 '시'가 이러한 이론적 구분이 강조하는 극단들 사이를 횡단하고, 때로는 그런 경계들을 무색하게 만드는 혼종적 상태로 존재한다는 점에서 이 구분은 보충되어야 한다. 물론 구체적인 텍스트로서의 시가 극단들의 사이에 존재한다고 해서 이러한 이론적 구분이 무의미하거나 설득력이 떨어지는 것은 아니다. 그런데 시에 관한 이 구분을 읽으면서 불현듯 '시' 자리에 '소설'이나 '문학'이라는 단어를 넣으면 위의 설명이 어떻게 바뀔 수 있을까가 궁금해졌다. 그 경우에도 '주체-언어-세계'라는 세 요인에는 변화가 없을까.

　　언젠가 하이데거(M. Heidegger)는 횔덜린의 비가(悲歌) 『빵과 포도주』에 등장하는 "이 가난한 시대에 무엇을 위한 시인인가?"라는 진술을 인용하여 「무엇을 위한 시인인가?」라는 제목의 강연을 한 적이 있다. 이 강연에서 하이데거는 '가난한 시대'라는 횔덜린의 말을 신성의 빛이 사라진 어둠의 시대라는 의미로 해석함으로써 '시인'이라는 존재에게 미래적인 의미를 부여했다. 그 의미를 요약하면 시인은 신이 없는 어둠의 심연 속에서 장차 다가올 새로운 시대, 즉 존재의 운명을 미리 느끼고 성실히 그날을 위해 준비하는 존재라는 것이다. 그래서 그는 이렇게 주장한다. "궁핍한 시대의 시인은 시의 본질을 고유하게 시작해야 한다. 이러한 것이 일어나는 바로 그곳에, 아마도 시대의 역사적 운명 속으로 스스로를 보내는 시인다움이 존재하리라는 추측도 가능할 수 있다"(하이데거, 『숲길』, 나남, 2008, 400쪽). 그런데 왜 하이데거는 '무엇을 위한 '문학'인가?'라고 묻지 않았던 것일까? 이 지점에서 우리는 사르트르의 '문학이란 무엇인가'라는 물음으로 되돌아가게 된다. 하이데거는 '문학'이라는 이름 아래에서 '운문(시)'과 '산문(소설)'의 특징을 분명하게 구분했다. 그래서 사르트르에게서 '문학'이란 '소설'에 가까운 개념으로 사용된다. 반면 하이데거에게 '시'는, 고전주의자들의 통념과 달리, '소설'을 포함하는 '문학'의 환칭(換稱)이 아니다.

　지상토론의 인용문으로 다시 돌아와 '시' 자리에 '문학'이나 '소설'을 넣으면 '주체-언어-세계'라는 꼭짓점의 항목에는 어떤 변화가 발생할까? 아마도 큰 변화는 없을 것이다. 다만 '시'에 관한 물음의 경우에는 상대적으로 '세계'보다는 '주체'와 '언어'에 강조점이 찍히지만, '소설'에 관한 물음의 경우에는 '주체'와 '언어'보다는 '세계'에 방점이 찍힐 것이다. 또한 '주체'의 문제는 시에서는 '시인'과 분리해서 생각하기 어려운 반면, 소설에서는 주인공이나 화자의 문제로 귀결될 것이며, '언어'의 문제는 시에서는 비지시적인 성격을 띠는 반면 소설에서는 지시적인 성격을 띠게 될 것이다. 물론 여기에서 간과되지 말아야 할 것은 소설에서의 '세계'와 시에서의 '세계' 또한 근본적으로 다를 수밖에 없다는 사실이다. 이것은 결국 '소설'과 '시'의 근본적 원리가 상이하다는 것을, 그러므로 '주체', '언어', '세계' 각각에 방점을 찍을 때조차 소설과 시는 그것들을 다른 방식으로 직조한다는 것을 의미한다. 그렇다면 왜 이런 구분이 필요할까? 그것은 문학을 '언어' 예술이라고 말할 때조차 시와 소설은 구분되어야 하며, 시와 소설이 '세계'와 관계 맺는 방식 또한 동일한 것으로 간주되어서는 안 되기 때문이다. 물론, 이러한 설명이 시가 주체의 외적현실, 특히 일상적 삶과 정치적 현실에 관해서 말해서는 안 된다거나, 시의 언어가 오직 언어적 관계라는 형식으로만 한정되어야 한다고 말하는 것은 아니다. 그렇지만 소설에서 '주체'가 일상적 개인으로서의 존재와 그를 둘러싸고 있는 세계의 관계 속에서 포착된다면, 시에서 '주체'는 일상적 (비)사건들이 비일상적인 사건으로 경험되는 순간으로서의 '현실'과 관계하며, 그 관계는 설명적 언어가 아닌 감염력이 높은 감응의 언어로 표현되는 것이라는 장르적 차이를 무시할 수는 없다. 시에서 '감정'이나 '감각'이 특권적인 위치를 점하는 이유가 여기에 있다.

2.

'인문(학)'은 단연 우리 시대의 화두 가운데 하나이다. '실용'을 강조하는 자본주의적 현실의 속악함과 그에 대한 대안적·저항적 의미를 띠고 있는 '인문(학)'의 대립은 양분된 상태로 존재하는 현대적 욕망의 바로미터이다. 인문학이 교양 수준의 지식을 의미하는 것으로 오해되어 속물주의에 대한 면죄부로 쓰이는 경우도 없지 않지만, 인문(학)은

'희망의 인문학'이나 '불온한 인문학'처럼 자본주의적 가치의 외부에서 대안적 삶을 모색하려는 욕망을 견인하는 중요한 탈주선으로 기능하고 있다. 그러나 오해하지 말아야 한다. '시와 인문(주의)'라는 주제는 '시'와 '인문학'의 접속도, 나아가 '인문주의'를 '세속적 명제'으로 환원하는 인본주의적 휴머니즘을 의미하는 것도 아니다. 또한 그것은 학(學)으로서의 '인문과학'을 경유하여 '시'를 정의하려는 시도도 아니다. 만일 '인문주의'가 '인문과학'을 가리킨다면, 우리는 '시'에서 인문과학이 아닌 것, 즉 수학이나 과학 등의 시선들을 모두 배제해야 할 것이다. 이 배제가 의미하는 것이 무엇일까. 그것은 우리가 '시'를 이야기할 때 아우라(aura)의 상실과, 테크놀러지와 산업사회를 선험적 조건으로 하는 기술복제시대의 예술에 대해서 침묵해야 하고, 1차 세계대전 이후의 유럽 모더니즘을 견인한 공학적이고 기계적인 발상은 존재 자체가 없었던 것으로 간주해야 한다는 것을 의미한다. 더욱 구체적으로 수학적·공학적 발상에 근거한 시인들의 시를 '시'의 범주에서 삭제해야 한다. 이러한 배제는 시와 예술의 현대적 의미를 비인간화나 반(反)기술주의로 정의하는 몇몇 보수적인 태도에만 적용될 수 있을 뿐이다.

오랫동안 사람들은 인문주의를 르네상스적 인간중심주의라고 이해하고, 휴머니즘이라는 이데올로기와 동일한 것으로 인식해왔다. 물론 '인문주의'의 발생 과정과 어원에는 인간중심주의가 내재되어 있으니 소박한 의미에서 인문주의를 인간주의라고 규정할 수도 있다. 그렇지만 "인문주의의 이름으로 인문주의에 비판적일 수 있다"(『저항의 인문학』, 마티, 2012, 29쪽)라는 에드워드 사이드(Edward W. Said)의 말처럼 현대

의 인문주의는 르네상스의 인간주의에 대한 근본적 비판점으로 해석
될 수도 있다. 사이드에게 인문주의란 "인문주의와 비판적 실천으로
서, 오늘날 교전과 실제 전쟁, 각종 테러리즘으로 넘쳐나는 이 혼란스
런 세계를 살아가는 선생이자 지식으로서 한 인간이 해야 할 일을 알
려주는 인문주의"이다. 이는 인문주의를 인간다운 삶을 위해 그것을
위협하는 일체의 것과 맞서 싸우는 저항적 정신을 뜻하며, 궁극적으로
인간만이 아닌 모든 생명의 가치를 보호하고 존중하려는 특정한 삶의
태도를 가리킨다. 이 경우 인문주의는 반(反)인문주의적 성격을 띠게
된다. 이 주장을 시와 결부시켜 말하면 시는 '주체-언어-세계' 가운데
어느 하나, 특히 '주체'가 특권적인 위상을 소유하는 '주체의 언어'와
'주체화된 세계'의 문제가 아니라는 뜻이다. 시에서 '주체'는 '언어'와
'세계'의 주인이 아니며, 마찬가지로 '언어'와 '세계'는 주체의 내면을 투
명하게 표현하기 위해 선택되는 도구가 아니다. 시는, 정확하게 말하
면, 이들 세 항목의 평행적 관계의 산물이다. 그리고 이러한 평행적 관
계에서 현대시에 관한 몇 개의 논점이 제시된다.

　　우선, '시와 인문주의'가 우리 시대의 인간과 삶에 근거하여 불합리
하고 모순적인 인간다움의 조건에 대한 태도의 문제라면, 그것은 '인
간'과 '삶' 각각을 어떻게 이해하느냐에 따라 방향을 달리할 수밖에 없
다. 단적으로 그것은 '인간'을 윤리적 주체로 포착하느냐 욕망하는 주
체로 포착하느냐, 보편적 시대상의 맥락에서 이해하느냐 개별 주체의
내면에 초점을 맞춰 이해하느냐 등의 난제에 부딪히게 된다. 여기에
'삶'을 일상적인 시간으로 바라보느냐 비일상적 사건의 시간으로 바라

보느냐는 문제가 겹쳐지면 사태는 더욱 복잡해진다. 실제로 이러한 복잡성은 시적 다양성의 원천이면서 동시에 서로 다른 시적 경향들이 '시적인 것'이라는 무형의 척도를 사이에 두고 긴장·경쟁하게 되는 원인이기도 하다. 문제는 이러한 긴장과 경쟁이 좀처럼 접점을 형성하지 못함에서 발생하는 차이의 몰각, 즉 차이라는 수평적 사고가 '미학'이라는 기준점을 통과하면서 수평적이고 위계적인 방식으로 서열화한다는 데 있다. 폴 드 만(Paul de Man)은 "시는 진실에 대한 어떠한 주장도 포기하는 바로 그 순간 최대의 설득력을 획득한다"라고 썼지만 '진실'이라는 초월적 기호의 바깥에서 존재의 가치를 발하는 예술의 미덕이 '시적인 것'의 가치를 두고 경쟁하는 장면에도 그대로 통용될 수 있을지는 의문이다. 가령 다음 두 편의 시를 살펴보자.

국화 한 뿌리 심을 데 없는 가상의 땅에 전입신고를 하고
라면을 끓여먹다가 쫄깃쫄깃한 혓바닥을 씹는다
파트타임 일용직, 조각난 채 주어진 어느 휴일 아침엔
거울을 보며 낯선 서울 말씨를 연습한다
화분에 심은 쪽파는 독이 올라 눈이 맵고
빛이 안 드는 창문엔 억지로 한강의 수로를 끌어들인다
실업수당도 못 받은 개나리들이 대책없이 황사 속으로 출근할 때
누런 걸레 같은 목련이 창문을 닦아내느라 팔목이 홀쭉하다
우리 내일도 만나세, 경로당 노인들은 녹슨 철사 같은 몸으로
오늘의 악수를 내일의 화투짝에까지 잡아보지만

경제적 가치가 없는 것은 사회복지사의 일일 뿐

저녁이면 강에 나가 돌을 던진다

돌멩이가 날아가 떨어지는 지점마다

정신착란의 야경 불빛들이 벌떡벌떡 일어나 앉는다

정부의 면죄부가 가끔은 공짜 쿠폰처럼 발행되어도 좋을텐데

투명한 유리컵에 양파를 심으면

이렇게 독거노인으로 살다 죽을 것 같은 노후가

가느다란 실뿌리처럼 아래로 자라는 걸 본다

— 최금진, 「원룸 생활자」 부분(『황금을 찾아서』, 창비, 2011)

술래는 눈을 감았다. 희미해진 발목으로 아이들은 실타래처럼 골목을 헝클어트리며 흘러다닌다. 마주치면 영영 사라지는 놀이를 하자. 외면하는 법을 일찍부터 익힌 몇몇은 길고양이를 만나 놀았고, 그들의 몰두는 아름다웠으나, 모두가 숨을 미세하게 바꾸어 쉬어야 했다. 찾으러 갈게, 이종(異種)이 되어 단정하지 못한 면역체계를 지닐 때 이름은 녹기 쉬운 물질이 되었다. 골목의 실뿌리가 녹내를 풍기기 시작하면 끝없이 머리카락이 자라나는 아이들은 얼크러진 표정으로 곳곳에서 스며나왔다. 찾기에도 들키기에도 난감한 흐린 저녁이었다. 문들은 오래 어두웠고 돌아갈 곳이 있다는 것은 어디에도 숨을 곳이 없는 것처럼 참담했다. 눈을 뜨면 침전, 숨바꼭질이 끝났지만 아무도 선명해지지 않았다.

— 이혜미, 「골목의 가감법」 부분(『보라의 바깥』, 창비, 2011)

최금진과 이혜미의 시는 '인간', '삶', '시'에 대한 서로 다른 표상에
근거하고 있다. 추측컨대 이러한 시적 경향의 차이는 이들의 시를 읽
는 독자들에게서도 쉽게 발견될 듯하다. 일반화하기는 어렵지만 최금
진의 시에서 '인간'은 자본주의적 조건하에서 점점 유령적 삶에 근접하
는 가난의 형상을 하고 있고, '삶'은 이러한 출구 없는 불행의 단면으로
이해되고 있으며, '시'는 그들의 벌거벗은 삶을 가시화함으로써 독자들
과 불합리한 세계에 대한 비판의 정념을 공유하는 것으로 드러난다.
반면 이혜미의 시에서 '인간'은 한 개인의 내면적 세계를 통해서 증명
되며, '삶'이란 그런 내면적 존재의 비일상적 경험과 동일시되고, '시'는
비일상적 시간의 낯선 감각을 통해 세계를 감각하는 언어적 표현형식
으로 정식화된다.

　　「원룸 생활자」의 주인공은 '독거노인'이다. "가상의 땅에 전입신고
를 하고"라는 진술이 암시하고 있듯이, 이 노인의 거처인 '원룸'은 도시
의 곳곳에 흩어져 있는 쪽방촌이나 반지하의 단칸방을 완곡하게 표현
한 것이다. 그가 사는 곳에는 "국화 한 뿌리 심을" 여유 공간이 없다. 서
울 출신이 아닌 그는 지금 서울이라는 특별한 공간에서, 그러나 '파트
타임 일용직'이라는 전혀 특별하지 않은 직업을 갖고 살아간다. 그의
주식은 '라면'이다. 그런 그의 눈에 비친 세상이란 "누런 걸레 같은 목
련"이라는 표현처럼 더럽고 불결하다. 시선이 삶을 결정한다는 것은
거짓이다. 시선을 결정하는 것이 바로 삶이다. 그러므로 "누런 걸레 같
은 목련"과 "정신착란의 야경 불빛들"은 벌거벗은 삶에 근접한 그의 파
괴된 내면을 보여준다. 그에게 삶의 절실함은 일차적으로 아름다움이

아니라 불안에서 온다. 그가 유리컵에 심은 양파의 가느다란 실뿌리에서 "독거노인으로 살다 죽을 것 같은 노후"의 불안이 중력방향을 향해 길게 뿌리 뻗는 장면을 연상하는 것은 지극히 당연하다.

「골목의 가감법」은 헐벗은 삶이라는 문제의식과는 전혀 다른 각도에서 인간과 삶을 조명한다. 구체적으로 이 시는 '감각'에 의해 포착되는 세계의 불투명성을 증언한다. 골목에서 아이들이 술래잡기를 한다. 술래가 눈을 감자 아이들이 희미한 발목으로 실타래처럼 골목을 헝클어트리며 흘러 다닌다. 이것은 구체적으로 눈을 감은 술래의 청각에 의해 포착된 골목의 세계풍경이다. 시인은 이 좁은 세계의 풍경을 눈을 감고, 찾으러 가고, 눈을 뜨는 놀이의 과정을 따라 기술하고 있다. 그리고 그 각각의 사이를 채우고 있는 것은 눈을 감은 채 유지되는 감각의 산란과 상상이다. 이 산란과 상상 속에서 '이름'이라는 견고한 정체성의 표지는 "녹기 쉬운 물질"이 되고, "끝없이 머리카락이 자라나는 아이들은 얼크러진 표정으로 곳곳에서 스며"나온다. 모든 것이 불투명한, "아무도 선명해지지 않"은 풍경과 감각, 이 세계는 몽상이라는 밤의 시간을 간직하고 있다. 이것은 최금진의 시가 보여주는 낮의 시간, 즉 남루한 삶의 시간과는 전혀 다른 음색이다. 그렇다면 '시와 인문주의'라는 문제의식하에서 우리는 이 두 가지 음색 가운데 하나를 '시적인 것'에 근접하는 것으로 선택해야 할까? 어쩌면 '시와 인문주의'라는 이 기획의 취지 속에 그런 선택의 욕망이 내재되어 있는지도 모르겠다. 그렇지만 나는 이 선택에 동의하지 않는다. 왜냐하면 두 가지 음색은 서로에 대해서는 대안적인 성격을 갖지만, 결국 '시적인 것'의 맥락에서는 상호보완적일 수밖에 없기 때문이다. 절충을 하자는 이야기가 아니다. 최금진의 시는 '현실'을 자본주의적 일상의 남루함(정신분석학적으로 말하면 상징계적 현실)으로 설정하고 그것이 우리의 삶에 가하는 폭력적 가난을 재난의 수준에서 가시화함으로써 '시와 인문주의'의 문제를 환기하고 있고, 이혜미의 시는 '현실'을 '상징계'의 외부와 감각적 실제에 위치시킴으로써 근대적 이성중심주의가 강제해온 특정한 인식과 감각 체계를 교란시키고 있다. 이것들 가운데 무엇이 '진정한 삶' 이냐고 묻는 것은 인간을 정신과 육체로 나눌 수 있다고 믿는 것만큼이나 관념적인 것이 아닐까.

3.

'시와 인문주의'는 '시'의 장르적 특징을 벗어나 대답될 수 없다. 그 것은 단순히 '주제'의 문제로 축소될 수 없으며, 마찬가지로 '담론'으로 환원되어 창작·수용되어서도 안 된다. 요컨대 이 질문은 개별 작품들을 인문학적인 관점에서 설명하는 비평적 관행이나 태도와도 다르고, 더욱이 '시'를 담론의 차원으로 환원시키는 창작과 수용의 관습과도 다른 것이다. '시와 인문주의'의 문제가 '언어'와 분리될 수 없는 이유가 여기에 있다. 이 문제와 관련해서 한 가지 지적해둘 것은 90년대 이후

양적인 면에서 주류적인 위치를 차지하고 있는 생태학적 상상력의 비시적인 요소나 현대시의 산문화 경향에 반(反)하여 등장한 극서정 같은 개념들이다. 일찍이 르네상스와 계몽주의를 거치면서 탄생한 서구 근대는 신학적 보편 대신 인간적 개별과, 합리적·계몽적 이성의 배타적인 권리를 긍정하는 방향으로 자리 잡았다. 논자에 따라 약간씩 강조점은 다르겠지만 근대가 인간중심주의에 근거하여 오늘에 이르렀음은 분명한 사실이며, 이 경우 '인간'이란 생각하는 존재, 즉 사유와 이성의 존재로 표상되었다. 그 결과 근대적 사상은 자연에 대한 인간의 정복과 개발을 진보라는 이름으로 승인해왔는데, 90년대 이후에 등장한 생태주의적 상상력은 정확하게 이러한 인간중심적 발전론에 대한 전면적 거부였다. 이것은 더 이상 생명을 인간을 정점에 둔 수직적 위계화로 이해해서는 안 된다는, 따라서 자연에 대한 인간의 정복이 윤리적으로 용인될 수 없다는 사상의 발로였고, 이러한 사상은 특히 시에서 광범위하게 수용되어 이른바 현대시의 생태학적 전회를 불러오기에 이르렀다.

이러한 사상과 담론의 변화는 지극히 타당한 문제제기에서 비롯되었으나, 실제 생태학적 상상력에 근거하여 창작된 시편들의 시적 수준은 그다지 높지 못했다. 시적 수준이 높지 않았다는 것은 그 언어가 독자의 이성에 호소할 수는 있었으나 자연에 대한 현대적 감수성의 구조 전체에 영향을 끼치는 데는 실패했다는 것을 의미한다. 문제는 시가 그것을 읽는 사람의 감성을 뒤흔들지 못할 때, 그리하여 오직 이성에만 호소할 때, 그것이 시로서의 의미를 대부분 상실한다는 데 있다. 이성적 호소는 시가 아닌 다른 형식으로 발화되어야 한다. '시와 인문주의'가 불합리하고 모순적인 인간다움의 조건과 인간의 삶에 관한 태도에 관한 시적 물음이라면 그것은 최소한 기성의 감성체계를 뒤흔들 정도의 감염력을 지녀야 한다. 그것을 '미학'이라고 말하거나 '정치'라고 말하는 것은 전혀 중요하지 않다. 이러한 언어적 최소요건은 비단 생태주의와 극서정에만 국한되는 문제가 아니다. 모든 '~이즘'은 '시' 안에서 언어적 시민권을 얻어야 하며, 그렇지 못할 경우 담론의 수준으로 떨어지고 만다. 그리고 알다시피 우리들 대부분은 이성에 호소하는 담론적 언어 때문에 우리의 삶을 성찰하거나 바꾸지는 않는다.

이러한 언어적 시민권의 문제는 '시와 정치'나 '노동시' 문제에도 동일하게 적용된다. 물론, 언어에 대한 이러한 강조가 '시'를 미학의 영역에 한정시켜야 한다는 것을 의미하지는 않는다. 시는 드물지 않게 정치적 현실을 향해 자신의 촉수를 뻗고, 그러한 시적 실험이 그 자체로 문제적이라고 단정할 수는 없다. 그러나 시가 생경한 관념의 나열이나 추상적인 구호 수준을 벗어나 그것을 읽는 독자들의 정치적 감성을 자극할 수 있기 위해서는 언어에 대한 고민을 동반하지 않을 수 없다. 이 문제를 해결하지 않고서 시가 절망적인 현실 앞에서 대단한 무언가를 할 수 있다고 믿는 것이야말로 시에 대한 지나친 낭만화이다. 이런 까닭에 2000년대에 새롭게 등장한 시적 경향을 포괄해서 언어 실험이라고 낙인찍는 것은 동의하기 어렵다. 특히 모든 시적 언어가 '언어'로 상징되는 상징질서의 권력을 넘어서려는 시도, 지시적 의미의 문법을 거부한다는 점에서 일종의 실험이라는 사실을 상기하면 더욱 그렇다. 우리를 불행하게 만드는 것은 자본주의적 현실이 강제하는 가난만이 아니다. 그래서 불행에 대한 시적 응전은 항상 '현실' 그 이상이어야 한다. 물론 한 편의 시를 놓고 그것이 언어 자체를 위한 언어 실험인지 상징적 질서를 해체하기 위한 언어 실험인지를 판단하는 일은 매우 어렵다. 그렇지만 이러한 불가능성이 곧 시적 언어가 지시적 수준으로 떨어져 실상 아무런 감성적 자극도 불러일으키지 못하는 메마른 상태를 정당화하는 논리가 될 수는 없다. 오히려 이러한 실험의 진짜 정치성은 그것이 삶 전체를 변화와 실험의 대상으로 놓는 순간일지도 모른다. 삶의 변화를 향하지 않는 한, 시가 절망적 현실 앞에서 할 수 있는 것은 생각보다 많지 않을 것이다.

4.

다시 주체-언어-세계의 문제로 돌아가자. '시와 인문주의'가 모순적인 인간다움의 조건에 대한 시적 태도를 의미한다면, 그것은 필연적으로 주체-언어-세계에 대한 고민을 응축할 수밖에 없다. 그 경우 주체를 어떻게 규정하고, 어떤 종류의 언어를 선택하며, 세계(현실)의 층위를 어떻게 설정하느냐는 문제는 전적으로 시인의 선택에 달렸다. '주체'를 노동하는 존재로 설정할 때 그것은 노동시에 근접하며, '욕망'

과 '감각'의 주체로 놓을 때 그것은 2000년대식의 새로운 시의 형태를 띠게 될 것이다. 또한 '언어'를 감정의 층위에서 이해할 때 그것은 서정시에 육박하고, 감각의 층위에서 이해할 때 모던한 시의 형태를 띨 것이다. 나아가 '세계(현실)'를 노동이나 가난처럼 당대적인 현실로 한정할 때 그것은 소위 리얼리즘적인 계보에 포함될 것이며, 개인의 내면이나 유동하는 세계의 액체성으로 표상할 때 그것은 리얼리즘의 경계를 넘어선다. 중요한 것은 이러한 구분이 실제로 '시와 인문주의'를 설명하는 절대적인 잣대가 될 수 없다는 사실이다. 그 모든 시적 실험과 모색이 고유의 방식으로 현실의 한계를 넘어서려는, 동시에 대안적 삶의 형식을 창안하려는 실험의 일부라는 사실을 직시할 때, 우리는 비로소 오늘의 시가 불합리한 현실 앞에서 어떤 태도를 취하고 있는가를 올바로 살필 수 있을 것이다.

시적 현실과 문화적 텍스트의 전유

1. 시적 현실이란 무엇인가

시는 세계에 대한 언어적 전유화의 결과물이다. 세상에는 시인들의 개별언어만큼이나 다양한 전유의 방식과 양상이 존재하며, 시인들의 개별언어는 상징적 질서의 핵심인 대문자 언어와 구분되는 일종의 하위언어이다. 모리스 블랑쇼가 시의 언어는 아무 것도 의미하지 않고, 어떤 것도 지시하지 않는다고 말했을 때, 그는 공식언어와 대비되는 이 하위언어의 특징에 주목했음이 분명하다. '시적 현실'은 전유화의 결과물 안에서 시적 주체와 대상이 관계 맺는 방식, 또는 시적 언술이 무의식적인 층위에서 발화하는 문화적 경험의 배치 같은 것이다.

그것은 이미 존재하는 객관적인 현실의 한 부분을 옮겨놓은 것도 아니고, 전체로서의 현실을 반영하거나 재현한 언어도 아니다. 세계를 언어적으로 전유한 결과물이라는 점에서 시적 현실은 구성되는 것이며, 극단화하면 텍스트 외부의 현실에 대해서 일말의 부채감도 없이 발화될 수 있는 언어적인 상황이다.

'시적 현실'은 시 텍스트가 자신의 외부-현실과 맺고 있는 관계나 연속성을 의미하는 것이 아니다. 우리는 종종 '시적 현실'이라고 말하면서 '시'와 '현실'의 관계를 상상한다. 이런 사유는 '시적 현실'이 시와, 시 바깥에 객체적·대상적으로 존재하는 '현실'의 관계를 통해서 접근될 수 있다는 믿음에서 출발한다. 그리고 이 믿음의 심연에는 어떤 방식으로든 '시'와 '현실' 사이에 연관이 있다는 믿음이 전제되어 있다. 이 경우 '시적 현실'은 대개 텍스트와 현실의 관계를 해명하는 문제로 귀결되고 만다. 텍스트의 생산 과정이나 창작 문법이 어떠하든 그것들은 모두 '현실'을 특정한 방식으로 전유한 결과물이고, '시적 현실'을 이해하기 위해서는 개별 텍스트가 전유하고 있는 '현실'을 발견해야 한다는 논리가 그것이다. 물론 이 경우에도 텍스트 외부에 존재한다고 가정된 '현실'이 구체적으로 무엇인지, 가령 그것이 어떤 현실인지, 정치적·억압적 현실을 가리키는 것인지, 아니면 한 개인의 사소한 일상적 시간을 가리키는 것인지, 또는 그 모든 것들을 포괄하는 것인지에 대한 규정이 뒤따라야 한다. 지난날 리얼리즘과 모더니즘이라는 비평적 수사에 의해 견인되었던 논란들은 이 '현실'의 실감을 어디에서 발견하느냐는 문제와 분리되지 않았다. 당시 리얼리즘의 옹호자들은 모더니즘

시가 정치적·역사적 현실을 외면함으로써 현실의 실상을 은폐한다고 비판했고, 모더니즘의 옹호자들은 리얼리즘 시가 현실이 아닌 가상적 자연을 재생산하거나 실감되지 않는 추상적 현실에만 집착함으로써 구체적 현실을 괄호친다고 비판했다. 이처럼 '시적 현실'과 관련된 논란의 대부분은 '현실'을 어떻게 표상할 것인가라는 문제로 환원되는 경향이 있다.

표상을 둘러싸고 진행되는 논란은 실상 문학에서의 '현실'을 텍스트 외부에 존재하는 것으로 가정하고, 문학이 그 '현실'을 언어적으로 전유한다는 공통의 합의에 기초하고 있다. 그러나 '시적 현실'이란 '시'와 '현실'의 관계가 아니라 텍스트 내부의 '현실'을 일컫는 것이며, 따라서 '시적 현실'은 시(인)의 바깥에 존재하는 '현실'을 '전유'하는 것이되 전유되는 '현실'에 관심을 두는 것이 아니라 '전유' 자체, 그리고 전유된 결과물에 드러난, 생산되고 구성된 현실의 문제이다. 시적 현실은 소재로서의 현실과는 다르다. 어떤 시들은 텍스트 외부에 존재하는 '현실'을 갖지 않는다. 또 어떤 시들은 외적 '현실' 대신 선행하는 텍스트를 유일한 전유의 대상으로 간주하기도 한다. 이 경우 시는 딱히 전유할 '현실'을 갖지 않으면서도 시가 된다. 2000년대 시 가운데 김언의 시가 그렇고, 문학사적 맥락에서 보면 이상(李箱)과 조향의 많은 작품들이 그렇다. 기하학적인 선과 수학적인 수식들로 채워져 있는 이상의 연작 「선에 관한 각서」에는 어떤 외적 현실이 포함되어 있는 것일까? 이것은 비단 모더니즘만의 문제는 아니다. 낭만주의적인 열정으로 충만한 시들은 현실이 삭제된 자리에 감정과 정서를 새겨 넣는다. 회화에 비유하자면, 추상미술이나 추상표현주의 회화는 어떠한 외적 현실도 전유하지 않으며, 심지어 현실과의 연관성 또한 찾기 어렵다. 시가 세계를 언어적인 방식으로 전유하는 것이라고 말할 때, 우리는 시(인)의 외부에 명시적으로 존재하는 '세계'의 선차성을 인정하지만, 실제로 '시적 현실'이란 텍스트 내에서 언어적인 방식으로 구성되고 생산되는 현실이지 텍스트 바깥에 존재하는 현실이 아니다.

물론, 시가 언어를 통한 세계의 전유과정이라는 정의가 틀렸다는 말이 아니다. 대다수의 시들은 실제로 이런 전유의 흔적을 각인하고 있고, 또 그런 방식으로 씌어진다. 그렇지만 시는 세계의 전유 이상이다. 시를 쓴다는 것은 세계를 구성하는 일이고, 이제까지 존재하지 않았던 새로운 세계를 생산하는 일이며, 이렇게 이야기할 수 있다면, 외적 현실에서 촉발된 다른 현실을 언어화하는 작업이다. 이 작업을 통해서 만들어진 텍스트, 그것이 시의 유일한 현실이다. 시의 리얼리티는 이 유일한 현실에 근거해서 논의되어야 한다.

2. 감수성의 해방과 하위문화

2000년대 젊은 시인들이 시도한 시적 문법의 변화와 감수성의 해방을 하위문화(subculture)와 연관시켜 해명하려는 의견들이 있다. 이를테면 90년대 시가 대중문화와 키취적 상상력을 통해서 기성의 문화 제도와의 단절을 시도했다면, 2000년대 시는 대중문화적 감수성보다는 하위문화의 카운터 컬처적 성격과 지배적인 문화에 의해 주변화된 하위문화의 저항적 성격으로 인해 90년대와 구분된다는 분석이 대표적인 사례이다. 이런 해석과 관련해서 황병승의 시에 등장하는 하위주체들의 목소리와 인디음악 등의 하위문화가 중요한 근거로 언급된다. 하위문화는 하위공간이나 하위주체의 문제, 즉 지배적인 문화가 주변화하는 억압된 주체들과 그들이 점유하고 있는 문화공간의 문제이며, 자본주의적 일상공간의 안정성과 달리 외부의 적대에 대해 실천적으로 영위되는 가역적인 삶의 공간이다.

그러나 2000년대 시에서 하위문화는 하위주체적인 목소리를 등장시켜 전통적인 시의 발화, 즉 자아의 균질적인 고백적 목소리와는 다른 목소리를 만들어낸 황병승의 경우를 제외하면 그다지 두드러지지 않는다. 오히려 2000년대 젊은 시인들의 시에서 자주 목격되는 다양한 문화적인 텍스트들의 침입, 그러니까 만화, 동화, 음악, 회화 등이 주요한 텍스트 생산의 원리가 되는 현상은 하위문화적 현상이라기보다는 90년대의 포스트 모던한 문화적 경험과, 다양한 문화적 텍스트를 끌어들여 시의 경계를 확장시키고 문화적 취향을 표면화한 카운터 컬처적 성격에 가깝다고 말하는 것이 적절해 보인다. 가령 황병승이

나이의 문제가 아니라 문화적 코드, 혹은 문화적 취향의 차이가 세대감각에 작용하고 있다고 생각해요. 엉뚱한 데로 빠지는 것 같기도 한데, 저

는 사람을 만날 때 그 사람이 얼마나 많은 문화적인 이미지들을 가지고 있고, 또 어떤 이미지들을 가지고 있는지를 보게 되요. 내가 호감을 가지고 있는 이미지들을 많이 가지고 있는 사람을 만나면 친해지고 싶고, 그렇지 않으면 좀 시큰둥해지고, 혹은 내가 가지고 있는 것들과는 다른 이미지들을 가지고 있지만 그 이미지와 그것에 대한 생각이 매혹적이어서 내게 자극을 주는 사람을 만나는 것도 큰 즐거움을 주죠. 많은 이미지를 갖고 있는 사람이 누군가를 더 많이 이해할 수 있는 것 같아요. 가령 「부드럽고 딱딱한 토슈즈」라는 시를 쓸 때 〈아즈망가 대왕〉이라는 만화를 보고 갖게 된 느낌과 뉘앙스를 떠올리고 있었거든요. 그 이미지와 뉘앙스를 가지고 있는 사람들이 그렇지 않은 사람보다 더 감각적으로 아끼코라는 인물에 다가갈 수 있을 거예요.

— 김행숙, 「천 개의 서랍―김행숙이 만난 시인① 황병승」,

계간 『시안』, 2005 가을, 175쪽

라고 말할 때, '문화적 코드'는 하위문화만이 아니라 오타쿠(オタク) 문화를 포괄하는 넓은 의미의 문화적 취향을 가리킨다. 일반적으로 만화, 애니메이션, 게임 등은 하위문화가 아니라 오타쿠 문화로 이해되며, '이상한 것을 연구하는 사람'이라는 정의처럼 대중적인 관심의 대상이 아닌 것을 전문적인 수준까지 연구하고 애호하는 취향을 지닌 사람을 의미한다. 이것은 오타쿠 문화가 하위문화적 저항성보다는 문화적 취향을 통한 소통과 연대의 방식이라는 것을, 생물학적 연령을 중심으로 분절되는 세대와 달리 전적으로 취향의 유사성에 의한 인간관

계의 결합을 뜻하는 것임을 보여준다. 물론, 하위문화를 저항적 성격 (카운터 컬처)이 아니라 주변화된 문화로 이해한다면 만화, 애니메이션, 게임 등을 하위문화로 규정하는 것이 불가능하지는 않다. 왜냐하면 주변화된 문화로서의 하위문화는 그것이 한 사회 안에서 얼마나 대중적인 영향력을 점유하고 있는가에 따라서 판단되지 않고 사회구성원들이 해당 문화를 어떻게 인식하고 있느냐에 따라 결정되기 때문이다. 이 경우 이 하위문화에는 퀴어미학이나 힙합 등의 또 다른 문화적 현상을 포함시킬 수 있을 것이다. 실제로 이러한 문화적 취향과 경험은 2000년대 시에서 텍스트 생산의 중요한 원리가 되고 있다.

90년대 시가 대중문화적인 취향을 강조함으로써 포스트 모던한 성격을 전면에 내세웠다면, 2000년대 시는 문화 취향을 텍스트 생산의 적극적인 동기로 끌어들임으로써 문화를 취향의 구축을 위해 사용한 측면이 강하다. 또 하나, 90년대 시가 대중문화를 패러디한 것은 다분히 계몽적인 성격을 띠기 위해서였던 반면, 2000년대 시가 문화적 상상력으로 통해 세계를 전유하는 과정에는 계몽적인 성격이 없다. 중요한 것은 2000년대 시의 시적 현실이 하위문화적인 상상력에 의해 생산된다는 불확정적인 규정이 아니라, 현대의 시인들이 문화적 경험과 취향에 예민한 감식력을 소유하고 있으며, 상대적으로 그들의 시적 전유 방식이 자연적 사물을 매개로 사용한 서정시나 패러디적 풍자를 위해 대중문화를 차용한 90년대의 시와 달리 문화적 텍스트에 의해 매개되고 있다는 것을 확인하는 일이다.

나미의 베스트 앨범을 듣다 야식이나 사러 나가는데 파리바케트 앞에서 제 얼굴을 뜯고 있는 한 소녀를 만났어요 트윈케이크에 달린 손거울 안으로 쏘옥, 좀 휴대하기 간편하고 싶었는데 지난 16년 동안 단 하루도 빠짐없이 1인치씩 얼굴이 자랐다는 조막의 달인 대두 김민정 선생님 …… 어렵쇼, 시방 그게 개그냐? 얼굴 대신 프라이팬 달아봤어요? 안 달아봤으면 말─을 하지 마세요 어렵쇼, 시방 그게 개그냐고!

— 김민정, 「나미가 나비를 부를 때」 부분

김민정의 시적 위반은 대개 시의 경계에 대한 도전으로 가시화된다. 시와 비시(非詩)의 경계를 불확정적으로 만드는 것, 동시에 가부장적인 남성적 세계를 균열시키는 것이 그녀의 시적 위반이 겨냥하고 있는 지점이다. 이를 위해서 그녀는 발음의 유사성에 근거한 언어유희(pun)를 즐겨 사용한다. 동세대의 시인들과 마찬가지로 김민정의 텍스트들 또한 다양한 문화적 컨텍스트들을 거느리고 있는데, 흥미롭게도 그녀는 주로 대중문화나 B급 문화적 상상력을 이용하여 시적 현실을 생산한다. 그녀의 두 번째 시집 『그녀가 처음, 느끼지 시작했다』에는 많은 대중가요와 영화가 중요한 장치로 등장한다. 영화는 피터 그린어웨이에서 선우일란에 이르기까지 장르를 가리지 않는다. 「나미가 나비를 부를 때」라는 제목 역시 일종의 펀이며, 그녀는 시적 현실에 "안 달아봤으면 말─을 하지 마세요" 같은 개그적인 진술을 가감 없이 포함시킴으로써 시 자체를 폭발하는 텍스트로 만들어버린다.

始作해

詩作해

선남선녀 미남미녀 방아 찧는 밤에

겨울에도 모기 나는 지저분한 방에

노예들과 진배없는 너와 나의 생애

쓰레기 소각장의 불타는 시간들

케이블을 타고 오는 춤추는 거짓들

장애물과 방해꾼인 지루한 가족들

어린 칭크 가진 것은 캉골 타미 팀버랜드

가라 힙합 취하는 건 금줄 그루피 메르세데스

리얼 MC 침구들은 디제이와 그래피티 비보이스

— 이승원, 「Real Rhyme」 부분

이승원은 시인을 "세상을 향해 사제 폭발물을 투척하는 자"라고 정
의한다. 자본주의적 일상에서 기성세대의 속물성에 이르기까지 이미
존재하는 질서에 대한 증오심과 혐오감을 여과 없이 드러내는 탈승화
적 언어, 그것이 이승원의 시이다. 이 시에서 그가 지루하고 속물적인
세상을 향해 사제 폭발물을 던지기 위해 차용하는 것은 힙합이고, 힙
합의 라임(rhyme)이다. 발생론적으로는 힙합은 대표적인 하위문화이

지만, 하위문화라는 개념 자체가 상대적이고 불확정적이며, 한국의 문화지형 안에서 힙합이 하위문화인지는 의문이다. 문화의 장르 경계가 점점 모호해지고 있고, 자본에 의한 예술의 재전유가 그 어느 때보다 세련된 방식으로 행해지는 지금 소위 주류문화와 인디문화, 대중문화와 B급문화의 경계를 절대적으로 고집하는 것은 비시대적이다. 이런 개념들에 의존할 때, 우리는 문화의 실상을 놓치게 된다. 그러나 힙합 외에도 이승원의 다른 시편들이 거느리고 있는 다양한 문화적 요소들은 김민정의 그것과 비교가 안 될 정도로 많고 다양하다. 그의 시에는 헐리우드 영화와 락 음악, 대중음악과 사진, 르네 마그리트의 회화에서 안드레이 타르코프스키와 잉그마르 베르히만의 영화에 이르기까지 소위 동세대의 시인들의 영향을 받으면서 성장했음직한 모든 문화적 텍스트가 녹아들어 있다. 이는 그가 대중문화를 이용하여 지배문화의 폭력적인 취향을 내파하는 방식을 선택하면서도 하위문화의 대항적 성격을 시적으로 전유함으로써 새로운 종류의 시를 생산하려는 시도를 거듭하고 있음을 보여준다. 이승원의 시에서 힙합이 특히 주목되는 것은 이런 이유에서이다.

3. 탈(脫)계몽과 문화적 텍스트의 전유

한 개인의 차원에서는 포착되지 않는 시적 특징이 세대라는 집합적인 차원에서는 비교적 뚜렷하게 드러나는 경우가 있다. 모든 세대의 시인들에게는 저마다의 문화적 취향과 감수성이 존재하고, 이러한 문화적 경험의 차이가 시적 현실의 차이의 중요한 기원이 된다는 것은 부정할 수 없다. 아울러 이전 세대의 시에 비해 2000년대의 시에서 문화적 경험이 상대적으로 중요한 비중을 차지하고 있으며, 이것이 궁극적으로 시적 현실을 구성함에 있어 무시할 수 없는 의미를 갖는다는 것도 사실이다. 시적 현실의 차이가 텍스트 내부에서 시적 주체와 대상이 관계를 맺는 방식의 차이에서 비롯되는 것이고, 시적 언술의 차이가 무의식적인 층위에서 문화적 경험을 함축하는 것이라면, 비슷한 시기에 출생하여 유사한 경험을 하면서 성장한 한 세대의 시적 현실을 문화적 경험의 등질성이나 차이라는 시각에서 해명하는 일도 불가능하지는 않을 듯하다. 가령 한 좌담에서 최근에 등단한 시인은 '우리'라는 집합적 호칭을 이용하여 자기 세대의 문화적 무의식을 이렇게 설명하고 있다. "우리는 윈도우 운영체제가 출범하고 발달하는 과정 속에서 자라왔다고 생각합니다. 그리고 인터넷이 출범한 세대이고요. 얼마 전에 있었던 이야기를 하자면, 자려고 침대에 누웠는데, 깜깜한 방 안에서 멀티탭에 불이 들어와 있더라고요. MP3, 휴대전화, 카메라, 노트북 등을 연결해놨더라고요. 여러 개의 빨간 불빛들을 보고 그때 문득 진정한 모니터 킨트 세대구나하고 느꼈어요. 우리는 어떤 부족함에서 오는 결핍이 아니라 만족을 알기 때문에, 만족에 익숙해서 만족과 만족을 거듭하다가 보니 더 큰 만족을 원해서 결핍을 느낀다고 생각해요"(「새내기 시인들의 새목소리」, 『현대시』 2010년 6월호, 99쪽). 이러한 경험이 실제로 동세대의 시인 모두에게 일률적으로 적용될 수 있는 공통감은 아니라고 해도, 적어도 한 세대에 속한 시인들의 다수가 이러한 문화적 영향권에서 자유롭지 않다는 사실을 확인하는 것은 어려운 일이 아니다.

그렇다면 이전 세대의 시인들과 비교할 때, 2000년대 시인들에게서 시적 현실, 즉 세계를 문화적으로 전유하는 장면이 빈번하게 노출되는 것은 왜일까? 그것은 계몽적 의지의 유무에서 비롯되는 차이이다. 앞에서 설명한 것처럼 지난 시대와 2000년대 시인들 모두에게서 문화적인 영향, 그러니까 시적 현실을 구성함에 있어서 문화적인 경험이 중요한 모티브가 된다는 것은 쉽게 확인할 수 있다. 그러나 90년대 시에서 문화적 텍스트의 전유는, 그것이 패러디적 전략이건 용사(用事)나 인유의 형식이건, 현실을 냉소하고 풍자하려는 계몽적 의지와 무관하지 않았다. 풍자를 위한 인용은 한 시인의 개인적인 문화적 취향이 아니라 동시대의 사람들이 지각할 수 있는 문화적 아이콘에 근거할 수밖에 없고, 그런 이유에서 90년대 시는 대중문화와의 접점을 갖고 있었다.

반면 2000년대 시에서 문화적 텍스트가 전유되는 과정에서는 계몽의 의지를 발견하기가 어렵다. 계몽이라는 낡은 꼬리표를 떼어버린 문화적 텍스트들, 그것은 최근의 젊은 시에서 텍스트가 생산되는 또 하나의 중요한 방식으로 부각되고 있다. 이것은 젊은 시인들이 텍스트 바깥의 현실이나 일상적인 삶의 경험을 시적 성찰이라는 지난 시대의 문학적 미덕과 결부시키지 않는다는 것, 문화적 텍스트를 다만 시인 자신의 감성과 느낌을 표현하기 위해 (재)전유한다는 것을 의미한다. 일반화하기는 어렵지만, 실제로 2000년대의 젊은 시는 성찰을 강조하지 않는다. 가령 2000년대 시의 특징 가운데 하나는 동화적 상상력을 중요한 시적 전유의 방식으로 차용하는 것이다. 특히 이러한 시적 전유 과정에서 어린이의 장르였던 동화는 잔혹동화라는 또 다른 맥락으로 전유됨으로써 세계에 대한 시인들의 감각을 드러내는 시적 장치로 쓰인다. 유형진의 「Somewhere Over The Rainbow!—방」, 장이지의 「가죽 점퍼를 입은 앨리스」, 곽은영의 「불한당들의 모험 2」, 이현승의 「피터팬과 몽상가들의 외출」, 진은영의 「라, 라, 라푼젤」, 이민하의 「해피엔드」, 황성희의 「앨리스네 집」, 강성은의 「지붕 위에서 찾아가는 세계지도」……, 이들 가운데 어떤 작품도 '동화'라는 장르를 계몽의 매개로 사용하지 않는다. 한 편의 시가, 한 권의 시집이 다수의 문화적 텍스트를 전유한다고 가정할 때, 그리고 그 전유의 방식이 현실비판이나 계몽의 의지와 무관한 것일 때, 그 문화적 텍스들은 시인이 문화적인 취향이나 감수성을 환기하는 언어처럼 사용된다. 이때 이들 문화적 텍스트는 시인의 언어, 그러니까 하위언어로서의 시어와 본질적인 지점에서 구분되지 않는데, 시인이 어떤 대상에 대한 자신의 감성이나 감각을 언어화하는 것과 어떤 문화적 텍스트를 끌어들여 그 감성과 감각을 맥락화함으로써 간접적으로 환기시키는 것은 별반 다르지 않기 때문이다. 거시적인 맥락에서 보면 문화적 텍스트를 세계로 간주하고 그것을 전유의 중요한 대상으로 인식하는 이러한 변화는 시와 시 아닌 것의 경계가 점차 무화되는 과정과 무관하지 않다. 다만 2000년대 시에서 이러한 전유과정이 하위문화적 상상력에 의해 견인되는 장면들이 드물지 않지만, 그렇다고 해서 2000년대 시의 시적 현실이 하위문화와 밀접한 관련을 지닌다는 식의 일반화는 조금 섣부른 판단인 듯하다. 다시 말하지만, 그것이 하위문화인지 대중문화인지를 구분하는 것이 중요한 것이 아니라 그것들이 계몽, 성찰, 비판이라는 가치와 결부되는가를 따지는 일이 훨씬 본질적인 물음이다. 바로 이 경우에만 2000년대 시의 특징을 설명하는 하위문화, 분열된 주체, 퀴어미학, 잔혹극, 무국적성, 텍스트의 꼴라주 같은 용어들의 진정한 의미가 드러날 것이다. 2000년대 시가 문화적 텍스트를 전유하는 양상을 '하위문화'와 연관시키려는 시각에는 하위문화 자체를 고정적이고, 심지어 예외적인 현상으로 간주하려는 낡은 습속이 남아 있는 것은 아닐까.

2부

고유한
이름들의
세계

고유한 이름들의 세계

이제니의 신작에 대하여

이제니의 첫 시집 『아마도 아프리카』에는 '풍경'이 몰려오기를 기다리는 시인-화자의 독백이 등장하는 시가 있다. 그 시의 처음은 이렇게 시작된다. "얼어붙은 종이 위에서 나는 기다린다 / 얼음의 결정으로 떠오르는 기억의 물처럼 / 발설하지 않은 이름을 대신할 풍경이 몰려올 때까지"(「단 하나의 이름」) 이름을 대신할 '풍경'은 이미지이니 시인은 지금 얼음처럼 차갑게 느껴지는 백지와 마주하고, 우리의 비자발적 기억이 그렇듯이, 어떤 풍경-이미지가 떠오르기를 마냥 기다리고 있는 것이다. 이처럼 시는 시인-화자에게 고유한 '풍경'으로 도래한다. 여기에서 선택의 능동성은 시인-화자가 아니라 풍경-이미지의 것이다. 이것을 기다림의 시학이라고 불러도 좋을까? 기다림의 시학에서 '시'는 시인이 "단 하나의 이름"이라고 명명했듯이 반복이 불가능한 고유한 풍경으로 온다. 하지만 풍경은 '언어'를 벗어나지 않는다.

언어와 음악은 이제니의 시의 두 축이다. 여기에서 '음악'이란 언어가 '의미'의 세계에서 이탈해 그 자체의 무의식적 리듬을 개방하는 것을 의미한다. 단어가 단어를 부르고, 소리의 연쇄로 기능하고, 적확한 의미의 과녁을 벗어나 음성적인 질감의 세계로 나아갈 때 '시'는 음악에 한없이 가까워진다. 그렇다면 '언어'란? 이제니의 '언어'가 '의미'의 세계와 결별했다고 말해서는 안 된다. 또한 그녀의 시는 '자아'의 세계와의 단절을 표명하지도 않았다. 그럼에도 우리는 종종 그녀의 시세계에서 길을 잃어버린다. 어떻게 이런 일이 가능할까? 그것은 이제니의 글쓰기가 언어의 익명성에 노출되어 있기에, 또한 '언어'를 배반하지 않으면서도 끊임없이 그것을 의심함으로써 조금씩 '언어-의미'의 쌍에서 멀어지기 때문이다. 언어의 익명성이란 언어는 누군가에게 속하지 않는다는 것, 어떤 주체의 산물이 아니기에 특정한 이름 아래 귀속될 수 없다는 뜻이다. 이제니 시에서 '언어'는 시인의 전유물이 아니다.

한 편의 시를 쓰고 있었다
이런 낱말을 가지고 있었다

목양실
감화원
유형지
부영사

금언집

김나지움

시가전차

고대연극

사랑이 끝나자 봄이 왔다

봄과 함께 고양이도 왔다

야옹 야옹

갸르릉 갸르릉

믿을 수 없게도 미국 고양이는

미우 미우 라고 운다고 했다

고양이는 고양이만의 낱말을 가지고 있었다

—「몸소 아름다운 층위로」 부분

이것은 '시(쓰기)에 관한 시'이다. 화자는 지금 머릿속을 맴도는 단어와 이미지, 그러니까 '목양실'에서 '고대연극'에 이르는 단어의 리스트를 붙들고 있다. 화자는 이 상황을 "이런 낱말을 가지고 있었다"라고 기술하고 있다. 물론 '언어'는 사물을 소유하는 방식으로 가질 수 있는 대상이 아니기에 이 리스트는 상황의 고유성을 가리킨다고 읽어도 좋겠다. 추측컨대 화자는 카프카와 뒤라스의 책을 읽었을 수도 있고, 또 다른 텍스트에서 인상적인 단어들을 발견하고 사로잡힌 듯하다. 시어(詩語)는 매혹의 증거들이다. 그런데 이런 언어 / 단어는 비단 화자, 특히 인간의 전유물만은 아니다. "야옹 야옹 / 갸르릉 갸르릉"과 미국 고양이의 울음소리인 "미우 미우"는 '음악'에 해당하는데, 시인은 고양이 울음을 계기로 "고양이는 고양이만의 낱말을 가지고 있었다"라는 인식에 도달한다. 화자에게는 화자만의 낱말이, 고양에게는 고양이만의 낱말이 있다면, '낱말'이란 결국 실존의 고유성을 나타내는 표지 같은 것이 아닐까? 그렇다면 화자는 "고양이는 고양이만의~"라고 말하고 있지만, 여기서의 '고양이'는 개체이며, 개체로서의 '고양이'는 '고양이' 일반도, '고양이' 일반을 대표하는 개체도 아니다. 그것은 종(種)이나 유(類) 같은 일반 개념과는 관계없는, 고양이와 인간의 차이가 아니라 '나'와 '바로-이-고양이' 사이의 환원불가능한 차이이다. '나'와 '고양이', 혹은 '고양이'와 '개'의 차이에 대해 말할 때, 우리는 자신도 모르게 그것을 종차(種差)로 환원하려는 유혹에 빠진다. 하지만 '나'와 '고양이'라는 개체는 각각 인간과 고양이를 대표하는 존재가 아니다. 그것들은 고유명사이다. 그래서 그림자가 겹쳐서 하나일 때조차 "고양이의 눈은 고양이의 눈 / 나의 눈은 나의 눈 // 고양이 곁에 바짝 다가앉아도 / 고양이는 고양이 / 나는 나"라는 진술이 가능하다.

선적인 조망

붙박이 좌석

두꺼운 틀

깊은 창틀

걸러진 빛

작은 창유리

활짝 열리는 창

반쯤 가려진 정원

빛이 잘 들지 않는 창가 좌석은 이런 낱말을 가지고 있었다

방안 가득 먼지가 흐르고 있었다

먼지가 흐르듯 고양이도 흐르고 있었다

고양이가 흐르듯 나도 흐르고 있었다

탁자 밑에서 침대 밑에서

어둠 속을 파고드는 신실한 마음처럼

믿을 수 없게도 모두 함께 시를 쓰고 있었다

저마다의 낱말 속에서 저마다 아름답게 흐르고 있었다

— 「몸소 아름다운 층위로」 부분

이번에는 "빛이 잘 들지 않는 창가 좌석"의 낱말이다. 이런 진술에서
보듯이 화자는, 시인은 사물 / 존재 전체를 '낱말'의 복합체로 이해한다.

그것은 마치 사람들이 저마다의 내면에 고유한 시간, 기억, 고통을 갖고 있는 것과 같은 이치이다. 사물 / 존재에는 저마다의 고유성이 있고, 그것은 '낱말'로 표현된다. 또한 모든 사물 / 존재는 '단 하나의 이름'이기에 위 아래 없이 평등하다. 예컨대 방안을 흐르고 있는 먼지, 고양이, '나' 사이에는 위계가 없다. 그것들은 모두 '흐른다'라는 술어에 걸려 있다는 점에서 동일하고, 동시에 저마다의 '낱말'을 갖고 있다는 점에서 고유하다. 정확히 이것이 문학적 세계가 사물 / 존재의 고유성을 드러내는 방식이며, 우리가 문학의 이름으로 말할 수 있는 평등이다. 그것들은 모두가 '낱말'을 갖고 있기에 각자의 방식으로 '함께' 시를 쓰고, 저마다의 방식으로 흐른다. 개체의 고유성을 긍정하고, 그것을 고유한 '낱말'로 구성된 복합체로 간주함으로써 사물 / 존재의 위계를 수평화하는 작업, 이것을 개체에 근거한 시적 평등이라고 불러도 좋겠다.

> 그 겨울은 말이 없었다
> 그 겨울은 말이 되지 않았다
>
> 두 눈을 감으면 떠오르는 물
> 수평선은 나를 두고 멀어지고 있었다
>
> 두 번 말하지 않는 이유는
> 세 번 말하지 않기 위해서다

같은 말을 반복하고 있을 때에도
점점 물러나며 멀어지는 물

남아 있는 날들이 줄어들 때
멀리 힘껏 물수제비를 던지는 아이가 있어
안간힘을 다해 저 너머로 가려는 마음이 있어
　　　　　　　　　　·

돌아간 것들은 돌아오지 않는다
돌아오지 않는 것을 기다리지 않게 될 때

하루에 한 가지씩 잊혀지는 말
하루에 한 가지씩 밀려나는 말

— 「하루에 한 가지씩」 부분

　화자는 특정한 시간('그 겨울')을 '말'이 부재했던 시간이라고 기술했다. 말이 없었고, 말이 되지 않았기에 말이 없을 수밖에 없었다. 추측컨대 시인은 '그 겨울'에 '말'을 발견하지 못한 듯하고, 시를 쓰기 위해 눈을 감고 기다리면 '말' 대신 '물'이 떠오른 듯하다. 그리하여 이제 '물'이 '말'의 공백과 부재를 이어간다. '말'에서 '물'로, '물'에서 '수평선'으로 이동하는 생각, 그리고 점점 멀어지는 수평선("점점 물러나며 멀어지는 물"), 그것은 "남아 있는 날들"이 줄어드는 것처럼 느껴진다. 점차 멀어지는 수평선의 이동이 "돌아간 것들은 돌아오지 않는다"라는 진술을 낳고, 그렇게 수평선 너머로 멀어져 "돌아오지 않는 것을 기다리지 않게 될 때" '말'은 밀려나거나 잊혀진다. 다시 '기다림의 시학'을 떠올려야 할까? 하지만 상황이 만만하지가 않다. 수평선 저편으로 사라진 물은 좀처럼 돌아올 기미를 보이지 않고, 심지어 수면 위에 생겼던 동심원은 작아지기 시작한다. '말'이 도래하기는커녕 하루에 한 가지씩 밀려나거나 잊혀지는 이 상황을 화자는 "거리는 치밀하고 / 나무는 치열하다"라고 쓴다. 이 시에서 화자가 표현하려는 것은 '그 겨울'을 '말'의 부재 속에서 지냈다는 것, 그 부재와의 고투가 '치열'했다는 것이다. 하지만 치열했음에도 불구하고 끝내 '말'은 없었던 듯하다.

나는 나를 속이고 있었다
네가 나를 속이고 있듯이

그러니까 오늘 밤은 멀리 멀리로 가자
아름다움 앞에서는 죽어도 상관없는 얼굴로
축제의 깃발을 흔드는 기분으로

그 다음 장면은
기억하고 싶지 않아
기억나지 않는다는 믿음으로
우리는 아주 작은 무언가를 잃어버린 사람처럼
서로의 얼굴을 마주보고 있었는데

얼굴과 얼굴로 오래오래 가만히 마주 보는 것은

아무래도 사람과 사람의 일이었다고

그러니까

얼굴은 마주 보는 것

마음은 서로 나누는 것

사람은 우는 것 사랑은 하는 것

우리는 우리라는 이름을 얻는 대신

그곳으로 두 번 다시 돌아가지 않았다

—「얼굴은 보는 것」부분

이제니의 많은 시들은 '나-너'의 관계에서 발화된다. 시집 『아마도 아프리카』는 온전히 '나-너', 또는 '나-당신'의 세계라고 말해도 좋다. 이를테면 시집의 화자는 "너는 언제나 회색의 혀로, 회색의 목소리로. 우리는 서로에 대해 서로 더이상 아무것도 묻지 않는다"(「그늘의 입」)라고 말하기도 하고, "깨진 거울을 사이에 두고 너와 마주 앉았을 때, / 그때, / 기적이 일어나, / 너와 나의 입이 하나가 된다면,"(「그림자 정원사」)이라고 말하기도 한다. 또한 "나 혹은 너는 나무숲에서 오래된 책 한 권을 발굴했다"(「갈색의 책」)라고 쓰기도 한다. 그렇다면 종종 '우리'라는 이름으로 합체되거나 포개지는 '나'와 '너 / 당신'의 관계는 어떻게 이해되어야 할까? 『아마도 아프리카』에 실린 시편들에서 화자는 자신을 '나'와 '너'로 분열시키는 듯한 태도, 그러니까 '나'라는 1인칭을 단일한 개체가 아닌 '나'와 '너'가 결합된 것으로 인식하는 태도를 보였다. 이러한 논리에 따르면 '나' 안에서 '너'가, 반대로 '너' 속에는 '나'가 이질적인 존재로서 공존하는데, 이제니의 시에서 자아의 이러한 분열상은 결국 '나'와 '세계'의 불화를 상징하는 것으로 읽을 수 있다. 이제니의 시에서 이러한 불화의 이면에는 상처가 자리하고 있다. 즉 '나'는 '나'와 '너', '우리'라는 이름으로 공존할 수는 있지만 절대로 하나가 될 수 없으며, 이러한 존재론적 차이는 세계와 불화하는 개인의 갈등과 상처에서 기원한다는 발상이 이제니 시의 출발점이다.

「얼굴은 보는 것」에서 이 공존과 불화는 '거울'이라는 장치에 의해 유도된다. 이 시에서 '너'와 '나', 즉 '우리'는 구별되는 존재들("어떤 믿음이 너와 나를 구별되게 했다")이다. '구별'이란 거울에 생긴 균열과 같아서 한 번 발생하면 결코 되돌릴 수 없다. 구별은 되지만 무관한 타인은 아닌 관계, 유대감에 의해 묶여 있으나 절대로 하나가 될 수는 없는 관계, 이것이 이제니 식 '우리'의 정체이다. 하지만 화자는 첫 행에서 '우리'가 '거울'과 관계가 있음을, 그것이 '거울'을 경계로 분리되어 존재하는 '나'의 다른 이름들임을 고지하고 있다. 그러니까 화자는 '나'라는 개인의 내적 분열과 상처를 '거울 속의 나'와 '거울 밖의 나'로 공간화해서 보여주고 있는 것이다. 이것은 시인의 시선이 근본적으로 개인, 즉 내면의 상처와 고독을 응시하고 있다는 뜻이기도 하다. 이러한 응시는 또 다른 균열, 즉 '보는 나'와 '보여지는 나'의 엇갈림을 초래하기 마련이다.

하지만 이 시에서 '나'와 '너'의 만남은 "우리는 아주 작은 무언가를 잃어버린 사람처럼 / 서로의 얼굴을 마주보고 있었는데"처럼 '우리'라는 이름에 의해 지시될 뿐 일정한 위계를 전제하지 않는다. 화자에 따르면 그것은 '원본'과 '이미지'의 마주침이 아니라 "사람과 사람의 일"이다. '나'와 '너' 사이에 위계를 만들지 않고, '보는 나'와 '보여지는 나'를 주체-대상관계로 인식하지 않음으로써 이제니의 시는 반성과 성찰의 계몽적 세계를 비켜간다.

> 이를테면 숨겨온 마음 같은 것. 내가 나로 살기 원한다는 것. 너를 너로 바라보겠다는 것. 마지막은 왼손으로 쓴다. 왼손의 반대를 바라며 쓴다. 심장이 뛴다. 꽃잎이 흩어진다. 언젠가 타오르던 밤하늘의 불꽃. 터져 오르는 빛에 탄성을 내지르며. 나란히 함께 서서 각자의 생각에 골몰할 때. 아름다운 것은 슬픈 것. 슬픈 것은 아름다운 것. 내 속의 아름다움을 따라갔을 뿐인데. 나는 피를 흘리고 있구나. 어느새 나는 혼자가 되었구나. 되돌아보아도 되돌릴 수 없는 날들 속에서. 쉽게 찢어지고 짓무르는 피부. 멍든 뒤에야 아픔을 아픔이라 발음하는 입술. 모래 폭풍은 언젠가는 잠들게 되어 있다. 다시 거대한 모래 폭풍이 밀려오기 전까지. 너와 나라는 구분 없이 빛을 꽃이라고 썼다. 지천에 피어나는 꽃. 피어나면서 사라지는 꽃. 하나 둘. 하나 둘. 여기저기 꽃송이가 번질 때마다. 물든다는 말. 잠든다는 말. 나는 나로 살기 위해 이제 그만 죽기로 하였다.
>
> — 「마지막은 왼손으로」 부분

다시 '우리'라는 이름의 세계가 문제이다. '우리'의 세계에서 '사랑'은 죄가 되고, '꽃들'은 시들 틈도 없이 재가 된다. '탄생'과 동시에 죽어가는 '우리'의 세계에서 화자는 "천천히 죽어갈 시간"과 "천천히 울 수 있는 사각"이 필요하다고 외친다. 이 요청의 구체적 내용은 '백지'를 달라는 것. 하여 화자는 "무한한 백지 위에서 말을 잃을 때까지" 쓰겠다고, 그 마지막을 '왼손'으로 쓰겠다고 다짐한다. 왼손의 글쓰기란 무엇일까? 단정하긴 어렵지만 여기서 '왼손'은 미지의 지점을 향해 나아가는 글쓰기, 관습적인 쓰기와는 다른 방향을 향하는 글쓰기의 클리나멘(clinamen) 같은 것처럼 읽힌다. 관습에 반(反)하는 글쓰기, 그리하여 말할 수도 쓸 수도 없는 것을 쓰는 것. 그 내용은 어떤 것일까? 그것은 숨겨온 마음, 즉 "내가 나로 살기 원한다는 것. 너를 너로 바라보겠다는 것"이다. 그리하여 화자는 '나'와 '너'가 "나란히 함께 서서 각자의 생각에 골몰"하는 장면을 상상해 본다. 그 각자의 생각 속에서 '슬픈 것'과 '아름다운 것'은 같은 것이 된다. '각자의 생각'은 고유성의 세계이며, 결코 타인이 가늠하지 못하는 절대적인 공간이다. 우리는 상처, 슬픔, 고독, 추억 등이 그 공간을 가득하게 채우고 있음을 알고 있다. 따라서 그 세계를 떠올리는 것만으로도 벌써 피, 혼자, 찢어지고 짓무르는 피부, 아픔 같은 단어들이 흘러나오는 듯하다. 하지만 타인이 결코 닿을 수 없는 이 고유성의 세계야말로 이제니 시의 지향점이니 화자는 그 세계에 도달하기 위해, "나로 살기 위해" 그만 죽겠다고 말한다. 이 죽음은 '우리'의 세계에서 '나'를 빼내는 것, 일종의 상징적 죽음이다. 그러므로 이제니에게 시는 이 상징적 죽음 이후의 생(生), '이미-죽은-나'의 목소리가 전달하는 내면의 풍경 같은 것이다.

난폭한 상처의 존재들을 캐스팅하다

주하림, 『비벌리힐스의 포르노 배우와 유령들』(창비, 2013)

주하림의 시는 모리스 라벨의 왈츠 〈라발스(La Valse)〉를 닮았다. '광란의 왈츠'라는 별명이 붙은 이 곡에는 전형적인 비엔나 왈츠에서 느낄 수 있는 경쾌하고 아름다운 무곡의 안정감이 없다. 대신 거칠고 음울한 분위기를 자아내는 음악의 소용돌이가 현대식 무기의 등장으로 인해 몰락하는 비엔나의 옛 영광을 난폭한 방식으로 애도하고 있다. 라벨의 왈츠와 주하림의 시, 이것들의 처연한 아름다움은 각각 '왈츠'와 '시'에 대한 기성의 관념을 벗어난 지점에서 탄생한다. 일반적으로 '시'는 시인이 자신의 분신(分身)인 화자들의 입을 빌려 말하는 고백의 장르로 이해된다. 이 경우 고백의 실제 주체인 시인의 분열상이 때때로 화자들의 언어를 다성적으로 만들기도 하고, 2000년대의 시처럼 '고백적 장치로서의 시'의 위상이 변화할 수도 있지만, 그 변화가 기존의 밑음을 압도하고 있다고 말하기는 어렵다. 물론 '나'라는 주체의 단일성을 지속적으로 부정하고 변주하려는 움직임들이 있기에 '고백하지 않는 시'의 등장도 충분히 가능하다. 주하림의 시가 반(反)고백적이라는 말이 아니다. 그녀의 시는 충분히 고백적이다. 문제는 고백의 주체에 있다.

주하림의 『비벌리힐스의 포르노 배우와 유령들』은 수많은 이야기들을 이어 붙인 옴니버스 영화를 연상시킨다. 수십 개의 에피소드로 구성된 단막극 퍼레이드라고 말해도 좋겠다. 그런데 이 영화 또는 연극에서 시인 주하림은 연기자가 아니라 연출 / 감독의 역할을 맡고 있다. 그녀의 시작(詩作)은 카메라 앞, 무대 위에 인물들을 등장시키기 위한 일종의 캐스팅 작업과 같다. 그녀의 시에 등장하는 시적 공간의 이국성 — 카를 다리(체코), 말라부 해변, 프레그레소 항(멕시코), 북경, 상하이, 하얼빈(중국), 후꾸오까, 오끼나와(일본), 비벌리힐스(미국) — 과 낯선 인명의 인물들 — 미도리, 미찌꼬, 깁슨, 애디, 루쏘, 이사벨, 후루미, 카와이, 채터턴, 소피 등 — 이 종종 관심의 대상으로 거론되지만, 연출 / 감각의 배우의 국적을 가려서 캐스팅해야 하는 시대도 아니고, 반드시 그 영화 / 연극의 공간이 한국이어야 하는 시대도 아니니 그런 '이국적인 것'에 시선을 줄 이유는 없는 듯하다. 한국시의 화자는 왜 항상 한국인이어야 하며, 시적공간은 왜 늘 '한국'이어야 한단 말인가? 또 하나, 주하림의 시에 드물지 않게 등장하는 성적(性的) 발화와 에로틱한 장면들도 그녀의 시세계로 들어가는 주요한 입구로 평가된다. 하지만 이러한 독법은 소위 노출 장면이 많은 예술영화를 보고 에로틱한 장면들만을 떠올리는 것처럼 어리석은 것이다. 주하림의 시에서 에로틱한 이미지들은 항상 인물을 둘러싸고 있는 세계의 일부이니, 그 인물을 캐스팅하기 위해선 때때로 에로틱한 이미지들이 필연적으로 요청된다. 하지만 파격적인 이미지의 등장에 잠시 당혹감을 느낄 수는 있지만 어떻게 읽어도 '파격' 자체가 주하림 시의 핵심은 아니다. 그렇다면 그녀의 시에 등장하는 수많은 하위문화의 흔적들, 가령 마니아 영화에서 하드코어 애니메이션에 이르는 하위문화들은 어떻게 이해하면 좋을까? 그것은 그녀의 세대가 성장과정에서 경험한 고유의 특징, 그러니까 문화적 데이터베이스를 소비하면서 성장한 세대에게 고유한 체험의 반영 정도로 이해하면 좋을 듯하다. 배우를 캐스팅해야 할 상황에 처한 연출/감독이 자신의 문화적 경험을 활용하여 그 인물을 기존의 맥락에서 떼어내는 것이 문제는 아니기 때문이다. 이러한 캐스팅 과정을 통해 시인은 다수의 인물들을 카메라 앞에, 무대 위에 세운다. 그런데 주하림의 시에서 이렇게 캐스팅된 인물들은 연출/감독이 미리 준비한 대본을 연기하지 않고 자신의 육성으로 삶을 증언한다. 주하림의 시에서 시인과 화자의 관계는 우리가 알고 있는 연출/감독과 배우의 관계가 아니다. 물론 그들의 육성에 시인의 '고백'이 전혀 개입되어 있지 않은 것은 아니다. 그렇지만 이 관계가 우리가 알고 있는 시의 문법, 즉 자신의 분신들을 화자로 등장시켜 대신 말하게 하는 간접화된 '고백'이 아니다. 그럼에도 불구하고 이 인물들의 발화, 그(녀)들의 삶에는 일정한 공통점이 있다. 이것이 바로 이 시집의 핵심이다.

인물들의 국적, 실존여부, 공간적 배경 등을 모두 제거하고 주하림의 시들을 읽으면 우리는 그녀의 시에 등장하는 인물들에게서 하나의 공통점을, 그녀의 시편들에서 반복적으로 등장하는 어떤 모티프와 시어들을 발견하게 된다. 그 공통점이란 인물들이 모두 난폭한 상처에 노출된 존재들이라는 것이다. 그들은 대개 그 상처로 인해 존재감을 결여하고 있다. 주하림의 등단작 「레드 아이」에서 그 상처는 '레드 아이', 즉 무릎에 생긴 피멍으로 비유된다. 상처의 존재들은 "폭풍 치는 밤 나는 쌀롱이나 밀실에서 태어났겠지"(「빠리의 모든 침대가 나의 고향」)처럼 자신을 '더러운 혈통'의 산물로 간주하거나 "잠든 것처럼 죽고 싶다"(「어린 여왕이 매음굴에서 운다」)처럼 '삶'이 아니라 '죽음'을 갈망한다. 이미 인생의 나머지 시간에 대해 기대를 접었기 때문이다. 그렇다면 "이미 취해버렸고 / 앞으로도 이 길밖에 없"(「어린 여왕이 매음굴에서 운다」)다고 생각하는 이들을 과연 살아있다고 말할 수 있을까? 삶이란 어떤 순간에도 '그럼에도 불구하고'에 의지하여 다른 삶을 살려는 의지에 부여된 이름이다. 그렇다면 치명적인 상처에 노출된 이후 그들은 이미 '죽음 이후'의 생(生)을 살고 있다고 말할 수 있지 않을까? 생(生)과 사(死), 삶과 죽음의 경계가 허물어진 세계에서 사는, 이미 죽었으나 아직 죽지 않은 상태인 이들을 '유령들'이라고 부르면 지나친 비약일까?

이제 이 '상처'의 실체에 대해 말해보자. 시집의 전반부에 등장하는 '슬픈 이야기'(「유독 그날 밤의 슬픈 이야기를 완성하려는」)의 공통점은 '고백'(「위험한 고백」), '동거'(「레오까디아와의 동거」), '이별'(「네덜란드식 애인」), '실연'(「반달 모양의 보지」) 등처럼 '사랑'과 관계가 있다. 「위험한 고백」에서 화자로 등장하는 여자는 '영화'라는 장치를 빌려 남자에게 말을 건

네고 있고, 「레오까디아와의 동거」에서 화자인 '나'는 "너의 피에 홀려 멀어버린 눈동자들"을 내다버리겠다고 다짐한다. 또한 「네덜란드식 애인」의 화자 '나'는 "내 몸의 열려 있는 구멍을 전부 막아준다면 / 꿈속에서 사라진 당신의 판타지 상대"가 되겠다고 약속하고 있고, 「빠리의 모든 침대가 나의 고향」의 화자는 "몇해째 내가 피해 다녔던 괴로움이 귀와 콧속과 허파에 미치광이로 깃드는 밤"의 고통을 토로하고 있다. 그러므로 주하림의 시에 등장하는 인물의 대부분은 지독한 '사랑'의 상처를 껴안고 있는 존재들이다. 추측컨대 그들에게 '사랑'이 치명적인 '상처'인 이유는 '당신'이라는 이름의 대상이 현존하지 않기 때문일 것이다. 이별, 죽음, 괴로움, 고독 등 주하림의 시에 반복적으로 등장하는 단어들은 모두 사랑의 실패라는 단일한 사건을 중심으로 회전한다. 그들은 이구동성으로 "애인조차 떠났을 때 / 나는 사라지기 위해 살았다"(「작별」)라고 말하고 있는 듯하다. 인상적인 제목을 빌려 표현하면 그들은 '사랑의 계절에 굶주린 새'들이다. 「텍스처 무비」에서 화자는 "같이 살겠다는 약속을 파기하고 너는 도망갔다"라고 "내 힘을 늪이라 칭하며 떠난 정부"를 원망한다. 그리고 「척(chuck)」의 화자는 이별의 상처를 이렇게 기록하고 있다. "네가 변하는 순간 어쩌면 나는 그때 죽었지". '고백'은 왜 위험한가? 「무덤가의 순백 드레스」에서 화자는 "결혼을 떠올리는 나이"가 되어 "함께 살고 싶었던 집"과 "열린 옷장 결혼식 순백의 드레스"를 상상했지만 그 상상의 행복은 점쟁이가 가져온 불길함에 의해 깨진다. 화자는 해체된 자신의 상상에 기대어 남자를 "어른이 되려는 소년, 젊은 남자, 귓볼이 처진 개, 그 개자식들"이라고 비난한다. 이처럼 사랑의 상처에 노출된 존재들에게 사랑하는 사람과의 '이별'은 "이 세계가 나를 추방하는 방식"(「몬떼비데오 광장에서」)으로 경험된다. "너는 고립이라 하지만 나는 증오라고 적네"(「어린 여왕이 매음굴에서 운다」).

그런데 주하림의 시집에 등장하는 모든 인물들이 정녕 '삶'이 아니라 '죽음'을, 한때 자신이 사랑했던 사람을 오직 '증오'하기만 하고 있다고 믿어도 좋은 것일까? 그렇지 않다. 실패한 사랑은 물론 분노와 증오의 정념을 불러들인다. 그들은 항상 원한감정에 휩싸여 있다. 하지만 그 감정의 파토스가 오직 부재하는 대상에 대한 분노와 증오로 충만해 있다고 믿는 것은 어리석다. 상처의 존재론은 사랑의 실패가 항상 대상에 대한 증오와 사랑의 미분화 상태, 삶과 죽음의 경계가 모호한 상태로 우리를 데려간다는 것을 증언한다. 그들은 살아야 할 이유와 죽어야 할 이유 사이에서 지속적으로 진동한다. 이 진동이 멈추지 않는한 그 원한의 감정에 대상에 대한 애정이 전혀 포함되어 있지 않다고말할 수는 없다. 하지만 주하림의 시에서 이 치명적인 상처들은 결코치유될 가능성이 없어 보인다. 시인은 자신의 신체에 고유한 상처를새긴 채 지상을 떠돌고 있는 모든 존재들, 유령들을 카메라 앞, 무대 위에 캐스팅하여 그들 자신의 목소리로 상처에 관해 이야기할 수 있는기회를 주고 싶었는지도 모른다. 그렇다면 이 영화 / 연극에서 시인(연출 / 감독)에게 주어진 역할은 무엇일까? 아마도 그것은 그 유령들의 이야기를 끝까지 들어주는 것, 그리하여 치유될 수 없는 상처일망정 손을 내밀어 따뜻하게 위로해주는 것이 아닐까? 주하림에게 시인은 '쓰다'의 주체가 아니라 '듣다'의 주체에 가깝다.

이것은 심해보다 깊은 밤의 이야기

김하늘의 신작에 대하여

젊었다, 태생적으로 우울했고 바랜 셔츠 단추 한 개쯤 떨어지는 동안의
연애도 했지 헤집으면 열리는 길을 믿었어 레몬 슬라이스를 서로의 입에서
입으로 여름벌레가 울 때부터 눈보라를 기다렸어 매일매일 작아지는 미끄
럼틀 위에서 내 그림자는 네 발등에 키스했어 폭풍의 자세로 무너져가는 너
좋은 예감을 할 수 없는 나 그 시절의 일기는 아직도 소용돌이 속에

—「레몬증후군」부분

「레몬증후군」은 한 남자가 들려주는 '사랑'의 상처에 관한 이야기이
다. 이 이야기의 등장인물은 둘이다. 남자와 여자가 있었다. 태생적으로
우울했던 그들은 한때, 그러니까 "바랜 셔츠 단추 한 개쯤 떨어지는 동
안" 연애를 했다. 그때 그들은 자신들의 의지로 '길', 즉 인생을 헤쳐나갈

수 있다고 믿을 만큼 미래에 대해 희망적이었다. 그들은 레몬 조각을 입에서 입으로 옮기기도 했고. 여름이 시작될 무렵에는 눈보라가 휘날리는 겨울을 기다리기도 했다. 그들에게 미래는 도래하는 시간이 아니라 기다려지는 시간이었다. 물론 시간이 흐르고 그들이 성장하면서 남자는 "폭풍의 자세로 무너져가는 너"를 바라보며 불길한 예감을 하기도 했다. 여기까지가 "젊었다"라는 술어가 지시하는 과거의 이야기이다. 이제부터는 현재의 이야기가 펼쳐진다. 지금 남자는 세면기에 우줌을 누다가 거울 속에서 피에타를 본다. 남자가 본 거울 속의 '피에타'는 자식을 떠나보내면서 고통과 괴로움에 몸부림치는 모성이 아니라 신이 불쌍히 여겨야 할 자신의 형상이다. 그는 '소년'이었다가, '청년'이었다가, 지금은 "17번째의 담배를 지져 끄고 창문 난간에 선 남자"이다.

남자는 우리들에게 "귀 밑의 둥근 멍울"에 관한 이야기를 들려주겠다고 제안한다. 그 이야기의 내용은 이러하다. 남자의 말에 따르면 "여자는 레몬이었"다. "하루에 한 알씩 레몬을 수면제처럼 먹던 그들, 혹은 우리들"이라는 표현이 있으니 남자도 레몬의 일족이었다고 생각해도 좋겠다. 여자, 또는 "그들, 혹은 우리들"은 레몬이었고, 그녀에게는 레몬 특유의 발랄함이 있었다. 그것은 망자가 질투심을 느낄 정도의 생명력으로 충만한 "찬란한 노랑"이었다. 그런데 어느 날 여자—레몬에게 모종의 일이 생겼다. "낙태를 하고 뻔뻔하게 마취약에서 깨어나는 증후군"이나 "굿바이 겨울", "예정된 이별" 같은 단어들은 그들의 관계가 해체되었고, 특히 그것이 여자에게 생긴 어떤 사건 때문임을 암시한다. 그 사건으로 인해서 "레몬에겐 할당된 내일"이 없어진다. 그리고 그때부터 남자는 '레몬증후군'을 앓는다. 증후군(symptom)이란 일종의 병적 증세이다. 가령 "아무 때나 끔찍해하며 117번의 담배를 지져 끄는" 행위도 그 증세의 하나일 것이다. 남자는 이제 여자-레몬을 연상시키는 모든 것을 혐오한다. 여자의 장래희망이 "오후 4시의 햇빛"이었으니 남자가 "가장 레몬의 색을 닮은 오후 4시의 햇빛"을 싫어하는 것은 당연하다. 그는 도처에서, 가령 "노란 신호등"에서도 레몬의 흔적을 본다. 그런데 이 혐오의 이면에는 "너를 발음하는 혀의 곡선이 좋아"처럼 레몬에 대한 양가성이 존재하는 듯하다. 그럼에도 남자는 "아무 때나 끔찍해하며 117번째 담배를 지져 끄는" 삶을 지속하고 있다.

　　입천장 끝으로 끈끈한 밤, 꽃이 피면, 비장한 표정으로 방문을 잠그는 소녀, 흰 새벽의 사슴처럼 맹독의 울음을 참아내요, 아빠는 밤마다 자신의 성욕을 이해시켜 왔지만, 오늘도 창틀에는 거미 시체 하나가 더 늘었을 뿐, 세상이 조금 더 비틀어졌을 뿐,

　　구름 사이로, 밤이 잔기침처럼 터져 나오는, 어쩌면 불온한 폐허에나 어울릴 법한 이 풍경은, 고작 제2외국어 시험을 앞둔 무고한 여고생의 방, 자멸하는 꽃씨의 곡예가 있는 방, 손잡이가 고장 난, 문, 간, 방,

　　　　　　　　　　　　　　　　　　　　　　　─「늪, 야상(夜商)」 부분

늪과 야상. "소녀의 허벅지가 부당하게 열리"는 밤이다. 이 밤에 "가장 잔인한 부녀 관계에나 적격인 음악"이 흐른다. 그 음악 속에서 '소

녀'가 감당해야 하는 "굴욕의 구조"는 "지퍼를 내리는 일만큼 단순하다." 화자는 이곳을 "세상의 끝"이라고 규정한다. 등단작 「자궁폭력」에서 지붕 없는 지하방에 침입했던 "불청객들", 화자가 "편의상 어른1, 어른2, 3, 4……"라고 불렀던 '아저씨들'이 여기에서는 '아버지'로 재등장한다. 김하늘의 시에서 성(性)은 '자궁폭력'이라는 제목처럼 위반적인 것이기 이전에 이미-항상 폭력적인 것으로 그려진다. 소녀, "고작 제2 외국어 시험을 앞둔 무고한 여학생"이 있다. 그녀는 밤바다 "비장한 표정"으로 방문을 잠그고 "맹독의 울음"을 참아낸다. 아빠가 그녀에게 "자신의 성욕을 이해"시키려 하기 때문이다. 우리는 이 장면에서 '이해'라는 고상한 말이 어느 정도까지 폭력적일 수 있는가에 놀란다. 그녀의 거처인 문간방은 손잡이가 고장이다. 고장 난 손잡이가 위태롭게, 아니 무방비의 상태로 소녀를 방치하고 있는 방. 그곳은 차라리 '곪는 늪'이라고 말해야 할 것이다. 근친의 성적 폭력에 노출된 소녀에게 시간은 "창틀에 거미 시체 하나가 더 늘"어 나는 것처럼 죽은 시간의 연장에 불과하다. 그 죽은 시간 속에서 소녀는 "14페이지", 그러니까 책의 아무 페이지나 펼쳐서 읊조리면서 "부드러운 증오"가 "절망의 또 다른 이름"이라는 것을 배운다. 「자궁폭력」에서 "은하철도 999"를 시청하는 "11살의 눈물과 생후 20분 된 기린"에게 가해졌던 아저씨들의 성적 폭력이, 「늪, 야상」에서 무방비로 노출된 소녀의 '문간방'에서 '아빠'에 의해 자행된다. 이 "불온한 폐허"에서 소녀의 "얇은 꿈"은 점차 "앓는 꿈"으로 변해간다.

짐승의 숲에서 버려진 나는 검은색이야 이 밤이 나를 발가벗길수록 나
는 나의 검정을 더욱 나열하고 죽은 사슴의 색을 입기로 했어 차가운 목숨
은 발을 구를 때마다 희미해졌고 내 까만 털이 비밀의 무렵을 경고했지

—「까만 사슴」 부분

'레몬-여자'와 '소녀-여고생'에 가해진 끔찍한 성적 폭력이 거대한
폐허로 변해버린 이 세계에 대한 알레고리적 표현인지 현실에서 일어
난 사건을 시화(詩化)한 것인지는 확인할 수 없다. 하기야 현실이 문학
의 상상력을 추월해버린 이 지옥의 세계에서 일어나지 못할 일은 없지
않은가. 흥미롭게도 김하늘의 시에서 성적 트라우마는 등단작에서 최
근작에 이르기까지 시세계 전체를 관통하는 지배적인 이미지로 등장
한다. 김하늘의 시편들이 세계와의 불화를 히스테릭한 부정성을 통해
표출한다고 말할 때, 그 불화의 기원에 이러한 상처의 흔적이 새겨져
있는 것은 아닐까. 어떤 상처들은 결코 치유되는 법 없이 인간의 내면
을 폐허로 만들어버린다. 그래서 이 상처를 경험한 사람들 대다수는
그 순간 실존의 시계(時計)가 멈춰버린다. 그는 생물학적으로 살아있는
자이나 실존적으로는 죽은 자이다. 삶과 죽음의 경계가 흐려지고, 삶
과 죽음이 하나의 신체에서 동거하는 반(半)죽음의 상태. 그의 나머지
시간은 사실상 죽음 이후의 생이라 불러야 마땅하다. 인용시에서 '검
은색'은 죽음의 색깔이다. 화자는 자신을 "짐승의 숲에서 버려진" 존재
로 인식한다. "죽은 사슴의 색을 입기로 했어"라는 진술은 결국 '죽음'
에 다가가겠다는 말이다. 세상에는 "너무 많은" 동정심이 흘러 다니지

만 그것은 쉽사리 받아들일 수 없는 '물음표'로 남고, '나'는 "요란한 밀어를 나눈 적도 없는데"도 '검푸름'의 죽음을 그리워했다. 이 그리움이라는 사건의 쌍방은 '나'와 '검푸른 세계', 즉 "바다"이다. 화자는 지금 그 검은 바다 속으로 한 걸음을 내딛으며 "그 검고 억센 힘의 저지대에 갇히고" 싶다고 말한다. 이윽고 "하연 나비 떼"를 닮은 파도가 밀려와 '발목'을 간질인다. 우리는 이 화자의 운명을 알 수 없지만, "당신의 가장 푸른 지점에서 녹고 싶다"는 화자의 타나토스(thanatos)가 어떤 상처의 흔적임을 짐작할 수 있다.

> 어쩌면 신발의 치수를 찾아 헤맨 나(당신)의 발은 최후의 결백하고 늙은 증여물일까 덩그러니 가장 침묵한 상태로의 당신(나) …… 자국이 미로를 연다 모국어로 난봉을 부리는 내 입술보다 십자가처럼 신성하고 한결 진실에 가까운 당신(나)의 언어는 더 이상 서두르지 않는다 먼지에 둘러싸인 둘러싸일 당신(나)은 새벽 3시마다 맨발로 잃은 꿈을 밟는다
>
> ─「맨발 …… 자국」 부분

어떤 상처는 숫자에 긴박된다. 오래된 영화의 한 장면이 생각난다. 특정한 시각이 되면 발작에 가까운 신경증에 사로잡히는 남자가 있었다. 사내의 질병은 병리적인 것이기보다는 다분히 심리적인 것이었는데, 그것은 자신의 조국에서 쿠데타가 일어나 대학살이 시작된 시각이었다. 왜 그 시각은 사내에게 신경증의 원인이 되었을까? 쿠데가 발생할 당시 사내는 어렸다. 도시 곳곳에 총성이 울려 퍼지자 사내는 또래

의 어린 아이들과 마찬가지로 집을 향해 내달렸다. 집에 도착해서 창살철문을 열고 들어섰을 때, 철문 밖에서 다급하게 그를 따라오는 친구가 있었다. 그런데 순간 겁에 질려 이성을 상실한 사내는 어떤 이유에서인지 철문을 열어주기를 완강히 거부했고, 도피처를 발견하지 못한 철문 밖의 아이는 문을 열어달라고 애걸하다가 결국 계엄군의 총에 맞아 그 자리에서 죽는다. 눈앞에서 친구가 피를 흘리며 죽자 사내의 실존적 시계(時計)는 그 자리에 고정되어 버린다. 그날 이후부터 사내는 친구가 죽은 그 시간이 돌아오면 발작 증세를 보인다. 발작을 통해 죄책감에서 잠시나마 자유로워지기 위한 연약한 주체의 몸부림인 것이다. 이 시에서 등장하는 새벽 3시, 그러니까 숫자 '3'이 꼭 그렇다. 물론 화자의 실존적 시계(時計)가 그 시각에 고정되어 있다는 이야기를 하려는 것은 아니다. 추측컨대 그것은 모두가 잠든 밤의 한가운데를 지시하기 위해 도입된 시각일 것이다. 화자는 "심해보다 깊고 푸른 밤"에 "사각침대"에서 꿈을 꾸고 있다. 그런데 꿈속에서 '당신(나)'은 "사원(砂原)을 방황하는 시체가 되어 새벽 3시에 던져져" 있다. 꿈은 항상 우리를 어떤 원초적인 장면으로 데려간다. 화자가 '당신(나)'라는 기호를 사용하는 이유는 꿈속의 '나'를 '당신'이라고 불러야 마땅하다고 생각하기 때문일 것이다. 새벽 3시, 당신(나)은 해변에 발자국을 남기며 수면 위를 걷고 있다. 그리고 당신(나)은 맨발이다. "새벽 3시마다 맨발로 잃은 꿈을 밟는다". '맨발'은 무엇일까? 사내의 추측처럼 그것은 "최후의 결백"일까? 아니면 신데렐라의 맨발이 그러했듯이 '치수'가 맞는 대상을 찾아 헤매는 자의 결핍일까?

아테제 호숫가

클림트의 사과나무가 꽃 피울 때

까맣게 꿈틀거리던 것들은 모두

양수를 뱉으며 무더기로 까발려 졌지

우리는 세상을 훼손하기 위해 잉태된 존재들

문밖을 서성이는 야윈 영혼들을 꿀처럼 들이켜고

고해성사 같은 건 하지 않아

—「사과나무독나비」 부분

　　이 시는 '사과나무'의 형상을 모방한 일종의 형태시이다. 화자는 아
테제 호숫가의 전원을 그린 클림트의 사과나무가 있는 풍경에서 목가
적인 안락함이 아니라 '사과나무'에 들러붙어 "까맣게 꿈틀거리던 것
들", 즉 '사과나무독나비'를 상상한다. '사과나무독나비'는 붉은꼬리나
방의 애벌레라고 알려져 있는데, 괴물의 형상을 하고 있는 이 애벌레
는 나무를 갉아먹는 해충으로도 유명하다. 화자는 그 '해충'의 형상을
자신에게 겹쳐놓음으로써 "우리는 세상을 훼손하기 위해 잉태된 존재
들"처럼 자신의 출생을 저주의 산물로 인식한다. "야윈 영혼들"을 먹어
치우고도 "고해성사" 따위는 하지 않는 괴물성의 존재. 독을 뿜은 자리
를 톱밥처럼 너덜거리게 만드는 애벌레. 화자는 그런 애벌레의 괴물성
이 누구의 책임이냐고 묻고 있다. "청춘(의 책임)은 / 내 몫일까 네 몫일
까". 이 시에는 이 질문에 대한 대답이 없다. 하지만 위에서 살펴본 작

품들에 근거해서 말한다면 '우리-애벌레'에게 그들의 불행한 출생의 책임을 묻기는 어려울 듯하다. 그런데 사실 이 질문에 대한 대답은 시인이 오래전에 발표한 시 「게이샤, 꽃」에 이미 나와 있다. 그 구절은 이렇다. "파열! / 아무런 잘못도 없는데 / 생의 모든 일이 잘못 없이도 죽음의 편이듯". 엄밀한 의미에서의 '비극'이란 또 다른 문제겠지만, 삶이 비극적이라고 느껴지는 때는 어떤 사건이 자신의 의지와 상관없이 발생하고, 그것이 자신의 의지로는 무관한 불가항력적인 것으로 엄습할 때일 것이다. 김하늘의 시를 읽을 때마다 밀란 쿤데라의 말을 떠올리는 것은 이 때문이다. "지옥(이 세상의 지옥)은 비극이 아니다. 어떠한 비극적 흔적도 없는 공포, 그것이 바로 지옥이다"(『커튼』). 쿤데라의 말 다음에 시인의 말을 붙여본다. "인간 최후의 비린내에는, 새삼스레 비극이 없다는 것"(「늪, 야상」) 어쩌면 진짜 비극적인 것은 '비극'이 '비극'으로 받아들여지지 않는 상황이 아닐까.

내상(內傷), 통증이 누웠던 자리

이이체, 이혜미, 조인호의 시집

1. 유언(遺言) 이후의 삶

유언(遺言) 이후의 삶을 기록하는 시가 있다. 내상(內傷)의 시간을 증언하는 그 시편들은 치명적인 상처가 인간에게 강제하는 죽음 이후의 삶을 드러낸다. 한 철학자의 표현을 빌리자면, 유언 이후의 삶은 두 번의 죽음 사이, in / between 안에, 삶과 죽음 사이에서 영위되는 삶 / 죽음이다. 사실, 상처의 연대기 속에서 신체적인 '죽음'을 말하는 것은 상대적으로 쉽다. 그러나 '죽음 이후'의 삶을 증언하는 것은 '죽음'을 노래하는 것보다 훨씬 어렵다. 내상(內傷)에 의해 관통된 삶, 죽음 이후의 생(生)은 삶도 죽음도 아닌 유령의 시간이다. 그 안에서 흘러나오는 유령의 음성 역시 노래이면서 노래가 아닌, 비문(非文)의 노래이다. 비-미학. 일찍이 미국의 지리학자 이투 푸안(Yifu Tuan)은 인간이 공간과 정서적으로 맺는 관계를 토포필리아(Topophilia, 장소애)라고 명명했다. 장소에 대한 특별한 애정을 뜻하는 이 개념은 공간과의 친밀한 유대를 전제하고 있다.

이이체의 『죽은 눈을 위한 송가』(문학과지성사, 2011)에 등장하는 세계, 세계의 축도로서의 시적 공간은 이러한 애착과는 전혀 무관하다. 오히려 그의 시에서 세계는 하강의 이미지에 의해서 압도된 상태로 그려짐으로써 '지금-이곳'이 시인의 실존과 선명하게 대립되고 있음을 보여준다. 가령 시인은 「환상여행」에서 세계를 '입 없는 신'이 거주하는 '실낙원'으로 묘사하면서 인간의 가벼움과 자신의 무거움을 대비시킨다. "인간은 원래 모두 가볍다. / 무거운 인간은 나뿐이다." 그리고 「추락한 부엌」에서 "발자국도 없이 가벼운 사람"인 '나'는 '휑뎅그렁한 부엌-시궁창'의 세계에서 "노래로 감출만한 슬픔들을 거울에 비춰보고" 싶어 하는 인물로 묘사된다. 반(反)토포필리아적인 이 세계에는 탈출구가 없다. "시궁창에서 벗어날 길은 없다"(「추락한 부엌」). 「골방 연극」에서 '나'와 '늙은 아버지'와 '기형으로 자란 나무'가 함께 거주하는 곳은 "책들이 몸져누운 골방"이다. 그곳에서 화자는 "상처받은 역할"을 맡아 "무너지지 않는 역할극"에 충실한다. 「화장일기」에서 "엄마를 엄마라고 부른 지도 너무 오래"된 아이의 거처 또한 이 시궁창으로서의 부엌("부엌은 유년의 바람개비이다")일 가능성이 높다. 아이는 그곳에서 엄마의 부재를 견디며 화장을 한다. 그런데 아이에게 '화장'은 무료한 시간을 때우기 위한 단순한 놀이가 아니다. "이 화장을 지우고 또다시 화장을 하면, 하나의 얼굴을 버릴 수 있을까"(「화장일기」). '화장'은 얼굴을 지우는 행위, 그러니까 새로운 얼굴을 통해 이전의 얼굴을 지우는, 하여 자신의 정체(正體)를 부정하는 파괴적인 유희이다. 이 자기 파괴적인 충동이 다소 긍정적인 의지로 드러나는 것이 "피는 발굴되는 것이다"(「가족의 탄생」)라는 진술이다. 이제 시궁창-부엌 속의 아이는 자신의 태생적인 혈통을 부정하고 '피'의 계보를 스스로 구축한다.

> 냉장고 밑에서 열쇠를 찾아냈다
> 바닷가, 바다에서부터 날 따라온 증기선,
> 잃어버린 나의 외투, 피리 부는 소녀
> 지나쳐온 거리들이
> 이미 갔던 곳으로 돌아가게 되었다
> 가족을 잃었다
>
> 다시 언제나처럼 바다로, 바다로
> 내가 흘러들어왔던 바다로
>
> 외투처럼,
> 가지 않아도 가버린 것 같다
> 멀어진 것들의 목록
> 외투가 가져간 내 몸을 떠올렸다

침묵하는 단수들을 떠올렸으나

단위가 되고 싶었다

(…중략…)

드디어 홀몸으로 단위가 될 수 있는 건가

중얼거리는 입술 밑으로

병신처럼 침을 주룩주룩 흘렸다

소금기가 가득했다

모래 따위는 무시해도 좋을

가족을 만들어가겠지

외투의 혈관을 열 수 있는 유일한 열쇠

진심으로, 나는 무성한 식물원이 되었다

배를 타지도 않고, 그저 따라갈 수만 있기를

슬픔이 점점 귀여워져갔다

— 「실외투증후군(失外套症候群)」 전문

실외투증후군이란 식물인간 상태를 지칭하는 의학적 개념이다. 시인은 '실외투증후군=식물인간'이라는 의학적 상상력을 빌려와 '식물' 상태의 자신을 규정한다. 그는 '인간'이라는 실존감이 제거된 자신의 상태를 "무성한 식물원"에 비유한다. '식물인간'에서 '인간'이 삭제되면 남는 것은 오직 '식물' 뿐이기 때문이다. 그는 먼저 자신의 신체를 감싸고 있던 영혼으로서의 '외투'를 잃어버렸고, 다음으로 가족을 잃어버렸다. 이 외투의 상실이 바로 첫 번째 죽음이다. 정신분석학에 따르면 우리는 항상 두 번 죽는다. 육체적 죽음과 상징적 죽음이 그것이다. 흥미롭게도 이이체의 시에서 첫 번째 죽음은 상징적인 죽음의 성격을 띤다. 그러니 유언 이후의 삶이란 결국 두 번의 죽음 사이에 존재하는 in / between 상태일 수밖에 없다. 시인은 이러한 첫 번째 죽음에 근거하여 존재감의 상실을 '고아의식'과 연결시킨다. 이이체의 첫 시집에 등장하는 숱한 선언들은 실상 이러한 '고아 됨'에 관한 자의식의 발로이다. 가령 '고향=근거(세계)의 상실'을 토로하는 "고향은 타향이라는 내부들로 둘러싸인 미궁일 따름이지, 이방인, 좋은 이름으로 태어났어야 했다"(「취한 말들을 위한 여름」), "당신이 나를 부르는데 왜 내 이름이 아닌지 궁금해졌다"(「고아」), "선천적인 고아들"(「후유증들」) 등의 진술이 여기에 해당한다. 자신의 삶을 "이형의 인생"(「죽은 눈을 위한 송가」)이라고 비하하거나, "어차피 늙어간다는 것은 아물어간다는 일이다. / 육체란 이미 상처 그 자체이므로 // 죽음으로부터 시작되는 인간의 정적"(「인간론」)같은 삶에 대한 허무주의적 태도 역시 이러한 근거 상실과 무관하지 않다. 이러한 상실과 자기비하의 진술들은 셀 수 없이 많다. 가령 "사랑은 잃는 자와 얻는 자 모두의 것 / 미아들, 우리는 미아들"(「낯선 애무」), 「한량들」에 등장하는 "우리는 늘 다쳤다" "우리는 노상 떠나갔고, 떠나왔으며, 상처받아도 돌아올 곳이 여기밖에 없었다. 세상이 꾸는 악몽 속에서 어느 주검들의 비린내를 몰고 오던, 요절한 부랑아를 닮아갔다." "무게를 견디기 위해서는 무게가 필요했고, 우리는 가벼웠다.

방황이 우리에게 가야 할 방향을 물을 때, 풍경들은 모조리 눈물의 바깥에 있었다." 같은 진술들, "삶은 아무리 살아도 익숙해지지 않지"(「알몸들」), "나는 버려지는 방법을 잘 알고 있다" "아무도 사는 방법을 가르쳐주지는 않았다"(「Beastie boy」), "나는 세상의 모든 허무를 시작하겠다"(「자폐」), "나는 내 삶이 어색하다 / 내가 어색하다"(「수면제」), "나는 늘 떠나거나 숨었다"(「인간의 신화」), "요컨대 이번 인생이란 / 비극이 일어나기를 호소하는 지루한 계약일 뿐"(「미물」) 같은 선언들 역시 고아의식의 표현이다. 이 고아의식이 혈통에 대한 극단적 부정으로 드러날 때, 그것은 자의적인 혈통의 재구성이라는 의지로 표출된다.

> 벌거벗은 자들의 사막
>
> 깨진 달에서 다른 어둠이 발견되었다
>
> (…중략…)
>
> 이미 깨져버린 달은 충혈된 눈
>
> 그림자가 고향을 찾지 못해 울었다
>
> ──「낭만주의」 부분

세계는 처음부터 몰락한 상태이다. '충혈된 눈'을 닮은 '깨진 달'은 이러한 균열의 상징이다. 때문에 고아-아이의 단수적 삶 또한 순탄할 수 없다. 이이체의 시에서 '고향'에서 추방당한 아이는 영원한 아이의 상태로 남고 싶어 하지만, "나는 어린아이이고 싶지만 눈은 이미 모든 걸 보고 (…중략…) 모르고 싶은 것들이 있어"(「친절한 세상」)처럼 아이는 이미 몰락하고 세속화된 세계의 진경을 보아버렸다. 이이체의 시에 '시각'의 상실에 관한 이야기가 빈번하게 등장하는 것은 이러한 사정과 무관하지 않다. 몰락한 세계 속에 홀로 버려진 고아-아이는 "못 볼 걸" (한랑들) 본 순간부터 더 이상 아이로 존재할 수 없다. 그래서 시집 속에 등장하는 아이들은 "못 볼 걸" 보지 않기 위해, 또는 자신이 보고 싶은 것들을 보기 위해 자주 눈을 감는다. "눈 감은 내 눈앞에 눈 내리는 풍경이 펼쳐지고. 모든 것이 무너진 폐허에서 너를 안고 눈을 감는다" (「사라지는 포옹」). 외투를 잃어버리는 것이 세계에 의한 외상적 침입이라면, 눈을 감는 것은 균열된 세계로부터 시선을 거두어들이는 능동적 행위이다. 이 의도적인 눈감음 속에서 아이는 또 다른 세계를 감각한다. "장님은 장님을 볼 수 없으므로 / 손으로 서로의 뜬눈을 더듬는다" (「그로테스크 키스」), "눈 감아도 너희들의 사랑을 볼 수 있었다"(「너희들의 사랑」), "나는 눈을 감고 물을 찾았다"(「Alacrima」), "이제부터 담배는 끊고 눈을 감아야겠다"(「취한 말들을 위한 여름」), "유배지에서는 자막을 읽을 수 없었음에도 나는 / 죄의 삯으로 눈이 보이는 순간들을 부여받았다" (「자각몽」) 등의 진술은 이러한 눈감음의 의지에 관한 표현이다. 이이체의 시에서 본다는 것은 균열된 세계와 조우하는 부정적 계기이며, 눈을 감는다는 것은 맹목의 시선 속에서 비시각적인 감각을 통해 다른 세계를 지각하는 것이다. 이 다른 세계의 실체가 정확히 무엇인지는 알 수 없지만, 세계에 대해 눈감음으로써 시선을 자신의 내부로 돌려놓는 이러한 적극적 부정이 유언(遺言) 이후의 삶과 연속성을 지니고 있음은 분명하다. 죽음 이후에는 무엇이 남는가? 추측컨대 시인은 이 질문에 생물학적인 삶이 아니라 언어의 삶, 즉 시가 남는다고 대답할 듯하다. 나는 죽고 너는 남는다. 시인은 죽고 시는 남는다. 그리하여 시는 두 번째 죽음이 당도하기 전까지 '나-시인'의 죽음을 증언할 것이다.

2. 부재의 시간을 견디는 방식

사랑의 연가(戀歌)는 언제나 쓸쓸하다. 그 쓸쓸함은 사랑이 부재(不在)하는 대상을 향한 것일 때 한층 증폭된다. '사랑'이라는 사건에서 대상의 상실을 견뎌야 하는 인간의 내면은 역설적이게도 존재하지 않는 것들로 채워진다. 이것이 부재의 대상이 '흔적'이라는 모순적 방식으로 타인의 시간 속에서 제 거처를 마련하는 과정이다. 또한 이것이 김혜미의 시에서 '사랑'이 발화되는 방식이기도 하다. 특이하게도 그녀의 첫 시집 『보라의 바깥』(창비, 2011)은 사라지기 위해 태어나는 문장("어떤 문장들은 사라지기 위해 태어납니다")에 관한 이야기에서 시작해서 특정한 대상('너')에게 다가서려는 의지("빛나는 가시를 세우고 너에게 갈게")의 표출을 드러내는 이야기로 끝난다. 대상의 부재에서 부재하는 대상으로 나아가는 이 사랑의 항진(航進)은 시집 전체를 관통하는 중요한 흐름이다.

시집의 도입부에서 시인은 사라지기 위해 태어나는 문장으로 '당신'

에게 수줍은 고백을 전한다. "광물의 조혼색을 흉내내며 당신 살에 얼굴을 부비면, 나에게서 조난당한 탄흔들이 당신에게로 쏟아져내릴까요"(「얼음편지」). '쏟아져내린다는 것'은 도달한다는 것, 그러므로 시인은 문장들이 자신을 떠나 '당신'에게 당도할 것을 희망하며, '나'와 '당신' 사이의 불가해한 대화는 "나에게서 당신에게로 떠나가는 기억들을 위해, 또 어떤 문장들은"이라는 진술처럼 과거의 시간을 환기하는 행위가 된다. 사랑의 기억이 남긴 흔적은 "사라진 너는 온전히 나만의 것, 잠시의 진동과 마찰이 우리를 간신히 두 사람이게 했을 뿐"이나 "누군가 심어두고 떠난 가시를 기억하는 입속은 이미 부재가 사는 집이다"(「사라질 권리」)처럼 세계를 '사라짐'과 '부재'를 중심으로 인지하는 감각을 낳는다. 사랑이 존재론적 '사건'인 까닭은 이처럼 그것이 세계의 운행질서를 송두리째 바꿔놓기 때문이다. '부재'를 중심으로 한 만남과 헤어짐의 장면들은 이 시집의 도처에 흩뿌려져 있다. 가령 물고기의 "엇대인 두 아가미가 투명한 회문(回文)으로 얽혀"(「어비목(魚比目)」)드는 장면이 만남의 이미지라면, 휴대전화의 단축번호가 지시하는 "세기 위해 열 손가락 모두를 부러트려야 닿을 수 있는 먼 나라"(「0번」)는 헤어짐의 이미지이다. 또한 "네가 선물해준 거울은 아름다웠으나 / 아무리 닦아도 얼굴이 떠오르지 않았다"(「제3통증」)가 부재를 의미한다면, "너의 비릿한 아가미 속애 들던 날"(「측백 그늘」)은 합체의 순간을 뜻한다. 이처럼 이혜미의 시편들은 '사랑'이라는 사건에 바쳐진 감각의 기호들처럼 읽힌다.

애태타(哀駘它), 당신의 굽은 등으로 깃드는 밤

　낙타처럼 슬픈 사나이, 당신을 좇아 앞뒷면이 거울인 관속에 누워 만월을 기다렸다 애태타, 허리가 부러져 죽은 꽃들의 영혼이 당신을 이 척박한 땅에 부려놓았는가 당신에게로 도망가는 나의 유령들이 부풀고 젖어 등이 시리다 당신을 두드리다, 두드리고 또 두드리다 그 굽은 등 속으로 내가 들어앉고야 만 밤 애태타, 당신을 폐허가 되도록 경애(敬愛)하여 이 밤을 덮은 모든 주름들이 나를 향한다

　사랑하는 나의 꼽추, 당신의 잉여를 질투하며 세상의 모든 모서리들이 다투어 쏟아졌고 어떠한 바깥도 거느리지 않은 채 달이 제 내부를 드러내곤 했었다 한 상 가득 병(病)을 차려둔 밥상에서 꿈과 뼈는 깊고 또 멀어, 내가 더럽힌 종이 위로 헛것들이 길게 누웠는데 애태타, 평생 당신의 시간만을 찾아 헤매다 죽은 여인도 있었다 당신을 위해 등의 언어를 배우고 구부러진 것들만을 사랑한 남자도 있었다 잔인한 꼽추여, 어떤 따스한 궁(宮)이 있어 활처럼 당겨진 그대 등 속으로 새벽이 깃들 수 있겠는가 그때 나는 비로소 당신의 곤혹과 함께할 수 있겠는가 당신이 하나의 거대한 물음이었던 것처럼, 그리하여 오롯한 무덤이 되었던 것처럼

　애태타, 당신의 무덤에 그 어떤 치욕도 옮겨심지 못해 울며 떠나간 이들은, 쏟아져내린 시간의 주검들을 등에 인 채 오래도록 어둠속으로 망명해야 했네 그대 창백한 이마가 무릎에 온전히 닿을 때까지, 그렇게 한없이 둥

글어질 때까지

애태타는 고서(古書)에 등장하는 위나라의 추남이다. 기록에 따르면, 남자들은 존경해서 그를 떠나지 못했고, 여자들은 다른 남자의 아내가 되느니 그의 첩이 되기를 희망했다고 한다. 시인은 위나라의 추남 애태타를 현대로 불러와 '당신'과 겹쳐놓는다. 하여, 추남 애태타는 "낙타처럼 슬픈 사나이", "사랑하는 나의 곱추"로 환생한다. 시인은 자신의 분신인 '유령들'이 "당신에게로 도망"간다는 표현을 통해서 '당신'에 대한 나의 지극한 기다림과 사랑을 노래한다. 그런데 이 시에서 '당신'이라고 호칭되는 애태타는 '달'의 형상을 하고 있다. 곱추의 "굽은 등", "만월", "활처럼 당겨진 그대의 등", "무덤" 등은 "그렇게 한없이 둥글어질 때까지"처럼 둥긂의 이미지를 통해서 하나의 계열을 이룬다. 어쩌면 '사랑'의 흔적이라는 보편적인 경험보다 세계를 둥긂의 이미지로 형상화하는 특유의 비유체계야말로 이혜미의 시를 특징짓는 요소인지도 모른다. 이 시집의 도처에는 사랑의 흔적만큼이나 많은 둥근 이미지들이 숨겨져 있다. 여러 시편들에서 공통적으로 목격되는 '달'의 이미지가 바로 그것이다. 이혜미의 시는 도시적인 감각이 지배적인 최근 젊은 시인들의 시와 달리 '달', '바다', '물고기' 등의 자연적 대상을 감각적인 언어로 묘사함으로써 서정시의 상투성을 극복하고 있다. 그녀의 손끝에서 세계의 형상은 일상적 풍경과는 전혀 다른 모습으로 재구성된다. 그것을 현실과 몽상의 경계라고 말할 수도 있겠지만, 더욱 중요한 것은 새로운 감각에 의한 세계의 전유 과정을 통해 일상적인 것을 비일상적인 것으로 재구성하는 능력이다. 주제적인 차원에서 그녀의 시들은 '사랑'이라는 존재론적 사건을 중심으로 회전하지만, 이미지의 차원에서 그녀의 시는 '둥긂'이라는 원형적 세계를 중심으로 발화된다. 그녀의 시에서 '달'은 하나의 소재이기 이전에 세계의 후광이다. 때문에 「사라질 권리」에 등장하는 "희고 날카로운 달의 두 뿔이 맞닿을 때"라는 진술은 날카로운 두 개의 뿔이 만나 하나의 온전한 원(圓)을 연출하는 만월(滿月)을 '사랑'의 사건으로 해석한 것이라고 말할 수도 있다.

빛나는 가시를 세우고 너에게 갈게

보고 듣는 것이 죄악이어서 무엇도 유예하지 못하고 부서져 완전해진 무늬가 되어 헤엄칠 때, 우리가 가진 비늘이 일제히 진동한다 지느러미를 펼치니 너와 나의 그믐

어쩌면 이렇게 단단하고 빛나는 것을 몸 안에 담가두었니

뼈, 거품 속에서 떠오른 얼굴. 그 얼굴은 심장에서 가장 먼 곳에 있어 네가 머물던 자리에 다른 비참이 들어선다 서로를 흉내내다가 서로에게 흉(凶)이 되는 순간. 늑골을 숨기고 촉수를 오래 어루만지면

우리는 두 개의 날카로운 비늘, 아름다운 모서리가 남겨졌다

아직은 목젖을 붉게 적시며 구체적인 오후를 꿈꾸고, 잃어버린 아가미
를 찾아 돌아올 수 있을 거야 우리의 기도는 한곳만을 고집스레 방향하는
일이니, 깊이 고인 맹목이라 해도 헛된 문장만은 아닐 것

그러니 함께, 멀리로 가자
아름다울 몫이 남아 있다

— 「투어(鬪魚)」 전문

이혜미의 시에서 '바다'는 '달'과 더불어 세계를 표상한다. 세계가
'바다'가 될 때, '나'와 '당신'은 그 속에서 유영하는 물고기들이 된다. 이
런 점에서 「어비목」, 「방란(放卵)의 밤」, 「달 속에 청어가 산다」, 「인어의
시간」 등은 하나의 계열을 이룬다. 투어(鬪魚)는 길게 뻗은 날카로운 지
느러미를 가진 물고기의 이름이다. 이 물고기는 수컷끼리 만나면 상대
가 죽을 때까지 격렬하게 싸우는 습성으로 유명하다. 시인은 이 물고
기들의 싸움에서 "빛나는 가시를 세우고 너에게 갈게"처럼 '당신'에게
다가가려는 '나'의 모습을 발견한다. 물론 이 시에 등장하는 두 마리의
물고기는 암컷과 수컷이다. 그런데 이 시에서 '너'와 '나'가 지느러미를
펼치는 세계는 원(圓)의 상징인 만월(滿月)이 아니라 그믐이다. 이것은
'나'가 애태타의 굽은 등 안으로 들어감으로써 안정된 완결의 구형을
만들던 「만월, 애태타」의 세계와는 사뭇 다르다. 하여, 이 시에서 '나'

와 '당신'은 "서로를 흉내내다가 서로에게 흉(凶)"이 되는 관계이다. 그들 각자의 몸 안에는 "단단하고 빛나는 것"이 숨겨져 있어서 상대방의 접근이 쉽지 않다. "우리는 두 개의 날카로운 비늘, 아름다운 모서리가 남겨졌다"라는 진술은 "행복한 사랑은 없다"라는 루이 아라공의 시 구절을 연상시킨다. 그렇다면 이 흉(凶)은 사랑이 아닌가? 시인은 서로에게 흉(凶)으로 남는 고통스러운 사랑에도 불구하고 "한곳만을 고집스레 방향하는 일"을 포기하지 않으려 한다. 그 "맹목"을 "헛된 문장"이라고 부정하지도 않는다. '나'와 '너'의 만남이란 아름다운 관념이나 상상과는 달리 서로에게 치명적인 상처를 안겨줄 수 있는 가능성이 얼마든지 있기 때문이다. 어쩌면 우리는 부드러운 비늘 아래에 타자를 향해 가시 돋친 바늘을 숨기고 살아가는 물고기들인지도 모른다. 고슴도치의 사랑이 그렇듯이, 그렇다면 우리의 신체적인 합일은 영영 상흔으로만 남을 수밖에 없다. 그것이 우리의 운명이라고 해도, 시인은 그 상처를 기꺼이 '사랑'이라고 부른다. 그리고 가시-흉기를 품은 두 존재의 만남이 이루어낼 "아름다울 몫"을 향해 함께 나아가자고 손을 내민다. 이 '함께'에 대한 열망을 포기하지 않는 한, 당분간 시인의 '사랑'은 더 많은 흉(凶)을 남길 것이다. 그리고 그 흉(凶) 속에서 '나'와 '당신'은 비관계로서의 사랑을 지속할 것이다.

3. 제국에서 보낸 한 철의 연대기

어머니

참고 견디면 그런 날이 올까요

— 아르튀르 랭보, 「지옥에서 보낸 한 철」

조인호의 『방독면』(문학동네, 2011)은 '리틀보이'(「리틀보이의 여름방학」)라는 별명을 지닌 아이의 성장기이다. 출생에서 성장까지, 아이의 삶은 도넛을 닮은 "구멍난"(「도너츠의 하루」) 시간들로 채워져 있다. 이를테면 아이는 "나는 발부터 태어났어요 당신이 찻잔 속에 각설탕을 떨어뜨리듯"(「멜팅 포인트」)이라는 진술이 암시하듯이 세상 속으로 내뱉어지듯이 태어났다. 아니, "만삭의 어머니가 생선을 굽던 기름방울처럼 지글지글"(「고등어 나르시시즘」) 낳았다는 소문도 있다. 시인은 아이의 이 구멍 난 삶을, 랭보의 시를 패러디해서, '제국에서의 한 철'이라고 명명한다. 리틀보이가 사는 세계는 지상과 지하로 나뉘어져 있다. 땅 위의 사람들과 땅 속의 사람들, 세계는 그렇게 명암으로 선명하게 구분된다. "나 리틀보이는 지하방에서 삽니다"(「리틀보이의 여름방학」). 아이는 지하세계의 인간이다. 비단 아이만이 아니다. "휘황찬란한 발명의 시대"(「옴의 법칙」)에 태어난 '옴', "맨홀 속에서 몇 해를 살았는지 알 수 없"(「무지갯빛 광석」)는 '사나이', "무중력의 지하방"(「수(囚)」)에 갇혀 사는 '소년', "철과 장미의 문명 속"(「철가면」)에서 용접공으로 일하면서 "철근콘크리트 지하방"에서 사는 철가면 '그', "일개 군납용 쇠고기 납품업자였다"(『엉클 샘의 고백』)가 일약 화폐의 표지모델이 된 돈의 상징 엉클 샘도 "지하 구십구 층의 방"에 거주하는 지하인간들이다. 시집 『방독면』은 종종 '리틀보이'의 성장기를 넘어 '지하생활자의 수기'에 육박한다. 지상세계와 지하세계는 단절의 방식으로 연결되어 있다. 두 세계의 연결통로는 '해치 뚜껑'이다. "오랄라, 신의 장난 같은 해치 뚜껑을 열고, 붉은 코 사육사 아저씨는 지하 깊은 곳으로 내려갔지"(『야훼』). 단절의 방식으로 연결되어 있기 때문에 이따금씩 지하 인간들은 지상으로 '피랍(被拉)'되어 죽음을 당한다. "지하물체가 불시착한 자리엔 흰 테두리로 인간의 형상이 그려져 있었다"(『피랍(被拉)』).

어느 날 '리틀보이'의 삶에 또 하나의 구멍이 추가된다. "공사판 목수였던 아버지"(『축구』)가 몸에 암세포가 전이되어, 나무에 박히다 만 못처럼 병원 침대에 구부려져 있는 상황이 발생한다. 얼마 후 아이의 아버지는 "영안실 냉동고 속에 가만히 누운 그 사내"(『빙하기때려부수기』)가 된다. 아비를 잃은 아이는 "한 삽의 석탄처럼 불길 속에 아버지를 던져 넣는 가혹한 노동"(『나의 투쟁』)을 감당해야 하고, 때문에 시집의 도처에는 "화장터"(『나와 나의 양(羊)』)에 관한 이야기가 다수 등장한다. 아비를 잃은 아이는 커서 '전업시인'이 되었다. 그러나 명예로운 호칭과 달리 '전업시인'이 된 '리틀보이'의 일상은 "물 좋은 직장 하나 만나지 못하고 퀭한 생선 눈깔을 지닌 실업자 방울방울 높은 수면 위로 떠오르는 토익 점수가 그리워 밤늦게 종종걸음으로 영어학원을"(『고등어 나르시시즘』) 전전하는 총체적 난국을 벗어나지 못한다. 시인은 이 총체적 난국에 빠진 세계를 '추락 / 몰락'이라고 부른다. "보라, 내 영혼의 저울이 기울기를 잃고 무거운 추처럼 / 추락하고 있다 창밖, 붉은 달이 몰락하고 있다"(「그러나, 사랑하는 모든 것들아 하늘에서 죽으렴」). '몰락'은 '구멍'의, '지옥'의 또 다른 이름이다. 아이는 이 세계에 '제국'이라는 이름을 부여한다. '리틀보이'는 간혹 "무명(無名)시인의 자존심을 걸고"(「악(惡)의 축」) '제국'에 대한 '저항'을 시도한다. 그렇지만 그 '저항'이란 전기요금이나 가스요금 등을 미납하는 소극적인 일탈일 뿐이다. 그리고 그런 소극적인 저항에는 항상 전기나 가스를 끊어버리는 '제국'의 무자비한 복수가 되돌아온다.

> 사실 나는 최종병기시인훈련소에서 시 창작훈련을 받는 훈련병이다. 최종병기시인훈련소에 소속된 훈련병들은 모두 다 시인들이다. 그들과 나는 인간이 만든 최종병기가 '시인'이 되어야 한다는 사실에 뜻을 같이 한다. 지상의 모든 강철무기들과 생화학무기 그리고 절대적인 핵무기를 초월하기 위하여, 우리 훈련병들은 하루하루 강도 높은 훈련을 견뎌내고 있다. 최종병기시인훈련소 제1조항을 살펴보면 '시인은 인간 최후의 병기다'라고 명시되어 있다. 간단한 예를 하나 들자면, 우리 최종병기신인훈련소의 병기고 안에는 탄약과 포탄 대신 시집이 빼곡히 들어차 있다.
>
> ― 「최종병기시인훈련소(最終兵器詩人訓鍊所)」 부분

'리틀보이'는 '제국'에 맞서기 위해서 자신이 강해져야 한다고 다짐한다. 하여 그는 "최종병기"가 되기 위해 '최종병기시인훈련소(最終兵器

詩人訓鍊所)'에 입소한다. 그는 자신을 '제국'을 겨냥하는 무기로 만들고자 한다. 그에게 지급되는 유일한 휴대무기는 병기고에 빼곡히 꽂혀 있는 '시집'들이다. 이러한 저항에 있어서 그는 혼자가 아니다. 훈련소에 모인 사람들은 모두 '시인'이며, 무엇보다도 그들은 "인간이 만든 최종병기가 '시인'이 되어야 한다는 사실"에 뜻을 함께 한다. 이러한 상상력의 이면에는 어떠한 동정심도 허락하지 않는 제국에서의 삶을 견디기 위해서는 제국을 능가하는 힘이 필요하다는 것, 아니 제국이 강제하는 속물적 · 굴욕적 삶에 맞설 수 있는 유일한 존재는 '시인'뿐이라는 자부심이 함축되어 있다. 물론, 이 경우 모든 시인이 "최종병기"인 것은 아니다.

핵폭발(Ω) 후
오로지 한 인간만이 살아남는다. 태양처럼 홀로 빛나는 존재, 그는 최후의 인간, 그는 최후의 시인, 그는 오메가 맨이다.

(…중략…)

핵폭발 후의 지구는 아름답다. 더이상 하늘도 땅도 언덕도 벽도 집도 없다. 오메가 맨 홀로 존재한다. 최후의 인간은 최후의 시인이 되어야 한다. 이제 오메가 맨은 검은 태양 속으로 걸어들어간다.

검은 태양 속의 앵무새,

우리는 그를 오메가 맨이라 부른다.

—「최후의 인간(The Omega Man)」부분

　시집 1부 '북방한계선(北方限界線)'에서 '리틀보이'는 '소년군(少年群)'의 모습으로 등장한다. 아울러 '전업시인'이 된 '리틀보이'는 핵폭발(Ω) 이후의 지구를 상상한다. 이것은 생화학전 때문에 인류가 사라진 한적한 대도시 LA를 배경으로 한 영화 「오메가 맨」(1971)의 설정이기도 하다. 시인은 몰락 이후의 그 세계에서 유일하게 살아남아 "태양처럼 홀로 빛나는 존재"(「최후의 인간(The Omega Man)」), 즉 최후의 인간(Ubermensch)을 상상한다. 모든 몰락에는 항상 몰락 이후의 삶이 뒤따르기 마련이다. 하여, 시인은 최후의 인간이자 최초의 초인(超人)인 그를 '오메가 맨'이라고 부른다. 오메가(Ω)는 숙명적으로 최후를 의미한다. 이러한 상상은 세계 자체가 파열되기를 기대하는 부정의식과는 다르다. 여기에서 핵심은 핵폭발로 인해 세계가 붕괴한다는 재난의 상상력이 아니라 붕괴 이후에도 살아남는 불가능한 삶에 맞춰져 있다. 시인은 지구상에 존재하는 모든 것들이 흔적 없이 사라진 이후에도 홀로 살아남는 '오메가 맨'이 반드시 '시인'일 것이라고 믿는다. 이것은 시인이라는 존재가 제국-세계에 내속(內屬)하는 타자적 존재임을 의미한다. 시인, 그는 세계의 내부에 존재하면서도 세계의 일부가 되어버리기를 거부하는 존재이다. 아니, 제국-세계가 도저히 받아들일 수 없거나, 그 세계에서는 도저히 살아갈 수 없는 불가능한 존재가 시인이라는 말이 적확하다. 그러므로 시인은 이 불가능한 존재로서의 삶, 즉 시인의 삶을 꿈꾸고 있다.

모그y 씨의 '신택스' 실험 원칙들

진수미의 신작에 대하여

진수미의 시세계는 여성성의 성적 이미지에 근거한 '위반의 시학'에서 의미의 내적 균열과 혼돈 / 무질서의 감각을 현시(顯示)하는 '아나키의 시학'으로 진화하고 있다. 도발적인 여성적 이미지와 가부장적 질서에 대한 거부라는 시적 특징이 시집 『달의 코르크 마개가 열릴 때까지』(2005)와 『밤의 분명한 사실들』(2012)을 관통하면서 이 진화에 연속성을 부여하고 있지만, 두 번째 시집 『밤의 분명한 사실들』에서 한층 강조되고 있는 '아나키의 시학'은 페미니즘의 도발 / 위반의 언어보다는 실험성의 미적 이념을 강조한 모더니즘의 저항성에 더 가까운 느낌이다. 만일 이 후자의 감각을 '아나키(anarchy)'나 '미래파' 같은 비평적 이름으로 지시한다면, 진수미의 시세계는 소수적·여성적 특이성(Singularity)에서 모더니즘적 보편성에 근접하는 변화의 과정을 보여준다고 말할 수도 있을 텐데, 그런 점에서 이 변화는 '특이성'의 사건적 에너지를 상실하는 대신 '미래파' 또는 '2000년대 젊은 시'라는 일반성을 획득하는 제로섬(zerosum)의 양상을 띤다고 평가할 수도 있을 듯하다. 진수미의 근작들이 보여주는 미적 실험과 돌파 과정은 개체적인 것이기보다는 집단적인 것이며, 동시대의 시인들이 시도함직한 여러 가능성 가운데 하나이다. 그래서 진수미의 시를 읽으면서 김춘수, 박상순, 이수명, 나아가 동시대의 몇몇 시인들을 떠올리는 것은 불가피한 일일 것이다.

'아나키의 시학'은 '의미'의 제국주의를 경계한다. 그것은 '시'가 하나의 전언, 즉 메시지 / 의미를 담는 표현형식이라는 관념을 부정함으로써 '시'에서 '의미'의 층위를 소거한다. 그 결과, 시의 언어는 두 방향의 진화가능성을 함축하게 된다. 의미의 다중성과 의미의 탈각이 그것이다. 전자에서 시의 언어는 둘 이상의 복합적인 의미로 해석될 가능성에 노출되고, 후자에서는 '의미' 자체의 명확성이 훼손된다. 시인 김언의 몇몇 시편들이 전자에 속한다면, 흔히 난해성이라는 척도에 의해 비판되는 최근 젊은 시인들의 시는 대부분 후자에 속한다. 물론 이 두 가지 방향성은, 대다수의 '아나키의 시학'이 두 방향성이 혼재된 상태로 언표된다는 점에서, 순전히 이론적인 가능태에 불과하지만, 경향성의 차원에서 구분될 수 없는 것은 아니다. 만일 시의 전언, 즉 메시지 / 의미를 '기의'라고 말할 수 있다면, '아나키의 시학'은 '기의'의 선명성보다는 '기표'들의 자유로운 유희가 만들어내는 낯선 효과에 가깝다고 정의할 수 있을 것이다. 이처럼 '아나키의 시학'은 의미의 내적균열을 증폭시킴으로써 '의미'의 중심성을 해체하는 부정적 방식의 무정부성을 지향하며, '신택스'("신택스 / 신택스 / 그건 / 아마 음악 / 거의, 소음, / 아마도"(「옹호되지 않는 펜치」))의 내적 요소들 간의 인과성을 훼손시킴으로써 해석의 불가능성을 증가시킨다.

> 이것은 환시고, / 저것은 fact고, // 너무 그러지 마요. / 세상 골목이란 골목은 // 모두 / 가로지르라 있는 것,
>
> —「[ilu : 39nist]」 부분

'아나키의 시학'에 따르면 모든 경계는 위반과 횡단을 위해서만 의미를 지닌다. 그것은 '현실'과 '현실 아닌 것'의 경우에도 마찬가지다. '환시'와 'fact', '현실'과 '환상'의 경계를 가르는 일은 중요하지 않다. 아니, '아나키의 시학'은 '환시'와 'fact'의 경계를 모호하게 함으로써, 그것들의 구분불가능성을 현시함으로써 사실상 대타자의 상징적 질서를 위반한다. '골목'이란 결국 두 세계를 분할하는 경계의 상징이다. 그러니 "세상 골목이란 골목은 // 모두 / 가로지르라 있는 것"은 아나키 선언문의 제1항이라고 말해도 과장은 아닐 것이다.

> 우리, 라는 말을 상상할 필요가 없던 머나먼 곳. 당신은 언제나처럼 눈을 감는군요. 북소리가 휘몰아치는 안개 속에 우린 같이 있었잖아,
> 이야기의 시작은 혼자인 법이 없어서, 복수의 그건, 겁 많은 동물의 가두리를 가리키기도 해요. 아무것도 믿지 않는 당신. 별. 사나운 당신, 갈기.

북소리는 안개처럼 우릴 빨아들였고, 손을 넣어 서로의 심장을 어루만 질 때마다 사라졌던 우리들이 하나둘씩 돌아왔죠. 하나면서 둘이고 메두 사의 갈라진 머리칼이기도 했던 우리들.

소리는 물속에서 올라오고 있었어요. 우리는 수면에 얼굴을 떨어뜨렸죠.

당신처럼 아름다운 여자가 너울대는 젖은 머리털 새로 우리를 올려다 보고 있었어요. 당신의 눈, 코, 입에서 뿌글뿌글 거품이 솟아오르고 있었 고, 소리는 더 빠르게 잦아들고 더 빨리 자라났어요. 어서 나와, 외쳤지만 당신은 동그란 눈을 우리에게 고정시킨 채 꿈쩍도 안 했죠.

던져 줄 게 없어서, 우리의 몸은 왜 이리 미끈둥미끈둥한 걸까, 누군가 가 탄식하듯 혀를 늘어뜨리기도 했었죠. 당신은 아무것도 붙잡고 싶지 않 은 게 분명했어요. 주무시네요, 이 순간, 당신은.

헐떡거리며 방죽에 주저앉았어요. 우린 늘 쉽게 지치잖아, 늘였던 혓바 닥을 되감으며 어떡하지를 연발하고 있는데, 어느샌가 당신이 우리 곁에 앉아서 어떡하지, 어떡하지를 반복하고 있는 거예요.

물에서 나와 보니 당신은 하나가 아니었어. 안개가 걷히고 나니 우리와 똑같은 숫자로 붙어 있었지. 똑같이 데려갈 친구가 생겨서 너무나 기뻤어.

우리의 목욕물을 나눠 주고 우리의 옷을 입히고 우리의 침대에 눕혔지. 당신은 말 잘 듣는 아기 같았어. 우린 엄마가 되었다고 해야 옳을까,

—「겹겹의 당신」 부분

「겹겹의 당신」은 '우리'라는 기호를 의미의 다중성에 노출시킴으로 써 시가 하나의 메시지 / 의미로 환원되는 것을 지연시킨다. 의미의 다

중성은 이미 '겹겹의 당신'이라는 표제 속에 자리하고 있다. 그렇지만 의미의 다중성은 '우리(we / cage)'라는 기호의 차원만이 아니라 "물에서 나와 보니 당신은 하나가 아니었어"처럼 존재론의 차원까지 확장되고 있다. 1연에서 시인은 인칭대명사인 '우리'를 상상할 필요가 없었던 세계를 환기하면서 서사의 기원에 개입하고 있는 존재의 복수성에 관해 이야기한다. 그런데 여기에서 "혼자인 법이 없어서"라는 진술은, '겹겹의 당신'이라는 기호가 그렇듯이, 중의적으로 해석될 여지가 있다. '우리'는 인칭대명사(we)로 해석되어 존재론적인 '더블'을 의미할 수도 있고, 서사에 얽혀 있는 기원의 다수성을 지시하는 것으로 해석될 수도 있다. 물론 1연의 핵심은 '혼자(하나)가 아닌 것=복수(複數)=우리(we)'라는 의미의 연쇄인데, 시인은 이러한 의미 연쇄의 마지막에 '우리(we)=우리(cage)'라는 동음이의어(homonym)를 삽입하여 '우리'가 인칭대명사로 읽히는 것을 차단한다.

「겹겹의 당신」은 '우리'가 '우리(we)'이면서 '우리(cage)'가 되는 세계다. 그렇다면 언제 '우리'는 '우리(we)'가 되는가? 그것은 "손을 넣어 서로의 심장을 어루만질 때"다. 그렇지만 이 경우에도 '우리'는 "하나이면서 둘"로 존재하기 때문에 단일한 신체로서의 '우리'는 아니다. 그러므로 '우리'는 무엇보다도 균열의 언어인 셈이다. 그런데 이러한 독해는 '수면'이라는 장치가 등장하면서 어그러지기 시작한다. 가령 "우리는 수면에 얼굴을 떨어뜨렸죠"라는 진술에서 주어 '우리'는 통상적인 의미의 인칭대명사와 달리 '나'라는 단수의 복수태로 읽히기 때문이다. 여기에서 '우리'는 두 사람, 즉 1인칭 복수형이 아니라 흔히 분열 / 균열로 의미화되는 '나'의 다른 이름이 아닐까. 화자는 자신의 인격을 '하나'가 아니라 '둘 이상'의 복수형으로 감각하고 있는 것이 아닐까. 그렇다면 물속에 존재하는 "당신처럼 아름다운 여자" 또한 '나'의 또 다른 인격이라고 말할 수도 있을 것이다. 사정이 이러하다면, 이 시에서 '우리', '여자', '당신' 등의 대명사는 '나'의 분신들이라고 가정할 수도 있을 것이다. 그러므로 "물에서 나와 보니 당신은 하나가 아니었어. 안개가 걷히고 아니 우리와 똑같은 숫자로 붙어 있었지"라는 진술은 잠재성을 긍정함으로써 '나'를 다양체로 인식하는 시적 태도와 연결된다. 이러한 '나'의 분열과 증식에 대한 화자의 태도는 "똑같이 데려갈 친구가 생겨서 너무나 기뻤어"처럼 '기쁨'의 정념이다. 이것은 시인 김수영이 산문 「생활의 극복」에서 "딴 사람의 시 같이 될 것이다. 딴사람 — 참 좋은 말이다. 나는 이 말에 입을 맞춘다"라고 말로 '타자-되기'를 통한 '나'의 분열을 '기쁨'의 정념으로 감각한 것과 유사한 것이다. 하여, 3연에서 화자는 '나는 밤마다 나의 심장을 어루만졌지'라고 쓰지 않고 "우리는 밤마다 당신 심장을 어루만졌지"라고 말한다. '타자-되기'를 통과한 주체의 변이는 다음 순간 "이제 난 알아, 우리가 더 이상 우리가 아닌걸. 우리들은 하나둘씩 사라지고 그 자리에 당신들이 앉아 있더군"이라고 진술로 현시된다. '우리'는 더 이상 '우리(we / cage)'가 아니고, 우리들이 지워진 그 자리에는 이제 '당신'이라는 '딴사람'이 자리한다. 이제 이 '딴사람'이 우리를 대신하여 "우리가 남긴 목욕물을 끼얹고 우리의 호흡과 기억을 되풀이하면서 우리의 표정으로 스며들 것"는다.

자신이 물려받은 언어를 탈(脫)형식화 / 변형하는 법을 배우기 위해 실험하며, 이러한 탈(脫)형식화 / 변형은 상징적 질서의 일부인 '언어'에 구멍을 뚫음으로써 그 실험을 욕망의 과정과 결합시키는 존재, 그것이 창조적인 시인이다. 인간의 사유를 획일화하는 모국어가 '병든 언어'라면, 모국어의 문법체계를 무시하고 새로운 탈주선을 그리는, 모국어-언어에 구멍을 뚫음으로써 그 언어를 반유기적 구성을 가진 언어로 만드는 탈(脫)형식화 / 변형은 '치유의 언어'이다. '아나키의 시학'이나 모더니즘의 전위적 실험성이란 결국 이 탈(脫)형식화 / 변형이 초래하는 미학적 · 정치적 효과를 뜻한다. 진수미의 두 번째 시집『밤의 분명한 사실들』과, 시집 출간을 전후해서 발표된 시편들은 이러한 탈(脫)형식화 / 변형의 계수가 상당히 높다. 그것은 시인 개인의 미학적 실험의 결과이지만, 또한 '미래파'로 통칭되는 시대적 · 집단적 에너지의 영향 때문인 것처럼 보인다. 물론, 둘 가운데 어느 것이 본질적인 원인인가를 묻는 일은 무의미하다. 중요한 것은, 한 시인에게서 이 탈(脫)형식화 / 변형의 과정이 어떤 표현형식으로 구체화되는가를 이해하는 일이기 때문이다. 이 표현형식과 관련해서 진수미의 최근 시에서 주목할 것은 '신택스'이다. 진수미 시에서 '신택스'는 '구문론'이라는 본래의 의미보다 놀이에 가깝다. "관계사가 떠오르지 않는다. / 연결어미는 모두 / 어디로 간 걸까"(「옹호되지 않는 뻔치」). 그것은 '음악', 그것도 부드러운 낭만주의의 선율이 아니라 '소음'에 가까운, 철학자 들뢰즈 · 가타리의 표현을 빌리면 '베베른-추상 기계' 정도의 지각불가능한 소리이다.

　　『밤의 분명한 사실들』에서 '모그y 씨'의 '신택스' 실험은 다음과 같은 원칙에 따라 진행된다. 첫째, 기호의 음성적 차원을 개방할 것. 가령 「ilu : ʒənistl」, 「[frázill」, 「[mˈæglnoʊlіəl」,같은 표제가 그렇다. 시인은 '마술사'라고 말하지 않고 음성기호 'ilu : ʒənistl'를, '목련'이라고 말하는 대신 'mˈæglnoʊlіəl'를 기호화한다. 후자는 전자에 대한 일종의 낯설게 하기이다. 둘째, 동일한 기표에 다의적 의미를 삽입하여 의미의 응집성을 떨어뜨릴 것. 가령 「모래의 사건」에서 화자는 "새가 좋아요. 그게 되겠어요. / 갑자기 싸구려가 된 새 물건, 그런 게 있잖아요. / 그대에게 난 새 같은 전갈을 물릴 수 있을까, / (뾰족한 입술을 내밀며 그대가 말한다) 그건 재갈이겠지"라고 말하는데, 여기에서 '새'라는 기표에는 새(鳥)와 새로운(新)이라는 의미가 동시에 개입되며, '새'라는 기표는 '새 물건', '새 아빠', '새로 감아 놓은 머리털', '새로 묻은 물기', '새로운 빛', '새언니'처럼 온갖 기호들에 들러붙는다.

　　멀리 있다고 완전한 것은 아니렸다. 고로 다음 표기를 제안하겠다. "당신은 점점 ㅁ 걸어진다." 어떤가? (고개를 갸우뚱하는 당신) (무시하며) 외솔의 한글 가로풀어쓰기 응용인 셈이지. 모음과 자음 사이, 위의 간극은 중요치 않다. 멀어진 만큼 여백을 두면 된다. (다시 갸우뚱, 당신이 입을 뗀다) 그런데 원근 측정의 주체는 누구인지요. 멀어지는 자인가요? 머무는 자인가요? 아님 팔짱끼고 응시하는 자? 모그y는 말한다. 그것이 문제가 된단 말인가? 흐음, 번지수를 잘못 찾았네. 약은 약사에게 해결은 해결사에게. 자, 다음 문제 들어오시오. (탕탕탕 탁자를 친다)
　　고골리 풍의 남자가 들어온다. 허리를 굽혀 인사한다. 열린 두개(頭蓋)

에 아무것도 없다.

아아, 안녕하십니까. 선생님. 저는 멀어질 수 있는 게 발밖에 없는, 그, 뭐냐……, 머리 없는 두부재올시다. 그런데 머리 음을 떼어놓자는 건 두 음자중심주의의 소산 아닙니까? 보시다시피 저는 머릿속이 없습니다. 골이 없고 내용 없고 정신 사나운 이런 인생을……, 아아 무엇이라 해야 (흐느낀다)

응용을 하시오, 응용. 머리는 두었다 대체 무엇에, 아. 이런, 실례. 頭不在시라 했죠?

지긋지긋해! 네게서 머   ㄹ어지고 싶다! 제발 좀 ㄸ   ㅓ나다오! 이런 따위의 문장을 사랑하시나요? 그런데 선생, (의기양양해진다) '떠남'에는 발이 없다네요.

— 「법정이면 좋겠네 욕설드라마」 부분

셋째, 한글 자모를 해체하여 텍스트 내의 무질서를 강화할 것. 인용 시 「법정이면 좋겠네 욕설드라마」는 이 세 번째 원칙에 의해 행해진 모그y의 새로운 놀이법이다. 모그y는 익명의 인물에게 한 가지 표기법을 제안한다. 그것은 "당신은 점점 ㅁ ㄹ어진다"처럼 "외솔의 한글 가로풀어쓰기"를 응용하는 표기법이다. 이 새로운 놀이의 원칙은 모음과 자음 사이의 간극을 무시하고, 멀어진 만큼 여백을 두는 것이다. 이를테면 "ㄴ ㅓ의 씨방과 / ㄴ ㅏ의 꼭지로 이어지는 기하학"(「웨하스 숲의 여왕」)과 "으 …………………… 응?" 같은 표기법이 그렇다. "네게서 머 ㄹ어지고 싶다! 제발 좀 ㄸ   ㅓ나다오!" 같은 표현 역시 동일하다.

"외솔의 한글 가로풀어쓰기"를 응용하여 "멀어진 만큼 여백을 두"는 이 실험은, 그러나 진수미만의 독창적인 실험은 아니다. 시인 김춘수 역시 『처용단장』에서 한글 자모를 해체하는 방식으로 무의미시를 실험한 적이 있다. 김춘수는 한글 자모를 풀어씀으로써 리듬의 청각적 이미지를 제거하려 했는데, 그것은 운율과 이미지를 중심으로 조직되는 전통 미학과의 과격한 단절을 의미하는 것이었다. "ㅎ ㅏ ㄴ ㅡ ㄹ ㅅ ㅂ ㅏ ㄱ ㅡ ㄴ 한여름이다 ㅂ ㅏ ㅂ ㅗ ㅑ"(『처용단장』 중 「39」). 김춘수의 이 실험은 주시경이 제안한 한글 가로 풀어쓰기를 응용한 것이다. 정보의 전달을 지연시킴으로써 텍스트 내부의 엔트로피를 증가시키는 이 방법은, 그러나 오해와 달리 일정한 법칙성, 즉 질서를 따르고 있다. 'ㅇ' 음가의 생략이 그것이다. 진수미 시에서 모ㄱy의 언어 놀이는 이러한 김춘수의 실험 방식을 승계하면서 거기에 '여백'을 추가하고, '기호/기표'로는 표시할 수 없는 '원근'의 심리적 층위를 외삽하고 있다. 그런데 가로 풀어쓰기에 '여백'이라는 규칙/질서를 도입하는 이 실험이 '원근'을 온전하게 표현할 수 있을지, 혹시 '원'만을 표시할 수 있는 것은 아닌지 의문이다.

(가) 모든 것이 다 음악이었다, 음악가 개에 대한 재고는 이처럼 시작할 것이다. 현세에서 가장 개념 없는 일인칭을 고안 중인 작가여, 모든 글은 다시 쓰여야 한다. 책들은 인쇄기를 거슬러 나무 밑동이 되고 싹이 나고 입이 나서 묵! 묵, 묵히 ……, 종이는 파쇄기를 찾아 뛰어들고 모든 문은 자동도 타동도 아닌 것이 될 것이다. 드르륵 절연이 유일무이한 사랑의 형식

이 될 것이다. 동사를 입고 명사를 짖고 형용사를 물어뜯는다. 그렇다면 그들은 개가 아니란 말인가? 空中犬, 공중견을 생각해 보자. 세상에서 가장 저열한 일인칭이여, 문을 닫기 전에 제발 공중견을 …… 토지는 영양을 어디서 얻는 것일까? 한 장의 아름다운 모피 질문을 모르는 공중견 그들이 노래하는 허공 그들이 떨어트린 체모 깃털이라 왈왈대며 당신이 펜대에 꽂은 그것. 보이지 않는 거기에서는 生을 멀고먼 우연, 우연의 형식이라 불렀다.

(나) 이탤릭체 및 '진하게'로 표기된 부분은

카프카, 「어느 개의 연구」, 『변신』(이주동 역, 솔, 1997)에서

모두 왔다.

— 「보이스오버6」 전문

　「보이스오버6」은 카프카의 「어느 개의 연구」를 배경으로 거느리고 있다. 그 유명한 '음악견'과 "공중 높은 곳을 부유하며, 특별히 일을 하는 것은 아니고 그저 빈둥거리고 있"는 '공중견' 이야기가 그것이다. 이 소설의 한 장면에서 화자 '나(연구견)'는 처음 '공중견' 이야기를 듣고 그것이 불가능한 일이라고 웃어넘기지만, '음악견'들을 만나면서 세상에 어떤 일도 가능하다고 생각하게 된다. "선입견에 의해서 나의 판단력이 좁아지는 일도 없어졌다 (…중략…) 이 넌센스 같은 인생에 있어서 가장 넨센스한 것은, 뜻이 깊은 것보다도 더 진짜 같고, 특히 나의 연구에는 유익한 것이라고 생각되었다"(카프카, 「어느 개의 연구」). 카프카의

이 작품은 시야가 제한된 채로 진리를 찾는 개를 통해 인간의 인식 능력을 희화화한다. 광범위한 문제를 다루면서도 정작 좁은 시야로 인해 쓸모없는 결과에만 도달하는 존재, 그것이 인간이다. 「보이스오버6」는 이러한 개 이야기에 관한 다시 쓰기('재고')이다. 그런데 이 다시 쓰기 과정은 '연구견'이 아니라 "현세에서 가장 개념 없는 일인칭을 고안 중인 작가"를 겨냥하고 있다. 모든 글은 다시 쓰여야 하고, 이미 집필된 책들은 파쇄되어야 하며, 문장은 "자동도 타동도 아닌 것"이 되어야 한다는 게 '재고'의 요체이다. 앞에서 우리는 '아나키의 시학'이 '의미의 제국주의'를 경계한다고 말했지만, 엔트로피 지수가 상당히 높은 이 시의 진술들이 어떤 '의미'도 결여하고 있다고 믿을 수는 없다. 그렇다면? 우선, '재고'가 '절연'을 "유일무이한 사랑의 형식"으로 갖는다는 점에 주목하자. 추측컨대 이것은 "가장 개념 없는 일인칭"과의 단절이 '재고'의 유일한 형식이어야 한다는 것을 의미하는 듯하다. 그렇다면 이 '재고'를 '아나키의 시학'이라고 읽을 수도 있지 않을까. 다음으로 "동사를 입고 명사를 짖고 형용사를 물어뜯는다"라는 진술을 살펴보자. 이 진술은 "원이라는 관념은 둥글지 않다"(스피노자)나 "개라는 관념은 짖지 않는다"(알튀세르)라는 문장만큼이나 모호하다. 그러나 본질적인 것은 늘 모호하지 않은가. 그렇다면 이 진술의 '본질'은 무엇일까? 그것은 '표상'으로서의 언어를 돌파하는 것이다. 이것은 모그y 씨의 '신택스' 실험의 첫 번째 원칙('기호의 음성적 차원을 개방할 것')과 맥락을 같이한다. 그렇다면 '표상'으로서의 언어를 돌파하면 어떤 일이 발생할까? 카프카가 인간의 좁은 시야를 개에 비유하여 희화화했듯이, 다른 '질서'를 따르는 새로운 언어가 생겨나지 않을까? 그리고 이 산물을 또 다른 의미에서 '신택스'라고 불러도 무방하지 않을까? 비록 그것이 '우연의 형식'으로 오해될 위험이 많겠지만. 물론, 이 시의 핵심은 이러한 분석이 아니라 분석되지 않은 것, 즉 '(가)' 부분과 '(나)' 부분이 하나의 텍스트를 구성하는 두 부분이라는 것, 즉 인용문에 관한 설명처럼 붙어 있는 부분이 실은 텍스트의 일부이고, 어떠한 시적 인위성도 개입하지 않을 듯한 그 표현이 실은 시의 일부라는 사실에 있음을 지적해둔다. 이것이 바로 모그y 씨의 '신택스' 실험의 네 번째 원칙이다.

위험한 '책'과 '말'의 세계

민구의 신작에 대하여

1. 여기, 책이 있다

19세기의 위대한 작가들은 한 권의 '책'을 원했다. 그들은 자신의 글쓰기가 한 권의 책으로 집약되기를 희망했는데, 그 책은 여러 책들 가운데 하나가 아니라 유일한 한 권의 책이 되어야 한다고 생각했다. 발자크는 '인간희극'이라는 명칭이 부여된 단 한 권의 거대한 책(un grand livre)을 기획했고, 플로베르는 아무것에 대해서도 말하지 않는 책(livre sur rien)을 상상했으며, 말라르메는 대지에 대한 오르페우스적 설명을 담은 유일한 책(le Livre)에 대한 이상하에서 글을 썼다. 이 책들은 작가가 실제로 쓸 수 있는 가능한 책(livre possible)이 아니라 상상 속에서 존재하는 가상의 책(livre virtuel)이었고, 이미 결정된 책이 아니라 영원한 미결정의 책이었다.

　플로베르는 『보바리 부인』을 쓸 무렵 아무 것에 대해서도 말하지 않는 책에 대해서 이렇게 말했다. "내가 아름답게 보이는 것, 내가 쓰고 싶은 것, 그것은 아무것에 대해서도 말하지 않는 책, 지구가 무엇으로 지탱되지 않으면서도 공중에 떠 있는 것처럼 외부와 연결되지 않고, 문체의 내적인 힘만으로 스스로 지탱되는 책, 가능하다면 주제가 거의 없는 책 또는 적어도 주제가 거의 눈에 보이지 않는 책입니다." 플로베르에게 아무 것에 대해서도 말하지 않는 책은 글쓰기에 대한 일종의 질문이었고, 그의 『보바리 부인』은 이 질문에 대한 응답이었다. 이 질문과 응답 사이에서 봉합되지 않는 심연으로서의 간극이 존재하는데, 이는 가상의 책에 대한 물음이 가능한 책으로 환원되지 않는다는 것을 뜻한다. 플로베르의 소설은 하나의 질문(유일한 질문!)에 대한 복수의 응답이었다. 발자크의 '단 한 권의 거대한 책'은 역사적 변화 속에서 살아가는 동시대인들의 삶을 총체적으로 담으려는 기획의 하나였지만, 말라르메의 책(Livre)은 대문자 진리의 세계이기 때문에 위대한 것이 아니라, 총체성의 부재를 실현하기 때문에 위대했다. 말라르메는 중세의 성경을 대신할 총체적인 책(Livre)을 꿈꾸었지만, 그렇다고 성경을 답습하려고 하지는 않았다. 보편의 시대는 이미 지나갔고, 총체성의 시대는 불가능하기 때문이다. 그렇지만 말라르메는 끝까지 이 불가능한 꿈을 향한 여정을 멈추지 않았다. 그래서 모리스 블랑쇼는 말라르메의 유일한 책(le Livre)을 작가로 하여금 글을 쓰게 만드는 '힘'이라고 설명했다.

2. '책'의 세계

'책-이미지'의 내포적 의미는 다양하다. 갈릴레이가 세계가 기하학의 언어로 집필된 한 권의 책이라고 말했을 때, '책'은 질서와 조화를 의미하는 것이었다. 발자크가 단 한 권의 거대한 책을 꿈꿀 때 '책'은 총체성을 뜻하는 것이었고, 플로베르가 아무 것에 대해서도 말하지 않는 책에 대해 이야기할 때 '책'은 구조로서의 문학에 대한 질문이었으며, 말라르메가 희원한 유일한 책에서의 '책'은 우연성에 반(反)하는 것으로서 낭만적인 전통과 비의(秘義)적인 전통의 책으로부터의 거리를 의미하는 것이었다. 그리고 낭만주의 작가 빅토르 위고가 『파리의 노트르담』에서 "책이 건축물을 멸망시킬 것이다"라고 말했을 때, '책'은 혁명에 대한 낭만주의적 신념으로서의 예술을 가리키는 것이었다. 이 책-이미지 곁에 또 하나의 '책'을 놓아보자.

딸아,
여긴 몹시 위험하니
절벽에 기웃거리지 말고
네가 좋아하는 봉숭아나 실컷 심으렴
네가 아는 공주 이야기도
비석에 새겨진 효녀도
모두 흙에서 나왔단다

소싯적 글 좀 썼다는 너희 삼촌,

산에 들어가서 오지 않는 걸 보면

숲속에 어떤 짐승이 사는지

독한 벌레가 알을 까는지

나는 알 것도 같구나

그러니 딸아,

네가 좋아하는 염소나 기르렴

거기서도 얼마든지

굶주린 늑대를 부를 수 있으니

—「책」 전문

　민구의 시에서 '책'은 문학의 환칭이다. 부분과 전체의 관계 속에서 그것은 글쓰기, 곧 문학을 의미한다. 시인은 위험한 '책-문학'의 세계와 평화로운 '흙'의 세계를 대비시키고 있는데, '책'과 '흙'의 대립은 다른 한편으로 '여기'와 '거기'라는 공간적 대립으로 변주되기도 한다. 우리는 이러한 대립에서 화자의 위치가 '여기', 즉 '책'의 세계임을 어렵지 않게 포착할 수 있다. 즉, 이 시는 '책'의 세계에 위치하고 있는 화자가 '거기', 즉 '흙'의 세계에 머물고 있는 딸에게 건네는 충고의 형식을 취하고 있는 것이다. 화자는 지금 '책'의 세계, 그러니까 위험한 절벽의 세계를 기웃거리는 딸에게 흙의 세계에 머물러 있을 것을 충고하고 있는데, 이는 문학에 대한 시인의 자의식이 투영된 결과이기도 하다. '책'

의 세계가 '절벽'으로 상징되는 위험한 곳이라면, '흙'의 세계는 '봉숭아'와 '공주 이야기'와 '비석에 새겨진 효녀'의 기원이고, '염소'를 기를 수 있는 농경의 세계이다. '책'이 '절벽'으로 인식되는 이유는 일차적으로 '책-위험한 곳-절벽'이라는 시각적 이미지의 연쇄 때문이겠지만, 중요한 것은 화자가 딸이 문학의 세계에 접근하는 것을 한사코 저지하고 있다는 사실이다. 그런데 "거기서도 얼마든지 / 굶주린 늑대를 부를 수 있으니"라는 마지막 진술은 문학에 대한 화자의 염려가 문학 자체, 그러니까 문학을 읽는 행위 자체에서 비롯되는 것이 아님을 보여준다. 화자가 가로막고 있는 것은 딸이 이곳-책의 세계로 진입하는 것이지 문학을 읽는 독서의 행위는 아니다. 이런 맥락에서 '거기'에서 굶주린 늑대를 부르는 행위는 그것을 쓰는 것이 아니라 읽는 것이라는 점에서 문학의 환칭인 '책'의 세계와는 다른 것이다.

　'책-문학' 세계와의 이러한 거리두기는 「염소를 몰고」에서 세 가지 행위로 구체화되는데, 서가를 허물고 글을 읽는 염소를 키우는 것("저는 정든 서가를 허물고 / 그 위에 울타리를 둘러 / 글을 좀 읽는 염소나 / 대신 기를까 합니다"), 검은 문장들을 읽는 것("그리고 아버지가 보낸 책의 / 수두룩한 / 검은 문장들도 / 이제 좀 읽을 수 있겠지요"), 그리고 따라 쓰는 것("끄적끄적 / 따라 쓸 수는 있는지요")이 그것들이다. 이 세 가지 행위에는 창조적인 의미에서의 글쓰기, 즉 '책-문학'의 세계가 없다. 그렇기 때문에 이 시에서는 「책」에 등장했던 것과 같은 '책'에 대한 경계심이나 공포의 정서가 발견되지 않는다. 화자는 자신의 글쓰기 행위를 유예시키거나 포기하는 방식으로 글쓰기와는 다른 행위들을 선택하고 있으며, 그것이 '염소로 대표되는 '흙'의 세계와 무관하지 않음을 밝히고 있는 것이다.

> 나는 조용히 박쥐 떼가 우글거리는 동굴로 들어갔다 산 아래부터 길을
> 인도하던 빛은 두려운 존재를 맞닥뜨린 듯 어느새 저만치 물러나 있었다
>
> 주머니 속의 두 손은 눈앞이 캄캄해진 틈을 타서 황급히 시야를 빌려왔
> 고, 아무것도 보이지 않는 눈알은 처음 망치를 쥐어본 이처럼 허공의 만만
> 한 자리를 골라 쾅쾅 못을 박기 시작했다
>
> ─「독서」 부분

'책-문학' 세계와의 가장 극적인 거리두기는 「독서」에서 책을 읽는
행위로 가시화되고 있다. 이 시의 화자에게 '독서'는 '책'으로 들어가는
길이면서 '책'의 세계에서 빠져나오는 길이다. 이 시는 독서 행위를 "박
쥐 떼가 우글거리는 동굴로 들어"가는 것으로 은유하고 있다. 추측컨
대 이러한 비유체계 속에서 '동굴'은 책을, '박쥐 떼'는 그 속에 빼곡하
게 들어앉은 활자를 가리킨다. 그러므로 독서, 즉 책을 읽는다는 것은
'빛'의 밝음을 버리고 '문자'의 어둠의 세계로 들어가는 행위가 된다. 빛
이 물러나지 않는 한, 우리는 결코 '검은 문장들'의 세계에 도달하지 못
한다. 마찬가지로 우리는 '검은 문장들'의 세계에 사로잡혀 있는 한 문
자들의 여백, 즉 '빛'을 감지할 수 없다. 독서란 빛을 배경으로 검은 문
장들에 도달하는 일이고, 검은 문장들에 도달함으로써 빛을 사라지게
만드는 주술적 행위인 것이다. 빛이 없는 동굴을 관통한다는 것은 "주

머니 속의 두 손"이 '시야'가 된다는 것을 의미하며, 독서 과정은 "나의 내부"를 "어둠의 세계"에 투영하여 "무엇이든 자르고 끼워 맞추"는 과정이다.

책을 읽는다는 것은 눈앞에 펼쳐진 활자의 길을 따라가는 일이 아니라 그 활자의 길과 나의 내면을 지속적으로 대면시키는 일이며, 그렇기 때문에 '시각'의 문제가 아니라 '두 손'으로 상징되는 신체적인 반응의 문제인 것이다. 이것은 독서에 대한 매우 섬세하고 신선한 알레고리이다. 이 대면과 반응의 관계 속에서 독자는 "지나는 산양의 엉덩이를 때려 침대를 만들고 현관을 달기 위해 재채기"를 하기도 한다. 또한 "연탄가스를 마신 기억"이 떠오를 때면 "지붕 위로 검은 새가 날고, 한 사발 제때 들이켠 국물로 집 앞 호수에 보트"가 뜨기도 하는 것이다. 시인은 이 모든 상상적 반응의 과정이 철저히 신체적인 것임을 말하고 있다. "나는 천천히 그의 알몸에 새겨진 문신을 읽어나갔다" 그렇다면 이 독서 행위는 언제 중단되는가? 다시 말해서 우리는 언제 그 검은 활자의 동굴에서 벗어나게 되는가? 이 시에 따르면 그것은 자정을 알리는 종이 울릴 때이다. "자정을 알리는 종이 울리자 나는 돌아가야 했다 무언가 근사한 건물이 하나 세워지리란 기대를 풀어 허기진 배를 달래고 자리에서 일어났다."

3. '말(語 / 言)'과 '말(馬)'의 세계

　'책'에 관한 세 개의 시편이 '문자'에 관한 것이라면, 아래에서 이야기할 두 개의 시편은 '말'에 관한 것이다. '문자'와 '말', 그것들은 민구의 신작시에서 분리된 채 시화(詩化)되고 있지만 우리는 그것들이 '언어'의 두 층위라는 맥락에서 무관하지 않음을 알고 있다. 「풍문」의 화자는 '말'에 대해서 이야기하고 있는데, 그 첫 마디는 "입 속에 기르던 말이 사라졌다"라는 '말'의 실종에 관한 소식이다. 화자는 '말'을 잃어버린 후 '치통'을 앓다가 수리공을 부르는데, 그 수리공은 치통을 다스리는 의사가 아니라 '마구간'을 고치는 인물이다. "그는 한때 도끼와 망태기가 걸려 있던 벽의 말똥을 닦고, 기울어진 울타리를 새로 올렸다 무너진 담벼락에 어둠을 개어 바르자 마구간은 죽은 파리를 삼키는 잉어들로 환해졌다" 시인은 지금 '말(語 / 言)'과 '말(馬)'이라는 동음이의어를 사용하여 일종의 펀(pun)을 시도하고 있는 것이다. 이러한 동음이어의로 인해서 이 시는 두 개의 서로 다른 맥락을 거느리게 되는데, 그 맥락들은 이렇다.

　　나는 살이 오른 잉어의 배를 갈라서 줄에 매달았다 그 가운데 몇은 개천에 띄우고, 멀리서도 말이 냄새를 맡을 수 있도록 솥을 꺼내 비늘을 삶았다

　　그 사이 누군가는 낡은 가방과 나무 주판, 인명사전과 대학 졸업장 등,

먼지를 두른 추억을 나의 입 속에 채웠다

—「풍문」부분

　　먼저, 살이 오른 잉어의 배를 갈라 줄에 매달고, 잉어의 냄새를 맡고
말이 돌아오기를 희망하는 장면에서 '말'은 말(馬)의 맥락으로 사용되고,
누군가가 화자의 입 속을 먼지 나는 추억으로 채우는 장면에서 '말'은 말
(語 / 言)을 의미한다. 이들 두 맥락은 전혀 다른 의미와 이미지의 연쇄를
불러오지만, 시인은 이러한 이질성의 병치 효과를 내버려두기보다는 그
것들 사이에 연관성을 만들려고 시도한다. 이어지는 "말이 사라진 헛간
은 불결한 소문들로 가득했다"라는 진술은 이러한 연관성을 만들려는
시도의 결과이다. 이 진술에서 '말'의 사라짐과 나타남은 동시적인 사건
인데, 다만 사라짐의 대상인 '말'은 말(馬)이고, 나타남의 대상인 '말'은 말
(語 / 言)이라는 사실만이 다를 뿐이다. 문제는, 이 말(語 / 言)의 존재론이,
책의 그것과 마찬가지로, 지극히 위험한 '소문들'이라는 데 있다. 그 위
험한 소문들의 진원지는 '입'이다. 이 장면에서 '책'의 위험스러움은 '말'
의 위험함으로 대체되고, 일터에서 돌아온 사내들은 '나'의 혓바닥에 불
을 피운다. 위험한 것으로서의 '말'은 마을의 질서는 물론이고 현실과 환
상의 경계를 위태롭게 만드는데, 7연의 내용은 이 위험이 시적 상상력과
시인의 감각적 세계인식에서 비롯됨을 보여준다.

　　날이 어두워지면 풍차가 돌아가는 언덕을 넘어 돌이 된 사내를 실으러
가자. 그는 한때 나의 아들이고, 아버지였으며, 굽을 박던 힘 좋은 사내였

다. 서두를 것 없다. 독사는 지금 그의 입 속에 누워 있으니까. (⋯중략⋯)
그러나 말이여, 너에겐 감정에 녹슬지 않는 바퀴가 있고, 부패한 신부의 뼈
를 깎아 얹은 빛나는 안장이 있다. 그러니 이리 오렴. 와서 마부를 기다리
렴. 문지방 앉아서 수십 년째 기도만 하는 저 사내를.

— 「마차」 부분

    이 위험한 시적 상상력은 「마차」에서 정체를 알 수 없는 사내의 형
상을 매개로 가시화된다. 이 시에서 화자는 가상의 청자인 말(馬)에게
언덕을 넘어 "돌이 된 사내"를 실으러 갈 것을 제안하고 있다. 그 사내
는 "한때 나의 아들이고, 아버지였으며, 굽을 박던 힘 좋은 사내였다."
그 사내의 입 속에는 독사, 즉 위험한 말(語 / 言)이 누워 있다. 화자는 말
(馬)에게 과거의 시간을 회상하는 사내가 마차에 올라타지 못하도록 할
것을 명령한다. 왜 그래야만 하는 것일까? 이 질문에 대한 대답은 사내
의 행동에서 확인할 수 있다. 사내는 황금을 실은 배를 호수에 묶고 보
리밭을 걷는 중이고, 건초에 누워 잠을 잔다. 그는 시가지의 축제라는
일상과는 무관한 삶을 살고 있으며, 다분히 감상적이고 목가적인 태도
를 취하고 있다. 이러한 비현실적 삶이 현실에 침입할 때, 현실의 견고
함은 무너지기 마련이다. 그래서 화자는 청자인 말(馬)에게 "말이여, 너
에겐 감정에 녹슬지 않는 바퀴가 있고, 부패한 신부의 뼈를 깎아 얹은
빛나는 안장이 있다"라고 말하는 것이다. 「풍문」에서의 말(馬)과 말(語 /
言)의 대립이, 이 시에서는 감정에 녹슬지 않는 마차와 연결된 말(馬)과
그 견고함을 위태롭게 만드는 사내의 입 속의 '독사'의 대립으로 변주

되고 있는 것이다.

물론, 이러한 변주의 이면에도 '말(語 / 言)'과 '말(馬)'이라는 동음이의어가 놓여 있지만, 「풍문」과 달리 이 시에서는 그것들이 편(pun)의 기능보다는 한층 직접적으로 대립하고 있는 듯하다. 그러므로 "풍차가 돌아가는 언덕"은 축제가 벌어지는 '시가지'와 돌이 된 사내가 살고 있는 보리밭-건초-지난날의 세계 사이에 존재하는 일종의 경계인 셈이다. 그것은 말(馬)과 말(語 / 言)을 가르는 경계이고, 현재와 과거를 나누는 분할선이며, 일상과 낭만적 환영의 뒤섞임을 방지하는 표지이다. 그러니 그 사내를 싣기 위해 언덕을 넘는 화자의 행위는 전자의 세계에 후자를 불러들이는 일종의 주술적 행위라고 말할 수도 있거니와, '사내'에 대한, '감정'의 세계에 대한 화자의 태도는 다분히 양가적이다. 그는 입 속에 '독사'를 품고 있는 사내를 싣기 위해 언덕을 넘었지만, 결코 사내가 '마차'에 오르기를 원하지 않기 때문이다. 다만, 돌이 되어 수십 년째 기도만 하는 사내를 기다리는 데 만족할 따름이다. 화자의 이러한 이중성은 어쩌면 두 세계가 결코 조화를 이룰 수 없다는 회의적인 인식에서 비롯되는 것인지도 모른다. 이 대목에서 우리는 '책-절벽'의 세계와 '흙'의 세계를 명확하게 분리하던 「책」의 화자와 재회하고 있는 것인지도 모른다.

'바깥'에 관한 어떤 감각

박완호, 『물의 낯에 지문을 새기다』(서정시학, 2011)

박완호의 시집은 상이한 흐름들이 하나의 테마로 수렴되지 않고 시차(the parallax)적 관계를 형성하고 있다. 하나의 테마나 문제의식, 또는 특정한 시적 감각과 상상력을 응축시켜 한 권의 시집을 한 권의 '세계', 즉 동질성의 결정체로 출간하는 것이 최근 시집 출간의 일반적인 관례인 데 반해, 박완호의 시집 『물의 낯에 지문을 새기다』는 그런 일반적 경향에서는 조금 비켜서 있는 것처럼 보인다. 추측컨대 이 시집은 동질적인 '세계'의 완결성보다는 시간의 적층에 의해 생산된 듯하다. 이를테면 이 시집에는 무능력한 가장에 대한 연민의 정서에서 개인적 시간에 해당하는 가족사의 풍경이 하나의 뚜렷한 흐름을 형성하고 있고, 동시에 빈자들의 불행한 삶과 그들의 삶을 절망의 나락으로 몰아가는 부당한 권력과 정치에 대한 냉소나 비판이 또 하나의 흐름을 구성하고 있으며,

그와 더불어 시집의 표제가 증명하듯이 서정적인 감성으로 자신의 내면을 드러내는 연시(戀詩)와 자연 세계 안에서 동일성을 확인하려는 서정시적인 전통에 충실한 작품들이 분명한 흐름을 보여주고 있다.

물론, 이 모든 흐름들의 이면에서 유사성을 발견해 각각의 흐름들을 하나의 단일한 테마로 읽어내는 추상적 독법이 불가능하지는 않을 것이다. 그러나 이 시집에 한정해서 말하자면, 그런 방식의 시 읽기가 흐름들의 시차적 관계를 인정하는 독법에 비해서 얻을 수 있는 것이 더 많다고 생각되지는 않는다. 과연 우리는 자신의 내면을 응시하고 서정적인 감각으로 세계를 더듬어나가는 서정시의 낮은 목소리와 부조리한 현실을 비판하고 조롱하는 높은 목소리가 실상 동일한 발성법이라고 말할 수 있을까, 아니, 그 목소리들 가운데 어떤 것이 시인의 진정한 목소리임을 증명할 수 있을까. 이 글은 그런 질문을 폐기하는 대신 몇몇 인상적인 작품들을 시집 전체와 연관시켜 읽어보는 방식을 취할 것이다.

다소 엉뚱한 이야기가 될 수도 있겠지만, 나는 박완호의 시집을 읽으면서 '바깥'에 대해서 오랫동안 생각했다. '바깥'이란 무엇인가? 그것은 단순히 '안'의 대립적인 표상인가, 혹은 어떤 경계 너머의 '공간'이나 '세계'를 지칭하는 것인가? 여기, '바깥'에 대한 또 하나의 엉뚱한 실마리가 있다. "시인이라면 누구나 아랫도리 하나쯤은 더 지니고 산다"(「시인의 아랫도리」). '아랫도리'는 "발끈하는 녀석"으로 의인화된 남성의 성기를 가리키는 비속어이다. 그런데 시인이 생물학적인 신체의 일부로서의 성기가 아니라 시인들이 지니고 있음직한 '하나쯤은 더'로서의 아랫도리에 대해 이야기하고 있다. 이 경우 '아랫도리'는 '나'의 신체이지만 '외부(바깥)'에 반응하는 신체를 의미한다. 그렇다면 시인의 두 번째 '아랫도리'는 언제, 즉 어떤 외부와 접속할 때 반응하는가? 시인에 따르면 그것은 "돌멩이에 짓눌려 있던 상반신을 가까스로 일으켜 세우는 키 죽은 풀들"을 목격했을 때, "모란시장 한구석 파리날리는 가판대에 앉아 사람들의 발길을 애타게 끌어당기는 늙은 여자"를 보았을 때, 그리고 "영혼을 저당 잡힌 허깨비들과 맞닥뜨리는 순간"에 "대가리 빳빳하게 세우"면서 반응한다. 이것은 결국 박완호에게 시란, 혹은 시인이란 자신의 '외부(바깥)'에서 오는 것임을 뜻한다. 자신의 내면을 응시하는 고백적인 목소리의 언어가 아니라 자기 아닌 다른 것들과 접촉할 때 비로소 시작되는 시, 우리는 이것을 '바깥의 시학'이라고 명명할 수도 있겠다. 박완호에 따르면 시는 항상 '바깥'에서 오는 것이다.

서두르지 말고 가만 가만 무릎 아래 가끔씩 낯 내비치는 길목을 따라 서서히 스며들어야 한다. 천천히 발소리를 죽여 가며 물기 젖은 머리카락을 쓰다듬는 바람의 손짓을 따라 한 걸음 한 걸음 소리 없이 흔들리는 안개의 늑골 사이를 파고들어야 한다. 두 볼에 와 닿는 안개의 손길, 귓구멍을 간질이는 안개의 숨결, 흐릿한 상형문자를 중얼거리는 안개의 말들, 아무 것도 궁금하지 않게 될 때 발밑을 흐르는 물살 위에 무장해제한 걸음을 올려놓아야 한다. 안개는 스스로를 숨기지 않는다. 저를 지우는 순간 안개는 이미 안개가 아니다. 자신을 송두리째 드러내어 누군가를 가려주는, 겉과 속이 따로 없는 안개. 거기 발을 들여놓는 순간 우리는 헤어날 수 없는 늪

가운데 빠지고 만다.

—「안개를 사귀는 법」 부분

'바깥의 시학'이 시의 발생적 기원에 관한 일반적 진술이라면, 이제 남은 것은 그 '바깥'과의 구체적인 관계, 즉 그것과 대면하는 과정에서 시인이 취하는 태도가 문제가 될 수밖에 없다. 일단, 이 태도를 '바깥의 윤리'라고 말해두자. 인용시에서 이 윤리를 응축하고 있는 구절은 "안개의 나라에 가 닿으려면 가만히 …… 가만히 …… 그리고 천천히 …… 유리잔처럼 깨지기 쉬운 수정막에 음화를 새겨 넣어야 한다"이다. 우리는 흔히 시인과 외부(바깥)과의 접촉을 주체와 대상의 관계라고 이해한다. 그러나 이 경우 '주체'는 그 마주침을 주관하는 주인이고 '대상'은 주인이 어떤 방식으로든 가공할 수 있는 객관적인 물질적 존재로 간주된다. 대상에 대한 주체의 지배라는 근대적 인식론은 대개 서정시에서 세계의 자아화라는 방식으로 설명되어 왔다. 그러나 박완호의 말처럼 근본적으로 시가 '바깥'에서 오는 것이라면 사정이 달라진다. 이 경우 시인은 '주체', 주인으로서의 위상을 상실하고 바깥과의 우연적인 마주침이라는 사건에 참여하는 행위자에 불과하게 되며, 따라서 그가 '대상'이라고 간주해온 것에 대한 지배권도 잠정적으로 기각되게 된다. 이 시에서 '가만히'와 '천천히'라는 부사(副詞)는 정확하게 이 지배권의 기각에 대한 시적 표현이다. 시인은 안개-대상에 대한 주체의 지배권이 기각된 상황에서 발생하는 윤리적인 만남을 '사귐'이라고 표현한다. 그러므로 이 시의 제목은 '안개를 사귀는 법'보다는 '안개와 사귀는 법'이라고 쓰는 것이 더 정확한 표현일지도 모른다. 위의 인용 구절들은 모두 '가만히'와 '천천히'라는 윤리적 태도를 일정한 방식으로 표현하고 있거니와, 따라서 시의 전반적인 화법은 '방식'에 해당하는 술어(述語)와 그것을 수식하는 묘사로 이루어지고 있다. 가령 "스며들어야 한다", "파고들어야 한다", "올려놓아야 한다" 등이 술어에 해당한다면, "서두르지 말고 가만 가만 무릎 아래 가끔씩 낯 내비치는 길목을 따라 서서히" 등은 해당 술어들이 수행되는 장면에 대한 묘사이다.

> 그리움의 거처는 언제나 바깥이다 너에게 쓴 편지는 섬 둘레를 돌다 지워지는 파도처럼 그리로 가 닿지 못한다
>
> 저마다 한 줌씩의 글자를 몰고 날아드는 갈매기들, 문장들을 내려놓지 못하고 바깥을 떠돌다 지워지는 저녁, 문득 나도 누군가의 섬일 성싶다
>
> 뫼비우스의 길을 간다 네게 가닿기 위해 나섰지만 끝내 다다른 곳은 너 아닌, 나의 바깥이었다
>
> 네가 나의 바깥이듯 나도 누군가의 바깥이었으므로, 마음의 뿌리는 늘 젖은 채로 내 속에 뻗어 있다
>
> 그리운 이여, 너는 항상 내 안에 있다
>
> —「외도」 전문

이 시는 '바깥'과의 관계를 연시(戀詩)의 형식으로 기술하고 있다. 말하자면 이 시는 '외부(바깥)'라는 추상적 대상을 '너', '그리운 이' 등으로 비유함으로써 '바깥'과의 관계를 한층 추상적으로 확장하는 동시에 정서적인 차원에서는 구체화하고 있다. 그것은 "그리움의 거처는 언제나 바깥이다"라는 진술이 말하듯이 일반적으로 '그리움'이 '바깥'에 대한 감정이기 때문에 가능하다. 그런데 「안개를 사귀는 법」이 이 '바깥'과의 관계를 윤리적인 태도로 형상화했다면, 이 시는 "너에게 쓴 편지는 섬 둘레를 돌다 지워지는 파도처럼 그리로 가 닿지 못한다", "뫼비우스의 길"처럼 도달불가능한 무한한 차연의 세계로 형상화하고 있다. 전자가 '바깥'을 도달가능한 세계로 그리는 반면, 후자는 '바깥'을 도달할 수 없는 불가능의 세계로 인식하고 있는 것이다. "네게 가닿기 위해 나섰지만 끝내 다다른 곳은 너 아닌, 나의 바깥이었다"라는 진술이 바로 그렇다. 그런데 이 진술은 어딘가 이상하다. '너'와 '나의 바깥'을 구분하고 있기 때문이다. 상식적으로는 '나의 바깥'이 '너'를 포함하는 상위의 범주로 인식되지만 시인은 그런 일반론에 동의하지 않는 듯하다. 이것은 "네가 나의 바깥이듯 나도 누군가의 바깥"이라는 다음 연의 진술과 불일치하는 것이 아닌가. 그러나 이 진술의 정확한 의미는 "네가 너의 바깥"이라는 한정된 맥락이 아니라 모든 인간이 타인, 즉 바깥에 대한 또 다른 바깥이라는 존재론적인 층위에서 이해되어야 한다.

이 시에 의하면 우리는 모두 '안'인 동시에 '바깥'이며, 우리가 '안'인 것은 우리가 '나'와 관계하기 때문이며, 그럼에도 불구하고 우리가 '바깥'인 이유는 우리가 '타인'과 관계하기 때문이다. 이런 까닭에 '너'를 향한 시인의 길은 '뫼비우스의 길'일 수밖에 없다. 우리는 '안'이거나 '바깥'일 수 있으며, 또한 '안'이면서 '바깥'일 수는 있지만 '너'일 수는 없기 때문이다. 시인은 마지막 연에서 이 불가능성을 "그리운 이여, 너는 항상 내 안에 있다"처럼 '너'의 위치를 '내 안'으로 바꾸어 인식함으로써 이 불가능성을 가능성으로 전화시킨다. '안'이 곧 '바깥'이라는, 즉 '안 / 밖'이라는 공간적 구분이 무의미함을 깨달은 시인은 '그리움'이라는 '바깥'을 향한 감정이 실상 '안'을 향한 것일 수도 있음을 환기하는 것이다. 이런 맥락에서 본다면 박완호의 시에 등장하는 많은 가족사의 풍경들은 고백적인 발화라는 기존의 해석을 넘어서 '바깥'으로 간주된 '안'에 관한 이야기라고 말할 수도 있을 듯하다.

송사리가 뛰어올랐다 내려앉은

수면이 파르르 떨린다, 소심한

물낯을 흔드는 것은 물고기를 놓친

허공의 자책, 처음 온 곳으로 햇빛을 되돌려 보내는

비늘의 미끄러운 살결에 정신을 놓아버린

바람의 한숨, 조그만 동심원을 그리며

가라앉은 작은 물고기가 사실은

허공의 전부이고 바람의 온몸이라는 것을

몰랐기 때문, 고요하던 수면을 송두리째 흔드는 것은

너와 나, 너의 순간이 나의 순간 위에

지나온 시간의 무게를 얹었기 때문, 잔잔한

물의 낯에 한 겹 한 겹 지문을 새기는 일, 그것이

바로 사랑이라는 것을, 미처 몰랐기 때문

— 「물의 낯에 지문을 새기는」 전문

　　이 시는 '바깥의 윤리'와 '연시(戀詩)'의 형식이 결합된 작품이다. 물
론, 송사리가 뛰어올랐다 사라진 수면의 파문에서 물고기를 놓친 허공
의 자책감을 읽어내고, 햇빛을 그 기원으로 되돌려 보내는 비늘의 미
끄러운 살결에 정신을 놓아버린 바람의 한숨을 발견하는 일은 오랫동
안 수면을 응시한 사람이 아니라면, 더군다나 그 사건적인 성격의 풍
경을 서정적인 언어로 포착하고 표현할 수 있는 능력을 지닌 존재가
아니라면 말할 수 없는 세계이다. 그렇지만 이 시에서 그런 서정적인
표현과 감각적인 세계인식보다 더 두드러지는 것은 고요하던 수면에
파문을 일으키는 작은 물고기의 움직임이 '너'와 '나', 즉 "너의 순간이
나의 순간 위에 / 지나온 시간의 무게를 얹"는 일이며, "잔잔한 / 물의
낯에 한 겹 한 겹 지문을 새기는 일"이라는 것, 궁극적으로 그것이 '사
랑'이라는 발상이다. 이 발상 속에서 파문이라는 사건은 동적인 물고
기가 정적인 물의 세계를 침범하는 일이 아니라 '너'와 '나'라는 대등한
존재의 마주침으로 각인되고, 그 마주침의 사건은 서로가 서로에게 자
신의 지나온 시간, 즉 존재 모두를 얹거나 지문을 새기는 일이라는 전
혀 다른 의미를 띠게 된다. 시인에 따르면 '사랑'이 또한 그러하다. 사
랑이란 한 사람이 다른 한 사람을 맹목적으로 소유하려는 욕망이 아니
라 서로의 존재에 자신의 시간을 얹고 수면 위에 지문을 새기듯 조심

스러워야 한다는 것. 그렇다면 이런 질문도 가능할 것이다. 사랑이란, 너의 순간이 나의 순간 위에 지나온 시간의 무게를 얹고, 또한 잔잔한 물의 낯에 겹겹의 지문을 새기는 일이란, '너'와 '나'가 '하나'가 되는 것일까, 아니면 '둘'이 되는 것일까. 대다수의 사람들은 '사랑'을 '하나'가 되는 사건이라고 말한다. '너'와 '나'의 구분이 사라지는 지점, 그러나 그 아름다운 일치의 순간이 또한 누군가에게는 존재 자체를 상실하는 고통의 순간이 될 수도 있다. 사랑이 진정 윤리적일 수 있는, 윤리적이어야 하는 이유는 그것이 '하나'가 아니라 '둘'의 논리여야 하기 때문이다. 이 지점에서 또 한 번 우리는 '바깥의 윤리'를 환기하게 된다. 너의 시간과 나의 시간의 포개짐이 영원할 수 없고, 수면 위에 지문을 새기는 일 또한 영속적일 수 없다. 이러한 마주침이 영원하고 영속된다면 그것은 '사랑'이라는 이름의 구속이 아닐까. 그 순간 '바깥'도 영원히 사라지고 마는 것이 아닐까.

균열의 현대성에 대한 존재론적 사유

박찬일, 『인류』(문학의전당, 2011)

박찬일의 『인류』는 '균열'의 현대성에 관한 시인의 사유의 여정이 마침내 '인류'의 미래에까지 도달했음을 보여주는 시집이다. 박찬일의 시세계는 현대인의 분열된 내면을, 상징적 언어질서와 조화라는 재래의 서정적 가치로는 설명될 수 없는 황폐한 내면을 지성적인 언어를 통해서 사유하는 방향으로 거듭 진화해왔다. 때문에 이번 시집에서 전면화된 '인류에 대한 관심', 즉 '인류가 기억될 것인가'라는 문제의식에는 결국 인류의 종말이 멀지 않았다는 디스토피아적 사유가 이미 전제되어 있는 셈이다. 특히 세계에 관한 이런 비극적 사유는 "+3도의 악몽과 +6도의 악몽 사이"(「빈 란의 내용」)처럼 생태계의 파괴로 시작되는 인류의 종말이라는 묵시록적 세계인식에서 한층 분명하게 드러난다. 환경운동가인 마크 라이너스(Mark Lynas)는 『6도의 악몽』에서 생태계의 파괴와 인류의 종말을 여섯 단계로 구분해서 설명하고 있는데, 그에 따르면 지구의 온도가 '+3' 상태가 되면 더위로 인해 인간의 생존이 한 계점에 도달하고, 저수지의 물이 증발하여 사막화가 발생한다. 또한 아마존의 우림이 건조함으로 인해서 화제의 위험에 노출되고, 해안저 지대는 강력한 허리케인에 의해 파괴되며, 침수지역의 주민들은 난민이 되어 지구를 유랑하게 된다. 그리고 '+6' 상태가 되면 온도상승에 적응하지 못한 동식물들이 멸종되고, 생명의 바다는 죽음의 바다로 변한다. 더불어 오존층은 완전히 파괴되고 지표면에 방사된 자외선의 양이 크게 늘어 마침내 지구상의 모든 생명체가 멸종하게 된다. 따라서 박찬일의 '인류에 대한 관심'을 이러한 생태적 위협의 관점에서 읽는 것도 불가능한 일은 아니다.

그러나 이러한 해석에는 한 가지 함정이 도사리고 있다. 실제로 시집 『인류』에는 생태학적인 비전이 거의 등장하지 않는다. 그렇기 때문에 이 시집을 인류의 몰락이라는 현실적인 위협과 연관시켜 읽는 것은 균열의 현대성을 증언해온 시인의 시세계와, 박찬일 시가 내장하고 있는 모더니즘적 비전을 오독하는 일일 가능성이 높다. 그렇다면 이 시집 전체를 관통하고 있는 문제의식의 중핵은 무엇일까? 나는 그것을 '있음'과 '없음', '존재'와 '부재'라는 존재론적인 물음이라고 생각한다. 이 존재물음의 한가운데에 '기억'의 문제가 자리하고 있다. 이것은 인류의 종말이나 멸종이라는 현실적인 위협과는 전혀 다른 문제이다. 그렇다면 '있음 / 존재'와 '없음 / 부재'라는 존재론적인 두 극단 가운데 하나를 선택하는 문제일까? 그렇지 않다. 박찬일 시의 지성주의적 면모는 바로 이러한 의미의 이항적인 체계를 거부하며, 그 극단들 사이에서 우리의 지성을 혼란스럽게 만들며, '균열'의 현대성을 의미의 불확정성이라는 모호성의 세계로 이끌어간다. 이항대립적 가치 가운데 하나에 기투하는 근대적 사유와 달리 그는 그것들의 '사이'에서 진동함으로써 두 가지 가치의 존재론적 확고함을 심각하게 위협한다. 이러한 사유의 강력함을 잃어버리지 않는 한에서 그는 모더니스트일 수 있다.

> 처다보는 눈이 없다
>
> 아니, 눈이 없도다
>
> 눈 없는 곳에 비가 오도다
>
> 세상 안에 비가 오도다
>
> 세상 바깥에 오는 비를 보았으면
>
> 비라고 할 수 없는 비
>
> 눈 없는 곳에 비가 오도다
>
> 비라고 할 수 없는 곳
>
> 숨죽이며 비가 오도다
>
> ——「눈 없는 곳에 비가 오도다」 전문

이 시는 몰락이나 종말에 관한 시가 아니다. '있음'과 '없음', '존재'와 '부재'라는 존재론적 가치의 양 극단 사이에서 불확정적인 세계를 드러내는 새로운 사유의 산물이다. 이 시에서 진술들의 순차적 과정은 우리를 이러한 의미의 불확정이라는 낯선 세계로 데려간다. 1행에서 시인은 "쳐다보는 눈이 없다"라고 진술한다. 이 경우 '눈'은 '쳐다보는'이라는 시어와의 관련 때문에 눈(目)이라고 이해된다. 그런데 '눈=눈(目)'이라는 등식은 이어지는 '아니'라는 부정어에 의해 기각된다. 그래서 2행의 "눈이 없도다"에서 '눈'은 눈(雪)과 눈(目)이라는 이중적 의미로 이해된다. 그리고 1~2행의 술어는 '없다'이다. 이것은 '없음', 즉 '부재' 상태를 뜻한다. 그런데 이러한 '눈'의 부재를 대신하여 3행에서는 '비'가 등장한다. 하여, 3행은 '눈'의 부재(없음)와 '비'의 존재(있음)가 동시적으로 발화된다. 그리고 4~5행에서는 '세상 안'과 '세상 바깥'이라는 두 개의 이질적인 공간이 대립한다. 그런데 생각해보자. "세상 바깥에 오는 비"란 대체 어떤 비일까? 이것이 과연 가능한 일이기는 할까? 그래서 그 비는 6행에서 "비라고 할 수 없는 비"로 명명된다. 그런데 "비라고 할 수 없는"이라는 말은 비의 없음, 즉 부재를 지시하는 반면, 같은 행의 마지막에 등장하는 '비'는 있음, 즉 존재로서의 비를 지시한다. 그러므로 "비라고 할 수 없는 비"란 결국 존재(있음)와 부재(없음)가 결합된 형용모순의 상태를 뜻한다. 즉 그것은 '있음'이면서도 '없음'이고, '존재'하면서도 '부재'하는 세계의 상태이다. 이러한 사유 속에서 '있음'과 '없음'이라는 양 극단을 상수로 설정하는 근대적 존재론은 해체되고 만다.

그렇다면 이러한 '있음'과 '없음'이라는 존재론적 사유는 과연 '인류에 대한 관심'과 무슨 관계가 있을까? 가령 시집의 초반부에 등장하는 '인류'에 관한 몇 편의 시를 살펴보자. 시인은 「인류에 대한 관심 1」에서 "인류가 기록될 것인가 / 인류가 스스로 기록하고 있다 하더라도 / 기록된 인류를 다시 기록하는 종이 있을 것인가"라는 진술로 인류에 대한 망각이라는 공포 심리를 등장시킨다. 그런데 여기에서 시인이 말하고 있는 것은 기억이 아니라 '기록'이며, 정확하게 말하면 '기록된 인류'에 대한 메타 기록으로서의 기억이다. 인류에 대한 기억이라는 측면에서 '기록'은 특권적인 위치를 점한다. 그런데 「인류에 대한 관심 2」의 "기록하였지만 기록되지 않는다"라는 진술에 따르면 '기록'과 '기억'은 다른 층위에 속한다. "기록하였지만 기록되지 않는다"라는 것은 '기록' 행위가 '기억'과 동일한 것이 아님을 의미한다. 그리고 여기에서 "기억나지 않는 것이 사라지는 것이 아니라 / 사라진 것을 잊는 것이다"(「동쪽으로 크게 길을 잃고 끝내는 것이다」)라는 진술을 추가하면 사태는 한층 복잡해진다. 이 진술이 뜻하는 것은 망각은 사라짐 뒤에 온다는 것이다. 그렇지 않다면 '사라진 것'(없음)을 '잊는 것'(있음)이라는 진술은 논리적 모순일 뿐이다. 이러한 논리적 모순은 비단 이 작품에만 등장하지 않는다. 가령 "빈 란에 메모한다 // 반복해서 읽어도 세뇌되지 않는 / 빈 란의 내용—인류도 세트다"(「빈 란의 내용」) 또한 '빈 란'과 '메모'가, '빈 란'과 '내용'이 논리적인 아포리아를 만들어낼 뿐이다. 그러므로 근대적 존재론의 해체란 결국 이러한 지성적 아포리아의 생산을 통해 세계의 균열을 환기하는 것이다.

마른 빵에 핀 곰팡이 벽에다 누고 또 눈 지린 오줌 자국 아직도 구더기
에 뒤덮인 천 년 전에 죽은 시체

누가 나를 정성껏 만져다오

나도 그에게로 가서 정성껏 꽃이 되고 싶다

내가 그를 정성껏 만져주었을 때

그가 내게로 와서 꽃이 된 것처럼

우리들 모두 (정성껏) 꽃이 되고 싶다

잠깐 동안이더라도 잊혀지지 않는 의미이고 싶다

간절한 색깔과 간절한 이름이고 싶다

— 「존재와 무」 부분

　김춘수의 「꽃」에 대한 패러디처럼 읽히는 이 시는, 그러나 단순한 패러디가 아니다. '존재와 무'라는 존재론의 카테고리들이 말해주듯이, 이 시 또한 '있음'과 '없음'에 관한 시이다. 그런데 이 시에서 흥미로운 부분은 패러디처럼 읽히는 두 개의 연이 아니라 그 사이에 배치되어 있는 "마른 빵에~"로 시작되는 2연이다. 편의상 정리하자면 2연의 시적 대상은 "마른 빵에 핀 곰팡이", "벽에다 누고 또 눈 지린 오줌 자국", "아직도 구더기에 뒤덮인 천 년 전에 죽은 시체"의 세 가지이다. 이들의 공통점은 흔적, 즉 존재의 잔상을 간직(기억)하고 있는 오래된 이미지들이라는 것이다. 이렇게 보면 '있음'과 '없음'이라는 시인의 존재론적 문제의식은 인류의 기원과 역사라는 오래된 시간에 대한 감각과 연결되어 있다. 이 오래된 시간이라는 감각이 '기억'의 문제와 결합할 때 "기억 속에 가까스로 존재하는 무덤 / 기억 속에서도 사라져버릴 무덤들"(「기억나지 않는 언어가 사라지지 않는다」) 같은 진술들이 가능해진다. '기억나지 않는 언어'란 "사라지고 없는 무덤"처럼 부재하는 대상이다.

그러므로 그것은 결코 "사라지지 않는다".

　그렇다면 사라지는 모든 것들은 정말 '부재'의 대상일까? 가령 "물
은 사라지지만 적의가 사라지지 않는다 / 그림자가 사라지지 않는 법
칙"(「머리가 사라져야 사라지는 법칙」) 같은 구절은 사물의 부재(없음)가 곧
영원한 부재, 즉 무(無)가 아님을 말하고 있다. 이는 어떤 사물이 영원
히 무(無)의 상태로 빠져들기 위해서는 사물이라는 존재자가 사라지기
만해서는 안 되고 그것을 '기억'하는 '머리'가 사라져야 한다는 의미이
다. 뒤집어서 말하면 어떤 대상을 기억하는 '머리'(존재)가 있는 한, 그
대상은, 설령 그것이 현실적으로 부재한다고 할지라도, 결코 사라지지
않는다는 의미이기도 하다. 이런 맥락에서 우리는 "생각나지 않는 것
은 정말 사라지지 않는 걸까"(「생각나지 않길 바란다; 생각나길 바란다」)라고
질문할 수도 있을 것이다. 생각하는 '머리'가 존재하는 한 '대상'은 사라
지지 않는다면, '생각나지 않는' 대상은 부재의 방식으로 존재하는 것
이기에 영원히 사라질 수 없다. 시인이 "새로운 인간"(「희망의 원칙」)의
출현에 대해 사유하기를 멈추지 않는 이유도 바로 이 '머리'의 '기억' 때
문은 아닐까.

사랑은 왜 아픈가

서안나, 『립스틱 발달사』(천년의시작, 2013)

서안나 시집 『립스틱 발달사』는 연가(戀歌)의 형식으로 쓴 지독한 애가(哀歌)이다. 인간의 삶에서 '사랑'은 하나의 치명적 '사건'이다. '사랑'이 '치명적'인 까닭은 그것이 우리의 주체성을 불가능하게 만드는 외부적인 것이기 때문이고, '사건'인 까닭은 그것을 경험하기 이전과 이후의 우리가 다른 존재이고, 존재론적 안정감의 문턱을 넘는 불가역적인 경험이기 때문이다. 가령 '우정'이 한계를 벗어나지 않는 제한적 관계라면, '사랑'은 우리를 자아의 바깥을 향해 열리게 만드는 탈존 (ex-sistance)과 외존(ex-position)의 관계이다. '우정'이 공통의 앎을 통해서 심리적 안정감을 가져다주는 반면, '사랑'은 "지척에 두고서도 닿지 못한다"(「등」)라는 상실감을 강제함으로써 "홀수의 감정"(「홀수의 감정」)과 같은 고독 / 슬픔을 가져다준다. '사랑'이라는 사건 안에서 우리 모두가 불안정한 존재가 되는 이유가 여기에 있다. 때문에 '사랑'이라는 사건 안에서 연가(戀歌)와 애가(哀歌)는 절대적으로 구분되지 않는다. 사랑, 그것은 일종의 희비극의 무대이다. 시인은 이러한 사랑의 모순적인 관계를 가벼운 '당신'과 무거운 '나'가 "연인이라는 한 팀"(「한 밤의 시소」)이 되어 시소를 타는 모습으로, "하루는 인간이었고 하루는 어족이었다"(「사랑은 동사다」)처럼 지속적으로 미끌어지는 정념의 변화로 형상화한다. '정념'으로서의 사랑은 본질적으로 여린 것이어서 쉽게 기운다. "감정은 기우뚱거린다"(「한 밤의 시소」)라는 진술은 '사랑'에 관한 진실을 함축하고 있다. 그런데 우리는 이 감정이 높은 곳을 향할 때, 그리하여 한없는 상승곡선을 그리며 나아갈 때 사유하지 않는다. 그때에 우리는 다만 '정념'에 사로잡혀 행동하고 느낄 뿐이다. 하지만 이 감정이 낮은 곳으로 추락할 때, 그리하여 "없는 그대"(「면, 분홍」)라는 흔적의 기호와 한없는 고독감, 결핍감에 시달린다. 그때에 우리는 비로소 '사랑'을 부재의 흔적으로 사유하기 시작한다. 이것이 '사랑'에 관한 시편들이 애가(哀歌)의 성격을 띠는 이유이다.

애월(涯月)에선 취한 밤도 문장이다 팽나무 아래서 당신과 백 년 동안 술잔을 기울이고 싶었다 서쪽을 보는 당신의 먼 눈 울음이라는 것 느리게 걸어 보는 것 나는 썩은 귀 당신의 목소리가 들리지 않는다 애월에서 사랑은 비루해진다

애월이라 처음 소리 내어 부른 사람, 물가에 달을 끌어와 젖은 달빛 건

져 올리고 소매가 젖었을 것이다 그가 빛나는 이마를 대던 계절은 높고 환했으리라 달빛과 달빛이 겹쳐지는 어금니같이 아려 오는 검은 문장, 애월

나는 물가에 앉아 짐승처럼 달의 문장을 빠져나가는 중이다

—「애월 혹은」 전문

'사랑'이라는 사건과 맞닥뜨리면 우리의 호기심은 종종 '대상'에 집중된다. 시인-화자가 사랑하는 사람의 정체는 무엇일까? 하지만 '사랑'에 관한 시편들의 핵심은 '대상'이 아니라 '사건' 자체이다. 대상이 사람인지 아닌지, 남성인지 여성인지는 그것이 말해지는 방식과 정념의 문법에 비해 한층 덜 중요하다. 그것은 직접적이면서도 사실은 매우 추상적인 '사랑'이라는 단어 자체의 속성에 비롯된다. 그래서 '사랑'은 종종 시인들이 숨기 좋은 방이 된다. 그것은 특정한 사람을 지칭하는 것일 수도 있고, 문자나 시(詩) 같은 발화의 형식일 수도 있으며, 세계 자체, 이상(理想), 사물 등에 이르는 에움길일 수도 있다. 그 구체적인 대상이 무엇이건, '사랑'이라는 사건 속에서는 대상의 변화가 정념의 강렬도와 무관함을 잊지 말아야 한다. '사랑'에 관한 서안나의 시에서 우리가 눈여겨보아야 할 것은 '립스틱'이라는 인공의 제목을 달고 있지만 모든 비유의 문법들이 자연의 아날로지를 통해서 표현되고 있다는 것이다. 그녀의 사랑은 '식물성'이다.

서안나의 시에서 '사랑'이라는 이름의 드라마는 '대상'의 부재, 즉 부재하는 대상의 주변을 맴돈다. 이 경우 부재하는 대상은 '부재'라는

비(非)현존, 흔적으로 존재한다. 이 '부재'는 "지척에 두고서도 닿지 못"(「등」)하는 시선의 이면인 '등'처럼 존재론적인 것일 수도 있고, "한 사내가 한 여자를 큰물처럼 다녀갔다"(「이별의 질서」)처럼 이별에서 비롯되는 것일 수도 있으며, "당신은 세로로 가고 / 나는 가로로 간다"(「체크무늬에 관한 질문」)처럼 운명적인 것일 수도 있다. 그것은 파블로 네루다가 지평선에 빗대어 표현한 유토피아, 즉 우리가 거기에 결코 다다를 수 없더라도 그것을 응시하는 것이 우리의 한 걸음 한 걸음에 의미를 부여한다고 이야기한 유토피아를 닮았다. 분명한 것은 사랑에 빠진 사람, 혹은 실연의 상처를 경험한 사람은 모든 시간, 모든 장소에서 '당신'의 흔적을 발견한다는 사실이다. '사랑'과 '이별' 안에서는 해가 뜨고 지는 것이 '당신'과 관련이 있는 사건인 것처럼, 달이 뜨고 지는 것도 '당신'과 관련이 있는 사건이다. 정념에 노출된 존재의 내면은 온통 '당신'으로 충만하다. 인용시에서 화자는 '애월'의 밤과 마주하고 있다. 그것은 이별 이후의 밤이다. 그녀는 "당신과 백 년 동안 술잔을 기울이고 싶었"으나 지금 "당신의 목소리"는 들리지 않는다. 그래서 "애월에서 사랑은 비루해진다". '당신'과 함께였을 때, "그가 빛나는 이마를 대던 계절"은 높고 환했을 것이다. 하지만 홀로 찾은 '애월'은 "달빛과 달빛이 겹쳐지는 어금니같이 아려 오는 검은 문장"으로만 빛난다.

간절한 얼굴을 눕히면 기다리는 입술이 된다

한 사내가 한 여자를 큰물처럼 다녀갔다 악양에선 강물이 이별 쪽으로

수심이 깊다 잠시 네 이름쯤에서 생각이 멈추었다 피가 당기는 인연은 적막하다

    당신을 모르는 것은 내가 아직 나를 모르기 때문이다 육체가 육체를 끌어당기던 그 여름 당신의 등은 짚어낼 수 없는 비밀로 깊다 꽃은 너무 멀리 피어 서러움은 뿌리 쪽에 가깝다

    사랑을 통과한 나는 물 위를 미끄러지듯 달리던 비애 우리는 어렵게 만나고 쉽게 헤어진다 내가 놓아 보낸 물결 천천히 밀려드는 이별의 질서 나는 당신을 쉽게 놓아 보내지 못한다 강물에 손을 담그면 당신의 흰 무릎뼈가 만져진다

—「이별의 질서」 전문

‘악양'은 경남 하동에 있는 지명이다. 시인은 그곳에서 "한 사내가 한 여자를 큰물처럼 다녀"간 흔적을 읽는다. 그는 벌판과 강물이 만나는 섬진강변에서도 이별 장면을 떠올린다. 따라서 "간절한 얼굴을 눕히면 기다리는 입술이 된다"라는 진술은 물살에 휩쓸려 넘어진 풀의 형상에서 가져온 것일 터이다. 그런데 시인은 벌판을 휩쓸고 지나간 물살의 흔적에 대해 ‘이별'이 아니라 ‘이별의 질서'라는 제목을 붙였다. ‘이별의 질서'란 무엇일까? 시인의 진술에 따르면 그것은 "놓아 보낸 물결"이 다시 밀려드는 것이다. 그런 점에서 이것은 ‘이별의 문법'에 가깝다. ‘질서'란 결국 이별 이후에 찾아오는 것들, 둘이 되지 못한 하나가

필연적으로 경험하기 마련인 심적 상태이다. 이 시에서 그것은 물이 남긴 흔적을, "나는 당신을 쉽게 놓아 보내지 못한다"라는 진술처럼 애도할 수 없는 상처와 미련을 의미한다. 이러한 '질서'에 따르면 지금이라도 강물에 손을 담그면 '당신'의 무릎뼈가 만져질 듯하다. 서안나의 시는 '이별', 즉 '당신'과 '나' 사이의 극복될 수 없는 간극을 일정한 방식으로 지속적으로 변주한다. 그것은 「병산서원에서 보내는 늦은 전언」에서는 "나는 돌 틈을 맴돌고 당신은 당신으로 흐른다"처럼 서로 다른 흐름으로, 「등」에서는 전면을 향한 '눈'과 그것이 닿지 못하는 '등'의 관계로, 「체크무늬에 관한 질문」에서는 '세로'로 가는 '당신'과 '가로'로 가는 '나'의 엇갈림으로, 「별똥별」에서는 '별자리'와 그것을 빗겨가는 '별똥별'의 관계로 각각 형상화된다. 또한 「베란다」에서는 '문'과 '베란다' 사이의 거리로, 「한밤의 시소」에서는 높고 가벼운 '당신'과 낮고 무거운 '나' 사이의 감정의 엇갈림으로, 「사랑은 동사다」에서는 분수처럼 나누어지는 "애인과 나"의 형상으로, 「등 2」에서는 "당신보다 늦거나 빠른"처럼 속도의 차이로 구체화된다. 이처럼 서안나의 시편들은 온통 이별의 변주곡들로 채워져 있다.

> 홀수는 왜 왼쪽을 향하고 있는 걸까요
> 왼쪽은 외로움의 기원입니다
> 홀수의 감정은 왼쪽에서 시작됩니다
>
> 숫자를 맨 처음 썼을 아라비아 사내,

1이라고 쓰고 앞발을 핥는 낙타의 혀처럼 순해졌을 겁니다

7처럼 멈추지 않는 고백이었을 겁니다

모래로 가득 찬 몸을 사막 쪽으로 기울였을 겁니다

사막을 쏟아 내고 사막의 왼쪽에 닿은 1人이었을 겁니다

당신과 내가 웃다 쓸쓸해지는 이유는

사막처럼 1이 되는 홀수의 감정 때문입니다

1은 내성적이고 5마리의 사막여우는 여전히 왼쪽을 바라보고 섰습니다

나는 1에서 빠져나가려 말을 더듬는 1의 감정입니다

3처럼 날개가 돋아나는 중입니다

— 「홀수의 감정」 전문

　　대상을 상실한 '사랑'의 리비도는 부재하는 대상, 즉 대상의 흔적을
향한다. 이것은 시인의 '사랑'이 번번이 애도에 실패한다는 것을 의미
한다. 서안나의 시에서 이러한 리비도의 투사는 흔히 감정의 이끌림으
로 묘사된다. 이를테면 일몰의 강변 풍경을 "당신에게서 내게 건너오
는 말"(「저녁의 음계」)이라고 표현한 것, 모란꽃의 색조 변화를 "꽃잎은
상처의 방향으로 / 색이 깊어진다"라고 진술한 것, 그리고 "당신이 북
쪽이라면 / 나는 북쪽을 향해 처음 눈을 뜬 누룩뱀"(「매화 분합 여는 마
음」) 등이 대표적인 예들이다. 대상의 부재에도 불구하고 '대상'에게서

리비도를 회수하지 못하는 애도의 실패는 필연적으로 깊은 상실감을 낳는다. 서안나의 시에서 상처, 결핍, 고독, 상실, 슬픔의 정념들은 모두 이러한 상실감의 표현들이다. 몇몇 시편들에서 시인은 이러한 상실감을 향하는 감정의 움직임을 "외로운 것들은 꺾이지 않고 / 휘어진다"(『푸른빛으로 기울어지다』), "곡선으로 휘어진 길"(『곡선의 힘』)처럼 '곡선'의 비애를 통해 드러낸다. 인용시에서 "왼쪽에서 시작"되고 항상 "왼쪽을 향하고 있"는 '홀수'가 '외로움'과 연결되는 이유도 여기에 있다. 홀수는 결핍의 기호이다. 그것은 짝이 맞지 않는, 불완전함을 상징하는 숫자이다. 흔히 사랑의 서사들이 증명하듯이 이 불완전함은 쉽사리 채워지지 않는다. "당신을 지우는 건 마음의 오래된 치유의 기술"(『연꽃의 바깥』)이 필요한 작업이지 또 다른 '당신'으로 대체하는 것으로 해결되지 않기 때문이다. 사랑이란 이처럼 대체불가능한 대상에 대한 리비도의 집중이다. 그래서 사랑은 항상 남녀의 문제가 아니라 특정한 '당신'의 문제일 수밖에 없다. 사랑하는 사람이 원하는 대상은 남자 / 여자가 아니라 특정한 '당신'이다. 누군가는 '사랑'이 독백의 세계를 벗어나 불안하지만 풍요로운 대화의 세계로 뛰어드는 존재라는 사실을 가장 극적으로 보여주는 감정이라고 말했다. '사랑'은 바깥 / 타자에로의 끌림이라는 점에서 '탈존'의 사건이다. 그렇다면 서안나의 시는 '사랑'에 관한 시가 아니라 그 끌림이 대상을 잃어버렸을 때 발생하는 '결핍'의 감정에 관한 시이다. 시인은 이 결핍의 '감정' 속에서 '당신'이라는 단어의 새로운 용법을 발견한다. 서안나의 시편들은 시를 쓴다는 것이 단어들의 용법을 새롭게 발명하는 일임을 증언한다.

세상 모든 '당신'을 향한 손길

이기인의 신작에 대하여

1.

　이기인은 그늘의 시선과 목소리를 지닌 시인이다. 그는 주변적 삶에서 시선에 거두지 않으면서도 그들의 삶을 단순한 연민의 대상으로 만들지 않고, 약자(弱者)의 삶에 대한 관심이라는 윤리적 정당성을 내세워 시적 긴장의 해체를 당연시하지도 않는다. 사회적 상상력과 미학적 완결성의 유기적 연관은 그의 두 권의 시집 모두를 관통하고 있는 시적 골격이다. 첫 시집 『알쏭달쏭 소녀백과사전』은 '알쏭달쏭'한 '소녀들'의 이야기이다. 시인은 '노동자'라는 근대적·남성적 주체를 여공－소녀라는 존재로 바꿔놓음으로써 '노동'과 '착취'에 대한 근대적 감각에 미묘한 변화를 가져왔다. 유년의 가난했던 기억과 자본주의적 억압 상태에서 성장하는 여공-소녀들의 성장담을 뒤섞어 주변적 삶과 상처에 대한 반응을 시화(詩化)한 그의 시편들은 노동에 대한 자본의 폭력이 외설적인 방식을 취하기도 하며, 그리하여 성장과 노동이 분리되지 않고 상처와 삶이 하나가 되는 삶의 그늘에 도달하려는 태도를 견지하고 있다.

그런데 이기인의 첫 시집의 핵심적 가치는 노동자 표상을 남성에서 여공-소녀로 바꿔놓았다는 표면적인 특징에 있지 않다. 한때 그의 시에 등장하는 여공-소녀라는 노동 주체가 오늘날의 노동 현실에 비추어볼 때 비현실적이라는 비판이 제기되기도 했지만, 그 비판은 이 시집의 핵심이 여공-소녀에 있지 않음을, 나아가 이 시집이 현대의 노동현실에 대한 재현을 목표하고 있지 않다는 것을 망각한 데서 비롯된 추문에 불과했다. 그의 시편들이 약자의 삶에 대한 문학적 반응과 적층된 시간의 기억을 "버릴 수 없는 신발"(「신발」)처럼 놓지 않은 것은 사실이지만, 그러한 삶의 곤궁함과 자본주의적 현실을 직설적인 언어를 앞세워 고발하려 했던 것은 아니었다. 시집 『알쏭달쏭 소녀백과사전』의 문제성은, 여공-소녀들을 알쏭달쏭한 존재로 그려냄으로써 사회적 인식과 문학적 상상력을 결합시키고, '노동자'라는 표상에 들러붙어 있는 통념들을 시적 이미지를 통해서 해체했다는 데 있다. 하여, 그는 여공-소녀들의 가난한 삶에 과도한 슬픔의 정념을 투사하지 않으며, 임노동자가 사회 발전의 희생자라는 상식적 가치를 반복하지도 않는다. 이기인 시의 주인공들 가운데 어느 누구도 '노동'을 신성한 것으로 여겨지지 않는다. 그러므로 그녀들의 삶은 가난하되 오직 슬픔의 무기력 상태에서 허덕이지만은 않고, 상처의 고독에 노출되어 있되 절망적이지만은 않다. "자빠진 삽에게 일 안하냐고 묻지 마라"(『알쏭달쏭 소녀백과사전 – 오래된 삽』)라는 목소리에서는 노동자라는 전통적 표상에 근거해 그녀들을 바라보는 시각에 대한 불쾌함의 정서가 묻어 나온다.

2.

'소녀들'이 돌아왔다. "공장 밖으로 심부름"(『달의 공장』)을 나온 그녀들은 "오늘밤이 지나면 얼마를 줄 거예요?" 같은 에로틱한 언어를 발설하면서 여전히 '알쏭달쏭'한 주체의 모습을 보인다. 그러나 두 번째 시집 『어깨 위로 떨어지는 편지』에서 그녀들의 모습과 목소리는 매우 제한적이다. 이 제한적인 후경들이 의미하는 것은 두 권의 시집 사이에 지속만큼이나 의미심장한 단절이 개입되어 있다는 의미이다. 그렇다면 그 단절의 정체는 무엇인가? 우선, 시의 등장인물과 배경이 두드러지게 바뀌었다. 이 시집에서 다양한 사회적 소수자들이 '소녀들'이 사라진 자리를 채우고 있다. '소녀들'이 '약자'의 형상으로 귀환한 것이다.

이기인의 첫 시집이 여공–소녀라는 비교적 단일한 인물상을 중심으로 작곡된 단성악이었다면, 두 번째 시집은 주변적인 삶 전체를 다양한 시적 대위법을 통해서 연주하고 있는 다성악이라고 평가할 수 있다. 이러한 시선의 변화는, 그러나 그 바닥에 사회적 약자들의 삶에 주목해야 한다는 지속성을 내장하고 있다. 이기인의 시는 약자의 삶을 주목하되 그들의 목소리를 대변하기보다는 그것을 문학적으로 변용함으로써 가난에 대한 상투적 해석에 저항하며, 하여 주변적 삶과 시의 소통을 통해서 그들의 삶을 따뜻한 시선으로 응시하는 방향으로 진화하고 있다. 이 진화의 방향은 재래의 민중시와 분명한 거리를 두고 있지만, 시와 삶의 통합적 가능성을 모색한다는 점에서 공통점이 전혀 없지도 않다. 이기인의 시에서 '소통'은 언어를 매개로 한 진술의 전달이 아니라 동시대적 삶의 지평과 공통의 리듬을 만들어냄으로써 주변적 삶에 새로운 문학적 의미를 부여하는 문제처럼 보인다.

어떤 시인들은 말하기보다 듣기의 중요성을 강조한다. 시인이 "혼자서, 납작하게 살아온 당신의 이야기를 어떻게 들어줄까요"(생각지도 않은 곳에서」)라고 말할 때, 이것은 '나'라는 발화주체를 강조하는 전통적인 시적 발화가 아니라 타인의 이야기를 듣고, 받아 적는 새로운 종류의 시에 관한 이야기처럼 들린다. 물론, 이 이야기들의 대부분은 가난하고 보잘 것 없는 삶에 관한 것들이다. 사과 바구니 앞을 웃으며 지나가는 가족(「흐린 창문을 밖으로 보니」), 감자로 허기를 달래는 사람들(「뭉쳐진 숨소리」), 댓돌 위에 놓인 남루한 신발들(「지붕위의 삶들」), 일을 찾아서 북으로 가는 사람들(「줄기가 자라는 시간」), 먼지는 닦는 청소부(「실내화」) …… . 이처럼 이기인의 시는 일상의 도처에서 목격되는 평범한 사람들의 가난한 생을 온기어린 시선으로 응시하되, 그들을 고통과 슬픔을 상징하는 수난적 주체로 형상화하지 않음으로써 특유의 시적 긴장을 잃지 않는다.

특히, 두 번째 시집에서 가난에 허덕이는 주변적 삶이 '철거민', '이주노동자', '실업자', '비정규직', '노숙자', '조손 가정', '장애인', '독거노인'처럼 철저하게 시대적인 성격을 띤 뉴푸어(the new poor)에 집중되는 것은 매우 인상적이다. 시인은 소비자본주의의 타자인 "쓰레기가 되는 삶들"(지그문트 바우만)을 주요 시적 대상으로 선택하고 있다. 이들의 빈곤한 삶은 개인적인 층위, 즉 노동능력의 상실이나 개인적인 나태와 과도한 소비에 의해 배태된 것이 아니라 자본주의의 성격이 '노동' 패러다임에서 '소비' 패러다임으로 바뀌면서 등장한 사회현상의 일부이다. 이러한 현대적 궁핍의 사회적 기원을 가장 단적으로 보여주는 사례는 '철거민'이다. 도시 재개발과 뉴타운이라는 정책적 판단에서 비롯된 철거는 가난한 동네를 "붉은 스프레이"와 "굴삭기"(「공가(空家)」)를 이용해서 폐허로 만듦으로써 거대한 도시빈민을 출현시킨다. 이주보상비가 '이주'를 책임지지 못하는 상황에서 '철거'는 생존 자체를 위협하는 행위이며, 가난한 자들을 타자화하는 가장 분명하고도 빠른 길이다. 그러므로 이기인의 시에 등장하는 주변적 존재들은 이 사회에 의해 이 사회의 '내부'에 버려진 타자들인 셈이다.

가령 용산참사의 현장이 배경인 「달의 검은 눈물이 흘러내리는 밤」은 약자에 대한 그의 문학적 태도를 보여주는 하나의 사례라고 말할 수 있다. 시인은 "용산을 지나가는 버스"가 잠시 멈춘 상황에서 "불이 난 망루에서 함께 내려오지 못한 이의 외투와 신발이 한쪽으로 치워"

진 장면을 본다. 그러나 시인은 그런 억압적 현실에 분노하거나 절망하기보다는 그들의 '불안'과 '불면'이 치워진 현실을 읽는다. 그리고 타버린 집의 허공에서 "살아남은 눈동자"를 발견한다. 슬픔의 정념은 있으되 절망적이지만은 않은, 상처는 존재하되 그것이 생의 에너지를 고갈시키지 못하는 장면들 속에서 시인은 여전히 '옛집'에 살고 있는 "당신의 이야기"를 듣는다. 현재가 아닌 과거를, 결코 누구도 치울 수 없는 이 과거의 흔적을 통해서 시인은 '당신'들의 삶을 향해 손을 내민다. 이러한 신빈곤층 외에도 야음을 틈타 이사를 해야 하는 사람들(「고양이 울음」)과 생계비 대출을 위해 "기다란 대출상담 번호표"를 쥐고 있는 손(「돌다리」), 파업에 참여한 노동자처럼 '바닥'의 삶은 얼마든지 추가될 수 있다. 이기인의 시는 마치 우리 시대의 빈곤층이 언제나 우리 곁에 있으며, 우리의 도시적 일상이 애써 그들을 외면하려 해도 결코 그들을 우리의 시야 바깥으로 추방할 수 없음을, 아니 사실은 우리들 대다수가 그러한 주변적 삶의 주인공들임을 시적으로 증언하려는 듯하다.

3.

　이기인의 시는 대상들의 내부에서 일어나는 것이 무엇인지를 알고자 하는, 즉 만상의 내면을 들여다보려는 의지와, 자신을 청자의 위치로 낮춤으로써 시적 대상의 이면에 한 걸음 다가서려는 윤리적 태도가 복합적으로 작용하고 있다. 이는 궁극적으로 두 권의 시집을 관통하고 있는 약자에 대한 목소리들이, 그리고 근작들에서 보이는 시대적 상징으로서의 가난에 대한 관심이 시적 대상의 변화라는 소재의 차원에 한정되어 설명되어선 안 된다는 것을 의미한다. 시적 대상의 변화가 보여주는 일관성이 무의미하다는 이야기가 아니다. 약자의 삶을 주목한다는 것은 '약자'를 시적 대상으로 한다는 것과 동일한 이야기가 아니다. 이 두 개의 진술 사이에는 시적 대상이라는 개념으로는 해명하기 어려운 틈이 존재하는데, 이 틈의 정확한 의미를 이해하기 위해서라도 우리는 약자의 삶에 대한 시인의 시적 태도를 살펴야 한다.

균형을 잃어버린 내가 당신의 어깨를 본다

내일은 소리없이 더 좋은 일이 생길 것 같다

나는 초조를 잃어버리고 당신이 생각하는 대로 더 좋은 표정을 지을 수 있다

첫눈이 쌓여서 가는 길이 환하고 넓어질 것 같다

소처럼 미안하게 걸어다니는 일이 이어지지만 끝까지 정든 집으로 몸을 끌고 갈 수 있을 것 같다

나를 닮아가는 구두짝을 우스꽝스럽게 벗어놓을 수 있을 것 같다

밤늦게 지붕을 걸어다니는 고양이의 울음소리를 가만히 껴안아줄 수 있을 것 같다

벽에 걸어놓은 옷에서 흘러내리는 주름 같은 말을 알아듣고

벗어놓은 양말에 뭉쳐진 검은 언어를 잘 펴놓을 수 있을 것 같다

매트리스에서 튀어나오지 않은 삐걱삐걱 고백을 오늘밤에는 들을 수

있을 것 같다

요구하지 않았지만 당신의 어깨는 초라한 편지를 쓰는 불빛을 걱정하

다가

아득한 절벽에 놓인 방의 열쇠를 나에게 주었다

자기중심을 잃어버린 별들이 옥상 위로 떨어지는 것을 본다

뒤척이는 불빛이 나비처럼 긴 밤을 간다

—「어깨 위로 떨어지는 사소한 편지」 전문

이 시는 수직적이되 상승보다는 하강의 이미지에 가깝다. 이미지
의 차원에 한정해서 읽는 것이 허락된다면, 나는 이기인의 두 번째 시
집을, 몸을 낮추고, 어깨 위로 떨어지고, 그리하여 마침내 빗자루가 환
칭하는 바닥의 세계에 도달하는, 시적 대상에 대한 윤리적 태도의 변
화로 읽고 싶다. 이 모든 과정이 윤리적인 까닭은 그것들이 내려다보
는 위압적인 시선이 아니라 타자 내지 사물에 자신의 눈높이를 근접시
킴으로써 교감을 발생시키려는 노력을 함축하고 있기 때문이다. 시인
은 소비자본주의의 타자들을 '당신'으로 호명한다. 우리는 '나'라는 중
심의 해체 없이는 결코 '당신'에게 도달할 수 없다. 그러므로 이 시에서
'상실'은 결핍이 아니라 새로운 가능성을 도래시키는 존재론적 사건이
다. 먼저, '잃어버린다'라는 말로 지시되는 세 개의 상실에 주목하자.
균형을 잃는 '나'와 초조를 잃어버리는 '나', 그리고 자기중심을 잃어버

린 '별들'. 균형을 잃은 '나'는 "당신의 어깨"를 보고, 초조를 잃어버린 '나'는 "당신이 생각하는 대로 더 좋은 표정을 지을 수 있"으며, 자기중심을 잃어버린 '별들'은 "아득한 절벽에 놓인 방"의 옥상 위로 축복처럼 떨어져 내린다. 그리하여 이 잃어버림, 즉 상실은 '~(수 있을) 것 같다'라는 문형으로 제시되듯이 현존하지 않았던 사건을 발생시킨다. '나'라는 중심을 잃어버림으로써(이것은 발화주체로서의 '나'를 부정하는 것과 동일한 사건이다) '당신'의 어깨 위로 떨어지는 "편지"가 되는 것, 이것이 '당신'에 대한 시인의 바람인 것이다.

스러진 자의 잠이 바닥에서 그를 부둥켜안고 있다

스러진 날이 있어서 스러진 사람이 있어서

그 바닥으로 떨어진 잠을 더 곤하게 바라보고 있다

그 바닥에 자세하게 갇혀 있는 이의 바닥을 한참 바라본다

그 바닥에 귀를 기울이면 그 바닥에서 일어나 더 깊은 바닥을 부르는

어떤 낮은 바닥의 웅성거림이 들려온다

손바닥을 가져가 그곳을 어루만지고 있으면

더 낮은 바닥에서 흘러나오는 눈물을 따라서 굴러간다

더 낮은 바닥을 위로하는 더 낮은 바닥이 함께하고 있음을 느낀다

저 저 한없이 낮은 바닥에서 더 낮은 바닥을 향해 뿌리를 내리는 꽃!

바닥에서 이제 막 올라온 꽃 한 송이를 올려다본다

그 바닥에서 흔들리는, 꽃그늘 속에서 내민 손을 붙잡기 위하여

오랫동안 서성이던 무릎을 굽힌다

작은 돌멩이 하나를 저 어두운 빈곤의 바닥으로 굴려 떨어뜨려본다

퉁퉁퉁

바닥에서 바닥으로 굴러가며 바닥을 깨우는, 바닥을 스쳐가는 인기척

거기서 아직 살아 있다고 하는 이의 기침이

오늘 아침에도 검은 바닥에서 그의 가족을 데리고 환하게 일어난다

　　　　　　　　　　　　　　　　—「바닥에 피어 있는 바닥」 전문

　'바닥'은 타자의 공간이자 '빈곤'의 공간이다. 추측컨대, 이 시는 '바닥'을 유일한 삶의 공간으로 점유하고 살아가는 고단한 노숙자들의 잠든 모습을 지켜보는 장면에서 시작되는 듯하다. 그러나 공간적인 의미에서 확장된 '바닥'은 "그 바닥에 자세하게 갇혀 있는 이의 바닥"이라는 진술처럼 한 세계를, 나아가 모든 주변적 삶을 지시하는 명사이기도 하다. 그리하여 바닥이 바닥을 끌어안고 있는 모습이나 "바닥에서 일어나 더 깊은 바닥을 부르는 / 어떤 낮은 바닥의 웅성거림" 같은 표현이 가능해진다. 시인은 '바닥'이라는 동음이의어(Homonym)를 사용하여 바닥의 삶에 "더 낮은 바닥에서 올라오는 따뜻한 입김"과 "더 낮은 바닥에서 흘러나오는 눈물", 그리고 "더 낮은 바닥을 위로하는 더 낮은 바닥"의 함께함을 가시화한다. 이러한 인식의 전환을 통해서 바닥을 베고 누운 노숙자의 고단한 잠은 낮은 바닥에서 더 낮은 바닥을 향해 뿌리내리는 '꽃'과 바닥에서 올라온 '꽃'이라는 상이한 형상의 복합체인 "꽃"에 대한 사유로 확장된다. 이처럼 '바닥'이 '꽃'의 환칭이 될 때, 시인은 바닥-꽃을 향해 손을 내밀기 위해 "무릎"을 굽힌다. 이제 '바닥'

은 타자의 공간이되 상실과 상처의 세계만이 아니라 '꽃'으로 상징되는 생성의 공간이며, 여기에서 무릎을 꿇는 행위는 '나'의 자기중심성을 허물어뜨리고 타자에게로 나아가는 '당신'에의 지향처럼 연민과 연대의 인간적인 손길이 된다. 이 손길의 도달지점으로서의 바닥은, 그러므로 더 이상 '빈곤의 바닥'이 아니라 "거기서 아직 살아 있다고 하는 이의 기침이 / 오늘 아침에도 검은 바닥에서 그의 가족을 데리고 환하게 일어난다"처럼 재생과 희망의 도약대로 인식된다.

물론, 이러한 재생과 희망의 이미지가 '바닥'이라는 균열로 둘러싸인 현실을 상상적인 차원에서 봉합하려는 시도로 읽혀서는 안 될 것이다. 비록 시인이 '바닥'이 환기하는 고정 관념을 뒤집어 거기에서 희망의 싹을 읽어내려는 시도를 하고 있지만, 이 시도가 누추한 현실을 관념적인 인식으로 뒤덮을 수 있는 헛된 믿음의 발로는 아니기 때문이다. 첫 시집의 여공-소녀들이 그러했듯이, 이기인의 시는 주변적인 것들에 시선을 고정시키되 결코 그것들을 재현하려는 욕망을 강조하지는 않는다. 이것이 그의 시가 서늘한 희망과 따뜻한 절망이 연출하는 한 편의 합창곡처럼 읽히는 이유이기도 하다.

식물성 저항의 아름다움

손택수, 『나무의 수사학』(실천문학사, 2010)

1.

손택수의 시에는 새들의 노래로 지도를 만드는 사라진 부족의 이야기가 등장한다. "새들의 노래로 지도를 만드는 부족이 있었다지 / 새들의 방언에 따라 국경선과 도계를 긋고 살았다는 / 사라진 부족의 이야기를 어디에서 들었더라"(「새의 부족」). 비서구 지역에 대한 인류학적 보고서들이 증명하듯이, 인간의 역사와 정치가 인공의 경계를 만들기 이전에 인류는 자연적 질서에 기초해서 세계를 이해했다. 그러나 과학과 진보라는 인간중심적 가치에 의해 세계가 재편됨에 따라 그러한 자연적 질서의 이야기는 전설이 되어버렸다. 무의식의 세계인 꿈에서조차

"동구라파와 러시아와 중공은 보지 못하게 되어 있었기 때문에 착륙하지 못했다"라는 김수영의 회고가 말해주듯이, 혹은 국경을 경계로 동물들의 울음마저 다르게 표기되고 발음되듯이, 근대 이후 대지에 새겨진 모든 경계선은 실상 인간만의 것이었다. 손택수의 시편들은 자연과의 연속성을 시적으로 재발견함으로써 인간에 의해 그어진 이 인위적인 경계들을 자연적이고 감각적인 분할로 재설정하려는 움직임을 보여준다.

손택수는 초록의 몽상가가 아니다. 그의 시에서 '자연'은 무엇보다 추구되어야 할 하나의 관념이 아니며, 때문에 생태학적 상상력에 근거할지언정 그것을 시의 목적으로 설정하지 않는다. 이는 손택수의 시에서 자연과 인간의 관계가 과거에서 현재까지 이어지는 경험의 폭에 의존하여 시화(詩化)되며, 한 개인의 실존적인 시간에서 근대의 인간적 폭력에 반(反)하는 원초적 생명력까지를 포괄하는 장면에서 분명하게 확인된다. 하여, 그의 시에서 자연은 이상적인 '대상'이 아니라 일상에 밀착되어 있는 '세계'의 모습으로 드러나며, 일상과 이상 그 어느 하나로 귀착되지 않는 역동적인 이미지로 묘사되고 있다. 이러한 시적 특징은 도시를 중요한 시적공간으로 삼고 있는 시들과는 사뭇 다르지만, 그것은 경험의 폭의 차이에서 비롯되는 문제이지 이념의 차이에서 기원하는 것은 아니다. 문학적 이념의 차원에서 보면, 손택수의 시에서 '도시'는 자연적 가치의 허구성이 폭로되는 진보의 공간이 아니라 자연적 가치가 더욱 절실하게 요청되는 배경의 세계에 가까운 듯하다.

2.

　시집『나무의 수사학』에는 세 개의 경향들이 공존한다. 경합하되, 끝내 하나로 수렴되지 않는 긴장상태의 비유기적 전체성이 이 시집의 특징이다. 편의적으로 정리하면, 이 세 개의 경향은 첫째, 가족서사의 형식을 띠고 있는 유년의 경험들, 둘째, 시인이 도시 공간에서 경험하는 문명의 부정적 현상들, 셋째, 과거-자연과 현재-문명 사이에 끼인 채 살아가는 현재적 삶의 모습들로 요약된다. 첫째 경향이 그의 서정시들의 원적(原籍)인 대지적 상상력에 뿌리내리고 있다면, 둘째 경향은 농경세계에 근거한 아날로지적 원환성이 현존의 세계인 도시에서 해체되는 과정에 집중되어 있다. 시인의 실존은 이들 가운데 후자에 위치하고 있으며, 이것이 도시-현재를 폭력으로 감각하게 되는 원인이 된다. 손택수의 시에서 이 분열은 매우 분명하다. 한편 화해불가능한 두 세계 '사이'에서 흘러나오는 셋째 경향은 이 분명한 실존의 분열로 인해 현존의 신체적 세계인 일상에 대한 성찰의 힘이 된다. 손택수의 시세계는 유년의 기억에 대한 환기에서 도시적 일상에 대한 성찰과, 문명 속에서 자연의 원리를 읽어내는 특유의 서정성으로 진화하고 있는 듯하다.

　실존의 차원에서, 첫째 경향과 둘째 경향이 반(反)정립의 양상을 띤다는 것은 분명한 사실이다. 아날로지적 질서의 세계인 첫째 경향은 분열의 가능성이 거의 없는 충만하고 완결된 세계인 반면, 아이러니적 질서의 세계인 셋째 경향은 시인의 영혼이 긍정할 수 없는 결핍과 결여의 세계이기 때문이다. 이러한 반정립적 관계로 인해서 관심이 집중되는 것은 실존적 고투와 현재적 삶의 지평이 융합되어 있는 셋째 경향인데, 과거와 현재, 자연과 문명으로 양분되어 있는 자신의 실존적 시간에 연속성을 부여하려는 시인의 노력이 돋보이는 셋째 경향은 손택수의 이전 시들과 달리 현재적 삶에 대한 불만과 불안으로 들끓고 있는 강렬한 언어들을 환기한다. 시인의 말처럼 "체액을 활자 위에 묻히지 않곤 넘어갈 수 없는 페이지"(「육친」)가 있다면 이런 언어로 구성된 시들이 아닐까. 문명의 공간인 도시와 자연 세계 사이의 거리와 긴장, 그리고 그 '사이'에서 영위되는 일상의 허망함에 대한 성찰의 감각은 현재, 즉 일상에 대한 특유의 태도를 불러온다. 가령 시인은 「길이 나를 들어 올린다」에서 '허공'과 '땅' 사이에 위치하고 있는 "낡은 구두"에 대해 말하고 있으며, 「수정동 물소리」에서는 삶을 '묘기', "벼랑 위에 만든 계단"처럼 무릎이 꺾이는 죽음의 과정으로 인식한다. 그리고 "몇 해만 더 머물고 뜨자던 서울 이 빚더미 아파트와 벗어날 수 없는 나날들이 한 채 소슬한 절집이라도 된다는 듯"(「얼음 물고기」)이나 "나는 로프 대신 월급줄에 매달려 새벽 술집에서 비박을 하고 / 24시 싸우나에 베이스캠프를 세우지"(「얼음신발」)처럼 '도시(일상)'는 떠야할 세계이거나, 끊임없이 출구를 찾아야 하는 부정적 공간으로 그려진다.

아파트 화단에 떨어져 있던 모과를 주워왔다
올겨울엔 모과차를 마시리라,

잡화꿀에 절여 쿨룩이는 겨울을 다스려보리라

도마에 올려놓고 쩍 모과를 쪼개는데

잘 익은 속살 속에서

애벌레가 꾸물거리며 기어나온다

모과 속살처럼 노래진 애벌레가

단잠을 깨고 우는 아이처럼 사방을 두리번거린다

애벌레에게 모과는 인큐베이터 같은 것

눈 내리는 겨울밤

어미 대신 자장가를 불러줄 유모의 품과 같은 것

이미 쪼개버린 모과를 다시 붙여놓을 수도 없고,

이 쌀쌀한 철에 애벌레를 업둥이처럼 내다버릴 수도 없고

내가 언제부터 이깟 애벌레 한 마리를 두고 심란해했던가

올겨울 나는 기필코 모과차를 마시리라,

짐짓 무심하게 아내를 바라보는데

아직도 책장 어딘가에 심장이 멎은 태아의

초음파 사진을 간직하고 있는,

놓쳐버린 아기의 태기를 놓지 못하고 있는 모과

속을 드러낸 거죽에 검은 주근깨가 숭숭하다

수술실에서 나올 때 흐느끼는 내 어깨를 말없이 안아주던 너

칼자국 지나간 몸 더 거칠어가는 줄 모르고

바깥으로만 바깥으로만 떠돌던 날들이 있었는데

날을 세운 불빛에 움찔거리던 애벌레처럼 허둥거리는 한때

빈속에 쟁인 울음이 아린 향을 타고 흘러나온다

— 「모과」 전문

　아파트 화단에 떨어진 모과를 줍는 지극히 일상적인 행위에서 시인은 생명과 실존의 의미를 도출하고 있다. 손택수의 세 번째 시집에서 가장 두드러지는 이미지는 '애벌레', '아이' 같은 여린 생명과 그 생명체를 감싸고 있는 모성적 자연의 충만한 통일성, 혹은 그것들의 분리이다. "애벌레에게 모과는 인큐베이터 같은 것"이라는 진술처럼 시인은 절단된 모과 속에서 기어 나오는 애벌레와 모과를 생명의 관점에서 감지한다. 그런데 다음 순간, 이 생명에 대한 이해가 "심장이 멎은 태아의 / 초음파 사진"이라는 시인 자신의 실존적 사건과 결합한다. 이처럼 시인은 자칫 시적 긴장의 상실과 자연에 대한 관념적 예찬으로 경사될 수 있는 생명에의 관심, 인간과 자연의 조화로운 관계라는 생태학적 상상력을 체험이라는 실존적 사건을 통해서 구체화시키는 한편, 삶과 시의 부단한 공속성을 재확인하는 방향으로 언어를 펼쳐내고 있다.

　인간과 자연의 원형적 관계는 손택수의 오래된 시적 관심이다. 이 관심이 '생명'의 가치에 대한 형상화로 이어지는 것이 이번 시집의 특징인데, 「꽃단추」에서 "난폭하게 질주하는 지퍼"와 구별되는 '단추'가 상징하는 바가 더함과 모자람이라는 양극단을 부정하는 자연적 관계의 '사이' 감각이다. 또한 "배 속의 아기를 잃어버린 외손주를 위해 / 툭, / 땅을 찧고 뒹구는 감을 줍는 당신"(「감 항아리」)에서 낙태라는 사건은 땅에 떨어진 '감'을 줍는 외할머니의 삶으로 구체화되는데, 여기에서

'감'은 사산된 뱃속의 아이처럼 모태에서 분리된 생명에 대한 관심과 사랑을 의미한다. 이처럼 손택수의 시는 자연적 관계에 근거한 비유체계, 즉 "나무의 수사학"을 지배적인 문법으로 채택하고 있다. 가령 물고기에게 의탁하여 상처를 치료하는 "깨진 무르팍에 앉은 딱지를 물고기들에게 내어맡기고"(「물고기 입술을 기다림」)가 그렇고, 보신탕이 될 운명을 막기 위해 집에서 기르던 '흰둥이'(「흰둥이 생각」)를 풀어주었던 유년의 추억이 그러하며, "어미 배 속에서 툭 떨어질 때 숨을 쉬지 못해 / 인공호흡을 시켰던 송아지"(「송아지」) 이야기가 또 그렇다.

3.

반면, 손택수의 시에서 '도시'와 '문명'은 철저하게 부정적으로 형상화된다. 시인은 「빛의 감옥」에서 가로등을 찾아 날아드는 날벌레들의 모습을 "환한 무덤" 속으로 들어가기 위해 발버둥치는 것으로 묘사한다. 여기에서 '가로등'은 도시, 즉 문명의 공간을 의미하는데, 이런 이유로 그는 "무덤의 중심으로부터 밀려나지 않기 위하여 / 발버둥을 쳤던가"처럼 자신의 삶 또한 날벌레와 같은 운명임을 직시한다. 부정적 이미지로서의 도시는 본연의 터전에서 유리수족관으로 이식되어 살아가는 물고기들의 기형적인 삶을 그린 「63빌딩 수족관」, 도심의 곳곳에서 춤을 추는 풍선인형들의 모습을 풍자적으로 표현한 「풍선인형」, 그리고 옥외 전광판으로 둘러싸인 도심의 밤거리를 묘사한 「광화문 네거리엔 전광판이 많다」 등에서 가장 분명하게 확인된다.

자연과 생명에 대한 관심이 문명과 도시 공간에 대한 비판적 형상 화로 표출되리라는 것은 어렵지 않게 추측할 수 있다. 이러한 인식이 '좋은 농촌' 대 '나쁜 도시'라는 기계적 이분법 — 이것은 실상 '좋은 도 시' 대 '나쁜 농촌'이라는 모더니즘 도식의 전도된 형태이다 — 을 재생 산하는 이데올로기로 작용할 위험이 없는 것은 아니지만, 도시란 문명 의 공간이기 이전에 자연이 철저하게 소산적 자연으로 경험되고, 심지 어 개발의 대상으로 간주되는 세계라는 점에서 문제적인 공간이다. 손 택수의 시에서 가장 흥미로운 것은 비판적으로 묘사되는 도시성의 이 미지들이 본래적인 자연의 자연성을 심각하게 파괴하는 형태로 제시 되고 있다는 사실이다. '근수'가 덜 나가는 것을 방지하기 위해 개들의 "고막을 풍선처럼 단숨에 터뜨려"(「귀머거리 개들이 사는 산」)버리는 개장 수, 어리석은 곰들의 쓸개즙으로 "병든 우리"(「곰을 위한 진혼곡−대운하」) 를 구원하려는 대운하 사업, 풍선인형이 우글거리는 도시의 거리(「풍선 인형」), 금붕어를 물어뜯는 수족관 속의 식인어(「63빌딩 수족관」), "풀 컬 러 고해상도로 / 발광하는 건물들"(「광화문 네거리엔 전광판이 많다」)에 점 령된 도심, "식육점 간판을 가리다 / 잘려 나간 가지"(「나무의 수사학 2」) 등이 대표적이다. 도시와 농촌이라는 세계상의 확연한 분리는 궁극적 으로 '생명'과 '얼음'의 대립으로 형상화되는데, 이는 '생명'이 도시−얼 음에 의해 위태로운 상황에 처해 있다는 인식에 근거한다.

시집『나무의 수사학』에는, 그 제목과 달리, '얼음'의 이미지가 상당히 많이 등장한다. '얼음 물고기', '얼음의 문장', '얼음 이파리', '얼음 신발' 같은 제목의 시들도 그러하거니와, "얼음 속에서 뽑아 올리는 마디마디 / 하늘로 번져가는 수직의 / 단단한 파문들"(「수직 파문」), "눈보라가 꽃망울을 치고 간다"(「동백 사원」)처럼 제목에 직접적으로 노출되지 않아도 '얼음'이나 '눈'처럼 차가운 성질이 지배적인 심상으로 등장하는 경우들이 많다. 이 시들에서 '얼음'은, 생태학적인 맥락에서는 '생명'의 가치를 위협하는 힘으로, 공간적인 맥락에서는 '도시'라는 세계의 비유로, 실존적인 맥락에서는 고통스러운 삶의 현실이라는 의미로 쓰이고 있다.

> 꽃이 피었다,
>
> 도시가 나무에게
>
> 반어법을 가르친 것이다
>
> 이 도시의 이주민이 된 뒤부터
>
> 속마음을 곧이곧대로 드러낸다는 것이
>
> 얼마나 어리석은가를 나도 곧 깨닫게 되었지만
>
> 살아 있자, 악착같이 들뜬 뿌리라도 내리자
>
> 속마음을 감추는 대신
>
> 비트는 법을 익히게 된 서른 몇 이후부터
>
> 나무는 나의 스승
>
> 그가 견딜 수 없는 건

꽃향기 따라 나비와 벌이

붕붕거린다는 것,

내성이 생긴 이파리를

벌레들이 변함없이 아삭아삭

뜯어 먹는다는 것

도로변 시끄러운 가로등 곁에서 허구한 날

신경증과 불면증에 시달리며 피어나는 꽃

참을 수 없다 나무는, 알고 보면

치욕으로 푸르다

—「나무의 수사학 1」 전문

그러므로 '도시'에 핀 '꽃'은 일종의 반어가 된다. 속마음과 표현이 상반되는 것이 반어의 법칙이니 도시에 핀 '꽃'은, "도로변 시끄러운 가로등 곁"에서 소음을 거름으로 해서 핀 꽃과 나무는 정상적인 자연의 질서에 의해 푸르른 것이 아니라 "치욕으로 푸르다"라는 것이 시인의 판단이다. 이 '치욕'이 전적으로 '꽃'과 '나무'만의 것은 아닐 것이다. 여린 생명체와 그것을 감싸고 있는 모태(의 분리)라는 감각적 인식과 마찬가지로, 여기에서 시인은 자연적 질서의 세계를 시작(詩作)이라는 실존적 사건에 연계시킨다. 하여, '꽃'과 '나무'의 반어는 첫째, 치욕스러움의 다른 표현이며, 둘째, 속마음을 노출하는 것을 금기시하는 처세의 기술에 대한 비유이며, 셋째, 일상어의 직설이 아니라 그것을 "비트는 법을 익히게 된 서른 몇 이후"의 문학적 언어에 대한 환칭이 된다.

이 지점에서 우리는 이 시집을 시의 형식을 띤 시인의 시론으로 읽을 수 있게 된다. 삶의 실존적 과정을 페이지에 비유한 「육친」의 구절들, 적적한 밤 "낡은 밥상"(「바늘구멍 사진기」)을 껴안고 행해지는 시작(詩作)에 대한 상념들, 아내에게 바치는 "얼음의 문장", 그리고 '나무의 수사학' 연작들……. 시와 시론의 구별이 무의미한 이 시편들에서, 그러나 시인은 '자연'을 찬미의 대상이 아니라 "고통의 초록들"(「나무의 수사학」)처럼 도시적 문명에 의해 위협당하는 대상으로 그린다. 시인은 「나무의 수사학 4」에서 "나뭇잎과 푸른 물고기에 대한 비유를 더는 쓸 수가 없다 / 나무줄기와 강줄기에 대한 비유도 그저 지루하기만 하다"라고 고백한다. 이 고백의 의미는 무엇일까? '나무의 수사학'이 시적 현대성과 불화하기 때문일까? 물론, 이 고백에는 이러한 의미도 포함되어 있을 것이다. 아니, 초록이 상징하는 자연이 '꽃'이라는 반어를 사용하고, 하수도관을 뚫고 뿌리내리는, "광기로 부글거리는 늪을 품고 구토를 하는 나무들"이라면 더 이상 나무의 수사학을 고집하는 것은 무의미한 것처럼 보인다. 이런 맥락에서라면 "더는 쓸 수가 없다"는 쓰지 않겠다는 의지의 표현으로 읽는 게 마땅할 것이다.

그런데 시인은 부정적 의지를 표현한 다음 돌연 "버릴 수 없다"라는 한층 더 강렬한 의지를 표명한다. 이 의지에는 "가지와 가지를 물들이고, / 가지와 가지 사이 여백까지 푸르스름 / 번져가기 위해 덧나는 일이 네 욱신거리는 수사들이라면"이라는 조건이 붙어 있다. 시인은 나무의 생장에서 광기와 고통의 욱신거림을 극복하고 바깥('여백')까지 초록으로 물들이려는 욱신거림의 수사를 본다. 이 대목에서 "더는 쓸 수가 없다"라는 의지는 "버릴 수 없다"라는 의지로 대체되고, 시인은 "나의 시는 조금만 더 낡아야겠구나"라고 토로한다. 이 목소리가 시적 현대성에 대한 강력한 거부처럼 들리는 것은 왜일까? 어쩌면 시인은 이 목소리를 통해서 자신의 시가 시대와 함께하기보다는 그 흐름을 정면으로 거스르는 것이어야 한다고 다짐하는 것은 아닐까. 한 마리 푸른 물고기가 만년필 속의 폐수를 거슬러 오르기를 포기하지 않는 한, "고통의 초록들"이 나뭇가지는 물론 가지와 가지 사이의 여백을, 세상을 온통 초록으로 물들이기를 포기하지 않는 한, 손택수의 시는 조금 더 적극적으로 '낡음'을 추구해도 나쁘지 않을 듯하다.

맨드라미의 시학

이승희의 신작에 대하여

이승희 시에 관한 내 기억의 첫 자리에는 가난의 풍경을 단정한 서정의 언어로 견인하는 둥긂의 미학이 자리하고 있다. 그의 시에서 이 미학을 떠받치고 있는 언어들은 대개 식물적 상상력에 뿌리를 내린 결핍의 언어들이었는데, 그 결핍을 응시하는 시인의 시선은 한없이 쓸쓸하면서도 따뜻했다. 따뜻한 쓸쓸함, 이 패러독스의 느낌에 젖어 언어의 길을 따라가다 보면 어느새 우리 눈앞에는 '꽃', '열매', '해', '달' 같은 사물들이 자신의 존재감을 드러내면서 출몰하곤 했다. 도시적 감성이 지배적인 정서가 되어버린 이 첨단의 시대에, 그리하여 첨단을 노래하는 이 시대의 시인들 대다수가 눈길 한 번 주지 않는 그 대상들을 중심으로 시인은 꽤 오랜 시간의 그리움을 견뎌왔던 것이다.

그런데 최근에 발표된 이승희의 신작들을 읽으면서 내 기억의 편린들에 조금씩 균열이 생겨나기 시작했다. 그 변화의 하나는 파토스적 언어가 등장하기 시작했다는 데서 찾을 수 있다. 이를테면 "내 안녕은 골목 끝에서 맨드라미를 만나 헛꿈들을 귓밥처럼 파내던 날 죽어버렸다고 …… 목을 매고 싶을 만큼 외로웠다고 비명처럼 말했던가"(「안녕」, 『시와 사상』, 2011 여름), "외로운 것들이 갈수록 착해지는 게 싫어서 …… 나는 죽더라도 온 힘을 다해 죽을 거라고 다짐했다"(「110-33」, 『시와 사상』, 2011 여름)처럼 '죽음'과 '고독'의 비명이 전면에 등장하는 장면들이 그러하다. 물론, 후자의 경우는 "둥근 돌들이 싫습니다"(「돌멩이를 쥐고」)와 일정한 연속성을 형성한다고 말할 수도 있지만, 전자의 '죽음'은 "설움도 외로움도 오래되면 둥글어지는 걸까"(「호박」)라는 견인의 언어와는 무척이나 다른 질감으로 직조되어 있는 듯하다. 이 '죽음'에 대한 뿌리 깊은 자의식은 『미네르바』 2010년 겨울호에 발표된 두 편의 시에서 "내가 꿈꾸는 것은 매일 조금씩 지워지는 것 …… 집 나가 돌아오지 못한 마음은 살아서 내 죽음을 지켜보길"(「부치지 못한 편지」), "죽고 싶은지 죽여 버리고 싶은지를 모르기 때문"(「버려진 가방 같은」)에서도 비슷하게 변주되고 있다.

이승희의 근작(近作)들에는, 예외가 없는 것은 아니지만, 어김없이 '맨드라미'가 등장한다. 그것은 마치 정신분석학의 '증상'처럼 반복되면서 이승희의 시세계를 견인하고 있다. 가령 '맨드라미'는 "사는 일이란 게 처음부터 상처 나는 일이었다고 맨드라미가 빨갛게 피었다"(「맨드라미 피는 까닭은」)처럼 꽃으로 승화된 상처를 가리키는 식물성의 비유이기도 하고, "맨드라미는 지금도 어디서 제 키를 키우고 있기 때문이다. 죽은 나를 두고 살아 있는 내가 입을 꾹 다물고 먼지처럼 그릇 위에 쌓여가는 일은 그러므로 아주 서러운 일은 아니다"(「맨드라미는 지금도」, 『애지』, 2011 여름)처럼 '죽음'의 설움을 견딜 수 있는 현실로 만들어주는 병리적 보루이기도 하며, "내가 지상에서 하고 싶은 일은 / 맨드라미 붉은 손을 잡고 / 휘파람 불며 집에 가는 일 / 그리하여 / 내일 싸울 일을 조금 남겨두는 일"(「그리운 귀신」, 『애지』, 2011 여름)처럼 동반자의 형상으로 등장하기도 한다. 또한 「그리운 맨드라미」(『시인수첩』, 2011 여름)에서는 "살아서는 다시 갈 수 없는 곳이 생겨나고 있다고 / 내가 목매달지 못한 구름이 / 붉은 맨드라미를 안고 울었던가"처럼 생의 시간이 도달할 수 없는 세계와 관계되기도 한다. 극단적으로 이번에 발표된 5편의 신작 가운데 4편에도 '맨드라미'가 등장한다. 맨드라미는 일종의 '증상'이다.

> 맨드라미가 맨 · 드 · 라 · 미로 피는 동안
>
> 죽은 발톱을 생각했다
>
> 나는 언제부터 죽은 발톱으로 걸었나
>
> 밥 먹다 말고 토해버린 생
>
> 역겨운 냄새 속에서
>
> 미처 소화되지 못한 이름처럼
>
> 까맣게 살이 오른 죽음들
>
> 발톱에 가득 모여 있다
>
> 맨드라미가 까만 발톱을 만진다

아빠 먼저 죽지마

연두는 꽃이 져도 연두란다

먼저 죽지마 혹은 목매달고 사이로

정신없이 몇 번의 계절이 지나갔다

여름은 너무 뜨거웠다고

맨드라미 붉은 손목에서 난 오래 잠들고 싶었다고

— 「여름」 전문

우리는 "맨드라미가 맨·드·라·미로 피는 동안"의 지시적 의미에 도달할 수 없다. 다만, 맨드라미가 피는 계절이, 그리고 이 시의 표제가 여름이라는 사실에서 '~동안'을 '여름'이라고 추측할 수 있을 따름이다. 여름 내내 시인은 '죽은 발톱'을 생각했다. 이를테면 그것은 여름날 흔하게 신고 다니는 슬리퍼나 샌들의 구멍으로 튀어나온 '죽은 발톱'이거나, 신발을 벗었을 때의 맨발에서 발견되는 '죽은 발톱'일 것이다. 그러므로 이 시는 우연히 목격하게 된 '죽은 발톱'을 응시하면서 시인이 "나는 언제부터 죽은 발톱으로 걸었나"라고 자문(自問)하는 장면에서 시작되는 셈이다. 시인은 자신의 발가락에 붙어 있는 '죽은 발톱'에서 "까맣게 살이 오른 죽음들"의 형상을 본다. 이 시에서 죽음의 흔적을 각인하고 있는 '죽은 발톱'은 내 안의 낯선 친밀함으로 등장한다. 그것은 나의 일부이면서도 '나'라는 유기적 전체성이 담을 수 없는 외부이다. 그런데 '맨드라미'가 죽음의 형상인 '까만 발톱'을 만진다. '맨드라미'는 죽음을 어루만지는 생의 상징이며, "연두는 꽃이 져도 연두란다"라는 진술이 암시하듯이 죽음과 대비되는 생명의 상징이다. 이 시에서 '까만 발톱'과 '연두'의 대립은 이렇게 '죽음'과 '생'의 대립을 변주한다. 그러나 시인이 이러한 대립을 통해서 말하려는 것은 죽음에 대한 삶의 승리, 즉 생명의 시학만은 아닌 듯하다. 죽음과 생의 '사이'를 떠도는 가운데 "몇 번의 계절"이 지나갔다는 것, 그 '여름'은 너무 무더웠다는 것, 그리고 "맨드라미 붉은 손목에서 난 오래 잠들고 싶었다"가 시인이 궁극적으로 하고 싶은 말이라면 이것은 '죽음'의 언어도 아니고, '생'의 언어도 아니다. 죽음과 함께 하는 삶의 시간, 그리하여 죽음과 삶을 분리할 수 없는 시간 속에서 계절이 몇 차례 지나갔음을 의미할 따름이다.

> 아무도 오지 않는 저녁
> 창문 주름 진 커튼으로 서서
> 교외의 버스정류장 낡은 광고판처럼
> 색이 바래 죽는 일
> 그리워했고
>
> 뭉쳐지지 못해 공중에서 말라죽는
> 구름에 대하여 생각하는 저녁
> 표지 뜯겨진 채 버려진 책의
> 얼굴을 가만히 넘겨보다
> 맨드라미 씨앗처럼 까만

눈동자만 그리워하던 날들의

부드러운 호흡

기록으로 남지 않을 시간들을 보았다

— 「나는 뭉쳐지지 않는 구름」 부분

　삶과 죽음 사이에는 비탄의 시간이 존재한다. 비탄의 시간은 '나'의 삶에서 '나'가 추방된 고독의 시간이고, 불행한 의식으로 충만한 방황의 시간이다. 이 시에서 시적 화자는 "아무도 오지 않는 저녁"의 창문 앞에서 '커튼'처럼 우두커니 서서 낡은 광고판처럼 탈색되어 죽는 것을 그리워하고 있다. 그러므로 이 시에서 "아무도 오지 않는 저녁"의 고독과 "색이 바래 죽는 일", 그리고 "뭉쳐지지 못해 공중에서 말라죽는/구름"과 "표지 뜯겨진 채 버려진 책", "기록으로 남지 않을 시간들"은 모두 이러한 비탄과 고독과 방황의 시간을 가리키는 시적 상관물들이다. 시인을 이러한 추방의 시간 속으로 내던진 원인은 무엇이었을까? 이 질문에 대해 시인은 어디에서도 납득할만한 답변을 제시하고 있지 않다. 이 원인에 근접하면 비탄에 잠긴 시인의 시편들을 한층 가까이에서 호흡할 수 있겠지만, 중요한 것은 상처의 원인을 찾는 것이 아니라 심각한 상처에 노출된 한 인간의 내면이 이토록 쓸쓸하다는 시적 진실에 가 닿는 일일 것이다.

　비탄의 시간은 시인으로 하여금 도처에서 죽음과 고독의 풍경을 보게 만든다. 가령 「쫌 쫌 쫌」을 살펴보자. 이 시의 시간적 배경, 즉 상징계의 시계는 '오후 두 시'에 맞춰져 있다. 오후 두 시, 그것은 지루한 시간이다. 그래서 시인은 오후 두 시의 태양이 "지루해지루해 죽을 것 같다"고 말하면서 갑자기 사라져버렸다고 말한다. 그런데 상상계의 시계가 오후 두 시를 가리키는 그 순간, 시인은 '권총'을 구입하기 위해 '네이버 검색어'에 '권총구입'을 입력하고 있다. 이것은 상징계의 시계와 시인의 실존적 시간이 서로 엇갈리고 있음을, 상징계의 시계가 한낮의 지루함으로 가득 찬 순간에도 시인은 '죽음'을 생각하고 있음을 보여준다. 이 순간 불현듯 낯선 목소리가 등장한다. 그 목소리는 "쫌 제발, 잘 못 살아서 미안하다는 말 따위 하지만 지겨워 저 나무와 망할 꽃 이야기도 이제 쫌 쫌 쫌"이라고 말한다. 시의 전체적인 맥락에서 보면 이 목소리의 주인공이 시인은 아닌 듯하다(이 목소리가 시인의 목소리라면 그것은 분열된 내면에서 솟아나오는 타자의 음성이다). 이 목소리는 삶을 반성과 성찰의 대상으로 대하는 태도, '나무'와 '꽃'을 노래하는 태도를 힐난한다. 다음 순간, 시인은 '평화' 속에서 '불안'의 흔적을 발견한다. "평화는 평화롭지 않잖아"가 그것이다. 그런데 이 대목은 "벼랑이 없는 평화 속에서는 맨드라미도 피지 않는다는 거 알잖아"라는 진술과 연결되면서 시(詩)에 관한 시인의 관념을 환기한다. 앞에서 우리는 「맨드라미 피는 까닭은」을 대상으로 '맨드라미'가 꽃으로 승화된 상처라고 말했다. 이것은 '맨드라미=꽃=시'가 승화된 상처라는 것을, 따라서 '맨드라미=꽃'에서 식물성의 아름다움만을 찾으려 해서는 안 된다는 것을 말한다. 그렇기 때문에 「쫌 쫌 쫌」에서 '오후 두 시'라는 상징계의 시간은 시인의 내면적이고 실존적인 시간과 날카롭게 대립하고 있는 것이다. 오후 두 시, 상징계가 그 시간을 지루함으로 표상할 때, 시인은 그 시간을

'죽음'을 준비하는 시간으로 받아들이고 있고, 상징계가 지루함과 평화로움에 대해 이야기할 때 시인은 평화 속에 숨어 있는 벼랑과 불안의 존재를 강조하고 있으며, 상징계가 오후 두 시의 태양임을 알릴 때, 시인은 "나는 영원히 맞춰지지 않는 그림자의 저녁"이라고 선언한다.

「맨드라미 정원」에 등장하는 '맨드라미 정원' 또한 단순히 "저 나무와 망할 꽃 이야기"라고 단정할 수 없는 실존적 의미를 함축하고 있다. 「맨드라미 정원」의 전반적인 분위기는 「나는 뭉쳐지지 않는 구름」의 그것과 매우 유사하다. 후자의 시작 장면이 "아무도 오지 않는 저녁"의 고독과 죽음이었다면, 전자의 시작 장면은 "저녁이 오지 않는 날 있습니다"처럼 일상적이고 상징적인 시간의 흐름이 정지된 존재론적 사건이다. 이 시에서 "저녁이 오지 않는 날", "무엇과 무엇 사이에 아무도 살지 않는 집", "허공도 바닥도 아닌 곳에서 / 머리를 부딪쳐 피 흘리는 날", "잠을 자도 되는지 / 이쯤이면 그만 죽어도 되는지 / 묻지 못하는 날" 등의 진술은 모두 비탄으로 충만한 시간, 그러니까 삶과 죽음의 '사이' 시간이다. 그것은 온전한 죽음의 시간도 아니고, 그렇다고 삶의 시간도 아니다. 삶이라고 말하기에는 죽음이, 죽음이라고 말하기에는 삶의 영향력이 강한 불가해한 시간이고, 이 삶=죽음의 시간이야말로 시간의 내적인 시간의식을 가장 정직하게 보여주는 장치이다. 비탄의 시간은 일상적 시간의 연속적인 흐름을 정지시킨다. 그리하여 저녁이 오지 않고, 대신 "날마다 자라나는 과거"가 등장한다. 추측컨대 이 과거의 시간이야말로 시인의 삶을 비탄의 시간으로 몰고 간 원인일 터, 그리하여 시인은 자신의 존재가 "버려진 상자"가 되고, 자신이라는 존재

없이도 자신의 "장례식"이 시작될 것이며, "나의 삶이란 한 줄로도 충분해서 / 누구든 나를 대신할 수 있습니다"처럼 자신이 존재감을 박탈당한 상태임을 토로한다.

입술을 꼭 깨물고

비문처럼 7월은 그렇게 왔다

호주머니 속에서 죽은 씨앗들이 거짓말 같았다

우리는 커튼 뒤에서만 사랑을 했으므로 무엇이든 꽃무늬처럼 흑백으로 주름졌다

그건 꽃이 지고 난 후였다

물끄러미 속으로 물끄러미 들어가던 날

절반의 고요를 누드처럼 벽에 세워 두고

우울은 해바라기처럼 기울어졌다

그 무렵 연두의 일기에 나는 없었고

연두가 없는 맨드라미 정원에서

나는 손목을 풀어

유언을 완성하고 싶었다

연두의 엄지와 검지 사이에서

연두의 입술 파래지도록

나는 벼랑처럼 매달려

살았으면 했다

발목을 물들이며
유언은 자꾸만 유예되었고
손바닥 가득한 매듭을 문지르며 목을 꺾는 연두는
모든 것이 다 지난 후에 시작되는 말
세상에 너무 늦은 일이란 없는거라고
연두는 그렇게 왔다

—「연두」 전문

　시인에게 7월은 '비문'처럼 온다. 그 여름을 배경으로 시인의 호주
머니 속에선 죽은 씨앗들이 달그락거리고, "절반의 고요"와 "우울"이
시인의 삶의 시간을 장악한다. 이 시간은 존재감을 박탈당한 시간, 그
리하여 시인은 "그 무렵 연두의 일기에 나는 없었"다고 고백한다. 상처
에 노출된 사람들에게 어떤 시간은 결코 온전한 삶의 시간이 되지 못
한다. 하여, 시인은 "연두가 없는 맨드라미 정원"에서 손목을 풀어 "유
언"을 완성하려 한다. "유언"을 준비하는 시간은 "벼랑"에 매달려 살아
가는 시간이다. 그런데 이 '유언'은 어떤 이유에선가 지속적으로 유예
된다. 왜 그럴까? 그것은 모든 글쓰기가 삶과 죽음 가운데 어느 한쪽을
긍정하는 결정의 시간 속에서 이루어지지 않고, 그것들을 분리하는 것
이 불가능한 '사이'의 시간 속에서 행해지기 때문일 것이다. 온전히 생
을 긍정하는 사람도, 또 온전히 죽음을 긍정하는 사람도 쓰지 않는다.

다만, 그것들의 '사이'에 존재하는 자만이, 그 비탄과 추방의 시간 속에서 시를 쓰고 말을 이어간다. 그러므로 시인의 시 쓰기가 중단되지 않는 한, 우리는 시인이 '죽음'과 '삶' 가운데 어느 하나를 절대적으로 선택하는 경우를 상상하기는 어렵다. 그리하여 '유언'이 유예되는 가운데 드디어 '연두'가 등장한다. "연두가 없는 맨드라미 정원"에 '연두'가 등장한다는 것, 그것은 절망으로 충만한 시간 속으로 절망 아닌 것의 시간이 흘러든다는 것을 의미한다. 하여, 이 시의 첫 구절은 비문처럼 도래한 7월의 이야기였지만, 마지막은 "세상에 너무 늦은 일이란 없는 거"라고 말하면서 등장한 '연두'의 이야기가 된다. 이 '연두'의 등장으로 이승희의 시는 삶과 죽음이 결합된 '맨드라미'의 시학이 된다.

늑대와 함께 경계선 넘기

이혜경, 『틈새』(창비, 2006)

1. 경계의 발견

이혜경의 소설집 『틈새』는 '경계'의 의미를 되묻는 몇 개의 변주곡들 같다. 그녀의 소설들은 일상의 곳곳에 스며들어 있는 '경계'를 발견하는 작업에 집중되어 있다. 개인과 개인, 집단과 개인, 혈통을 둘러싸고 생겨나는 가족 이데올로기, 그리고 국적·언어·인종·혈통이라는 표지를 통해서 작동하는 이방인에 대한 폭력들……. 우리는 하루에도 몇 번씩 '우리'라는 대명사를 쓰면서 살아간다. 때로는 습관적으로, 때로는 타인과의 친밀감을 강조하기 위해, 그리고 나와 타인, 우리와 그들의 다름을 확인하기 위해서. 그러면서도 정작 우리는 우리의 삶이 그 대명사의 긍정적 함의를 부정하는 방향으로 흘러가고 있다는 사실에 대해서는 무감각하다. '우리(we)'라는 강고한 경계선이 '우리' 바깥에 존재하는 존재들, 즉 타자의 삶을 동물화함으로써 그들을 우리(Cage) 속에 가두고, 그로 인해서 우리의 삶 역시 헐벗게 된다는 것을 생각하지 않는 것이다. 단자화된 개인, 현대인의 고독과 소외 같은 현대의 병리적 현상은 결국 무수한 '경계'를 만들면서 타자를 동일화하고, 타자에 대한 폭력적 배제를 통해서 '우리'라는 정체성을 구성하려는 그릇된 욕망의 산물일 뿐이다.

'소통'이란 이 경계선을 허물어뜨림으로써 새로운 삶을 구성하려는 노력일 것이다. 그러나 이혜경의 소설들은 손쉽게 소통의 가능성을 확인하는 봉합의 서사로 귀결되지 않는다. 오히려 그녀의 소설들은 타인, 타자와의 소통을 단절시키고 거부하는 근본적인 요인이 우리의 내적 욕망에서 비롯되며, 따라서 우리의 일상이 타인과의 관계 맺기를 열망하는 동시에 꺼려하는 모순적인 상태에서 영위되고 있음을 파헤친다. 그녀의 소설은 타인이라는 고독의 장소와 타자라는 폭력의 지표 주위를 맴돌고 있다. 소설집 『틈새』가 균열을 상징하는 다양한 이미지들, 가령 '틈새', '크레바스', '섬' 등을 제목으로 내세우면서도, 끝끝내 '소통'이라는 당위성만을 앞세워 타인 / 타자의 삶을 온전히 이해할 수 있다는 식의 동일성을 강조하지 않는 까닭도 여기에 있다. 이혜경의 소설은 '상처' 때문에 '섬'처럼 부유하며 살아가는 사람들의 사이, 그 틈에서 새로운 삶의 가능성을 조심스럽게 타진하고 있거니와, 이 물음 자체가 이미 경계선을 의식한 돌파에의 의지를 함축하고 있다.

2. 타자, 동일성의 극한

'정체성'이라는 말이 있다. 불변하는 존재의 본질을 뜻하는 이 말은 오늘날 개인의 인격적 동일성(identity)에서 한 문화의 고유한 특성과 원형(archetype)에 이르기까지 다양한 의미로 사용되고 있다. 정체성의 확립이 중요하다거나, 정체성의 혼란을 극복해야 한다는 제도권 교육의 정언명령처럼 '정체성'이란 불변의 상태를 긍정의 대상으로 규정함으로써 혼종과 이질성을 부정적인 것으로 인식하게 만들고, 타자에 대한 배제를 통해서 작동하는 구별짓기를 정상적인 상태로 간주하게 만든다. 정체성의 논리는 모든 사람이 같으면서도 동시에 다를 수 있다는, 삶이 우리에게 주는 이율배반의 진실을 알지 못한다. 인간의 삶에서 '같음'과 '다름'은 결코 배타적인 관계가 아니다. 동일성의 관점은 '같음'과 '다름'의 등식을 부조리한 것으로 생각하게 만듦으로써, 이질성의 배제와 축출이 정당한 권리에 속한다고 믿게 만든다.

이혜경의 소설은 우리의 일상이 '다름'을 내세워 타자를 배제나 동일화의 대상으로만 사유하려는 집단주의적 폭력과 맺고 있는 공모관계를 폭로하고, 결코 동일화될 수 없는 타자의 권리가 존재한다는 사실을 각인시킨다. 타자란 누구인가? 그것은 먼저 동일성의 경계선 바깥에 존재한다고 간주되는 존재, 아니 차이를 적대로 사유하는 집단주의의 왜곡된 욕망에 의해 경계 밖으로 추방된 헐벗은 존재들이다. 물론 타자를 다만 불행한 현실에 떨어진, 그리하여 한없이 무능하고 불쌍한 존재로 바라보는 온정적 시각은 그들을 폭력적으로 배제하는 동일성의 시선만큼이나 잘못된 것이다. 이혜경의 소설이 타자에게서 이 연민의 시선을 회수하고, 다름을 차이 그 자체로 사유하는 장면들은 사뭇 의미심장하다.

「물 한 모금」은 불법체류 이주노동자인 아밀과 샤프, 일본인 여자의 가이드로 일하다 결국 도둑 혐의로 거리재판을 받고 죽임을 당한 아밀의 동생 라흐맛의 삶을 통해서 이주노동자의 고단한 삶을 그림으로써 오늘날 가장 강력하게 작동하고 있는 동일성의 한 층위가 '국가/국경'의 문제임을 드러내고 있다. 소설에서 한국이라는 세계는 이주노동자의 '미소'마저 자본의 일부로 만들고, 터무니없이 적은 액수로 그들의 노동력을 착취하는 자본의 세상으로 그려진다. 그 불행한 삶의 한가운데에서도 영원히 타자의 존재로 살아갈 수밖에 없는 그들은 "이곳에 머무를 수 있게만 해준다면 금지된 일은 하나도 안할 사람들임을 알아달라는 겸손한 표정"을 내세워서라도 얼마간의 체류허가를 받아야 한다. 그러나 이주노동자에게 일시적인 체류허가란 결국 "이 땅에서 숨 쉬는 게 허락될 뿐인 서류"에 불과하지 않은가. 물론, 가난한 나라 노동자들의 삶이 게토화되는 것이 비단 한국만의 현실은 아닐 것이다. 소설은 한국에서 이주노동자로 살아가는 형 아밀과 바다 저편에서 일본인 여자의 가이드로 살아가는 동생 라흐맛의 굴곡진 삶을 넘어들면서 자본의 세계화가 그들 모두의 삶을 어떻게 절망 속으로 밀어 넣고 있는가를 보여준다. 출입국관리사무소 직원들 앞에 "숙제검사를 받는 아이들"처럼 줄을 서서 체류연장을 구걸해야 하고, 자신이 "작은 도마뱀만큼이나 무해한 사람"임을 강조함으로써 타자에 대한 폭력을 에둘러 다녀야하는 그들의 삶은 공간의 차이와 무관하게 심각한 위기에 처해 있다. 작가는 타자의 삶이 위기에 직면하는 과정을 '바람'이 드는 것으로 형상화하는 한편, 위기 속에서 그들이 느끼는 삶의 출구에 대한 갈망을 '조갈증'이라는 상징적 장치를 이용해서 표현한다.

동일자와 타자 사이에 존재하는 배타적이고 폭력적인 경계선이 '국가 / 국경'에서만 발견된다고 말하는 것은 자칫 일상에 스며든 미시적인 폭력성을 은폐하는 효과를 낳을 수도 있다. 집단주의가 존재하는 모든 곳에는 타자에 대한 배타적이고 폭력적인 배제의 시스템이 존재하기 마련이다. 「늑대가 나타났다」에서 '늑대'와 「망태할아버지 저기 오시네」에서 '바퀴벌레'와 '망태할아버지'가 그런 타자의 표상들이라면, "마을 안에서 늑대 취급을 받던 그"(「늑대가 나타났다」)와 고급 승용차를 모는 "그 여자"(「망태할아버지 저기 오시네」)는 각각 마을과 아파트라는 공동체의 집단주의에 의해 배척되는 타자의 초상들이다. 이 소설들은 공동체라는 선(善)의 표상이 어떻게 타자에 대해서 폭력을 행사하는 집단주의로 바뀌게 되는가를 보여준다는 점에서 연속성을 지니고 있다.

> 말 안 듣는 아이를 잡아가고 착한 아이에게 선물을 준다는 차이가 있을 뿐 망태할아버지가 싼타클로스와 다를 바 없는 존재라는 것을 깨달을 만큼 자란 뒤에도, 그 망태할아버지로 아이들을 위협할 만한 나이가 든 뒤에도, 망태할아버지는 마음속에서 떠나가지 않았다. 바퀴벌레에 대한 두려움으로, 어쩌다 일행에서 몇발짝 떨어지기라도 하면 둔한 몸집에 어울리

지 않는 재바름으로 따라잡는 시이모들의 굽은 등을 보며 텔레토비를 연
상하는 내 마음으로, 아침마다 마주치는 아파트 여자들의 인사에 밴 정중
함으로, 모습만 달리했을 뿐.

—「망태할아버지 저기 오시네」

타자는 '소문'에 의해 만들어지는 존재이다. 소문과 금기는 타인을
타자로 만드는 가장 손쉽고 강력한 장치의 하나이다. 「망태할아버지
저기 오시네」는 '아파트'라는 공동체에 의해서 행해지는 폭력과, '가족'
이라는 제도에 의해 수행되는 폭력의 일상성을 접목시킴으로써 한 인
간이 어떻게 공동체에 의해 타자(적(enemy))로 거듭나게 되는가를 보여
주는 소설이다. 이 소설은 시어머니와 이모들의 무례한 행동이 이야기
의 한 축을, '강천'의 아파트에서 벌어지는 적대적인 타자화가 이야기
의 다른 한 축을 구성하고 있다. 주인공은 남편의 직장 발령 때문에 '강
천'이라는 곳으로 이사를 오게 되고, 그곳에서 좋은 이웃들을 만나 언
니 동생이라는 호칭을 쓰면서 사이좋게 살아간다. 그러나 이들의 가족
주의적 유대는 실상 같은 아파트에 사는 한 젊은 여자에 대한 배타적
인 감정에 의해 유지된다. 공동체라는, 타인과의 상상적인 평형관계에
는 이미 항상 '타자'라는 근본적인 불안정성이 전제되어 있다. 이는 소
설에 등장하는 모든 인물들이 '우리'와 '그녀'를 별개의 존재로 취급하
고 있다는 사실에서도 확인된다. 문제는 '그 여자'가 아파트 입주민과
경비원에 의해 배척되는 이유가 근거 없는 추측 때문이라는 사실이다.
이것은 타자가 '소문'에 의해 만들어지는 것 못지않게 그에 대한 적대

의 감정 역시 근거가 없다는 것을 뜻한다. 금기를 위반한 자들에게 주어지는 공동체의 형벌이 늘 그렇듯이, 소설은 아파트 공동체의 집단주의가 '그 여자'와 관계를 맺은 희정엄마와, 그런 희정엄마와의 관계를 거부하지 않는 '나'에게까지 은근한 배제로 작동한다는 사실을 환기시킨다. 때문에 화자 '나'가 "그 아름다운 풍경 뒤편, 안락한 내 집 어딘가에 숨어 있을 바퀴벌레"라는 존재를 떠올릴 때, 그것은 아름다운 공동체의 얼굴 뒤에 은폐되어 있는 타자에 대한 공포와 폭력을 드러내는 작업이라고 읽어도 무방할 것이다. 아무런 근거도 이유도 없이 '망태할아버지'나 '바퀴벌레'처럼 공동체의 영원한 타자로 간주되는 존재들. 그러나 이 살벌한 집단주의적 폭력에서 집단의 이데올로기로 회수되지 않는 개인의 가치만을 읽어내고, 개인에게 긍정적인 의미를 부여하는 것은 자칫 이혜경의 소설이 지닌 삶에 대한 돌파구를 간과하는 독법이기 쉽다. 그것은 "아무에게나 품을 여는 여자"인 희정엄마의 환대가 없었던들 아파트 공동체라는 집단이 존재할 수도 없었을 뿐만 아니라, 이웃들의 따가운 시선을 뒤로 하고 '그 여자'를 이웃으로 받아들이는 '희정엄마'와 '나'의 윤리적인 행위가 여전히 빛을 잃지 않고 있기 때문이다.

「망태할아버지 저기 오시네」가 '그 여자'의 실체를 보여주지 않음으로써 '우리(공동체)'의 폭력적인 일면만을 드러낸다면, 「늑대가 나타났다」는 타자화된 타인이 실제로는 공동체에 어떤 악영향도 미치지 않는 평범한 존재에 불과하다는 사실을, 아니 공동체의 구성원들보다 한층 인간적이라는 비밀을 폭로하는 데 초점이 맞춰져 있다. 이 소설은 늑대가 출몰한다는 소문으로 둘러싸인 세계에서 사는 한 소녀가 마을 공동체의 금기를 위반하고 경계선을 월경했다가 '변종 늑대'의 도움으로 마을로 되돌아오는 이야기이다. 동화와 옛날이야기를 배경으로 성장하는 아이들에게 '늑대'는 공포를 불러일으킬 수 있는 강력한 타자의 표상 가운데 하나이다. 늑대를 둘러싸고 입에서 입으로 전해지는 소문과 금기는 실상 아이들의 행동을 통제하기 위해 어른들이 만들어낸 허구에 불과하지만, 또 한편으로는 마을의 경계 바깥에 대한 어른들의 무의식을 보여주는 것이기도 하다. 그러나 "만화가게는 어른들이 말한 담장 안에 있었지만, 둔갑한 늑대가 자주 나타나는 곳, 가서는 안 될 곳이었다"라는 진술처럼, 타자에 대한 배제가 반드시 일정한 공간적 경계로 분절되는 것은 아니다. 즉, '우리'와 '타자'를 분할하는 경계는 공간적으로 드러날 때조차도 결코 공간적이지 않다. 이것이 어른들 또는 마을 공동체의 규율을 위반한 "멋쟁이로 불리던 건넛집 영희언니"와 "내게는 먼친척뻘인 병태아저씨"가 '변종 늑대'로 간주되는 이유이기도 하다.

금기는 항상 위반을 전제한다. '위반'은 법과 위반이라는 초자아적 악순환에서 자유롭지 않다. 이것은 금기가 위반이 초래하는 죄의식을 통해서 주체를 옭아매는 법(초자아)의 성격을 띤다는 것을 의미한다. 하여, 법은 금기의 위반을 유혹하고, 금기를 위반함으로써 개인들이 경험하게 되는 죄의식을 통해 그들을 주체로 호출한다. 이것이 성장소설의 일반적인 문법이다. 물론 「늑대가 나타났다」에서 타자의 배제를 명령하는 '마을 공동체'와 '어른들' 역시 법(초자아)의 성격을 띠고 있는

데, 그것은 아이들에게 제시되는 금기가 다분히 훈육의 맥락을 띠고 있기 때문이다. 이 소설의 주인공이 결말에서 자신을 '아기늑대'처럼 인식하는 장면이 인상적인 이유가 여기에 있다. 그러나 이 소설을 소녀의 성장담으로 읽을 수 없는 이유는 이 소설에서 '나'가 금기를 위반함으로써 죄의식을 내면화하는 주체가 아니기 때문이다. 그녀는 "마을 밖에서 들어온 아이들"과 일정한 심리적 거리를 두고 있는 공동체의 아이들과 달리 "색종이며 크레파스 같은 준비물을 그애들에게 자주 빌려"주는 월경(越境)의 주체이고, 자신에게서 타자의 흔적을 발견하는 혼종의 주체이다. 오래된 비평적 개념을 사용하자면, 화자 '나'는 이 소설에서 동일성과 차이가 겹쳐지는 곳, 그리하여 낯선 괴물이 사실은 친밀한 이웃에 불과하다는 은밀한 비밀을 폭로하는 문제적 개인에 해당한다. 어느 날 '나'는 늑대가 출몰한다는 공포의 금기를 어기고 마을의 경계를 벗어난다. 경계를 벗어난 '나'가 타자의 세계에서 느끼는 감정은 '공포'이다. 이 공포의 알리바이가 낯섦에서 비롯된다는 것은 쉽게 짐작할 수 있다. 어른들이 금기의 세계라고 명령한 곳, 그곳은 "여자들과 아이들"을 잡아먹는다는 늑대의 세계가 아닌가. 그러나 정작 그 늑대의 세계에서 '나'에게 시선을 두는 사람은 없다. 아니, "어스름녘, 들판을 혼자 걸어가는 아이에게 말을 걸어준 사람은 마을 안에서 늑대 취급을 받던 그뿐"이었다는 사실, 그리고 '변종 늑대'인 '그'와의 만남에서 '나'가 공포를 극복하고 편안함을 느끼는 장면은 사뭇 감동적이다. "나는 슬그머니 그의 허리춤을 잡으며 그의 등에 몸을 기댔다. 그의 몸에선지 아니면 저녁공기에선지, 비 맞은 개에게서 나는 축축한

냄새가 맡아졌다. 한 번도 본 적 없지만, 그게 늑대냄새인지도 몰랐다. 어느새 나도 어린 늑대가 된 것일까"(「늑대가 나타났다」). 물론, 작품의 결말처럼 타자에 대한 연민과 공감의 정서가 타자를 '늑대'로 간주하는 공동체의 인식을 바꿔놓을 수 있다고 믿는 것은 순진한 생각이다. 공동체의 성원들이 '변종 늑대'가 공포의 대상이 아님을 모르는 게 아니기 때문이다. 그러나 동일성의 극한에 위치한 타자를 발견하고, '나'에게 각인된 타자의 흔적을 읽어내는 일이 전적으로 무의미하다고 말할 수는 없다. 더군다나 그 발견이 "아저씨도 아이들 엄마가 세상을 떠났을 때 무서웠을지도 모른다"는 진술처럼 타자의 삶에 대한 이해를 겨냥하고 있다면 말이다. 이 지점에서 이혜경의 소설은 타자에 대한 우리의 시선이 결국 개인의 몫으로 주어질 수밖에 없다는, 따뜻하면서도 쓸쓸한 사실을 환기한다.

3. 섬, 현대적 삶의 병리학

인간은 어떤 것에 대한 무지를 통해서만 주체의 동일성을 확보할 수 있다. 정신분석학의 이 정식이 말하려는 것은 동일성의 내부에 심각한 균열(결핍)이 존재한다는 것, 동시에 그 균열을 무(無)로 간주할 수 있을 때에만 우리는 스스로에게 동일성을 부여할 수 있다는 것이다.

'경계'의 문제를 전면화하고 있는 이혜경의 소설들은 이 균열과 그것의 폭력성을 집단의 수준에서 사유하고 있다. 혈통이라는 경계선을 기준으로 피(彼)와 아(我)를 구분하려는 가부장적 이데올로기를 비판하고 있는 「피아간」은 경계선 긋기의 문제를 '가족'이라는 초기작의 문제의식과 연결시키고 있다는 점에서 흥미롭다. 이 소설은, 표면적으로 가족 간의 소통문제를 다루고 있는 것처럼 보이지만, '입양'의 문제를 통해서 가족과 혈연에 뿌리박고 있는 혈통적인 경계선을 돌파하려는 시도로 읽을 수도 있다. 소설은 주인공 경은이 거짓 임신으로 주변사람들을 속이고 생활하다가 아버지의 죽음을 맞이하게 되고, 아버지의 장례를 치르는 과정에서 입양할 아이가 도착했다는 소식을 듣게 된다는 이야기이다. 이 소설에서 '아버지'는 혈통과 가족을 중시하는 가부장적인 인물이다. 뇌출혈 수술을 받고 죽음을 기다리며 병상에 누워 있는 팔순의 노인에게 '권력'이라는 단어를 사용하는 게 비도덕적일지는 모르나, 모든 경계선을 '혈통'과 '가족'으로 제한하고 산다는 점에서 그는 다수적인 가치를 체화하고 있는 권력이다.

　「피아간」에서 가족주의가 지니고 있는 폭력적인 면모가 단적으로 드러나는 장면이 유산 상속을 둘러싸고 서령댁과 아버지가 벌이는 미묘한 심리전이다. 새어머니 서령댁은 아버지가 세상을 뜨면 지금 살고 있는 아파트를 받기로 하고 수발을 들러 온 존재이니, 응당 그녀에게는 아버지의 유산에 대한 권리가 있다. 그렇지만 그녀는 남편이 죽고 난 다음의 사태를 확신하지 못하기에 남편에게 유언장을 작성해줄 것을 강요하고, 그런 서령댁의 진심을 믿지 못하는 남편은 몸이 불편하다는 핑계를 내세워 유언장 작성을 지연시킨다. 주인공 경은은 "가뭄에 콩 나듯 들러 속 긁는 소리나 하고 가는 아들보다 십년 넘게 온갖 수발 다 들어준 서령댁"을 더 남처럼 여기는 그런 아버지에게 분노를 느낀다. 죽음을 목전에 둔 상태에서도 아버지를 지배하고 있는 것은 피는 물보다 진하다는 가족주의의 유령이었음에 틀림없다. 작가는 이런 남성적인 혈통주의에 또 하나의 장면을 겹쳐놓는다. "내 새끼와 남의 새끼를 구분하는, 내 핏줄과 남의 핏줄을 구분하는" 다큐멘터리의 내용이 그것이다. 경은은 새끼에 대해 집착하는 동물적인 본능에서 모성의 숭고함 대신 혈통에 근거해 경계선을 긋는 목숨의 하찮음을 발견한다. 흔히 '사랑'이라고 평가되는 모성의 세계에서 작가는 "사랑과 이기심"의 경계가 분명하지 않다는 불편한 진실을 발견하고 있는 것이다. 그리고 이 불편한 진실에 근거하여 '혈통'이라는 동일성의 논리가 돌파되는 지점이 바로 입양이라는 사건이다. "내 가족, 내 핏줄만으로는 만족하지 못하리라는 것을 그가 알아차리기 바랐다."

그새 봉분은 봉긋하니 올라갔다. 흙이 무너지지 말고 봉분 중간에 빙둘러가며 끼워넣은 솔가지가, 나와 남 사이에 그토록 선명한 금을 긋고, 그토록 오랜 세월 불안을 견디며 살아낸 한 생애의 이마 위에 얹힌 화환 같다. 경은이 남편을 부르려는데, 나뭇가지를 모아 만든 둥우리를 봉분 꼭대기에 얹어놓으며 누군가가 외친다. 이 집 사위들 다 어디 갔어? 새집 지어야지.

——「피아간」

표면적으로 '입양'이라는 사건은 가족주의를 돌파할 수 있는 하나의 출구처럼 보일 수 있다. 그러나 다른 혈통을 받아들이는 주인공 경은 역시 나와 남 사이에 선명한 금을 긋는 남성적 권력관계에서 한 치도 자유롭지 못하다. 왜 그럴까? 그것은 '입양'이라는 이질성의 포용이 '거짓임신'이라는 혈통주의의 알리바이에 의해 지탱되고 있기 때문이다. 거짓임신은 다른 혈통을 자신의 혈통으로 바꾸는, 그리하여 아이의 정체성이나 알 권리라는 장치를 내세워 가족 이데올로기를 권력의 봉합장치이다. 문제는 이 봉합의 불편한 진실이 제대로 해결되지 않고선 아버지들과의 싸움이 영원히 끝나지 않는다는 데 있다. '경계'를 문제 삼는다는 것은, 경계의 폭력성을 인식하고 돌파하려는 의지가 존재한다는 것, 경계의 인위성이 자연적인 것처럼 받아들여지는 권력관계에서 벗어나겠다는 결의가 있다는 것을 뜻한다. 이 의지를 '소통의 윤리'라고 말하는 것은 어려운 일이 아니다. 그렇지만 이혜경 소설이 도달하고자 하는 곳은 '소통'이라는 말의 효용만은 아닌 듯하다. 이혜경의 『틈새』가 전체적으로 집단주의가 지닌 동일성의 폭력을 비판하고 월경에 대한 문제의식을 보여주는 것은 사실이지만, 그 노력들이 '소통'이라는 하나의 단어로 집약되는 것 또한 아니기 때문이다. 또한 『틈새』는 집단으로 회수되지 않는 개인의 영역을 확인하면서도, 삶의 긍정적인 영역이 단자적인 '개인'의 영역에 머물 수 없음을 보여준다. 이는 집단주의의 폭력이 '개인'의 가치를 긍정하는 방식으로만 극복될 수 없다는 것을 의미하며, 스스로를 개별화된 실체로 간주하려는 '개인'이 집단주의에 대한 역동일시로 귀결될 수 있다는 사실을 말해준다.

「문밖에서」는 집단에 의해 수행되는 관심이 한 개인에게 어떻게 폭력으로 기능하는가를 보여준다. 이 소설에는 L이라는 개인을 둘러싸고 있는 네 사람의 인물이 등장한다. L이라는 인물을 매개로 친분을 갖게 된 이들은 L의 생일을 축하하기 위해 모임을 마련하지만, 정작 생일을 맞이한 L이 일체의 연락을 끊어버림으로써 모임 내부에서 그녀의 실종을 둘러싸고 갖가지 억측이 난무하게 된다는 것이 기본적인 줄거리이다. 하여, 소설의 대부분은 네 사람에 의해 구성되는 L에 관한 서사로 채워져 있다. 다시 말해 네 사람이 기억하는, 또는 알고 있는 L에 관한 이야기가 이야기의 주된 흐름을 구성하고 있는 것이다. 소설은 생일을 맞은 L이 정작 동료들의 축하를 원하지 않아서 연락을 끊었고, '축하'라는 형식으로 행해지는 집단의 관심이 한 개인에게는 폭력으로 경험될 수도 있다는 사실을 환기하는 방향으로 진행된다. L에게 스스로를 아파트 안에 유폐시키는 행위는 "아닌데 아닌데 하면서 휩쓸리지 않을 수 없는 그런 일들"로부터 자신을 떼어놓는 일이고, 그것은 평생을 '방관하는 편'으로 살아온 L이 집단의 폭력으로부터 "달아나거나 부딪치는" 방법으로 선택한 일이다. L의 이 결정에는 친분이라는 근거를 내세워 집단이 H에게 가했던 폭력, 다시 말해 그녀의 연애사에 개입하고, 그녀에게 입어야 할 옷을 지정해주며, 그녀가 숨기고 싶어 했던 비밀을 폭로한 사건들에 대한 비판이 함축되어 있다. 대학선배가 L에게 들려준 기억의 불확실성, H의 연애를 통해서 확인되는 개인의 내밀한 비밀, 골목길을 지키고 있던 쌍둥이 형제 이야기, O가 싫어한다는 사실을 알면서도 그녀에게 별자리목걸이를 걸어준 일 ……, 작가는 이 모든 에피소드에서 사랑, 우정, 관심이라는 이름으로 자행된 폭력의 흔적을 발견한다. 이 모든 폭력들에 대한 L의 대안은 두 가지이다. 하나는 H의 연애에 적용되는 '기다림'의 미학을 주장하는 것이고, 또 하나는 "산에 나무가 한 가지뿐이라면 재미없잖아. (…중략…) 다른 빛깔, 다른 말, 다른 문화, 다르다는 것에 겁을 먹거나 불쾌함을 느끼거나"에서 확인되듯이 개인들 간의 차이, 즉 다양성을 인정하는 것이다. 특히 작가의 관심은 다양성의 인정이라는 두 번째에 초점이 맞춰져 있는데, 이것은 집단과 개인을 각각 실체화된 것, 대타적인 것으로 인식하는 이항대립의 논리와는 다르다. 여기에서 작가는 이질적인 개인들이 각자의 방식으로 존재해야 한다고 말하기보다는 다양성이 인정되는 상태에서 함께 할 수 있음을 강조하고 있기 때문이다. 이런 점에서 "상기하자, 아일랜드"를 외쳐대며 타인과의 접촉을 부정하려는 영란(「그림자」)은 병리적인 인물이다.

「그림자」는 주인공 영란을 중심으로 몇 사람의 인물을 등장시켜 네트워크 사회가 실상 소통의 불가능성만을 고조시키는 현실을 담고 있다. 이 소설에는 꽤 많은 네트워크가 등장한다. 그런데 흥미롭게도 그 모든 네트워크는 일체의 신체적인 접촉을 허락하지 않는 '전화', '엽서' 같은 간접적인 커뮤니케이션 수단에 의해서만 유지된다. "나는 사람들과 주로 네트워크로만 연결되는 업무를 찾아 직장을 옮겼다"라는 진술이 암시하듯이, 얼굴을 대면하고 감정노동을 해야 하는 경우 이들의 네트워크는 더 이상 유지될 수 없다. 주인공 영란의 직업이 "환자와 의사를 연결해주는 네트워크 담당"이고, 영어 선생인 대니얼과의 관계는 오직 '전화'를 통해서만 매개되며, 타인에 대한 관심이라는 시민적·종교적 가치는 '엽서'라는 간접화된 방식에 의해서만 유지된다. 그녀는 매일 전화로 익명의 인물들과 대화를 나누지만 정작 그 대화에는 상대에 대한 관심이 없다. 아니, 상대에 대한 인간적 관심을 외면함으로써만 직업적으로 전화를 받는 일이 가능하다고 말하는 게 더 적절할 것이다. 그러므로 그녀는 소통의 불가능성이 가능성을 통해서 확인되는 시스템 속에 머물고 있는 셈이다.

주인공 영란의 경우, 타인과의 소통을 거부하려는 태도는 비단 '직업'의 영역에 한정되지 않는다. 그녀는 자신에게 호의를 표시하는 김진숙을 "직장 동료이긴 하되 '우리'이고 싶지는 않"은 대상으로 판단한다. 이유는 간단하다. "다만 같은 직장에 있다는 이유만으로 사생활의 경계를 넘으려 하는 게 싫을 뿐이다." 그리고 일주일에 한번, 이웃의 장애인들을 방문해서 그들의 머리를 감겨주거나 말벗이 되어달라는 신부의 요청에 "사람을 만나는 일은 …… 좀 그러네요"라고 답한다. 일정 금액을 주기적으로 기부하고, 꼬박꼬박 사람들의 생일을 챙겨서 엽서를 쓰는, 즉 직접 접촉하지 않아도 되는 일에는 적극적인 그녀가 얼굴과 살을 맞대야 하는 상황에서는 한사코 벗어나려 하는 것이다. 이러한 장면들에서 '나'와 '나 아닌 것', 아(我)와 피(彼)를 구분하려는 현대적인 아비투스(Habitus)가 '사생활'이라는 관념에 의해 지지되고 있다는 사실은 의미심장하다. 그리하여 그녀는 타인이 자신의 영역을 침범하려거나 사생활의 경계를 넘으려할 때마다 "일단정지. 끼여들지 말 것", "상기하자, 아일랜드", "금 넘어오지 마, 대니얼. 이건 규칙 위반이야" 등을 외친다. 여기에서 '아일랜드'는 "다른 사람의 고향이나 출신학교, 심지어 좋아하는 빛깔 같은 것도 묻지 않"는 관습을 지니고 사는 북아일랜드를 의미하지만, 실제 그 이면에는 도시적 삶의 고립상태, 전체라는 바다 위에 떠 있는 개인이라는 '섬(island)'을 뜻한다.

4. 틈새, 일상의 이면

이혜경의 소설은 집단주의에 의해 행해지는 타자의 폭력적 배제를 통해서 '경계'의 위험성을 제기했고, 집단으로 환원되지 않는 '개인'의 영역을 발견함으로써 다양성의 공존 가능성을 보여준다. 집단과 개인, 동일자와 타자의 경계가 자연적이거나 필연적인 것이 아니라 특정한 이데올로기에 의해 역사적으로 구성된 것에 불과하다는 인식은, 그러나 집단과 개인, 아(我)와 피(彼)가 실체적으로 변별될 수 있다는 의미는 아니다. 이것은 '개인'의 영역을 강조함으로써 집단주의의 폭력성을 극복할 수 있다는 믿음이 근거가 없다는 것을 뜻한다. 이 경우, 문제는 폭력적인 배제가 발생하지 않도록 경계의 문턱을 낮추거나 없애는 일, 그리고 섬처럼 고립되어 살아가는 개인들이 '집단주의'라는 혐오스러운 방식이 아닌 다른 방식의 연대를 가능하게 만드는 배치를 발견하는 것이다. 물론, 작가에게 이 발견의 결과를 해명하라고 요청하는 것은 정당하지 않다. 작가는 문제를 구성하는 존재이지 해답을 제시하는 존재가 아니기 때문이다. 집단과 개인이라는 두 개의 가치가 평행선을 이룰 때, '틈새'는 균열의 상징이 아니라 집단과 개인, 아(我)와 피(彼)의 논리로는 설명되지 않는 어떤 상태에 대한 모색으로 인식될 수도 있다. 여기에서 '틈새'는 균열을 확인하는 병리적 장소가 아니라 '경계선'이라는 극단적인 위치에서는 볼 수 없는 윤리의 장소이다. 그렇지만 이혜경의 소설에서 '틈새'가 그런 가능성의 장소라고 단정하는 것은 위험한 것처럼 보인다.

다소 극단적으로 말하자면, '개인이냐 집단이냐'라는 물음은 이혜경의 소설에서 무의미한 질문처럼 보인다. 죽음의 순간에 '조갈증'을 호소하는 라흐맛(「물 한 모금」), 관계의 결핍을 '가려움' 증상으로 호소하는 여성고객과 영란(「그림자」), 고독의 두려움을 호소하는 정선(「섬」), 혈통주의를 비판하면서도 거짓임신을 할 수밖에 없는 경은(「피아간」), 변종늑대인 아저씨에게서 어렴풋한 따뜻함을 느끼는 '나'(「늑대가 나타났다」), '그 여자'에 대한 환대를 포기하지 않는 희정엄마와 아파트 공동체의 따가운 시선에도 불구하고 그녀와의 관계를 단절하지 않는 '나'(「망태할아버지 저기 오시네」) 등은 공통적으로 '이것이냐 저것이냐'라는 질문의 형식에서 벗어나 있는 존재들이다. 경계선을 중심으로 작동하는 이 극단적인 선택을 부정할 때, 이들의 삶이 도달할 수 있는 곳은 '틈새'라는 새로운 장소이다. 물론, '틈새'는 구체적인 장소가 아니기 때문에 공간적으로 표상될 수 없고, 어느 곳에서도 속하지 않는다는 점에서 안이나 밖이라고 말할 수도 없다. 작가는 이 표상불가능한 '틈새'

에서 극단적으로 대립되는 가치들의 상호교환, 즉 '같음'과 '다름'이 배타적으로 의미화되지 않는 삶의 이율배반적인 진실을 발견하려는 듯하다.

그렇다면 「틈새」에서 '틈새'의 의미는 무엇일까? 「틈새」는 주인공 '그'가 육사를 졸업하고 승승장구하다가 큰 빚을 지고 고향에 돌아와 슈퍼를 운영하는 동기동창 영석에게서 지난 삶의 과정을 듣는 이야기와, 아내가 단란주점을 차리고 급기야 이혼을 요구함으로써 '그'의 삶에 닥친 틈새의 의미를 보여주는 두 개의 이야기로 구성되어 있다. 여기에서 '틈새'는 '크레바스'와 마찬가지로 평온한 일상에 내재하고 있는 균열을 상징한다. 고장의 원인을 알 수 없는 가전제품이 주는 난처함처럼 '그'의 설득에도 불구하고 이혼에의 의지를 굽히지 않는 아내의 태도 앞에서 '그'는 자살을 결심한다. 그런데 유언을 작성하면서 그는 자신이 "살아야 할 이유도 죽어야 할 이유도 구구하지 않"음을 깨닫는다. 삶과 죽음의 경계가 모호하듯이, 하나의 극단을 선택해야 할 필연적인 이유가 없는 것이다. '나'의 동기동창 영석의 몰락과정은 결국 삶이 우연적인 요소에 의해 결정된다는 것, 따라서 삶의 도처에는 허방과 같은 틈이 산재되어 있음을 말해준다. 작가는 우리의 삶에 개입되어 있는 이 우연성을 '새'와 '떡잎'이라는 상징의 겹침을 통해 드러낸다. '그'에게 죽음의 결단을 강요하던 '새'의 형상이 사실은 생명의 상징인 "떡잎 속에서 돋는 새순"이었다는 아이러니. "그더러 날아보라고, 날아보지 않겠느냐고 날개를 퍼덕이던 새는 대지를 뚫고 나오는 새싹이었다. 다시 보면 새였다. 날아오르는 새, 언 땅을 뚫고나오는 새순. 그 틈새기에 끼인 채, 그는 간판의 도형 속으로 빨려 들어갔다." 「크레바스」에서 우연히 CCTV에 찍힌 한 여인의 존재가 주인공 박의 일상에 적지 않은 균열을 불러오듯이, 퇴근길에 우연히 본 포스터 한 장이 영석의 삶을 송두리째 바꿔놓은 것이다. 여기에서 우리는 일상을 삶과 죽음의 틈새에서 영위되는 시간으로 인식하는 작가의 태도를 읽을 수 있거니와, 그 틈새를 파고들어 동시대의 고독한 삶을 끌어안으려는 따뜻한 시선을 발견할 수 있다. 우리는 이 '틈새'가 욕망의 경계이고, 나와 타인을 분절하는 경계선으로 작용하는 현실에서 살고 있다. 이 '틈새'를 강조할 때 우리는 모두 '섬'이 되어 살아가게 되고, '틈새'의 존재를 부정할 때 집단주의라는 망령의 노예가 되고 만다. 이혜경의 『틈새』가 오랫동안 응시하고 있는 지점이 바로 이곳이다.

바닥의 시, 침묵의 시

이홍섭의 신작에 대하여

1.

어떤 시들은 비평을 '침묵'에 근접시킨다. 비평이 그런 시들에 이르는 유일한 방법은 침묵을 통하는 것, 침묵 자체를 긍정하는 것이다. 이 '침묵'은 이중의 침묵이다. 첫 번째 침묵은 상식적인 것이다. 사람들의 오해와 달리, 비평은 작품에 대한 객관적인 분석이나 해석적 판단이 아니라 비평가의 자의식이나 세계를 드러내는 주관적 글쓰기이다. 그런 점에서 비평은 자신이 개입할 지점이 분명하게 드러나는 작품들을 선호하는 경향이 있다. 물론, 비평의 절대적 외부로서, 강력하게 비평적 언어를 견인하는 작품의 타자성을 상상할 수 없는 것은 아니지만,

작품을 창작하는 행위와 달리 비평에서 '나(자아)'의 흔적을 지우는 것은 쉬운 일이 아니다. 그런데 어떤 작품들은 비평의 이 개입을 쉽사리 용인하지 않는다. 실제로 비평이 무능에 빠지는 순간이 있다. 사람들은 비평의 이 무능력이 작품의 난해성이나 텍스트의 열린 가능성에서 비롯된다고 믿지만, 비평이 진짜 무능력 상태를 경험하게 되는 때는 작품에 대해서 아무런 말도 첨언할 수 없는 때이다. 이 경우 비평적 분석과 해석적 판단은, 말 그대로 사족(蛇足), 몸통보다 길고 거추장스러운 사족이 되기 쉽다. 이 경우 비평의 윤리는 침묵하는 것이다. 일찍이 비트겐슈타인은 "말할 수 없는 것에 대해 침묵해야 한다"라고 말했지만, 이때 '말할 수 없음'은 언어도단(言語道斷)의 상태가 아니라 더 이상의 말이 필요 없는 상태에서 비롯되는 침묵이다.

그러나 침묵을 경험하고, 그것을 긍정한다는 것이 반드시 이러한 언어도단의 상태만을 의미하는 것은 아니다. 두 번째 침묵이 존재한다. 상식적인 생각과 달리 침묵이란 언어가 없는 무언(無言)의 상태가 아니다. 또한 그것은 말할 수 없는, 말로는 표현할 수 없는 도단(道斷)의 세계가 존재한다는 것을 시인하는 문제와도 다르다. 침묵에 근접한다는 것은 언어의 이면 / 배후에서, 그러므로 언어를 넘어서 우리의 내면에 직접 도달하는 경험을 의미한다. 비평이 침묵에 근접한다는 것은 언어가 없는 상태가 아니라 말할 수 없는 것이 말해지는 것, 쓰여질 수 없는 것이 쓰여지는 불가능한 순간의 문제이다. 그러므로 '침묵'은 언어의 절대적인 타자, 즉 소리 없는 진공 상태의 침묵이 아니라 언어로는 도달할 수 없는 세계의 정념과 숨결의 묵언(默言)이며, 가시적인 세계 너머의 초월성이 아니라 가시적인 것의 내부에서 흘러나와 가시적인 세계 자체의 명징성을 와해시키는 움직임이다. 이 침묵의 이중성 가운데에 서 발화되는 비승비속(非僧非俗)의 언어, 그것이 이홍섭의 시이다.

2.

첫 번째 시집을 내고 난 뒤 나를 줄곧 따라 다닌 말은 '바닥'이라는 단어 였다. 언제부터인가 나는 이 말을 화두처럼 품고 다녔다. 마치 선승들이 앉으나 서나, 밥 먹을 때나 잠 들 때나 줄곧 화두를 잡고 살 듯, 나도 거리를 걸을 때나 술을 마실 때나, 심지어 연애를 꿈꿀 때도 이 말을 부여잡고 있 었다. (…중략…) 나의 관심은 오로지 '이 시인의 바닥은 무엇일까, 이 시는 지금 바닥을 치고 있는 것인가, 아니면 바닥을 친 척 하고 있는 것인가'에 집중되어 있었다.

— 이홍섭, 「나를 슬프게 하는 것들」, 『현대시학』 8월호, 2002

"좋은 시는 / 바닥을 치는 시야, 그치?"(「모래무지」) 이홍섭의 두 번째 시집 『숨결』의 일절이다. '바닥'을 친다는 것은 어떤 것일까? 생의 밑바 닥까지 내려간 간난신고의 삶을 노래하는 것일까? 아니면 그 밑바닥을 치고 솟아오르는 순간, 절망이 희망으로 바뀌는, 생에 대한 의지로 충만한 시일까? 그도 아니라면 언어로는 도달할 수 없는, 그렇지만 언어 없이는 접근할 수도 없는, 그리하여 언어의 틈을 통해서 무시로 흘러 나오는 어떤 깊이의 상태일까? 추측컨대 '바닥'은 어떤 근원의 자리, 생의 모든 순간들이 발 딛고 서 있는 근거이자 근본적인 지향점이고, 동시에 현재적인 삶의 조건이 모두 무너진 상태에서 경험하게 되는 어떤 원초적인 세계의 또 다른 이름일 듯하다. 그리하여 바닥은 우리를 둘러싸고 있는, 우리가 그 속에 담겨 있다는 의미에서의 세계가 무너진 폐허의 자리에서 만나게 되는 근원이고, '나'라는 자아의 고집스런 형상을 벗어던지지 않는 한 마주할 수 없는 타자성의 세계이다. 이런 의미에서 '바닥'은, '침묵'이 언어이면서 언어가 아닌 것이듯이, 모든 바닥의 바닥이라고 말할 수 있다. 이를테면 바닥은 그것 없이는 호수가 물을 담을 수 없는, 그렇지만 호수의 일부는 아닌 타자성이고, 또한 생의 세계에 속하지는 않지만 그것 없이는 삶이 영위되지 못하는 근원인 것이다. 이런 점에서 이홍섭의 시는 다분히 근본주의적이다. 그러나 도달해야 할 것이 아니라 치고 올라야 할 것이라는 점에서 이 바닥의 근본주의는 결코 형이상학적이지 않다.

이홍섭의 시는 화려하지 않다. 이 '~않다'라는 말은 결여나 결핍의 부정사가 아니다. 그의 시는 화려하지 않지만 견고하고, 파격적이지는 않지만 그렇다고 정형적인 틀에 얽매여 있지도 않다. 심지어 그의 시는 일상의 범위를 벗어나지 않는 소박함마저 지녔다. 그의 시편들을 읽을 때마다 사제(司祭)의 형상을 떠올리게 되는 이유도 여기에 있다. 그러나 절(寺)의 언어가 그러하듯이, 그의 시적 음성은 나지막하면서도 무척이나 깊고 날카롭다. 이 음성 속에서 우리가 듣게 되는 것은 활자화된 언어가 아니라, 그 언어를 흘러넘치는 침묵의 언어이다. 알다시피 이홍섭의 시편들 대부분은 단형서정의 형식을 고집하고 있다. 나는 이홍섭 시의 단형이 처음부터 그런 견고함을 유지했다기보다는 언어의 사제인 시인이 "온몸에 빈틈없이 정성을 다하는 자세"(「절」)로 언어를 갈고 다듬은 산물이라고 믿는다. 언어에 정성을 다하는, 그리하여 짧은 몇 마디의 언어가 사태의 바닥(근원)에 도달하여 언어 자체를 흘러넘치는 울림을 얻는 것. 실제로 한 편의 시가 이 울림을 얻기 위해서 필요로 하는 언어의 수는 많지 않다. 가령 「입술」의 세계가 그러하다.

> 수족관 유리벽에 제 입술을 빨판처럼 붙이고
> 간절히도 이쪽을 바라보는 놈이 있다
>
> 동해를 다 빨아들이고야 말겠다는 듯이
> 입술에다 무거운 자기 몸 전체를 걸고 있다
>
> 저러다 영원히 입술이 떨어지지 않을 수도 있겠다
> 유리를 잘라야 할 때가 올지도 모르겠다
>
> 시라는 게, 사랑이라는 게
> 꼭 저 입술만 하지 않겠는가
>
> ─「입술」 전문

물고기 한 마리가 수족관 유리벽에 입술을 빨판처럼 붙이고 있다. 지금 그 물고기는 '입술'에다 "무거운 자기 몸 전체를 걸고 있"는 것이다. 수족관 속의 물고기에게 '입술'은 그의 전체이다. 그러므로 여기에서 '몸'은 물리적으로는 "몸 전체"를 뜻하지만, 실제로는 신체가 아니다. 그것은 물고기의 삶 전체이고, 존재 그 자체이다. 물고기에게 유리벽과의 마주침은 하나의 존재론적 사건인 것이다. 하여, 「입술」은 수족관의 세계가 아니라 '시'의 세계이고, '사랑'의 세계이다. 물고기의 '입술'이 그러하듯이, '시'도, '사랑'도 존재 그 자체를 모두 걸어야 하는 존재론적 사건이라는 의미이다. 이러한 입술의 시학은 김수영의 온몸의 시학에 필적한다. 그런데 정말 시인은 '존재' 그 자체를 걸어야 하는 '시'와 '사랑'의 가치를 믿는 것일까? 여기에서 잠시 이홍섭 시의 배후에 대해 살펴보자.

이홍섭의 시세계는 두 개의 배후를 거느리고 있다. 그 하나는 '절'이고, 다른 하나는 '바다'이다. 이홍섭의 시에는 '바다'의 형상과 더불어 불교적 세계를 가리키는 단어들이 빈번하게 등장한다. 일견 근본주의의 표상이라고 말할 수 있는 이것들은, 그러나 그의 시 속에서 도달해야 할 형이상학적 세계로서의 근원이 아니라 끊임없이 다가가되 결코 도달할 수는 없는 세계로 그려진다. 가령 「심우도」(『가도 가도 서쪽인 당신』)에서 깨달음에 이르는 과정을 야생의 소를 길들이는데 비유한 불화 심우도(尋牛圖)는 '없는 소'의 세계이고, 바다를 배경으로 한 「서귀포」에서 시적 대상인 '당신'은 "가도 가도 서쪽인 당신"으로 그려진다. 이러한 불가능성은 결국 이홍섭의 시에 낭만주의의 흔적을 새겨 넣고 있는데, 그것은 근본적인 세계가 도달불가능한 세계라는 것, 접근선을 드리면서 근접할 수는 있지만 결코 도착 / 소유할 수는 없다는 사실을 환기한다. 근원주의에 함축되어 있는 낭만성으로 인해서 그의 시편들은 한편으로는 사랑시의 성격을 띠고, 또 한편으로는 "내 거처는 비승비속(非僧非俗)의 언덕 한켠"(「밤비」)처럼 성과 속의 '사이'에서 일상 속의 신성을 어루만지려는 시적 태도로 드러나기도 한다. '비승비속'의 문법적 세계는 '승'과 '속' 모두를 부정하는 것이지만, 동시에 그것은 '승'과 '속' 모두를 긍정하는 긍정의 부정이기도 하다. 바로 이 지점에서 "두 손을 가지런히 하고 / 가만히 발끝을 모아보는 것"(「절」)이라는 진술이 등장한다. '절'은 '승'의 세계에 대한 표상이지만, 종교적인 색채를 지우고 나면 낮게 엎드리는 절의 세계를 의미하기도 하기 때문이다. 이것은 시인이 '승'과 '속'의 '사이'에서 환속한 사제의 모습으로 만물 앞에 허리를 굽힌다는 것을 뜻한다. 세계를 대면하는, 세계 속의 모든 사물과 언어를 대하는 시인의 태도는 사제의 그것을 닮아 있다. 이 태도가 결국 나지막한 어조의 기원인 것이다.

3.

'바닥', 나는 그것을 '바깥'이라고 읽는다. 물론 '바닥'과 '바깥'은 동일하지 않다. 경험의 차원에서 그것들의 유사성을 찾을 수도 있겠으나, 수직적 깊이의 근본주의를 함축하는 '바닥'과, 깊이 없이 다가와 '나(我相)'를 허물어뜨리는 절대적인 불가능성으로서의 '바깥'은 같은 것이 아니다. 하여, 시인은 시는 '바닥'의 문제라고 말하지만, 나는 시는 '바깥'의 문제라고 말한다. 이를테면 시에서 이 '바깥'은 일상적 시간이 비일상적으로 경험되는 순간 같은 것이다. 어떤 순간이 있다. 일상이라는 흘러가는 시간 속에서 어떤 것이 더 이상 망각을 향해 흘러가기를 거부하고 날아드는 때가 그 순간이다. 이 '순간'은 '나'의 의지와 무관하게 온다는 점에서 절대적으로 오는 것이고, 그런 한에서 '바깥'이다. 소박하게 말하면 이 '바깥'은 익숙한 세계가 낯선 세계로, 무가치한 일상의 시간이 특별한 의미를 띠게 되는 특이성의 순간으로 경험되는 익숙하면서도 낯설고, 낯설면서도 익숙한 언캐니(uncanny)한 세계이다. 일찍이 보드레르가 "모든 아름다움에 있어 낯선 것은 필수적이다"라고 말했을 때의 '낯선 것'도 실상 새로운 소재('낯선 것')가 아니라 무가치한 일상적 체험이 시간이 특별한 경험으로 다가오는 순간을 의미하는 것이었을 것이다.

젊은 아버지는
어린 자식을 버스 앞에 세워놓고는 어디론가 사라지시곤 했다
강원도 하고도 벽지로 가는 버스는 하루 한 번 뿐인데
아버지는 늘 버스가 시동을 걸 때쯤 나타나시곤 했다

늙으신 아버지를 모시고

서울대 병원으로 검진 받으러 가는 길

버스 앞에 아버지를 세워놓고는

어디가시지 말라고, 꼭 이 자리에 서 계시라고 당부한다

커피 한 반 마시고, 담배 한 대 피우고

벌써 버스에 오르셨겠지 하고 돌아왔는데

아버지는 그 자리에 꼭 서 계신다

어느새 이 짐승 같은 터미널에서

아버지가 가장 어리셨다

—「터미널」 전문

이 시에서 '바깥'은 '젊은 아버지'와 '어린 자식'의 관계가 역전되는 순간에 온다. 시의 내용을 잠시 일별하자. 첫 번째 사건은 화자의 어린 시절, 어린 자식을 버스 앞에 세워놓고 사라졌다가 버스가 출발할 즈음에 나타난 '젊은 아버지'의 이야기이다. 그리고 두 번째 사건은 어느덧 '젊은 아버지'의 나이가 된 현재의 화자가 '늙으신 아버지'를 버스 앞에 세워 놓고 사라졌다가 버스가 출발하기 직전에 돌아오는 이야기이다. 오랜 시간의 결을 거슬러 그렇게 아버지와 자식의 관계가 뒤바뀌었고, 이러한 시간의 가역적 현상 속에서 '늙으신 아버지'가 가장 어린 생명으로 재발견되는 것이 이 시의 전반적인 내용이다. 언어적 형상화의 관점에서 보면 늙은 아버지를 어린 생명으로 재발견하는 장면은 가

장 나중에 등장하는 것이지만, 인식의 관점에서 보면 이 재발견은 시작의 문턱에 해당한다. 즉 불현듯 시인의 시선에 의해 재포착된 어린 생명으로서의 아버지가 '바깥'의 형상으로 등장함으로써 시작(詩作)이 가능하게 되는 것이다. 「벌초」에서 이러한 특별한 순간 / 경험으로서의 바깥은 "벌초라는 말이 자꾸만 벌 받는 초입이라는 생각이 드는" 순간일 것이며, 「금몽암」에서는 금몽암이라는 산사의 명칭을 "이곳에서 꿈을 꾸어서는 안 됩니다"라는 금언(禁言)으로 오독하는 순간일 것이다.

울지 마세요

돌아갈 곳이 있겠지요

당신이라고

돌아갈 곳이 없겠어요

구멍 숭숭 뚫린

담벼락을 더듬으며

몰래 울고 있는 당신, 머리채 잡힌 야자수처럼

엉엉 울고 있는 당신

섬 속에 숨은 당신

섬 밖으로 떠도는 당신

울지 마세요

가도 가도 서쪽인 당신

당신이라고

돌아갈 곳이 없겠어요

—「서귀포」 전문

　‘당신’은 비인칭이다. 그것은 이름이라기보다는 ‘이름’을 초과하는 시적 상징이다. 하여 조금의 해석적 비약이 허락된다면 우리는 이 시에 등장하는 ‘당신’을 두 가지로 읽을 수도 있을 것이다. 먼저, ‘당신’에게서 “구멍 숭숭 뚫린 / 담벼락을 더듬으며 / 몰래 울고 있는” 여인의 형상을 떠올릴 수 있다. 이 경우 ‘당신’은 서귀포의 지형, 즉 가시성의 세계와 시인의 감정이 뒤엉킨 객관적 상관물이다. 다음으로, “섬 속에 숨은 당신 / 섬 밖으로 떠도는 당신”에 주목하여 ‘당신’을 귀소(歸巢)의 세계를 잃어버린 불가능성으로서의 삶이라고 읽을 수도 있을 듯하다. 이 경우 ‘서귀포’는 서귀포(西歸浦)라는 지명의 한자와 연관되어 회귀에의 의지와 불귀의 절망 사이에 걸린 ‘서쪽’의 의미를 지닌다. 그것은 「금몽암」을 “꿈을 꾸어서는 안” 되는 곳으로, 「벌초」를 “벌 받는 초입”으로 전유하는 과정도 동일하다. 어쨌거나 이 시에서 ‘서쪽’의 구체적인 의미는 여전히 모호하다. 그것은 불가(佛家)의 서방정토처럼 이상적인 세계일 수도 있고, 결국 서쪽으로 돌아온다는 의미에서 귀소의 세계일 수도 있다. 이러한 의미적 모호성에도 불구하고 이 시가 섬에 관한 아름다우면서도 슬픈 절창이라는 사실만은 분명하다. 이 절창의 또 다른 곡명이 ‘바닥’이 아닐까?

정념에 대한 두 가지 가능성

이기인과 전동균의 신작에 대하여

1.

'시'에 관한 상식적 믿음 가운데 하나는 '시'가 시인의 감정과 정서를 표출하는 언어적 행위이며, 이러한 표현 욕망이 대상에 감정과 정서를 역투사하는 정념적 실천이라는 것이다. 이 경우 흔히 시적 인식이라고 명명되는 감정의 투여는 의미 없이 파편적으로 흩어져 존재하는 세계에 일정한 질서를 부여함으로써 세계를 시인-주체의 실존에 유리한 세계로 변화시키려는 노력의 또 다른 표현이 된다. 이러한 행위는 유용성에 긴박되어 있는 사물의 체계를 해체하고, 상징적 질서에서 분리된 파편들에 새로운 감성적 연관성을 부여하는 탈코드화-재코드화의 과정이라고 말할 수 있다. 그러나 이기인의 신작들은 이러한 이중적 과정으로서의 서정적 동일성과는 의식적으로 일정한 거리를 두고 있는 것처럼 보인다. 그의 신작들에게 파편들로 구성된 세계의 얼굴은 시인이 부여하려는 새로운 코드의 체계에 종속되기보다는 파편적인 방식 그대로 흩어져 존재하며, 시인 또한 이러한 파편들에 질서를 부여하려는 의지를 드러내지 않고 있다. 그의 시편들에서 시적 대상, 언어, 이미지들은 제각각 '파편'의 형식을 취하고 있고, 그것들을 묶어내어 시적 '질서'를 형성하려는 초월적 기표는 찾아보기 어렵고, 그럼에도 그 파편들은 파편적인 방식의 연쇄를 통해서 일정한 이미지를 생산하고 있다. 어떤 면에서 이러한 연쇄, 즉 파편적인 방식의 느슨한 연쇄는 그의 시에 쉽게 다가서지 못하도록 만드는 장벽으로 작용하기도 하는데, 왜냐하면 그 파편들이 견고한 방식의 연쇄를 형성하고 있으면 그 연쇄의 메커니즘만 이해하면 곧바로 시의 전체상이 드러나기 때문이다. 이러한 창작 태도는 아무 것도 감추지 않음으로써 작품 자체를 불투명하게 만드는 효과를 낳지만, 이러한 효과는 기교 / 기법이 아니라 세계와 관계 맺는 시인 특유의 태도에서 비롯된다.

2.

「이기적인 이야기」는 "여러 개의 다듬어지지 않은 이야기"에 관한 이야기, 즉 메타-이야기이다. 이 시는 "여러 개의 다듬어지지 않은 이야기였다"라는 동일한 진술이 입구와 출구 역할을 담당하고 있고, 그 두 개의 문 사이에 숱한 '이야기들'이 배치되어 있는 액자 형식을 취하고 있다. 이 시에서 '다듬어지지 않았다'는 것은 그 다수의 '이야기들'을 포괄하는 초월적 기표가 존재하지 않는다는 것, 즉 '이야기'라는 기표의 동일성 이외엔 어떠한 질서도 존재하지 않음을 뜻한다. 그래서 우리는 "숲에 버려진 목발이 걸어나오는 이야기"에서 "자라는 이야기를 모르는 이야기"까지의 '이야기들' 앞에서 쉽게 의미의 행방을 찾지 못한다. 그렇다면 이 시는 무의미한 '이야기들'의 단순한 나열에 불과할까? 그럴지도 모르겠다. 그런데 만일 이 시에서 '이야기'를 세상 모든 존재자들이 품고 있는 시간의 역사와 같은 것으로 읽는다면, 혹은 인간의 의식으로는 쉽사리 투과되지 않는 사물의 사물성 같은 것으로 읽는다면 어떻게 될까? 그것들이 고정된 '의미'의 망이 아니라 유동적인 '이미지'의 삶을 살고 있으며, 시인은 오직 그 사물들의 이면에서 그 '이미지'가 건네는 고유한 이야기를 듣는 존재라면? 그리하여 "숲에 버려진 목발이 걸어나오는 이야기"가 '숲에 버려진 목발'이 시인에게 건넨 무언의 이야기 같은 것이고, "이야기가 떠난 방의 거울에 묻은 이야기"가 인간이 부재하는 공간에 놓인 '거울'이 뿜어내는 침묵의 전언을 듣는 것이라면 말이다. 이 경우 시인은 자신을 '말하는 존재'가 아니라 세계를, 사물을 '듣는 존재'가 되며, 이야기의 주체는 시인이 아니라 사물이기에 그것들은 결코 다듬어질 수 없는 것이다.

　　아무것도 믿지 않아서 좋은 사람들 꽃들 새들 노래들 돌멩이들이 왔다가 사라졌다
　　아무것도 믿지 않아서 좋은 빛들 조용히 앉아서 졸다가 졸음을 버리고 갔다
　　방황하다가 서성거리는 시들. 그 둘레에서 쇠약해진 그림자들 서성이다가 갔다
　　상처를 입으라고 말하는 젖은 강변이었다
　　생의 일부를 서둘러서 데리고 가는 물줄기가 엉켜서 한참을 되돌아보는 시간이었다
　　눈병을 앓아서 흐리고 낮은 하늘이었다
　　　　　　　　　　　　　　　　　　　　　　—「흐린 강」 전문

　'말'의 주체는 시인이 아니다. '말'은 '젖은 강변'의 것이다. '강변'이 말하고 '시인'이 듣는다. 추측컨대 시인은 지금 '흐린 강'의 주변을 서성거리고 있을 것이다. 그 공간을 "사람들 꽃들 새들 노래들 돌멩이들"이 왔다가 사라지고, '빛들'이 조용히 앉았다가 졸음을 버리고 간다. 무심히 왔다가 속절없이 사라지는 것들을 뒤따라 '시'가 방황한다. 시인은 그 방황을 앓는, 오직 듣는 존재이다. 시인을 둘러싸고 펼쳐지는 세계

의 풍경은 「강을 건너는 구름」에서도 유사하게 드러난다. 이 시에서 시인의 '행위'는 "울면서 강줄기 옆으로 흩어지는 풍경"을 바라보는 것이 전부이다. 이러한 시인의 행위를 배경으로 "견인되어가는 하늘"이 '바람'에게 "파릇파릇한 잎사귀"를 꺼내어주고, '자동차 바퀴'가 "해산을 명령할 수 없는 모래바람" 옆에서 물소리를 첨벙거린다. 더불어 "다른 속도로 강을 건너는 구름"이 "다른 삶"을 구하듯이 강으로 뛰어든다. 이러한 이미지의 묘사는 일견 세계를 투명한 시선으로 재현하려는 의지의 산물처럼 보이지만, 실제로는 이미지의 방식으로 시인을 향해 날아드는 세계의 파편적 풍경을 담담하게 기술한 것일 뿐이다.

물론, 이기인의 신작들이 모두 사물에 대한 개방적 태도로 일관하고 있는 것은 아니다. 다섯 편의 신작들 가운데 「동정의 표정」 「어둠이 앉은 의자」에는 상대적이나마 사물 / 대상에 시인의 감정을 투사하려는 정념적 실천의 흔적이 스며들어 있다. 그렇지만 「동정의 표정」에서는 '~있었다'라는 종결어미가, 「어둠이 앉은 의자」에서는 '~ㄴ다'라는 현재형 종결어미가 대상에 대한 정념적 실천에의 의지를 지연시키는 효과를 낳고 있다. 「동정의 표정」에서 시인은 "냉장고가 멈춘 아침"부터 그곳에 보관되어 있던 "무정란"들이 "뜻대로 깨지지 않은 껍질"의 형식으로 깨어져 가족들의 "반성의 식탁"에 오르기까지의 과정을 사건과 풍경의 교차를 통해서 그려내고 있다. 이 시에서 '시간'이라는 사건의 연속적 계기가 비교적 분명하게 드러나고 있지만, 시인은 '~있었다'라는 객관적 태도로 일관함으로써 인간화된 시간 / 사건의 발생을 억제시키고 있다. 마찬가지로 「어둠이 앉은 의자」에서 사건들은 '깜빡인다', '엎드려 있다', '눈을 뜬다', '파내려간다', '붉어진다', '굴러간다', '멈춘다', '건드린다', '감아버린다', '감춘다'처럼 현재형에 의해 기술되는 부정사의 방식을 취함으로써 인간화된 질서와는 사뭇 다른 양상을 띠고 있다. 시인의 이러한 시적 태도는 결국 시가 시인의 감정과 정서를 표출하는 언어적 행위라는 상식과 달리 세계 / 사물의 소리를 듣고, 이미지를 받아들이는 수동적인 것이며, 이러한 과정 속에서 시인의 존재는 세계의 중심, 즉 주체가 아니라 그러한 자극들을 지각하는 예민한 피뢰침 같은 것임을 증명한다.

3.

전동균의 시편들은 시적 태도에서 이기인과는 사뭇 다른 양상을 보인다. 이기인의 시가 자아의 감정 / 정서를 대상에 투사하는 전통적인 시적 문법과의 차별성을 보여준다면, 전동균의 시는 파편의 형태로 존재하는 대상 / 세계에 시인의 감정 / 정서를 적극적으로 투사하고, 정념적 실천을 통해서 무의미하게 흩어져 있던 대상 / 세계에 일정한 질서를 부여한다. 여기에서 질서란 일종의 심리적 질서와 같은 것으로, 그것은 객관적 대상으로서의 사물이 감추고 있는 이면을 가시화함으로써 유용성과는 다른 차원에서 대상의 진실을 개방하는 것이다. 물론, 이러한 시적 질서가 그 자체로 부정되거나 비판되어야 할 이유는 없으며, 오히려 이러한 적극적인 개입이 전동균의 신작들이 보여주듯이 닫힌 세계로 귀결되지 않을 때, 세계는 개방적인 방식의 질서에 의해 유의미한 세계로 바뀌게 된다. 그러므로 중요한 것은 시인의 정서적 개입에 따른 질서의 발생이 아니라, 그 질서가 대상 / 세계의 이면에서 새로운 의미를 개방시킬 뿐 결코 세계를 닦아세움(하이데거는 이 닦아세움을 Stellen이라고 표현했다)의 방식으로 종결시키지 않는다는 것이다. 전동균의 신작 다섯 편의 종결부가 "아직 오시지 않는 여래 같은" (「위험한 모자」), "차라리 이빨에 쩡 쩡 금이 가겠는 자의 / 머리 희끗한 / 봄밤"(「산청에서 웃다」), "으렁 으렁 먼나무"(「먼 나무에게로」), "카스트라토의 노랫소리 아득하게 / 흘러나올 때"(「삼보일배의 저녁들이」)처럼 개방적인 진술로 마무리되는 것은 바로 이러한 개방성의 증거이다.

　「위험한 모자」는 '모자'라는 사물과의 만남에서 시작된다. 시인은 계곡에서 우연히 누군가가 벗어두고 간 '모자'를 발견한다. 그것은 마치 "돌아오지 않는 주인을 기다리는 / 충직한 개"처럼 놓여 있다. 시인은 우연히 발견한 그 모자가 자신에게 어울릴 것 같은 충동을 느낀다. 이 지점이 바로 대상에 대한 감정 / 정서의 투사가 시작되는 대목이다. 시인의 감정 / 정서가 투사된 '모자'는 이제 단순한 대상의 차원을 넘어서 새로운 세계의 풍경을 펼쳐 보인다. 어느 순간 모자는 "하늘로 날아갈 듯 부풀어" 오른다. 그렇게 부풀어 오른 '모자'가 이번에는 시인에게 어떤 반성의 계기가 된다. 5연에 등장하는 '사랑'과 '마음'에 관한 진술들이 바로 그것이다. 이러한 대상의 작용으로 인해서 '모자'는 더 이상

'모자'라는 대상의 차원에 구속되지 않고 '덫'과 '불붙은 뇌관'으로 확장된다. 시인이 '모자'를 '덫'과 '불붙은 뇌관'으로 감각하는 한, 그것은 결코 건드릴 수 없는 금기의 대상이 되고 만다. 그것을 쓰면 "세상에서 추방"되고, 나아가 겨우 억제한 "야생의 피가 소용돌이"칠 것 같기 때문이다.

이러한 '대상'의 타자성은 「터미널 식당」에서 "시계만 쳐다보는 / 초로의 남자와 / 육개장 그릇을 물끄러미 바라보는 / 앳된 파마머리 여자"로 변주된다. 시인은 지금 해발 698미터의 "진부 터미널 식당"에서 막차를 기다리고 있다. 결코 짧지 않은 시간 속에서 시인은 "초로의 남자"와 "파마머리의 여자"를, 더불어 "산판으로 간다는 사내들"과 "4홉 소주를 단숨에 비우고 사라"지는 곰을 연상시키는 사람들이 스쳐지나가는 모습을 본다. 그런데 이 낯선 사람들과의 우연한 조우에서 시인이 읽어내는 것은 그들의 신산한 삶이나 외양이 아니다. 이 만남을 통해서 시인은 타자의 훌륭한 삶("문을 밀고 나가 한 나라를 일으"킨 사람과 "칼을 품고 출가"한 사람)과 "산나물 보따리를 꼭 안고 졸고 있는 노파의 / 쇠스랑손과 / 멀어도 너무 먼 꿈속의 꽃빛을 더듬"고 있는 자신의 초라한 삶을 비교하는 시선을 획득한다. 이것은 대상과의 마주침을 반성의 계기로 삼는 전형적인 서정시적 어법이다. 그런데 이러한 시적 반성과 성찰이 이 시의 궁극적 의도처럼 보이지는 않는다. 이러한 성찰의 시간을 깨뜨리며 등장하는 막차와, 허연 숨을 내뱉으며 소주병을 까는 기사의 등장은 시인의 반성적인 태도가 일시적인 것일 뿐 영속적이지 않음을 암시하기 때문이다.

저도 이제 말없는 것들에게

돌아가려 합니다 제 사랑엔 눈이 없고

제 슬픔엔 귀가 없지만

아직 버리지 못한 할복의 꿈처럼

바람 속을 떠도는 흐릿한 빛들을 좇아

멀리서 삼배일보의 저녁들이 오는군요

책상위의 책과 물병이 사라집니다

책상도 문득 사라집니다

핸드폰 저절로 꺼지고

당신은 여전히 헛간 구유에 누워 울고 계시고

마른 입술을 열면

카스트라토의 노랫소리 아득하게

흘러나올 때

—「삼보일배의 저녁들이」 부분

저녁이 '삼보일배'의 속도로 다가온다. 시인은 그 저녁 속에서 홀로 "빗방울처럼 모여 드는 / 검은머리 새들"과 "조용히 잎 없는 가지"를 흔드는 쥐똥나무를 응시하고 있다. 그리고 시인은 그 일상적 풍경에서 "언제나 혼자여서 / 두려울 게 없다"는 사물의 소리를 듣는다. 위에 인용한 3~5연은 바로 그러한 사물의 소리에 대한 시인의 응답이다. 그렇지만 앞서 말한 것처럼 이러한 응답은 실상 침묵으로 빠져드는 저녁에서 사물의 소리를 끄집어낸 감정 / 정서의 투사에서 비롯되는 것이며, 때문에 사물과 시인의 대화는 실상 서정시 특유의 독백적 형식을 벗어나지 않는다. 사물에 대한 시인의 응답은, 단적으로 "말없는 것들에게 / 돌아가려 합니다"이다. 이것은 침묵에 대한 긍정이고, 자연적 질서에 대한 순응이며, 궁극적으로는 문명적인 것·도시적인 것에 대한 부정이다. 서정시의 힘은 감정 / 정서를 투사하는 정념적 활동이 생활세계의 객관성을 무너뜨리고 감각에 근거한 새로운 세계를 펼쳐 보이는 데 있다. 이 시에서 이러한 서정의 힘은 두 가지, 즉 책상위의 책과 물병(궁극적으로는 책상마저도)이 사라지는 장면과 핸드폰이 저절로 꺼지고 카스트라토의 노래가 흘러나오는 환상적인 경험에서 확인된다. 전동균의 시에서 이러한 '경험'의 매개는 대개 자연적인 것으로 표상된다. 가령 「산청에서 웃다」에서는 "개 매달던 자리에도 / 꽃은 피어서"의 '꽃', "쇠줄마냥 흔들리는 달", 그리고 "머리 희끗한 봄밤"이, 「먼 나무에게로」에서는 "신성한 나무"와 "신발을 벗고 몰려오는 구름들"과 "물결치는 돌들의 골짜기" 같은 것들이 '자연적인 것'의 표상에 해당한다. 그리고 「삼보일배의 저녁들이」에서는 '저녁'이 바로 그것이다. 이처럼 전동균의 시에서 '자연적인 것'은 '그 곳'(「먼 나무에게로」), 즉 다른 세계를 개시(開始)하는 입구와 같은 것이다. 그 세계와의 마주침을 통해서 시인은 자신의 일상과는 다른 세계로 들어서게 되고, 그 세계 안에서 신비감을 상실한 일상의 중력은 일순간 무화되고 만다. 실상 전통적인 의미에서 서정이란 이 강렬한 순간에 부여된 이름이거니와, 전동균의 시편들은 우리의 일상 속에서 이러한 비(非)일상의 충만한 세계를 발견하는 방향을 향하고 있다.

유령의 연대기

정한용, 『유령들』(민음사, 2011)

1.

독일의 철학자 한나 아렌트(Hannah Arendt)는 20세기를 '폭력의 세기'라고 규정했다. 진보의 역설이 전쟁과 혁명의 공통분모인 '폭력'으로 되돌아오는 온 것이 20세기의 특징이니 지난 세기를 '폭력의 세기'라고 부르는 게 잘못된 것은 아니지만, 사실 그러한 평가는 인류의 역사에서 모든 세기가 '폭력의 세기'였다는 숨겨진 진리까지 확장될 때에만 정당성을 지닐 수 있다. 물론, '폭력' 자체를 절대악으로 간주함으로써 선 / 악의 문제를 '평화 / 폭력'의 대립으로 환원하는 태도는 '폭력'의 창조적 힘을 부정한다는 점에서 다시 사고되어야 한다. 그럼에도 '폭력'

이 광기에 의해 발생하고 타자에 대한 무차별적 죽음을 결과한다면 그런 '폭력'을 쉽사리 긍정할 수는 없을 것이다. 정한용의 시집 『유령들』을 읽으면서 아렌트의 『폭력의 세기』와 촘스키의 『학살의 정치학』을 떠올리지 않을 수 없는 이유도 여기에 있다.

최근 몇 년 '문학(시)과 정치'는 시단의 유일한 화두였다. 현실 정치에 대한 문학인의 참여에서 미학적인 전위적 실험의 정치성, 그리고 그 양 극단 사이에서 시와 정치의 관계를 다시 사유하려는 비평적 움직임이 있었고, 그것은 87년 이래 꾸준히 성장해온 형식적 민주주의가 현 정권의 등장으로 위기에 처했다는 일부의 위기감과, 신자유주의의 등장 이후 대중들의 삶이 급속하게 사회의 경계선 쪽으로 내몰리고 있다는 정치적 감각에서 비롯되었다. 소설에서는 출구 없는 삶과 종말 이후의 풍경을 연상시키는 그로테스크한 상상력이 급증했고, 시에서는 인간 삶의 유령화라는 문제가 본격적으로 등장하기 시작했다. 이러한 불안과 위기는 비단 문학만의 문제는 아니다. 좁은 취업문을 놓고 벌어지는 치열한 생존경쟁과, 미래를 상상할 수 없음에서 비롯되는 막연한 불안감이 대중의 삶을 장악하기 시작했다. 직접적으로 언급되고 있지는 않지만 정한용의 『유령들』에서 어렴풋하게나마 불안과 위기가 화두가 되어버린 이 시대의 초상을, 나아가 '문학(시)과 정치'라는 진부하면서도 낯선 물음을 읽어낼 수 있는 것은 이런 이유 때문이다.

정한용의 『유령들』은 대중의 '유령화한 삶'과 그것을 둘러싸고 있는, 그것의 기원에 놓여 있는 광기와 폭력을 고발하려는 의도를 전면에 내세우고 있지만, 그의 시에서 그것은 구별가능한 두 개의 중심에 의해 별도로 전개된다. 한편으로 그는 역사적인 시각에서 '유령들'에 접근하며, 또 한편으로는 동시대적인 감각으로 '유령들'에 접근한다. 물론, '역사'와 '동시대'를 명확하게 구분할 수 있는 잣대는 존재하지 않고, 그의 시적 기획 안에서 중요하지도 않지만, 그럼에도 시인이 꽤 오랜 시간을 거슬러 올라가 역사의 장면들에서 대중의 삶을 유린하는 학살과 폭력의 흔적들을 발굴하는 모습과 동시대에 현재형으로 대량발생하고 있는 쇼아(shoah)와 제노사이드(genocide)는 다른 맥락에서 이해될 수 있다. 이러한 구분은, 발생적 시간과 반드시 일치하는 것은 아니지만, 시집 『유령들』이 18~19세기 유럽인들의 침략으로 시작된 태즈메이니아의 비극과 참상을 그린 「바다에 묻는다」에서 시작해 "21세기 / 대한민국 고등학교 2학년 교실"의 희망 없는 삶을 보여주는 「모범 교실」로 끝난다는 사실에서도 유추할 수 있다. 말하자면 이 시집은 시로 쓴 학살과 죽음의 역사이며, 그러한 광기와 폭력이 현대에 이르러 폭력 아닌 폭력의 방식으로 진화해서 우리 시대를 무겁게 짓누르고 있음을 보여주고 있다. 이러한 폭력의 역사적 스펙트럼에서 한층 강조되고 있는 것이 무엇인지, 가령 인류의 역사를 학살과 폭력의 역사로 인식하려는 디스토피아적인 상상력의 연속성이 중요한 것인지, 그렇지 않으면 현재적 폭력이 어떠한 기원과 선사(先史)를 함축하고 있는지를 판단하는 것은 전적으로 시집을 읽는 독자의 몫이다. 그러나 시집의 구성이 과거에서 현재로 나아가고 있음은 분명하다. 또 하나, 이 시집은 폭력, 학살, 광기, 유령을 다룸에 있어서 과거와 현재라는 시간적 구분은 물론이고, 한국과 그 바깥을 구분하지 않는다. 여기에는 한국이라는 제한된 공간을 벗어나 폭력, 학살, 광기, 유령의 문제가 '지금-이곳'만의 예외적인 문제가 아니라는 보편적 세계성에 대한 감각이 전제되어 있는 듯하다. 시인은 '지금-이곳'이라는 시인의 역사적·정치적 감각의 영역을 '역사'와 '세계' 전체로 확장함으로써 '세계'를 동일한 운명의 공동체로 감각하고 있다. 이런 맥락에서 보면 인류의 역사는 언제나 '유령들'의 역사였다는 판단이 가능할 지도 모른다.

2.

시집의 첫 페이지를 펼치면 1826년 유럽인들의 침략에서 비롯된 테즈메이니인의 비극적인 멸종에 관한 이야기가 등장한다. 전체 3연으로 구성된 이 시의 1~2연은 역사적인 사실에 대한 객관적이고 요약적인 진술로, 3연은 그 비극에서 살아남은 익명의 생존자가 회한의 목소리로 과거를 노래하는 장면으로 마무리된다. 이어서 체로키족의 비참한 최후에 관한 「누가 쿠아티 로스를 죽였는가」와, 유럽의 식민지 지배와 제국주의적 침략이 비서구권에 불러온 참상을 그린 「황금 해안」, 아메리카에서 발생한 흑인 테러와 인종차별을 그린 「이상한 열매」, 1932년 난징대학살의 참상을 노래한 「살인을 추억하다」 등이 잇달아 등장한다. 어디 그 뿐인가. 1930년부터 1961년까지 철권통치를 하면서 수만 명을 학살한 도미니카공화국의 독재자 라파엘 트루히요와 트루히요 정권의 몰락에 결정적 계기를 제공한 미라발 자매의 이야기(『미라발 자매의 노래』)와 나치의 유태인 학살(『풍경들』), 제주도 4·3항쟁(『할망이 울다가 웃다가』), 베트남전쟁의 민간인 학살(『월남뉘우스』 『핑크빌』), 1973년 쿠데타로 집권한 군부에 의해 죽임을 당한 칠레의 민중음악가 빅토르 하라(『빅토르 하라』), 자국민 170만 명 이상을 학살한 캄보디아의 폴 포트와 크메르 루주(『대형께서 말씀하시길』) 등의 역사적 비극들이 폭력과 학살로 얼룩진 역사의 시간을 증언하고 있다. 문학으로 형상화된 이러한 역사적 증언은 '할라브자' 사건(1980~88년 이란-이라크 전쟁 당시 사담 후세인이 쿠르드인이 거주하는 도시인 할라브자에 독가스 공격을 감행해서 5,000명이 넘는 쿠루드인이 사망한 사건), 르완다와 보스니아의 내전, 보스니아-헤르체고비나 공화국의 세르비아계 반군이 무슬림 남성 및 소년 8,000명을 무자비하게 죽인 '스레브레니차 학살'의 책임자 라트코 믈라디치, 조국 팔레스타인으로 되돌아가는 길을 차단당한 사람들의 운명, 자살폭탄테러로 죽은 아내가 남편에게 보내는 편지, 테러와 자살폭탄공격과 미국의 군대파병으로 인해 쑥대밭이 되어버린 아프가니스탄, 1980년 5월 광주와 우즈베키스탄의 안디잔 학살의 병치, 하루 평균 4,000여 명, 6년간 30만 명이 학살당한, 21세기 최악의 인종학살인 수단의 다르푸르 사건 등을 거쳐 9·11테러와 이라크전쟁, 수니파와 시아파로 나뉘어 있는 무슬림의 갈등, 상파울루 빈민촌 골목에서 생존에 만족하며 살아가는 한 가족의 비참한 삶, 인도의 보팔에 위치한 미국의 다국적 기업 유니언카바이드 농약공장에서 유독 가스가 유출되어 하룻밤에 주민 2,000명이 사망하고 60만 명이 다치고, 5만 명이 영구 장애인이 된 사건 등으로 끝없이 이어진다. 추측컨대 이것은 학살과 살육에 얽힌 역사적 기억의 절대적인 부분이다.

그러나 이러한 역사적 기억의 기록이 그대로 시가 되는 것은 아니다. 그것들이 '시'가 되기 위해서는 '기억' 이상의, '기록' 이상의 그 무엇이 필요하다. 그래서 우리는 '유령들'이라는 표제가 함축하고 있는 이러한 역사적 기억의 기록만이 아니라 그것들이 시적으로 형상화되는 과정에 대해서도 동일하게 주목해야 한다. 그렇다면 시집 『유령들』에서 이 형상화의 과정은 무엇일까? 그것은 발화의 형식들, 즉 역사적 기억을 전달하는 다양한 형식의 변주이다. 앞에서 우리는 시집의 전반부에 등장하는 몇몇 시편들이 역사적 사실에 대한 객관적인 기록과 그것을 둘러싸고 발화되는 음악적 목소리에 대해서 잠시 이야기했다. 비단 음악적인 회한의 목소리만이 아니다. 이 시집에는 폭력적인 광기에 의해 발생한 다양한 역사적 비극만큼이나 많은 발화의 형식들이 등장한다. 예를 들면 자장가, Verse, Bridge, Chours, Hook 같은 곡의 형식, 역사와 서정을 교차시키는 파라텍스트, 퀴즈와 문답, 오페라 형식, 제품 사용설명서, 구술, 편지, 신문기사, 임상보고서, 일기(수기), 인터뷰, 시나리오, 학술논문, 앙케이트, 애절양(哀絶陽)의 패러디, 역사책, 음식주문 매뉴얼, 연설문, 수사기록, 상소문, 채팅 …… 등의 다양한 형식들이 거의 중복 없이 실험되고 있다. 이러한 형식적 실험은 시적인 효과를 동반하지 않는 역사적 사건에 대한 기록 자체는 짐짓 진부한 사실의 나열에 불과할 수 있다는, 또한 역사서와 기사문이라는 객관적인 문제가 아닌 방식으로 역사적 비극을 기록할 때에만 그것의 문학적 의미가 더욱 강조될 수 있다는 시인의 판단에서 비롯되었을 것이다.

　　미사일이 터진 가자 지구 폐허에도 여전히 고물 자동차가 붕붕 다니고
　　탱크가 짓밟은 체첸 뒷골목에서도 아이들은 탕탕 총싸움 놀이로 뛰어
다니고
　　폭격기가 쓸고 간 코소보의 무너진 아파트에서도 늙은 여인이 터벅터
벅 물 길러 나오고

　　그런데 …… 그런데 ……

　　여긴 아무것도 없다
　　나뭇가지로 엮었던 지붕은 불타 재만 날리고
　　앙상한 흙벽은 알몸을 드러냈다
　　뜨거운 햇살 한 줄기가 상처를 핥으며 지나갔다
　　새도 울지 않았다
　　포아풀도 몸을 낮추고 시들었다
　　시간도 멈췄다
　　다르푸르
　　사막 한가운데
　　두꺼운 정적만이 한때 단단했던 모래를 잘게 부수며
　　오래 기다리고 있다
　　　　　　　　　　　　　　　　　—「그때 나는 뭘 했을까」 전문

그렇다면, 시인의 의도와는 별개로, 이 시집은 우리에게 어떤 느낌으로 다가올까? 어떤 사람들은 이 시집이 형식적인 변주와 실험에도 불구하고 역사적 사건들의 모자이크에 불과하며, 그 역사적 사건의 층위가 우리의 구체적 삶과 시차적 관계를 형성하고 있으므로 거대서사와 같은 추상성을 벗어나지 못한다고 평가할 지도 모른다. 그리고 타인의 심장에 박힌 총알보다는 나의 손끝을 파고드는 가시의 고통이 더 구체적이므로 '역사'라는 이름을 빌려 고통과 폭력의 연대기를 나열하는 것의 시적인 가치에 의구심을 표하는 사람도 없지 않을 것이다. 그런 사람들에게 시란 항상 자신의 신체와 정신을 벗어나지 않는 주관적인 감각의 문제이며, 그것을 벗어나는 타인의 삶과 보편적 가치는 시가 도덕이나 상징적 교환 같은 거짓 타협에 굴복할 때 발생하는 이데올로기적인 언어에 불과할 수도 있다. 실제로 이 시집은, 직접적으로 표현되는 경우는 드물겠지만, 그런 방식으로 받아들여질 가능성이 높다. 타자의 고통이란 언제나 타인의 몫이라는 감각이 지배적인 한 '역사'란 자신의 경험이 되지 못하는 한 추상적인 것에 불과할 뿐이지 않은가.

그러나 돌이켜 생각하면 바로 그런 감각, 즉 역사적 사건과 타인의 고통이란 항상 '나'와는 거리가 먼 추상적인 이야기일 뿐이라는 태도가 지배적인 한 그러한 폭력과 광기는 결코 사라지지 않을 것이다. 착하게 살아야 한다는 도덕 교과서 같은 이야기를 하려는 것이 아니다. 역사적 사건이건 현재적 사건이건, 그것이 '나'의 일이건 그렇지 않건, 그것이 '우리'라는 집단의 내부에서 발생하는 일이건 그렇지 않건 그러한 분별에 집착하지 말고 우리를 고통스럽고 불행하게 만드는 것들이 우리를 사유하게 만든다는 사실을 외면하지 않아야 한다는 것을 말하고 싶을 따름이다. 어쩌면 이 시집에 등장하는 숱한 비극적 장면들 가운데 「그때 나는 뭘 했을까」라는 제목의 시가 유독 눈길을 끈 이유도 타인의 고통을 외면하지 않아야 한다는 것 때문이었을 듯하다. 물론, 이 시에는 '그때 나는 뭘 했을까'라는 진술이 등장하지 않는다. 추측컨대 우리가 흔히 특정한 사건에 참여하지 못했을 때 느끼기 마련인 자책이나 죄책감을 뜻하는 이 제목은 이 시에서 두 상황의 극단적인 대조에서 비롯되는 시인의 감정을 환기한다. 이 시는 2연의 "그런데 …… 그런데 ……"를 분기점으로 1연과 3연의 상황이 나뉘어져 있고, 각각의 상황은 다소 극단적인 방식으로 구분되고 있다. 그 두 세계는 폭력의 상흔이 지배적이지만, "미사일이 터진 가자 지구"와 "탱크가 짓밟은 체첸 뒷골목"과 "폭격기가 쓸고 간 코소보의 무너진 아파트"에서 시인이 보는 것은 재난과 예외상태 속에서도 지속되는 일상적 삶의 모습이다. 이것은 시인이 폭력에 의해 비극적인 삶을 살아가는 사람들을 단순히 무력한 희생자로만 간주하지 않는다는 것을 의미한다. 비록 예외상태의 형식을 취할 수밖에 없겠지만, 그럼에도 그 비극의 현장에서는 여전히 삶이라고 부를 수 있는 것이 진행되고 있다. 반면 3연에서 시인이 '여기'라고 가리키고 있는 곳, 즉 "다르푸르 / 사막 한가운데"에는 삶의 흔적조차 없다. 앞에서 설명했듯이 21세기 최악의 인종 학살로 기억될 수단의 다르푸르 사건은 저주받은 검은 축복이라고 일컬어지는 '석유'를 둘러싸고 벌어진 내전이며, 2003년부터 5년 동안 하루 평균 4,000여명, 6년 간 30만 명이 죽임을 당하고 250만 명의 난민을 발생시킨 사건이다. 이 사건 이후 다르푸르는 피에 젖은 '붉은 사막'이라고 불리고 있는데, 시인은 피의 흔적만이 남아 있는 그곳의 역설적인 고요 속에서 조용히 자신의 지난날을 되돌아보고 있다. 이러한 회고가 가능한 이유는 아마도 이 사건이 가까운 과거 내지 동시대적으로 발생한 사건이기 때문일 것이다. 이 대답 없는 질문의 진정성이야말로 이 시집이 비극적 사건들에 대해서 말할 수 있는 전부는 아닐까.

3.

그날 이후 모든 게 변했어요
아저씨들은 짐작도 못할 거예요, 우리 눈물을.
찢어진 상처는 저절로 낫지만 가슴에 맺힌 분노는
카메라에 절대 찍히지 않을 거예요.
당신들은 백인이니까, 우리는 어차피 검은색이니까.

— 「숲이 말한다」 부분

'유령들'이라는 제목을 달고 있는 이 시집의 절대적인 부분은 과거와 현재, '이곳'과 '저곳'에서 벌어진(혹은 벌어지고 있는) 다양한 역사적 사건들, 특히 쇼아(shoah)와 제노사이드(genocide)라는 역사적 트라우마(trauma)에 할애되고 있다. 이 지점에서 우리는 시인이 왜 이 시집에 '유령들'이라는 제목을 붙였는가를 이해할 수 있다. 어떤 끔찍한 경험들(물론 모든 끔찍한 경험이 곧 트라우마는 아니다)은 그것을 겪기 이전과 이후를 양분한다. 말하자면 그 사건을 겪기 이전의 인간과 그 사건을 경험한 후의 인간은 전혀 다른 인간이 된다. 이러한 사건이 오직 역사적 층위에서만 경험되면 역사적인 '문턱'이라고 말할 수 있으며, 이 사건이 한 개인(또는 집단)의 층위에서 경험되면 실존적 / 집단적 무의식을 형성하는 '문턱'이 된다. 인용시에서 이 문턱의 존재를 가리키는 것이 "그날 이후 모든 게 변했어요"라는 진술이다. 그렇다. '그날'은 '문턱'이다. 그렇다면 구체적으로 어떻게 달라지는가? 우리는 "찢어진 상처는 저절로 낫지만 가슴에 맺힌 분노는 / 카메라에 찍히지 절대 찍히지 않을 거예요"라는 진술이 말하고 있듯이 오직 그것을 추측할 수 있을 따름이다. 그 추측의 하나가 '산 주검'이다. '산 주검'이라는 개념은 아감벤의 호모 사케르처럼 생물학적 / 법(상징)적 죽음 사이의 존재를 뜻하는 것일 수도 있지만, 다른 한편으로는 살아 있지만 어떤 '문턱'의 경험으로 인해서 더 이상 생활할 수 없는 상태에 놓인 존재를 가리키기도 한다. 산 주검은 살아(생존)있으되 더 이상 살아(실존 / 생활)갈 수 없는 상태의 생명을 의미한다. 물론 그것을 앞선 죽음에 바쳐진 삶의 시간이라고 말해도 틀리지 않을 것이다.

그렇지만 '산 주검'과 '유령'은 동의어가 아니다. 그것은 '산 주검'이 생물학적 / 상징적 죽음 사이의 존재를 뜻하는 반면, '유령'은, 특정한 맥락을 전제하지 않는 한, 이미 죽었음에도 불구하고 상징화될 수 없는 방식으로 죽은 존재들의 비존재를 가리키는 것이기 때문이다. 정한용의 시에서 '유령'은 이러한 '산 주검'의 세계가 아니라 이미 생물학적으로는 죽었지만 상징화되지 못한 죽음의 세계를 의미한다. 그렇다면 과연 '유령'에 대한 이런 일반화는 시집 전체에 동일하게 적용될 수 있는 것일까. 물론 그렇지 않다. 왜 그런가? 그것은 이 시집이 과거의 역사적 사건만이 아니라 '유령의 연대기'에 우리가 살고 있는 '지금-이곳'을 포함시켰기 때문이며, 나아가 그 '유령의 연대기'가 '지금-이곳'을 향해 다가오는 방식으로 시집이 구성되었기 때문이다. 이를테면 「다시, 유령들」의 화자는 "나이 열일곱 연상의 정신병자를 남편으로 맞"아 베트남에서 시집 온 이주여성이다. 그런데 그녀는 이 시에서 죽었음에도 불구하고 말하는 자, 즉 유령으로 등장한다. "한국에 온 지 꼭 일주일 만에 / 이렇게 죽어 지옥에 든 것을 어쩌겠어요" 그러나 시집의 후반부에 등장하는 인물들, 가령 "대한민국 고등학교 2학년 교실"(「모범교실」)에서 '야자'를 하고 있는 학생들, 해체된 상태로 살아가는 가족들(「가족 극장」), '빨갱이'로 낙인찍혀 정치적으로 제거되어야 할 대상으로 간주되는 '백성연대'(「우리나라엔 빨갱이가 너무 많다」) 등은 생물학적인 죽음 이후의 존재로서의 유령과는 거리가 멀다. 이것은 과거, 즉 역사적 사건 속의 '유령'과 현재적 시간 속에서 살고 있는 '유령'이 '유령'이라는 정치적 존재감의 연속성에도 불구하고 다르게 사유되어야 함을 의미한다. 유령이란 비단 죽음 이후의 실존을 의미하는 것만은 아니다. 살아 숨 쉬고 있음에도 불구하고 존재감을 완전히 박탈당한 상태의 인간,

그것이 바로 현대의 '유령'이다. 그런 점에서 산 주검이 될 것을 강요당하고 있는 교육현장의 학생들도 유령이고, 극심한 생존경쟁에서 퇴출된 우리 시대의 대중들도 유령이다. 유령화한 삶의 한가운데에 놓여 있는 우리들, 우리의 또 다른 이름이 유령인 것이다.

회감(回感)의 서정

고영민의 신작에 대하여

　　고영민의 시에는 드물지 않게 꽃이 피고, 눈비가 내리고, 바람이 스
친다. 새가 날아들고, 구름이 흘러가고, 밤낮이 순차적으로 바뀐다. 문
명의 인위(人爲)가 닿지 않은 원형적 자연이라는 말이 아니다. 인간 삶
의 리듬이 자연의 그것과 날카롭게 대립되지 않는 세계, 문명보다는
자연에 가까운 시적 상상력의 세계, 그리하여 폭력적인 모더니티의 세
계에서는 일상적으로 발생할 일들이 사람을 외롭고, 부끄럽고, 죄스럽
게 만드는 세계, 고영민의 시는 이 평범한 삶에 바쳐진 송가(頌歌)이다.
그의 시는 선(善)하다. '착하다'는 말이 '무능하다'는 의미의 완곡한 표
현으로 통용되는 지금의 세상이지만, 고영민의 시를 읽을 때마다 '착
하다' 단어를 떠올리지 않는 것은 사실상 불가능하다. 이 '착함'의 세계
를 무엇이라고 불러야할까?

고영민의 시는 주류적 경향에서 비켜서 있다. 시인과 독자에게 비(非)주류적이라는 이 평가가 어떤 느낌으로 전달될지 알 수는 없지만, 그의 시는 2000년대 시단의 주류적 문법과는 질감부터가 다르고, 언어와 상상력 또한 그것들과 확연하게 구분된다. 고영민의 시는, 세 번째 시집 『사슴공원에서』(창비, 2012)에 실린 작품의 제목처럼 '회감(回感)'이라는 서정의 세계에 충실하다. 객관적 세계에서 발생하는 일과 자신이 겪은 사건을 내면화함으로써 주관과 객관의 융화, 즉 자아와 세계의 동일성을 확보해나가는 그의 시적 무의식은 주류적 경향의 영향에서 자유롭다. 그런데 고영민의 서정적 동일시는 '외부의 내면화'보다는 '내면의 외부화'에 가깝다. 그것은 김소월이 '자아'의 감정을 세계에 투사하여 성취하는 동일시, 즉 "붉은 해는 서산마루에 걸리었다 / 사슴의 무리도 슬피 운다"(「초혼」)와는 뚜렷하게 구분된다.

　　　무거운데
　　　이젠 나 좀 내려다오, 아범아
　　　내려다오
　　　피어있을 때보다
　　　떨어질 때 더 아름다운 꽃이 있습니다

　　　당신을 업고 나무에 올라
　　　풀쩍, 뛰어내렸습니다

　　　　　　　　　　　　　　　　　　　　　—「밤벚꽃」 부분

시인은 꽃이 피었다는 소식을 듣고 '당신'을 업고 천변에 나왔다. 천변의 벚꽃이 활짝 개화한 것이다. 시인은 그런 꽃의 형상을 "저 꽃들도 누군가의 등에 / 얌전히 업혀 있습니다"라고 표현한다. 꽃이 피었다는 소식이 시의 도입부라면, '시인-당신'의 관계를 '꽃-나무'에 투사하는 것은 동일시 과정이다. 이러한 동일시에 의해 나무가 흘러내리는 꽃을 추슬러 올린다는 발상, 그리고 "피어있을 때보다 / 떨어질 때 더 아름다운 꽃"이 있다는 발견이 가능해진다. 그런데 흘러내리는 꽃을 추슬러 올린다는 의인화된 표현에는 이미 '시인=나무', '꽃=당신'이라는 등식이 개입되어 있다. 동시에 그 등식으로 인해서 '아범아'라는 목소리의 주인은 '당신'이라는 존칭을 획득하게 된다. 일반적인 서정의 동일시는, 김소월의 경우처럼 여기에서 종결되는 경우가 많다. 그러니까 서정적 자아의 감정을 일방적으로 대상에 투사하는 과정으로서의 동일시인 것이다. 하지만 이 시에서 시적 가치는 그러한 동일시를 넘어 '내면의 외부화'라고 말할 수 있는 지점에서 획득된다. "당신을 업고 나무에 올라 / 풀쩍, 뛰어내렸습니다"라는 진술은 실제로 발생한 사건에 대한 진술이 아니다. 여기에서 "당신을 업고 나무에 올라"라는 진술은 '당신=꽃'이라는 새로운 등식을 만드는 감각적 행위이다. 즉 "풀쩍, 뛰어내렸습니다"라는 사건 속에서 '당신=아름다운 꽃'이라는 동일시가 완성되는 것이다. 이처럼 이 시에서의 서정적 동일시 과정은 '꽃=당신'이라는 정념의 일방적 투사가 '당신=꽃'이라는 새로운 인식으로 이어지는 것으로 완결된다.

돌아오나 보다

하루 종일 땅 한번 디딘 적 없는 고공의 식구들이
먼 능선을 이고
꾸르르르, 휘파람을 불며
하나 둘,
빛의 속도로 돌아오고 있다

—「학수」

　짐작하듯이, 이 시의 제목은 학수고대(鶴首苦待)에서 가져온 것이다.
시인은 '학의 목처럼 목을 길게 늘여 빼고'를 뜻하는 학수(鶴首)를 '학
(鶴)+수(樹)'로 변용하여 새로운 세계를 형상화하고 있다. "나무 위에 집
이 한 채 있다"라는 1연의 진술은 수(樹)와 고대(苦待)를 위해 마련된 장
치이다. 여기에서 '나무 위의 집'이 '학(鶴)=자연'의 세계를 가리킨다면,
그 나무 아래의 열린 대문과 절름발이 아이는 '인간'의 세계를 의미한
다. 「밤벚꽃」에서 보았듯이 '인간 세계'와 '자연 세계'의 평행적 관계는
고영민 시의 동일시의 근거이고, 본질적으로 세계를 응시하는 시인의
프레임이다. 이 시에서 '절름발이 아이'는 상처 입은 '학'을 치료해주고
'언청이 토끼'에게 먹이를 제공한다. 예단할 수는 없지만 시인은 이 아
름다운 풍경을 통해 상처를 지닌 존재들의 연속성을 그리려는 듯하다.
물론 균열이 없는 자연 풍경이 인간의 판타지에 불과하고, '자연=선 /
문명=악'이라는 이분법이 사회(인간)에 적용될 때, 타자에 대한 폭력을

정당화하는 논리가 될 수 있다는 비판도 가능할 것이다. 하지만 여기에서 시인의 관심은 균열이 없는 순수 상태가 아니라 자연과 인간의 평행적 관계이고, 그것이 '상처'에서 기원하는 연속성에 맞춰져있다. 시인은 '학-토끼-민들레-구름-연기'로 이어지는 이미지의 환유적 연쇄를 따라 '상승'하는 세계를, 그것들이 '빛의 속도'로 되돌아오는 '하강'의 세계를 그려낸다. 오래되고 익숙한 세계를 향하는 서정적 '회감(回感)'이 시간의 형식을 띨 때 오래된 시간('과거')은 미래적 시간이 긍정적 가치를 획득하는 모더니티의 '진보'와 다른 시간의 궤적을 그린다.

> 꽃이 피면 꽃이 핀다가 아니라 눈이 내린다고 말하는 마을이 있다
> 꽃이 지면 꽃이 진다가 아니라 눈이 그친다고 말하는 마을이 있다
> 그 마을의 오래된 아낙들은 꽃이 필 즈음, 아니 눈이 내릴 즈음
> 장독 위에 쌓인 숫눈을 털고
> 쓰쓰쓰, 입소리를 내며 장독을 닦고
> 겨우내 닫아 놓았던 독을 열어 얼굴을 비춰보면서
> 하얀 웃소금을 그 위에 한 번 더 쳤다
>
> ―「과거」 전문

'꽃'을 '눈'으로 표현하는 마을이 있다. 이 표현에는 신기할 아무 것도 없다. 그것은 늦봄의 낙화를 우리가 '꽃비'라고 표현하는 것과 같은 이치이다. 이 마을 사람들의 관습적인 표현에 따르면 꽃이 피는 것은 눈이 내리는 것이고, 꽃이 지는 것은 눈이 그치는 것이다. 추측컨대 이

마을에는 눈이 많은 듯하다. 시인은 이 시에 '과거'라는 제목을 붙였다. 그런데 이 시에는 과거형 진술이 등장하지 않는다. 이 시는 '~있다'처럼 시종일관 현재형을 고집하고 있다. 그렇다면 과거의 사건을 현재형으로 표현한 것일까? 전체적인 시의 맥락상 형상화된 세계가 '과거'라고 볼만한 아무런 단서도 없다. 그렇다면 시인은 왜 '과거'라는 다소 엉뚱한 제목을 붙였을까? 이 물음에 대한 해답을 찾는 것이 이 시를 이해하는 첫 걸음일 것이다. 해답의 단서는 6~7행에 있는 듯하다. 이 시에서 장독에 싸인 눈을 털고 얼굴을 비춰보는 주체는 '오래된 아낙들'이다. 여기에서 '오래된'은 생물학적으로 연령이 많은 여성을 가리킬 수도 있지만, 마을의 관습적 표현을 체화하고 있는 여성, 즉 이 마을에서 오랫동안 살아온 사람들일 것이다. 하지만 등장인물의 나이를 염두에 두고 '과거'라는 제목을 붙이지는 않았을 것이다. 그렇다면 해답은 둘 가운데 하나일 것이다. 우선 관습적인 언어 표현이 과거를 고스란히 간직하고 있다는 의미에서 이 마을의 '현재=과거'라는 인식이 가능하다. 전통의 힘이 센 곳에선 '현재'가 '과거'의 연장이기 때문이다. 다음으로 "하얀 웃소금을 그 위에 한 번 더 쳤다"라는 표현에 근거하여 시간의 적층으로 읽을 수도 있을 듯하다. 장독을 열고 발효되고 있는 장에 웃소금을 치는 행위가 마치 과거 위에 현재의 시간을 덧보태는 시간의 적층과 같다는 인식이 그것이다. 둘 가운데 어떤 것을 단초로 삼더라도 이 시에서 '과거'는 시시각각 분절되는 시간의 흐름에 따라 '이미 현재가 아닌 시간'이 아니라 현재까지 지속되는 영속적인 시간이라는 의미를 지닌다. 이러한 시간의식을 확장하면 '자연'과 '인간'의 수평적 관계는 첨단의 문명이 일상적 조건인 지금에도 여전히 유의미하다는 반(反)시대적 인식일 수 있다.

비이슬은 먼저 물앵두의
단맛을 훔쳐가고
빛깔을 훔쳐가고

한바구니 흰 꽃을 팔아 붉은 열매를 얻은 우린
물앵두가 익었다는 사실도 모른 채
초여름을 맞고
몸에 비해 큰 씨앗을 품은 열매는
꽃을 내려놓고 잠깐 묵념을 하듯
기억하는 이에게나 겨우 한 손
그 무른 맛을 전해주고

—「기념탑 근처」부분

이 시는 서정적 동일시의 시간의식이 과거를 현재로 소환하는 '기억'에 의지한다는 사실을 명확하게 보여준다. 식물의 세계에서 '꽃'과 '열매'는 계기적 관계를 구성한다. 시간적으로 말하면 그것들은 동시적인 관계가 아니라 선후(先後)의 관계이다. "물앵두가 익을 무렵 / 우리는 벌써 앵두꽃을 잊네"라는 2연의 진술은 이 시간의 선후관계를 가리킨다. 여기에서 '앵두꽃'은 과거, '물앵두'는 현재의 표상이다. 그런데 물리적인 시간의 흐름은 앵두꽃과 물앵두에만 적용되는 것이 아니다. '물앵두=현재' 또한 시간의 흐름을 벗어날 수는 없다. 비이슬이 물앵두에서 '단맛'과 '빛깔'을 빼앗는다는 4연의 진술은 물앵두 역시 시간이 지남에 따라 망각의 저편으로 사라져갈 운명임을 의미한다. 그런데 이 시에서 시인이 우리에게 보여주려는 것은 시간의 물리적 흐름에 따라 망각될 수밖에 없는 존재자의 운명이 아니다. 5연에서 시인은 "흰 꽃을 팔아 붉은 열매를 얻은" 우리도 초여름을 맞이하면 물앵두가 익었다는 사실을 잊을 것임을, 그럼에도 "몸에 비해 큰 씨앗을 품은 열매"는 그것을 '기억'하는 사람에게는 "그 무른 맛"을 전해줄 것임을 말하고 있다. 여기에서 '기억'은 어떤 존재자-대상의 과거-시간을 현재에 전달하고 되살리는 행위이고, 그것은 오직 '기억'에의 의지를 지닌 사람에게만 '맛=의미'가 있다. 이 시의 제목이 내용과는 무관한 '기념탑 근처'인 이유도 여기에 있다. '기념'이란 그것을 '기억'하려는 사람들에게만 의미가 있는 것이기 때문이다. 따라서 「과거」와 「기념탑 근처」는 서정시에서 과거와 현재의 관계, '기억'이라는 통로를 통해 지속적으로 현재로 흘러드는 오래된 시간을 증언하는 셈이다. 서정적 동일시의 원리인 '회감'이란 결국 과거와 현재의 유동적인 만남, 현재 속에서 끝없이 새롭게 변이되는 과거-시간의 경험을 통해 '나'의 현재적 시간을 변화 가운데 놓는 것이다. 이로써 우리는 서두에서 말한 '착함'의 세계에 부여할 이름을 얻게 되었다. '기억'을 통한 서정시적 동일성, 즉 '회감'의 세계가 바로 그것이다.

3부

악령의
감각

타자의 시학

이성복 시세계

1. 타자의 글쓰기

이성복의 시집 『아, 입이 없는 것들』(2003)의 마지막 페이지는 이렇게 끝을 맺는다. "내가 세상에 침 뱉고 누런 가래 / 억지로 끌어올려 마구 퍼부어도 / 밤 오는 숲 속으로 마저 들어가지 못한 / 저 산길의 한 자락은 어쩔 수가 없다"(「밤 오는 숲 속으로」(5 : 149)). 『호랑가시나무의 기억』(1993) 이후 10년의 공백을 깨고 출간된, 2000년 이후 처음 출간된 시집임을 생각하면 저 마지막 진술의 울림은 의미심장하다. 80년대 초반 폭력적인 모더니티를 향해 형식파괴와 욕설을 쏟아냈던 시인이 20여 년 후, 세상을 향해 '침'과 '가래'를 뱉는 대신 "어쩔 수 없"는 것에 대해 말하기 시작했기 때문이다. 이러한 시적 변화의 중심에 '시쓰기'에 대한 자의식이 자리하고 있다. 2000년 이후 이성복은 세 권의 시집을 출간했다. 이 시집들은 개별적인 질감의 차이에도 불구하고 '쓴다는 것'에 대해 상당한 자의식을 투영하고 있는데, 『아, 입이 없는 것들』(2003)의 뒤표지에 실린 산문에서 시인은 글쓰기를 해달의 잠수에 비유하고 있다. "글쓰는 사람에게 어미 해달과 아기 해달은 한 몸이 아닐까. 그는 겉똑똑이 머리를 잠재워두고 몸속 깊은 곳을 들락거리며 쉬임 없이 연상의 물질을 해대는 것이다." 어미 해달은 먹이를 구하기 위해 깊은 바다까지 잠수를 하는데, 그때마다 잠수를 하지 못하는 아기 해달을 물 위에 뉘어 놓고 깊은 바다 속으로 내려간다고 한다. 표면과 심연, 시인은 일시적으로 아기 해달과의 신체적 관계가 깨지는 어미 해달의 사냥과 달리 시인의 "몸으로 하는 글쓰기"는 '몸(감각)'에 집중할 때조차 '언어'에 대한 관심을 거둘 수 없다. 그것은 '몸-언어'의 일체적 글쓰기이고, 시인 김수영의 표현을 빌리면 '온몸의 시학'이다.

> 시의 첫 구절에 무엇이 들었는지 우리는 모른다. 무심코 지나가는 말이거나 심심풀이로 해본 말, 우리가 말하기 전에 말은 제 빛깔과 소리를 지니고 있었다. 시의 둘째 구절은 무염수태(無染受胎), 교미도 없이 첫 구절에서 나왔지만 빛깔과 소리는 전혀 다른 것. 시의 셋째 구절은 근친상간, 첫 구절과 둘째 구절 사이에 태어났으니, 아들이면서 손자, 딸이면서 손녀. 눈 먼 외디푸스를 끌고 가는 효녀 안티고네. 말들의 혼례가 끝나는 시의 마지막 구절에서도, 우리는 정말 무엇을 말하고 싶었는지 모른다.
>
> — 이성복, 「무엇을 말하고 싶었는지 모른다」 부분(6 : 13)

'글쓰기'에 대한 시인의 자의식은 『달의 이마에는 물결무늬 자국』(2003)에서 '타자성'의 문제로 표현된다. "시의 첫 구절"이란 글쓰기의 시작, 즉 기원을 의미한다. 시인은 '나'라는 글쓰기−행위 주체의 자리에 '우리'를 배치한다. 이것은 『아, 입이 없는 것들』의 뒤표지의 "글쓰는 사람이여, 당신도 그런 느낌이 들 때가 있는가"라는 물음의 연장선에서 발화된 것이다. '당신'을 향한 발화가 '우리'라는 이름의 공동체로 화답한다. 즉, 글쓰기의 '타자성'은 개별 시인이 아니라 모든 글쓰는 사람의 운명이다. 모리스 블랑쇼는 언젠가 글쓰기의 기원으로서의 '타자성'을 '주체'의 죽음으로 설명했다. 만일 글쓰기에 주체에 존재한다면 그것은 글을 쓰는 행위 주체로서의 '작가(시인)'가 아니라 정체를 알 수 없는 '타자'이다. "무심코 지나가는 말", "심심풀이로 해본 말", 우리가 말하기 전에 "제 빛깔과 소리를 지니고 있었"던 '말'은 모두 이 타자성의 '흔적'이다. 그것이 타자의 흔적인 한, 우리는 첫 구절과 둘째 구절의 필연적 관계를 설명할 수 없으며, 첫 구절과 둘째 구절의 '근친상간'으로 태어난 셋째 구절에 대해서도 말할 수 없다. 이 말할 수 없음의 '침묵'은 글의 마지막까지 이어져 시의 마지막 구절에서도 "우리는 정말 무엇을 말하고 싶었는지 모른다". 여기에서 '모른다'는 '결여'를 지시하는 가치론적 술어가 아니라 글을 쓰는 자, 즉 행위 주체의 무능력을 의미한다. 우리가 진정 자신이 말하고 싶었던 '무엇'을 모르는 이유는 시가 '우리'의 언어가 아니기 때문이다. 그것은 왜 우리의 언어가 아닌가? 글쓰기가 어떤 '매혹' 상태에서 진행되기 때문이다. "글을 쓴다는 것은 시간의 부재, 그 매혹에 몸을 맡기는 것이다"(모리스 블랑쇼).

2. 매혹 안에서의 글쓰기

'매혹'이란 알 수 없는 경험이다. 가령 '본다'라는 행위는 대상과의 거리를 전제한다. 무엇을 보는 행위 이전에 그 '무엇'에서 분리되어 머물고자 하는 의지가 있고, '무엇'과의 접촉에서 오는 혼란을 피하기 위해 접촉하지 않을 수 있는 힘 / 능력이 필요하다. 하지만 '매혹'이라는 사건에서 ('매혹'은 이미-항상 주체성을 잃는 당함이다!) 이러한 능력은 상실된다. '너'와 '나'의 구분이 사라짐으로써 '무엇'을 대상화할 힘이 우리에게는 없는 것이다. 그렇기 때문에 매혹은 이미-항상 '주체'의 죽음을 불러온다. 글쓰기가 '매혹'에 몸을 맡기는 것이라면, 당연히 그것은 '능동적 행위'가 아니다. 우리에게는 오직 '무엇'에 매혹당한 채 삼켜지도록 놓아두는 것, 모호한 경험에 자신을 내어주는 것만이 가능하다. 이처럼 글쓰기는 극단적인 수동성의 경험이다. 『아, 입이 없는 것들』의 마지막 페이지에서 '욕', '엿', '침', '가래'의 능동적 행위를 가로지르며 도래하는 두 번의 '어쩔 수 없음'("달맞이 노란 꽃은 어쩔 수가 없다", "저 산길의 한 자락은 어쩔 수가 없다"(「밤 오는 숲 속으로」)은 '매혹'이라는 사건의 주인인 '타자'의 등장이 시쓰기의 기원임을 말해준다.

고독은 명절 다음 날의 적요한 햇빛, 부서진 연탄재와 삭은 탱자나무 가시, 고독은 녹슬어 헛도는 나사못, 거미줄에 남은 나방의 날개, 아파트 담장 아래 천천히 바람 빠지는 테니스 공, 고독은 깊이와 넓이, 크기와 무게

가 없지만 크기와 무게, 깊이와 넓이 지닌 것들 바로 곁에 있다 종이 위에

한 손을 올려놓고 연필로 그리면 남는 공간, 손은 팔과 이어져 있기에, 그

림은 닫히지 않는다 고독이 흘러드는 것도 그런 곳이다

— 「시에 대한 각서」 전문(7 : 31)

이성복의 글쓰기에 대한 사유는 '어쩔 수 없는 것'에서 '미지의 기원'
을 거쳐 '시에 대한 각서'로 이어진다. 시집 『래여애반다라』에는 인용
시 외에도 '시쓰기'에 관련된 몇 편의 시가 등장한다. 시인은 이들 시편
에서 '시'를 타인이 들여다볼 수 없는 비밀의 세계("그 모든 계단들이 부채
살처럼 접혀 / 아무도 내 생각 들여다보지 말았으면 좋겠다"(「시창작연습 1」)), 잊
히지 않는 사건의 기억("말린 노란 꽃 / 사이 끼워 둔 여치 무릎은 철 지난 후회
처럼 푸르기만 하다"(「시창작연습2」)), 그리고 잠시 나타났다가 사라지는 희
미한 존재에 대한 기억("아주 잠깐 떠올랐다가, 액정화면처럼 지워지는 사람"
(「시창작연습 3」))과 연관시킨다. 이들 시편에서 '시'는 과거의 어떤 순간
이 응결된 비밀-기억의 성체이고, 되돌릴 수 없는 후회의 순간이며,
붙잡을 수 없는 유동적 시간의 경험이다. 이러한 진술은 '글쓰기'의 타
자적 기원과는 다소 거리가 있다. 타자의 개입 흔적이 없지 않지만 '타
자'의 존재가 그 진술들을 압도하고 있다고 말할 수는 없기 때문이다.
그에 비하면 「누군가 내게 쓰다 만 편지」에서 두드러지는 대상의 타자
성은 한층 선명하다. 이 시에서 '편지'는 실체적인 의미의 '편지'가 아니
라 주체의 의도에서 벗어날 수 있는, 배달의 불확정성을 함의하고 있
는 어떤 것에 부여된 이름이다. 시인은 그 '어떤 것'에서 '어떤 손길'의

흔적을 읽는다. 그 '손길'의 주인은 시인이 아니다. "저건 내가 손 댄 게 아니라니까". 그리고 그것은 시인-주체의 기억이 만든 사물도 아니다. "저건 기억도 아니라니까." 시인은 이 미지의 '어떤 것'을 "누군가 내게 쓰다 만 편지"라고 부르는데, 이것이야말로 불가능한 방식으로 배송되는 우편적 존재로서의 '타자'라고 말할 수 있다.

일찍이 블랑쇼는 글을 쓴다는 것은 매혹의 위협이 있는 고독을 긍정하는 공간에 들어가는 것이라고 썼다. 글쓰기가 고독한 이유는 그것이 시간의 부재라는 위험에 몸을 내던지는 일이기 때문이고, '나'의 언어가 아니라 매혹 아래의 언어를 사용하는 일이기 때문이며, 그리하여 주체의 반복적인 죽음을 견디는 일이기 때문이다. 글을 쓴다는 것은 이러한 본질적 고독과, 그 속에 감추어진 것이 드러나는 공허한 열림에 '나'를 개방하는 행위일 수밖에 없다. 시인은 인용시에서 그 '고독'을 "명절 다음 날의 적요한 햇빛"에서 경험한다. '고독'에는 "깊이와 넓이, 크기와 무게가 없"다. 그것은 세계-내부의 구체적 존재자가 아니기 때문이다. 동시에 추상-기분으로서의 '고독'은 "크기와 무게, 깊이와 넓이 지닌 것들 바로 곁"에 있다. '고독'이 구체적 형상을 지닌 존재자의 '곁'에 있다는 구절에 주목하자. '곁'이란 무엇인가? 김행숙 시인과의 인터뷰에서 밝혔듯이 '곁 / 옆'은 '나'와 '너', 주체와 타자가 뒤섞여 구성되는 '우리'의 영역이다. "한없이 좁히면 '나'라고 부를 수 있는 게 아무것도 없어요. '나'는 옆으로 끝없이 펼쳐져 있고 이어져 있는 것이지요." 존재자를 실존의 연속성으로 받아들이는 '곁 / 옆'의 사유에 의해 "나도 잠시 그 곁에 머문다 / 서럽지도 않은 세월 속에서, / 붉은 아이

스크림처럼 녹아 흐르는 / 저이들이 나의 언니들이다"(7 : 18)라는 문장
이 만들어진다. 그렇다면 '곁 / 옆'의 거리는 얼마쯤일까? '시간'으로 재
면 그것은 '잠시'일 것이고, '공간'으로 재면 식탁 위에 "가까이 혹은 조
금 멀리"(7 : 15) 흩어져 있는 햄버거 봉지와 페트병과 냅킨들의 거리쯤
이 아닐까? 비유컨대 그것은 '실선'이 아니라 '점선'(7 : 19)에 가깝다. 이
처럼 '곁 / 옆'은 존재들의 연속성, '나'라는 정체의 관계성을 표현하는
일종의 관계사이고, 그런 한에서 '곁 / 옆'은 '나'의 변신·확장의 가능
성이면서 동시에 제한이다. 그러므로 여기서의 '곁'은 '손'과 '팔'이 연
결되어 있듯이 '고독'은 '존재자'와 연결되어 있다고 읽을 수도 있지만,
'고독'이 '나'와 '나 아닌 것'의 연결 / 관계에서 비롯된다는 의미로 읽을
수도 있다. 이것이 고독이 흘러드는 곳(그림, 시)이 닫히지 않는 이유이
다. 그런데 시인은 왜 이 시에 '고독'이 아니라 '시에 대한 각서'라는 비
장한 제목을 달았을까? '시'가 바로 그러한 고독 가운데에서 매혹의 언
어로 쓰는 작업이기 때문이다.

3. 오는 것, 감정과 느낌의 타자성

1990년을 전후한 시기에 이성복의 시세계는 '치욕'에서 '서러움'으
로 진로를 변경한다. 『남해 금산』과 『그 여름의 끝』 사이에서 발견되

는 미묘한 차이는 이 변화의 산물이다. 그 이후 이성복의 시편들에는 '서러움'의 감정이 파편처럼 흩뿌려져진다. '폭풍'이 몰아치던 여름의 끝에 선 시인에게 삶은 그 자체가 모순덩어리였고, "내 마음은 골짜기 깊어 그늘져 어두운 골짜기"(「만남」)처럼 자신을 어둠의 질곡으로 인식한 시인은 '슬픔'과 '서러움'의 감정을 통해 치욕적인 삶을 감내했다. 시집 『그 여름의 끝』은 '서러움'의 연대기라 부를 만하다. '서러움'이 시의 주조가 될 때, 세계의 모든 것들은 '서러움'을 촉발하는 외부적 대상이 되고, 세계 자체가, 그 속에서 영위되는 삶의 과정이 '서러움'의 시간이 된다. 「바다」에서 시인은 자신을 향해 다가오는 "흰 물거품"의 파도에서 "소나무 숲가"까지 서러움이 자신의 발걸음을 따라왔다고 고백한다. "서러움이 날 따라왔어요 / 나는 달아나지 않고 / 그렇게 우리는 먼 길을 갔어요"(3 : 22). 이제 삶은 서러움과의 '동행'이다. 삶이 끝나지 않은 한 서러움에서 자유로울 수 없다. 시인은 「숨길 수 없는 노래 1」에서 '서러움'에서 벗어나지 못하는 삶을 "어두운 물 속에서 밝은 불 속에서 / 서러움은 내 얼굴을 알아 보았네"(3 : 105)라고 노래했고, 「숨길 수 없는 노래 2」에서는 사랑의 결핍감을 "서러움 아닌 사랑이 어디 있는가 너무 빠르거나 늦은 그대여, 나보다 먼저 그대보다 먼저 우리 사랑은 서러움이다"(3 : 106)라고 표현했다. 이렇게 이성복의 시에서 '서러움'은 삶 / 존재의 다른 이름으로 자리 잡았다.

'서러움'의 정서가 『그 여름의 끝』(1990)에서 『래여애반다라』(2012)까지를 관통한다. 그의 시세계는 『아, 입이 없는 것들』(2003)에서 "오, 육체가 없었으면 춥지 않았을 것을"(5 : 12), "오, 육체가 없었으면 없었을 구멍"(5 : 16)처럼 '육체'와 '욕망'의 문제를 경유하지만, 『래여애반다라』는 '서러움', '육체', '욕망'을 '죽음'의 유한성이라는 시선으로 새롭게 사유하고 있다. 신라 향가의 구절인 '래여애반다라(來如哀反多羅)'는 '오다, 서럽더라'라는 의미이다. 2006년 여름 경주에서 같은 제목의 진흙 불상 전시회가 개최되었고, 시인은 이 전시회의 제목을 가져다 존재자의 숙명적인 서러움을 노래했다. 시집의 해설자는 시인이 "'서러움'에 방점을 두고 '래여애반다라(來如哀反多羅)'라는 여섯 글자의 의미를 각각 따로 해석하였"다고 증언하고 있다. 그렇다면 이성복의 이번 시집은 한편으로는 '고독' 가운데의 매혹을, 다른 한편으로는 인간의 유한성에서 기원하는 '서러움'의 정조를 핵심적인 정서로 삼았다고 말할 수 있다. 그런데 이 '고독'과 '서러움'에서 주체(주인)는 '나'가 아니다. 그것들은 '나'의 소유물이 아니다. '고독'이, 느끼는 것으로서의 주체의 능동적 행위가 아니라 느껴지는 것으로서의 수동적 상태라면, '서러움' 또한 전적으로 '나'의 것이라고 말할 수 없다. 그것은 "눈물은 빗물처럼 밖에서 흘러든다"(7 : 33)라는 진술과 같은 이치이다. '나'라는 울타리에서 벗어나 '옆 / 곁'으로 확장될 때 '고독'이 흘러들듯이, '서러움'은 세계-없음에서 비롯되는 단독자의 경험이 아니라 세계-안에서 발생하는 한계 경험이다. 우리는 감정의 도래 앞에서 전적으로 무능하다. 그러므로 '나'는 감정의 '주체'가 아니라 그것이 깃드는 '장소'일 수밖에 없다.

> 느낌은 어떻게 오는가
> 꽃나무에 처음 꽃이 필 때

느낌은 그렇게 오는가

꽃나무에 처음 꽃이 질 때

느낌은 그렇게 지는가

종이 위의 물방울이

한참을 마르지 않다가

물방울 사라진 자리에

얼룩이 지고 비틀려

지워지지 않는 흔적이 있다

—「느낌」 전문(3 : 11)

'느낌'은 감정의 타자성에 관한 진술이다. '느낌'은 '느끼는 것'이 아니라 '느껴지는 것'이라는 점에서 '나'의 주체성이 무화되는 경험이다. 그래서 화자는 '느낌'의 정체가 아니라 그것의 타자성, 즉 "어떻게 오는가"라고 자문할 수밖에 없다. '느낌'은 '나'를 향해 도래하는 것이면서, 그 도래의 형태로 '나'라는 존재의 안정감을 위협한다. 그것은 내 의지의 외부에서 경험되는 바깥과의 관계이다. 이처럼 '느낌'의 도래가 '나'의 존재를 위협하는, '나'라는 정체성을 혼란에 빠뜨리는 카오스의 경험이라면, 그때 '시'란 무엇일 수 있을까? 2연의 '흔적'이 증언하는 것이 바로 이것이다. 우리는 느낌이 '어떻게' 오는지 알지 못한다. 알지 못하기에 말할 수 없다. 다만 "꽃나무에 처음 꽃이 필 때"도, "꽃나무에 처음 꽃이 질 때"에도 '느낌'이 온다는 사실만은 분명하다. 그러므로 이것은 말할 수 없음에 대한 말이다. 만일 글쓰기가 이 '느낌'의 언어적 재현이라면 그것은 불가능하다. 그것은 카오스, 즉 언어적 질서의 '외부'로 도래하기 때문이다. 그것은 '자리'를 남기고 사라지는 '물방울'과 같다. '자리'에는 항상 "얼룩이 지고 비틀려 / 지워지지 않는 흔적"이 남는다. '글쓰기'란 이 '흔적'을 통해 '느낌'을 추체험하는 과정이며, 카오스의 경험을 언어적 표현으로 분절하여 가시화하는 작업이다. 이 경우 카오스로서의 '느낌'이 사라지는 것은 당연하다. '느낌'과는 조금 다른 경우이지만, 시집 『래여애반다라』의 3부에 실려 있는 '슬픔'에 관한 시편들에서 이러한 타자성은 발견된다. 가령 시인은 「누군가 내게 쓰다 만 편지」에서 시적 대상인 '저것'에 대해 "저건 내가 손 댄 게 아니라니까", "저건 기억도 아니라니까"라고 진술하고 있다. 시인에 따르면 '저것'은 어떤 손길이 지나간 흔적 같은 것이지만, "슬픔 같은 것"처럼 구체적으로 한정해서 지시할 수 없는 어떤 것이다. 그런데 그 '저것'은 시인의 '손', 즉 의지와 '기억'과는 무관한 것이다. 만일 '저것'에 대한 시인의 반응이 "슬픔 같은 것"이라면 여기서의 '슬픔' 또한 시인-주체의 소유는 아니다. 그렇다면 '오다, 서럽더라'는 이러한 감정의 타자성과 무슨 관련이 있는 것일까? 이 물음에 대답하기 위해 '오다, 서럽더라' 연작이 포함된 부분을 살펴보자.

그날 밤 동산병원 응급실에서
산소 호흡기를 달고 헐떡거리던 청년의
내려진 팬티에서 검은 고추, 물건, 성기!
이십 분쯤 지나서 그는 숨을 거뒀다

그리고 삼십 년이 지난 오늘 밤에도

그의 검은 고추는 아직 내 생속을 후벼 판다

못다 찌른 하늘과 지독히 매운 성욕과 함께

—「오다, 서럽더라 1」 전문

　시집의 6부에는 '오다, 서럽더라' 연작 네 편과 '래여애반다라(來如哀
反多羅)' 연작 아홉 편이 실려 있다. 이들 가운데 '오다, 서럽더라' 연작
의 시적 모티프들을 모두 '죽음'과 관계한다. 삼십 년 전 한 청년의 죽
음(「오다, 서럽더라 1」), 장모의 죽음(「오다, 서럽더라 2」), 장인의 죽음(「오다,
서럽더라 1」), 할머니 묘소(「오다, 서럽더라 4」) 등 죽음의 형태와 관계는 다
르지만, '죽음'은 "뜻 없고 서러운 길 위"(7 : 11)의 삶이 결국 맞닥뜨리게
되는 인간의 '유한성'을 지시한다는 점에서 동일하다. 이처럼 '죽음'이
특정 인물에 한정된 사건이 아니라 유한자인 인간 운명으로 이해될 때,
시인 또한 그 죽음에서 자유로울 수 없다. 이성복의 시에서 (타자의 / 타
자로서의) 죽음은 '느낌'처럼 온다. 이러한 죽음은 우리의 바깥에서 불현
듯 도래한다는 점에서 '타자' 경험의 일부이다. 그런데 이들 네 편의 시
에서 유한성의 상징으로서의 죽음은 '기억'을 통하여 시간을 거슬러 시
인에게 당도한다. 가령 청년의 죽음과 할머니의 묘소 이장은 각각 삼
십 년과 십 년이라는 물리적 시간을 훌쩍 뛰어넘어 '오늘밤'까지 이어
지고, 장인의 죽음은 전동 면도기의 형태로 한동안 '서랍' 속에 보관되
었다.

4. '시'와 '삶'의 평행성

한편 '래여애반다라' 연작은 '죽음'과는 다른 층위에서 '삶'과 '시'의 평행성을 사유한다. '오다, 서럽더라' 연작이 '죽음'이 매개하는 유한성에 대한 사유라면, '래여애반다라' 연작은 '래여애반다라'를 "이곳에 와서, 같아지려 하다가, 슬픔을 맛보고, 맞서 대들다가, 많은 일을 겪고, 비단처럼 펼쳐지다"('시인의 말')라고 의역함으로써 '삶 / 시'가 동일한 문턱을 거치는 과정임을 보여준다. 바로 이 지점에서 삶은 서러움의 연속, 즉 그것과의 뗄 수 없는 동행으로 인식된다. 「來如哀反多羅 1」에서 시인은 허옇게 삭은 새끼줄을 목에 감고 버팀대에 기대 선 나무의 푸른 잎에서 "추억의 생매장"을, "추억의 아가리도 울컥울컥 / 게워 올릴 때가 있다는 것"(7 : 130)을 발견한다. '푸름'은 추억을 억압하고 획득된 현재의 상태이다. 하지만 시인의 눈에 나무의 푸른 잎은 추억이 "푸르게 살아 돌아"온 것으로 보인다. 본질과 현상, 현재와 추억의 이 시차(時差)에서 시인이 의미를 부여하는 쪽은 추억이다. 「來如哀反多羅 2」에서 시인은 바람의 길을 거슬러 "어미의 자궁"이라는 원초적인 세계로 돌아가려 한다. 물론 이러한 욕망은 "어미의 삭은 탯줄 끌고 돌아올 수 있을까"처럼 현재로의 귀환을 전제한 오르페우스적인 것이라는 점에서 단순한 과거지향과는 다르다. 시인은 바람의 딸들을 "피 묻은 나"를 들어 올리는 탄생의 신과 "빛바랜 수의를 마름질하는" 죽음의 신으로 양분함으로써 삶이 '탄생'과 '죽음' 모두에 관계하고 있음을 보여준다. 인간의 유한성이란 정확히 이 탄생과 죽음 '사이'를 의미한다.

삶이여, 네가 기어코

내 원수라면 인사라도 해라,

나는 결코 너에게

해코지하지 않으리라

— 「來如哀反多羅 5」 부분

　　총 9편의 연작은 "이곳에 와서, 같아지려 하다가, 슬픔을 맛보고, 맞서 대들다가, 많은 일을 겪고, 비단처럼 펼쳐지다"라는 의미에 일정한 방식으로 대응한다. 연작 1과 2가 "이곳에 와서, 같아지려 하다"에 해당한다면, 연작 3은 "나는 남의 순간을 사는 것만 같다"라는 사유를 통해 "같아지려 하다"의 불가능성을 보여준다. 또한 연작 4의 "해묵은 상처는 구더기들의 집 / 물 많은 과일들은 물이 운 것이다"(7 : 133)라는 진술은 "슬픔을 맛보고"에 해당하고, "삶이여 (…중략…) 해코지하지 않으리라"라는 진술은 삶에 대한 맞섬을 넘어서는 순간을 증언한다. 오래전 이성복은 『호랑가시나무의 기억』에서 이렇게 말했다. "너무 오랫동안 삶을 무시해왔다"('자서(自序)'에서). 그렇다면 이 진술과 호응하는 위의 인용은 '삶'에 대한 긍정인가? 만일 그렇다면, 그때의 '긍정'이란 도대체 무슨 의미인가? 시인이 '삶'을 '원수'라고 지칭하는 대목에 주목하자. 시인은 '원수'에게 '인사'를 요구하고, '원수'에게 '해코지하지 않겠다고 다짐한다. '인사'와 '해코지하지 않음'이라는 친절한 태도에도 불구하고 시인은 삶에 '원수'라는 뜻밖의 이름을 부여한다. 그래서 이 긍정은 무기력함의 동의어인 '순응'이라고 말할 수 없다. '순응'이 삶의 기준을 세상의 가치 법칙과 일치시키는 정신승리법의 일종인 반면, 여기서의 '긍정'은 '래여애반다라'로 압축되는 삶의 복잡다단한 과정과 서러움으로서의 실존을 수락하는, 세계 자체를 초월하려 하지 않고 그 세계에 뿌리내리고, 그 세계와 더불어 '서러움'을 견디며 살아가려는 태도이다. 수직적인 방식으로 초월하지 않는 것, 세계-내부적-존재로서의 감정에 충실한 상태로 결핍을 껴안고, 응시하고 "뜻 없고 서러운 길 위의 / 옻말처럼"(7 : 11) 살겠다는 태도야말로 이성복의 시의 힘이다.

> 언젠가 그가 말했다, 어렵고 막막하던 시절
> 나무를 바라보는 것은 큰 위안이었다고
> (그것은 비정규직의 늦은 밤 무거운
> 가방으로 걸어 나오던 길 끝의 느티나무였을까)
>
> (…중략…)
>
> 어쩌면 그는 나무 얘기를 들려주러
> 우리에게 온 나무인지도 모른다
> 아니면, 나무 얘기를 들으러 갔다가 나무가 된 사람
> (그것은 우리의 섣부른 짐작일 테지만
> 나무들 사이에는 공공연한 비밀)
>
> —「기파랑을 기리는 노래」 부분

문제는 "비단처럼 펼쳐지다"(羅)이다. 비단처럼 펼쳐지는 시 / 삶의 경지, 많은 일들이 자나간 다음에야 맞이하게 되는 그 단계란 어떤 것일까? '파국'을 넘어선 평정의 원숙미, 여여(如如)한 삶의 경지일까? 먼저, 이번 시집이 건축학적 구조의 형식으로 구성되었다는 사실에 주목해보자. 이 시집은 '죽지랑'과 '기파랑'에 관한 시가 각각 입구와 출구의 역할을 맡고 있으며, '래-여-애-반-다-라'의 과정이 그것들에 연속성을 부여하고 있다. 그러니까 「기파랑을 기리는 노래」는 '라(羅)'에 해당된다. 이 시의 전반부에서 가장 두드러지는 시어는 '위안'이다. 이 '위안'은 "불어오게 두어라 / 이 바람도, / 이 바람의 바람기도"(7 : 136), "어떻든 봄은 또 올 것이다"(7 : 140) 같은 의지의 낙관주의를 통과한 이후의 것이라는 점에서 문제적이다. '그'가 '나'에게 말했다. "어렵고 막막하던 시절 / 나무를 바라보는 것은 큰 위안"이었다고. '나'는 그 '나무'를 상상하다가, 마침내 '그'와 나무를 동일시하기 시작한다. 시인은 '그'와 '나무' 사이의 유사성을 찾는다. 우선, '그'와 '나무'는 존재감을 드러내지 않으면서 존재한다는 점에서 유사하다. 또한 누구에게도 '짐'이 되지 않고, 자신은 물론 주변의 사람-나무를 구박하지 않는다는 점에서도 그들은 일치한다. 무엇보다도 '그'는 수락하기 어려운 '나'의 부탁마저 "아니 그건 제가 할 일이지요"라고 말하며 수락한다. 그래서 '그'와 '나무' 사이의 유사성은 "어쩌면 그는 나무 얘기를 들려주러 / 우리에게 온 나무인지도 모른다"라는 동일성으로 확장된다. 이 동일성이 '우리'에게는 '섣부른 짐작'이지만 '나무들 사이'에서는 '공공연한 비밀'이라는 것. 그런데 이러한 사유는 우리 시대의 비평이 거리를 유지해왔던 생태적 상상력과 다른 것인가?

이성복의 초기시가 지닌 '부정'의 에너지에 열광했던 독자라면 그의 근작들, 특히 '비단'처럼 펼쳐지는 삶 / 시의 세계를 반가운 마음으로 읽기는 쉽지 않을 것이다. '부정'에서 '긍정'으로의 이러한 이동은, 그 언어적 형상화의 층위에서는 뛰어난 성과를 보여주지만 현대시의 '진화' 과정에 비추어보면 비판의 소지도 없지 않다. 물론 '이성복'이라는 이름의 상징성을 무시하고 그의 시적 변화를 비판하는 사람은 없을 것이다. 하지만 이성복의 근작들이 '작품'만으로 평가되는 것이 아님은 분명하다. 그런 점에서, 제도의 평가와는 별개로 이번 시집에 대한 반응은 분명하게 엇갈릴 듯하다. 에드워드 사이드는 '말년의 양식'에 대해 "예술의 역사에서 말년의 작품은 파국이다"라는 말을 남겼다. 하지만 『달의 이마에는 물결무늬 자국』에서 『래여애반다라』까지를 두고 말하면, 이 '파국'은 개별 시인의 시세계 내부에서 발생하는 변화에 한정되어야 할 듯하다. 이때 '파국'은 시인이 걷고 사유한 기존의 세계를 스스로 허무는 탈구축이고, 시세계의 연속성에 단절을 도입함으로써 새로운 출발을 가능하게 하는 실존적 사건일 것이다. 이성복의 시세계에서 이 단절은 불교적·위파사나적 사유와의 만남에서 시작된다. 문제는 이것이다. 이 만남 '이전'과 '이후'의 단절을 어떻게 평가할 것인가. 이것이 이성복의 시를 읽는 사람들에게 공통으로 주어진 질문이다.

앞 글에서 인용된 시 작품명 혹은 문장 뒤의 '(숫자 : 숫자)'는
'(이성복 시집의 순서 : 인용 쪽수)'를 뜻한다.

1. 『뒹구는 돌은 언제 잠 깨는가』(문학과지성사, 1980)

2. 『남해금산』(문학과지성사, 1986)

3. 『그 여름의 끝』(문학과지성사, 1990)

4. 『호랑가시나무의 기억』(문학과지성사, 1993)

5. 『아, 입이 없는 것들』(문학과지성사, 2003)

6. 『달의 이마에는 물결무늬 자국』(열림원, 2003)

7. 『래여애반다라』(문학과지성사, 2013)

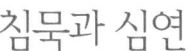

침묵과 심연

황규관 시세계

1.

　황규관의 시에는 언제나 '노동시'라는 꼬리표가 따라다닌다. 그가 '노동'과 관계없는 시를 쓸 때에도, 그의 시를 읽는 사람들의 머릿속에는 '노동시'라는 범주가 자리하고 있는 듯하다. 한때 '노동시'라는 개념이 세계를 보는 건강한 시선으로 인식되었던 때가 있었다. 그 시절 노동계급은 우리의 미래를 지시하는 검지손가락이었다. 그렇지만 구로공단이 디지털단지로 바뀌고, 노동운동 대신 촛불집회가 전위적인 운동의 형식으로 등장하고, '노동' 개념 자체가 '공장' 바깥으로 확장됨에 따라, 오늘날 '노동시'는 더 이상 명예로운 수식으로 받아들여지지 않는다. 특정한 시적 내용이나 경향이 아니라 시인에게 따라붙는 '노동시'라는 꼬리표는, 조금 과장해서 말한다면, 차별화를 의미하는 유표(有表)의 일종이다. 마치 세상에는 '노동시'와 '노동시가 아닌 시'가 있는 것처럼. 문제는 어떤 시인이 '노동시'가 아닌 시를 쓸 경우에도 이 차별화의 유표적 기능이 어김없이 작동한다는 데 있다.

사실 황규관의 시를 노동시라는 범주를 이용하여 규정하려는 대부분의 비평적 분석은 일정한 한계를 지닌다. 세 번째 시집 『패배는 나의 힘』(창비, 2007)이 보여주듯이 황규관의 시세계는 이미 '노동'이라는 제한적인 영역을 벗어나 '몸'과 '삶'을 오가는 일종의 우주론적·생태론적 영역으로 발걸음을 옮겼기 때문이다. 그는 인간과 자연을, 비루한 일상과 우주론적 사유의 연속성을 잃어버리지 않은 채로 '가난'의 문제와 밥벌이의 고단함에 관해 노래해왔다. 그러면서도 그의 시세계는 우주론적·생태적 사유와 밥벌이라는 일상의 고단함을 이항적인 선택의 문제로 귀결시키지 않고 있는데, 이는 그의 근작들이 어느 하나의 경향으로 환원되지 않고 묘한 긴장감을 형성하고 있다는 사실에서도 확인된다. 이러한 시세계의 긴장은 이번 시집에서도 동일하게 반복되고 있다. 가령 시집의 전반부에서는 '노동'이나 '일상'과는 전혀 다른 세계의 형상이 펼쳐지고 있으며, 중반 이후에서는 '노동'에 근거한 현실 비판과 '일상'에 뿌리내린 자기 성찰의 태도가 지배적인 경향으로 자리하고 있다. 이런 맥락에서 보면 느리게나마 '노동'에서 '생명'의 세계로의 시적 전회를 시도하고 있는 것처럼 보이며, 그런 까닭에 황규관의 시를 읽는 두 가지 이상의 독법이 가능하다. 그렇지만 나는 황규관의 시를 읽는 독법들 모두가 동일하게 중요하다고 생각하지는 않는다. 이 글은 '노동 이후'라는 맥락에서 그의 시적 변화가 지닌 의미를 추적하려 한다.

2.

　모든 반복에는 특별한 의미가 있다. 한 번의 우연적인 발화가 하나의 규정적인 '의미'로 귀착되고, 그것이 한 시인의 시세계에서 특별한 의미를 점하게 되는 과정은 결국 반복의 힘에 의해서 성취된다. 황규관의 이번 시집에서 '시간'에 관한 인식이 바로 이러한 반복에 해당한다. 시인이 '시인의 말'에서 "현재가 과거에 속박되어서는 안 되지만 / 과거는 현재의 심층에서 언제나 운동하고 있다고 믿는다"라고 밝혀두었듯이, 이 시집의 특징적인 면모 가운데 하나는 삶의 과정을 '과거'와 '현재'의 삼투와 습합으로 인식한다는 데서 찾을 수 있다. 근대적인 유동적 시간관과도, 나아가 순환하는 농경적 시간관과도 구별되는, 이른바 적층되는 시간관을 통해서 시인이 말하려는 것은 비단 한 개인의 삶이 '과거'와 '현재'의 연속성에 근거한다는 상식적인 믿음만은 아닐 것이다. 가령 시인은 "포클레인이 지나갈 재개발과 / 협잡과 투기와 탐욕이 넘쳐나"(「공장 밖이 위험하다」)는 세속도시의 욕망을 "폐수 같은 시

간"이라고 명명하고, 그 타락한 세계로부터 자유롭지 못한 자신의 일상
적 삶을 "찢어져 버린 시간"(「만국의 노동자여 분열하자」)라고 비판한다.
나아가 신체에 새겨진 과거의 상흔 때문에 고통 받는 자신의 모습을
"너무나도 다른 시간들이 / 몸을 이곳저곳 가르고 있다"(「살을 앓다」)라
고 표현하는가 하면, 부분과 전체로 구분되지 않는 자연으로서의 냇물
을 "얼굴이 없는 시간"(「냇물」)이라고 명명한다. 이러한 시간 표현들을
통해서 알 수 있는 것은 시인이 인간의 삶은 물론 세계 전체를 거대한
시간의 표상으로 감각하고 있다는 사실이다. 가령 「밥」의 경우를 보자.

> 아들아, 밥은 그냥 뜨거운 거다
>
> 더럽거나 존엄하거나, 유상이든 무상이든
>
> 밥을 뜰 때 다른 시간이
>
> 우리의 몸이 되는 것
>
> 정신도 영혼도 나는 신뢰하지 않는다
>
> 이게 다 밥 때문이다
>
> 더 먹어라, 벌써 비운 그릇에
>
> 한 숟가락 덜어주는 건
>
> 연민이나 희생이 아니라
>
> 밥은 사유재산이 아니니
>
> 내 몸을 푹 떠서 네 앞에 놓을 뿐
>
> 밥을 먹었으면 밥이 될 줄도 알아야지
>
> ― 「밥」 부분

'밥'은 "그냥 뜨거운 거라는 거"라는 인식은 '밥'에 관한 유물론적인 인식을 전제하고 있다. 시인에 따르면 밥은 더러운 것 / 존엄한 것, 유상 / 무상이라는 일상적 분별을 넘어서 그냥 뜨거운 것, 즉 존재자 그 자체일 뿐이다. 흥미로운 것은 시인이 '밥'에 관한 이러한 이해를 '시간'의 문제와 겹쳐놓고 있다는 사실이다. 즉 "밥을 뜰 때 다른 시간이 / 우리의 몸이 되는 것"이 바로 그것이다. 이러한 인식에 따르면 밥을 뜨는 행위는 '다른 시간', 즉 다른 개체의 시간을 '우리의 몸', 즉 '나'의 시간과 중첩시키는 것이다. 시인은 '밥'이라는 일상적인 대상에도 '시간' 표상을 그대로 적용하고 있거니와, 각각의 개체에 속하는 시간들이 밥을 먹는 행위를 통해서 통합되고, 그리하여 '나'가 밥을 먹는 것은 다른 개체의 시간을 받아들이는 것과 동일하다는 인식에 이른다. 이런 맥락에서 시인은 '정신'과 '영혼'의 개념을 철저히 부정하며, 심지어 '밥'과 관련되어 세상을 시끄럽게 만드는 언표들 — 가령 연민, 희생, 사유재산 등 — 을 신뢰하지 않는다고 토로한다. 그런데 개체와 개체의 우연적인 마주침을 시간적 사건으로 표현하는 이러한 태도가 궁극적으로 지향하는 바는 그것을 인식론이 아니라 존재론의 차원으로 끌어올리는 것이다. 예를 들어 시인은 「아침이 되는 길」에서 '지난봄의 슬픔'이 오늘 아침의 '어린 이슬'이 되는 과정을 묘사하면서 "사라지는 것이 아니다, 먼지처럼 / 쌓여 다른 생으로 가는 것이다"라고 쓰고 있는데, 이것은 "후회는 현재를 더럽히므로"(「8월」)나 "지나 온 길 위에 남긴 흔적에 / 왜 가슴은 식을 줄 모르는가"(「길」)처럼 과거라는 시간이 사라지는 것이 아니라 현재에도 영향을 끼친다는 것, 그렇지만 그 영향이 '다른 생'

처럼 이전과는 다른 형상으로 나타난다는 것을 뜻한다. 그런데 이러한 시간적 관계는 인식론적이기보다는 확실히 존재론적이며, 나아가 바람에 흔들리는 8월의 숲에서 "모르는 여자의 머릿단"을 읽어내는 내면의 감각을 "사소한 몸살도 당신과 마주친 흔적"(「8월」)이라고 규정하는 장면에서는 그 존재론적 의미가 한층 뚜렷해진다. 더욱이 시간의 변화를 "살과 살이 섞여 / 점점 깊어갈 뿐"(「강가에서」)이라고 표현하는 대목에 이르면 이제 시간의 뒤섞임이라는 인식론적 사건은 새로운 생명의 탄생을 예고하는 존재론적 사건으로 바뀌어 있다. 이처럼 황규관의 시에서 시간의 뒤섞임과 존재의 결합은 수평적인 방식의 관계를 드러내는 인식이라는 점에서 존재론적 의미를 띤다.

3.

"살이 말을 녹인다"(「흐르는 살」). 황규관의 세 번째 시집 『패배는 나의 힘』에 등장한 구절이다. 시인은 '살'의 부드러움과 '언어'의 견고함을 대비시킴으로써, '언어'가 만물의 형상과 움직임을 영속화하는 중심적인 것인 반면, '몸'은 언어의 견고함을 벗어나 '소리'의 세계에 근접하는 탈중심적인 것임을 보여주었다. 여기에서 '몸'과 '살'은 생명의 본원적인 측면을, '언어'는 그 생명을 영토화하려는 권력적 요소를 각각 상징한다. 황규관의 이번 시집은 이 '몸'의 세계를 생태학적인 요소와 결합시켜 대안적 세계를 가시화되고, '언어'를 초월하는 '소리'를 '침묵'에 근접하는 것으로 형상화하고 있다. 그리고 이 모든 인식의 출발점은 생명의 논리에 근거한 문명 비판이다. 특히 이번 시집에서 이 비판적인 시선은 몇몇 시편들에 집중되기보다는 시집 전편에, 매우 암시적인 방식으로 산포되어 있으며, 그 비판의 언어 또한 당위적이고 추상적인 구호를 전면에 내세우는 생태주의 시편들과 달리 매우 감각적인 방식으로 처리되어 있다. 때문에 이 비판은 부재하는 원인처럼 은폐되어 있으나, 바로 그런 이유로 생경한 관념의 당위적 노출이라는 생태주의의 한계를 벗어나고 있다.

가령 시인은 "길을 넓히겠다고, 길가에 말없이 / 한 이십 년은 서 있었음직한 나무를 / 포클레인이 찍어내고 있다"(「무너지는 시간」)라는 구절에서 나무의 존재감인 시간('이십 년')을 훼손하는 문명('포클레인')의 폭력성을 고발하고, "속도는 탐미주의를 닮았다 / 속도는 문명의 높이와 정비례한다"(「고속도로」)라는 표현을 통해서 문명이 지닌 속도의 욕망을 우회적인 방식으로 비판한다. "나는 너무 맹렬히 달려왔고, 속도를 / 속도가 생산하는 가치를 은연중에 신뢰했네"(「소음의 정체」). 황규관의 시세계에서 문명에 의한 자연의 파괴, 기계에 의한 시간의 파열은 결국 문명과 기계에 의해 만들어진 편리함이 인간의 행복과 무관하다는 인식으로 이어진다. 그러므로 "대지가, / 생명이 갇혔다"(「거리에 갇혔다」)라는 진술은 문명과 기계의 결과물인 '거리'가 생명으로서의 대지를 잠식해버렸음을 고발하고, 나아가 '거리'로부터 '대지'를 해방시키는 것이 곧 생명의 정도(正道)임을 알리는 대안적 감각을 제시한다.

강물 앞에 서면 물결이 되고
숲에 들면 나무가 되는 순간이 있다

어깨를 들썩이며
모든 시간이 울먹이고 꽃잎이
바람이 되는
어찌할 수 없는 노래가 있다

멍든 가슴이 깨질 때 목마른
짐승이 밖으로 뛰쳐나와 들판을 달릴 때
언어가 조각나는
여리디 여린 몸뚱이가 있다

절정은 사막인데
사막이 피안이 되는 순간이 있다

싸움과 변명과
누적된 신음이 켜질 때
사랑과 믿음과 고독에
모두를 맡길 때

미지의 심연이 반짝이는

찰나가 있다

어두운 물질에

웃음이 번지는 기적이 있다

― 「탄생」 전문

이것은 어떤 경험의 순간에 관한 기록이다. 이 경험은 '나'와 '강물', '나'와 '숲'의 만남에서 비롯된다. 그런데 이 '순간'적인 사건으로서의 만남은 "강물 앞에 서면 물결이 되고 / 숲에 들면 나무가 되는"처럼 '나'의 정체성이 온전히 사라지는 경험이다. 이 경험은 '나'와 '강물', '나'와 '숲'이라는 각각의 실체가 마주 대면하는 근대적인 또는 이성적인 방식의 관계가 아니다. 그것은 인간이 자신의 목적에 맞게 자연을 가공할 수 있거나, 또는 그런 가공이 진보라는 이름으로 합리화되는 문명의 관계가 아니다. 차라리 그것은 '나'라는 근대적인 자아의 형상이, 또는 언어의 산물로서의 '나'라는 주체성이 '강물'과 '숲'이라는 더 큰 자연의 일부가 되는 융합적인 관계이다. 그래서 이 관계는 "언어가 조각나는 / 여리디 여린 몸뚱이가 있다"처럼 '언어'의 권력이 부정되고 오로지 '몸'만 남는 감각적 관계이며, 나아서 이성에 의해 매개되지 않는 '살'의 관계이다. 자연 앞에서 경험하는 '나'의 해체는 ― 그것을 숭고의 체험이라고 말하는 것은 중요하지 않다 ― 근대적인 정체성의 논리에 따른다면 곧 '나'의 죽음이다. '나'라는 이성과 감각의 선험적인 주체성이 사라지는 것, 이것이 존재론적인 의미에서 죽음이 아니라면 무엇인가. 그런데 아이러니컬하게도 시인이 이 죽음의 순간에 '탄생'이라는 역설적 제목을 붙여놓았다. 이것은 근대적 이성이 자신의 죽음을 목격하는 그곳이 바로 비이성적 감각의 관점에서는 탄생의 지점이 된다는 논리를 함축하고 있다. 따라서 "절정은 사막인데 / 사막이 피안이 되는 순간이 있다"라는 표현이 가능해진다. 어떤 순간, 그러니까 어깨를 들썩이며 모든 시간이 울먹이고, 꽃잎이 바람이 되는, 어찌할 수 없는 노래가 되는 순간, 그리하여 심장에 깃들어 있던 짐승이 밖으로 뛰쳐나와 들판을 내달리고 언어가 산산조각 나는 그 절정의 순간은 '사막'이 상징하는 죽음으로서의 절정일 수밖에 없는데, 오히려 시인은 이 사막의 메마른 죽음에서 '피안'이라는 새로운 세계를 발견한다. 이러한 전도의 힘은 "벽이, 안에 있는 나와 / 밖에 있는 나를 흐르게 한다"(「벽」)라는 진술에서도 동일하게 확인된다. 사막을 피안으로 만드는 힘, 벽을 장벽이 아니라 흐름의 계기로 포착하는 힘, 일단 이것을 '기적'이라고 말해두자.

> 바다에 가까이 와서야 허락된 게
>
> 바람에 몸을 맡긴 영혼이라니
>
> 믿을 수 없는 건
>
> 차라리 버리지 못한 내 신념이다
>
> 새떼들 상류 쪽으로 까마득히 날아가고
>
> 강안은 또 부서지느라 포클레인과
>
> 덤프트럭을 허락하고 말았지만

흐름을 멈춘 듯한 세상에도

견딜 수 없는 심연은 있는 것,

나는 눈앞의 격랑을 너무 오래 바라며 살았다

그러나 겨울강은 바다에 가까울수록

침묵 쪽으로 길을 잡는다

그 위로 많이 가난해진 저녁놀이

먹먹하게 내려앉고, 드디어 암전!

그러므로 사랑을 잃은 노래여

사랑도 아득해지는 겨울강에서

뜨거운 숨을 혼자 쉬어라

어제보다 깊은 수심(水深)을 가져라

겨울강은 모든 목적을 버리고

경계 없는 바다가 되어가고 있다

—「겨울강」 전문

    이 시에서 주목할 것은 '심연'과 '침묵', 바다의 '무목적성'과 '경계 없음'이다. 알다시피 '문명'은 목적의 세계이다. 근대의 기계론적 세계관을 이끌어왔던 근본적인 에너지는 이성에 의해 자연세계를 유용성이라는 목적에 맞게 변환·가공하는 진보의 힘에 있었고, 진보적 세계관은 인간에 의한 자연지배라는 인위적인 사건을 자연적인 진화의 과정으로 간주함으로써 세계의 이질적인 시·공간성을 서열화했다. 인간에 의한 자연의 지배가 한층 고도화된 공간일수록 시간의 측면에서는 더 진보된 사회라고 인식되었던 것이다. 황규관의 시는 더 이상 그러한 진보주의에 동의하지 않는다. 예를 들어 시인은 「인간의 길」에서 '고래의 길-갯지렁이의 길-너구리의 길-딱정벌레의 길-제비꽃의 길-굴참나무의 길-북방개개비의 길'에 관해서 언급한 후에야 "드디어 인간의 길이 생겼다"라고 진술한다. 이것은 자연의 발생학적인 순서를 가리키는 것이지만, 또한 '인간의 길'이 자연의 길에 비해 더 중요한 것은 아니라는 전언을 담고 있다. 더군다나 시인은 "그리고 인간의 길옆에 / 피투성이가 된 고양이가 버려져 있다"처럼 인간의 길의 등장이 고양이의 죽음을 불러오고, 나아가 모든 자연 생명의 길들을 사라지게 함으로써 "드디어 인간의 길만 남았다 / 그리고 인간의 길옆에 / 길 잃은 인간이 버려져 있다"처럼 인간 자신의 생명을 위태롭게 만드는 결과를 불러올 것임을 예언하고 있다. 물론, 오늘날의 현실은 이 예언이 이미 현실의 일부가 되어버렸음을 말해주고 있지만.

화자 '나'는 '바다'에 와서 "버리지 못한 내 신념"을 신뢰할 수 없음을 깨닫는다. '바다'라는 자연적 세계에서는 인간의 신념은 더 이상 신뢰할 수 있는 이정표가 되지 못한다. 그 세계는 "바람에 몸을 맡긴 영혼"을 긍정하는 것만이 중요한 곳이다. 그러나 지금 바다에서 '나'의 앞에 펼쳐지는 풍경은 "포클레인과 / 덤프트럭"이 자연적 세계를 인간의 공간으로 바꾸고 있는 개발의 현장이다. 또한 이것이 우리 사회의 현실이다. 그렇다면 자연적 세계로서의 바다는 영영 사라져 무의미한 인간적인 공간의 일부가 되어버리는 것일까? 그렇지 않다. 시인은 '눈앞의 격랑'의 이면에 "견딜 수 없는 심연"의 세계가 존재함을 발견한다. 그것은 「낙화」에서 낙엽이 떨어지는 허공에서 "허공에는 지는 꽃잎보다 많은 / 다른 세계가 우글거린다"처럼 '다른 세계'의 존재를 읽어내는 것과 마찬가지이다. 시인은 이러한 재발견의 과정을 '침묵'과 연결시킨다. "겨울강은 바다에 가까울수록 / 침묵 쪽으로 길을 잡는다"가 그것이다. 여기에서 '침묵'이란 '언어', 즉 유동적인 자연적 세계를 중심화하는 언어의 힘이 부정될 때 목격되는 세계를 의미한다. 황규관의 시에서 '언어'는 인간과 문명에, '침묵'과 '심연'은 그 이면에 존재하는 '다른 세계'를 각각 상징한다. 그리고 "겨울강은 모든 목적을 버리고 / 경계 없는 바다가 되어가고 있다"라는 진술처럼 자연으로서의 '겨울강'은 '문명'의 목적성을 벗어나 경계 없는 '바다'의 세계로 흘러든다. 비유컨대 이것은 '생명'으로서의 '대지'가 인간의 '길'을 벗어나는 과정과 일맥상통한다.

4.

　목적이 없다는 것은 무의미하거나 무가치하다는 말이 아니다. 그것은 고정된 의미가 없다는 것이고, 유동적이고 우연적인 세계를 인위적으로 분절하는 '언어'의 질서 바깥에 위치한다는 의미이다. 인간의 역사가 정해진 방향을 향해 합목적적으로 흘러간다고 믿는 근대의 진보주의자라면 이 무목적을 질서를 위협하는 카오스, 즉 혼돈이라고 말하겠지만, 진보라는 문명의 신화를 거부하고 세계의 심연 속에서 새로운 세계의 도래를 성찰하려는 시인이라면 그러한 자연의 무목적성에 '혼돈'이라는 부정적 평가를 내리진 않을 것이다. 이런 까닭에 목적이 없다는 말은 미리 정해진 방향이 없다는 의미로 읽어도 좋을 듯하다. 황규관 시인에게 '자연'은 대표적인 무목적의 세계이다. 가령 자연은 "선도 악도 사라진 얼굴"(「입동」)처럼 선 / 악이라는 인간적 가치의 바깥에 존재하고, "가는 것도 없고 오는 것도 없는 냇물"(「냇물」)처럼 상(常)하지 않는다. 이러한 무목적의 자연이 인간의 삶에 비유될 때 "아무 것도 가지지 않기 위해 왔다 / 시퍼런 잎새 하나 피우러 왔다 / 함께 살자고 왔다"(「우리는 이렇게 왔다」)처럼 '무욕=생태=공동체'라는 윤리적 등식이 등장한다. 황규관의 근작들은 이처럼 '자연'과 '문명'이라는 상이한 체계를 무목적 / 목적, 살 / 언어, 심층 / 표면의 이항적인 관계로 변주하고 있다. 이번 시집에서 이 관계는 '언어'와 '침묵'이라는 또 하나의 대립으로 확장되고 있다.

> 가장 거대한 언어가 침묵이듯
>
> 가장 깊은 노래는,
>
> 구럼비 바위를 쉬지 않고 흔드는
>
> 바다의 영원한 혼잣말이네
>
> 그 의미 없는 몸짓 속에서
>
> 붉은발말똥게는 입술에 파도를 물고

따개비는 마을의 불빛을 켠다네

바람은 오름을 돌아 구름이 된다네

우리가 심해에서 엉금엉금 기어나와

까마득한 시간을 살아오는 동안,

대지가 펄떡였고 비통이 지나갔네

물질을 멈추지 않는 동안

수평선은 언제나 격랑이었네

맑은 설움이 지상의 모든 소음을 지우고

끝내 출렁이는 바다가 된다는 믿음을

오직 저 구럼비 바위가 증명하듯

오늘도 바다는 뜻모를 혼잣말이네

아물지 않은 아픔에 부는 숨결이네

그걸 들을 수 있는 영혼에만

아름다운 꽃밭이 된다네

허공을 양각(陽刻)하는 나비가 된다네

—「아름다운 꽃밭—강정마을」 전문

이 시의 공간적 배경인 구럼비 해안의 강정마을은 해군기지 건설을 둘러싸고 '안보-개발'의 논리와 '생태-평화'의 논리가 첨예하게 대립하고 있는 곳이다. 그렇다고 이 시의 의미를 제대로 읽어내기 위해 해군기지 건설을 둘러싸고 벌어지는 정치적·현실적 갈등을 떠올려야 할 이유는 없다. '구럼비'란 실상 인간에 의한 자연의 파괴와 정복을 상징하는 우리 시대의 축도(縮圖) 이상이 아니기 때문이다. 인간의 실용적인 목적과 편의를 위해, 또는 개발과 자본의 논리에 의해 파괴되고 있는 곳이 비단 구럼비 해안만은 아니다. 어쨌거나 시인은 지금 강정 마을에서 "구럼비 바위를 쉬지 않고 흔드는 / 바다의 영원한 혼잣말"을 듣고 있다. 그런데 "가장 깊은 노래"의 일종인 "바다의 혼잣말", 즉 '파도' 소리에서 시인은 그보다 더욱 본질적인 "가장 거대한 언어가 침묵"이라는 사실을 끄집어내고 있다. 가장 거대한 언어가 '침묵'이라는 것은 무엇을 의미하는가? 먼저 이때의 '언어'란 세계를 구획 짓는 질서의 상징인 인간의 '언어'가 아니다. 그것은 '언어'를 넘어선 언어이고, 언어의 심연에 존재하는 언어라는 점에서 '언어 이상'의 무엇이다. 시인에 따르면 그것은 "지상의 모든 소음을 지우"는 "맑은 설움"일 수도 있고, 모든 것들을 거대한 자연의 품으로 불러들이는 "끝내 출렁이는 바다"의 본래적 소리일 수도 있다. 문제는 "그걸 들을 수 있는 영혼들만 / 아름다운 꽃밭이 된다네"라는 진술처럼 오늘의 인간에게 그 침묵의 소리를 들을 수 있는 영혼의 능력이 존재하는가이다. 이 능력이 존재하지 않는 한 바다의 소리는 "영원한 혼잣말"과 "의미 없는 몸짓"의 차원을 벗어나지 못할 것이다.

'인간'의 언어와 자연의 '침묵'이 대립하는 모습은 시집의 곳곳에서 목격된다. 특히 이러한 대립은 "언어는 이제 벌레 울음이나 되어라"(「낙화」), "국가가 태어나기 이전에 (…중략…) 이름을 가지지 않은 심해가 있다"(「경계」), "좀 고요해지면 된다", "아침에 쌓인 눈은 / 말이 없다"(「눈 온 아침에」)처럼 '침묵'을 자연세계의 원리로 의미화하거나, 인간의 '언어'를 그 '침묵'과 대비되는 부정적인 것으로 형상화하는 방식으로 시집 도처에 흩뿌려져 있다. 하여, 시인은 "이제 침묵은 어디에서 빛날 것인가 / 넓어진 길을 따라 더 많은 소음"(「무너지는 시간」)처럼 자본주의적 '소음'과 자연적 '침묵'을 대비하고, 인간에 의한, 문명에 의한 자연의 정복과 파괴의 과정을 '소음'에 의한 '침묵'의 절멸과 동일한 층위로 설정한다. '소음'과 '침묵'의 이러한 비평행적인 관계는 결국 우리에게 '소음'의 길과 '침묵'의 길 가운데 하나를 선택해야 한다는 무언의 압박으로 다가온다. 이렇게 보면 "언어가 조각나는 / 여리디 여린 몸뚱이"(「탄생」)의 세계 역시 '침묵'에 대한 환칭이라고 말할 수 있다. 황규관의 시를 읽는 독자 모두가 이 불편한 물음 앞에서 잠시 주저할 것이며, 문명을 벗어난 삶을 희미하게나마 떠올려볼 것이다. 분명한 것은 우리 모두가 어떤 선택을 하든 진실한 것은 '언어'나 '소음'이 아니라 "버림받은 영혼의 말더듬이"(「노래에 대하여」)를 통해서만 도달할 수 있다는 것, 한 편의 시가 우리 마음에 조그만 파문을 일으키는 것은 결코 '언어'로만 해명될 수 없다는 사실이다. 어쩌면 이러한 문제의식이야말로 "핏물이 밴 정치시를 한 줄 못 쓴다 / 끝내 완성되지 못할 정치시를 / 아내의 외면도 너끈히 견뎌내는 / 더러운 시를"(「더러운 시」)라는 '정치시'에 관한 시인의 고민과 맞닿아 있는 것인지도 모른다. 그러나 우리는 또한 물을 수 있다. '언어'가 아니라면 그 노래가 또 무엇으로 가능할 수 있느냐고. '언어'와 '소음'을 넘어선 '침묵'이 그려낼 다음 세계는 과연 어떤 것일까. 이 질문을 가슴에 품고 그의 다음 시집을 기다려본다.

시, 그리고 사물의 부재

고형렬, 이정록, 최승호의 시집들

1. '젊은 시'의 외부

지난 몇 년, 젊은 시의 미학적 전위성에 문단의 관심이 집중되면서 시에 관한 우리의 인식도 한 단계 상승했다. 시적 문법과 상상력의 변화, 또는 미학과 정치의 관계에 대한 사유로 요약되는 젊은 시의 실험성은 새삼 문학의 시대성을 설명할 수 있는 풍요로운 틀을 제공했고, 특히 현실의 균열을 봉합하려는 서정적 경향이 균열을 드러내고, 균열에 맞서려는 응전의 경향으로 바뀐 것은 무시할 수 없는 2000년대 시의 성과이다. 그러나 이러한 변화가 '젊은'이라는 비평적 호명을 생물학적인 잣대와 동일시함으로써 '젊은 시'의 외부를 비가시적인 영역으로 만들어버렸다는 느낌도 없지 않다. 문학적 연속성이 세대적 경계에 의해 단절로 경험되게 만들고, 한 시대의 문학적 공과를 특정 세대 모두의 책임으로 돌려놓는 결과를 낳은 것이다. 그리하여 오늘의 시는 '젊은 시'와 '젊은 시가 아닌 시'로 양분되는 듯하고, 이 새로운 분류법에 따라 '중견'이라는 단어는 비판과 극복의 대상으로 간주되기에 이르렀다. 이러한 암묵적 평가가 90년대 중반 이후 시의 주류적 흐름이었던 생태학적 상상력에 대한 비판적 거리두기의 일종임을 모르지 않지만, 우리는 종종 한 사람의 시인이 책임질 수 있는 것은 자신의 언어뿐이라는 사실을 잊어버린다. 이 집단적 망각을 배경으로 세 사람의 중견 시인들이 최근 출간한 시집을 읽는다.

2. 변신, 사물이 언어가 되는

고형렬(高炯烈)의 시집 『나는 에르덴조 사원에 없다』(창비, 2010)는 '장미'가 '책'이 되는 거짓말 같은 변신 이야기로 시작된다. 이 이야기의 첫 구절은 이렇다. "침대에서 어둠과 빛으로 뒤척인 우울의 날 / 붉은 장미가 몸을 뒤집고 한 권의 책으로 태어났다"(「장미가 책이」). 이 변신이 가리키는 것은 '사물'이 '언어'가 되는 불가역적 변화, 즉 그 사물의 부재와 죽음이다. 사물이 부재할 때에만 언어가 가능하다는 것, 이것이 이 변신술의 원리이다. "내가 이해할 수 없는 것들로 갑자기 찾아왔던 것"(「장미가 책이」)이라는 불가항력적인 진술 이외에는 달리 설명할 도리가 없는 사건으로서의 변신. 그 변신의 알리바이는 변신 그 자체이다. "빨간 향기의 장미"라는 물질적 대상이 '책'이라는 활자로 바뀌는 이 변신은 '시'의 메타포이다. 다만, 이 변신이 인간에 의한 사물의 언어적 전용이 아니라 전적으로 장미 "자신의 변신"라는 사실을 잊지 말자. 변신은 초월적 원인을 갖지 않는다. '변신'에는 시인의 몫도 없다. 그래서 푸른미선나무는 "자신의 미선나무지 나의 미선나무는 되지 않는다"(「푸른미선나무의 시」)라는 진술이 가능하다. 시인의 몫이 없다는 것은 이 변신이 세계의 자아화라는 서정의 원리로는 해명될 수 없다는 의미이다. 그러므로 (언어로의) 변신은, 시(詩)가 그러하듯이, 시인의 '낙망' 속에서, "기다림도 없는 빛과 어둠 속에서" 불현듯 도착하는 수취인 불명의 사건이 된다.

사물의 죽음이 언어의 탄생을 가져오고, '언어'가 사건의 모든 것을 표현(기록)할 수 있다면 언어 때문에 절망하는 일은 발생하지 않는다. 그러나 '변신'은 시인은 물론 언어의 경계를 넘어서는 사건이다. 시작(詩作)은 언어를 넘어서는 사건의 효과를 언어로 표현해야 한다는 딜레마와의 대면에서 시작된다. 가령 「광합성에 대한 긍정의 시」를 보자.

> 빛을 모아들이는 것, 이것이 사랑이다
> 동전만한 잎사귀의 멍들, 그곳에 각자의 원을 그려대는 것
> 이 동작의, 복습의 유희성

화법을 배워라 누군가 말했지, 장기를 둘 땐 장기를 말하지 않는다

사랑할 땐 사랑이란 말 절대 하지 마

— 「광합성에 대한 긍정의 시」 부분

'광합성'은 변신의 비유이다. 그런데 '광합성'은 "장기를 둘 땐 장기를 말하지 않는다 / 사랑할 땐 사랑이란 말 절대 하지 마"처럼 언어외적인 사건이다. 빛을 모아들이는 잎사귀의 사랑이 그러하듯이, 변신-광합성은 "다른 / 꿈이 되어 다른 몸이 되고 다른 마음이 되면서 / 다른 시간 속"으로 넘어가는, "다른 계절 속에서 음, 그리고 또 노래가 되고, 물이 되고, 공기가 되"는 사건이기 때문이다. 무수히 '다른'으로 거듭나는 이 변신에는 주체라는 고정점이 없고, 변신의 인과를 설명할 마땅한 논리도 없다. 이 논리의 부재 앞에서 시인은 "어떻게 문장을 이어가야 할지 나도 몰라"처럼 '언어'의 불가능성을 토로한다. 시인은 다만 이런 불가항력적인 '사랑-변신-광합성'이 '나'를 취하게 만드는 '이명'과 '소란'이라고 진술할 수만 있는데, 불교의 윤회 관념을 연상시키는 이러한 생성 / 변신은 불변의 존재나 일자의 원리가 아니라 변신과 변화를 긍정하는 인식론으로 드러난다. '변신'은 "천년을 묻는 광케이블 피복 속 황금빛 유리섬유"(「광케이블의 기적의 시」)의 속도로 시인을 관통한다. 고형렬의 시에서 '변신'은 이처럼 '언어'의 문제이면서 언어를 넘어서는 문제이다.

고형렬의 문장들은 문법적 질서의 해체를 수반하지 않으면서도 절반쯤은 비문(非文)처럼 읽힌다. 비문의 언어들, 시적 사유의 비약, 뒤섞

인 목소리들의 병치가 연출하는 반(反)문법·반(反)언어의 적대주의는 그의 시를 '소통'과는 다른 층위에서 이해하도록 요구한다. 그의 시들은 "불완전한 문장"(「어느날은 투명유리창의 이것만이」)이거나, "까닭을 표하지 않고 끊어버린"(「손톱 깎는 한 동물의 아침」) 선문답과 유사하며, "형상할 수 없는, 뜻밖의 언어 부재"(「우스꽝스러운 새벽의 절망 앞에」)에 직면한 언어도단이기 때문이다. 시인은 시가 '소통'을 목표로 하는 언어가 아니며, 때문에 '소통'이라는 외적 강제에서 벗어나야 한다고 주장한다. '통화권이탈지역'(「통화권이탈지역」)은 바로 이러한 통화=소통으로부터의 탈주를 뜻한다. 그렇다면 시인은 왜 '시=소통'이라는 지배적 관념을 부정하는가? 그것은 '소통'에의 강제가 '내부'와 '감각'을 지워버리기 때문이다. "너무 쉬운 소통은 내부를 잃고 말기에 / 희미한 감각조차 조금씩 지워냈죠"(「꼭 말해야만 하나요?」) 하여, 시인은 '통화권이탈지역'에서 세상과 단절된 '잎들의 무늬'를 읽고, '결락된 감각'을 찾는다. 여기에서 중요한 것은 '소통'의 (불)가능성에 대한 판단이 아니다. 시인은 시 / 시인의 존재의 근거가 자신의 외부가 아니라 '내부'와의 관계에서 비롯된다고 생각하는 바, 시가 '소통'을 염두에 두고 발화될 때 그것은 '내부'와의 관계를 상실하고 '외부'라는 기능적·실용적 세계로 떨어지는 것이라고 주장한다. 실상 그가 말하는 '내부'와 '감각'은 언어가 도달하기 어려운 세계이거니와, 만일 시가 일상적 의미를 통해서 '외부'에 '내부'와 '감각'을 충실하게 전달하는 글쓰기라면 그것은 결코 현실화될 수 없을 것이다. 이런 맥락에서 그는 시에서 '언어'가 공리성보다 중요하며, 문학이 세상을 변화시킨다는 주장에 동의하지 않는다.

"시가 세상을 뒤바꾼다는 말은 거짓말입니다"(대담, 「고형렬 시인과의 만남」, 계간 『열린시학』, 2006 가을, 43쪽).

시가 '소통'의 외부라는 것, 문학의 가치란 결국 '언어'에 있다는 태도는 시가 언어의 예술이라는 상식적인 정의와 같은 것이 아니다. '언어'에 대한 시인의 의식은 "시를 뜯어고치기는 나를 뜯어고치기보다 어렵다 (…중략…) 나의 앞에 수많은 생이 기다린다 해도 미완의 / 그한 편의 시만 못했다"(「나의 황폐화를 기념한다」), "언어의 꿈을 꾸는 저 기형의 남자 (…중략…) 시가 도달할 수 없는 핏빛 절망의 벽「우스꽝스러운 새벽의 절망 앞에」) 등처럼 낙관적이기보다는 비관적이며, 언어에 대한 근대적 의식을 연상시킨다. 여기에 "형상할 수 없는, 뜻밖의 언어 부재"(「우스꽝스러운 새벽의 절망 앞에」)나 "나는 …… 날개의 나는, 찢어지고 절망한다, 이 불완전한 문장을 지울 수만 있다면"(「어느날은 투명유리창의 이것만이」) 같은 진술이 추가되면 비관적인 느낌은 한층 강해진다. 그는 결국 시란 '언어'의 문제이며, 시인에게 '언어'의 가치는 삶보다 우위에 있다고 주장하면서도, '언어'는 "시가 도달할 수 없는 핏빛 절망의 벽" 앞에서 좌절해야만 하는, 그러면서도 불가능한 경지를 포기하지 않으려는 '꿈'의 일종이라고 말하는 듯하다. 이는 시인이 언어의 (불)가능성으로 찢긴 존재이며, 가능성 속에서 불가능성에 직면하고, 불가능성 속에서 가능성을 포착해야 하는 모순적 존재임을 의미한다. '언어'에 대한 이 관념은 불립문자와 분리문자를 아우르는 불교의 언어적 초월, 다시 말해 언어로 도달할 수 있는 세계가 아니면서, 그렇다고 언어 없이는 도달할 수 없는 불교적 깨달음의 경지이다.

정치와 시는 언제나 맞은편에서 미래의 이곳을 본다
나는 순간, 이 나라를 입에 담고 싶지 않아졌다
고 말하고, 사진기를 어루만진다
매일 별을 보는 비정치적 천체물리학자가 아니지만
매일 말을 쓰러뜨리는 비천문학적 정치인도 아니지만
쉿, 조용 카메라를 별에 대고 사진을 찍는다
아비는 어둠에서, 걸레가 된 시간을 주워담는다

　　　　　　　　　　　　—「서서 별을 사진찍다」 부분

나는 가끔 이 남양주시 메인도로를 통과했다
남양주시는 모른다, 이런 문장은 맞는 문장이 아니다
나는 이 안되는 문장을 계속 만들려고 한다
나는 남양주시가 남양주시청과 남양주경찰서를
결코 모른다는 생각, 나는 이 이상한 생각에 막힌다
어느 시민도 이 모름을 눈치채지 못한다
나는 오늘 정오의 햇살의 남양주시가 되고 싶었다
아니 남양주시의 햇살의 정오를 밀치고 장님의
남양주시가 되려 한다 마른 햇살의 남양주시 정오!
생각만 해도 개체의 죽음과 삶을 훌쩍 뛰어넘는 듯
시청 앞에 국화, 눈구름 냉기 알알한 늦가을
슬픔과 기다림의 감정이 삭은 남양주시의 가을 정오
하지만 남양주시의 가을은 남양주시를 알지 못해

자신이 어디 가고 있는지 모르고 통과하고 있다

나와 말은 절망 속에서 햇살을 잡고 의문을 시작한다

　　　　　　　　　　　　　　　—「비정치적 남양주시」 부분

　이 시집에는 '정치'라는 시어가 포함된 두 편의 시가 실려 있다. 「서서 별을 사진찍다」와 「비정치적 남양주시」가 그것이다. 전자에서 '정치'는 '시'의 대척점으로 인식된다. 이것은 대상을 바라보는 '정치'와 '시'의 시선이 다르다는 것을 의미한다. 시인과 달리 비천문학적인 정치인은 "매일 말을 쓰러뜨리는" 존재이다. 한편 「비정치적 남양주시」는 '안되는 문장'에 관한 시처럼 읽힌다. 도대체 '안되는 문장'이란 무엇인가? 그것은 "남양주시는 모른다"처럼 비문 아닌 비문으로 구성된 언어의 세계이다. 그것은 문법을 위반했다는 점에서 비문이지만, 문법의 권력에 얽매이지 않는다는 점에서는 비문이 아니기도 하다. 비문이란 문법의 법적 가치를 인정할 때에만 가능한 말이 아닌가.

　이런 불가사의한 언어론은 「나는 지금 에르덴조 사원에 없다」에도 동일하게 등장한다. "나는 지금 에르덴조 사원에 없다 / 이 문장은 성립하지 않고 시상이 전개되지 않는다". 하이데거라면 여기에서 존재와 무라는 존재 물음(무無는 존재자가 아님에도 존재자처럼 쓰이기 때문이다)을 끄집어내겠지만, 시인은 '언어의 남양주시'라는 전혀 다른 문제를 제기한다. 남양주시는 모른다, 이 문장은 "남양주시가 남양주시청과 남양주경찰서를 / 결코 모른다는 생각"에서 시작해서 "남양주시의 가을은 남양주시를 알지 못해"를 거쳐, "남양주시를 방문한 나를 모르는 장님의 남양주시"로 변주된다. 관습적인 언어 사용, 그러니까 문법의 차원을 고려하지 않는다면 "남양주시는 모른다"라는 문장은 결코 '안되는 문장'이 아니다. 그렇지만 시인은 문법이라는 법적 차원이 아닌, 언어와 세계라는 층위에서 이 문장을 곱씹는다. 이러한 언어의 아포리아는 마치 '내게는 없는 게 있어'라는 상투적 문장이 제기하는 철학적 물음을 연상시킨다.

그렇다면 왜 시인은 이 시에 '비정치적 남양주시'라는 제목을 붙였을까? 이 대목에서 우리는 "매일 말을 쓰러뜨리는 비천문학적 정치인"이라는 진술의 진의를 되새길 필요가 있다. 「비정치적 남양주시」에서 '남양주시'라는 언어가 '비정치적'인 까닭은 그것이 말을 쓰러뜨리지 않기 때문이다. 다시 말해, 고형렬의 시에서 한 단어의 정치성은 그것이 '말'에 어떤 영향을 끼치고, 말을 어떻게 사용하느냐에 따라 결정되며, 이것은 결국 시(언어)의 정치성이 곧 '언어'의 비정치성과 등치된다는 것을 가리킨다. 이 경우 시의 정치성과 언어의 비정치성은 사실상 동의어인 셈이다.

3. 관계의 형식들

이정록(李楨錄)의 첫 시집에는 「서시」라는 시가 등장한다. "마을이 가까울수록 / 나무는 흠집이 많다. // 내 몸이 너무 성하다"(「서시」). 사람을 '나무'를 빗대어 표현한 이 짧은 시는 '마을', 즉 세계와 거리를 유지한 채 살아가는 한 인간의 내면에 관한 이야기이다. '거리'를 발견한다는 것은 결국 '관계'의 회복을 열망한다는 것인데, 그래서인지 거리의 발견 이후 이정록의 시는 집요하게 '관계'를 시화(詩化)하는 방향으로 흐르고 있다. 다섯 번째 시집 『의자』에서 어머니의 목소리를 빌려 발화되는 삶에 대한 통찰("사는 게 별거냐 / 그늘 좋고 풍경 좋은 데다가 / 의자 몇 개 내놓는 거여"(「의자」))은 '관계'에 관한 사유가 '의자'라는 시적 상관물의 발견으로 이어지고 있음을 보여주는 사례일 것이다. '의자'란 결국 삶이 서로에게 의자를 내어주고, 서로가 서로에게 '의자'가 되는 것이라는 시적 인식이 발견한 형상이다.

시집 『정말』(창비, 2010)에서 '관계'의 사유는 가족에서 마을로, 남루한 삶 전체로 확장되는 면모를 보이는데, 이 확장의 극단에는 '생명'이라는 문턱이 자리하고 있다. 이정록의 시가 인간적 삶의 진실과 생태학적 세계인식이라는 비평행적 사상을 넘나드는 감각을 드러내는 것은 '관계'의 범위가 '인간'의 영역에 국한되지 않기 때문이다. 이정록의 시는 흔히 입담, 풍자, 해학의 세계라고 평가되지만, 실제로 그 세계의 근저에는 유머와 해학 못지않은 비감(悲感)이 흐르고, 동시에 생명이 다양한 관계의 형식으로 관계 맺고 있다는 아날로지의 비전이 전제되어 있다. 흔히 낭만주의자들이 '리듬-으로서의-세계'라는 관념으로 표현한 것처럼, 우주와 인간에 대한 낭만주의적 비전인 아날로지는 "생각되기보다는 느껴지는 것이며, 느껴지기보다는 '들리는' 것"(옥따비오 빠스 『흙의 자식들 외』)으로서의 시적 리듬을 강조하고, 나아가 우주의 모든 것들이 운율과 리듬의 방식으로 서로 상응한다는 인식에 기초한다. 인간의 역사만큼이나 오래된 이 우주적 상응의 비전이 여전히 유효할 수 있는가는 단정하기 어렵지만, 시집 『정말』이 '나'의 외부를 향해 다양한 관계의 형식으로 감각의 촉수를 내밀고 있는 이끌림의 이미지를 특권화하고 있음은 사실이다. 가령 시집의 첫 페이지에 등장하는 풍경을 보자. 이 풍경은 "여기 동쪽 바닷가 해송들, 너 있는 서쪽으로 등뼈 굽었다 / 서해 소나무들도 이쪽으로 목 휘어 있을 거라, / 소름 돋아 있을 거라, 믿는다"(「붉은 마침표」)처럼 동쪽 바닷가의 해송들과 서해의 소나무들이 서로를 향해 가지를 뻗치고 있는 형상이 전부이다. 이러한 발상은 이 시의 2연에서 "그쪽 노을빛 우듬지"와 "이쪽 소나무의 햇살 꼭지"를 잇는 것으로 변주되고 있는데, 이는 '하늘'이라는 결과물이 가리키듯이 세계란 만물이 다른 것들을 향하는 '굽음'과 '휨'으로 충만한 상태라는 것을 의미한다. 만물에 대한 만물의 이끌림, 그것은 「반달편지함」에서는 "그대 돌우물"이 "내 가슴 쪽"으로 기우는 것으로 변주된다.

당신을 만나기 전엔,

강물과 강물이 만나는 두물머리나 두내받이, 그 물굽이쯤이 사랑인 줄 알았어요

(…중략…)

당신을 만난 뒤에야,

그게 바로 도깨비기둥이란 걸 알았지요 열 길 물속보다 깊은

한 길 마음만이 추춧돌을 놓을 수 있다는 것을

강물은 흐르는 게 아니라 쏠리는 것임을

알았지요, 다 얼어버렸다는 것은 함께 가겠다는 것

금강(金剛)기둥으로 지은 울음 한 채, 하늘 주소까지

—「도깨비기둥」 부분

사랑은 옆걸음으로 다가서는 것, 측근이라는 말이

집적집적 치근거리는 몸짓이 이리 아름다울 때 있다

아침 물방울도 새의 발목 따라 쪼르르 몰려다닌다

그중 한 마리가 드디어 야윈 죽지를 낮추자

금강초롱꽃 물방울들 땅바닥을 적신다

팽팽한 활시위 하나가 하늘 높이

한 쌍의 탄두를 쏘아올린다

—「옆걸음」 부분

두 개체의 대등한 만남, 혹은 그 만남으로 인해서 둘이 '하나'(the nulle)가 되는 융합적인 사건, 이것이 '사랑'에 관한 일반적 관념이다. '사랑'이 두 개의 강줄기가 합수(合水)되는 것, 또는 자신의 잃어버린 반쪽을 찾아 헤매는 여정이라고 말할 때, 우리는 사랑을 '하나'가 되는 사건으로 이해한다. 사랑에 관한 이런 전통적인 이해의 저편에 '사랑'이 일자의 법칙을 초과하는 '둘'(the Two)이 되는 사건이라는, 즉 사랑이 '하나'가 아니라 만남이라는 사건을 통해서 둘에 대한 진리의 생산이라는 의견이 자리한다. 이 경우, 사랑은 '하나'가 아니라 '둘'이 되는 사건이고, 사랑의 주체들은 '둘'(마주봄)로써 새로운 세계를 경험하게 된다. '하나'의 사랑이 관계 자체를 없애버리는 절대성의 세계라면, '둘'의 사랑은 비-관계의 형식을 고안해냄으로써 '사랑'을 미지의 다자(多者)를 향해 개방한다.

그렇다면 이정록의 시에서 '사랑'이라는 관계는 둘 가운데 어느 쪽일까? 「도깨비기둥」에서는 시간은 '만남'이라는 사건을 기준으로 양분된다. "당신을 만나기 전"의 사랑은 강물이 합쳐지듯이 '하나'로서의 사랑이었으나, "당신을 만난 뒤"의 사랑은 "강물은 흐르는 게 아니라 쏠리는 것임을 // 알았지요, 다 얼어버렸다는 것은 함께 가겠다는 것"처럼 '쏠림'과 '함께함'으로 가시화된다. 이것들은 '굽음'과 '휨'의 또 다른 양상이며, '하나'가 되는 것보다는 '둘'로서 존재하는 사랑의 관념에 가깝다. '쏠림'이란 하나가 다른 하나를 향해 다가서는 것이지만, 그 다가섬은 무한수렴이라는 수학적 관념처럼 결코 '하나'가 될 수 없는 것이기 때문이다. 그 다가섬이 무한수렴이라는 문턱을 넘어 '하나'가 될 때, 그리하여 '둘'의 상태가 존재하지 않을 때, '쏠림'으로서의 관계 또한 사라지게 된다. 「옆걸음」은 이 '쏠림'으로서의 관계를 '측근'이라는 시어로 바꿔놓은 일종의 변주곡이다. 새 두 마리가 전깃줄 위에서 사랑을 나눈다. 그들의 사랑은 밀고 당기는 것, 그러니까 "한 마리가 다가가면 다른 한 마리 / 옆걸음으로 물러"서는 것이다. 시인은 '측근'이라는 결코 달갑지 않은 단어에서 '사랑'이라는 만남 / 관계의 사건을 끄집어내고, 동시에 '마주봄'으로서의 사랑과는 구별되는 다가섬으로써 완성되는 평행적 관계를 발견한다. 이정록의 시는 이처럼 다양하게 가시화되는 관계성의 형식을 탐구하고 있으며, "인연이란 게 본래 끈 아닌가 / 내 왼어깨엔 끈이란 끈 / 잘 건사해주는 불주사라는 절터가 있다"(「불주사」), "둥근 우주의 숨길이 그리하여 한 끈으로 이어진다"(「울음의 진화」), "인연이란 게 다 코가 꿰인 울음보인 것을"(「콧물의 힘」)처럼 '끈'의 형상 또한 관계의 평행성을 의미하는 시적 장치의 일종이다.

이정록 시에서 '관계'는 '하나'의 단면인 동시에 '첫 번째' 단면이다. 다양한 단면들로 구성된 그의 시세계에서 모든 단면의 가치가 동등한 것은 아니다. 특히, 단면의 다양성보다 중요한 것은 세계를 '관계'의 그물망으로 이해하는 시선과, 글쓰기를 삶에 대한 성찰이나 확장의 일종으로 밀고나가려는 문학적 태도인 것처럼 보인다. 특히 "글쓰는 이가 / 펜혹으로 세상을 두드리듯, 소는 / 멍에터에 묻힌 어림 주름살의 힘으로 / 대지 위에 초록 주름을 잡는다"(「멍에」)라고 말할 때, 얼어붙은 강가에 뿌리내린 '갈대'(「갈대」)에서 '마른 붓'의 형상을 발견할 때, 그것들은 비유라는 미학적 차원을 넘어서 자연에 대한 새로운 감각을 개방한다는 문학적 의미를 지니는 듯하다. 그렇지만 유기적인 구성으로 일관하는 그의 진술시가 펼쳐 보이는 이야기의 세계를 읽을 때는 모종의 저항감이 느껴지기도 한다. 이는 '시'와 '삶'의 (불)연속성을 어떻게 이해할 것인가라는 문제에서 비롯되는 것이며, 또한 그 (불)연속성이 이미 존재하는 세계에 대한 실감의 폭을 어떻게 확장시킬 수 있을까라는 본질적인 물음에 맞닿아 있는 질문이기도 하다.

4. 심연에 도달하기 위하여

최승호(崔勝鎬)의 시어들은 '존재'를 향해 뻗은 언어의 길이다. 세계와 사물에서 사용가치를 모두 제거해버린, 사용가치나 교환가치와는 별개로 존재하는, 이름을 붙일 수는 없지만 알몸과 맨얼굴로 자신의 살아 있음을 긍정하는 그 존재를 향한, 사유를 넘어선 사유, 그것이 그의 언어들이 도달하려는 불립문자(不立文字)의 세계이다. 최승호의 시는 문명의 추악한 얼굴을 드러냄으로써 우리로 하여금 문명 너머의 세계를 상상하도록 만든다. 생태학적 상상력과 선(禪)적 언어로 직조된 그의 시들은 한편으로는 문명의 현실을 비판하고 '존재'의 세계에 도달하려는 의지를 표현하며, 또 한편으로는 세속적인 것 안에서 알몸으로서의 자연적 상태를 발견하려는 사유의 궤적을 드러낸다.

시집『북극 얼굴이 녹을 때』(뿔 2010)에서 '존재'를 향한 최승호의 시적 여정은 두 개의 궤적이 교차되는 양상으로 전개된다. 사물과 생명을 교환가치로 환원하는 근대의 왜곡된 가치체계를 해체하려는 문명 비판의 비전이 하나의 계열이고, 문명 비판이 관념과 담론의 층위가 아니라 언어에 대한 자의식을 동반하는 글쓰기에 대한 메타시가 또 하나의 계열이다. 이것은 '존재'의 회복이 시적 언어에 의해 매개되어야 한다는 사유의 흔적이고, 글쓰기라는 비실용적 행위가 유용성 이상의 가치를 지닌다는 문학적 관념의 소산이다. 존재의 가치하락 과정과 달리 그것의 회복은 현실에 대한 부정을 거치기 마련이다. 최승호의 시에서 문명 비판은 '존재'에 도달하기 위한 하나의 방편인 것이다. 그렇다면 최승호의 시에서 문명 비판은 어떤 방식으로 가시화될까? 먼저, 시집 『북극 얼굴이 녹을 때』에 등장하는 현대인의 초상에 주목하자. 최승호의 시에서 현대인은 종종 비(非)인간으로 형상화된다. 대도시의 밤을 질주하는 "고독한 기관사"(「먼지흡입열차」)처럼 인간의 모습으로 등장하는 경우가 없는 것은 아니지만, 그의 시에서 현대인은 대개 "인어" "검정과부거미" "낙타들" "병든 흡혈귀들" "외눈알 거인들" "난쟁이 흡혈귀들" "시체들" "물귀신" "백발 성성한 인어들" "코뿔소" "개미핥기" "메뚜기"처럼 동물이나 비인(非人)으로 그려진다. 여기에서 동물의 형상은 현대인의 습성이나 행동에서 유추된 "버리려 해도 잘 버려지지 않는 / 기이한 이미지들"(「황량한 해안의 하룻밤」)이고, 흡혈귀, 물귀신, 시체들 같은 비인(非人)들은 문명에 속박된 채 살아가는 현대인의 음울한 삶에 대한 비유들이다.

최승호의 시에서 '존재' 상실은 인간만의 비극이 아니라 세계 전체의 질병이다. 하여, 그의 시에서는 '동물' 또한 문명에 의해 매개되거나 생명력을 잃은 사물로 등장한다. 가령 「늠름한 왕게」에서 "온 몸이 붉고 붉은 왕게"는 시장으로 팔려와 결국 '찜솥' 안에서 먹거리로 대상화되고, 「펼쳐진 늑대」에서 몽골의 늑대는 "울란바토르 백화점 진열대 위에 / 네 다리를 펼치고 넙죽 엎드려" 있는 가죽으로 묘사된다. 「늙은 도마뱀의 발걸음」에서 늙은 도마뱀은 "약국 앞에서의 더러운 최후"라는 아이러니로 가시화되고, 「벙어리 개」에서 애완견은 성대가 제거된 상태로 살아가며, 「물뱀좌」에서 '물뱀'은 로드킬(Road kill)로 인해 "덤프트럭에서 떨어진 끈 한 토막 같은 것"으로 묘사된다. 생각해보면 「리모컨」에서 소년과 그의 아버지가 어린 바다표범을 끌고 가는 모습도, 그 모습의 배경에서 북극의 거대한 얼굴이 녹고 있는 장면도 모두 '리모컨'과 '채널'을 통해서 목격된다. 이것은 '존재'의 박탈이라는 재앙이 몇몇 불행한 개인이나 심약한 개체에게만 적용되는 비극이 아님을 말해준다.

이제 대도시의 고양이들은 쥐를 잡지 않는다. 대신 쓰레기 자루를 기웃거리는 뚱뚱한 큰 쥐들처럼 변해버렸다. 나는 그 고양이들을 쓰레기고양이, 아니면 큰쥐고양이라고 부르고 싶다.

쓰레기고양이는 쓰레기를 먹으며 살아간다. 쓰레기는 풍성하다. 아무리 먹어도 먹어도 모자란 적이 없다. 쓰레기로 임신하는 고양이, 새끼들에게 쓰레기 국물 출렁이는 젖통을 빨게 하는, 쓰레기고양이는 구청 청소부들의 골칫거리다. 자루를 찢어놓고 마구 터져 나온 쓰레기들을 골목 여기저기 흩어놓는 것이다. 치워도 치워도 자꾸 나타나는 쓰레기, 쓰레기는 반복된다. 요일이 반복되고 낮과 밤이 반복된다. 그리고 쓰레기를 뒤적거리던 세월 속에서 늙어버린 고양이가 마침내 큰 쥐처럼 죽는 것이다.

쓰레기고양이는 죽어서 너절한 쓰레기가 된다. 내면에 보석 하나 없던 고양이, 사랑 받지 못하고 배고픔과 눈치 속에서 보낸 서러운 생애, 그래도 배부르게 쓰레기를 먹고 게으르게 누워서 따스한 햇살 속에 낮잠을

자는 행복의 순간들이 더러 있었지.

— 「쓰레기고양이」 전문

이딸로 깔비노((Italo Calvino)의 소설 『보이지 않는 도시들』(민음사 2007)에 등장하는 도시 레오니아의 비극적 예언처럼, 오늘날 쓰레기는 현대가 봉합하고 있는 강력한 유령의 기호이다. 현대의 예술이 숭고한 미와 쓰레기, 성스러운 공간과 배설의 공간 사이의 간극을 극단적으로 좁혀놓은 것처럼, 대량생산-대량소비라는 현대적 시스템에 의해 작동하는 도시적 삶은 쓰레기와 상품의 경계를 모호하게 만든다. 그것은 현대의 위기관리 씨스템에 의해, 혹은 날로 증가하는 기술의 화려함에 의해 임시적으로 입막음되어 있을 뿐이다. 낮의 햇빛 속에서는 잘 드러나지 않던 그 유령들은 도시의 하루가 끝나는 자정 무렵이면 어김없이 도시 곳곳에서 모습을 드러낸다. 어둠에 포획된 도시는 성스러운 상품의 자리가 실상은 쓰레기의 장소였음을, 그리하여 도시 자체가 거대한 쓰레기장이었다는 비밀을 폭로한다. 최승호가 도시와 여성의 관계를 맨홀과 인어의 관계로, 도시와 현대인의 관계를 사막과 낙타의 관계로, 마침내 현대를 "물질들의 사막"(「멕시코로 가는 버스」)으로, 현대인을 "오아시스를 찾아 방황하는 낙타들"로 묘사하는 장면에도 이러한 인식은 개입되어 있다. 물질이 넘쳐나는 도시는 최승호의 시에서 점차 사막으로 변해가다가, 마침내 그곳에서 살고 있는 인간을 낙타로 바꿔버리는 흑마술(black magic)을 상연한다.

그렇지만 「쓰레기고양이」에서 현대의 비극이 고양이가 쥐를 잡지 않고 쓰레기로 연명한다거나, 하여 도심 곳곳에서 목격되는 고양이들이 "쓰레기 국물 출렁이는 젖통"으로 새끼를 키운다는 충격적 이미지에만 새겨져 있다고 믿는 것은 지나치게 근시안적이다. 이 시에서 현대라는 비극의 정점은 바로 '고양이' 자체가 '쓰레기'가 된다는 것이다. 더이상 쥐를 잡지 않는 쓰레기고양이는 연을 거듭하면서 점차 쓰레기로 인식된다. 가령 2연의 "치워도 치워도 자꾸 나타나는 쓰레기, 쓰레기는 반복된다"라는 진술에서 반복의 대상은 쓰레기이면서 동시에 쓰레기고양이며, 3연에서 쓰레기고양이는 사후에 "너절한 쓰레기"가 된다. 이 변신은 '존재' 상실을, 아니 '존재' 자체가 쓰레기로 취급되는 현실을 지시한다.

　시집 『북극 얼굴이 녹을 때』를 떠받치고 있는 또 하나의 교각은 '언어'에 대한 자의식이다. 이것은 시집의 첫 페이지에 등장하는 "어느 날 시(詩)는 / 내 늙은 가죽을 / 허물처럼 벗어던질 것이다"(「여름」)라는 진술에서도 암시되고 있거니와, 언어-표현에 대한 긴장감을 포기하지 않음으로써 최승호의 시들은 여느 생태시들과 구별된다. 이 진술에서 "내 늙은 가죽을 / 허물처럼 벗어던"지는 주체가 시(詩)임에 주의하자. 시인은 언어(글쓰기)라는 사건 안에서 주체는 글을 쓰는 행위주체로서의 '나'가 아니라 '시(詩)'라고 밝히고 있는데, 여기에는 시 쓰기가 자신의 표현이 아니라 자기 갱신이나 확장, 아니 자기 극복의 과정이라는 인식이 전제되어 있다. 「칸나」는 시에 관한 이런 관념이 가장 분명하게 드러나는 시이다.

칸나에 대해 쓰고 싶었다. 제주도의 여름, 현무암 돌담 아래 피어 있던 칸나, 그 붉은 꽃을 본 후로 칸나에 대해 쓰고 싶었지만 쓸 수 없었다. 어쩌면 오늘도 쓰려고 애쓰다가 그만둬야 할지도 모른다.

내가 칸나인 것처럼 쓰고 싶었다. 칸나 속으로 들어가서 칸도 없고 나도 없는 칸나의 마음으로 말이다. 칸나! 칸나는 말의 저편에 있다. 아무 생각도 나지 않는다. 글이 이렇게 갑자기 벽에 부딪힐 때가 있다.

칸나에 대해 쓰고 싶었다. 제주도의 여름, 붉은 칸나를 보고 충격을 받았던 그날, 무슨 일인지 내 혓바닥은 고름들로 퉁퉁 부어올라 있는 상태였다. 이루 말할 수 없는 고통 속에서 나는 칸나를 보고 있었다. 시커먼 화산재들이 치솟고 뜨거운 용암들이 흘러넘치는 한라산 밑에서 나는 꽃 붉은 칸나를 보고 있었다.

이제는 굳어버린 불의 돌, 현무암, 그 거무스름한 돌담 아래 피어 있던 칸나의 붉은 꽃, 오늘도 칸나에 대해 제대로 쓰지 못한 느낌이 든다. 다음에는 칸나에 대해 더 잘 쓸 수도 있겠지.

　　　　　　　　　　　　　　　　　　　　—「칸나」 전문

이 시는 '칸나'라는 대상에 관한 시가 아니라 '칸나'가 결코 시의 대상이 될 수 없음을 고백하는 시이다. 이 시의 화자는 '고백'의 주체이지 세계를 자신의 내면으로 불러들이는 마술적인 힘의 소유자가 아니다.

최승호의 시편들은 자아의 특권적 지위를 강화하기보다는 그것을 부정하는 방향으로 기능한다. 편의상 '칸나'를 둘러싸고 있는 고백적 진술을 "칸나에 대해 쓰고 싶었다"(1연)-"내가 칸나인 것처럼 쓰고 싶었다"(2연)-"칸나에 대해 쓰고 싶었다"(3연)-"다음에는 칸나에 대해 더 잘 쓸 수도 있겠지"(4연)라는 4개의 문장으로 요약해 보자. 1연에서 '~싶었다'는 '칸나'를 시적 대상으로 포착하려는 시인의 욕망을 뜻하지만, 진술의 핵심은 이 욕망이 완성될 수 없었다는 데 있다. 2연에서 '~싶었다'는 물아일체(物我一體)의 경지를 뜻하는데, "칸나는 말의 저편에 있다"처럼 시인은 '존재'로서의 칸나는 언어의 길이 끊어진 곳(언어도단(言語道斷))에 있어서 '언어'로는 도달할 수 없음을 고백한다. 물론, 이 '언어'란 '시'에 대한 회의가 아니라 소통의 기호로서의 언어를 가리킨다. 최승호에게 '시'는 '언어' 너머의 '언어'이고, 언어도단의 상태를 횡단하는 선문답과 같은 도약의 언어이다. '칸나'에 대해 쓰겠다는, 즉 언어를 통해 '칸나'를 대상화하려는 시인의 욕망은 언어도단과 불립문자 앞에서 반복적으로 미끄러진다. 어떤 언어도 '칸나'의 존재에 도달했다고 생각되지 않기 때문이다. 그리하여 시인은 4연에서 '다음에는~'이라는 미봉책을 제시한다. 김소월의 '먼 훗날'이 그러하듯이, 이 '다음에는~'은 사실 '언어'로 '칸나'의 '존재'를 다가갈 수 없다는 불가능을 뜻한다.

이처럼 최승호의 시에서 자아(주체)의 위상은 특권적이라기보다는 회의적이다. 이 '회의'는 데까르트적 주체를 낳은 이성의 동의어가 아니다. 시인은 자신을 "나는 나를 지겹도록 의심했고 의심하는 나를 역겹도록 불신해 온 사람"(「라일락」)이라고 소개하며, '이름 붙일 수 없는 것', '이름 붙일 수 없는' 같은 제목을 통해서 자신이 사물-대상에 이름(정체성)을 부여하는 초월적 존재가 아님을 고백하고 있다. 그에게 시 쓰기는 이름을 부여하는 언어적 규정행위가 아니라 '존재'에 다가서는 행위이며, '존재'의 층위에서 인간과 인간 아닌 것은 구분되지 않는다. 「침묵의 분할」에서 이 언어의 불가능성은 '침묵'으로 표현된다. "밖이 없는 침묵이 관통하는 안이 없는 침묵"(「침묵의 분할」). 최승호에게 시란 불립문자 앞에서 침묵의 인질이 되는 행위이다. "언제부터인가 나는 / 불립문자 앞의 바보, / 침묵의 인질이 되어버린 것일까"(「검은 잉크병」).

5. 미학과 정치의 거리

지난 세기, 시를 동일한 소재(사건)로부터 다수의 변이체들을 산출하려는 시도라고 정의한 시인이 있었다. 그는 시가 일상어에 가해진 변형이며, 시적 스타일의 차별성이란 언어에 대한 의식의 차이와 문장의 구조에서 비롯된다고 믿었다. 그런데 이 정의에는 시(언어)가 사물의 부재와 관계한다는 생각이 생략되어 있다. 언어적 재현이 비판되어야 하는 이유는 재현이 불가능하기 때문이 아니라 시가 사물이 아닌, 그것의 부재 속에서 발화되기 때문이다. 일상어가 언어는 사물을 대신

시, 그리고 사물의 부재 355

한다고 주장하는 바로 그곳에서, 시는 언어는 의미의 세계로 환원되지 않는 매혹적인 힘에 의해 유지된다고 말한다. 시적 언어는 대상과의 관계가 아닌, 언어와의 관계에서 시작된다. 언어이면서 언어가 아닌 것으로서의 시. 아니, 언어이면서 언어를 넘어서야 하는 언어로서의 시. 이것이 시인에게는 '언어'가 곧 트라우마(trauma)인 이유이다.

고형렬에게 있어서 '언어'는 삶의 저편에 속한다. 시가 현실에 지나치게 근접하면 '언어'가 내부를 잃어버릴 것이며, 필연적으로 그 상실이 언어를 한낱 소통의 도구로 전락시키고 말 것이기 때문이다. 따라서 고형렬의 시에서 '언어'는 삶과 경쟁한다. 이러한 경쟁이 언어에 대한 본질적 이해에는 유리할 수 있겠지만, 이 '언어'에 정치적이라는 의미를 부여하는 것은 지나치다. 다만 그의 시들은 '시는 언어이다'라는 문제의식을 극단까지 밀고 나아가는 방식으로 씌어지고 있을 따름이다. 다시 말하거니와 그의 시는 삶도, 미학도 아니고, 오직 '언어'에 집중한다. 한편 이정록의 시에서 '언어'와 '삶'의 경쟁은 애초부터 불가능한데, 그것은 '언어'의 자양분이 삶에서 비롯되기 때문이다. 언어와 삶의 이러한 근친성이 일상적 미학이라는 특유의 스타일을 낳지만, 삶의 충만한 상태에서 발화되는 서술성이 때로 시적 긴장을 잃어버림으로써 이야기에 그치는 경우가 없지 않다. 언어와 삶의 거리, 그것은 고형렬의 시에서는 지나치게 멀고, 이정록의 시에서는 지나치게 가깝다. 한편 최승호의 시에서 이 거리의 적정성을 유지시켜 주는 것은 '미학'의 몫이다. 그의 시는 '언어'를 사유하되 미학을 포기하지 않고, '삶'에 시선을 두되 철저하게 미학적이어야 한다고 주장하는 듯하다. 고형렬의 '언어'는 미학의 바깥에 있고, 최승호의 '언어'는 미학의 내부에 있다. 그렇지만 '시와 정치'에 관한 최근의 논의가 묻고 있는 것은 이 '미학'이 과연 안과 바깥을 가르는 유일한 척도일 수 있는가라는 문제이다. 이 지점에서 '언어'에 대한 물음은 다시 사유되어야 한다.

단상들

1. 생태주의는 무엇이고, 무엇이 아닌가

신비평에 따르면 '시'는 '항아리'이다. '시=항아리'라는 인식에는 시의 의미가 '구조(structure)'에서 발생하며, 시는 '빚음', 즉 인공성의 산물이라는 믿음이 전제되어 있다. '시=항아리'라는 신비평의 발상을 수용하되 그것이 모든 것을 담을 수 있는 '그릇'이 아님을, 시라는 항아리가 담기 어려운 것이 존재함을 고백한 시인이 있다. "무엇이든 담을 수 있지만 / 간장만은 담을 수 없는, / 뜨거운 간장을 들이붓는 순간 / 산산조각 나고 말 운명의, / 시라는 항아리"(나희덕, 「어떤 항아리」). 그런데 최근의 시적 경향을 살펴보면 '시=항아리'에 담기 어려운 것이 "뜨거운 간장"만은 아닌 듯하다. 생태, 노동, 정치, 다문화처럼 시의성이 강한 문제에 접근하려 할 때 '시=항아리'는 미적 긴장을 상실하고 심각한 균열을 노출한다. 세계를 섬세한 감정과 감각으로 읽어내는 특유의 능력이 사라지고 대상에 대한 시인의 의견(opinion)이 판타지 형태로 발화되는 것이다. 형상의 자리를 발화가, 감정 / 감각의 자리를 당위의 의견이 대체한다. 더욱 심각한 문제는 이 '발화'와 '의견'이 상식의 차원을 넘지 못한다는 것이다. 상식이란 무엇인가? 그것은 우리 사회가 의심 없이 받아들이는 편견과 믿음이다. 시의 위기란 본질적으로 시의 언어가 이 상식을 반복하는 순간이다. 이 위기 속에서 '시'는 점점 자신의 적이 되어간다.

현대시에서 '생태적 상상력'은 이 위기와 연관된 몇 가지 문제에 직면해 있다. 먼저, 현대성과 '자연미'의 관계이다. 서구의 미학은 오랫동안 '미'에 관한 논의와 '예술'에 관한 논의를 별개의 것으로 간주해왔다. 이 전통에 따르면 '미'는 자연미에, '예술'은 인공미에 해당한다. 하지만 이러한 논의의 이분법은 '예술론'을 우위에 두는 헤겔을 거치면서 결정적으로 전도되었다. '예술'은 자연미의 모방이라는 전통에서 해방되었고, '미학'은 '예술'에서 자신의 특권적인 장소를 발견했다. 서구의 모더니즘은 이러한 전통의 당연한 귀결점이었다. 하지만 한국의 근·현대시는 서구 미학의 영향과 전근대적인 전통의 영향이 혼재된 상태로 진화했고, 현재까지도 그 착종의 흔적은 도처에서 발견된다. 따라서 생태시는 '시'와 '자연'의 관계가 자연미에 대한 모방의 차원을 넘어선 것임을 해명해야 할 듯하다.

다음은 '생태주의' 그 자체의 문제이다. 현대시의 생태적 상상력은 자연의 파괴에 대한 인간의 공포와 윤리라는 시의성에서 비롯된 것이다. 하지만 그 공포의 이면에는 '자연'이 최적의 상태로 창조된 세계라는 믿음이 숨겨져 있다. 생태적 상상력은 이 믿음 때문에 '문명'과 '자연'의 관계에 대한 근대적 인식을 뒤집어 '문명=악', '자연=선'이라는 판타지를 반복한다. 물론 '자연'에 대한 이 믿음에는 인류의 종말이라는 파괴적인 잠재성에 대한 각성, '자연'이 인간의 욕망을 위해 개발·착취되어야 할 '대상'이 아니라는 반근대적·반자본주의적 동력이 포함되어 있다. 문제는 생태적 상상력의 기반인 생태주의가 반(反)자본주의적인 동력을 지녔음에도 불구하고, 동시에 모든 문명적 변화가 나쁜 결과를 초래할 것이라는 보수성을 숨기고 있다는 것이다. 이것이 생태주의에 "균형 잡힌 재생산 영역으로서의 '자연', 인간이 오만하게 개입하여 그 순환운동을 탈선시키는 유기적 발전 영역으로서의 자연은 인간의 환상이다"(슬라보예 지젝)라는 비판이 따라다니는 이유이다. 더욱이 그 환상이 자연의 역사가 균형의 파괴와 대재앙의 연속이었다는 사실에 대한 맹목을 대가로 얻어진 것이라면 어찌할 것인가. 이것은 '정치의 미학화'와 무관한가. 어떤 비평가는 "근대적 세계관의 자기중심주의를 넘어서서 타자중심주의로 나아가고 타자의 우위성을 수용하는 것은 충분히 강조되어야 마땅한 일이나, 그것이 자연이라는 타자의 우위성에 근거해서 자기 부정의 상태로 나아가는 것은 문제가 아닐 수 없다"(박수연)처럼 생태시의 문제를 주체의 자기부정에서 찾지만, 생태주의의 지배적 형태가 두려움의 생태주의임을 감안하면 그것의 진짜 문제는 '타자' 운운하면서도 실제로는 '주체'를 염려하는 이율배반에 있다고 말하는 것이 더 적절할 듯하다. 주체는 생각만큼 자명한 존재는 아니며, 주체화의 벡터가 항상 개인을 경유한다고 말하기도 어렵다. 생태적 상상력은 과연 '자연=선'이라는 왜곡된 믿음-상식을 넘어설 수 있을까. 과연 '자연'에 '선/악'의 구별이 존재할까.

세 번째 문제는 '생태'의 범위 문제이다. 현존하는 생태주의, 생태적 상상력은 '생태'를 '자연'이나 '환경'과 동일한 것으로 인식한다. 흔히 '보존'과 '친화'의 논리로 귀결되는 이러한 인식에 따르면 '생태'는 불순물이 섞이지 않은 순수한 상태가 최선의 상태이다. 하지만 '자연'과 '문화'의 구분이 불가능한 현대에 그 순수 이데올로기가 어떠한 파장을 불러올 것인가를 고민하는 생태주의자는 많지 않다. 가령 현존하는 자연/생태가 우리에게 보여주는 현실은 불순물이 없는 순수한 상태가 최선이라는 '보존'과 '친화'의 논리와는 전혀 다른 것이다. 프랑스의 한 해양생물학자가 텔레비전 프로그램에서 실험을 통해 보여주었듯이 생물체는 현재의 생존 조건에서 이탈하면 생명 자체를 위협받는다. 이 실험에서 그는 오염된 물에서 원기 왕성하게 살던 낙지가 오염되지 않은 깨끗한 물('정상적 자연')에 넣자마자 곧 죽는다는 것을 보여주었다. 낙지에게 최선은 '깨끗한 물'이 아니었던 것이다. 이것은 '소통'이 '잡음'이 모두 제거된 상태가 아닌 것과 같은 이치이다. '순수'를 '이데올로기'라고 말한 이유도 여기에 있다. 순수한 것이 최선의 '자연', '생태'라는 인식이 '사회체'에 적용될 때 어떤 폭력으로 귀결될 것인지를 생각하지 않을 수 없다. 따라서 진정한 생태철학은 '생태'를 환경, 사회관계, 인간주체성의 세 가지 작용 영역에서 사유하는 능력을 획득해야 한다.

2. '자율성'에 대해 묻지 못한 것

'정치의 예술화'라는 개념이 있다. 이것은 발터 벤야민이 게르만 민족의 '대지'의 신화와, 그 신화의 뿌리를 공유하고 있는 독일 낭만주의 모두를 겨냥하여 던진 비판이다. 이 비판의 일차적인 대상은 물론 대중의 의식을 마비시킨 파시즘의 정치예술이었지만, 벤야민이 비판하려 했던 궁극적 대상은 현실과 허구를 착각하게 만드는 예술, '땅'과 '자연'을 숭배하는 독일 낭만주의의 예술적 전통 그 자체였다. 벤야민이 사용한 유명한 개념 가운데 '아우라'라는 것이 있다. 이것은 유일하고도 아주 먼 것이 아주 가까운 것으로 나타날 수 있는 "일회적인 현상"을 뜻한다. 하지만 오해와 달리 벤야민은 아우라의 상실을 결코 슬퍼하지 않았다. 아니, 그는 '예술의 정치화'라는 개념을 내세워 적극적으로 '아우라'의 예술에 맞서려 했다. 여기에서 벤야민이 주장한 '예술의 정치화'란 정치적 (의견을 담은) 예술도, 예술의 정치 도구화도 아니었다. 그것은 '아우라'의 외부로서의 예술, 즉 '기술'을 가리키는 것이었다. 벤야민은 '기술'을 내세워 '예술'에 맞서려 했고, 그것은 우리의 상식적 이해와 달리 '미학'의 부정이었다. 근대의 유년기라고 칭한 19세기의 파리, 정확하게는 '파사주'를 비롯한 '꿈의 집'들에서 20세기의 '잠'을 깨울 수 있는 가능성을 찾으려 했던 벤야민의 작업은 결국 '기술'에 내포되어 있는 해방의 가능성으로 '예술(미학)'이라는 이름으로 행해지는 '정치의 예술화'를 넘어서려는 것이었다. 그런 점에서 벤야민이 '기술'의 대표적 형태라고 보았던 사진이 20세기를 거치면서 '예술'의 범주에 포함된 것은 아이러니이다. 오늘날 우리는 벤야민을 20세기의 미학자라고 기억하지만 그는 결코 미학을 달가워하지 않았다.

벤야민이 '정치의 예술화'라는 파시즘의 해독제로 제시한 것은 '사진'과 '영화'였다. 그는 특히 몽타주 형식에서 '예술의 정치화'의 가능성을 읽었다. 예술작품을 수용하는 두 가지 태도의 역사적 상이점, 즉 제의 가치와 전시 가치의 구분에 근거하여 그는 부르주아 사회를 급진적으로 비판하는 도구로서의 '예술 작품의 탈신성화'를 반겼고, 사진과 영화 같은 복제 가능한 예술의 등장이 예술 향유의 민주화를 가져올 것이라고 믿었다. 벤야민은 「기술복제시대의 예술작품」에서 복제예술인 사진과 영화의 영향으로 현대인의 지각이 '시각적인 것'에서 '촉각적인 것'으로 변한다고, 몽타주의 '쇼크' 효과와 카메라 앵글의 자유로운 이동이 그림을 보는 체험을 건축물을 지각하는 것과 같은 촉각적 지각으로 만든다고 주장했다. 푸도킨(Pudovkin)의 '커팅'과 에이젠슈타인(Eisenstein)의 몽타주가 벤야민을 매혹시켰다. 이러한 벤야민은 발상은 아도르노에 의해 '기술적 결정론'이라는 비판을 받았지만, 아우라의 몰락이라는 새로운 예술의 조건을 통해 예술의 자율성을 둘러싸고 있던 신비의 포장을 벗겼다는 점에서 의미심장한 진전이었다. 벤야민은 '예술의 자율성'이라는 고상한 포장지에 싸인 예술을 위한 예술, 탐미주의를 분명하게 반대했고, 그것은 현재까지 영향력을 행사하고 있는 '미학적인 것'의 탈구축이었다. 그리하여 그는 보들레르의 시선으로 제2제정기의 파리를 고찰할 때에도 보들레르 개인에게 특별한 의미를 부여하지 않았다.

　'예술의 정치화'에 대한 벤야민의 주장을 그대로 시에 적용할 수는 없다. 특히 그것이 '사진'과 '영화' 같은 기술-매체와 관계된 지각의 변화와 연계된 것이라면 더욱 신중할 필요가 있다. '예술의 정치화'에 대한 벤야민의 논의에서 우리가 관심을 가져야 할 것은 그가 '예술의 자율성'을 넘어서 '예술'과 '현실'을 연결하려 했다는 것, 뒤집어 말하면 전통적인 예술 개념이 자율성을 내세움으로써 '예술'과 '현실(삶)'을 분리된 것으로 받아들이는 통념을 재생산해왔고, 파시즘의 '정치의 예술화'가 바로 그러한 자율적 예술을 '정치'의 도구로 전유했다는 사실이다. 일부 예술가들의 헛된 믿음과 달리 예술의 자율성은 결코 자율적이지 않았다. 이러한 '자율성'은 최근 '미학적'이라는 관형사를 통해 여전히 작동하고 있다. 알다시피 근대는 '예술'과 '미학'이 배타적으로 연결된 시기였다. 근대 이전에도 '예술'과 '미'에 관한 논의는 있었다. 서양의 경우 이것은 '자연미'를 중심으로 한 '미론'과 '인공미'를 중심으로 한 '예술론'의 분리로 나타났다. 근대 시기에 등장한 '미학'은 한편으로는 '자연미'를 부정하고, 또 한편으로는 '인공미=예술'에 관심을 집중함으로써 예술에 대한 전통적인 인식을 통합했다. 헤겔의 미학에서 이러한 위계의 전도는 가장 분명하게 드러난다. 미학의 탄생과 더불어 우리는 '자연미'를 모방하는 시대에서 자연미보다 예술미를 우위에 두는 시대로 접어들었다. 오늘날 우리가 관습적으로 사용하는 '미학(적)'이라는 수사(修辭)에는 이러한 흔적이 각인되어 있다. 근대의 몇몇 미학(적) 기획은 고유의 실험-탈구축을 통해 예술의 자율적 영역을 만들어

왔고, 그것은 자율적 존재로서의 인간이라는 근대적 이상과 나란히 진행되었다. 적어도 벤야민이 '예술의 정치화'라는 주장으로 '기술'을 강조하고, 예술의 자율성이라는 근대 예술의 이상을 위협하기 전까지는 말이다. 이렇게 보면 왜 문학인들이 벤야민을 '기술'이 아니라 '아우라'를 중심으로 이해하려 했었는지 쉽게 짐작할 수 있다.

문제는 바로 여기에서 발생한다. 오늘날 '예술'은 명목적 개념에 가깝다. '예술'과 '예술 아닌 것' 사이의 국경선은 더 이상 존재하지 않는다. 우리는 '예술'이라는 단어를 들으면 특정한 형태를 떠올리지만 그 이미지와 현존하는 '예술'은 전혀 일치하지 않는다. 그렇다면 시와 시비평에서 '미학(적)'이라는 단어가 등장할 때 우리가 머릿속에 떠올리는 것은 무엇일까? 우선 습관적으로 사용되는 '미학적'이라는 단어가 예술론(시론)일 경우에는 '미학적', 창작이나 감상의 경우에는 '미적'으로 구분되어야 한다는 것은 제외하기로 하자. 우리가 흔히 특정 작품을 염두에 두고 사용하는 '미학적'이라는 관형사는 '예술'의 형태로 표현된 일체의 것을 지시한다. 그래서 우리는 특정 작품에 대해 미학적 수준이 낮다(높다), 미학적으로 문제가 있다, 심지어 미학적인 실험과 진보라는 말을 쓴다. 하지만 정작 그 '미학적'이라는 단어의 구체적 의미를 해명하는 글은 없다. 일반적으로 미학적인 '실험'이라고 말할 때, 그것은 종종 형식적인 세련미를 고상하게 표현한 것이다. 하지만 '미'에 대한 학적 인식, 즉 예술론으로서의 '미학'과 '형식'은 결코 동일한 의미가 아니다. 또한 미학적 '진보'라는 말로 예술적 '형식'의 탈구축을 지시할 때, 우리는 뜻하지 않게 예술 형식의 단계론자를 자처하게 된다. 헤겔과 같은 역사철학자가 아니라면 '미학'과 '진보'를 결합하는 일은 쉽지 않다. 1930년대 독일의 파시스트들은 선전 목적을 위해 세련된 형식의 포토몽타주를 사용했고, 레니 리펜슈탈의 선전 영화는 에이젠슈타인의 기법을 원용했다는 사실을 잊지 말아야 한다.

'미학(적)'이라는 단어를 강조하는 사람들이 '자율성'을 고집하는 데는 이유가 없지 않다. 하지만 문학적 '실험'이 가치 있는 이유는 그 실험을 통해 '문학'이라는 아우라에서 벗어날 수 있기 때문이지 실험 자체가 문학적이기 때문이 아니다. 이것은 '미학'의 역사가 "예술의 지위를 끌어올리는 바로 그 언어가 끊임없이 예술을 허물어뜨리"(테리 이글턴)는 자기해체적 기획의 연속임과 같은 논리이다. 즉 문학의 '실험'은 우리가 이전에 알고 있던 '문학'에서 멀어지기 위한 것이지 그것에 근접하기 위해 행해지는 것이 아니다. 이러한 탈구축과 실험을 통해 우리는 문학의 민주주의에 한 걸음 가까워진다. 그때의 '민주주의'란 본질적인 의미의 '문학적인 것', '미학적인 것'이란 없다는 것이 아닐까. 오늘날 '시'의 범위를 한정하는 일은 불가능하다. 시인들은 반복적으로 '통념적인 시'의 국경을 불법적으로 넘나든다. 흥미롭게도 비(非)경계의 잠재성이 현대시에 새로운 에너지를 불어넣는다. 이러한 횡단의 움직임이 예술적인 행위임은 분명하나, 그것은 우리가 '미학적'이라는 말로 지시하려는 '자율성'과는 거리가 멀다.

3. '소통'과 '공명' 사이

예술은 카오스(chaos)와 투쟁한다. 카오스란 우리의 신체와 정신을 스치며 지나가는 무형의 힘, 손가락으로 가리킬 수 없는 어떤 것이 아직 '이름'을 얻지 않은 상태로 존재하는 상태이다. 그것은 감각의 대상이지만 오감으로 규정되지 않는 것이고, 지각은 가능하지만 표현은 불가능한 것이다. 모든 예술은 이 카오스-힘을 드러내는 행위이다. 시 또한 언어로 표현하기 어려운 이 힘-강도를 언어로 드러내는 행위이다. 그러므로 모든 예술의 출발선에는 불가능성이 자리하고 있다. 모든 시는 그것이 성공적이라고 평가될 때조차 실패의 산물이다. 시인은 이 실패 때문에 또 다시 시를 쓴다. 예술의 카오스와의 투쟁은 카오스에 '질서'를 부여하는 것이다. 이 질서를 '구성'이라고 부르자. 그런데 질서를 부여하는 이 표현 작업은 기존의 진부한 개념에 묶여선 안 된다. 이것이 시에서 '낡음'과 '상투성'이 문제인 이유이다. 그것은 어떠한 것도 촉발시키지 못한다. 그래서 예술의 카오스와의 투쟁은 이미-항상 견해(opinion)와의 투쟁을 동반한다. 시는 드물지 않게 견해와의 싸움을 위해 카오스의 손을 잡는다. 여기가 바로 시의 난해성이 등장하는 지점이다. 시는 카오스로부터 우리를 보호하기 위해 질서-구성을 필요로 하며, 고착된 질서-구성과 싸우기 위해 카오스의 힘을 필요로 하는 이중의 투쟁이다.

서정성에 찬사를 보내는 것은 정신착란에 찬사를 보내는 것이다. 서정
성이란 형상이나 체계 너머에 있다. 정신의 모든 요소들이 총체적으로 집
중되어 하나의 충동으로, 유연한 흐름으로 뒤섞여 완벽하고 밀도 높은 리
듬을 만들어낸다. 프레임과 형상에 갇혀 모든 것을 위장하는 세련된 문화
의 경직성과 비교하자면, 서정성은 야만적이다. 서정성의 진정한 가치는
그것이 오로지 피와 진정성과 불꽃이라는 데에 있다.

— 에밀 시오랑, 「서정적인 너무나 서정적인」

시는 '정신착란'의 카오스에 질서를 부여하는 것, 그리하여 '언어'를
통해 형상과 체계 너머의 세계를 가시화(언어화)하는 일이다. 시에서의
요설(饒舌)과 난해성 문제는 이것이 언어로 표현하기 불가능한 것이라
는 실패와 절망의 증언이고, 이른바 일상어에 근접한 명료한 단형(單
形)의 발화는 이것이 많은 언어가 필요한 일이 아님을 증언한다. 이러
한 난점은 결국 '시'가, '문학'이 '언어'를 부정할 수 없다는 태생적 조건
에서, 그럼에도 불구하고 언어로 고정할 수 없다는 절망감에서 비롯된
다. 시인들에게 '언어'가 안심의 근거이면서 동시에 불안의 근거인 이
유가 여기에 있다. 미분화된 '충동'과 '흐름' 자체는 시가 아니다. 그것
은 '정신착란'이 서정성을 간직할 때조차 시가 아닌 것과 동일한 이치
이다. 우리의 감각적 경험, 그 고통의 서정은 일종의 '카오스'이지 '시'
가 아니다. 하나의 흐름, 덩어리로 존재하는 이 카오스에 '질서'를 부여
하되, '견해'의 상투성에 포획되지 않는 방식으로 '질서'를 부여함으로
써 새로운 사유를 촉발시키고 세계에 대한 감성을 변화시키는 것을 우

리는 시라고 부른다. 때문에 '실패'는 시의 본질이다. 이 질서, 분절화의 방식에 대해 우리는 말할 수 없다. 그것은 한 개인의 내부에서 발생하는 순간적-우연적 사건이기 때문이다.

그런데 '카오스'에 '질서'를 부여하는 일이 한 개인의 내부에서 발생하는 고유한 사건이라면, 이것은 타인에 의해 '이해'될 수 있는 것일까? 만일 가능하다면 그때 '이해'와 '수용'은 무엇을 의미하는 것일까? 시를 읽는다는 것, 음악을 듣는다는 것, 그림을 본다는 것은 정확히 무슨 말일까? 이 어려운 물음이 '소통'이라는 단어에 걸려 있다. 시는 어떤 경우에도 '독자' 없이는 쓰이지 않는다. 마지막 단어를 쓰는 순간이 첫 번째 독자가 탄생하는 순간이다. 쓰는 행위가 끝나는 순간 시인은 쓰는 권리를 잃고 독자가 된다. 하지만 시에는 또 다른 독자가 있다. 이 '독자'의 존재 때문에 우리는 종종 시의 가치를 '소통'에서 찾으려는 유혹에 빠진다. 시인이 독자를 염두에 두지 않는 것은 아니지만, 시인이 독자를 '위하여' 시를 쓰는 것은 아니다. 시의 고백적 발화가 그것을 증명한다. 그렇다면 시에서 '소통'을 어떻게 이해해야 할까? 철학자 알폰소 링기스는 '공동체'에 관한 자신의 저서에서 미셸 세르의 '소통의 천사'에 맞서 '소음'의 존재론을 옹호했다. 세르의 천사는 이렇게 말한다. "태초에 말씀이 있었다면 태초에는 (그 말씀을 전달하는) 천사들이 있었다." 세르는 커뮤니케이션의 수행을 여행, 번역, 교환 행위로 설명했다. 세르에게 커뮤니케이션은 타자의 장소로 이동하는 것, 영토를 횡단하여 타자의 말을 받아들이는 것, 그리고 담보로서 보증된 상품을 서로 매매하는 것이다. 하지만 링기스는 세르의 커뮤니케이션이 합리적 공동체를 전제한 맑고 숭고한 소통의 가능성을 전제하고 있다고 비판한다. "소통이론은 배경음을 부적절하고 상충하는 수많은 신호들에 포함시킨다. 따라서 배경음을 잡음에 할당하는 행위는 '생명의 잡음과 경험영역 — 경이로운 그리스나 완전히 투명한 루소주의 사회 — 의 잡음이 최소화된 이상적 공화국에서 목적론적으로 시민이 되기로 예정된 개인의 관점'에서 배경음을 이해하는 행위이다." 아무 것도 공유하지 않는 자에게 자신을 드러내는 것을 '공동체'라고 주장하는 링기스의 시각으로 보면 공통의 커뮤니케이션 코드를 공유하고 있는 '합리적 공동체'는 바람직한 공동체가 아니다. 그는 소통의 가능성 / 중요성을 강조하는 입장, 모든 메시지가 아무런 저항이나 손실 없이 고스란히 전달될 수 있다는 생각이야말로 허구에 불과하다고 주장한다. 그래서 그는 '합리적 공동체' 내에서 수행되는 투명한 소통을 비판하고 "모든 소통과정에는 상대에 저항하고 상대를 침묵시키기 위해 행사되는 강제력이 존재"한다고 지적한다. 그에 따르면 '소통'이란 "배경을 이루는 소음과 그 메시지에 내재된 소음에서 메시지를 끄집어내는 것"이고, "무늬들을 글자들로 알아보는 시각행위의 탈물질화"와 "음성들의 흐름들을 단어들과 구문들로 알아듣는 청각행위의 탈물질화"이다.

그런데 세르의 투명한 소통을 비판하면, '소통'을 배경잡음과 혼재된 표현에서 메시지를 끄집어내는 탈물질화로 이해하면 '시를 읽는다는 것'의 의미가 해명될 수 있을까? 만일 어떤 시가 오직 배경잡음만으로 이루어졌다면, 그리하여 전달할 '메시지'를 갖고 있지 않다면, 아니 시를 읽는 사람이 그러한 탈물질화의 능력을 갖고 있지 않다면 어떻게 되는가? 이 질문에 대한 링기스의 대답들은 이렇다. "소통은 육지와 대양들과 하늘들의 진동이 우리 육체의 구멍들에 포착되고 농축되어 확산되다가 배출될 때, 그리고 바람과 바다로 돌아가는 그 진동의 메아리를 우리가 들을 때 비로소 이루어진다." "우리는 우리의 눈이 파악하는 빛, 우리의 자세를 유지시키는 땅, 우리가 말하면서 호흡하는 공기와 온기를 서로에게 소통시킨다. 우리는 흙, 빛, 공기, 온기의 응축물들처럼 서로를 대면하고 원초적으로 소통하는 원소들이 되어 서로를 판단한다." 이러한 현상학적 설명은 결국 '소통'이 커뮤니케이션이 아니라 '공명하는 과정'이라는 의미이다. 그것이 '커뮤니케이션'이 아닌 이유는 시의 핵심이 '메시지'가 아니기 때문이다. 아니, '시를 읽는 것'이 '메시지를 읽는 것'과 동일한 의미가 아니기 때문이다. 메시지를 중심으로 시를 읽는 것이 불가능하다는 말이 아니다. 하지만 우리는 메시지를 전달하기 위해 시를 쓰지 않고, 메시지를 이해하기 위해 시를 읽지 않는다. 메시지를 중심으로 시를 읽을 때, 우리는 운문을 산문으로 번역하고, 메시지 이외의 소음들을 '잡음'으로 간주하게 된다. 그런데 한용운의 「님의 침묵」을 '님은 갔다', '나는 슬프다'는 두 문장으로 요약해도 좋은 것일까? 시가 독자를 향해 흘려보내는 것은 감정, 감각, 느낌처럼 '메시지'로 환원되지 않는 어떤 것이다. '시'를 설명할 때 사용되는 '감수성'이란 정확히 타인의 감정, 감각, 느낌을 자신의 것으로 번역하는 능력을 뜻한다. 그러므로 시를 읽는 행위는 '소통'이 아니라 '감수성', 나아가 '공명'으로 이해하는 것이 좋겠다. '공명'이란 시-텍스트의 정념을 '나'의 것으로 받아들이는 동일시의 과정이다. 이 '공명'의 영향력은 사람에 따라 다르다. 그러나 시를 읽는다는 것이 텍스트에 기입된 정념을 '감수'함으로써 신체적, 정서적 변화를 경험하는 것임은 분명하다. 물론 이 경우에도 '번역'이 그러하듯이 '정념' 자체가 투명하게 전달되지는 않는다. 어쩌면 고정된 '정념'이 없기 때문에 시를 읽을 때마다 우리가 다르게 '공명'하는 것인지도 모른다. 그럼에도 여전히 문제는 남는다. 메시지로 말할 수 없는 이것, 하지만 '언어'를 통하지 않고서는 더더욱 드러낼 수 없는 이것을 어떻게 표현하느냐는 문제는 해명되지 않기 때문이다.

시적인 것과 형식적인 것

테리 이글턴, 박령 옮김, 『시를 어떻게 읽을까』(경성대 출판부, 2010)

1.

'시를 어떻게 읽을까', 이 제목은 시에 관심을 갖고 있는 사람이라면 피해갈 수 없을 만큼 절대적으로 매력적이다. 그렇다면 이 '매력'의 원인은 어디에 있을까. 우리가 이 매력적인 제목의 책을 펼치면서 기대하는 것의 정체는 무엇일까? 시를 읽는 일이 그 어느 때보다 힘들고 어려운 지금, 아니 '시'에 대한 대중적 합의마저도 부재하는 시대에, 어쩌면 우리는 현존하는 '대가(大家)'의 목소리를 통해서 '시'에 관한 근본적인 정의와, 시를 읽고 해석하는 방법 같은 것을 기대하고 있는 것은 아닐까. 그러나 '무엇인가(What is~)'나 '어떻게(How~)'라는 제목의 책들이 통상 그러하듯이, 테리 이글턴의 이 책 또한 우리의 요청에 적확한 대답을 제시하고 있지는 않다. 이 책은 '영시(英詩)'라는 매우 제한된 맥락만을, 그것도 동시대의 작품을 원천적으로 배제해버림으로써 결과적으로 시에 관한 통상적인 학술적 읽기만을 보여주고 있다. '학술적'이라는 단서를 떼어버릴 수 없다고 하더라도, 이글턴의 이 책은 후고 프리드리히의 『현대시의 구조』나 옥타비오 파스의 『흙의 자식들』처럼 보편적인 발전의 맥락을 고찰하는 통시적 성격의 저서가 아니라, 형식주의 비평의 구체적인 적용 사례들을 다소 교과서적인 느낌으로 기술하고 있다. 이것은 형식적인 것을 포기하지 않는 시론, 음악적 요소와 뗄 수 없는 영미시의 특징에서 비롯되는 한계이기도 하다. 이를테면 전통적인 영미시에서 운과 강세는 절대적으로 중요한 시적 장치인 반면, 한국의 현대시에서 그러한 음악적 자질은 더 이상 주목의 대상이 되지 않지 않는가. 하여, 우리가 맑스주의 비평가에게 기대했음직한 해명이 이 책에는 없다. 또한 이 책에는, 전혀 없는 것은 아니지만, 우리 시대의 시에 접근할 수 있는 시선이 없다. 그것은 마치 소설과 비평을 이야기할 때 맑스주의적 입장을 취하던 비평가가 시에 관해서 이야기할 때에는 형식주의나 신비평을 대표하는 비평가가 되어버린 느낌을 준다. 미리 말해두거니와 이 책에는 시의 현대성에 대한 구체적인 정의는 물론이고, 현대시를 포괄할 수 있는 시라는 장르 자체에 대한 해명도 거의 등장하지 않는다. 그렇다고 이 책이 절대적으로 무의미하지는 않다. 이 책의 최대 장점은 우리가 흔히 내용적인 요소와 대비시켜 말하는 형식적인 요소, 현대의 비평의 다분히 비본질적인 요소로 간주하는 시적 형식의 역사성과 이데올로기적 성격을 매우 충실하게 보여주고 있다.

학문적인 경우를 제외하면, 한국의 시 비평은 형식주의 비평에 대해 약간의 거리감을 갖고 있는 것이 사실이다. 시 비평의 탈형식주의적 태도는 특히 현대로 올수록 더욱 두드러진다. 혹자는 이 거리감이 논증적인 글쓰기와 설명적인 글쓰기의 차이에서 비롯되는 것이라고 말할지도 모른다. 그러나 학술적인 성격의 논문과 현장에 밀착되어 있는 비평의 차이는 전자가 텍스트를 작품에 한정하려는 경향이 강한 반면 후자는 시인의 세계인식과 실존적 문제까지를 텍스트의 범위에 포함시키려는 경향을 띤다는 데서 비롯되는 듯하다. 그러므로 이 거리감을 내용중심의 해석적 투쟁이 지배하는 비평 풍토라고 말해도 좋겠다. 한국의 경우, 시에 관한 학문적 접근의 대부분은 '이미지'나 '운율' 연구와 같은 형식주의적 태도를 취하고 있지만, 현장 비평에서 그러한 형식주의적 시각이 적용되는 사례는 많지 않다. 이것은 우리의 비평이 한 시인의 시를 '세계'의 입장에서, '세계'에 대한 시인의 태도와 인식이라는 차원에서 해석하고 해명하는 작업에 집중되어 있다는 것을 의미한다. 단적으로 말해서, 우리 시대의 시 비평에 가장 큰 영향을 끼치고 있는 것은 시론 교과서가 아니라 시에 관한 철학자들의 진술과 분석이다. 이런 시각에서 보면 이글턴의 이 책은 우리의 문학 현실과는 다소 먼 곳에 놓인 듯하다. 물론 형식의 이데올로기를 추출하는 것이 불가능하지 않기에 형식과 태도, 형식과 인식의 상관성을 살피는 일도 가능하겠지만, 인식론적 관심에 밀착된 현장비평에서 그러한 작업을 발견하기는 쉽지 않을 듯하다. 역설적으로, 이 책이 우리의 비평적 아비투스를 확인할 수 있는 일종의 거울처럼 읽히는 것은 이 때문이다.

2.

테리 이글턴의 『시를 어떻게 읽을까』는 전체 여섯 개의 장으로 구성되어 있다. 자연시 네 편에 대한 "세밀한 비평적 분석의 또 다른 연습"에 할애된 마지막 장을 제외하면, '시를 어떻게 읽을까'라는 질문에 대한 대답이 행해지는 부분은 다섯 개의 장이다. 책의 서두에서 이글턴은 이 책이 '형식'에 상당한 비중을 두고 있음을 밝히고 있다. 1장에서 이글턴은 20세기의 저명한 비평가들의 목록을 제시한 다음 이렇게 말한다. "내가 언급한 이론가들은 면밀한 독자들일 뿐만 아니라 문학 형식의 문제에 민감한 자들이다." 이 진술은 1장의 또 다른 진술 ─ "소설이나 시를 대하는 대부분의 학생들은 보통 '내용 분석'으로 알려진 것을 자연스럽게 따라잡는다" ─ 과 묘한 긴장을 형성하고 있다. 이글턴은 모든 문학 언어가 "순수하고 단순한 언어"가 아니라 특정한 '형식'("언어로 어떤 모습을 취하느냐")과 결합된 언어이며, 그런 점에서 언어의 '이면'을 파헤치려는 노력이 잘못된 공간적 은유 때문에 생기는 것이라고 지적한다. 아울러 그는 "내용 분석으로 알려진" 비평적 관행과 달리 텍스트 읽기는 언어를 '형식의 일부'로 간주하는 입장에서 출발하는 것이며, 그때 형식이란 역사로부터 분리된 것이 아니라 역사로 통하는 한 양식이라고 선언한다.

> 형식은 역사로부터 분리된 것이 아니라 역사로 통하는 한 양식이다. 이를테면 19세기 후반과 20세기 초의 리얼리즘에서 모더니즘으로의 전환과 같은 예술 형식의 주요 위기는 거의 언제나 역사적 격변과 얽혀 있다. (21쪽)

이글턴은 '내용의 정치'와 '형식의 정치'를 구분하고 시 읽기의 전체적인 포커스를 후자에 맞춘다. 이를테면 시는 "누군가의 식후 대화에 불시에 끼어들기라고 한 것처럼 가벼운 문체"로 시작될 수도 있고, "팡파르를 울리며 시작"될 수도 있으며, 문법의 규칙적인 순서를 도치시켜 "슬그머니 다가드는 구문"으로 시작될 수도 있다는 것이다. 그는 시가 말하고 있는 '무엇'의 문제만큼이나 말하는 방식, 즉 '어떻게'의 문제가 중요하며, 이 '어떻게'의 문제가 "1930년대의 많은 문학 작품처럼 「미술관」은 감상적이기보다는 오히려 비정하다고 여겨질 것이다. 그 시의 반영웅주의는 또한 전형적인 1930년대의 자세이다"처럼 '역사'와 관계를 맺고 있음을 보여준다. 나아가 그는 D.H.로렌스의 '구두법'이 그의 "유기적 세계관"과 연관되어 있고, 그 "유기적 세계관"은 "산업 자본주의 비판"과 연관되어 있다고 주장한다. 컨텍스트(역사성)라는 개념을 도입하여 형식의 정치를 해명하는 이글턴의 이러한 읽기 방식은 시의 '형식'을 철저하게 비정치적인 것, 비역사적인 것으로 간주하는 우리의 학술 및 비평 태도에 적지 않은 시사점을 제공한다. 나아가 그는 이러한 형식의 정치가 비단 문학적 장치만이 아니라 '읽기'의 방식에도 적용될 수 있다고 말하는데, 가령 니체의 "천천히 읽기"는 속도에 사로 잡힌 시대에 역행하려는 시도로서 "모더니티에 대한 비판"으로 해석할 수 있다는 것이다. "말의 느낌과 형식에 주의하는 것은 말을 순전히 도 구로 다루기를 거부하는 것이며, 그리하여 언어가 상업과 관료주의에 의해 종잇장처럼 가늘게 닳아 버린 세상을 거부하는 것이다"(23). 그렇 다면 왜 그는 '내용의 정치'가 아니라 '형식의 정치'에 더 많은 관심을 보이는 것일까? 그것은 그가 "문학비평의 역사적 고점들을 고찰하는 것은 문학 작품들의 조직과 결에 대해, 그리고 그들의 문화적 컨텍스 트들에 대해 일종의 이중적인 세심함을 목격하는 일"(22)이라고 생각 하기 때문이다.

어떠한 것도 절대적으로 부적절하지 않으며, 어떠한 말도 쓸모없거나 넘치지 않으며, 모든 요소가 모든 다른 요소와 협력하여 통합된 전체를 이 룬다는 것이 바로 시에 대한 정의의 일부가 아닌가? 대체로 이것이 코울리 지에서 I.A.리차즈까지, 괴테에서 미국 신비평가들까지, 많은 위대한 논평 자들에게 공통된 시에 대한 견해이다. (…중략…) 시는 구상화된 현실에 대한 구상화된 반응이다.(39쪽)

'시란 무엇인가?'라는 본질적인 질문에 앞서 이글턴은 '경험의 죽음' 이라는 제목으로 시의 존재론적 의미를 해명한다. 이글턴에 따르면 현대는 "경험 자체"가 위험에 처한 시대이다. "지구상에서 위험에 처한 것은 환경, 질병과 정치적 억압의 희생자들, 회사의 힘에 저항할 정도로 무모한 자들뿐만 아니라 경험 자체이기도 하다"(35). 한때 그 풍요로운 특수성 속에서 상품의 형태에 저항하는 방식이었던 경험이 이제는 또 다른 종류의 상품이 되어버렸다는 것이다. 이때 그가 말하는 '경험'이란 철저하게 벤야민적인 의미이다. 일찍이 벤야민은 경험이 위축된 곳에 압도적인 크기의 건축물과 스크린, 홍수같이 쏟아지는 신문정보 등과 같은 충격 '체험'이 등장하였다고 말함으로써 근대를 '경험'에서 '체험'으로 이동하는 시대라고 규정했다. 물론, 벤야민에게 '경험'의 위축과 '체험'의 등장은, 아우라의 종말이 그러하듯이 이중적인 의미를 띠는데, 한편으로 그것은 새로운 예술의 등장을 가능하게 하는 조건이면서, 동시에 전통과 경험으로 상징되는 유의미한 삶의 불가능성을 뜻하는 것이었다. 이글턴은 이러한 위험의 근본적인 요인이 자본주의의 등장에서 비롯되었다고 본다. 다시 말해 자본주의로 인해서 "즉각적인 가독성의 세계에서 우리는 언어 자체의 경험을 상실해 버렸다. 그리고 언어에 대한 감각을 상실한다는 것은 언어보다 훨씬 더 많은 것과의 접촉이 끊어진다는 것이다. 말을 주로 실용적으로 사용하다 보니 그 신선함이 손상되었고 그 힘이 무디어졌다." 이러한 역사적 분석은 결국 "시는 무엇보다도 말을 새롭게 즐기고 맛보게 해 줄 수 있었다"라는 진술로 압축되는데, 이러한 분석에 근거하여 그는 "시는 말과 의미(혹은 기표와 기의)의 관계가 일상어보다 더 빡빡한 일종의 언어의 현상학이다", "시는 기의 혹은 의미가 의미화 자체의 전체적인 과정인 언어이다. 그리하여 시는 언제나 어떤 차원에서는 그 자체에 관한 언어이다"라는 정의를 도출한다. 현대는 특유의 실용주의적 성격으로 인해서 합리주의와 비합리주의를 끊임없이 분열시키는 데 반해서, 시는 그러한 간극을 연결하고자 하는 언어적인 노력이라는 것이다.

3.

시란 무엇인가? 특정한 '가치'를 개입시키지 않고 이 질문에 대답하는 것은 가능할까? 즉, '좋은 시'에 대해 말하는 것이 아니라 '시' 일반에 대해 규범적인 정의를 말하는 것은 가능할까? 시와 시 아닌 것을 구분하는 결정적 기준은 존재할까? 한 편의 시를 '시'라고 말하는 것은 어떤 기준에서 가능할까? 오랫동안 많은 비평가들이 '시'를 정의하려고 노력해 왔지만, 시에 관한 정의의 역사는 오류의 역사였다는 말처럼, 그 노력의 대부분은 실패할 수밖에 없었다. 그것은 '시'에 관한 특정한 시대의 관념(공통감각)은 항상 이후의 시대에 의해 부정되거나 극복되는 방식으로 확장되어왔기 때문이다. 모든 시대는 시와 시 아닌 것을 구분하는 저마다의 구분법을 지니고 있었겠지만, 그것은 항상 특정한 시대의 산물에 불과했을 뿐 시의 역사 전체를 관통하는, 역사상 존재했던 모든 시들을 포괄할 수 있는 보편적 성격을 획득하지는 못했다. 그래서 여전히 우리는 "시란 무엇인가?"라는 해묵은 질문과 조우할 수밖에 없다.

이글턴은 "시는 행들이 어디서 끝나야 하는지를 인쇄업자나 워드 프로세서가 아니라 작가가 결정하는 허구적이며 언어가 창의적인 도덕적 진술이다"(49)라는 황당하기 그지없는 '비시적인 정의'에서 출발한다. 여기에는 우리가 기대함직한 어떠한 본질적 접근도 없다. 대신 그는 '시'에 관한 정의의 첫 번째 요소로 행의 끝맺음에 대한 권리 여부에 주목한다. 행의 끝맺음은 '형식'의 문제일까? 이글턴은 '그렇다'라고 말하는 듯하다. "시에서 행 끝맺기가 항상 의미 있는 것이 아닐 수는 있지만 항상 의미 있는 것이 되도록 만들어질 수는 있다"(50). 이것은 행간걸침을 뜻하는 앙장브망이 단순한 장식적 요소가 아니라 특정한 목적을 달성하기 위해 "운율과 반복을 조종"하는 행위라는 것을 의미한다. 시의 행들이 산문처럼 일렬로 연결되어 있다면 타격소리 같은 운율의 효과는 더 이상 기능할 수 없다는 말이다. 형식주의적 입장에서 보면 시를 쓴다는 것은 언어들을 특정한 목적을 위해 배열하는 행위인데, 이 경우 '목적'의 성취여부는 언어의 배열에 의존하게 된다. 이러한 설명은 이글턴이 산문적으로 배열된 시를 설명 대상으로 삼지 않았기 때문에 발생하는 것이지만, 설령 우리가 이 설명에 대한 반증으로 산문시를 들이밀더라도 그는 시의 산문적 언어배열은 운문적 배열의 정치적 기능에 반대하기 위하여, 또는 그것의 역사적 맥락을 벗어나기 위하여 시도된 또 하나의 의도된 언어 배열이라고 설명했을 것이다.

'시란 무엇인가?'라는 질문과 관련한 이글턴의 주장 가운데 가장 특징적인 것은 시를 도덕적 진술의 일종으로 이해한다는 것이다. 그러나 이글턴이 말하는 '도덕'이란 앵글로색슨적인 맥락, 즉 무엇인가를 강제하거나 금지하는 초월적인 덕목이 아니다. 그가 "전통적인 의미에서 도덕은 의무와 책임의 옹호론자들의 손에 들어가기 전에는 어떻게 하면 가장 풍요롭고 즐겁게 살 것인가에 대한 연구"였다고 말할 때에도 그러하다. 그가 말하는 '도덕적'이라는 말의 의미는 "인간의 행위와 경험에 대한 질적이거나 평가적인 견해"를 가리킨다.

> 시가 도덕적 진술이라는 것은 시가 어떤 규범에 따라 엄격한 판단을 내리기 때문이 아니라 인간적 가치, 의미, 목적을 다루기 때문이다.

이글턴이 사용하는 '도덕적'이라는 말은 물론, 선 / 악, 정의 / 불의 같은 전통적인 도덕적 용어들을 포함하지만, 그가 이 단어로 강조하려는 것은 '경솔한', '정교한', '평온한', '냉소적인', '활기찬', '쾌활한', '부드러운', '무감동한', '인색한' 같은 형용사들이다. 그래서 그는 (앵글로색슨적인 맥락과 구분되는) '도덕적'은 '비도덕적'과 대립하는 것이 아니라, 역사적, 과학적, 심미적, 철학적 등의 용어와 대조된다고 말한다. 다시 말해서 '도덕적'이라는 것은 인간 경험의 특정한 영역을 가리키는 것이 아니라 "특정 각도에서 고려되는 인간 경험 전체"를 의미한다는 것이다. 예컨대 그는 "그녀는 훌륭하게 조각된 성당 문 앞에서 고개 숙이고 서 있었다"라는 사실적·경험적 진술과 비교하여 "그녀는 훌륭하게 조각된 성당 문 앞에서 슬픔에 젖어 고개 숙이고 서 있었다"라는 진술은 도덕적이라고 설명한다. 또 하나, 이글턴은 시가 도덕적 진술을 허구적인 방식으로 다룬다는 사실을 추가한다. 이 경우 '허구'란 어떤 진술의 본래적인 맥락과 구분되어야 한다는 것을 뜻한다. 가령 어떤 시에는 편지의 일부분이 등장하거나 편지투의 문체가 나오기도 하는데, 이 경우 '편지'는 실제의 편지를 가져온 것이 아니며, 설령 그렇다고 하더라도 그것은 '편지'와는 다른 시의 일부(허구)로 읽어야 한다는 것이다. 이런 점에서 '허구'와 '상상'은 구분되어야 한다는 것이 이글턴의 주장이다. 이렇게 보면 결국 '허구'라는 말은 "어떤 글을 어떻게 적용시켜야 하는가에 대한 일련의 규칙들"이라고도 말할 수 있다.

이러한 시적 '허구'와 관련하여 이글턴은 두 가지 문제를 제기한다. 우선, '허구'가 맥락의 이동, 즉 시가 원래의 컨텍스트를 벗어나는 것이라면, 그것은 필연적으로 '애매성'의 구축과 무관하지 않다는 것이다. 일상적인 컨텍스트 속에서 '언어'는 그것이 이해되어야 하는 일정한 맥락과 규칙에 종속되며, 그렇기 때문에 의미론적 애매성이 거의 발생하지 않는다. 일상언어 속에서 의미의 애매성이 발생한다면 그것은 전적으로 그 언어를 사용하는 사람들이 '언어'를 잘못 사용했기 때문이다. 반면 시에는 그러한 외부적인 맥락과 규칙이 주어져 있지 않다. 설령 그것이 주어질 수 있다고 하더라도 그것은 시적 진술과 동시에 주어지는 것이지 선재하지 않는다. 바로 이 때문에 시의 언어는 원칙적으로 애매성에 노출될 수밖에 없다는 것이 이글턴의 생각이다. 다음으로, 시가 '허구'라는 것은 달리 말하면 시는 비실용주의적으로 취급되어야 한다는 것을 뜻한다. 물론, 시와 비실용주의의 관계에 대한 이글턴의 생각을 한 마디로 요약하기는 어려운데, 그것은 이 책 전체가 특정한 관념 / 이념을 제시한 후 그것의 반증가능성을 검토하는 방식으로 집필되어 있기 때문이다. 말하자면 시적 언어를 비실용주의적으로 취급해야 한다고 주장하면서도 그는 실용주의적 가능성을 전면적으로 부정하지 않음으로써 논의의 여지를 남기는데, 그렇지만 시의 위험과 가치를 세상의 탈실용주의화에서 찾는다는 점에서 그가 시적 언어의 비실용주의 쪽으로 기울어져 있는 분명해 보인다.

4.

페이지 위에서 텍스트들을 행들로 나누는 것이 텍스트를 허구로 보는 하나의 단서라는 것을 살펴보았다. 그러나 그것은 또한 언어 자체에 특별한 관심을 두라는, 즉 말을 거쳐서 의미까지 바로 보기보다는 오히려 말을 물질적 사건으로 경험하라는 가르침이다. 그러나 대부분의 시에서 그것은 의미보다 오히려 말을 경험하는 문제가 아니라 그 둘에 함께 반응하는 문제이며, 혹은 그 둘 사이의 어떤 내적 결속을 깨닫는 문제이다. 언어에 보통 이상으로 민감하다고 해서 반드시 문제의 언어가 두드러지게 '전경화된다'는 의미는 아니다.

'언어'에 관한 한 이글턴은 형식주의자이면서 형식주의자가 아니다. 시는 "언어적으로 창의적"이라는 관념을 검토하는 자리에서 그는 "종종 그 자체에게로 관심을 끄는 언어", "그 자체에 중심을 두는 언어", "기표가 기의를 지배하는 언어"처럼 '기표의 물질성'을 주장하는 이론들에 대해 절반의 동의만을 표한다. 그것은 실제로 그가 구체적으로 언급하고 있는 시편들이 '기표의 물질성'과는 다른 층위의 언어들을 사용하고 있기 때문인데, 이글턴은 예외적인 경우를 제외하곤 시의 언어를 '기표의 물질성'과 동일한 것으로 간주하지 않는다. 보수적이라는 비판을 받을 수도 있는 이러한 언어관은 분명하게 시적 현대성과는 다른 궤적을 보이며, 심지어 형식주의 오류가 바로 기의에 비해 기표를 과도하게 평가한 데서 비롯된다고 지적한다. 러시아 형식주의자들은 시를 "그 자체와 독특한 자의식적 관계 속에 놓인 언어"라고 보았다. 그들은 언어의 물질성을 '문학성'의 동의어로 간주했다. "'문학성'은 그 자체를 그 자체로서 독특하게 의식하는 언어, 혹은 달리 말하자면 '낯설게 만들어져서' 독자나 청자에게 새롭게 지각될 수 있는 언어를 의미했다. 세상을 응시하는 투명한 매체가 되는 대신에 그것은 이제 그 자체로서 실체를 지닌 대상이다." 이글턴에 따르면 전경화된 언어 기호를 문학성과 등치시키는, 즉 자동화된 일상적 담론을 낯설게 함으로써 시가 실용적 소통의 창조적 변형이라고 주장하는 러시아 형식주의자들의 이론은, 그러나 "어떤 종류의 문명에 속한 이론"일 뿐이다.

　반면 그는 형식주의의 후예라고 말할 수 있는 유리 로트만의 이론("시란 단지 기호들이 구조나 체계일 뿐 아니라 체계들의 체계이다")에 한층 주목한다. 시를 '체계들의 체계'로 파악하는 로트만의 이론에 기대어 이글턴은 "한 편의 시는 하나의 규칙 체계이면서 규칙 위반의 체계이기도 하다"라는 일반론을 제시하는데, 이는 다양한 역사적 사례들을 빠짐없이 포괄하려는 이론적 노력의 결과이면서, 또한 시공간의 차이를 뛰어넘어 시에 관한 보편적 해명을 시도하려는 의도에서 비롯되는 것처럼 보인다. 물론, "단순히 존재함으로써 시는 유토피아적인 기능을 성취하고, 노동과 강제와 의무에 덜 구속된 삶의 형태를 입증한다"와 같은 주장이 현존하는 우리의 현대시를 이해하고 분석하는 잣대가 될 수 있을지는 의문이지만 말이다. 이러한 주장은 결국 시는 기호들의 놀이라는 주장을 함축하고 있다. 그러나 우리의 문학적 현실은 '시'를 한낱 기호들의 놀이라고 단정해버리기에는 과잉된 어떤 것이 있다. 상당수의 시인들이 '놀이'와는 별개로 시를 창작하고, 또한 비평적 읽기 역시 항상 시에서 '기호들의 놀이' 이상을 읽어내려고 노력하는 지금, 시가 "기호들의 놀이"라고 주장하는 것이 어떤 의미를 지닐 수 있을까.

시에 관한 다수의 이론들은 시를 "신선한 도덕적 통찰"과 "매혹적인 언어" 가운데 하나를 긍정하는 방식을 취하고 있다. 이것을 굳이 내용과 형식이라고 말해야 할 이유는 없지만, 비평적 관행에서 그것은 '내용'과 '형식'의 다른 표현들처럼 통용되는 것이 또한 현실이다. 물론, 어떤 이론들은 내용과 형식의 필연적인 조화나 연속성을 주장함으로써 일종의 절충을 시도하기도 한다. 그렇지만 이글턴은 시에 있어서 "신선한 도덕적 통찰"과 "매혹적인 언어"가 내재적으로 연결되어야 하는 이유는 없다고 본다. 모든 시가 내용과 형식을 논리적이거나 필연적인 방식으로 통합시키지는 않는다는 것이다. 이 지점에서 그는 내용이 있는 '농담'과 기표의 놀이에 관계된 '익살'이라는 프로이트식 구분을 빌려서 내용과 형식의 비유기적인 관계를 요약한다. "기표의 즐거움이 있고 도덕적 인식의 즐거움이 있지만, 하나가 항상 다른 하나에 의해 움직인다고 생각하는 것은 지나치게 유기체론적이다." 즉, "신선한 도덕적 통찰"을 담고 있는 시도 있을 수 있고, "매혹적인 언어"를 강조하는 시도 있을 수 있다는 것이다. 그리하여 그는 형식과 내용의 통합이 아닌, 분리를 주장한다. 그리고 "문학 형식들은 그들 자체의 역사를 지닌다. 그들은 단지 내용의 순종적인 표현은 아니다"라는 진술로 형식의 역사성에 주목한다.

5.

소설에서 '이야기'와 '서술'이 다르듯이 내용과 형식은 다르다. 전자가 '무엇을'에 비중을 둔 접근이라면, 후자는 '어떻게'에 초점을 맞춘 분석이다. 이 책에서 이글턴은 '의미론적인 것'으로부터 '비의미론적인 것'을 분리시키는 방향을 선택한다. 즉, '어떻게'에 초점을 두고 시를 분석하고 있다. "어조, 운율, 압운, 구문, 모운, 문법, 구두법 등은 실제로 의미의 생성기들이며, 단순히 의미를 담는 그릇들이 아니다. 그들중 어떠한 것이라도 수정하는 것은 의미 자체를 수정하는 것이다." 이러한 지적에 따르면, '형식'은 의미의 종속물이 아니라 의미를 구성하는 생성기이고, 따라서 형식의 변화는 필연적으로 의미의 수정을 동반한다. 이런 맥락에서 그는 이 책의 상당부분을 '형식' 분석에 할애한다. 이를테면 우리는 이 책에서 어조, 분위기, 음색, 율격, 음조, 음량, 결("표면이나 물체의 느낌이나 외양"), 강도, 속도와 같은 형식들을 살펴보게 되는데, 그것들은 결국 "어떻게 시가 다양한 소리들을 뚜렷한 패턴으로 짜느냐 하는 문제"와 연결되어 있다. 그리고 이글턴은 이러한 형식적 고려야말로 문화적 행위의 일부라고 주장한다.

어떤 시들은 날카로운 자음을 피하는 대신 모음을 중시함으로써 더 부드러운 마찰음을 선호한다. 또 "어떤 시들은 기어가고 어떤 시들은 조용히 느리게 가는 반면, 다른 시들은 흥분하여 앞으로 돌진한다." 어디 그 뿐인가. "형식의 정교함이 내용의 빈약함을 숨기는 시들도 있다." 그리고 "현대의 삶이 어느 정도 불협화음으로 느껴지기 때문에 상당히 많은 시인들은 현대에 들어서면서 압운을 사용하지 않기 시작한다." 이글턴의 분석에서 '형식'은 '시적 장치'이자 '시의 골격의 일부'이고, 같은 맥락에서 특유의 정치성과 역사성을 갖는다. '형식'의 가치에 주목하는 이러한 분석방식은 한 권의 시집이 구성하고 있는 완결된 세계를 해명하려는 해설비평이나 한 시인의 시 세계 전체를 이야기의 방식으로 재구성하기를 좋아하는 우리의 비평적 아비투스, 심지어 현대의 비평이 큰 영향을 받고 있는 철학자들의 시 읽기와도 매우 다른 것이다. 우리는 이 책에서 강음절행, 영웅이행연구, 알렉산더시행, 약강

5보격, 약강 3보격 같은 낯선 개념들과 끊임없이 마주쳐야 한다. 그리고 이러한 형식과 더불어 우리가 대면하게 되는 작품들은 현대적인 시가 아니라 빅토리아 시대와 낭만주의 시편들이며, 현대시라고 해봐야 엘리엇의 모더니즘이 전부이다.

'시를 어떻게 읽을까'라는 문제와 관련하여 이글턴이 던지는 마지막 질문은 "비평은 단지 주관적인가?"이다. 철학적인 개념들을 동원하여 시인의 세계 인식을 파헤치는 인식론적 비평은 대개 "경쟁적인 해석들"의 장이 된다. 우리의 맥락에서 '텍스트'라는 개념은 이러한 해석의 경쟁을 정당화하는 장치의 일종이면서, 그것이 작품 자체의 애매성에서 비롯되는 문제라고 주장한다. 그러나 이글턴은 어떤 문제에 대한 불일치가 곧 주관주의를 정당화하는 것은 아니라고 본다. "어떤 문제에 대해 불일치할 수 있다는 것이 반드시 순전한 주관주의를 의미하지 않는다 (…중략…) 어조와 분위기 등은 비평가들이 충돌할 수 있는 해석의 문제일 수 있다. 그러나 이것은 그들이 순전히 주관적이라는 말은 아니다." 이견들에는 한계가 있다는 것, 즉 텍스트상의 증거가 존재하는 한 해석적 경쟁은 무한히 확장될 수 없다는 것이다. 일반적으로 시 해석이나 감상에 있어서는 '감정'이나 '정서'라는 개념이 특권적인 위치를 차지하고, 그것들의 존재는 시 이해의 주관성을 뒷받침하는 근거처럼 언급된다. 그러나 이글턴의 이러한 '감정'의 내면주의와 주관주의에 맞서 "어떤 문화 속에서 성장한다는 것은 특정한 사고방식만큼이나 적합한 감정의 형식을 배우는 문제"이며, 그런 면에서 '감정'은 우리의 '내부'에 존재하는 것도, 공적인 시선에서 차단되어 있는 것도 아

니라고 주장한다. 물론, 이러한 주장이 감정의 객관성을 옹호하고자
하는 것은 아니다. 예술에서의 '감정'이란 그것이 표현되는 형식과 분
리될 수 없다는 점에서 전적으로 내면적인 것은 아니라는 것, 예술적
수행과 형식이 창작자의 감정을 실어 나르기만 하는 객체가 아니라는
뜻이다.

　　문학을 온전히 주관적인 것의 영역으로 간주하려는 태도에 대한 이
글턴의 비판은 '언어'에도 동일하게 작용된다. 그는 시적 언어의 특징
은 외연이 아니라 내포 혹은 연상되는 의미들의 덩어리 전체를 제공한
다는 데 있으며, 이런 점에서 의미를 축소하려는 성향을 지닌 실용적
언어와 본질적으로 다른 것이라고 말한다. 실용적인 언어(법률이나 과학
언어 등)가 의미의 왜곡을 막기 위해서 축자적인 의미에 충실하려는 반
면, 시적 언어는 '의미'를 증식시키려고 애씀으로써 실용적인 커뮤니케
이션을 위반한다는 것이다. 그러면서도 그는 시의 언어적 의미가 주관
적이고 임의적인 과정이 아니라 "규칙에 지배되는 사회적 실행"임을
강조한다. 즉, "의미는 독자들이 함부로 부여하는 것도 아니며, 수위표
처럼 페이지 위에 객관적으로 있는 것도 아니다." 의미의 주관주의와
객관주의를 모두 거부하면서 그는 '개인의 취향과 가치판단은 동일한
것이 아님을 환기한다. 주관주의와 객관주의를 모두 비판하면서도 그
는 예술에서의 '감정'과 시에서의 '언어'는 사회적 실행의 일종이며, 따
라서 전적으로 주관적인 것이라고 간주할 수 없다는 태도를 견지한다.
그리하여 그는 '사회적 실행'으로서의 시적 언어의 특징을 어조, 분위
기, 음조, 강도와 속도, 결, 구문, 문법, 구두법, 운율과 율격 같은 형식

의 문제와 연관시킨다. 정형화되기 어려운 이 풍요로운 시적 형식들이 영미시를 풍부하게 만드는 원천으로 작용해 왔음은 물론이다. 그러나 모더니즘 이후의 시, 특히 한국의 현대시들에서 이러한 형식적 요소들이 시 창작의 지배적 요소로 기능해 왔는가는 여전히 의문이다. 더군다나 음악적인 요소를 거의 상실하거나 배제함으로써 시적 현대성을 추구하고 있는 우리 시대의 시들에 이러한 전통적 요소들을 대입할 수 있을까, 어쩌면 시적 현대성이란 '어떻게'라는 형식의 문제를 간과할 수 없다는 정당한 요구에도 불구하고 '무엇을'이라는 내용의 문제에 더 많은 관심을 표시해 온 것은 아닐까. 그렇다면 이 형식들에 의존하지 않으면서 우리가 다시 '시는 무엇인가', '시를 어떻게 읽을까'라는 질문을 던지고 그에 합당한 대답을 찾으려고 노력해야 하는 것은 아닐까. 책을 덮는 이 순간에도 여전히 이 문제는 해결되지 않는다는 느낌을 떨쳐버리기 어려운 것은 왜일까.

어떤 가능성의 의미들

신인들의 시 읽기

1.

　'신인'이라는 단어에는 대개 '패기', '신선함', '가능성' 등의 상투적인 수식어가 따라붙는다. 시적 안정감이나 완성도에 높은 점수가 주어지는 경우도 없지는 않지만, '신인' 선발의 일반적인 기준은 안정성보다는 파격성이, 당장의 완성도보다는 미래적인 의미의 가능성이 강조되기 마련이다. 그러나 '신인'에 대한 시단(詩壇)의 관심이 유래를 찾기 어려울 정도로 높은 지금, 우리는 '신인'을 단순히 가능성을 지닌 존재라고만 말할 수는 없다. 그것은 시단의 현재를 이끌어가는 역동적인 에너지가 대개 '신인'이라고 호명되는 일군의 시인들에게서 발원하고 있기 때문이다. 이런 점에서 '신인'의 가치는 그들의 생물학적인 연령이나 시력(詩歷)의 짧음 때문이 아니라 '시적인 것'에 대한 기존의 관념과 가치를 단순하게 긍정하지 않고 새로운 분할선을 만들어내는 데 있다. 흔히 사람들은 '시'가 모든 것을, 가능한 모든 방식으로 표현하는 자유로운 글쓰기라고 생각하고, 여기에는 어떠한 기성의 질서도 개입하지 않는다고 생각하는 경향이 있다. 그러나 자세히 읽어보면 다수의 '신인'들은 '시적인 것'에 대한 기존의 관념을 반복하는 방식으로 창작하고 있으며, 이는 그들의 창작이 자유로운 글쓰기가 아니라 학습의 산물이라는 의미한다. 이러한 학습의 과정을 거치지 않고 등단하는 시인이 얼마인지는 단정할 수 없으나, 그렇다고 모든 '시'가 곧 자유로운 글쓰기는 아니었다. 그런 점에서 '시'의 역사에도 일종의 문턱과 분할선은 존재한다. 시의 역사에 은폐되어 있는 이 문턱과 분할선은 때로는 '내용'으로 드러나고, 때로는 '형식'이나 '구성'으로 드러난다. 거칠게 말하면 '신인'이란 '형식'과 '내용'이라는 이름의 문턱과 분할선을 다시 긋는 행위에 동참하고 있는 일군의 사람들을 지시하는 단어이다.

2.

 김명호의 시편들은 상처의 시간을 애써 보듬으려는 진정성이 눈에
띤다. 소아 혈액암을 앓고 있는 딸아이의 아버지가 그저 "평범한 하루"
가 반복되는 것을, "오늘도 아무 일도 생기지 않는 것"(「고마운 날」)에 감
사하며, 가슴 졸이며 가시처럼 박혀오는 시간을 견디는 장면을 떠올리
면 현대시의 '가치'라고 말해지는 모든 것들이 일순간 무의미한 것처럼
느껴지고, 어떤 시도 삶(생명)보다 소중할 수는 없다는 생각이 든다.
'병'이 아버지에게는 모든 것('바다')인 아이의 생명을 노리고 있는 위태
로운 상황에서 "아이의 엄마"로 다시 태어나기를 희망하는, 그리하여
자신이 아이가 온몸에 꽂고 있는 '수액'같은 존재가 되기를 바라는 이
마음은 사실상 비평이라는 이름의 글쓰기가 도달할 수 없는 어떤 지점
이다. 하여, 김명호의 「고마운 날」 앞에서 나는 차라리 무능력한 존재
가 되려한다. 「한짝 2」는 "아내의 짝짝이 슬리퍼"를 매개로 아내에 대
한 '나'의 관계를 되짚어보는 전형적인 성찰의 시이다. 시인은 "짝을 잘
못 만난 두 슬리퍼"를 보면서 '나'와 '아내'의 관계를 성찰한다. "아내에
게 아내가 되어주지" 못했다는 것이 그 성찰의 핵심이다. 삶에 대한 '성
찰'이라는 무겁고, 다소 진부한 주제를 "짝짝"이라는 경쾌한 언어로 표
현한 것이 이 시의 특징적인 면이라고 말할 수 있다. 그렇지만 그 '성찰'
의 형식이 반드시 일상적 발견과 인식을 재현적인 언어로 표현하는 것
으로만 가능한 것인지는 여전히 의문이다. 만일 그 '성찰'이 결국 일상

에 대한 애착과 긍정으로 돌아가고 만다면, 우리는 그때에도 여전히 일상의 소중함을 그대로 긍정할 수 있을까. 어쩌면 시의 가치란 우리가 소중하고 믿고 있는 그 일상을 다른 시선으로 돌파함으로써 삶을 변화의 한가운데로 몰아가는 힘에서 비롯되는 것은 아닐까. 그런 점에서 김명호의 시편들을 그대로 긍정하기는 어려울 듯하다.

김민철의 시편들 또한 일상적인 풍경을 배경으로 삼는다는 점에서 김명호의 시편들과 유사하다. 다만 김민철의 시는 시적 완결성이나 안정감의 차원에서 김명호의 그것을 능가하고 있다. 「맛있는 길」의 핵심적인 모티프는 '길'이다. 일반적으로 '길'은 공간적인 의미 이외에는 어떤 의미도 없는 중성적인 의미로 이해된다. 그런데 어떤 길은 그곳을 상상하는 것만으로도 미묘한 감정의 떨림을 가져다준다. 시인은 그곳을 '맛있는 길'이라고 부른다. 시인의 머릿속에서 재구성되는 길의 풍경과, 그곳을 채우고 있는 '맛'의 흔적들이 시의 중심적인 내용을 구성하고 있다. 한편 「집들의 풍경」은 한층 구체화된 일상적 풍경에서 '발견'의 가능성을 타진하고 있다. 시인은 지금 골목길을 걸으며 집들 앞에 버려진 쓰레기봉투들을 본다. 우리가 익히 보아왔듯이 쓰레기봉투가 덩그러니 놓여 있는 골목길의 풍경이란 그다지 매력적이지 않다. 그런데 시인은 그 매력 없는 풍경에서 '상처'의 흔적을 읽는다. 이를테면 "서로 생김새가 다른 쓰레기봉투를 다시 보며 / 집집마다 견뎌낸 상처가 같지 않음을 느낀다"라는 표현이 그렇다. 시의 도입부에서 시인은 쓰레기봉투를 '집들의 흉터'라고 말했으니, 결국 봉투 속의 쓰레기들은 '상처'일 것이다. 그러므로 검은 쓰레기봉투와 반지하 창문이 나란히 놓인 이 골목을 '상처'의 길이라고 불러도 좋을 듯하다. 다만 이 장면에서 시인이 포착한 것은 '상처'라는 이름의 동일성이 아니라 같은 이름을 공유하고 있으면서도 결코 같을 수 없는 상처의 내용이다. 그것은 세상에 동일한 쓰레기봉투가 존재하지 않는 것과 같은 이치이다. 그렇다면 시의 결구(結句)인 "이제야 반지하 창문이 열린다"라는 문장은 어떻게 이해해야 할까? 추측컨대 이 문장은 '흉터'나 '상처'라는 단어가 환기하기 쉬운 폐쇄성을 관통하기 위해 도입된 장치로서 "장작 냄새 풍기는 바람"과 관계한다. 그리고 이 관계 속에서 이 골목은 다시 '바람'의 길이 된다. 김민철 시의 미덕은 일상적 풍경에서 그것을 뛰어넘는 어떤 세계를 발견해내는 시선의 능력, 즉 인식의 시학에 있다. 이 인식의 힘이 시를 장악할 때, 우리는 매일처럼 반복되는 일상 속에서 반복되지 않는, 반복될 수 없는 어떤 비가시적인 세계와 마주하게 될 것이다.

3.

김도언의 시편들은 도시적 서정에 내장된 본질적인 거리감을 잘 알고 있다. 정확하게 말하면, 그는 일상적 경험의 언어적 재현이나 사물이나 풍경에 대한 감정의 이입만으로 우리 시대의 '시'가 될 수 없음을 이미 알고 있다. 이는 '일상'이라는 경험의 근거를 '성찰'의 대상으로 삼으려는 윤리적 태도는 물론, '감정'을 지배적인 문법으로 내세우는 일반적인 서정시의 관습과도 분명하게 다른 것이다. 가령 우리는 「봉급생활자의 아침」에서 고양이에게 먹이를 주러 옥상으로 올라갔다가 사라진 아내의 행방이 궁금하다. 아니, 물고기가 되어 "고양이밥이 되어버린 아내"라는 진술의 현실성에 대해 반문하고 싶을지도 모른다. 그러나 이 시에서 화자—봉급생활자의 아침에 그것은 별로 중요한 일이 아닌 듯하다. 다만 이 시에서 '일상'은 "아내의 몫"과 "내 몫"으로 구분되어 있을 따름이다. '나'는 "아내가 벗어놓은 양말들을 가루비누로" 빨고, 커튼을 젖혀 "날씨"를 확인한다. 날씨에 따라 봉급생활자의 아침이 다른 풍경으로 시작될 것이기 때문이다. 한편 「어젯밤에 우리 아빠가」는 동요의 구절, 그러니까 아이들의 로망을 배반한 "아빠의 빈손"에 관한 시이다. 빈손으로 귀가한 아빠는 "자갈과 눈물의 왕국에서 파견된 어리숙한 외교관처럼 긴 혀를 풀어서 알 수 없는 음계를 웅얼"거린다. 아빠가 크레파스를 사오지 않았기 때문에 아이인 '나'의 도화지 속 세상은 '무채색'으로 굳어간다. 이중의 부재, 그러니까 '크레파스'라는 현실적 결핍과 "크레파스를 한 손에 든 아빠"라는 심리적 결핍이 교차하는 세계에서 우리는 오랫동안 무섭고도 환했을 아이의 불면의 밤을 마주한다.

　김해준 시의 장점은 기성의 시적 문법에 대한 부채감이 거의 없다는 것이다. 그의 시편들은 현실을 쪼개었다가 결합시키는 통상적 의미의 서정적 장치들을 거느리고 있지 않으며, 그렇다고 감정적 또는 이데올로기적으로 봉합되어 있는 세계를 해체하려는 대결의지를 전면에 내세우지도 않는다. 문제는 이런 낯선 문법의 시편들이 반복되고 겹쳐질 때에는 하나의 세계를 구성하는 힘을 갖지만, 반대로 개별적인 작품에서 그러한 세계의 가능성을 발견하기는 / 표현하기는 쉽지 않다는 것이다. 「미진」은 두더쥐를 키우기 위해 구입한 화분의 흙이 부풀어 오르는 순간에서 시작한다. 시인은 그 부풀어 오르는 흙 속에서 '서랍'을 발견하는데, 이후의 풍경들은 모두 이 '서랍'에 의해 감지된 것들처럼 읽힌다. 지층이 열어놓은 서랍이란 과연 무엇일까? '미진(迷津)'이라는 제목을 감안해보면 그것은 작고, 작기 때문에 쉽사리 포착되지 않는 운동과 세계일 것이다. 그러니까 시인에게 '세계'의 풍경이란 거대한 변화의 기록이 아니라 사소하지만, 바로 그 방식으로 '존재하는 것'에 관한 시선인 셈이다. 이러한 '미진'의 감각이 「현기증」에서는 '스프'로 가시화된다. 스프란 일정한 재료를 넣고 그것들의 원형이 사라질 때까지 휘저으며 끓이는 것. 이 '스프'에 시인은 '세상'이라는 이름의 재료를 넣는다. 그리하여 '스프'는 "무너져야 완성되는 도미노"와 흡사한 것이 된다. 둘 모두 제 형체를 잃어버릴 때 탄생하는 것이기 때문이다. 이 '탄생'이라는 사건 속에서 시인이 발견하는 여러 장면들, 이를테면 물질이 흔적을 잃어버리면서 풀어놓는 '혈관' 등이 그것들이다. 시인은 '시'가 여러 가지의 재료들을 넣고 그것들이 원형을 잃고 다른 것이 될 때까지, "젖빛으로 녹아"서 '물'에 근접할 때까지 끓이는 행위라고 말하고 싶은 것은 아닐까.

　　김영미의 시는 시 전체를 관통하는 비유의 체계, 즉 인식의 신선함이 돋보인다. 이 경우 시의 새로움은 제목과 본문 사이의 거리, 또는 그것들의 유기적인 결합에서 비롯되는데, 가령 「살문향」의 첫 연에 등장하는 "내가 지나온 길은 모두 재로 남았다"라는 인상적인 구절은 살문 '향'이라는 제목과 연관시키지 않으면 자칫 "슬프다 내가 사랑했던 자리마다 모두 폐허다"라는 황지우의 시구처럼 삶에 관한 일반적인 진술로 읽히고 만다. 시의 중심 소재가 '향'이라는 사실을 감안하면 '재-연기-나선형-끊어질 줄 아는 실패'라는 의미의 연관관계가 한층 분명해지며, "나는 죽이기 위해 살았다, 새빨갛게"라는 구절의 의미 역시 명확해진다. 이러한 작법은 「판도라의 사물함」에서도 '사물함'이라는 사물을 통해서 반복된다. 추측컨대 이 시의 중심에는 한 여자애가 학교 화단에 떨어져 죽은 사건이 깔려 있다. 또 추측컨대 사람들은 자살한 여자애의 사물함 열쇠를 찾기 위해 부산을 떨었을 것이다. 그런데 시인은 여자애의 자살이라는 충격적 사건이 자신의 뇌리에 각인되는 방식을 '사물함', 정확하게는 '판도라의 사물함'이라는 시적 장치를 통해서 전유하고 있다. 그러므로 "머리를 베개에 내려놓을 때마다 사물함 문이 벌컥벌컥 열렸다"라는 구절은 부지불식간에 죽은 여자애의 모습을 떠올리는 나의 강박에 관한 진술일 것이다. 그런데 이러한 인식과 비유의 시학에는 한 가지 치명적인 약점이 있다. 그것은 시의 구성원리가 밝혀지는 순간 시의 내용이 산문적으로 설명됨으로써 애초에 지녔던 긴장감을 모두 잃어버릴 가능성이 높다는 것이다. 이 경우 독자는 수수께끼를 푸는 아이의 심정으로 시를 읽다가 나중에는 결말을 미리 알아버린 영화의 관객처럼 기대를 실망으로 바꿔버린다. 그렇기 때문에 '시'에는 산문으로 환원될 수 없는 '무엇'이 있어야 하는 게 아닐까.

4.

　도복희의 신작들은 '관계'의 시학을 지향한다. 그러나 시인의 '관계'론은 우리의 상식과는 조금 다르다. 일반적으로 '관계'나 '소통'이라는 단어는, 많은 사람들이 오해하고 있듯이, 이질적인 존재들의 빈틈없는 결합으로 이해된다. 그러나 '틈 / 거리'를 용납하지 않는 이러한 관계는 불가능할 뿐만 아니라, 그 외부의 존재들을 배제한다는 점에서 윤리적으로도 올바르지 않다. 외부의 개입이 차단되어 있는 이러한 관계란 '동질성'을 강조하는 내부성의 공동체에 불과하며, 이 경우 공동체는 '패거리'와 분별되지 않는다. 「관계의 법칙」에서 시인이 문제 삼고 있는 "종족보존의 법칙을 준수하며 / 높고 견고하게 쌓아 올리던 담장"으로서의 '가계'가 바로 그렇다. '관계'라는 이름으로 포장된 이 폭력을 해체하기 위해 시인은 '당신'과 '나'를 "전혀 다른 두 개의 사원"이라고 부른다. 그런데 두 개의 사원이라는 별개의 실체로 존재한다면 우리가 과연 그것을 '관계'라고 말해야 할 이유는 없다. 하여 이 시에서 시인이 강조하고 있는 것은 좌절과 실패의 상처이다. 그것이 "서로를 향해 닫아 건 문 앞에서" 우리가 겪어야 하는 좌절이건, "저녁놀의 의미를 / 각자 다른 방법으로 해석"하는 상처이건, 관계란 이러한 상처, 좌절, 실패에도 불구하고 서로를 향하고 있는 개방성을 전제한다. 그런 까닭에 서로에 대한 '좌절'은 '우리'라는 말을 사용하기 위한 전제가 된다. 그런데 '나'와 '당신' 사이의 거리-관계가 「흰빰검둥오리」에서도 동일하게 유지되고 있는지는 의문이다. 오랜 유랑을 끝낸 날개와 마른 하천에 부리를 박고 먹이를 찾는 검둥오리의 모습이 "시장 바닥에 묶여 있는 노점 상인의 붉은 발"과 연결될 때, 그것은 '나'와 '너'의 관계와 달리 그것들을 묶어내는 초월자로서의 시인 / 화자를 요구하는 것처럼 보이기 때문이다. 이러한 동일시의 미학이 문제라는 말이 아니다. 그것이 '관계'를 "두 개의 사원"으로 바라보는 태도를 벗어난다는 말이다.

류성훈은 최근 등단한 시인들 가운데 가장 돋보이는 시인의 한 사람이다. 그의 시를 읽을 때마다 우리는 몽상의 세계를 떠다닐 때 경험하는 편안함을 느낀다. 그렇다. 이것은 지독한 몽상의 시이다. 가령 「밤의 도플러」는 "생각은 밤을 낳고, 별은 책장 너머의 너를 어렵게 누인다"라는 문장으로 시작한다. '밤'이 '생각'을 낳는 게 아니라 '생각'이 '밤'을 낳는 것, 이것이 몽상의 힘이다. 그 밤 속에서 시인은 별과 행성의 궤도와 항성의 궤도를 읽는다. 그래서 이 시의 제목은 '밤의 도플러'이다. 도플러 (효과)란 관측자와 파원과의 상대적인 속도에 따라 관측자가 느끼는 파동의 진동수가 달라지는 효과를 의미한다. 추측컨대 3연에 등장하는 "나선형 은하의 고결한 방언"이란 도플러 효과를 설명할 때 자주 인용하는 그 나선형일 것이다. 시인은 관측자와 파원과의 거리 또는 상대적인 속도에서 "경위도의 반대편 세상"을 끌어오는 '소리'를 듣는다. 그것은 '솔'이라고도 하고, 시적으로는 '소울'이라고도 한다. 몽상의 세계 속에서 그렇게 '솔'은 '소울(soul)'이 된다. '소울'은 느낌이 공명하는 갈피를 잡을 수 없는 세계이다. 그 세계를 '몽상'이라고 불러도 멋지지 않을까.

남지은의 시의 중심에는 '이미지'가 놓여 있다. '이미지'의 선명성에 근거한 시들은 지금도 수없이 씌어지고 있지만, 하나의 이미지가 이토록 단정하면서도 다양한 세계를 거느리는 경우는 드물다. 가령 「양손」은 모아진 두 개의 손이 환기하는 이미지의 연쇄를 중심으로 전개된다. 1연에서 시인은 '섬'의 형상에서 솟아오르는 손을, 2연에서는 겹쳐진 손의 형상에서 데칼코마니를, 3연에서는 겹쳐진 손이 상징하는 '기도'의 의미를 찾아낸다. 이러한 '이미지'의 시학은 「헤드뱅잉」에서 '아버지의 주먹'과 '열리지 않는 문'이라는 낯선 소재들을 연결시키는 원동력이 된다. 열리지 않는 문이란 곧 '벽'이다. 문=벽으로 둘러싸인 세계에서 시인은 "방 안에서 머리를 흔"드는 '나무'들의 헤드뱅잉을 발견한다. '기침하는 아버지'가 '벽'으로 인식되는 세계, 어쩌면 그것은 아버지의 '주먹'이 상징하는 질서와 금지("물 마실 때 물을 보지마라")의 세계이고, 그곳에서 벗어나기 위해 우리가 발버둥치고 있는 세계의 모습인지도 모른다. 남지은의 시는 높은 음정으로 '위반'을 예찬하지는 않지만, 그 위반만큼이나 강력한 에너지를 내장하고 있다.

5.

김하늘과 백은선의 시는 '형식'과 '스타일'의 개성이 돋보인다. 그렇지만 백은선의 시는, 등단작부터 유지되어온 긴 호흡의 장시 스타일이,

김하늘의 시는 히스테릭한 부정성을 통해서 세상과 대결하려는 날선 감정이 강조되고 있다. 먼저 김하늘의 「블랙커프스홀」. 이 시는 '식상', '매너리즘', '환멸' 등의 시어가 암시하듯이 상투적인 세계를 폭파("망가져야 해")하려는 의지를 내장하고 있다. 이러한 비일상적 일탈에의 의지는 상투성에 함락된 세계를 벗어나려는, 또는 그 세계와 불화하는 시인의 내면을 거칠고 직접적인 방식으로 토로하는 원천이 된다. 자신을 둘러싸고 있는 일상적 세계를 밀쳐냄으로써 시인이 겨냥하고 있는 것이 무엇인지 분명하진 않지만 "뻔하지 않은 상처와 흉터는 아름다워"라는 진술은 마치 "나는 평범한 모든 것을 증오한다"라고 썼던 전혜린의 글을 연상시킨다. 시인에게 이 도저한 거부가 배설물('Merde')에 의한 것이든, "개같아똥이나빨아"처럼 크리스테바의 아브젝시옹(abjection)에 근접한 것이든, 그것은 중요하지 않은 듯하다. 「네 개의 유방이 있는 무대」는 '죽음'을 매개로 이러한 오물의 상상력을 '가래', '침' 같은 타액의 세계로 이끌어간다. "살아남아서 미안해"처럼 삶이 죄스러운 것이 되는 세계, 김하늘의 시가 최승자, 김언희, 김민정의 시세계와 어떻게 조우하고 그것들로부터 분기하는지를 지켜보는 것도 흥미로운 일일 듯하다.

백은선의 시는 장시(長詩)의 형식을 취하고 있지만, 실제 그 목소리는 꽤 낮은 울림을 지녔다. 그녀의 시를 읽을 때 우리는 마치 모노드라마의 주인공이 관객을 향해 중얼거리는 듯한 느낌을 받는다. 이것은 확실히 새로운 목소리의 출현을 예고한다. 「야맹증」이 한 편의 모노드라마라면, 그 시작점은 어디쯤일까? 우선 제목에서 시작해보자. 야맹

증은 눈이 어둠에 적응하지 못해서 밤에 시력이 떨어지는 현상을 가리킨다. 그러니 이 시의 전반적인 배경은 '밤'이다. 그 '밤'의 풍경 속에, 바다 너머에서 술렁이는 희미한 빛이, "너와 새엄마 사이에서 넘어지는 의자들"이, 유리상자 속에서 말라버린 달팽이가 있다. 이 배경에서 화자의 위치는 "임계점을 넘어선 빛들이 차례로 얼굴을 부순다 벗겨낼 수 없는 비린내, 나는 나쁜 기억에 충실해지기로 마음먹었다 너처럼"에 있다. 그러니까 임계점을 넘어선 빛들로 인해 시력을 상실한 화자는 시각 대신 '기억'에 충실하여 발화하고 있으며, 발화의 내용들은 '새엄마'와 '너'를 둘러싸고 벌어진 오래전의 일들이다. 그런데 이 시에선 '너'와 '나'의 거리가 그리 멀지 않은 듯하다. 어쩌면 시인은 기억 속의 '나'를 '너'라고 호명하고 있는 것은 아닐까. 이러한 기억 속의 '나'는 「언플러그드 삭(朔)」에서 '윤달에 태어난 여자아이'의 형상으로 재등장하고 있고, 그녀의 기억 속의 경험은 부러진 날개의 이야기로 수렴된다. 그럼에도 이 시에서 '옷장 속의 날개'는 시시때때로 파닥거림을 연출하거니와, 화자는 그때마다 그 '날개들'을 꺼내어 '기울어지는 감정'을 딛고 구름 위로 날아오르려 한다. 욕망과 억압, 유년과 현재라는 분리된 세계를 '기억'에 의해 연결시키는 백은선의 시들은 시가 과거의 시간과 상처를 호출하는 전형적인 방식의 일종으로, 다만 표현의 층위에서 그것은 과거를 비재현적인 방식으로 그려낸다는 특징을 갖고 있다.

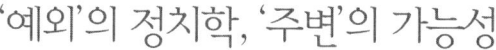

'예외'의 정치학, '주변'의 가능성

1.

아웃사이더, 즉 예외의 힘과 가능성. 이 물음에는 2000년대에 접어들어 기성의 권위를 횡단하는 문학적 / 문화적 실천들이 존재하며, 그런 실천을 이끌고 있는 세력(주체!)이 있다는 전제가 포함되어 있다. 굳이 세대담론을 들먹이지 않아도, 낡아빠진 수사로서의 '새로움'에 대해서 말하지 않아도 2000년대의 문화적 / 문학적 현상이 영향력을 확대하고 있음은 충분히 실감할 수 있다. 우리는 한 시대를 과도기나 격변기로 정의하는 데 익숙하다. 그것은 실제로 특정한 시대가 요동치는 시간이기 때문이기도 하지만, 대개의 경우는 이전 시대와 자기 시대를 구분하려는 의지의 결과이다. 때로는 문화적인 변화가, 또 때로는 정치적인 지형의 변화가 그러한 명명의 증거로 채택된 것은 비단 최근의 일만은 아니다. 그런데, 정치의 영역에서도 그렇지만, 문학이나 문화의 영역에서 이 변화의 동력은 다수보다는 소수(minor)에서 나온다. 이 경우 '소수'는 양적인 숫자가 아니라 척도의 문제이다. 이 말은 소수에 대한 억압이 곧 척도에 의한 억압이라는 것을 뜻한다. 그런데 이러한 억압의 대상들 모두를 '예외'라고 말하는 것은 어딘가 불편하다. 왜 그럴까?

'아웃사이더'라는 단어가 그렇듯이, '예외'의 의미가 이중적이기 때문이다. '예외'는 우선 척도에 의해 억압받고 배제되는 존재를 가리킨다. 그들은 일차적으로 희생자나 피해자의 얼굴로 현실에 등장한다. 또 다른 '예외'가 있다. 이들은 척도에 의해 억압받지 않고 척도의 바깥에서 활동한다. 이 경우 예외란, 정확히 말해서 척도와의 거리두기이다. 우리는 척도에 의해 배제된 존재를 '주변'이라고 부르고, 척도의 바깥에서 활동하는 존재를 '외부'라고 부른다. 전자에서 '예외'는 정상성에서 벗어난 상태를 의미하지만, 후자에서 '예외'는 정상성이라는 척도 자체의 바깥에 있음을 의미한다. 이것이 바로 문화의 변화를 이야기할 때 우리가 '주변적인 것'과 '예외적인 것'을 구분해야 하는 이유이다. '주변적인 것'은 척도에 의해 규정된 위치이다. 따라서 그들은 척도를 부정하지 않으며, 기회가 주어지면 언제든지 '중심'으로 들어간다. 반면 '예외적인 것'은 척도의 권력을 따르지 않으며, 척도의 권력과 자신의 잣대를 맞세움으로써 척도의 전체성을 균열시킨다. 그것을 포함하면 척도의 보편성이 불가능하게 되는 것, 그렇지만 '중심'을 욕망하지 않기에 척도에 의해 주변화할 수도 없는 것, 진정한 예외란 이런 위치에 주어지는 이름일 것이다. 물론, 이들 양자를 명확하게 구분하기는 쉽지 않으며, '주변'이 항상 권력에 대해 수동적인 상태에 머물러 있는 것도 아니다. 그것은 '주변'이 척도(중심)의 가장자리인 동시에 '외부'가 시작되는 곳이기 때문이다. 이런 점에서 '주변'은 또 다른 가능성의 공간이기도 하다. 척도에 의해 가장자리로 추방된 대중들이 급기야 척도로부터의 탈주를 시도할 때, 그것은 주변의 가능성이 현실화되는 순간이기도 하다. 이런 까닭에 '주변적인 것'에서 우리의 도덕에 호소하는 희생자의 얼굴만을 목격하려는 것은 그들의 가능성을 봉합해버리는 또 다른 통치의 기술과 공모하는 행위이기도 하다.

2.

스캔들은 모든 '소수적인 것'의 운명이다. '예외'가 다수성, 즉 척도로부터의 거리두기로 정의되는 한에서는 그렇다. 그렇다고 모든 스캔들이 곧 '소수적인 것'은 아니다. '예외'는 기성의 질서를 재생산하는 과정이 아니라, 그것으로부터의 적극적인 벗어남이라는 점에서 사실상 최초의 생산에 해당한다. 그렇다. 문제는 항상 척도의 권력으로부터 벗어나는 탈주의 선, 즉 실험이다. 도처에 실험을 불가능하게 만드는,

혹은 실험을 포획하려는 권력의 촉수들이 배치되어 있다. 문학 / 문화에서 가장 강력하게 작동하는 권력의 촉수는 익숙함이다. 관성이라고 말할 수 있는 이 익숙함-권력은 문학 / 문화를 상식적인 것의 재생산으로 이끈다. 이것은 예술에서 '소수적인 것'이 익숙한 감성을 재생산하는 문학, 기성의 코드에 복종하는 문화로부터의 이탈을 통해서 표현되며, 그런 실험들이 문학과 문화에 대한 통상적 이해를 불가능에 빠뜨리는 방식으로 가시화된다는 것을 의미한다. 문학의 존재이유가 이 감각의 쇄신으로 귀결될 수 있는 것인지는 되물어져야 할 문제이지만, 문학이 세계에 대한 우리의 상식적 접근을 해체하고, 세계에 대한 새로운 감각을 가져다주는 것은 사실이다.

문학 / 문화에서의 '예외적인 것'에 대해서 이야기하기 전에 삶의 영역에서 발생한 몇 가지 예외적인 사건들에 대해서 살펴보자. 사실, 삶을 실험한다는 것은 매우 어려운 일이다. 흔히 '일상'이라는 말로 지칭되듯이, 우리의 삶은 대부분 관성과 습관의 힘에 의해 유지되기 때문이다. 우리는 실험의 의미에 대해서 모르지 않는다. 그것은 마치 우리가 이 사회의 부조리가 어디에서 기원하고, 그것과의 단절이 어떤 방식으로 행해져야 하는가를 모르지 않는 것과 마찬가지이다. 그렇지만 '안다는 것'만으로 실험이 가능한 것은 아니다. 실험은 항상 무엇인가를 얻는 동시에 무엇인가를 잃어버리는 것이기 때문이다. 우리는 이 예외적인 실험에서 과연 무엇을 잃고 무엇을 얻는가? 2010년 3월, 고려대 교정에 붙은 '김예슬 선언'은 이 실험의 대차대조표를 분명하게 보여준다. 그녀의 선언은 삶의 가장자리로 내몰린 주변적 존재들이 행하는 척도로부터 탈주이다.

 그리하여 나는 오늘 대학을 거부한다. 더 많이 쌓기만 하다가 내 삶이 시들어버리기 전에. 쓸모 있는 상품으로 '간택'되지 않고 인간의 길을 '선택'하기 위해. 이제 나에겐 이것들을 가질 자유보다는 이것들로부터의 자유가 더 필요하다. 나는 길을 잃을 것이고 상처받을 것이다. 그러나 그것만이 삶이기에, 생각한대로 말하고 말한대로 행동하고 행동한대로 살아내겠다는 용기를 내련다. 이제 대학과 자본의 이 거대한 탑에서 내 몫의 돌멩이 하나가 빠진다. 탑은 끄덕 없을 것이다. 하지만 대학을 버리고 진정한 대학생의 첫 발을 내딛는 한 인간이 태어난다. 내가 거부한 것들과의 다음 싸움을 앞두고 말한다. 그래, "누가 더 강한지 두고 볼 일이다."

우리 사회의 청춘들이 등록금 폭탄과 실업의 공포에 시달리고 있다는 것인 상식적인 이야기이다. 그들이 이 공포와 불안에도 불구하고 비정상적인 방식의 정상성을 추구하며 생존경쟁의 긴 트랙을 벗어나지 못하는 이유는 '경쟁' 이상의 대안을 아직 발견하지 못했기 때문일 것이다. 인간은 무리에서 분리될 때 묘한 불안에 시달린다. 설령 그 '무리'가 죽음을 향해 나아가고 있음을 알고 있을 때조차 우리는 '무리' 안에서 약간의 위안을 얻는다. 이 선언에 등장하는 문장들, 가령 "국가와 대학은 자본과 대기업에 '인간제품을 조달하는 하청업체'가 되었다", "큰 배움 없는 '대학 없는 대학'에서 우리 20대는 '적자세대'가 되어 부모 앞에 죄송하다" 등은 사실 매우 상식적인 인식에 속한다. 이 시대의

'예외'의 정치학, '주변'의 가능성

대학생이라면, 아니 이미 대학을 졸업해서 직장에 다니고 있는 사람들도 이런 사실을 모르지 않기 때문이다. 대학에 큰 배움(大學)이 없고, 모든 학생들의 전공이 영문학(!)이며, 스펙을 쌓기 위해 각종 자격증에 목을 매달아야 한다는 것을 모르는 사람은 없다. 솔직하게 말하면, 대학은 한 번도 큰 배움을 가졌던 적이 없었다고 말해야 하지 않을까. 오늘날 우리는 큰 배움을 위해 대학에 가지 않는다. 만일 대학이 학문과 진리의 전당이라면 등록금 폭탄의 공포에 떨고 있는 학생들을 두고 대학의 외관을 그토록 화려하게 치장해야 할 이유가 없을 것이다. 교수들은 차마 그 공공연한 비밀을 공개적으로 말할 수 없을 뿐이다.

오늘날 대학의 진짜 문제는 이것이다. 모든 사람이 알고 있으나, 어느 누구도 그것이 문제라고 말하지 않는 것, 하여 "다른 길은 이것 밖에 없다"는 자포자기의 심정으로 시간을 때우는 것 말이다. 침묵을 통한 공모가 사태를 한층 악화시키고 있다. 밀란 쿤데라는 말처럼, 사회 현상의 실존적 영향력은 그것이 팽창할 때가 아니라 더할 나위 없이 미약한 상태인 초창기에 가장 날카롭게 인지될 수 있다. 전문경영인이 총장으로 취임하고, 취업사관학교임을 자랑스럽게 광고하는 대학들이 등장하는 시대에 대학에 큰 배움이 없다고 한탄하는 것이야말로 어딘가 이상하다. 이 선언이 무의미하다는 말이 아니다. 이 선언의 의미를 현실에 대한 비판에서 찾지 않아야 한다는 뜻이다. 그렇다면 이 선언의 가치는 어디에 있을까? 그것은 그녀가 경쟁을 통해서 피라미드의 최상층에 도달하거나, 쓸모없는 상품으로 낙인찍혀 폐기될 다수성의 길에서 내려왔다는 데 있다. 물론, 그녀가 '무용함'이라는 낙인이 찍힌 존재가 아니었다는 사실이 선언의 의미를 부각시키는 것은 사실이다. "이제 나에겐 이것들을 가질 자유보다는 이것들로부터의 자유가 더 필요하다"라는 문장은 아름답다. 이 문장에서 "이것들로부터의 자유"가 바로 '예외적인 것'이다. 그녀의 선언에는 낭만성의 흔적이 없다. 그녀는 선언으로 인해 자신이 얻을 수 있는 것과 잃게 될 것의 대차대조표를 희미하게나마 머릿속에 그리고 있다. 그녀의 선언이 노이즈 마케팅이라고 말하는 사람들도 있고, 그녀의 행동에서 엘리트주의의 혐의를 읽으려는 사람들도 많다. '예외'적인 실험은 어차피 이 스캔들을 피해 갈 수 없다. 다만, 그녀의 실험이 선뜻 실험에 참여하지 못하는 다수의 심리적 위안거리로 전락하지 않기를 바랄 뿐이다.

모든 '예외'는 그 자체로 선언의 성격을 갖는다. 이것은 '예외'가 선언문이라는 형식을 취한다는 의미가 아니라 '예외' 자체가 선언문의 성격을 띤다는 것을 뜻한다. 선언이란 미래적 시간에 대한 의지의 표현이지만, 동시에 '선언' 자체의 수행성으로 인해서 미래를 현재로 불러오는 효과를 낳는다. 가령 최근에 많은 주목을 받고 있는 20~30대 전문필자와 문화 백수들의 등장이 그렇다. 최근의 출판계나 인터넷 블로그의 동향에 관심이 있는 사람이라면 김민하, 전아리, 한윤형, 박가분, 게슴츠레 같은 필자들의 이름을 들어본 적이 있을 것이다. (김예슬의 『김예슬 선언』, 김민하의 『레닌을 사랑한 오타쿠』, 단편선·전아리·박연의 『요새 젊은 것들』, 한윤형의 『뉴라이트 사용후기』 등의 일독을 권한다.) 태생적인 세대의 조건을 지나치게 강조하는 것은 또 다른 세대론으로 함몰될 위험도 없지는 않지만, 이들은 제도권 교육의 울타리에 안주하지 않고 자신들만의 시선으로 세상과 불화하고 있으며, 이들의 싸움은 비판보다는 대안의 모색에 초점이 맞춰져 있어 한층 흥미롭다. 이들만이 '예외'의 전부는 아니다. 홍대 앞에서 활동하고 있는 젊은 예술가들, 폭발적으로 증가하는 인디밴드, 자발적인 의지로 백수의 길을 선택한 문화백수들……. 이들 모두를 '예외'라는 단어로 포괄하는 것은 부당할지도 모르지만, 그들의 예술과 삶, 그리고 글쓰기가 척도적인 가치의 재생산만을 목표로 하지 않는다는 점에서 예외라고 부를 수도 있을 것이다. 이들의 실험은 대부분 삶 자체의 실험에 초점이 맞춰져 있는데 이것은 그들이 척도가 강제하는 삶의 궤적을 수용하지 않는다는 것을 의미한다. 그들은 자신들의 활동을 상품으로 전유하지 않으며, 종종 예술계의 지배적인 코드를 거부하는 대안적인 실험을 선보이고, 그리하여 자발적인 가난을 선택하기도 한다. 이들이 문화의 변화를 추동하는 주체라고 단언하는 것은 과장이겠지만, 적어도 우리 시대의 문화적 돌파구가 있다면 그것은 이들에게서 나올 가능성이 높다.

3.

2000년대 문학에서 '예외'의 잠재성은, 해당 시인들의 부인에도 불구하고, '미래파'로 수렴되는 경향이 짙은 듯하다. 이는 그들의 문학적 상상력과 시적 스타일이 기존의 '시'라는 관념을 위협하는 실험적인 것이었고, 그들의 등장으로 인해서 한국시의 주류가 급속히 바뀌고 있다는 판단에서 비롯된다. 문예지나 시집을 통해 발표되는 양을 근거로 전통적인 서정시가 여전히 현대시의 주류라고 말하는 사람도 있지만, 그들은 척도적 권력이 양(量)과는 무관하다는 사실을 알지 못한다. 백인중심주의는 백인의 숫자와 무관하다. 어쨌거나 2000년대에 접어들어 현대시에 부인할 수 없는 변화가 생긴 것은 사실이고, 젊은 시인들이 보여주는 감각적인 스타일이 전면에 부각된 것 역시 사실이다. 그들은 확실히 "좋은 옛 것이 아니라 나쁜 새로운 것에서 출발하라"라는 브레히트의 충고에 충실했다. 문제는 이러한 시적 경향의 변화, 그러니까 개인의 정서와 감정을 토로하는 데 집중하거나, 또는 세계와의 접촉을 삶에 대한 성찰로 이끌어가는 시적 문법이 비판의 대상으로 만들어버린 새로운 상상력의 등장을 '예외적인 것'이라고 볼 수 있는가라는 질문에 답하는 일일 것이다.

문학에 '역사'라는 개념을 편의적으로 적용할 수 있는지는 의문이지만, 문학의 역사가 문학에 대한 기성의 이해와 감수성을 갱신하면서 오늘에 이른 것만은 분명하다. 그리고 문학사의 여러 장면들에서 기성의 감수성을 벗어난 작품들이 겪어야 했던 비판은 이미 널리 알려져 있다. 그렇기 때문에 '미래파' 시인들에 대한 주류 문단의 환호는 분명 이상한 것이었다. 이것은 그들의 시적 경향이 문학에 대한 주류적 관념을 훼손한 것은 아니었음을 의미한다. 그럼에도 불구하고 그들의 낯선 상상력에는 '예외적인 것'이 존재했다. 이들이 보여준 변화가 시에 대한 관념의 차이, 즉 동양적인 문학관과 서양적인 문학관의 차이에서 비롯되는 것이었고, 따라서 그들의 대부분의 실험이 모더니즘 미학의 반복이라는 특징을 공유하고 있음에도 불구하고, 이러한 시적 경향성의 변화는 문학적인 미(美)의 관념을 비껴갔다. 그들의 시는 감동을 주기 위한 것이 아니었고, 시를 자기 성찰의 매개로 환원시키지도 않았으며, 그리하여 기성의 '시적인 것'이라는 관념을 어느 정도 해체시켰다. 이러한 평가가 젊은 시인 모두에게 동일하게 적용될 수는 없겠지만, 김언의 시적 성취는 매우 두드러져 보인다.

> 너무 긴 소설을 쓰지 말 것. 너무 짧은 소설도 쓰지 말 것. 적당하게 지루해질 때 끝나는 소설일 것. 원고지의 분량이 아니라 심리적인 분량일 것. 어느 공간에서 읽어도 적당히 심심하고 적당히 어리둥절한 반전일 것. 어떤 질문을 하더라도 충실하지 않는 이야기일 것. 어떤 대답도 흘려들을 수 있는 내면일 것. 그런 주인공을 찾을 것. 캐스팅은 길거리에서 오디션은 실내에서 시상식은 레드카펫을 밟는 장면에서 중단할 것. 더 많은 말이 필요하면 다른 영화를 찍을 것. 더 많은 상이 필요하면 영화를 찍지 말 것. 돌아와서 시를 쓸 것. 전혀 시적이지 않은 소설을 쓸 것. 있어도 상관없고 없어도 상관없는 중요한 문장이 들어갈 것. 단어는 조금 더 동원되거나 외로워질 것. 저 혼자 있어도 눈물을 뚝뚝 흘리는 마침표일 것. 다른 부호는 적당히 경멸하고 적당히 술을 마신 후 같이 잘 것.
>
> —김언, 「소설을 쓰자」 부분

2000년대 젊은 시인들의 시적 실험은 크게 두 가지 계열을 형성하고 있다. 시에 비문이나 욕설 등을 도입함으로써 기존의 시적 발화와는 다른 차원의 시를 보여주는 경우가 그 하나라면, 시를 인식이 아니라 감각의 언어화로 몰아감으로써 불변의 세계인식을 불가능하게 만드는 경우가 다른 하나이다. 이러한 시적 특징은, 때로는 한 편의, 한 시인의 시에서 함께 등장하기도 하지만, 대개의 경우 일정한 분기점을 이루고 있다. 2000년대에 출간된 김언의 『거인』(2005)과 『소설을 쓰자』(2009)는 이러한 특징의 꼭지점에 해당하는 듯하다. 이 시에 등장하는 '소설'은 소설(novel)이 아니다. 그렇다고 이것을 익숙한 관념에 따라 '시'라고 부르기도 어렵다. 그의 실험은 "정치적 투쟁은 단어들을 전유하기 위한 투쟁"(랑시에르)이라는 한 철학자의 말처럼, '언어'에서 기성의 의미를 탈각시키는 방향으로 나아간다. 그래서 그의 시는 잔혹하다. 이러한 특징을 '미학'이라는 개념으로 회수하려는 비평적 노력이 없는 것은 아니지만, 어떤 측면에서 현대시는 이미 '미학'이라는 범주를 폭발시켜버린 듯하다. 이것은 '추'의 '미학'이라기보다는 '추'가 '미학'이라는 전통적인 개념을 찢어발긴 날 것의 상태에 가까운 것처럼 보인다. 그렇다면 이 상태를 무엇이라고 불러야 할까? 시인은 그것을 '소설'이라고 명명한다. 그것은 "전혀 시적이지 않은 소설"이지만, 그렇다고 우리가 알고 있는 소설(novel)도 아니다. 또한 우리가 익히 들어왔던 시(詩)는 더더구나 아니다. 궁극적으로 그것은 이름붙일 수 없는 것, 지각할 수 없는 것이다. 그러니 '소설'이란 이름붙일 수 없는 것에 임시로 붙여진 이름 아닌 이름일 뿐이다. 김언의 '예외적인' 시들은 정상적인 것(전통적인 '시'라는 관념)의 폭력성을 폭로한다. 여기에서 '예외'는 보편에 의해 괄호쳐진 주변, 즉 특수가 아니라 보편의 성립을 불가능하게 만드는 유령과 같은 것이다. 이 지점에서 내가 '김언'이라는 이름을 오직 고유명사로만 이해하고 있지 않음을 고백해야겠다. 그의 이름은 어떤 면에선 2000년대의 시적 가능성을 지시하는 보통명사처럼 인식되는데, 그렇지만 다소 세련된 문체로 기성 문단의 주목을 받고 있는 모든 시인들을 '김언'이라고 부를 수는 없으니, '김언'은 고유명사와 보통명사 모두가 아닌 셈이다. 그는 숱한 '김언들' 가운데 예외적인 존재, 즉 별종(anomal)이다.

그렇다면 소설에서 '예외적인 것'은 어떻게 실현될 수 있을까? 이 질문은 최근 소설에서 목격되는 두 가지 특징을 통해서 대답될 수 있을 듯하다. 우선, 한국문학이라는 전통적인 경계의 바깥으로 뛰쳐나가려는 문학적 시도들이 떠오른다. 근대적 장르로서의 소설이 국민국가 시스템과 맺고 있는 관계에 대한 숱한 연구들에도 불구하고, 근대문학으로서의 소설은 종종 국민국가의 경계를 횡단하면서 한 시대의 문제들을 가시화하곤 했다. 최근의 소설에서 이러한 경계의 횡단은 김연수, 천명관, 김재영, 전성태 등에 의해서 지속적으로 시도되고 있는데, 이들의 문제의식은 타자와의 관계를 민족적·민중적 현실이라는 개념으로 포착했던 지난 시대의 문학적 물음을 뛰어넘는다는 점에서 예외적이다. 분명 오늘의 한국문학은 한국적인 것에 고착되어 있지 않다. 아니, 더 정확하게 말하면 한국적인 것이라는 보편적 물음이 폭력적으로 작동하는 상황들을 형상화한다. 물론, 이 과정에서 '타자'가 '인간'이라는 보편의 이름으로 회수되는 휴머니즘적 무의식을 드러내는 경우가 없다고 단정할 수는 없지만, 최근의 소설들에서 '인간'은 민족이나 국가의 경계와 일치하지 않는다.

또 하나, 최근 소설의 예외성은 다양한 변신의 모티프들로 가시화된다. '변신'이라고 말했지만, 정확히 이 소설들이 보여주는 세계는 반(反)인간주의의 세계이다. 이른바 인간과는 무관한 소설의 세계가 펼쳐지고 있는 것이다. 2000년대 문학의 예외적 의미는 소설이 인간의 얼굴(형상)을 지우기 시작한 데에서 확인된다. 물론, 이 소설들 가운데에는 비인간적인 세계상을 고발하기 위해 인간의 얼굴을 지움으로써 휴머니즘의 중력에 다시 포획되는 경우도 없지 않다. 그 경우 비(非)인간은 인간의 또 다른 얼굴이나, 상징에 불과하다. 우리는 유령, 시체, 동물, 사물 들이 주인공으로 등장하는 다수의 소설들을 경험하고 있다. 이것은 우리 시대의 소설적 상상력이 20세기 한국소설의 최후의 보루였던 '인간주의'로부터 이탈하고 있음을 의미한다.

우리 시대의 소설가들은 아버지의 모자-되기를 통해서 19세기 리얼리즘 세계와의 결별을 선언하고, 도시의 곳곳에 시체와 악몽들을 배치하며, 제대로 애도되지 못해 되돌아오는 유령과 함께 살고, 살아 있으나 유령처럼 존재하는 산주검(undead)의 세계를 그린다. 황정은, 편혜영, 강영숙 등의 소설에서 인간은, 유령은, 시체는 사물은 휴머니즘의 전통에 입각한 소설에 등장하는 유기체로서의 인간이 아니다. 더욱이 그들은 고상한 내면을 지닌 인물들도 아니다. 이런 소설의 등장을 불편하게 생각하는 사람들이 소설에서 기대하는 것은 '인간적인 것'의 가치이다. 그렇지만 이념의 갈등을 휴머니즘이라는 이름으로 봉합해왔던 문학사가 증명하듯이, 소설에서의 휴머니즘은 대개의 경우 이데올로기적 장치에 지나지 않는다. 2000년대의 소설은 '인간적 것'을 추구하기보다는 그것의 폭력성과 불화를 가시화하는 예외적 글쓰기에 가깝다. 이것이 바로 '역사(의식)'이 소설에서 탈각된 이유이다. 유령, 시체, 사물은 역사를 갖지 않는다. 적어도 이 시대의 문학에서 역사의식의 부재는 결핍이 아니다. 그러나 우리는 인간의 얼굴이 등장하지 않는 소설을 견뎌낼 독자가 많지 않음을 알고 있다. 이것이 또한 '예외'가 스캔들이 되어야 하는 이유이다.

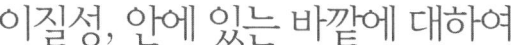

이질성, 안에 있는 바깥에 대하여

1.

"네 마음을 내가 알아, 라고 말해서는 안 된다. 그보다는 네가 하는 말의 뜻도 나는 모른다, 라고 말해야만 한다." 작가 김연수의 이 말은 '타자'에 대한 우리 시대의 윤리처럼 들린다. 이 경우 '타자'를 외국인, 난민, 이주민, 탈북자, 혼혈인 등으로 불러도 상관이 없을 것이다. 작가는 이해의 불가능성에 절망하기보다는 이해하려는 노력 그 자체에서 희망을 감지하려 한다. 그런데 불현듯 이런 궁금증이 떠오른다. '노력'이라는 윤리적 개념이 국경선 너머에서 찾아온 이방인들에게도 예외 없이 적용될 수 있을까? 이 의문은 자본의 지구적 확장과 노동력의 국제적 이동이 일상적 풍경이 되어버린, 국민국가의 경계가 느슨해지고 초국가적인 상상력이 현실의 일부가 되어버린 지구화 시대의 문학이 감당해야 하는 핵심적인 질문 가운데 하나일 것이다.

지구화 시대는 '이동'의 시대이다. 이주노동자 100만 시대의 한국문학은 지난 몇 년 간 '타자'와 '경계'라는 이름으로 이 질문에 대답해 왔다. 오늘날 '이동'은 전통적인 의미의 모험과 같은 예외적인 경험이 아니라 일상적인 활동의 일부분이다. 우리의 삶은 더 이상 국민국가의 경계선 안에서만 영위되지 않는다. 그렇다고 국민국가의 권력이 줄어든 것은 아니다. 한편에서는 국민국가의 지배력이 약화되고, 동시에 다른 한편에서는 국민국가의 지배력이 강고해지는 것, 이것은 지구화의 아이러니이다. 오늘날 '이동'의 대부분을 차지하는 것은 노동력의 이동이다. 노동력의 이동은 가난한 나라에서 부유한 나라로 향한다. 그렇지만 지구화 시대의 '이동'이 노동력의 이동에 국한되는 것은 아니다. 부유한 나라에서의 '이동'은 '여행'이 대부분이다. 그러므로 문화의 뒤섞임은 양면적일 수밖에 없다. 해외여행을 통해 경험된 이방의 문화가 이곳의 상상력에 개입하고, 노동력의 이동에 의해 유입된 이방의 문화가 이곳의 문화와 뒤섞인다. 그런데 정말 그럴까? 문화의 양면성이라는 이 순진하면서도 맹목적인 이데올로기를 우리의 현실이라고 간주하는 것은 타당한 인식일까? 유행처럼 번지고 있는 '다문화'와 '관용'이라는 단어는 정확히 이런 이데올로기를 진실인 것처럼 위장하는 데 유용한 도구인지도 모른다.

'다문화'와 '관용'이라는 말은 이방인을 문화적으로 전유하려는 시선을 숨기고 있다. 이방인은 오직 '문화⑴'로만 표상된다. 아니, 문화로 표상되는 한에서 이방인은 다문화와 관용의 대상이 되는 것은 아닐까. 지금 이 순간에도 〈미녀들의 수다〉 같은 프로그램을 통해서 각 가정마다 '다문화'의 현실이 배달되고, 국가적인 차원에서는 '다문화' 교육이 장려되고 있다. 이제 기업은 '다문화'의 든든한 후원자임을 자처한다. 시민사회는 '인권'이라는 보편적 가치를 내세워 저임금 장시간이라는 열악한 노동환경에 처해 있는 노동자들을 차별하지 말 것을 요구하고 있다. '다문화'는 지구화 시대의 보편적 윤리가 되어 도처에 떠다닌다. 우리는 하루에도 몇 번씩 이방인들과 마주치면서 살아간다. 도시와 농촌, 노동현장과 일상적 세계, 이방인들은 어디에나 있고, 그들과의 만남은 피할 수 없는 필연적인 사건이 되었다. 그런데 추방의 공포 속에서 숨죽이며 살고 있는 대다수의 이방인들을 향해서 '문화'의 다양성과 공존을 말하는 것은 진심일까? 혹시 '다문화'가 이주노동자의 노동력을 싼값에 전유하려는 국가와 자본의 욕망에서 비롯된 것은 아닐까? 왜 우리는 그들의 헐벗은 삶 대신 다양한 문화의 공존이라는 허상에 집중하려는 것일까? '관용'이라는 가치는 또 어떤가? 일반적으로 '관용'은 이방인의 정체성과 차이의 문제를 부각시키지 않고 그들을 통합과 동화의 대상으로 간주함에서 비롯되는 가치이다. 그것은 이방인과의 마주침을 정치적인 사건이 아니라 오직 문화적인 현상에 국한시켜 이해할 것을 강제하는 '다문화주의'와 마찬가지로 인종과 문화를 위계화하고 사회적 갈등을 상이한 정체성 간의 마찰이라는 논리로 확장시키며, 종교적·문화적 차이가 그 자체로 갈등을 내재하고 있다고 믿게 만든다. '관용'이 우리에게 가르쳐주는 것은 오직 자신의 취향이나 관습과 어울리지 않는 것들을 견뎌야 한다는 시민성(civilite) 뿐이다. 타자와의 마주침이 우리에게 요구하는 상상은 항상 그 이상인데도 말이다.

2000년대 한국문학의 형질변화가 이방인의 출현에 의해서만 주도되었다고 말하는 것은 과장일지도 모르겠다. 이방인의 출현만큼이나 작가들의 해외여행이 잦아졌고, 작가들의 해외경험은 어김없이 문학적인 상상력의 변화로 이어졌다. 특히 국가 간의 심리적 거리가 좁혀짐에 따라 외국의 종교와 사상, 문화에 적극적인 관심을 갖는 작가들이 나타나기 시작했고, 세계문학의 번역물들이 쏟아지면서 문학의 영향관계 또한 이전과 달라졌다. 오늘날 한국문학은 이 모든 조건들의 교차점에서 조심스럽게 '이질적인 것'의 가능성을 타진하고 있다.

2.

지구적 '이동'이 노동의 보편적 감각이 되고, 여행의 공간적 거리가 비약적으로 확장됨에 따라 국민국가의 경계를 넘어 초국가적 상상력을 드러내는 시(집)들이 하나 둘 등장하기 시작했다. 이 초국가적 경향은 이동순의 『미스사이공』이나 김정환의 『하노이 서울 시편』처럼 '역사적 현실'에 의해 매개되기도 하지만, 무엇보다도 '노동'과 '여행'의 영역에서 가장 뚜렷하게 드러난다. "언제부터일까 / 이방인들 틈에 내가 이방인같이 보이는 이곳 / 어느 사이에 / 국적도 피부색도 방해가 되지 않는 / 낯선 것을 느끼는 동시에 낯익어 있는 / 정체 모를 이 끈적함"(김사이, 「이방인의 도시」)이라는 한 시인의 진술처럼 '공단'이라는 노동 공간에서 이주노동자들의 숫자는 한국인 노동자를 압도하기 시작했다. 여전히 '노동'은 힘든 일상이지만, 이주노동자들에게 한국에서의 노동은 특별히 더 힘들고 가혹한 것으로 경험된다. 이방인에 대한 편견과 폭력이 그들을 따라다니기 때문이다. 사실 이주노동자가 등장하는 작품은 특정한 시인, 시집을 언급하지 않아도 될 정도로 많다. 그렇지만 하종오의 시적 성과가 단연 돋보이는 까닭은 그의 시에서 타자가 소재나 풍경 이상의 의미를 지니기 때문이다.

코시안들의 불행한 삶을 그린 『아시아계 한국인들』(2007), 이주노동자들의 열악한 노동현실을 담은 『국경 없는 공장』(2007), 그리고 탈북자들의 곤핍한 삶을 형상화한 최근의 『입국자들』(2009)까지 최근 몇 년간 하종오가 보여주는 시적 세계는 지구화라는 노동력의 초국적 이동, 민족(혈통)과 국가라는 '경계'를 중심으로 펼쳐지는 정주민과 이주민의 갈등을 일상적인 차원에서 그려내고 있다. 하종오의 시편들은 이방인에 대한 편견의 시선과 그들이 감당해야 하는 불행한 삶의 현실을 형상화하는 데 집중하고 있지만, 문제의식이 표현을 압도함으로써, 이방인을 '사건'으로 사유하고 시적 울림의 차원으로 끌어올리는 데에는 한계를 보인다. 이방인들의 불행한 삶을 증언하는 것이 그가 응시하고 있는 시인의 소명일지는 모르지만, 문제는 불행 자체를 드러내는 것이 아니라 '존재' 자체를 불법화하는 메커니즘에 있다.

> 이 선원의 선승들은 하늘과 땅 사이에서 오직 혼자이지요
>
> 홀로 존귀한 최고의 선승들입니다
>
> 108개의 선방에는 선승이 꼭 한명씩만 들어갈 수 있어요
>
> 여느 선방과 달리 방 안에서 무슨 짓을 해도 상관없습니다
>
> 잠을 자든 공부를 하든 밥을 먹든 자위행위를 하든
>
> 혼자서 하는 일은 무엇이든 괜찮습니다
>
> 가끔 심한 소음이 있어도 자기 일이 아니면 가급적
>
> 상관하지 않습니다 정 참지 못하면
>
> 총무스님에게 호소하면 됩니다
>
> 중국 일본 필리핀 말레이시아 방글라데시 그리고 한국
>
> 식탁에는 온통 외국인뿐입니다
>
> 이곳은 외국인을 위한 선원인 것이지요
>
> 금지된 것이 아님에도 불구하고
>
> 공양간에 함께 모인 선승들은 말이 없습니다
>
> 말은커녕 입도 벌리지 않고
>
> 그들은 밥을 몸속으로 밀어넣습니다
>
> ─ 차창룡, 「고시원은 괜찮아요」 부분

차창룡의 시세계에서 느슨해지는 것은 비단 국민국가의 경계만이 아니다. 그의 시는 한국적인 현실에 집착하기보다는 인간의 존재론적

본질과, 그것의 후광이 되고 있는 종교적, 문화적 시공성에 집중하고 있으며, 때문에 현재와 과거, 이곳과 이곳 아닌 곳을 끊임없이 넘나드는 월경(越境)의 과정을 보여준다. 차창룡의 시세계는 이 넘나듦을 통해서 세계와 존재의 본질에 한 발짝 다가서려는 고투의 기록처럼 읽힌다. 이 시에서 '고시원'은 공부하는 곳이 아니다. '고시원'은 빈자의 공간이고, 빈곤의 현대적 아이콘이다. 시인은 이 가난한 삶의 공간을 '선원', '선방', '선승' 같은 종교적 세계에 비유함으로써 삶의 한계지점으로 내몰리고 있는 이주노동자들의 비참한 삶을 풍자하고 있다. 가장 고귀한 세계와 가장 비참한 세계가 겹쳐질 때, 현실에 대한 풍자의 힘은 배가된다. 방과 방 사이가 철저하게 단절된, 그리하여 "혼자서 하는 일"이라면 무엇이든 허락되는 이 공간을 시인은 "외국인을 위한 선원"이라고 부른다. 물론 시인의 말처럼 이들 가운데 한국인이 섞여 있을 수도 있다. 그러나 그 한국인은 분명 자신의 땅에서 유배당한 유령적 존재일 것이며, 이러한 논리는 소통하지 않으면 누구든 이방인이 된다는 현실법칙의 비정함을 일깨워준다. 그러므로 '고시원'이 "외국인을 위한 선원"이라고 말하는 것과 '고시원'에서 생활하는 모든 사람들은 '외국인으로 간주된다'는 논리는 본질적으로 다르지 않다. 어쩌면 '고시원'은 모든 인간을 외국인으로 만드는 거대한 기계일지도 모른다. 이주노동자는 우리 시대의 '호모 사케르(Homo Sacer)'이다. 그들을 가리켜 우리와 똑같은 인간이라고, 노동자라고 말하는 것은 무의미하다. 이주노동자의 대부분이 불법체류자인 현실에서, 이주노동자를 고용하는 공장이 거대한 치외법권지가 되어버린 현실에서, 그들을 향해 보편적 가치와 권리를 주장하는 것이 어떤 해결책을 가져올 수 있을까. 시인은 이 암담한 현실을 "금지된 것이 아님에도 불구하고 / 공양간에 함께 모인 선승들은 말이 없습니다"라는 내면화된 침묵의 풍경으로 그려내고 있다.

1

레바논 국경 시모나의 이스라엘군 포진지를 찾은 이스라엘 소녀들, 제키만한 포탄에 글씨를 쓴다. 사랑을 담아 보내노라고, 탄두에 제 이름과 함께 쓴다. 한여름 한낮에 사랑이 담긴 포탄이 베이루트 주택가를 향해 날아간다. 사랑의 이름으로, 또 다른 소녀들이 건물 잔해에 깔리거나 불에 타 죽어간다.

2

팔레스타인에서는 죽은 자도 검문소를 통과해야 비로소 죽음에 닿을 수 있다. 포탄에 맞아 이마가 함몰된 도로를 우회하는 것은 산 자나 죽은 자 모두에게 익숙한 일이다. 앰뷸런스는 죽음보다 늦게 도착하고, 소녀는 무너진 발전소를 지나 집으로 간다. 살랑거리는 촛불을 사이에 두고 동생과 숙제를 하는 밤은 행복하다.

— 박후기, 「소녀들」 전문

이주노동자의 궁핍한 삶과 그들에 대한 차별의 시선을 고발하는 시들은 드물지 않다. 그러나 그런 시들의 대부분은 이주노동자가 겪고 있는 불행한 삶을 연민이라는 온정주의적 시각에서만 바라본다는 점에서 일정한 한계를 지닌다. 그들을 우리 사회의 새로운 빈곤층이자 약소자로 그리는 문학이 무의미하다는 말이 아니다. 그렇지만 그런 시들의 본질적인 문제점은 이주노동자를 무력하고 불행한 인간으로 그림으로써 그들을 연민의 대상으로 표상한다는 데 있다. 이 온정주의적 시각은 내국인과 외국인이라는 관습적 경계를 의문시하지 않음으로써, 재현을 통한 무의식적 '타자 만들기'에 공모한다. 여기에는 이주노동자의 존재 조건과 사건성에 대한 사유가 삭제되어 있다. 중요한 것은 그들을 동정하는 태도가 아니라 '우리'의 '정상성'이 '그들'에 대한 폭력에 의해 유지되고 있고, 행위가 아니라 '존재' 자체가 불법으로 간주된다는 것의 의미를 올바로 사유하는 일이다. 박후기의 「불법체류자들」은 이주노동자를 불쌍한 인간이라는 통상적 방식이 아니라 '불법체류'라는 존재의 조건에서 사유한다. 시인은 밤늦도록 공중전화 부스에서 전화기를 붙들고 있는 이주노동자들의 모습에서 가시에서 떨어져 나온 나뭇잎들의 '사각거림' 같은 것을 듣는다. 여기에서 시적 유사성은 "떨켜를 놓는 순간 / 나뭇잎도 지상의 불법체류자가 되나니"처럼 '분리'라는 사건에서 비롯된다. 시인은 이주노동자가 현대의 호모 사케르가 되는 이유가 그들이 법적 주체가 아니며 '권리'의 주체가 아니기 때문이라는 인식에 도달하고 있다. 우리가 박후기의 「불법체류자들」을 읽으면서 되묻게 되는 것은 그들의 불행한 삶이 아니라 '불법'이라는 존재의 조건이다.

「소녀들」에서 초국가적 상상력은 현재성의 새로운 구성을 통해서 드러난다. 표면적으로 이 시는 '지금-이곳'을 배경으로 설정하지 않는다는 점에서 이주노동자가 등장하는 대부분의 시들과 구분된다. 전통적인 경계에 의지한다면 그것은 국제적인 현실이거나 지금-이곳과 무관한 '저곳'의 현실에 불과할 것이다. 우리는 지금 지구 전체에서 발생하는 사건, 사고를 인터넷을 통해 실시간으로 접하는 네트워크 사회에서 살고 있다. 네트워크 사회의 도래는 '지금-이곳'에 대한 우리의 실감을 무한히 확장시키며, 현실의 시·공간성 역시 비약적으로 증폭시킨다. 네트워크 사회는 '국제'라는 말보다 '지구'라는 단어가 한층 친숙하게 느껴지는 사회이다. 이런 까닭에 인용시에 나오는 이스라엘-팔레스타인의 분쟁이 '지금-이곳'의 사건이 아니라고 말하기는 어렵다. 이스라엘군의 포진지를 찾은 소녀들이 포탄에 '사랑'의 글씨를 새긴다. 그런데 '사랑'을 새긴 포탄들은 곧이어 "사랑의 이름"으로 국경 저편의 베이루트 주택가로 날아가 "또 다른 소녀들"을 죽음으로 내몬다. 이것은 마치 '인권'이라는 보편적 개념이 적대적인 국가에 '인권 폭탄'으로 수출되는 지구적 현실과 유사하다. 그리하여 팔레스타인에서는 사자(死者)도 검문소를 통과해야 '죽음'에 도달할 수 있다. 죽음은 항상 두 번의 과정을 거쳐서 완성된다. 주검마저 검문의 예외가 될 수 없는 이 척박한 현실에서 '죽음'은 모두에게 익숙한 일상이 된다. 삶과 죽음의 경계가 뚜렷하지 않은 곳에서, 앰뷸런스는 항상 죽음보다 늦게 도착한다. 그렇다면 이러한 현실을 죽음의 세계라고 불러야 할까? 그런데 시인은 그 비참한 현실 속에서 삶이 영위되는 장면을 포착한다. "살랑거리는 촛불을 사이에 두고 동생과 숙제를 하는 밤은 행복하다." 이러한 시각은 팔레스타인을 저주받은 나라로, 혹은 그들은 비참한 존재로 그려내는 연민의 정서와는 다르다. 박후기의 「소녀들」은 비록 전쟁과 일상의 명확한 구분은 존재하지 않지만, 참혹한 전쟁만이 그들의 삶을 지배한다는 휴머니즘의 이데올로기에서 자유롭다.

3.

'이동'하는 것은 '노동(력)'만이 아니다. 세계여행이 더 이상 예외적인 경험이 아니고, 삶의 시공성이 확장됨에 따라 문학의 상상력 또한 국민국가의 경계라는 재래의 중력장에서 급속하게 이탈하고 있다. 해외체류나 여행을 통한 문학적 상상력의 확상이 문학의 보편적 현상으로 자리 잡고 있다. 타자의 삶을 풍경의 일부로 재구성하는 여행자의 시선이 지닌 폭력성의 문제에서 완전히 자유로운 것은 아니며, 이질적인 문화와의 접촉을 통해서 국민국가적 정체성이 재생산된다는 한계도 없지는 않지만, '여행'은 오늘의 문학적 현실이 한국이라는 경계선 내부로 한정될 수 없음을 보여주는 흥미로운 사례이다. 베트남, 인도 등에 대해 관심을 갖는 작가들의 모임이 만들어지기 시작했고, 작가들의 해외체류 프로그램이 상설화되고 있으며, 이방인의 땅을 여행하면서 경험한 내용들이 시적으로 형상화되고 있다. 가령 신대철의 『바이칼 키스』(2007)는 몽고, 알래스카, 바이칼 호를 오가면서 경험한 만남에 관한 이야기들이고, 차창룡의 『나무 물고기』(2002)에 실려 있는 다수의 시편들은 인도를 상상력의 모태로 삼고 있으며, 최승호의 『고비』(2007) 는 몽골의 고비 사막을 여행하면서 쓴 시편들이다. 물론, 여행자의 시선은 다양하기 마련이다. 여행을 통해 인간 존재의 보편적 조건을 사유하는 시인들이 있는가 하면, 이국적인 풍경에 시선을 빼앗김으로써 타자의 문화를 '풍경'으로 만들어버리는 시인들도 있다. '아는 만큼 보인다'는 격언을 실증하는 시인들이 있는가 하면, '아는 만큼 보지 못한다'는 맹목의 딜레마를 보여주는 시인들도 있다. 소설의 경우 이러한 시선의 차이는 다소 명확하나, 시에서 이러한 시선을 구분하는 것은 결코 쉬운 일이 아니다. 그것은 그들의 '시선'이 한 편의 시에서 뚜렷하게 확인되지 않기 때문이다.

아무 쓸모가 없어 말의 기능을 잃은 말.

성대의 울림과 혀의 발음으로 겨우 버티는 말.

지나가는 이들을 건드려보지만

걷는 속도에 부딪쳐도 힘없이 나동그라지는 말.

듣는 이 없어 모든 허공이 귀가 되는 말.

고막들이 자물쇠처럼 굳게 채워져 있는 수많은 귓속에서

몇가닥 발음으로 겨우 말이 되려는 말.

무시하고 바삐 걸어가는 행인들처럼

무심한 표정으로 가볍게 튕겨냈어야 할 그 말을

나는 그만 듣고야 말았다.

그 말을 향해 고개를 돌리고야 말았다.

그 말을 발음한 얼굴의 눈을 쳐다보고야 말았다.

그 순간 아무런 힘도 의미도 없던 말은

그 눈빛의 의미를 받아 갑자기 생기가 나기 시작했다.

허공에서 떠돌던 모든 귀들이

재빨리 그의 눈과 내 눈 사이로 모여들었다.

—김기택, 「버클리에서」 부분

'여행'이 중요한 문학적 동기가 되는 이유는 낯선 존재와의 마주침이 감각의 개방을 촉발하기 때문이다. 모든 여행이 그런 것은 아니지만, 타자의 공간을 경험하는 여행은 세계에 대한 '나'의 통상적 이해를 불가능하게 만든다. 그러나 김기택의 「버클리에서」는 문화적 차이에서 발생하는 이해불가능성이 아니라 호명에 대한 응답이 한 인간을 주체로 바꿔놓는 순간의 보편성에 주목하고 있다. 홈리스가 버클리의 낯선 거리를 걷고 있는 화자를 부른다. 지나가는 불특정 대중을 향한 홈리스의 언어는 사실 '언어'가 아니다. 누구도 그의 말을 듣지 않기 때문이다. 그의 말은 "성대의 울림과 혀의 발음으로 겨우 버티는" 소리-음향일 뿐이다. 홈리스의 '언어'에 반응하지 않는 것이 버클리의 불문율일 터. 그러나 시인은 무심코 "무심한 표정으로 가볍게 튕겨냈어야 할 그 말"을 듣고 만다. 그 소리의 발원지를 향해 고개를 돌렸기 때문이다. 바로 그 순간, "아무런 힘도 의미도 없던 말"이 생기를 갖기 시작한다.

타인의 호명에 응답함으로써 언어의 수신자가 되는 이러한 상황이 '여행' 때문에 생긴 것은 아닐 것이다. 시인이 이러한 장면을 통해서 말하려는 것은 언어가 소리가 되고, 소리가 언어가 되는 배치이다.

인도 서벵골 주 다르질링의 티베트 난민촌
구부러진 길모퉁이 집 담벼락에서 꾸벅 졸고 있는 의자

(…중략…)

난민촌을 한 바퀴 둘러보고 와 보니
담쟁이를 어루만졌던 예수의 손길이 있다
의자는 잠결에 관절에 박힌
녹슨 못을 보풀처럼 빼내더니
뜨개질을 하는 담쟁이를 삼킬 듯 긴 하품을 한다
나는 의자 입속에 고인 말줄임표들을 본다
의자는 담벼락에 기댄 채 눈 감고 말 줄이고
국적 불명인 헐거운 옷을 입는다

— 윤석정, 「국적 불명인 의자」 부분

시인은 인도에 위치한 티베트 난민촌의 담벼락 아래에서 한가롭게 졸고 있는 의자를 본다. 무성한 담쟁이가 그 의자를 뒤덮고 있다. 이것은 윤석정의 시 어디에서나 볼 수 있는 가난한 풍경의 일부이다. 그런데 이 "국적 불명인 의자"에 '시바'와 '붓다'와 '예수'가 앉는다. 시인은 의자를 뒤덮고 있는 '담쟁이'의 형상에서 "의자에 앉아 뜨개질"에 열중하고 있는 인간의 모습을 연상한다. "시바가 하나의 손을 넌지시 붓다의 어깨에 얹고", 담쟁이가 "붓다 소맷자락의 부피를 짐작"하고, "예수의 손길"이 담쟁이를 어루만진다. 시인은 종교와 문화의 정체가 모호한 티베트 난민촌의 풍경 속에 놓인 '의자'가 "국적 불명인 헐거운 옷"을 입고 있다고 표현한다. 우리의 통념 안에서 '시바'와 '붓다'와 '예수'는 각각의 종교와 문화를 상징하는 존재들이지만, 시인이 바라본 티베트 난민촌의 풍경 안에서 그것들은 근본주의적 갈등이 아니라 모호한 상태로 공존하고 있다. 지구화 시대에 '종교'라는 단어에는 피 냄새가 배어 있다. 이념의 갈등이 사라진 시대에 지구 전체에서 발생하고 있는 대다수의 갈등은 민족과 종교 분쟁이기 때문이다. 새로운(?) 이념으로서의 종교에서는 공존이 불가능하다. 이러한 인식이 문명의 충돌과 종교적 관용이라는 허상을 낳는다. 그러나 종교는 예외적으로만 갈등 관계에 돌입한다. 문명의 충돌이라는 서구 담론은 이 갈등을 극단적으로 부풀린 결과이다.

4.

텔레비전에서 국내의 한 기업이 다문화 가정을 후원한다는 광고가
흘러나오고 있다. 유독 민족적 정체성을 강조해온 한국의 현실이 급속
하게 바뀌고 있음을 보여주는 장면이다. 한때 '다문화'는 지구적 시민
권과 인권의 보편성을 강조하는 시민운동가들의 전유물이었다. 하지
만 오늘날 그것은 국가와 기업이 자신들의 관용을 과시하기 위해 사용
하는 통치성의 일부가 되었다. 모든 '차이'가 남김없이 다문화와 관용,
문화의 공존이라는 허상 속으로 흡수되고 있다. 다문화주의는, 그 명칭
이 보여주듯이, 타자를 하나의 완결된 문화적 공동체로 간주한다. 다문
화주의는 '차이'를 통해서 확인되는 타자의 정체성을 존중하지만, 그것
은 특수를 바라보는 보편의 시선을 내장함으로써 자신의 우월성을 역
설한다. 대부분의 다문화주의는 타자의 문화를 특수한 것으로 이해하
는 동시에 자신의 문화를 보편적인 것으로 위치시킨다. 이것이 "네 마
음을 내가 알아"라고 말해서는 안 되는 이유, "네가 하는 말의 뜻도 나
는 모른다"라고 말해야 하는 이유이다. 그러나 그 자체로 완결된 문화
적 공동체가 존재하지 않듯이 다문화라는 현실 역시 존재하지 않는다.
문화들 사이의 영향관계가 있을 뿐이며, 대개 이 영향은 노동과 일상보
다는 문학과 사상의 차원에서 훨씬 두드러진다. 서로 다른 국적의 소유
자들이 함께 지낸다고 해서 그것이 다문화적 현실이라고 말하는 것은
모든 것을 '문화'로 환원하려는 불순한 태도와, 마치 복수의 문화가 수

평적으로 공존하고 있는 듯한 환상을 불러일으킨다. 우리는 이 환상이 타자에 대한 우리의 폭력성을 은폐하기 위한 수단임을 알고 있다.

　이주노동자가 등장하는 대다수의 시에서 그들은 특정한 방식으로 재현된다. 그들은 전지구적 '이동'을 선택해서 한국에 왔지만, 그 선택으로 인해서 존재 자체가 불법으로 간주되는 유령적 존재를 벗어나지 못한다. 그들은 한국사회에서 삶의 주체는 물론 노동자로서의 신분도 보장받지 못하고 있다. 그래서일까? 이주노동자를 대상으로 삼는 많은 시편들은 그들을 우리와 함께 노동하고 살아가는 인간 주체가 아니라 동정과 연민을 받아야할 불쌍한 존재로 그려내는 데 익숙한 것처럼 보인다. 문제는 이렇게 선한 시선이 궁극적으로 '타자 만들기'라는 권력의 메커니즘과 무의식적인 차원에서 공모하고 있다는 사실이다. 이것이 바로 타자를 불쌍한 존재로만 그려서는 안 되는 이유이다. 중요한 것은 어떤 문화도 그 자체로 완결되지 않으며, 공동체의 내부에 존재하는 '이질성'을 사유하지 못하는 문화는 타자에 대한 집단적인 폭력을 통해서 유지되고 있다는 것을 이해하는 일이다. 그 순간 비로소 우리는 눈 뜬 맹목에서 벗어날 수 있다.

가난과 상처의 풍경들

2013년 신춘문예 당선작을 중심으로

시는 규정되지 않은 것의 다시 열림이며,

단어들의 기존 의미를 초과하는 아이러니한 행위이다

— 프랑코 베라르디

1.

최근 이탈리아의 자율주의자 프랑코 베라르디의 『봉기』를 읽었다. 혁명의 기운이 느껴지는 섬뜩한 제목과 달리 이 책에는 '시와 금융에 관하여'라는 엉뚱하면서도 흥미로운 부제가 달려 있다. 저자는 이 책에서 '채무'를 중심으로 돌아가는 최근의 금융자본주의에 맞서기 위해 언어의 지불거부로서의 문학, 즉 '시'의 가치를 역설하고 있다. '정보'로 환원되지 않는, 그리하여 '화폐'처럼 교환될 수 없는 '시'에서 저자는 '혁명'의 가능성을 읽는다. 정확하게 말하면, 금융자본주의에 대한 '저항'의 가능성이다. 이 가능성의 근거를 한 문장으로 압축한다면 "시는 규정되지 않은 것의 다시 열림이며, 단어들의 기존 의미를 초과하는 아이러니한 행위이다" 정도가 되지 않을까. 여기에서 '시'의 아이러니란 고전적인 의미의 수사가 아니라 '해석' 장치를 통해 손쉽게 '정보'로 바뀌는 커뮤니케이션의 수단으로서의 언어에 대한 저항을 의미한다. 저자의 이러한 생각에는 매끈하고 분명한 의미의 담지체인 '언어'는 세계의 질서에 아무런 제동력도 행사하지 못하며, '언어'이면서도 동시에 의미의 담지체로서의 '언어'이기를 거부하는 언어('시')에 혁명의 가능성이 존재한다는 사유가 내재되어 있다. 교환가치의 부재를 통해 자신의 존재 가치를 증명하는 무용(無用)의 용(用)이라고나 할까?

현대자본주의에 대한 '저항'의 여부와는 다른 맥락에서, 최근의 한국시 역시 이러한 '아이러니'의 경향이 주류이다. 한때는 진솔한 감정의 표현이 시의 전부라고 생각되었고, 또 한때는 문명이나 사회에 대한 메타적 비판이 시의 덕목으로 평가되던 때도 있었다. 90년대 이후에는 언어 / 세계의 질서를 해체하고 재구성하려는 실험성이 높이 평가되었고, 최근에는 시인의 내면적 세계와 새로운 질감의 언어를 결합시킴으로써 쉽게 소비되지 않는 낯선 감각들이 주류를 형성했다. 시단의 지배적 경향, 즉 시의 가치나 덕목으로 평가되는 항목들 간의 위상 변화는 시적 상상력이 현실의 중력으로부터 자유롭지 않다는 점에서 자연스러운 현상이며, 파편화와 분열이 삶과 문학 모두의 조건이 되어 버린 시대에 시가 '아니러니'의 경향을 띠는 것 역시 필연적인 귀결이다. 전통적인 서정의 언어처럼 분열과 결핍을 초월적인 원형적 세계에 기대어 통합하려는 시적 태도가 부재하는 것은 아니지만, 그것은 이러한 파편화와 분열에 저항하려는 반(反)작용의 흐름이지 그것과 무관한 전체성의 세계는 아니다. 최근 문예지와 비평가의 관심이 젊은 시인들, 특히 베라르디의 표현을 빌리자면 '아이러니' 경향을 강하게 띠는 시인들에게 집중되는 것은 이러한 역사적 변화와 무관하지 않다. '아이러니'가 현대시의 전부는 아니지만 지배적인 흐름인 것은 분명하며, 이런 맥락에서 비교적 안정적인 호흡을 통해서 자아의 세계를 구성해 나가려는 시적 의지와 뚜렷한 '아이러니'의 경향을 지향함으로써 파편화·분열과는 다른 흐름을 만들려는 시적 의지가 교차하고 있는 최근은 우리 시사(詩史)에서 무척 흥미로운 변곡점인 듯하다.

2.

해마다 이맘때면 각 문예지의 편집자들은 신춘문예 당선작들에 비상한 관심을 기울인다. 대개 그 '관심'이란 시적 형상화에 관한 기본 능력과 전대(前代)의 시적 경향을 비판적으로 갱신하는 태도의 가능성에 집중된다. 실제로 이것은 신춘문예의 심사기준이기도 하다. 매년 1월이면 이 선별기준에 따라 선정된 당선작들이 발표되고, 당선작들의 동일성과 차이를 읽어내어 새로운 경향성을 진단하려는 비평적 의미 부여도 행해진다. 이 글 또한 이러한 의미 부여의 일종이다. 다만 이 글은 신춘문예 당선작 전체를 대상으로 한 스케치나 당선작에 밀착된 꼼꼼한 분석이 아니라 흥미롭게 읽은 몇몇 당선작을 그 가능성을 타진하는 일종의 '선별적 읽기'가 될 것이다. 신춘문예의 심사기준은 '안정감'과 '가능성(파격)' 사이에 걸쳐 있다. 심사평을 꼼꼼히 읽어보면 쉽게 알수 있듯이, '안정감'이 지나치면 '가능성(파격)'이 부족하다는 지적이, '가능성(파격)'이 지나치면 '안정감'이 모자란다는 지적이 나오기 마련이다. 심사위원의 성향에 따라 무게중심이 어느 한쪽으로 기울기도 하지만 예심과 본심을 거치면서 두 가지 기준들은 상당히 절충되기 마련이다. 이 절충 과정에서 강조점이 어느 쪽으로 기우는가가 문제겠지만, 올해의 당선작들은 '안정감'을 지닌 작품들이 대부분인 듯하다. 그렇지만 몇몇 당선작들은 그 '안정감'이 지나치게 보수적이고 창작방법 또한 상투적인 비유의 계열화를 벗어나지 못해 실망스러웠다. 내심 올해의 당선작 가운데 하나를 꼽으라고 하면 김재현의 「손톱 깎는 날」을 선택하리라고 결심한다.

어릴 적부터 손톱에 관해선
그것을 잘라내는 법만을 배웠다
화초를 몸처럼 기르는 어머니를 보고 자랐지만

나는 손톱에 물을 주거나 낮은 목소리로

노래를 불러주는 일 따위에 대해선 상상할 수 없었다

결국 그것은 문제아거나 모범생이거나

둘 중의 하나를 선택해야 한다는 것과 같았지만

나는 그 어디에도 속하지 않는다는 점에서만 모범이었으며 문제였을 뿐

그러므로 손톱의 입장에서도 마찬가지

나 또한 그것의 바깥에 불과하다

오늘, 우주의 뒷덜미가 내내 환하다

당신은 매니큐어로 손톱을 덮으려 하고 나는 손톱을 깎는다

우리의 예의를 위해 버리고, 욕망을 위해 남기지만

동시에 손가락 위에 두껍게 자라는 것들이

어느 쪽에 가까운지 알 수 없다

다만 휴지 속으로 던져둔 손톱들과, 날씨

그리고 나에 대해서만 생각할 뿐

버려진 손톱들은 언제나 희미하게 웃고 있다

　　　— 김재현, 「손톱 깎는 날」 부분(2013년 『조선일보』 신춘문예 당선작)

　　하나의 물음이 시를 견인한다. 신체의 말단에 위치한 '손톱'은 과연 신체의 일부인가 아닌가? 손톱, 그것을 '나'의 '안'이라고 말해야 하는가 '바깥'이라고 말해야 하는가. 이 '손톱'에 관한 존재 물음이 시 전체를 관통한다. '손톱'은 태어날 때부터 '나'의 일부였으나, 우리가 그것에

대해 아는 것이라곤 그것은 잘라내야 한다는 것뿐이다. 우리에게 그것은 분명 '안'은 아니었던 셈이다. '나'의 일부이면서 동시에 일부가 아닌 것. 말하자면 '손톱'은 '안'에 있는 '바깥'이고, '안'의 일부인 '바깥'이다. '손톱'이 '안'이 아닌 이유는 명확하다. 우리는 손톱에 대해 어떠한 애정도 표현한 적이 없다. 그렇다고 우리가 이 물음에 "둘 중의 하나를 선택"하듯이 대답할 수 있을까. 여기에서 '안'과 '밖'의 구분은 모호해진다. 그것은 선택의 주체, 즉 기준을 '손톱'으로 바꾸어도 동일하다. 3연에는 두 인물, 즉 '나'와 '당신'이 등장한다. '당신'은 "매니큐어로 손톱을 덮"는 사람이고, '나'는 "손톱을 깎는" 사람이다. '나'는 '예의'를 위해 손톱을 버리는 사람이고, '당신'은 '욕망'을 위해 그것을 남기는 사람이다. 여기에서 '나'와 '당신'은 '손톱'에 대한 인간의 두 가지 행동을 지시한다. 문제는 인간에게 '손톱'이 두 가지 행동 모두에 결부된다는 점에 있다. 우리는 손톱에 대해 "어느 쪽에 가까운지 알 수 없다". 그렇다면 무엇이 가능한가? 시인은 "휴지 속으로 던져둔 손톱들"과 '날씨'와 '나'에 관해 생각하는 것만이 가능하다고 진술한다. 생각이란 무엇인가? 그것은 어떤 대상의 유용성을 가늠하여 소비하거나 교환하는 것이 아니라 그 대상을 일종의 선물처럼 우리의 신체에 각인시키는 행위이다. 이것은 교환가치를 중심에 두는 자본주의와 달리 시에서의 대상이란 결국 사유의 매개체임을 의미한다. 이것이 바로 시가 '대상'과 관계 맺는 유일한 방식인 바, 시인에 의한 사물의 발견 / 선택은 실상 사물-대상의 말 건넴에서 시작되는 '생각'임을 뜻한다. 그렇다면 왜 버려진 손톱들은 희미하게 웃고 있는 것일까? 추측컨대 그것은 '대상'에 대한 '생각'이 '대상'의 전체성을 포착할 수 없는 불완전함에 만족할 수밖에 없기 때문은 아닐까.

우물 위로 귀 몇 개가 떠다닌다
검은 비닐봉지 속에 느린 허공이 담겨 있다 나는
내 빈 얼굴을 바라본다 눈을 감거나
뜨거나, 닫아놓은 창이다
녹슨 현악기의 뼈를 꺾어 왔다 우물이 입을 벌리고
벽에는 수염이 거뭇하다 사춘기라면
젖은 눈으로
기타의 냄새 나는 구멍을 더듬는, 장마철이다
손가락 몇 개로 높아지는 빗소리를 누른다 저 먼 곳에서
핏줄이 서는 그의 목젖, 거친
수염을 민다
드러나는 싹이여, 자라지 마라
벌레들이 털 많은 다리로 밤에서
새벽까지 더듬어 오른다
나는 잠든 그의 뒷주머니에
시린 손을 숨긴다 부드럽고 가장 어두운
비닐봉지 안에 차가운 달걀 몇 개를 담아
바람에 밀려가는 주소를 찾는다
귀들이 다 가라앉은 물에도

소름이 돋는 중이다

— 김준현, 「이끼의 시간」 전문(2013년 『서울신문』 신춘문예 당선작)

김준현의 「이끼의 시간」을 두 번째 작품으로 선택한다. 이 작품의 전체상을 파악하기 위해서는 하나의 풍경을 그려봐도 좋겠다. '우물' 이 있다. 그것은 마치 빅토르 위고가 "이 우물 속을 들여다봄으로써, 우리의 정신은, 우리는, 심연처럼 깊은 저 먼 곳에서, 조그만 원 속에서 거대한 세계를 보게 된다"라고 선언했을 때의 바로 그 우물, 즉 내면의 심연을 닮았다. 지금 이 우물 속에 '귀'의 형상을 한 '검은 비닐봉지' 몇 개가 떠 있다. 우물의 벽에는 시간의 적층을 알리는 이끼들이 '수염'처럼 들러붙어 있으리라. '나'는 지금 그 우물을 들여다보고 있다. "나는 / 내 빈 얼굴을 바라본다". 그런데 '나'가 우물 속에서 보고 있는 것은 현재의 '빈 얼굴'만은 아니다. '우물'과 '수염'이 결합하여 수염 거뭇한 사춘기로, 그리하여 "기타의 냄새 나는 구멍을 더듬"었던 오래된 시간으로 '나'를 데려간다. 오래된 시간은 '이미지'를 통해서 도래한다. 그것은 저 먼 곳에서 핏줄 선 목젖으로 거친 수염을 밀어낸다. '우물=창'을 통해 '빈 얼굴'을 바라보는 현재의 '나'와 '우물=기타'를 통해서 현재와 이어지는 사춘기의 '나'. 그 사이에 '잠'이 있다. 이 시에서 '우물'은 두 세계, 두 시간을 비자발적인 기억을 통해 매개하고, 따라서 잠든 그의 뒷주머니에서 '나'와 '그', 현재와 과거는 이끼의 시간을 경계로 이어져 있다. 우물을 들여다보는 일, 그것은 프루스트의 '기억'처럼 우리를 오래된 시간의 세계로 데려간다. 모리스 블랑쇼는 이처럼 먼 과거로부터 되돌아오는 어린 아이를 가리켜 "그 유아는 기억될 수 없는 가장 먼 과거에 우리 모두 안에 남은 결핍된 존재, 결핍으로서의 비존재일 것이다"라고 썼다. 두 편의 시를 살폈다. 김재현의 「손톱 깎는 날」은 '손톱'에 관한 존재물음을 통해 시적 형상화와 사유 사이에 새로운 다리를 놓고 있고, 김준현의 「이끼의 시간」은 내면의 성찰을 통해서 현재를 먼 과거와 결합시키는 직관적인 이미지의 힘을 펼쳐 보인다. 두 편 모두 '안정감'과 '가능성'에서 흠잡을 데가 없다. 의도적으로 건조한 문체를 사용함으로써 질척함을 말끔히 털어낸 것이 김재현의 특징적 면모라면, 낭만주의 이후부터 지금까지 면면히 이어져 내려오는 특유의 내밀성을 비판적으로 계승하고 있는 것이 김준현의 특징적 면모인 듯하다.

검지손가락 첫마디가 잘려나갔지만 아프진 않았다. 다만 그곳에서 자란 꽃나무가 무거워 허리를 펼 수 없었다. 사방에 흩어 놓은 햇볕에 머리가 헐었다. 바랜 눈으로 바라보는 앞은 여전히 형태를 지니지 못했다.

발등 위로 그들의 그림자가 지나간다. 망막에 맺힌 먼 길로 뒷모습이 아른거린다. 나는 허리를 펴지 못한다. 두 다리는 여백이 힘겹다.

연필로 그린 햇볕이 달력 같은 얼굴로 피어 있다. 뒤통수는 아무 말도 없었지만 양손 가득 길을 쥔 네가 흩날린다. 뒷걸음치는 그림자가 꽃나무를 삼킨다. 배는 고프지 않았다.

꽃이 떨어진다.

　　　　　— 이병국, 「가난한 오늘」 전문(2013년 『동아일보』 신춘문예 당선작)

　'이미지'라는 말이 비평에서 관례처럼 쓰이던 때가 있었다. 그 시절이었다면 분명히 이 시에 '하강의 이미지'라는 수사가 부여되었을 것이다. 이병국 시의 장점은 간결하고 단단하다는 것이다. 이것은 발화의 양이 적다는 의미도 아니며, 시의 길이가 짧다는 것도 아니다. 발화의 양이 적고 시의 길이가 짧아도 수다스러운 시들은 얼마든지 있다. "검지손가락 첫마디가 잘려나갔지만 아프진 않았다"라는 진술에는 신체의 일부가 잘린 '상처'의 흔적과, 그것을 표현하는 시인의 태도가 함께 응축되어 있다. 이 시에서 '가난한 오늘' 하루는 모든 것이 바닥을 향해 떨어지는 하강과 절망의 이미지로 표현된다. 모든 것이 무겁고 불투명하다. 내리쬐는 햇빛은 머리를 헐게 만들고, 애써 응시하는 '앞', 즉 미래는 한없이 불투명하여 형체조차 가늠하기 어렵다. 몸이 무거워 허리를 펼 수조차 없으니 발등 위로 지나가는 '그림자'만을 볼 수 있으며, 신체를 지탱하고 있는 '두 다리'는 당장이라도 무너질 기세이다. 이 '가난한 오늘'의 주인공이 '꽃나무'인지 인간인지는 전혀 중요한 문제가 아니다. 그런데 시인은 이렇게 처절하게 무너져 내리는 시간에 눈물이나 절망 같은 감정의 언사를 등장시키지 않는다. '상처'를 대면하는, 표현하는 시인의 목소리는 오히려 담담하다. 이 목소리를 담대하다고 말할 수도 있으나 이러한 귀족적 태도는 차라리 오랫동안 상처가 일상이 된 예외상태의 시간을 견뎌온 세대, 그러니까 '상처'에 관한 2000년대 시의 느낌을 연상시킨다. 어쩌면 이 목소리가 '상처'를 표현하는 우리 시대의 대표적인 주파수가 될 수도 있으리라고 기대해본다.

1

햇살은 오래전부터 내 몸을 기어다녔다 문 걸어 잠근 며칠, 산이 가까워 지네가 나온다고 집주인이 약을 치고 갔다 씽크대 구멍도 막아 놓았다 네모를 그려 놓은 곳에 약 냄새 진동하는 방문이 있다 타오르는 동심원을 통과하는 차력사처럼 냄새의 불똥을 넘는다 어둠 속의 지네 한 마리, 조정 경기처럼 방바닥을 저어간다 오늘은 평일인데 나는 百足으로도 밖을 나서지 않는다

(…중략…)

3

저마다 지붕을 내다 넌다 한때 담수의 흔적을 기억하는 산속의 염전, 소금꽃을 피운다 옷가지와 이불이 만장처럼 펄럭이며 한때 이곳이 물바다였음을 알린다 흘러내리지 못한 빗줄기를 받아내는 그릇들, 부글부글 끓어올랐다 방안에 고인 물을 양동이로 퍼낼 때 땀방울이 빗물에 섞였다 오랫동안 산속에 갇혀 있던 바다가 제 흔적을 짜디짠 결정으로 남긴다 장마 끝 폭염이다 살리나스처럼 계단을 이룬 집들을 지나 더 올라서면 산봉우리다 계단 끝에 내다 넌 내 몸 위로 햇살이 기어다닌다

— 이해존, 「녹번동」 부분(2013년 『경향신문』 신춘문예 당선작)

'가난'과 '상처', 이것은 시의 유일무이한 원천이다. 가난한 사람들의 삶과는 무관하게 흘러가는 세상의 질서가 발전이라는 이데올로기로 포장되는 한 '가난'과 '상처'에 관한 시는 영원히 씌어질 것이다. 시인들의 첫 작품, 또는 첫 시집의 테마가 '가난'과 '상처'의 시공간을 벗어날 수 없는 까닭도 그것이 현대를 살아가는 사람들의 운명 같은 것이기 때문은 아닐까. 나는 녹번동을 알지 못한다. 녹번에 가 본 적이 없다. 시인은 그 가난한 산동네를 살리나스(페루 고산의 계단식 염전)에 비유하고 있다. 한 시인은 그곳을 "은총을 받아 산꼭대기로 쫓겨 올라간 가난들"이 빛과 소금처럼 반짝이는 곳이라고 썼다. 산이 가까워 지네가 자주 출몰한다는 산동네, 오늘도 지네는 가난한 집의 방바닥을 '조정 경기'를 하듯 다리를 저으면서 지나간다. 평일임에도 불구하고 '나'는 방의 문턱을 넘지 않는다. 딱히 방 바깥으로 나아가야 할 이유를 찾지 못했기 때문일 것이다. 시인의 눈에 비친 녹번동 산동네는 "바람이 신음소리 뱉어낼 때마다 마른 피 같은 황토가 쏟아져 내"려 "무릎 꺾인 사자처럼 그물 찢으며 포효"하는 곳이다. 지금은 "장마 끝 폭염"이다. 집집마다 가난의 소금꽃이 핀 "옷가지와 이불"이 '만장'처럼 펄럭인다. 그 집들의 끝에는 산봉우리가 있고, 산동네의 좁은 통로인 계단 끝에 내걸린 '나'의 몸 위에는 햇살이 스멀스멀 기어 다닌다. 가난한 산동네의 햇살은 밝게 내리 비치지 않고 사람들의 몸 위를 기어 다닌다. '녹번동'은 가난하고 불행한 사람들이 모여 사는 예외적인 공간이 아니다. 녹번동은 우리 사회의 도처에 있다. '녹번동'을 우리 시대의 자화상으로 읽을 때, 이 시는 더욱 빛난다.

3.

　특정 시기의 문학을 하나의 경향을 중심으로 분절하는 것은 확률이 낮은 도박에 거액을 배팅하는 행위와 유사하다. 그렇다고 항상 침묵해야 하는 것일까? 발표되는 시의 양과는 별개로, 2000년대 시의 주류적 흐름은 눅진한 감정의 표현이 가져다주는 핍진성의 효과보다는 여백이 많고 명확한 의미의 세계로 쉽게 회수되지 않는 '아이러니'의 언어이다. 이러한 흐름은 '미래파' 논쟁 전후에 뚜렷했다가 2010년 즈음에는 서정적 어법과 '아이러니'한 표현이 절충됨으로써 안정화의 길로 접어들었다. 이 변화의 곡선은 두 시기에 출간된 젊은 시인들의 첫 시집을 비교해보면 선명해진다. 2013년 신춘문예 당선작들을 살펴보면 이전에 비해 언어, 표현, 상상력, 발성법 모두에서 한층 안정감이 느껴짐을 알 수 있다. 이 안정감이 보수화의 결과인지 새로운 도약을 위한 발판인지는 지켜볼 일이다.

　시적 경향과 관련해선 '가난'과 '상처'가 표현법을 변주하면서 반복되고 있음에 주목하자. 사실 역대 신춘문예 당선작의 상당수는 '가난', '상처', '유년'에 관한 작품이다. 따라서 최근의 신춘문예 당선작들이 '가난'과 '상처'에 집중되는 것은 특별한 의미가 없을 수도 있다. 지난 몇 년 신춘문예의 소설 당선작들이 '루저'와 '백수' 이야기, 그러니까 현재진행형이며 조만간 끝날 것 같지 않은 '가난'에 관해 말해왔듯이, 시 당선작들에서의 '가난'과 '상처' 또한 일종의 재난에 가까운 현실이 만들어내는 슬픔 음화(陰畵)들이다. 이것은 올해의 경우에도 크게 다르지 않다. 다만 표현의 층위에서 '안정감'과 '가능성' 모두를 만족시키는 작품들이 선정되었다는 것이 희망적이다. 신춘문예의 심사기준이 문예지의 신인상에 비해 상대적으로 보수적이어서인지는 모르지만 올해의 당선작들은 특히 안정감이 돋보인다.

앞에서 살편 네 편의 당선작 외에 이정훈의 「쏘가리, 호랑이」(2013년 『한국일보』 신춘문예 당선작) 또한 흥미롭게 읽었다. 서사성과 신화적 상상력에 기댄 남성적 목소리는 최근의 시에선 거의 찾아보기 힘든 경향이다. 지면의 제약 때문에 구체적인 분석은 못하지만 혈통과 가계를 중심으로 이어지는 시간의 흐름을 '쏘가리'와 '호랑이'라는 서로 다른 질감의 세계와 겹쳐놓는 장면은 우리 시대의 시인들이 좀체 시도하지 않은 다른 길을 보여주고 있다. 다만 이 '서사성'과 '신화적 상상력'이 90년대 초중반에 자주 등장했던 경향의 반복인지 아니면 2000년대 시에 대한 갱신의 돌파구인지는 좀 더 지켜볼 일이다. 또한 이정훈의 시가 우리 시대의 주류적 감각에 의해 어떻게 평가될 것인지도 의문이다. 시인, 독자, 평론가 모두가 부정하겠지만, 시를 쓰고 읽는 감각은 시대와 세대에 따라 일정한 패턴을 그리면서 변한다. 신인들에게 항상 '가능성'이라는 이름의 새로움이 요구되는 것도 이러한 감각의 변화와 무관하지 않다. 신춘문예 당선작은 일종의 출발선이다. 그것에 '기원'으로서의 의미를 부여할 수도 있으나 출발선은 그곳을 밟고 뛰는 순간 사라질 것이다. 크고 작은 매체에 신작을 발표하고, 시인·비평가·독자의 목소리를 들으면서, 어느 순간에는 '주류적 경향'이 주는 압박도

받으면서 점차 처음과는 다른 방식으로 진화해갈 것이다. 이들의 진화가 2000년대라는 시간의 흐름 속에 사소한 선 하나를 그리면서 나아가는 과정을 지켜보는 일도 의미 있으리라고 추측해본다.

'현대', 악령(惡靈)의 감각

    한 시대의 문학적 상상력은 그 시대가 공유하는 감각의 범위, 즉 공통감의 배치를 가시화한다. 설령 문학이 상상력을 매개로 시대와의 불화를 증언할 때조차도 그것은 특정한 시대를 짓누르고 있는 억압의 징후를 환기함으로써 우회적인 방식으로 공통감을 드러내는 것이지 시대적 중력과 무관한 어떤 것이 아니다. 이런 점에서 문학적 상상력은 역사적 성격을 띤다. 현대시의 시대적 경향성을 전통과의 단절에서 찾으려 하는 미학적 경향 또한 전통의 무게가 압박감으로 경험되는 근대사회의 한 단면을 보여주는 것일 뿐이다. 이런 점에서 문학적 상상력은 설령 그것이 시인 개인의 개성에 근거하고 있을 때조차도 충분히 시대적이다. 그렇다면 2000년대 한국시의 감각의 범위를 규정짓고 있는 실체는 무엇일까? 이 물음은 우리가 '현대'의 성격을 어떻게 인식하고, 또한 감각하느냐는 질문과 맞닿아 있다.

　'현대'의 성격에 대한 문학적, 철학적 규정들은 꽤 다양하다. '현대'를 도구적 이성의 시대라고 평가하면서 비이성적 요소를 억압하는 이성중심주의를 비판하는 목소리가 있는가 하면, 사회학적인 관점에서 '현대'를 위험사회라고 규정하는 시선도 존재한다. 물론 이러한 시대 규정에는 '네트워크사회'나 '소비사회'처럼 '현대'를 기술의 발달이나 자본주의의 패러다임의 변화로 설명하려는 시도들도 포함될 수 있다. 예를 들어 지난 시대의 포스트모더니즘 논쟁이나 최근 소셜미디어의 등장이 불러온 문학적 형식의 변화에 주목하려는 시도들은 기술의 변화라는 관점에서 '현대'의 가능성을 타진하려 한다는 점에서 주목을 요한다. 그렇지만 문학은 그 특성상 변화의 새로운 가능성보다는 그것이 초래하는 부정적 양상에 더욱 민감하게 반응하는 속성을 지닌다. 가령 조동범의 『카니발』(문학동네, 2011)이나 장만호의 『무서운 속도』(랜덤하우스중앙, 2008)는 '속도'의 문제를 제기하여 부정적 현대성을 환기한다는 점에서 이러한 범주의 대표적 사례라고 말할 수 있다. 물론 '현대'에 대한 부정적 인식이 반드시 비판의 형태로만 가시화되는 것은 아니다. 가령 90년대 이후에 급격하게 증가된 생태학적 상상력은 부정적 현대에 대한 시적 응전을 대안적인 방식으로 형상화함으로써 모더니즘의 부정적 상상력과는 일정한 거리를 유지한다. 그렇지만 '테러'와 '핵' 같은 지구적 문제들이 우리의 삶에 깊숙하게 개입함에 따라 이러한 긍정적·대안적 상상력보다는 부정적·비판적 상상력이 한층 많은 지지를 얻고 있는 것은 사실이다.

그렇지만 이러한 긍정 / 부정의 시적 대응은 시대 인식의 변화를 설명하는 데는 큰 도움이 되지만, 시적 감각과 상상력의 변화를 추동하는 요인을 해명하는 데는 큰 영향력을 발휘하지 못하고 있다. 이는 시대의 변화에 조응하는 시적 상상력의 변화가 긍정 / 부정이라는 선택적 차원보다는 한층 본질적인 차원에서의 반응에서 비롯되기 때문이다. 그래서 문명이나 기계를 비판함으로써, 또는 도구적 이성의 힘에 의해 지탱되고 있는 시스템의 부정적 한계를 가시화하는 인식의 작업보다는 실제로 그러한 인식을 감각의 층위에서 보여주는 시편들이 '현대'에 대한 시적 대응의 양상을 한층 분명하게 보여주는 사례라고 말할 수 있다. 그것은 시(詩)가 인식보다는 감각의 차원에 한층 가깝기 때문일 것이다. 이런 까닭에 나는 '현대'를 '녹이는 힘'이 재분배・재할당되는 유동성이나 액체성의 시대로 규정하는 지그문트 바우만의 주장이나, 현대를 불안, 공포, 추방, 배제의 시대로 인식하는 정치철학의 문제의식이 한층 설득력이 높다고 판단한다. 그것은 현대시가 그러한 인식을 공유하기 때문이 아니라 그 인식이 현대시에서 거의 감각화되어 발화되기 때문이다. 이는 우리 시대의 시가 근대 초기의 시들과 세계를 통합하려는 자아의 안정적인 힘 / 능력보다는 그러한 힘 / 능력을 상태에서 발화됨으로써 언어와 상상력 자체로 우리 시대의 표정을 증언하기 때문이다. 이전 시대의 사람들은 전통이나 규범, 또는 종교라는 상징적 대타자의 질서 속에 머물러 있었기에 상대적으로 안정감을 경험할 수 있었고, 그러한 경험은 문학 / 예술에서도 일정한 질서의 반복으로 드러났다. 그렇지만 현대는 그러한 안정감이 원리적으로 불가능한 시대, 모든

초월적 가치들이 붕괴됨에 따라 유동성의 공포가 지배적인 원리로 등
장한 시대이다. 이러한 시·공간의 유동성은 우리에게 단속적인 시간
경험을 강제함으로써 현재적 삶의 조건이 영속적일 수 없고, 우리의 의
지와는 무관하게 삶의 리듬이 단절될 수 있다는 불안감을 초래한다. 최
근에 발표된 몇 편의 시를 중심으로 이 불안의 감각에 관해 살펴보자.

내일이 와요. 침대 옆으로

배달되어 온 하루를 호흡하며 잠에서 깨지요.

살아있는 닭의 꿈을 꾸었어요. 치킨이

아니에요. 방이 아니에요. 달력엔 한 칸이에요.

내일을 오늘로 부르는 순간 닭은 죽어 치킨이 되고

미래는 죽어 달력이 되는, 벽에 붙은

오늘의 조리법 – 샐러드라도 먹어야 내

일을 하겠죠. 출근은 나를 배달하는 일

태풍이 와도 출근해야 하는 내

일. 입금통장에 찍힐 날짜를 위해. 나가요. 달려

달은 뜨지 않고 다달이 청구서에 찍혀 날아오고

날아오는 것들은 새가 아니라 세

나는 이 길을 벗어난 적이 없어요. 계량

기가 막히게. 아름다운 하늘을 보며 달려

시간 맞춰 도착해야만 하는 시간은

지하철을 탄 후에, 지금의 역

법은 그레고리가 만들며 날짜를

열흘이나 빼먹었다고 전해져요. 13세!

먹살을 잡고 싶은 날들은

목을 비틀어도 오고 나는 나의 가격을 매겨야 해요. 오!

오늘은 나를 다시 파는 날이에요. 휴~

가는 며칠을 더 늘일 수 있을까요

살아있는 꿈을 꿀 수 있을까요

나의 주인인 마천루 안으로 달려

들어가는 나는 나를 빼먹고 싶어요. 미래는 18

시에 칼 / 퇴근할 수 있을까요

시간에 맞춰 도착해야 하는 시간목록에서

퇴근시간이 빠져있다는 것은 내일

배달주식회사의 영업비밀

아무래도 미래에게 미래는

그냥 이름일 뿐인 것 같아요.

　　　— 김학중, 「미래의 아침 —미래일기01」 전문(계간 『시산맥』, 2012 봄)

　김학중의 「미래의 아침」에서 '미래'는 시간태가 아니라 언어 기호
이다. 아니, 그것은 마치 영화 〈사랑의 블랙홀〉의 어느 하루처럼 변함
없이 반복되는 악무한의 봉쇄된 시간이다. 그럼에도 이 시는 반복되는
일상에 관한 시가 아니라 반복이 주는 권태로움 속에서 살아가는 현대
인의 삶에 대한 감각을, 더불어 그 반복의 시간을 지배하는 힘이 우리

의 신체(영혼)와 화폐를 교환하는 임노동에서 비롯된다는 사실을 폭로한다. 시인은 자신의 침대 옆으로 배달되어 온 '내일'이라는 시간을 감각하면서 잠에서 깬다. 여기에서 '내일'은 '미래'의 다른 표현일지도 모른다. 이처럼 '내일'이 '미래'를 향해 열려 있는 시간으로 경험될 때, 시인은 그것을 '살아있는 닭'이라고 표현한다. 그렇다면 만일 '내일'이 미래를 향해 개방되지 못하고 '오늘'의 차이 없는 반복에 불과하다면 어떻게 될까? 시인은 그런 무의미한 반복을 죽은 닭, 즉 '치킨'이라고 말한다. 그렇기 때문에 "내일을 오늘로 부르는 순간 닭은 죽어 치킨이 되고 / 미래는 죽어 달력이 되는" 같은 진술이 가능해진다. 이 경우 '내일'이라는 미래적 시간은 7~8행의 '내 / 일'이라는 행간걸침(Enjambement)이 증명하듯이 살아 있는 시간이 아니라 죽은 노동의 시간으로 바뀌고 만다. 이 죽은 시간('노동') 속에서 출근이라는 일상적 행위는 "나를 배달하는 일"로 바뀌고, 노동의 목적은 오직 미래의 어느 시점에 "입금통장에 찍힐 날짜를 위해"서 달려 나가는 행위이며, 그러한 행위의 결과로 주어지는 월급은 "다달이 청구서에 찍혀 날아오"는 액수를 변제하기 위한 임시방편에 그친다. 시인은 한 달에 한 번 어김없이 날아오는 이 청구서를 '날아온다'라는 동사의 이중적 의미를 사용하여 '세'로 변주한다. 즉 "나는 이 길을 벗어난 적이 없어요"처럼 노동하는 일상에서 벗어나지 못한 한, 그를 향해 날아오는 것은 자유의 표상인 '새'가 아니라 시간을 맞춰 지불해야 하는 '세'밖에는 없다. 충격적인 것은 이러한 일상이 실상 고도 불안의 시대에 많은 사람들이 꿈꾸는 삶의 일부라는 데 있다. 이러한 일상적 반복조차도 경험하지 못하는 사람들의 수가 급증하면서 사람들이 '내일'이라는 시간이 달력 속의 기호로 얼어붙는 악몽의 현실을 기꺼이 견디려 한다는 것이다.

노동은 생(生)이라는 산 시간을 화폐로 계산되는 죽은 시간으로 바꾸는 악령의 힘을 지녔다. 근대의 화폐적·시계적 시간이 '시간'이 균질하다는 감각을 낳았다면, 자본주의하에서 '노동'은 실제로 그 시간을 화폐로 표상함으로써 그러한 흑마술을 자연화한다. 노동만이 아니다. 노동하기 위해 달려가는 일상적 시간도, 노동이 끝난 다음의 시간도 모두 계량된다는 점에서 화폐적·시계적 시간의 관념을 벗어나지 않는다. 그래서 시인은 "계량 / 기가 막히게" "시간 맞춰 도착해야만 하는 시간"의 폭력성을 환기하기도 하며, "미래는 18 / 시에 칼 / 퇴근할 수 있을까요"처럼 생(生)을 죽은 시간으로 만들어버리는 자본주의적 일상에 대해 도발적인 언사를 날리기도 한다. 이러한 노동─시간은 그것이 노동하는 주체 자신을 위해 존재하지 않는다는 점에서 노예의 시간이며, 그 시간 속에서 우리는 하나의 사물로 간주된다. 그렇기 때문에 "아무래도 미래에게 미래는 / 그냥 이름일 뿐인 것 같아요"처럼 '미래'는 삶이 아니라 언어의 문제로 귀결되고 만다.

> 그녀가 돌아올 시간이다 오랜 동안 그녀의
> 몸을 감싸던 추위의 겉옷 굶주림의 속옷을 벗어던지고
> 성에 긴 유리창 불 꺼진 수십 개의 방이 딸려 있는
> 그 차고 단단한 얼음의 집 담장을 넘어
> 그녀가 대지의 품에 안길 시간이다 몹시도

풍만한 그녀의 가슴, 곧게 뻗은 다리 아니

그녀의 손끝만 닿아도 일제히 푸른 연기를 내뿜으며

타오르는 숲과 몸속 깊이 감춰둔 성기를 꺼내 밀 듯

수많은 나무와 풀잎들을 풀어놓는 산줄기들

이제 얼음의 채권자들에게 차압당한 가구와 문마다

문고리가 떨어져나간 땅, 저 폐허 성지에

한동안 무너져 있었던 불의 궁전은 다시 지어지리라

모든 것이 한 눈에 내려다보이는 높고 낮은 전망대와

길고 깨끗하며 난방설치가 잘된 복도, 그리고

화려한 꽃무늬로 수놓아진 돌기둥들로 재축조된 궁전을 향해

뭐 하나 이룬 것 없이 흘러간 강과 구름

영원히 지지 않을 것 같던 꽃잎, 그 쓸쓸한 기억의

외곽으로 사라져간 대지의 아들딸들은 다시 돌아오리라

돌아와 그곳에 길을 내고 그 길마다 푸른 발자국을 찍으며

강은 구름과 함께 바라도 흘러가리라 저녁 무렵까지

일제히 포문을 열고 쾅쾅 폭죽을 터뜨리는 꽃잎

저 향기의 포성들은 끊일 날이 없으리라

그녀가 돌아올 시간이나 치마를 걷어 올리고

내를 건너듯 산과 들을 가로질러 순식간에 지붕을 덮치는

커다란 불, 그 얼굴을 확인할 수 없을 만큼

머리부터 발끝까지 뜨거운 열기로 활활 휘감긴

　　　　　　　— 함명춘, 「춘화」 전문(월간 『현대시』 2월호, 2012)

함명춘의 시에서 '춘화'는 포르노그래피를 뜻하는 완곡한 표현이 아니다. '춘(春)'과 '화(花)'의 결합, 즉 봄꽃의 이미지를 통해 '봄'을 형상화하려는 의도가 이 시의 출발점이다. 그러므로 이 시에서 '그녀'라는 대명사가 지칭하는 대상은 '봄'이다. 시인은 '봄'이라는 자연적·순환적 시간을 "그녀가 돌아올 시간이다 오랜 동안 그녀의 / 몸을 감싸던 추위의 겉옷 굶주림의 속옷을 벗어던지고 / 성에 낀 유리창 불 꺼진 수십 개의 방이 딸려 있는 / 그 차고 단단한 얼음의 집 담장을 넘어 / 그녀가 대지의 품에 안길 시간이다"처럼 '그녀'로 의인화된 '봄'이 '추위'와 '굶주림'에서 벗어나 따뜻한 '대지의 품'에 안기는 과정으로 묘사한다. 그런데 이 시에서 흥미로운 점은 봄의 도래라는 자연적 현상을 묘사하는 시인의 시선과, 그 시선에 응결된 감각이 '자연적·순환적 시간'과는 전혀 무관하게 느껴진다는 사실이다. 가령 '그녀'로 형상화된 '봄'은 풍만한 가슴과 "곧게 뻗은 다리"로 자신을 과장하고, '그녀'가 안길 '대지'는 그녀의 손길이 닿으면 이내 푸른 연기를 뿜으며 "타오르는 숲"과 "몸속 깊이 감춰둔 성기를 꺼내 밀 듯"한 수많은 나무로 묘사된다. 아울러 봄이 되면 물러갈 겨울은 "이제 얼음의 채권자들에게 차압당한 가구와 문마다 / 문고리가 떨어져나간 땅, 저 폐허 성지에 / 한동안 무너져 있었던 불의 궁전은 다시 지어지리라"처럼 폐허의 이미지로 그려진다. 문제는 '그녀-봄'과 '대지'를 형상화하는, 아니 겨울을 "얼음의 채권자들에게 차압당한 가구와 문"으로 묘사하는 저 감각의 인공성이다. 또한, '봄-그녀'가 돌아옴에 따라 새롭게 지어질 '불의 궁전'을 "높고 낮은 전망대", "길고 깨끗하며 난방설치가 잘된 복도", "화려한 꽃무늬로 수놓아진 돌기둥"의 조합으로 묘사하는 저 건축학적 상상력이 문제적이다. 이러한 상상력은 분명 세계에 대한 시인의 신체적 감각에서 기원하는 것인데, 계절의 변화라는 자연적 질서를 인공적인 것으로 경험하는 시인의 감각은 현대사회에서 자연이 지각되는 방식, 즉 자연에 대한 자연적 감각이 더 이상 불가능하다는 사실을 폭로한다는 점에서 주목을 요한다. 이 인공으로서의 자연이라는 감각으로 인해서 봄을 상징하는 춘화, 즉 봄꽃마저 "일제히 포문을 열고 쾅쾅 폭죽을 터뜨리는 꽃잎"이나 "저 향기의 포성"처럼 전쟁의 수사학으로 언어화되기에 이른다.

이곳에서 기분이 시작된다 아내를 죽여야겠다는 김 씨의 결심도 이곳에서 시작되고

염소는 바다를 뜯었다 염소가 부지런히 바다를 삼키는 동안 마을에서는 파도치는 소리가 들렸다

김 씨는 제 목구멍 안에 울음을 쏟아 넣으며 출렁였다 소주병이 꾸고 있는 꿈은 그런 식이다 사물들이 꿈을 꾸지 않는다고 말할 수는 없다 식물들은 중심으로부터 점점 희미해지는데 왜 끝이 더 아름다운가 서서히 파란색이 완성되는 칼끝에서 오늘 하루는 시작되고

눈을 감았다 뜨면 세계는 천천히 증발하기 시작한다

지나가는 여자의 손에 들린 대파처럼

차양 아래 염소의 목이 골목을 향해 뻗어나간다 염소는 목이 탄다 느낌
이 시작되면 골목은 끝장을 보게 되어 있다 파국의 고요는 그래서 슬프다

골목 끝까지 달려 나가 뒷목을 잡는 손
의도도 없이 온도를 전달하는 손

염소는 문틈으로 스며드는 그림자를 뜯는다 씹어도 씹어도 삼켜지지
않는 그림자가 염소의 이빨 사이에 끼어 있다
— 임승유, 「역말상회」 전문(계간 『문학과사회』, 2011 겨울)

임승유의 시에서 '역말상회'는 광기와 폭력에 사로잡힌 현대성의
축도(縮圖)처럼 읽힌다. 바다를 접하고 있는 이 마을에서 '염소'는 풀 대
신 '바다'를 뜯고, "아내를 죽여야겠다"고 결심한 '김씨'를 중심으로 묘
사되는 마을 풍경은 '끝장'과 '파국'을 목전에 둔 상태의 고요에 휩싸여
있다. "제 목구멍 안에 울음을 쏟아 넣"은 그의 내면에서는 아내를 살
해하려는 욕망이 꿈틀거리고, 동시에 그의 손에 들린 칼끝에서는 "지
나가는 여자의 손에 들린 대파" 같은 푸른빛이 감돈다. 이 시에서 중요
한 것은 김씨가 왜 자신의 아내를 살해하려고 하는가, 그의 아내는 어
떤 사람이고 그녀는 어떤 잘못을 저질렀는가 따위가 아니다. 중요한
것은 제 먹잇감이 아닌 "문틈으로 스며드는 그림자"와 '바다'를 뜯는 염

소가 암시하듯이 김씨의 세계가 그로테스크한 광기에 사로잡혀 있다는 것, 그리고 그가 뿌리내리고 있는 삶이 "천천히 증발"되는 세계처럼 종말을 향해 접근하고 있다는 위태로움 그 자체이다.

그렇다면 '역말상회'라는 비시대적인 상호는 어떤 식으로 현대라는 악령을 투사하고 있는 것일까? 먼저, '상회'라는 오래된 이름에서 시작해보자. 추측컨대 시인은 '역말상회'라는 비현대적인 이름을 지닌 가게에서 현대의 유동적인 속도를 따라잡지 못하는 늙음의 이미지를 읽었을 듯하다. 그것은 마치 모든 것이 현대적인 이름으로 무장한 세계에서 홀로 시간을 역주행을 하고 있는 어떤 것이 감당해야 하는 위기감과 불안감이었을지도 모른다. '역말상회'라는 저 오래된 이름으로 현대의 시간을 감당하는 것은 아무래도 위태롭다. 하여, 이 가게의 주인들은 급속한 몰락을 경험하게 되었을 것이며, 동시에 그들의 삶의 질서에도 작지 않은 균열들이 생겨났을 것이다. 광기에 사로잡힌 김씨의 살인충동 역시 이와 무관하지 않을 터. 그렇다면 이 시는 모든 비현대적인 것, 비시대적인 것들이 '현대'라는 유래를 찾기 힘든 질주의 속도 앞에서 감당해야 하는 불안과 위기를 살인이라는 극단적인 방식으로 표현한 작품으로 읽을 수도 있을 것이다.

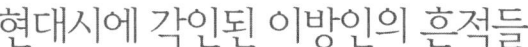

현대시에 각인된 이방인의 흔적들

1. 다문화는 없다

한국 현대시에 투영된 다문화주의의 양상, 이것이 편집자의 요청이다. 그렇지만 '다문화'라는 개념에 대한 몇 가지 문제들을 해명하지 않은 채 그 양상만을 살핀다는 것은 심각한 문제를 낳을 수 있다. 그러므로 약간의 우회로를 거치면서 '다문화'라는 개념에 관한 이야기에서 시작해보기로 하자. 시장독재의 성격을 띤 신자유주의가 지구적 현실로 대두되고 자본과 노동이 '국제(inter-nation)'라는 근대적 틀을 넘어 '세계'라는 초민족·초국가적 규모로 이동하는 것이 상식으로 굳어짐으로써 국가나 민족 같은 근대적인 공동체 / 문턱들의 영향력은 거의 사라졌다. 개별 국가의 차원에서는 '민족 / 국가'라는 기계장치가 여전히 강력하게 작동하고 있지만, 신자유주의하에서 그것들은 이전과는 매우 다른 방식으로 움직인다. 그렇기 때문에 근대적 문턱들이 완전히 해체되었다고 말할 수도 없지만, 그렇다고 여전히 건재하다고 말하기도 어렵다. 이처럼 '민족 / 국가'의 영향력이 과거에 비해 현저하게 위축됨에 따라 다양한 국적과 인종, 문화적 주체와 얼굴을 대면하는 경험이 단기간에 급증하고, 마침내 더 이상 특별한 경험이 아닌 현실이 되었다. 그리하여 지난 10여 년, 한국 사회에서는 '다문화주의'를 비롯하여 '세계화' 이데올로기에 따른 '이동'과 '혼종'의 경험을 담론화하거나, 문화적 현상으로 설명하려는 노력이 꾸준히 증가해왔다.

'노동력'과 '결혼'에 의한 이주자의 급증은 한국의 정치, 경제, 문화 등의 영역에도 적지 않은 영향을 끼치고 있다. 이주자와의 대면이 더이상 예외적인 경험이 아닌 부인할 수 없는 현실로 굳어짐에 따라 이주자의 삶을 형상화하는 일은 영화에서 코미디 프로, 한국문학에서 중요한 관심사로 등장하기에 이르렀다. 지금까지 이러한 문화적 사건의 담론화는 세 가지 방향에서 진행되어 왔다. 첫째, 소수자 담론. 이 담론에 따르면 이주자들은 한국 사회에서 시민의 권리를 누리지 못함에 따라 자본주의의 억압과 착취에 적나라하게 노출되어 있는 존재들이다. 둘째, 문화적 혼종성. 이 담론에 따르면 이주자의 등장은 낯선 문화의 도래를 의미하며, 나아가 문화들 간의 충돌과 절충 과정을 거치면서 한국의 문화적 정체성에 적지 않은 변화가 생길 것으로 예상된다. 셋째, 다문화주의. 이 담론에 따르면 단일민족중심주의적 성격이 짙은 한국의 문화적 현실은 다양한 문화들이 갈등하고 공존하는 다문화적 상황으로 바뀌고 있다. 그런데 정말 지금 한국사회가 직면하고 있는 타문화의 유입이 '다문화'라는 개념으로 담론화될 수 있는 것일까? 사실 이 질문에 적절하게 대답하는 것은 매우 어려운 일이다. 이것은 '다문화'를 어떻게 정의하느냐는 근본적인 물음과 맞닿아 있다. '다문화'란, 설령 그것이 충돌과 갈등의 양상을 띤다고 할지라도, 여러 개의 문화가 공존하고 있는 양상을 일컫는 개념이다. '다문화주의'는 1970년대 서구에서 이민자에 대한 동화정책을 비판하기 위해 제안된 개념으로, 종족, 인종, 종교, 문화집단의 권리를 법적으로 인정하고 보호해야 한다는 당위적 성격을 띠고 있다. 더 구체적으로 말하자면 다문화주의(multiculturalism)는 인종과 종교가 다른 소수민족문화, 비주류문화 등 여러 가지 이질적인 주변문화를 주류사회의 제도권 안으로 끌어들여 한 사회의 다양성을 추구하거나, 더 나아가서는 하나의 문화로 통합하려는 사상이나 이념을 일컫는 사회학적 개념이다. 현실과 이상의 괴리를 인정한다고 할지라도, '다문화주의'의 이상은 타자의 문화를 배척하거나 강제적으로 동화시키는 대신 이질적인 문화의 존재를 인정해야 한다는 타자성의 긍정에서 비롯되었다. 타자성의 긍정 / 인정이라는 다문화주의의 이상은 오늘날 유럽에서 실패한 모델로 평가되기도 하지만, 그럼에도 불구하고 그것 특유의 비동화주의적 태도는 여전히 많은 사람들의 시선을 사로잡고 있다.

영국의 철학자이자 영연방 유대교의 최고지도자 가운데 한 사람인 조너선 색스(Jonathan Sacks, 1948~)는 『사회의 재창조─함께 만들어가는 세상을 찾아서』(2007)에서 과거에 고귀한 이념으로 기능했던 다문화주의가 사회를 통합이 아닌 분리로 몰아감으로써 점차 수명을 다해가고 있다고 지적하면서 '다문화주의'를 극복의 대상으로 설정한다. 조너선 색스는 타문화에 대한 태도의 차이를 통해서 세 가지 유형의 사회를 구분한다. 첫째, '시골 별장으로서의 사회'. 이 별장에는 주인과 손님이 존재한다. 별장에서는 집주인이 아무리 관대하다고 하더라도 외지인들은 어디까지나 그 집의 손님을 뿐 결코 주인이 될 수 없다. 둘째, '호텔로서의 사회'. 호텔은 다른 손님들에게 방해가 되지 않는 한 투숙객이 자유롭게 행동할 수 있는 공간이다. 호텔과 투숙객은 순수한 계약관계로 맺어져 있으며, 이 계약관계가 유지되는 한 호텔은 시골 별장이 줄 수 없는 자유와 동등한 권리를 제공한다. 그러나 우리는 호텔에 머물 수 있을 뿐 그곳을 소유할 수는 없다. 따라서 우리는 그 호텔에 대해 아무런 애착도 느낄 수 없다. 즉, 우리는 그곳에 뿌리내릴 수 없으며, 그곳은 우리의 정체성의 일부가 될 수 없다. 그곳에서 우리는 언제까지나 거주하는 나그네의 존재로 남을 수밖에 없다. 셋째, '우리가 함께 만들어가는 고향으로서의 사회'. 이 사회에는 외지인들을 위한 별장이나 호텔은 없지만 사회 구성원들이 자신들을 찾아온 외지인들에게 거주지를 만들 수 있는 땅을 제공하고, 그들이 손님 자격으로는 느낄 수 없는 자부심을 갖도록 돕는다. 이주민들과 선주민들은 사회라는 단체의 일원으로 함께 일하고, 확장된 공동체의 구성원으로 거듭난다. 그들은 함께 거주를 만들어가는 과정에서 서로에 대한 의심과 오해의 벽을 무너뜨린다. 색스는 1950년대의 영국은 시골 별장 모델이 지배했고, 1950년대 말 이민자가 급증하면서 손님과 주인, 내부인과 외부인의 차별을 인정하지 않는 다문화주의가 채택되었다고 설명한다. 다문화주의의 등장으로 인해서 사회 구성원 모두가 호텔의 '투숙객'이 되었다는 것이 색스의 주장이다. 그러나 주인이 없는 사회, 모두가 투숙객일 뿐인 '호텔로서의 사회'에서는 그 사회에 대한 애착심이나 책임감이 생기지 않는다. 이것이 바로 색스가 지적한 다문화주의의 궁극적인 실패 원인이다. 이런 맥락에서 색스는 차이와 갈등을 부추기는 다문화주의 대신 '언약'의 중요성을 강조한다. 색스에 따르면 '계약'이 개인이 법률을 준수하고 세금을 납부함으로써 국가로부터 제공받는 서비스와 관련된다면, '언약'은 우리가 공유하는 가치와 함께 만들어가는 정체성에 관한 것이다. '언약'은 국가와 시장이라는 위대한 계약적 제도를 보완하고, 언약적 관계 안에서 개인들은 공공선을 추구하는 이타적 개인으로 존재한다는 것이 색스의 핵심적 주장이다.

다문화주의에 대한 색스의 비판은 '차이'를 '차별'로, 타자의 문화에 대한 인정을 해당 사회에 대한 책임의식의 부재로 해석함으로써 다문화주의를 포스트모더니즘적 상대주의와 동일시한다. 실제로 다문화주의가 '차이'를 강조함으로써 사회에 대한 구성원들의 책임의식을 무력화시키는지는 분명하지 않다. 그렇지만 '다문화주의'의 핵심 문제는 이러한 책임감의 부재가 아니라 '다문화주의'라는 개념이 설정하고 있는 문화들의 비대칭적 공존이 사실상 불가능하거나 결코 한 번도 실험되지 않았다는 데 있다. 한국의 경우에도 사정은 마찬가지이다. 흔히 '교육'과 '문화'의 측면에서 한국사회는 '다문화' 사회라고 지칭되지만,

우리 사회에서 이주자의 문화와 한국인의 문화는 한 번도 동등한 위상을 구가한 적이 없다. 아시아 각국에서 건너온 이주자들의 문화는 한국 사회에서 여전히 터부시되거나 호기심의 대상 정도로만 인식될 뿐이며, 그들의 문화가 이 사회에서 정당한 문화적 시민권을 부여받았다는 근거는 어디에서도 찾을 수 없다. 여전히 우리 사회는 한국문화가 강력한 중심을 형성하고 있는 가운데, 이주자들의 문화가 몇몇 게토적인 공간을 거점으로 산재하여 명맥을 유지하고 있을 따름이며, 그것마저도 강력한 동화주의의 압력에 노출되어 있는 실정이다. 이러한 무의식적 동화주의의 상황을 '다문화'라고 말하는 것은 명백한 언어도단이거나 이데올로기이다. 특정한 개념은 현실을 투명하게 지시하기 이전에 그 현실을 '보는 법'을 규정하기 때문에 정확하게 사용되어야 한다. 이런 맥락에서 나는 현재의 한국사회를 '다문화'라고 명명하는 모든 담론에 반대하며, 이 글에서는 '다문화'라는 개념을 가장 느슨한 방식의 규정, 즉 우리 사회에 이주자의 수가 급증함에 따라서 생겨난 여러 문제와 특징을 포괄적으로 지시하는 개념으로 사용할 것이다. 한국은 결코 '다문화사회'가 아니다.

2. 입국자들, 현대 세계의 호모 사케르들―하종오의 시편들

하종오의 2000년대 이후의 시적 여정은 현대시에 투영된 '다문화'의 문제를 논하는 자리에서 결코 빠뜨릴 수 없는 성과를 보여주고 있다. 하종오는『반대쪽 천국』(2004)에서 '코시안'의 삶을 형상한 이후『국경 없는 공장』(2007)에서는 신자유주의적 노동 시장의 변화에 따라 생겨난 외국인 노동자의 열악한 삶을 고발했고,『아시아계 한국인들』(2007)에서는 '결혼'을 매개로 한국에 이주한 아시아 여성들이 견뎌야 하는 차별적 삶을 폭로함으로써 우리의 일상에 스며들어 있는 민족적·인종적 차별의 논리를 가시화했으며,『입국자들』(2009)에서는 이주자와 본국에 남아 있는 그들의 가족을 동시에 형상화하는 방식으로 이주자의 문제를 제기했고,『제국』(2011)에서는 아시아적 주체에 국한되어 있던 이전의 문학적 시선을 지구 전체로 확장시키려는 시도를 보여주었다. 물론 이러한 시적 여정의 중간에 자본주의적 일상을 살아가는 한국의 모습을 그린『지옥처럼 낯선』(2006)과 '자연'과 '도시'의 문제를 교차시킴으로써 계급과 생태의 문제를 환기하는『베드타운』(2008)이 위치하고 있다. 어떤 면에서 이러한 하종오의 시적 여정은 2000년 이후 한국 사회의 변화, 즉 신자유주의의 등장으로 인해 달라진 삶의 조건과, 그 변화가 우리 시대에 제기하고 있는 다양한 문제들을 '시'라는 형식을 통해서 사유하려는 문학적 응전의 과정이었다고 평가할 수도 있을 듯하다.

하종오의 시에서 이주노동자, 코시안, 이주 여성 등을 모두 포괄하는 '이주자 / 타자'의 형상은 이동성(Mobility) 자체가 삶 / 노동의 숙명적 조건이 되어버린 신자유주의 / 세계화 시대의 '인간'을 가리키며, '고향 / 근거지'에서 벗어남으로써 정당한 시민적 권리마저 박탈당한 현대판 호모 사케르(Homo Sacer)들의 벌거벗은 삶과 연관된다. 그들은 상징적 경계선 밖에 위치한 타자들이고, 때문에 항상 상징적 경계의 '안'으로 동화되어야 하거나, 그렇지 않으면 배제 / 추방되어야 할 이방인들로 인식되며, 초대받지 않은 상태로 '우리'의 세계에 들어온 경쟁적 대상이라는 적대적 시선의 포로들이다. 따라서 이들은 주권자가 호모 사케르에게 그렇게 했듯이, 실정법의 적용이 거부되고, '인권'을 포함한 일체의 권리가 부정되며, 법적 정의의 철회를 통해 배제가 정당화된다. 물론 이러한 배제는 주권자에 의해 행해지는 것이면서, 동시에 주권자의 영역을 선명하게 만들거나 강화하는 이중적 기능을 수행한다. 지그문트 바우만의 다소 과격한 비유를 인용하자면 이들은 현대의 '인간쓰레기'이다. 하종오의 시편들은 이들이 처한 현실을 비판적으로 고발하는 한편, 극단적인 배제와 차별에 직면하고 있는 이들의 벌거벗은 삶에 '삶'이라는 보편적 가치를 되돌려주려는 노력을 포기하지 않는다. 그리하여 시인은 수적으로 다수를 점하고 있음에도 불구하고 현실에서는 마치 존재하지 않는 유령처럼 취급되고 있는 이들의 존재 자체를 드러내어 '입국자'들이 우리와 동일한 시·공간에서 살아가고 있다는 사실을 재각인시킨다. 이 과정은 시선의 빛이 비추어지지 않음으로써 어둠처럼 여겨지던 어떤 세계에 '시'라는 새로운 조명을 드리우는 과정이며, 비가시적 존재라는 이유로 '망각'의 대상이 될 위험에 처한 '입국자'의 삶을 정당한 인간의 범주로 다시 끌어들이는 문학적 투쟁의 일환이다.

아비가 젊어서 떠났던 곳에 딸이 늙어서 돌아오니
조선족이라고 했다
늙은 딸이 돌아온 곳에 따라온 젊은 외손녀도
조선족이라고 했다

그 모녀는 지하 셋방에서 살았다
새벽에 어머니가 공장에 일 나가고 딸이 들어오고
저녁에 딸이 술집에 일 나가고 어머니가 들어왔다
서로 들고 나는 이부자리에서
서로 남긴 체온 느낄 때만 조선족이었다

그 모녀가
아비의 고향 외할아비의 고향 처음 찾아왔을 적에
직접 지어서 지냈던 움집도
배가 고파 두레박으로 물 퍼 마시고
고개 처박고 울었다던 깊은 우물도 찾을 수 없었다
뱀장어 잡아 구워 먹었다던 봇도랑은 뭉개지고 거기로 고속도로가 내달리고 있었다

그 모녀는

아비가 젊어서 딸아이 업고 떠났던 곳은

먹을 게 모자라 못 나눠 먹던 데였지만 딸이 늙어서 외손녀 데리고 찾아

온 곳은

먹을 게 남아돌아도 나눠 먹지 않는 데라는 걸 알고는

조선족에게도 되돌아가기 위해

밤낮 번갈아 일하지 않으면 안 되었다

             — 하종오, 「아비가 떠난 곳 딸이 돌아온 곳」 전문

이 시에서 '탈향-귀향'의 이중적 과정은 세대를 거듭하여 반복되는 사건으로 등장한다. "아비가 젊어서 떠났던 곳에 딸이 늙어서 돌아오니"라는 구절이 말하고 있듯이 이 시는 한국의 식민지 근대와 조선족 여성들의 입국이라는 역사적 사건들을 배경으로 거느리고 있다. 모국 (母國), 즉 부모의 나라에 온 조선족인 '늙은 딸'과 '젊은 외손녀'의 삶은 그러나 순탄하지 않다. '지하 셋방'이라는 열악한 공간에서 살아가는 이들 모녀는 "새벽에 어머니가 공장에 일 나가고 딸이 들어오고 / 저녁에 딸이 술집에 일 나가고 어머니가 들어왔다"라는 구절이 보여주듯이 한 공간에서 살면서도 얼굴을 맞대는 경우가 없다. 그들은 이부자리에서 서로가 남긴 '체온'을 느낄 뿐이다. 두 조선족 모녀가 머물고 있는 지금-이곳은 그녀들은 물론, 그녀들의 아비와 외할아버지에게도 불행한 공간으로 각인된다. 일찍이 그녀들은 아비와 외할아버지로부터 그들의 '고향'인 한국에 관한 이야기를 들었을 것이고, 그러한 이야기의

전수과정을 통해서 한국이라는 미지의 나라에 관한 이미지가 형성되었을 것이다. 그리하여 그녀들은 이곳이 아비와 외할아버지의 고향이면서 조선족에게 기회의 땅이 될 수 있을 것이라는 믿음을 안고 한국을 찾았을 것이다. 그러나 이야기를 통해서 전해들은 아비와 외할아버지의 '고향'은 이미 존재하지 않는다. 그녀들이 그들의 '고향'이었던 곳에서 찾을 수 있는 것은 시간의 폐허 위에 정복자로서 군림하고 있는 '고속도로'가 전부이다. 그렇다면 '고향이 부재가 곧 문명의 변화만을 의미하는 것일까? 시인은 이러한 문명의 발전이 인간관계 자체에 근본적인 변화를 불러왔다고 말하려는 듯하다. 그리하여 아비가 떠났던 '고향'은 비록 가난한 곳이었으나 나눌 줄 아는 공동체적 세계였지만, 모녀가 돌아온 아비의 '고향'은 더없이 풍요롭지만 결코 나누지 않는, 오직 개인들 간의 무한한 경쟁만이 삶의 유일한 원칙인 곳으로 변해버렸다.

필리핀인 어미는 자신을 닮았으나 / 아비가 한국인이고 한국에서 태어났으므로 / 아들을 한국인이라고 믿었다 // 미나리꽝 옆 길가에 주저앉은 아들은 / 미나리 줄기 꺾어 씹어 삼키고 / 뒤따라온 어미는 앞에 섰다 // 점심때가 되어서 따뜻해지니 / 나란히 앉아 햇볕 쬐던 어미와 아들은 / 다시 한번 색깔이 같은 피부 서로 보았다 // 어미가 한국말 잘하지 못하니 / 자식도 한국말 잘하지 못하여 / 어미도 말이 없고 자식도 말이 없었다 // 어미는 학교에 가기 싫어하는 아들 데리고 / 모롱이 돌다 하늘 향해 한숨쉬고 / 마을길 걷다 땅 향해 한숨쉬었다 // 길가 잡풀 옆에 잠시 쪼그려 앉은 어미는 / 먹을 수 없는 미나리아재비 물끄러미 보고 / 아들은 터벅터벅 걸어갔다 // 아비가 한국인인데도 자신의 아들이 / 한국인을 안 닮았다 해서 따돌리는 것이 / 필리핀인 어미는 너무 슬펐다

　(…중략…)

　베트남에서 시집온 젊은 아내는 / 한국어 이름 지어주기 바랐다 / 풀도 국경 넘으면 그 나랏말로 불리고 / 나무도 국경 넘으면 그 나랏말로 불리고 / 벌레도 국경 넘으면 그 나랏말로 불리는데 // 한국인 남편은 모른 척했다 / 한국어 못한다고 나무라기만 하고 / 왜 베트남어 배우려 하지 않는지 / 아이에게 한국말 가르쳐야 하고 / 베트남어 가르치면 왜 안 되는지 / 베트남인 아내는 알 듯 모를 듯했다 // 한국 남자한테 시집와서 살겠다면 / 한국어 쓸 줄 알아야 한다는 말이나 / 베트남 여자에게 장가들었다면 / 베트남어 쓸 줄 알아야 한다는 말이나 / 서로 똑같이 할 수 있다고 생각하다가도 / 베트남인 아내는 입 다물곤 했다 // 한국인 남편이 베트남어 몰라도 / 베트남인 아내가 한국어 몰라도 / 당장에 잡초 베러 논둑으로 가야 한다는 것은 / 살이 뜨거워지는 햇볕 보고는 같이 알아차리고 / 이따가 쉬러 나무 아래로 가야 한다는 것은 / 옷 적시는 땀 보고는 같이 알아차리고 / 나중에 벌레 죽일 농약 치러 밭둑으로 가야 한다는 것은 / 멀리서 몰려가는 새 떼 보고는 같이 알아차렸다

　　　　　　　　　　　　　　　— 하종오, 장시 「코시안리」 부분

　2007년에 출간된 『아시아계 한국인들』(삶이 보이는 창, 2007)에 수록된 이 시는 "가난한 송출국에서 잘 사는 유입국으로 이주"하여 자본주

의적 삶을 강요당하고 있는 숱한 아시아인들, 아니 아시아계 한국인들의 고통스러운 삶을 장시(長詩) 형식으로 형상화하고 있다. 이 시에 등장하는 '코시안(kosian)'이라는 용어는 베트남, 필리핀, 태국, 중국 등에서 이주해온 여성들, 즉 아시아계 한국인을 포괄하는 명칭이다. 이주노동자와 이주여성의 등장은 단순한 외국인의 방문과는 확연하게 다르다. 자신들의 모국으로 돌아감을 선택하는 경우도 없지 않지만, 그들은 '이주'라는 역사적 사건을 통해서 이 땅에서 노동하며 살아가기를 원하고 있으며, 심지어 국제결혼의 형식을 빌려 한국인이 되고자 한다. 이 과정에서 각국의 문화적 전통과 관습은 물론 언어와 혈통마저도 뒤섞일 수밖에 없는데, 문제는 이러한 문화적 혼종에 의해 출생하는 혼혈들은 자신들의 부모(대개는 모계)가 겪어야 했던 차별보다 훨씬 심각한 폭력과 배제에 노출될 수밖에 없다는 사실이다. 더욱이 이들의 부모가 불법체류자일 경우, 아이들의 존재 자체가 '불법'으로 간주되기 때문에 '법'에 호소할 수도 없다는 딜레마가 발생한다. 이런 이유 때문에 '이주자'와 '이방인'이 약소자나 소수자로 간주되는 것은 세계 대부분의 나라에서 필연적이다. 인용시에서 비극적 삶의 원인은 필리핀인 여성과 한국인 남성의 국제결혼이다. "필리핀인 어미는 자신을 닮았으나 / 아비가 한국인이고 한국에서 태어났으므로 / 아들을 한국인이라고 믿었다" 한국사회는 유독 혼혈인에 대해 냉담한 태도를 취한다. 아주 오래전부터 단일민족이라는 신화적 믿음이 존재해왔기 때문에, 따라서 혈통의 단일성은 곧 순수하고, 혼혈은 불순하다는 인종적·혈통적 편견이 지배하고 있기 때문이다. 이러한 편견은 사회의 제도를 바꾼다고 해도 결코 단기간에 사라지지 않는다. 더욱 심각한 것은 코시안 가족 내부의 언어상황이다. 대개 이주자들은 한국어에 서툴러 한국인 남성과 원활하게 의사소통을 할 수 없으며, 그들 사이에서 태어난 자식들 또한 부모들과의 원만한 대화에 실패하는 경우가 대다수이다. 이 시에서 필리핀 출신의 엄마를 둔 아이는 추측컨대 엄마와 더 많은 시간을 보냈기 때문에 또래의 아이들보다 한국말이 서툴렀을 것이고, 그러면서도 엄마의 언어, 즉 모어에도 능통하지 않을 것이다. 이 경우 엄마와 아이가 공유하는 언어가 없기 때문에 사실상 이들의 언어적 관계는 크게 위축된다. "어미가 한국말 잘하지 못하니 / 자식도 한국말 잘하지 못하여 / 어미도 말이 없고 자식도 말이 없었다"

흔히 사람들은 한국을 다문화 사회라고 말하며, 다문화 가정을 위한 정책적 배려와 문화적 환대를 게을리하지 말 것을 주장한다. 그러나 실상 한국의 이주자 정책은 강력한 동화주의 일변도일 뿐이다. 한국사회의 절대다수는 암묵적으로 이방인들이 한국의 언어와 문화를 습득해야 한다는 것을 받아들이고, 이방인들의 문화를 허용하거나 이해하려는 태도는 보이지는 않는다. 그러면서도 외국에 이주한 한국인들이 한국문화를 유지하면서 살아가는 모습을 자랑스러운 것으로 간주한다. '로마에서는 로마법을 따라야 한다'라는 이 폭력적 동일화의 논리는 사회와 직장, 심지어 이방인을 가족공동체의 일원으로 맞이한 가족 내부에서도 버젓이 작동하고 있다. 한국에서 국제결혼은 이처럼 문화와 권력의 비대칭성을 당연한 것으로 여긴다. 한국의 남성들은 아내가 한국어에 서툰 것을 탓하면서도 정작 자신이 아내의 언어를 습득해야 한다는 생각은 하지 않는다. 또한 그들의 아이가 모계의 언어를 습득해야 한다는 정당하고도 당연한 요청을 묵살하고 오직 부계의 언어만을 배워야 한다고 주장한다. 그렇기 때문에 이주 여성과, 이주 여성을 엄마로 둔 아이들은 '언어'의 차원에서는 항상 결핍을 지닌 채 살아가게 된다. "한국인 남편은 모른 척했다 / 한국어 못한다고 나무라기만 하고 / 왜 베트남어 배우려 하지 않는지 / 아이에게 한국말 가르쳐야 하고 / 베트남어 가르치면 왜 안 되는지 / 베트남인 아내는 알 듯 모를 듯했다" 이러한 문화와 권력의 비대칭성이 결국 '결혼'이라는 중요한 입사(入社)를 '매매'의 한 종류로 타락시킨다. 2000년대 이후 하종오의 시세계는 '아시아계 한국인들'에서 '탈북 디아스포라'에 이르기까지 삶의 근거지에서 강제로 추방되어 낯선 땅에 이식된 사람들의 불행한 삶을 뒤쫓고 있다.

3. 노동의 세계적 이동과 다문화

한국은 오랫동안 단일민족 / 단일혈통을 내세워 민족주의적 무의식을 고취시켜왔지만, 그러한 민족감정은 타자성에 대한 폭력적인 차별과 배제를 통해서, 또는 '우리' 안에 존재하는 이질적인 혈통을 비가시적 영역으로 밀쳐내는 허구성을 통해 지탱되어온 측면이 크다. 우리의 믿음과 달리 한국은 그 내부에 적지 않은 이질적 요소들을 거느린 채 오늘에 이르렀다. 이것은 굳이 멀리까지 거슬러 올라가지 않아도 쉽게 확인할 수 있다. 한국전쟁 이후에 태어난 다수의 혼혈아들, 특히 미군 주둔 이후에 급증한 미국 혈통의 혼혈아들은 70년대 이후 문학의 중요한 소재로 인식되어 왔다. 1970년대 후반에 창작된 김명인의 「동두천」 연작이 그 증거이다. "내가 국어를 가르쳤던 그 아이 혼혈아인 / 엄마를 닮아 얼굴만 희었던 / 그 아이는 지금 대전 어디서 / 다방 레지를 하고 있는지 몰라 연애를 하고 / 퇴학을 맞아 고아원을 뛰쳐나가더니 / 지금도 기억할까 그때 교내 웅변대회에서 / 우리 모두를 함께 울게 하던 그 말 한 마디 / 하늘 아래 나를 버린 엄마보다는 / 나는 돈 많은 나라 아메리카로 가야 된대요"(「동두천 4」)라는 진술로 시작되는 이 시는 아마도 한국문학에 나타난 다문화의 상징적인 흔적일 것이다. 그러나 과거의 다문화적 흔적이 대개 '전쟁'이라는 특수한 경험의 산물이었던 데 반해, 최근의 다문화적 흔적은 주로 결혼과 노동시장의 구조적 변화에서 기원하는 측면이 크다.

십 년 전 거리를 메운 아이들은 온데간데없고
십 년 전 벌집은 그 자리에 있고
출렁거리는 술집은 여전하다

구로공단 한구석 조선족 거리를 걷다가
가을 한낮 햇살이 따가워

눈을 크게 치켜떴을 때

문득 구로공단이 달라져 있었다

어릴 적에는 하얀 스카프에 푸른 작업복 무리가 수상했고

스무 살에는 거리를 배회하는 가출 아이들이 낯설었고

지금은 이곳에 있는 내가 낯설다

언제부터일까

이방인들 틈에 내가 이방인같이 보이는 이곳

어느 사이에

국적도 피부색도 방해가 되지 않는

낯선 것을 느끼는 동시에 낯익어 있는

정체 모를 이 끈적함

이국 채소가 식당이 간판이 언어가 내 얼굴을 덮고

공단 울타리를 에워싼 노동자 연대의식이

연례행사처럼 마음속을 드나들고

쿠르드 필리핀 방글라데시 네팔 몽골 연변 구로

그래도 이 거리가 한국이 좋다고 하는 그이들과

삼삼오오 비켜서서 무관하게 밥을 먹고

아파트형 공장 굴뚝에서 연기가 나는,

십 년 전 꽃무늬 치마 팔랑거리며 저만치 걸어가는

내가 중심에 있었다고 생각하는 순간 아무것도 보이지 않는

찰나

— 김사이, 「이방인의 도시」 전문

구로공단의 변화를 배경으로 거느리고 있는 김사이의 몇몇 시편들은 '노동력'의 국제적 이주가 빚어낸 변화를 다문화적 시각에서 포착한 중요한 증거들이다. 시인의 시선에 비친 2000년대의 구로공단은 "30여 년 전 산업화의 발과 손이었던 / 여공은 노동운동사의 유물로 사라지고 / 사각 콘크리트 건물들이 자본의 기둥처럼 / 위풍당당하게 우뚝 솟은 이곳엔 / 여공의 제복을 벗고 발가벗겨진 여성이 / 불법체류자로 낙인찍혀도 국경을 넘는 아시아 여성이 / 돈 벌러 홀린 듯이 모여드는데"(김사이, 「달의 여자들」)처럼 노동운동과 생산의 상징이 아니라 이방인들의 문화가 흘러넘치는 다문화의 거리로 바뀌어 있다. 여전히 그곳에서 살아가는 노동자들의 삶은 궁핍하고 위태롭지만, '노동'의 성격은 상당히 달라졌다. 김사이의 시는 바로 이러한 변화의 한가운데에서 "노동자문학회가 한 시절 숨을 쉬었던 곳 / 푸른 물결이 출렁거렸던 곳 / 그 많던 노동조합은 어디로 갔는지"라는 실존적인 물음을 발화한다. "조선족 거리가 생겨나고 중국유학원이 늘었다 / 당구장이 줄어들고 커피숍이 사라졌다 / 노가다꾼들과 아이들 쉼터였던 만화방들이 문을 닫고 / 동시상영 영화관도 끝내 간판을 내렸다 / 열기 대신 조선족 도우미들의 노랫소리가 흥청인다"(「출구」). 이주노동자와 다문화의 등장으로 인해서 한국의 노동환경은 비약적으로 바뀌었다. '노동'과 '자본'의 갈등은 여전히 존재하지만, 그러한 갈등은 이면에 한국인 노동자와 외국인 노동자의 또 다른 갈등을 은폐하고 있다. 인용시의 화자는 지금 이 변화의 중심인 "구로공단 한구석 조선족 거리"를 걷고 있다. 시인은 이러한 변화를 "어릴 적에는 하얀 스카프에 푸른 작업복 무리가 수상했고 / 스무 살에는 거리를 배회하는 가출 아이들이 낯설었고 / 지금은 이곳에 있는 내가 낯설다"처럼 자신의 터전이었던 곳에서 느껴야 하는 이방인의 감정을 통해 토로하고 있다. 한때는 고향 같았던 그곳에서 시인은 지금 타향을 경험하고 있는 것이다. 이제 구로공단은 "내가 이방인같이 보이는" 이방인의 도시가 되었다. 87년 노동자대투쟁을 이끌었던 한국의 노동자들을 대신하여 "쿠르드 필리핀 방글라데시 네팔 몽골 연변"에서 온 이방인들이 그곳을 지키고 있다. 그리하여 그곳에서 시인이 할 수 있는 일이란 한때나마 "내가 중심에 있었다고 생각"하는 것 이외에는 없다.

국경은 끊임없이 유동한다

바람의 방향이 바뀌고 사막의 지형이 달라져 있다.

다리를 건너라, 다리 건너

길바닥에서 먹이를 찾는 비둘기들에도

정의가 있다.

집밥을 먹는 너와 네 마음 사이에는 다리가 있다.

제발 고함을 지르지 마라.

소문은 이데올로기를 잉태하는 자궁이다.

얼룩말에게는 얼룩말의 길이 있다.

저것은 검은 줄무늬인가, 검은 바탕에 흰 줄무늬인가.

하루라도 조용했으면 좋겠다.

가장 잘 여문 밤에 벌레가 든다.

너와 나는 다르다.

다른 것은 괴물이다.

이게 사람 사는 꼴이냐? 온몸이 시너를 뒤집어쓰고

소신공양을 하는 젊은 부처들,

막막한 현실 앞에서 무지개는 착시현상이다.

네 감각을 의심하라.

물속에서 모든 숟가락은 휘어진다.

꺼내 보면 멀쩡하다.

오늘은 이미 내일이다.

먼 곳에 있는 것들은 믿지 마라.

네 식도로 넘어가는 것들만 믿어라.

저 세계를 낯설게 보고

낯선 세계에서 낯익은 얼굴로 살라.

— 장석주, 「이주노동자들」 부분(월간 『현대시』 2월호, 2012)

장석주의 「이주노동자들」은 구체적인 삶의 형상 대신 이주자 / 이방인들이 감당해야 하는 고통의 근원을 적시하고 있다. 추측컨대 이 시에서 "국경은 끊임없이 유동한다 / 바람의 방향이 바뀌고 사막의 지형이 달라져 있다"라는 진술은 노동과 삶의 공간적 형식이 달라진 세계화의 시대를 상징하는 듯하다. 하여, 노동력은 자본의 흐름이 그러하듯이 선진국에서 그 이하의 국가로 흘러들게 마련이다. 이것은 신자유주의가 만들어 놓은 자본과 노동의 자연스러운 지구적 흐름이다. 그러나 "소문은 이데올로기를 잉태하는 자궁이다"라는 진술처럼 이방인의 자격으로 이곳에 도착한 자들은 그들을 둘러싼 '소문'의 희생자가 되기 쉽다. 실제로 타자에 대한 공포와 혐오의 절대적인 부분은 가해자의 무의식이 투영된 소문에 의해 생겨난다. 이 소문의 세계에서 '나 / 우리'와 다른 것은 '괴물'로 인식된다. "너와 나는 다르다. / 다른 것은 괴물이다." 모든 다른 것이 '괴물'로 인식되는 세계, 그곳이 바로 우리가 살고 있는 지옥으로서의 현대이다. 이 소문은 마치 곧게 펴진 숟가락이 물속에서 휘어진 것처럼 보이는 착시현상의 일종이지만, 이방인을 제외한 모든 사람들이 착시의 색안경을 쓰고 있는 세상에서 그러한 진리의 항변은 받아들여지지 않는다. 그리고 이러한 현실에 절망한 몇몇 이방인들은 '소신공양'의 분신을 선택한다. 그것은 "이게 사람 사는 꼴이냐?"라는 외침이 암시하듯이 인간 이하의 삶에 대한 무언의 항의이다.

> 자동차로 건너가는 김제 만경 들판
> 무리를 이룬 겨울 철새들이
> 2월의 하늘을 덮었다 걷었다 한다
> 이제 곧 시베리아인지 어디로인지 떠나려는 듯
> 보따리를 쌌다 풀었다 부산하다
> 나는 방금 지나쳐온 길가 현수막에서

절대 도망 안가는 베트남 처녀를 되새긴다

문득 나 역시 늘 도망치며 살았다는 생각

사람을 피해 떠돌았다는 생각

이제 누군가를 만나면 내가 이민족 같다

연변 러시아 우즈베키스탄 몽골인지

혹은 태국 인도네시아 필리핀 방글라데시인지

사방팔방 북상과 남하의 갈림길에서

잠시 지쳐 머물다가

다시 떠날 채비에 분주한 철새 같다

하기는 이 생에서 디아스포라 아닌 자

어디 한번 나와 보라고 해

먼저 돌을 던지라고 해

들판 가득 철새들이 모여 시위를 한다

달리는 차창에 성긴 눈발 몇 점

돌멩이처럼 달려든다

간간 들불 오르는 2월의 김제 만경 들판을

아득히 뗏장처럼 물고 가는 철새들

하늘의 길과 땅의 길이 다르지 않다

멀리 푸릇하게 오른 보리싹이

질끈 눈감고 제 발을 꾹꾹 눌러 밟는다

뿌리를 깊게 내려

텃새로 남거나 텃세를 부리거나

모쪼록 베트남 처녀의 가정이 행복했으면 싶다

얼마 전에 한국의 시인 작가들은

민족을 떼기 위해 설문과 집회를 열었다

— 강연호, 「디아스포라」 전문(월간 『현대시』 4월호, 2008)

　　강연호의 「디아스포라」는 이주자들을 디아스포라(diaspora)로 포착
하고, 나아가 떠돎과 이동의 운명을 인간 본연의 실존적 조건으로 확
장시켜 사유한다. 이러한 시적 확장과 실존적 추상의 방식은 김태형의
「디아스포라」(월간 『현대시학』 2006년 7월호)와 오은의 「디아스포라」(시집
『호텔 타셀의 돼지들』)에서도 동일하게 목격된다. 인용시의 장면들을 시
간의 순서에 따라 재구성해보자. 먼저 시인은 2월 어느 날 자동차로 김
제 만경 들판을 지나다가 "무리를 이룬 겨울 철새들"과 "절대 도망 안
가는 베트남 처녀"라는 현수막을 목격한다. 그것들은 '이동'의 운명을
띤다는 점에서 사실상 닮은꼴이다. 그러나 시인은 이러한 '이동'의 운
명에 자신의 과거를 포갬으로써 "이제 누군가를 만나면 내가 이민족
같다"라는 새로운 의미를 생성시킨다. 이처럼 시인이 자신을 이민족으
로 감각하는 순간 시인과 "연변 러시아 우즈베키스탄 몽골인지 / 혹은
태국 인도네시아 필리핀 방글라데시인지"에서 온 이방인들은 유사한
존재가 된다. 그들은 세상을 떠돌면서, 뿌리내리지 못한다는 점에서

모두 디아스포라인 것이다. 이러한 인식이 실존적 조건의 확장, 즉 "하기는 이 생에서 디아스포라 아닌 자 / 어디 한번 나와 보라고 해"라는 발언을 낳는다. 사실 '디아스포라'의 역사적 특수성을 고려하면 이러한 실존적 일반화에 쉽게 동의하기는 어렵다. 그렇지만 이 시의 내적 논리에서 이러한 일반화가 부당한 것처럼 다가오지는 않는다. 결국 이러한 일반화로 인해서 타자, 즉 외부를 향했던 시인의 시선은 자신의 내면으로 되돌아오게 되고, "모쪼록 베트남 처녀의 가정이 행복했으면 싶다"라는 타자와 거리를 둔 발언이 생겨나게 된다. 그리고 그 순간에 민족문학작가회의가 '민족'을 떼어내기 위해 '설문과 집회'를 개최했다는 소문이 떠오른다. 바야흐로 '민족'의 시대가 저무는 순간이다.

4. 다문화, 몇 가지 '사소한' 의심들

이방인의 삶을 형상화한 시들을 대할 때마다 일말의 주저감이 생겨나는 것은 불가항력이다. 왜 이러한 주저의 감정이 발생하는 것일까? 그것은 이방인 / 이주자를 형상화하는 작업의 무의식에 한국사회의 결여 / 결핍을 보충하려는 부정한 욕망이 존재하는 것은 아닌지 되묻고 싶어지기 때문이다. 만일 그렇다면 그것은 '환대'의 윤리도, 주체와 타자의 경계를 허물어뜨리는 급진적인 정치실험도 아니다. 차라리 그것은 한국인의 중심성(권력)을 재확인하고, 타자의 배제에서 발생하는 모종의 불안감을 윤리적인 포즈로 감싸려는 이중적 기만이기 쉽다. 그렇기 때문에 이주자／이방인의 삶을 형상화하는 것은 '나'의 내면을 드러내거나 감각적인 세계의 풍경을 그려내는 기존의 시적 문법과는 전혀 다른 접근법을 요구한다. 또 하나, 이주자／이방인의 문학적 형상화들이 동일하게 반복하고 있는 것은 그들을 온정과 연민을 기다리는 무력한 존재로 그린다는 것이다. 국가의 경계를 넘는 순간, 그들이 소수자의 위치에 설 수밖에 없고, 그런 까닭에 척도의 권력성이 가장 극명하게 관철되는 곳이 바로 이주자／이방인이라는 것은 두말 할 나위없는 사실이다. 그렇지만 정말 그들의 삶이 오직 동정과 연민이라는 구원의 몸짓이 개입해야 할 상처뿐일지는 의심스럽다. 마지막으로 문학적 형상화의 미학적 수준과 관련되는 문제의식이다. 사실 이주자／이방인의 삶을 형상화하는 작업은 그 문제의식의 정당성에 비해서 크게 주목받지 못했다. 하종오의 작업이 그 단적인 사례이다. 그런데 비평가들의 이 무관심은 전혀 근거가 없는 것이 아닌데, 그것은 주제의 무게감이 미적 수준 문제를 압도하고 있다고 판단되기 때문이다. 이러한 문제의식은 결국 '내용'이냐 '형식'이냐는 해묵은 논쟁으로 귀결될 가능성이 많지만, 그렇다고 어느 한쪽을 일방적으로 선택할 수 없는 딜레마를 낳고 있다. 미적 수준 또는 시적 긴장감이라는 평단의 요구를 거부할 때, 이방인의 삶을 형상화한 시들이 과연 '시'로서의 위상을 지켜낼 수 있을까? 이 질문을 포위하고 있는 '사소한' 의심들이 지금 이방인의 삶을 형상화한 현대시가 도달한 성과이자 한계가 아닐까.

여행을 상상하는 세 가지 방식

곽재구, 황학주, 최정례 시집 읽기

누가 여행을 돌아오는 것이라 틀린 말을 하는가

보라, 여행은 안 돌아오는 것이다

— 이진명, 「여행」

1. 여행, 일상과 비일상의 경계

진정한 "여행은 안 돌아오는 것이다." 이 말을 문자 그대로 받아들이면 공간의 이동이 출발점으로 귀결되는 모든 움직임은 여행이 아니다. 그런 한에서 진정한 여행이란 출발지는 있으되 목적지는 없는, 어디론가 가기 위해서가 아니라 떠나기 위해 떠나는 무목(無目)의 여정,

여행의 목적은 여행 자체 이외에는 있을 수 없다는 결론에 도달하게 된다. 좋은 여행자는 고정된 계획이 없고 도착이 목적이 아니라고 했던가? 그렇지만 여행의 무목적성, 즉 움직임 자체가 목적이라는 말과 여행이 귀환의 약속 없는 영원한 방랑이라는 주장은 매우 예외적인 경우에만 가능하다. 그렇다면 진정한 여행은 돌아오지 않는 것이라는 말을 어떻게 이해해야 할까? 하나의 가능성이 있다. 그것은 돌아오지 않음을 불가역적인 것으로 해석하는 것, 즉 "진정한 여행이란 새로운 풍경을 보는 것이 아니라 새로운 눈을 가지는 데 있다"는 마르셀 프루스트의 정의로 이해하는 것이다. 이 경우 여행은 공간의 이동과는 무관하게 사물을 보는 새로운 방법을 획득하는 행위가 된다. 그렇다면 이렇게 말할 수도 있지 않을까? 진정한 여행이란 공간의 이동에 달려 있는 것이 아니라 사물을 보는 새로운 눈을 갖는 것이며, 사물을 보는 새로운 눈을 갖는다는 것은 이전과는 전혀 다른 시선에서 세계와 사물을 보는 것이라고. 이 경우 공간의 이동은 여행이라는 사건을 구성하는 본질적 계기가 아니며, 뒤집어 말하면 조금의 공간적 이동 없이도 진정한 여행은 얼마든지 가능하다고. 또한 '다른 시선'을 획득함으로써 우리는 그 이전과 이후에 전혀 다른 세계 속에서 살게 된다고.

다시 묻자. 그렇다면 시선의 획득으로서의 여행은 '시'와 어떤 관계가 있을까? 여행은 다만 특별하고도 예외적인 경험이라는 소재의 차원에서만 '시'와 관계를 맺는 것일까? 만일 그렇다면 '시와 여행'이라는 테마는 상투적인 소재주의적 관심에 불과할 것이다. 그러나 그렇지 않을 수 있다면? 이와 관련하여 우리가 주목해야 하는 것은 여행이 일상과 비일상의 문턱에서 경험되는 사건의 성격을 띤다는 사실이다. 아주 통상적인 의미로 해석할 때조차 여행은 일상으로부터의 벗어남, 즉 일탈이다. 그 일탈의 정도와 기간이 달라질 수는 있으나 '여행=일탈'이라는 본질은 변하지 않는다. 이 지점에서 우리는 '여행'과 '관광'을 구별할 수도 있다. '여행'이 익숙한 세계(일상)로부터의 벗어남, 즉 특정한 행위양식의 세계를 벗어나 낯선 곳(비일상)으로 들어가는 사건에 가깝다면, '관광'이란 이국적이고 신기한 풍경에만 관심을 둘 뿐 익숙한 세계로부터의 벗어남까지 나아가지는 않기 때문이다. 물론 일상적인 의미에서 여행과 관광은 구분되지 않는다. 그러므로 이 구분은 순전히 개념적인 층위에서의 구분일 뿐이지만, 그럼에도 불구하고 구분 자체가 불가능한 것은 아니다. 어찌되었건 여행이 익숙한 세계가 주는 심리적 안정감과 편리함을 포기하고 낯선 세계로 들어가는 것이라고 말할 수 있다면, 그것은 일상의 비일상화를 통해서 익숙한 세계에 무수한 구멍을 만드는 시적 인식이나 발견과 무관하지 않을 듯하다.

90년대 이후 많은 시인들은 거대한 이야기보다 일상의 구체성에 천착하는 것이 중요하다고 말하면서 대거 '일상'의 세계로 들어갔다. 시가 이념보다는 일상이, 추상보다는 구체의 세계에서 출발한다는 점에서 이들의 주장이 잘못되지는 않았지만, 일상(적 경험)을 그대로 언어화한다고 해서, 설령 그것이 빼어나고 유려한 문체로 포장된다고 하더라도, 그것이 곧 시가 되는 것은 아니다. 그런 점에서 '일상으로!'라는 시인들의 구호는 타깃을 잘못 설정한 오해의 산물이었다. 시에서 '일상'이 중요한 이유는 시적 사유와 발견의 과정이 '일상의 비일상화' 속에서 성취될 수 있기 때문이다. 시는 일상의 어떤 경험을 진솔하게 표현하는 장르가 아니라 일상적이었던 경험과 사건이 한 순간 비일상적인 예외로 경험되는 순간에 시작되며, 그런 만큼 그 낯선 경험이 다시 익숙한 경험의 일부가 되는 순간에 끝난다. 시를 쓰기 어려운 까닭은 시인들이 이 비일상적 순간에 시를 쓰지 않기 때문에, 즉 비일상적 경험이라는 사건이 종결되고 다시 일상적인 질서가 도래했을 때 그 시간 속에서 기억에 의해 비일상적 경험을 재구성하는 방식으로 써야 하기 때문이다. 그러므로 일상의 비일상화, 익숙한 세계를 낯선 곳으로 경험하는 이 전유의 과정 없이 시를 쓴다는 것은 감정의 나르시시즘적 발산에 그칠 위험이 있다. 물론 이때의 비일상이란 일상을 초월한, 일상과 무관한 어떤 것이 아니다. 그것은 마치 라캉주의 정신분석이 실재계를 상징계와 무관하지 않은 것으로 설명하는 이치와 동일하다. 요컨대 시는 일상이라는 영토로부터 벗어나는 탈영토화, 탈코드화의 한 가지 방식이며, 여행 또한 익숙한 세계의 상식적 감각에서 벗어나는 한 가지 방식이다. 그러므로 여행을 단순한 지리적인 이동 정도로 이해하는 것은 잘못이다. 반면 관광은, 장소와 상관없이 우리의 일상적 질서와 상식적 감각이 부정되지 않는 범위 내에서의 단순한 공간적 이동에 불과하다. 일찍이 하이데거는 '손 안에 있음'과 '손 밖에 있음'이라는 개념적 대립을 통해서 도구적 존재자와 대상적 존재자를 구분했다. 존재자(사물)와 관계 맺는 두 가지 방식을 의미하는 이 구분에 따르면, 전자는 우리가 특별한 의식적 행위 없이도 행동할 수 있는 일상적 세계 속에서 사물과 관계 맺는 방식이며, 후자는 그러한 일상적 세계(습관)가 통용되지 않는 상황 속에서 사물과 관계 맺는 방식이다. 가령 문을 연다는 행위를 의식하지 않은 상태에서 문을 여는 것이 전자에 해당한다면, 문을 열려고 해도 문이 열리지 않아 우리가 문을 여는 자신을 의식하게 되는 예외적인 상황이 후자에 해당한다. 또한 못을 박기 위해 망치를 쓸 때 별다른 문제없이 못이 잘 박히는 상태가 전자에 해당한다면, 망치질을 해도 못이 들어가지 않거나 못이 예상하지 못한 곳으로 튕겨져 나가 못박기가 일순간 정지될 때의 상황이 후자에 해당한다. 이러한 구분이 일상과 비일상의 구분과 정확하게 일치하는 것은 아니지만, 분명한 것은 전자에서 후자로의 이동, 또는 사물과의 관계가 후자의 방식으로 경험되는 비일상적·비상식적 세계에 대한 경험이 바로 시를 촉발시키는 순간이며, 여행 또한 이러한 촉발의 가능성을 내포하고 있는 특별한 계기라는 사실이다. 이러한 비가역적 경험의 순간이 바로 진정한 여행은 안 돌아오는 것이라는 진술의 함축적인 의미가 아닐까.

오늘날 '여행'은 더 이상 예외적인 경험이 아니다. 해외여행이 자유화된 90년대 중반 이후 해외체류와 해외여행의 경험을 시화(詩化)한 작품과 시집들이 급증하고 있으며, 라이프 스타일의 변화는 여행을 매우 일상적인 과정의 일부로 만들었다. '여행과 시'의 문제를 해외체류나 해외여행의 경험에 한정시켜야 할 이유는 없지만, 한국시사(詩史)에서 이러한 이방의 체험이 집중적으로 증가하고 있는 현상은 분명 한 번쯤은 숙고해보아야 할 문제의 하나이다. 특히 신자유주의적 경제 질서와 자본의 전 지구적 이동은 우리의 삶이 지구 전체의 변화와 긴밀하게 연동되어 있다는 감각을 심어주는 한편, 실제 삶에 있어서도 지리적인 이동에서 발생하는 심리적 거리감을 좁혀주는 역할을 하고 있다. 2000년대를 전후해서 출간된 몇몇 시집들, 가령 '고비사막'을 배경으로 한 최승호의 『고비』(2007), 베트남 방문의 기억을 포함하고 있는 김정환의 『하노이 서울 시편』(2003), 아프리카 봉사체험을 시화(詩化)한 황학주의 『노랑꼬리연』(2010)과 『모월모일의 별자리』(2012), 아프리카, 아이오아, 바이칼 여행의 경험을 담고 있는 신대철의 『바이칼키스』(2007)과 『개마고원에서 온 친구에게』(2000) 등은 해외여행의 경험이 어떻게 시적 비일상의 순간을 가져다주는가를 잘 보여주는 사례들이다. 그 뿐만이 아니다. 함성호의 『성 타즈마할』(1998)과 『키르티무카』(2011), 차창룡의 『나무 물고기』(2002)와 『벼랑 위의 사랑』(2010), 최정례의 『레바논 감정』(2006)과 『캥거루는 캥거루이고 나는 나인데』(2011), 김광규의 『하루 또 하루』(2011), 김영남의 『가을 파로호』(2011), 김정용의 『메롱메롱 은주』(2010), 곽효환의 『인디오 여인』(2006)과 『지도에 없는 집』(2010), 곽재구의 『와온바다』(2012) 외의 수많은 시집들이 정도의 차이는 있지만 모두 여행이 촉발시킨 비일상적 경험의 순간을 기록하는 데 관심을 쏟고 있다. 특히 시인들의 관심이 한반도를 넘어서 인도, 베트남, 아프리카 등지로 확대되면서, 또한 해외체류 프로그램이 늘어나고 해외여행이 일상화되면서 이러한 경향은 가히 폭발적으로 늘어나고 있다. 이 글은 최근에 출간된 몇몇 중견시인들의 시집을 꼼꼼하게 따라 읽는 방식으로 중견시인들의 시에 나타난 '시와 여행'의 문제를 생각해볼 것이다.

2. 역사적 시선과 삶의 보편성—곽재구, 『와온 바다』(창비, 2012)

곽재구 시집 『와온 바다』의 공간적 배경은 순천만의 갯마을 '와온'에서 연해주의 국경지대를 거쳐 인도와 네팔에 이른다. 이 시집의 특징적 면모가 이러한 공간 자체에 있는 것은 물론 아니지만, 시집의 후반부에 집중적으로 배치된 여행 시편들이 흥미의 대상인 것은 분명하다. 가령 「마리화차」에서 시인은 두만강에서 이십리 떨어진 "국경 마을 낡은 여관집" 창가에서 "역사의 슬픔"을 잊은 채 그곳의 풍경을 묵상하고 있으며, 「개산툰」에서는 "두만강 가에 자리한 작은 마을"인 개산툰에서 강 건너의 북한 마을을 응시하고 있다. 또한 「끄라스끼노」에서는 "북쪽으로는 블라지보스또크와 우수리스끄", "서쪽으로는 훈춘과 도문 연길", "남쪽으로는 나진 선봉 청진", "동쪽으로는 끝이 푸른 북태평양"을 접하고 있는 국경 마을 끄라스끼노의 "살빛 맑은 바닷가 모래 위에" 눈부시게 부서지는 햇살을 바라보고 있다. 그런데 '국경 마을'이라는 다소 예외적인 공간을 배경으로 하고 있는 이들 시편에서 시인의 시선을 사로잡고 있는 것은 이국적인 풍경이 아니라 분열과 갈등으로 얼룩진 "역사의 슬픔"이다. 그러므로 "역사의 슬픔" 따위는 잠시 잊어도 좋다는 시인의 말은 일종의 역설인 셈이다. 「마리화차」에서 시인은 '마리'라는 차(茶) 이름에서 박인환의 마리서사를 떠올리고, 그곳의 풍경을 "눈을 뜨뜻하게 차오르는 아침 두만강을 / 섬진강이나 보성강을 바라보듯" '서럽게' 보아도 좋다고 말한다. 이러한 시각은 여섯 다리만 건너면 지구상의 어느 누구도 남일 수 없다는 네트워크 이론의 가능성과는 다른 층위에서 삶의 보편성을 가시화한다. 「개산툰」에서도 학교운동장에서 뛰어노는 아이들과 조선족 할머니가 이방(異邦)의 마을과 한반도라는 이질적인 세계를 매개함으로써 개산툰 마을의 풍경은 이국적인 신비의 대상이 되지 않는다. 그리고 「끄라스끼노」의 지리학적 특수성은 한반도의 불행한 과거, 아니 유라시아의 과거를 전유하는 방식으로 낯선 땅과 익숙한 세계 사이에서 연속성을 끄집어낸다. 이처럼 이방에 대한 시인의 태도는 낯선 풍경에 시선을 사로잡히는 관광객의 그것과는 분명히 구별된다.

삼겹살 파티가 끝난 뒤
그들은 설산을 넘어 레로 갔고

홀로 남은 그는
캘커타로 갔다

로컬버스를 타고
야간 비행기를 타고

날아가는 방향은 각기 달랐지만
밤하늘의 별은 고요히 빛났다

우리가 하루에도 서른번씩 마흔번씩

서로 헤어지는 이유는

덜 사랑하기 때문이 아니라

지상의 시계판 위에 가을 저녁 일곱시가 있기 때문이다

그들은 그들을 미워했고

우리는 우리를 미워했다

나무들의 몸을 떠난 낡은 잎들이

오랫동안 국경 마을을 떠돌고

흰 눈이 내리고

그해 태어난 강아지들이

눈 덮인 초등학교 운동장에 분주히 발자국을 찍는 동안

봄이 오고

새로 핀 꽃가지들과 함께

당신은 또 카트만두로 갈 것이다

하루에도 서른번씩 마흔번씩

서로 사랑하고 아파하며

물속의 빵을 나누다가

더욱 견고해지거나 부스러질 것이다

— 「카트만두 가을 저녁 일곱시의 시」 전문

모든 여행시가 곧 관광객의 시선은 아니라는, 하여 이방인의 땅에
서 쓰여지는 여행시에도 체험의 시적 변용이라는 측면에서 결코 가볍
게 넘길 수 없는 의미가 깃들어 있을 수 있다는 주장에도 불구하고 나
는 여행시를 좋아하지 않는다. 단순히 취향의 차이일 수도 있지만, 낯
선 땅에서 문화적 차이를 내세워 만고불변의 진리라도 발견한 것처럼
애써 철인(哲人)의 포즈를 취하는 것도 싫고, 지금-이곳에 삶의 뿌리를
내리고 있는 존재들이 짧은 일탈의 기회 속에서 모든 차이를 견디거나
받아들일 수 있다는 듯한 뉘앙스의 도덕적 언어들을 쏟아내는 것 역시
정당한 일은 아닌 듯하다. 물론 시집 『와온 바다』에 실려 있는 몇몇 시
편들은 그러한 의심을 받을 소지를 갖고 있는 것처럼 보이기도 하는데,
그럼에도 유한한 존재로서의 인간이 살아가면서 직면하게 되는 어떤
장면들의 공통성에 기대어 삶과 풍경을 직조한 시편들에선 최소한 관
광객의 시선이 강하게 묻어나지는 않는다. 그런데 시집의 후반부에 실
려 있는 두 편의 시, 즉 인용시 「카트만두 가을 저녁 일곱시의 시」와
「이국(異國)의 호숫가에서 늙은 노동자와 탁구 치기」는 이방인의 삶과
풍경을 직조하여 생산되는 보편성으로서의 삶에 머물지 않고 역사적
이고, 그러므로 다소 추상화한 방식으로 '세계'의 운명을 노래하고 있
어 주목을 요한다.

먼저 「이국(異國)의 호숫가에서 늙은 노동자와 탁구 치기」를 살펴보자. 시인은 한 국경마을에서 우연히 만난 늙은 노동자와 "하루 300루피의 방값을 나누어 내기"로 약속하고 같은 방을 쓴다. 이 우연한 만남을 시인은 '탁구 치기'에 비유하고 있거니와, 그것은 실제 탁구 경기가 벌어졌기 때문일 수도 있겠지만 "호숫가에서 불어오는 바람을 토닥토닥 받아넘기며" 서로에게 각자의 살아온 이야기를, 그 삶의 문답을 나누었기 때문일 것이다. 그렇게 탁자를 사이에 두고 "한평생 사랑한 글리세린 내음"과 "한평생 사랑할 허름한 노래"가 오가는 동안 시인은 "또 하나의 노래의 국경"이 있음을 발견한다. '국경의 발견'이란 "그대여, 길 걸으며 시를 쓰는 일 점점 외로워지는데 / 그대여, 길 걸으며 누군가를 깊게 사랑하는 일 점점 쓸쓸해지는데"(「라빈드라나트 타고르를 생각하며 2」)처럼 또 다른 여정이 남아 있음을 뜻한다. 시인은 이방인의 땅에서 우연히 마주친 '늙은 노동자'의 삶에 관해 다 안다고, 다 알 수 있다고 말하지 않는다. 시인은 오직 자신의 이야기만을 하고, 이국의 '늙은 노동자' 또한 자신의 시간만을 이야기할 뿐이다. 이 합치 없는 공동체의 경험을 시인은 테이블을 사이에 두고 공을 주고받는 '탁구'에 비유한 것이다.

한편 「카트만두 가을 저녁 일곱시의 시」에서 시인은 각기 다른 방향으로 흩어져가는 만남, 헤어짐을 노래한다. 추측컨대 이 시는 카트만두에서 있었던 '삼겹살 파티' 이후의 헤어짐을 만남과 이별이라는 추상적 층위로 확장시키는 방식으로 쓰여진 듯하다. 파티가 끝나고 저녁 일곱시가 되자 파티의 참석자들은 제각기 자신의 일상이 기다리고 있는 곳으로 돌아갔다. '그들'이라고 지칭되는 한 무리의 사람들이 산을 넘어 '레'로 갔고, 홀로 남은 '그'는 '캘커타'로 갔다. 칸트만두를 기준으로 캘커타는 동남쪽 끝이고 레는 서북쪽 끝이다. 그런데 이 이별 장면에는 무언가 독특한 것이 있다. 우선 돌아간 방향은 달랐지만 그들의 귀환의 배경이 되고 있는 밤하늘의 별은 고요히 빛났다는 것. 이것은 '이별'이 심각한 감정의 소모를 동반하지 않았음을 의미한다. 그런데 이 시에서 이별이 특별한 감정의 소모를 동반하지 않는 것은 "봄이 오고 / 새로 핀 꽃가지들과 함께 / 당신은 또 카트만두로 갈 것이다"처럼 그것이 자연의 순환과 희망의 상징을 통해서 결국 만남으로 이어질 것이라는 믿음 때문이다. 이러한 순환적 사고를 통해서 만남은 이별로, 이별은 만남으로 나아간다. 하여, 시인은 만남-이별의 과정을 "물속의 빵을 나누다가 / 더욱 견고해지거나 부스러질 것이다"라고 표현하는데, 중요한 것은 이 만남-이별이 '견고함'과 '부스러짐'이라는 상반된 가치를 함께 응축하고 있는 것으로 인식한다는 사실이다. 이는 삶이 이중성으로 요약할 수 있는 아이러니임을, 그리하여 만남 속에 이별이 있고, 이별은 또 다른 만남을 약속한다는 삶에 대한 인식으로 귀결된다. 삶에 대한, 타자의 삶에 대한 이 따뜻한 시선과 타자를 자기화하지 않는 비동일성의 시선이야말로 곽재구의 시를 관광객의 시선과 구분시켜 주는 특징적인 면모이다.

3. 흘러가는 시간 속에서 오래된 시간을 보다

—황학주, 『모월모일의 별자리』(지혜, 2012)

'시와 여행'이라는 관점에서 황학주의 시를 읽을 때 '아프리카'는 특권적인 위치를 점한다. 황학주 시인은 지난 20여 년 동안 한국과 아프리카를 오가면서 구호활동을 했다. 이러한 시인의 삶을 알기에 그의 시를 읽을 때마다 '아프리카'라는 단어 앞에서 잠시 멈칫거리게 된다. 그때마다 우리는 한 시인의 시세계를 조망할 때 시인의 삶을 얼마나 참조해야 하는가라는 어려운 질문에 직면하기 때문이다. 교과서적으로 말하면 한 편의 시는 하나의 텍스트이고, 텍스트로서의 시는 시인의 삶의 이력과는 무관한 '객관적 상관물'의 일종이다. 그렇지만 황학주의 시에서 '아프리카'를 빼버렸을 때, 우리가 그의 시세계를 올바로 이해할 수 있을지는 의문이다. 이런 의문을 간직한 채 최근에 출간된 시집 『모월모일(某月某日)의 별자리』를 읽는다. 사실 다수의 사람들에게 황학주의 시적 특이성은 '아프리카'와 결부되어 기억되는 경향이 있다. 그러나 그의 시세계에서 소위 '아프리카 시편'이 차지하는 비중은 생각보다 크지 않으며, 시세계의 차원에서 살펴도 결정적인 중핵은 아니다. 특히 시집 『모월모일(某月某日)의 별자리』에는 아프리카가 아닌 나라들을 배경으로 창작된 작품들이 적지 않아서 그의 시에서의 '여행'을 '아프리카'에 국한시키기는 어려울 듯하다. 실제로 『노랑꼬리 연』(서정시학, 2010)의 자서(自序)에서 시인은 "멀리 가서 쓴 시들이다"라고 밝히고 있지만, 정작 그 시집은 '고향'에 관한 이야기로 시작된다. 그러므로 "멀리 가서 쓴 시들"이라고 해서 반드시 '아프리카'에 관한 시일 것이라고 생각할 필요는 없다. 황학주의 시를 주의 깊게 읽어본 독자라면 그의 시에서 '아프리카'는 예외적으로 특별한 위치가 아니며, 삶의 시·공간적 배경 가운데 하나일 뿐임을 어렵지 않게 알 수 있다. 때문에 그의 시에서 '아프리카'는 '이국적인 것'의 표상이 아니다.

> …… 까만 구름이 벌어지며
> 금빛이 흘렀다 꿀빛, 이라 말해야 할
> 막 깨뜨려진 밀랍의 촉촉한 밀도를 열고
> 지고 있는 해라고 우리가 부르는
> 그 순간 어딘가를 향해 뜨고 있는,
>
> 나는 멍하니 꿀빛을 핥는다 입술이 벌어지며
> 안나푸르나 雪山 위 꿀빛이 스며 나온
> 저물녘 그 5분,
> 까만 구름에 대해 생각한다
> 까만 구름 속 고요를 학습한 꿀빛에
> 맞장구치는 먼 종소리
>
> …… 흐른다 …… 위대한 건 역시
> 허공이다 (생각하면 할수록)

허공 아닌 데서 內傷이 어떻게 이처럼 스미리

당신의 텅 빈 몸을 쓰다듬는

내 시선의 열 손가락 솜털들까지

꿀빛 정적을 학습한다 모든 빛이 깜깜히 꺼지기 전

충분히 무량한 …… 꿀빛

…… 속으로 …… 날아가는

나비 한 마리 …… 아뜩해진다

─「그 5분, 꿀빛」 전문

'안나푸르나'라는 지명-기호가 없었다면 과연 우리는 이 시의 공간
적 배경을 '히말라야'라고 상상할 수 있었을까? 그럴 가능성은 매우 희
박하다. 그러므로 이 시는 '안나푸르나', 즉 히말라야에 관한 시가 아니
다. 그렇다면 이 시가 말하고자 하는 것은 무엇일까? 그것은 바로 '흘
러가는 시간'에 관한 사유이다. 실상 『모월모일의 별자리』(지혜, 2012)
전체가 '시간'에 관한 감각으로 충만해있다. 따라서 이 시는 "안나푸르
나 雪山 위 꿀빛이 스며 나온 / 저물녘 그 5분,"을 계기로 삼아 '시간'에
관한 사유를 펼쳐 보인다. 시인은 지금 "안나푸르나 雪山"을 배경으로
해가 지는 풍경을 보고 있다. "까만 구름이 벌어지며 / 금빛"이 흐르는
장면에서 "막 깨뜨려진 밀랍의 촉촉한 밀도를 열고 / 지고 있는 해"의
'꿀빛'을 떠올리는 건 어려운 일이 아닐지도 모른다. 그런데 시인의 상
상은 그런 유사성의 비유에서 멈추지 않는다. 오히려 그는 그 장면에

서 '허공' 속을 흐르는 무엇을, '허공'에 각인된 내상(內傷)의 흔적을 발견한다. 물론 시인은 그 무량한 '꿀빛' 하늘의 허공을 향해 날아가는 '나비 한 마리'에 시선을 건네지만, 그 이미지의 선명함보다 훨씬 중요한 것은 '시간'이다. 황학주의 시에서 '시간'은 당연하게도 흘러가는 것이다. 시간의 흐름을 인식하고, 그 속에서 모든 만남과 헤어짐이, 탄생과 소멸이 가능하다는 인식이 이 시집을 관통하고 있는데, 시집의 첫 페이지에 실려 있는 「이순(耳順)」은 그러한 시간에 관한 인식이 추상적인 차원의 것이 아님을 말해준다. 말하자면 시인은 지금 평생을 부유하다가 이순(耳順)의 나이에 세상 모든 것들이 흘러가는 시간 속에 놓여 있음을 깨달았고, 그것을 "어느 나뭇가지에서 새끼나무는 자라고 / 어느 이별은 하루가 짧아진 이별을 달고 가고"(「이순(耳順)」)처럼 생성과 소멸의 순환 과정으로 인식하고 있는 것이다.

눈을 들자 검푸르다 해야 할 설산이 시야를 채우며 우르릉 날았다 눈송이처럼 부서지는 별들이 다락밭에 잠든 얼둘들을 비추는 가운데

흰 소로 밭을 가는 노인의 취향대로 구불구불 산길이 벋는다 가랑눈 밟는 발로 따라나서니 입을 꾹 다문 소, 사흘 전 죽은 송아지를 낳았다는 흰 소가 한밤중 설산을 바라보고 있었다

누구도 밤을 새는 소만큼 별을 센 적 없을 것이라는 설산의 문장을 그때 들었다 그것을 되새김을 한다

새끼소가 어미 소 밑으로 들어가 혓바닥을 부스럭거리듯 낮은 산 몇 개
설산 밑에서 등허리 꿈틀대면 들러붙다 떨어지는 소의 얇은 입술에 검푸
른 눈물이 물린다 설산을 깎아 새긴 아기 소의 이름을 누군가 받는 것 같다

소는 설산 밑에 살뿐 산이 우르릉 나는 것엔 아랑곳없다 돋는 별 무리에
눈길을 돌리는 흰 소의 눈에 헤엄쳐나가야 할 얼음물이 들어차는 것을 그
때 보았다 검푸른 설산도 만 년 전 어느 어머니의 저술이었을 테니까 밤새
옛 눈이 새로 피어났다

—「설산과 소」 전문

시인의 눈앞에 펼쳐진 '설산'은 이방(異邦)의 풍경이다. 그 낯선 풍경
을 뒤로하고 "죽은 송아지를 낳았다는 흰 소가 한밤중 설산을 바라"보
고 있다. 설산이 있고, 설산을 바라보는 흰 소가 있고, 설산을 바라보고
있는 흰 소를 보고 있는 시인이 있다. 시인은 새끼를 사산한 후 밤새 잠
들지 못하고 설산을 바라보는 소를 응시하면서 두 개의 풍경이 겹쳐지
는 장면을 상상한다. 상상력이란, 글자 그대로 이미지를 떠올리는 능
력, 즉 특정한 장면에서 그것과는 다른 장면을 읽어내는 힘이 아닌가.
송아지들이 어미 소의 품을 파고들어 젖을 먹으려는 듯 혓바닥을 부스
럭거리는 풍경과, 설산이 마치 새끼를 거느린 것처럼 그 아래 높고 낮
은 산들을 끼고 있는 풍경이 그것들이다. 두 개의 풍경은 '~듯'이라는
비유체계를 통해서 매개되고 있지만 실상은 시인의 눈에 비친 풍경과
상상이다. 그리고 그 안타까운 풍경 속에서 시인은 "설산의 문장"을 듣

는다. 그 문장은 "누구도 밤을 새는 소만큼 별을 센 적 없을 것"이라는 진술로 시작될 터. 그러므로 이 시는 이국적인 풍경에 매료된 관광객의 시선이 아니라 자연적 풍경에서 안타까운 상실과 슬픔의 흔적을 읽어내는 전형적인 서정시인 셈이다. 시인은 설산의 어둠을 밤새워 응시하면서 새끼를 잃어버린 상심을 견디는 '소'의 모습과, 무심히 허공을 바라보며 "별 무리에 눈길을 돌리는 흰 소의 눈"에 눈물('얼음물')이 맺히는 것을 상상한다. 그런데 이 상상은 여기에서 그치지 않는다. 다음 순간 시인은 설산을 "만 년 전 어느 어머니의 저술"이라고 인식한다. 이 시의 핵심은 여기에 있다. 이방인의 눈앞에 펼쳐진 설산, 시인의 눈에 그것은 태곳적의 오래된 시간이 생산한 또 하나의 생명체와 같은 것이며, 이 오래된 시간에 대한 감각은 '흘러가는 시간'이라는 이 시집의 문제의식, 아니 일방향으로 흐르는 근대적 시간의 결을 거슬러 또 다른 세계를 감각하는 근거가 된다. 결국 황학주의 시세계를 이해함에 있어서 중요한 것은 그것이 "멀리 가서 쓴 시들"인지의 여부를 아는 것이 아니다. 세계를 바라보는 시선과, 그 시선에 깃들여 있는 정서적 느낌에 공명할 수 있다면 공간적 · 지리적 시계(視界)의 이동은 부차적일 뿐이다.

4. 타자 인식과 자아 인식의 이중주

—최정례, 『캥거루는 캥거루고 나는 나인데』(문학과지성사, 2011)

여행은 선입견과 완고함, 그리고 편협함에 대해 치명적이다. 여행의 범위가 일상적 세계에서 멀어지는 거리에 비례하여 치명성의 정도도 증가한다. 물론 이것은 '여행'이 '나'의 세계를 확장하여 타자의 세계에 고스란히 옮겨놓는 '관광'과 다르다는 것을 전제하고 있다. 그러므로 이러한 여행의 가장 극단적인 경우는 국가나 민족, 또는 문화권의 경계를 넘어 이방인의 세계로 들어가는 일일 것이다. 그곳은 '나'의 '언어'가 더 이상 통용되지 않는, '나'의 상식과 행동양식이 아무런 의미를 지니지 못하는 타자의 세계이다. 이방인의 세계가 이방인의 세계인 까닭은 그곳이 이방인의 땅이기 때문이기도 하지만, 뒤집어 말하면 지금-이곳에서 우리의 정체성을 규정해주었던 가치와 신념의 체계 전체가 한순간 무의미한 것이 되어버리기 때문이다. 타자의 세계로 들어서는 순간 우리 자신이 가장 먼저 타자가 되어버린다. 때문에 이방인의 세계에서 제일 먼저 마주치는 존재는 다름 아닌 이방인, 즉 '우리'의 다른 모습이다. 여행시의 상당수가 문화적인 차이에 관한 경험이나 정체성의 해체 등을 모티프로 삼는 것도 여행이 곧 타자 체험의 일종이기 때문일 것이다. 그때 '타자'란 사실 '나'의 다른 이름이다. "나는 또 하나의 타자이다"라는 말이 극명하게 실감되는 경우가 여행 이외에 또 있을까.

최정례 시집 『캥거루는 캥거루고 나는 나인데』의 후반부에 등장하는 '아이오와' 시편들은 이러한 '여행'의 의미를 흥미롭게 양각(陽刻)하고 있다. '아이오와' 시편들은 시인이 2006년 무렵 아이오와 대학 국제 창작 프로그램에 참여했을 때 썼거나, 그때의 체험을 시화(詩化)한 작품으로 추측된다. 아이오와에 다녀온 직후 시인은 한 문학상 수상소감에서 세계 각국의 작가들과 만나면서 자신의 시가 한순간에 낯선 언어로 바뀌는 경험을 했다고 밝혔는데, '아이오와' 시편은 이러한 문화적 접촉에서 비롯되는 낯섦과 충격을 가시화하고 있다. 곽재구의 『와온 바다』가 '국경' 시편들의 경계의식과 역사를 배경으로 거느리면서도 문화적 차이를 관통하는 삶의 보편성에 비중을 두었다면, 황학주의 『모월모일(某月某日)의 별자리』가 '아프리카' 등의 이방(異邦)을 공간적 배경으로 삼고 있으면서도 문화적 차이나 갈등을 전혀 양각하고 있지 않다면, 최정례의 『캥거루는 캥거루고 나는 나인데』에서 '아이오와' 체험은 기본적으로 문화적 차이에서 발생하는 일반성의 해체, 즉 특수성에 더 많은 에너지를 투여하고 있다고 말할 수 있겠다. 몇 편의 시에서 이러한 차이가 직접적으로 드러나는 부분들을 발췌해보면

　　① 남의 나라 호텔 방에서 밤에 거울을 마주하고(「아보카도 씨」)

　　② 남의 나라에서 타보는 첫 버스(「기다려 기다려줘」)

　　③ 여기는 남의 나라(「구두와 열쇠」)

　　④ 잠시 다른 밤 다른 낮을 살고 있는 / 남의 나라에서(「생각의 까마귀 떼라」)

처럼 아이오와, 즉 미국은 먼저 '남의 나라'로 인식된다. 물론 이러한 '타자' 인식은 "미국 국가가 울려 퍼지고"(「로데오 구경」), "책상 20불, 매트리스 30불, 전기밥솥 15불, 다리미와 다리미판 10불, 26일 출국 예정"(「섬데이 라라라라 따라라」)처럼 국가 표상이나 여행자 의식의 방식으로 다르게 드러나기도 한다. 최정례의 '아이오와 시편'의 핵심은 이러한 '타자' 인식을 궁극적으로 '자아' 인식으로 돌려놓는 데 있다. "미국 국가가 울려 퍼지고 / 카메라의 셔터가 터지는 것이 / 나와 아무 상관이 없다는 걸 알아 / 너에게 나는 아무것도 아니라는 걸 안다"(「로데오 구경」), "안 통하네 / 어떻게 내리나 / 어떻게 날아가나"(「기다려 기다려 줘」), "겨울에도 춥지 않고 얼지 않는 나라 / 버스는 천천히 달리고 사람들은 느리게 걷고 / 레몬나무는 한없이 배부르고 따분한 나라"(「구두와 열쇠」), "우리말이 통할 리 없는 여기 / 입을 열면 외계인이 먼저 말을 한다 / 생각이 열렬할수록 / 말은 주문이 된다"(「거위와 말했다」) 등의 진술은 모두 이러한 인식의 이중주에 근거하여 발화된 문장들이다. 이방인의 한 사람으로서 자신의 '능력'이 일순간 '무능력'으로 바뀌는 과정, '주인'이었던 자신의 위치가 '손님'으로 돌변하는 이 과정은, 그러나 차이 자체의 확인에 그치면 여행'시'로서의 가치는 크지 않다. 이 차이가 어떤 세계를 촉발시킬 때, 비로소는 여행시는 '시'로서의 의미를 획득하게 된다. 아래의 시가 대표적인 사례이다.

　　나의 밤이 너에겐 낮이고
　　너의 낮이 나에겐 밤이라

우리 사이엔 거대한 태평양이

누워서 파도친다

끝도 없이 캄캄한 해안가로

난폭하고 순결한 물결이

무슨 뜻을 품고 굽이쳐 오는 것만 같은데

사실 무슨 뜻이 있겠는가

내 이름조차 기억 못하는 너를 향해

전화기를 들었다 놓는 것과 같다

잠시 다른 밤 다른 낮을 살고 있는

남의 나라에서

내 나라를 향해 한껏 밀려갔다가

다시 돌아서 밀려오는데

셀 수도 없는 네가 거기 떠올랐다 가라앉는다

파도에 굴러다니는 태초부터의 자갈돌처럼

생각의 까마귀 떼라

얼굴도 몸통도 어깻죽지도 두 팔도 무너지면서

—「생각의 까마귀 떼라」 전문

표제의 일부인 '까마귀 떼'란 문화적 차이에서 비롯되는 무능력의 인식이 어떤 세계를 촉발시키고 있음을 지시한다. 이 생각의 촉발지점을 확인하기 위해 시의 내용을 잠시 따라가 보자. '남의 나라'에 도착한 시인은 우선 시간의 척도가 변했음을 인지한다. '나'의 밤이 '너'에겐 낮이고, '너'의 낮이 '나'에겐 밤이라는 것, 그리고 '나'와 '너' 사이엔 "거대한 태평양"이 가로놓여 있다는 것. 이 뒤바뀐 일상의 척도에서 시인은 자신이 "잠시 다른 밤 다른 낮을 살고 있는 / 남의 나라"에 머물고 있음을 인지한다. 그러므로 이 시에서 '낮'과 '밤', '남의 나라'와 '내 나라'의 대립은 상관적이다. 그런데 이 시에서 차이는 '나', '너', '남' 같은 인칭대명사를 포함하고 있음에도 그것의 궁극적인 실체는 국가이다. '내 나라'와 '남의 나라'의 차이가 모든 차이의 궁극적인 원인인 것이다. 그래서 '나'와 '너' 사이에 위치하고 있는 "거대한 태평양"은 "사실 무슨 뜻이 있겠는가"라는 무목의 대상이 아니라 "내 나라를 향해 한껏 밀려갔다가 / 다시 돌아서 밀려오는데"처럼 두 국가를 분할하는 물리적 경계선이며, 시인의 자아 분열, 즉 '남의 나라'에 거처하고 있음에서 발생하는 정체성의 혼란을 '밀려갔다가~밀려온다'는 자연적 질서에 의해 표상하는 객관적 상관물인 것이다. 이처럼 최정례의 '아이오와' 시편에서 '너'로 지칭되는 대상은 타자, 즉 인간이 아니라 '나라'이다. 그리고 이러한 특징은 인간적 삶의 보편성을 통해서 지리적인 차이를 돌파하는 곽재구의 시와는 정반대로 다분히 속지주의적인 태도라고 말할 수 있다. 이러한 인식에 따르면 여행은 타자와의 차이를 확인하거나 정체성의 혼란을 발생시키는 일탈적인 경험일 뿐인데, 최정례의 이 시집에 등장하는 '나'와 '너'의 무수한 차이, 도달할 수 없는 심연으로서의 거리는 소위 타자의 철학이 주장하는 헤테로토피아적인 가능성보다는 자아의 정체성을 중심에 두는 '나'에 관한 사유의 산물들이다. 일상과 비일상의 경계라는 처음의 문제의식과 "여행은 안 돌아오는 것이다"라는 진술에 비추어보면 시인의 이러한 태도는 여행의 불가능성이라는 문제로 귀결되는 것은 아닐까.

낭만주의 · 낭만성 · 낭만화

낭만적이란 바로 우리에게 감성적 소재를

환상적인 형식으로 서술해 주는 것을 말합니다

—슐레겔, 「소설에 관한 편지」

1.

낭만적(romantic)이라는 형용사가 처음으로 유럽에 출현한 17세기에, 이 단어는 특정한 가치를 폄하하거나 도덕적으로 단죄하려는 뉘앙스를 담고 있었다. 그것은 초자연적 경이나 허황된 기사도, 격앙된 감정 같은 비시대적인 것, 이를테면 현대 이전의 어둠 속으로 던져버려야 할 어떤 것의 대명사였던 것이다. 그러나 18세기를 거치면서 이 단어는 서서히 미학적인 가치를 획득하기 시작했고, 초기 낭만주의를 대표하는 슐레겔은 감성적 소재와 환상적 형식의 결합이라는 의미로 전유함으로써 낭만성이 장르의 차이를 넘어선 모든 문학의 근본적 속성이라고 주장했다. 그는 낭만성을 '감성적'이라는 의미로 사용했는데, 낭만적 포에지가 강조한 감정 — 감각적인 감정이 아니라 정신적인 감정 — 은 모든 감각적 흥분의 근원이자 영혼으로서의 사랑을 뜻하는 것이었다. 그러나 18세기 영국적인 맥락에서 '낭만성'은 이미 그 앞에서 자연의 감정을 느끼는 풍경이나 이전의 서사적 위대함의 감정이나 원시 자연에서 느끼는 폐허의 감정을 가리키는 것이었고, 18세기 말 독일에서 이러한 문학적 감수성은 유행어의 하나로 자리를 잡았다.

'낭만적'이라는 단어의 역사적 기원과는 별개로, 오늘날 시에서 '낭만성'은 현실적인 맥락을 상실한 센티멘털한 감정의 과잉('낭만화')을 비판하는 부정적 관용구이거나, 독일 낭만주의 시의 특징을 이어받은, 즉 낭만주의 문학론의 세례를 받은 시적 경향을 일컫는 것으로 유통되고 있다. 일찍이 이사야 벌린은 낭만주의를 거대한 동굴에 비유했다. "낭만주의는 베르길리우스가 묘사했던 어두운 동굴처럼 어느 곳을 향해 걸어도 한 방향에만 이르도록 되어 있지 않으면, 폴리페모스의 동굴처럼 한번 들어간 사람은 결코 살아나오지 못하는 곳이다." 낭만주의의 표상인 동굴은 모든 여행자의 발걸음을 출구와는 다른 방향으로 인도하는, 그리하여 결국 동물이라는 미로에서 빠져나갈 수 없게 만드는 괴물성의 다른 이름이다. 가령 아인 랜드는 낭만주의를 인간이 의

지라는 능력을 소유하고 있다는 인식에 기초한 예술의 범주로 정의하면서 소설적 플롯의 유무를 중심으로 낭만주의와 자연주의 사이에 경계선을 긋는 반면, 이사야 벌린은 낭만주의를 개인의 불굴의 의지, 개인의 신념과 이상을 강조하면서 원래의 의도와는 반대로 타인의 의지를 인정하고 타협할 필요성을 불러일으킨 "관용과 화해의 정신"이라고 정의하면서 계몽주의와 낭만주의 사이에 경계선을 긋는다. 벌린의 낭만주의는 17~18세기의 계몽주의와 합리주의에 대한 최초의 반격이며, 합리주의에 의해 억압되었던 비합리성의 고삐가 풀린 지적·예술적 혁명의 일부이다. 낭만주의는 동인지 『아테네움』을 중심으로 슐레겔 형제, 노발리스 등의 '예나 낭만주의'(필립 라쿠 라바르트와 장 뤽 낭시가 함께 쓴 『문학적 절대』는 초기 낭만주의에 대한 연구이다)에 국한할 것인지, 낭만주의를 아방가르드에 이르는 예술적 모더니즘의 일부로 이해할 것인가에 따라 전혀 다른 의미를 부여받는다. 사상가 러브조이가 낭만주의에 대한 정의의 불가능성을 이야기한 것은 이런 맥락에서였다.

독일 낭만주의에 대한 기존의 해석은 낭만주의의 불합리하고 무의식적인 충동의 폭발이 이성에 대한 도전을 알리는 신호였고, 상상력을 찬양한 낭만주의의 감정의 우상화가 상상력만이 예술가나 시인이 그리고자 하는 대상의 특이함을 올바르게 표현할 수 있는 유일무이한 방법이라는 것이다. 낭만주의의 이러한 비합리적 경향은 그들이 인간 정신의 무의식의 영역과 꿈의 세계, 그리고 환상적인 것에 관심을 갖게 만들었는데, 낭만주의를 환상적인 것에 대한 탐닉으로 규정한 알베르 베갱의 주장은 여기에서 근거를 얻고 있다. 18세기 계몽주의·합리주의는 인간 심리의 신비로움과 난해함에 시선을 두지 않았다. 대신, 그들은 진보의 꿈과 성취에 매료되어 있었다. 이런 점에서 루소는 지식의 축적이 더 큰 행복을 가져온다는 근대의 믿음을 해체하려 했던 최초의 사상가였다. 절대적인 규범을 숭배하는 합리주의적 신념과 달리, 루소는 차가운 이성은 어떠한 눈부신 업적도 이룩하지 못했으며, 결국 "우리에게, 존재한다는 것은 바로 느낀다는 것이다"라는 진술로 비합리적인 것의 가치를 천명했다.

비합리적인 것, 정신적인 감정, 상상력에 대한 관심 외에도 독일 낭만주의는 현대시에 지대한 영향을 끼쳤는데, 낭만주의는 시인의 사상이나 감정이 가장 직접적으로 표현되는 형식이라는 점에서 서정시에 주목했고, 외면적 현실보다는 정신 내부의 세계에 위치한 이상을 추구함으로써 영원한 불안과 동경을 문학의 주제로 삼았다는 점에서 그러하다. 낭만주의 소설이 공통적으로 '밖(사회)'에서 '안(내면)'으로 되돌아오는 귀향의 모티프를 가지고 있었던 것은, "해양보다 장대한 광경, 그것은 천공이다. 천공보다 장대한 광경. 그것은 실로 인간의 혼의 내면인 것이다"라는 빅토르 위고의 말처럼, 낭만주의의 본질이 외부적 세계가 아니라 자아라는 내면에 관심을 두었기 때문이다.

2.

    낭만주의 철학은 물자체의 배후에 존재하는 '이념'을 긍정했다. 그들은 이성을 강조한 칸트와 달리, 이 '이념'에 도달하는 것이 오직 감성을 통해서만 가능하다고 믿었다. 낭만주의가 예술을 중시했던 것은 그것이 감정과 연계되어 있었기 때문이다. 쉘링의 말처럼 자연의 배후에 존재하는 이념은 우리의 이성적 노력에 의해서는 알 수 없는 것이며, 오직 자연이 실재를 생산하는 것에 유비하여 이념을 지각하고 그것을 재현하는 예술에 의해서만 포착될 수 있다. 일찍이 슐레겔은 "오성은 기계적인 정신이며, 위트는 화학적인 정신이고, 천재는 유기적인 정신이다"라고 썼다. 자아, 감정, 내면세계에 대한 낭만주의의 관심은 예술, 특히 시 분야에서 꽃을 피웠고, 낭만주의의 서정시 이론은 하이데거의 철학에까지 영향을 끼쳤다. 횔덜린의 송가에 대한 하이데거의 해석이 대표적인 사례이다. 고향을 상실한 상태는 신으로부터 멀어진 것이며, 신에 대한 진정한 찬미는 고향으로부터 떨어진 상태에서만 가능하다는 횔덜린의 사상은 인간이 존재 사이에 머물면서 존재망각을 하고 있기에 인간이 고향이라고 느끼는 존재자 내에서 무에로 다가가는 것이 고향상실이라는 하이데거의 주장과 일맥상통한다. 횔덜린의 송가에서 고향상실은 결국 하이데거가 지적했던 존재망각에 대한 시적 표현이었던 것이다.

    낭만주의는 상실과 동경의 담론이다. 낭만주의적 동경은 흔히 거리의 미학이라고도 말해지는데, 그것은 합일하려는 대상이 멀리 있을수록 합일에의 의지는 더 강렬해지며, 낭만주의의 무한에 대한 동경은 도달하지 못함으로써 절대화·영원화되는 미학적 원리에 출발하기 때문이다. 낭만주의를 동경의 시학이라고 요약하는 것은 오늘날 문예 사조적 관점에서 낭만주의 문학을 이해할 때 통용되는 공통감각의 하나이며, 이러한 동경의 시학은 그 내부에 고향 상실이라는 근원적인 상실의 담론을 내장하고 있다는 점에서 시를 상처나 결핍의 결과물로 이해하는 인식론과 맞닿아 있다. "철학은 본질적 의미에서 하나의 향수병이다. 그것은 전적으로 고향에 머물고자 하는 충동이다"라는 노발리스의 주장은 이 낭만주의적 상실과 동경을 의미하는 것이었다.

낭만주의적 맥락에서, '낭만성'을 상실과 동경의 담론으로 이해하면 이 낭만성이 현대시에 얼마나 지속적인 영향을 끼쳐왔는가를 쉽게 짐작할 수 있다. 실제로 오늘날 비평적 수사로 사용되는 '낭만성'의 핵심은 상실과 동경이며, 이런 맥락에서 그것은 특정한 시대의 특징이 아니라 시대성을 초월하는 보편적 정서의 하나로 통용되고 있다. 서정시의 특징인 동일성의 미학 역시 이 동경의 한 양상이다. 그렇다면 2000년대 시에서 '낭만성'의 위상은 어떤 상태일까? 알다시피 2000년대 시는 재래의 서정적 문법과는 다른 층위에서 시적인 것을 표현하려고 노력했고, 그러한 노력은 다분히 시에서 '낭만성'을 소거하는 방식을 취해왔다. 탈(脫)낭만성이 2000년 시의 공통적인 특징이라고 단정하긴 어렵지만, 이이체의 "이미 깨져 버린 달은 충혈된 눈／그림자가 고향을 찾지 못해 울었다"(「낭만주의」, 『시인시각』, 2010 여름)라는 시적 진술이 보여주듯이, 젊은 시인들이 낭만성의 본질을 정확하게 알고 있으며, 그것과는 다른 방식의 시 쓰기를 보여준다는 것만은 분명하다. 오늘날 젊은 시의 대부분은 필사적으로 탈낭만적이다. 낭만적이지 않다는 것, 그것은 우리 시대의 시가 근원적인 상실과 동경을 통한 합일에의 의지를 내세우지 않는다는 것이고, 합일에의 의지보다는 탈봉합적인 실재의 형상 속에서 시적 가능성을 발견한다는 것이다.

> 양팔이 없이 태어난 그는 바람만을 그리는 화가였다
>
> 입에 붓을 물고 아무도 모르는 바람들을
>
> 그는 종이에 그려 넣었다
>
> 사람들은 그가 그린 그림의 형체를 알아볼 수 없었다
>
> 그러나 그의 붓은 아이의 부드러운 숨소리를 내며
>
> 아주 먼 곳까지 흘러갔다 오곤 했다
>
> 그림이 되지 않으면
>
> 절벽으로 기어올라가 그는 몇 달씩 입을 벌렸다
>
> 누구도 발견하지 못한 색(色) 하나를 찾기 위해
>
> 눈 속 깊은 곳으로 어두운 화산을 내려 보내곤 하였다
>
> 그는, 자궁 안에 두고 온
>
> 자신의 두 손을 그리고 있었던 것이다
>
> ― 김경주, 「외계」 전문

김경주는 2000년대 젊은 시인들 가운데 예외적으로 낭만성을 전면

에 내세우고 있는 시인이다. 그의 시적 화자는 "불가피하게 오늘은 내가 녀를 사랑해서 이 영혼에 처벌받을지 모르지만 시체를 사랑해서 묻지 못하는 사제처럼 불가능한 영혼을 꿈꾼다"(「몽상가」)라는 선언처럼 빈번하게 몽상가의 포즈를 드러낸다. 그의 시집 『나는 이 세상에 없는 계절이다』의 첫 페이지에 등장하는 인용시 「외계」 또한 무한과 상실에 대한 동경이라는 낭만주의적 감정으로 충만하다. 이 시에서 양팔이 없이 태어난 화가는 낭만주의 시인들이 '고향' 표상을 통해서 가시화한 상실을 상징하며, "자궁 안에 두고 온 / 자신의 두 손"은 동경에의 의지를 통해 상실의 대상과 합일하려는 낭만주의적 거리의 미학에 닿아 있다. 더구나 이 상실과 동경이 "누구도 발견하지 못한 색"을 찾으려는 '화가'에 의해 수행되는 장면은 낭만주의자들이 '이념'에 도달하는 유일한 방편을 '예술'이라고 간주한 것과 무관하지 않은 듯하다. 그러므로 우리는 시인의 "기형에 관한 또 다른 얘기"(「파이돈」)라는 진술을 상실에 대한, 혹은 무한을 전제하는 유한이라는 낭만주의적 관념의 맥락에서 읽을 수도 있을 것이다.

　김경주의 시의 몽상가적 주체는 병리적 낭만주의와 연결된다. 그들의 병적 상태는 다분히 정신적인 것이며, 설령 양팔이 없이 태어난 화가처럼 신체적인 결핍으로 형상화될 때조차 그것은 정신적인 것이다. 이 앓는 주체가 예술을 통해 "나는 지금 이 세상에 없는 계절이다"(「부재중」)라는 부재상황을 견뎌나가는 모습, 그것의 시화(詩化)가 김경주의 첫 시집이며, 그의 첫 시집이 독자와 비평가 모두에게 호의적인 평가를 받을 수 있었던 이유 가운데 하나도 이러한 낭만적 태도와 무관하지 않아 보인다. 김경주 시의 낭만성은 이제니의 『아마도 아프리카』와 비교하면 한층 선명해진다. 이제니 시집의 첫 페이지에는 「페루」라는 작품이 실려 있는데, 이 시의 화자는 "페루라고 입술을 달싹이면 내게 있었을지도 모를 고향이 생각난다. 고향이 생각날 때마다 페루가 떠오르지 않는다는 건 이상한 일이다"처럼 '고향'과 '페루'를 양극적인 대립항으로 설정하고 있다. 이 가운데에서 이제니 시의 화자들이 선택하는 것은 전자가 아니라 후자이다. 심지어 그들은 기꺼이 불모의 나날을 삶의 일부로 받아들인다. "나는 이 불모의 나날이 마음에 든다"(「별 시대의 아움」). 이제니의 시에서 '페루', '아프리카' 같은 지명은 '한국'이나 '고향'이라는 지리적 표상과는 무관한 공간, 그리하여 "고향이 없는 사람도 갈 수 있"는 세계이다. 노발리스가 철학을 고향에 머물려는 충동으로 정의하고, 하이데거가 횔덜린의 송가에서 고향상실에 대한 문학적 응답을 발견한 것과는 반대로, 이제니의 시는 '고향'이라는 익숙한 세계의 바깥에 도달하려는, 그리하여 궁극적으로는 귀향이 아니라 탈향의 모티프에서 시적 가능성을 모색한다. 이러한 탈낭만주의적 경향은 비단 이제니만의 특징은 아니며, 황병승을 비롯하여 김언, 김행숙, 이근화 등 2000년대의 시적 전위들에게서 공통적으로 목격되고 있다.

3.

2000년대의 시는 상실과 동경이라는 낭만성 담론과는 다른 계보를 그리면서 진행되어 왔고, 고통과 결핍을 이야기하되 탈출구나 이상향을 설정하지 않는다. 2000년대 시의 새로움은 이러한 낭만성에 대한 저항으로부터 왔다고 말해도 과언은 아니다. "고향이 없다는 건 참 좋군, 황금 비율 같아 / 향수병 때문에 여자는 자꾸 아이를 낳는다, 봄과 가을의 멸치처럼"(조연호, 「근친의 집」 부분). 2000년대 시에서 고향은 반드시 있어야 할 필수항목이 아니며, 있어도 그만 없어도 그만인 무용한 대상도 아니다. 그것은 차라리 없는 것이 좋은 것이다. 이러한 탈낭만화 경향은 비단 시적 전위들에 한정된 것은 아니며 소위 서정시의 계보를 잇고 있는 시인들에게서도 동일하게 확인된다. 물론, '환상' 담론이 비평가들에게 주목을 받으면서 2000년대 시에 나타난 '환상' 문제를 낭만주의적 맥락에서 설명하려는 시도가 있었지만, 그것은 낭만주의라는 거대한 미로를 '환상'이라는 하나의 터널처럼 단순화하는 결과를 낳고 있다. 최근의 시에서 어떤 '환상'들은 감각적인 층위에서 시적 대상을 인지하는 데서오는 극사실적인 결과물이며, 그런 한에서 그것들은 차라리 사실적이기 때문이다. 그렇지만 2000년대 어떤 시들은 충분히 낭만적인 것처럼 보이는 것이 사실이다. 이 경우 '낭만'이란 낭만주의의 낭만성, 즉 상실과 동경의 담론이 아니라 시적 대상이나 그것의 맥락을 낭만적으로 전유하는 것, 이른바 수사적인 의미로서의 낭만화를 의미한다.

술에 취한 아버지는 박철순보다 멋진 커브를 구사했다 상 위의 김치와 시금치가 접시에 실린 채 머리 위에서 휙휙 날았다

(…중략…)

후일담을 덧붙여야겠다 80년대는 박철순과 아버지의 전성기였다 90년 대가 시작된 지 얼마 안되어 선데이 서울이 폐간했고(1991) 아버지가 외계 로 날아가셨다(1993) 같은 해에 비행접시가 사라졌고 좀 더 있다가 박철순 이 은퇴했다(1996) 모두가 전성기는 한참 지났을 때다

— 권혁웅, 「선데이 서울, 비행접시, 80년대 약전」 부분

느지막이 학교에 갑니다 나는 꼰대를 꼬박꼬박 선생님이라고 불러요 덕분에 한 달간 파마하는 자유를 얻었죠 지금은 수학 시간, 함수 그래프만 보면 백묵을 씹어 먹고 싶어져요 말을 할 때마다 입에서 하얀 연기가 폴폴 새어 나오는 상상, 나는 아직 소녀, 연애 말고도 즐거운 일은 많지요

안경잡이 수학 선생님이 묻습니다
3번 문제의 극한값이 얼마야?
나는 반말이 싫어요 나보다 키 작은 사람들한텐 존중받고 싶거든요
어서 대답하지 못해?
안경을 번뜩이며 꼰대가 다그치네요
선생님, 나는 몰라서 조용한 겁니다!
차라리 담뱃내 고약한 과외 선생과 반전 집회나 나갈걸,
오늘 처음으로 후회를 합니다

고통스러운 과거의 시간, 특히 유년기의 추억을 유머러스하게 전유하는 경향은 2000년대의 젊은 시인들에게서 광범위하게 나타나는 공통적인 특징이다. 이런 현상은 특히 권혁웅, 오은, 이승원, 서효인, 김민정의 시에서 한층 뚜렷한데, 고통을 고통 그 자체로 받아들이지 않고 유희의 대상으로 간주한다는 점에서 이러한 전유 방식은 일종의 낭만화라고 말할 수 있다. 90년대의 시가 유년기의 기억을 극도로 고통스러운 방식으로 언어화했다면, 이들의 시는 그러한 고통을 유희적으로 취급함으로써 과거와의 관계를 다른 시각으로 형상화한다. 가령 권혁웅의 「선데이 서울, 비행접시, 80년대 약전」은 '80년대'라는 역사적 시간을 전유하는 방식에 있어서 이전 세대와는 전혀 다른 접근법을 보여주고 있다. 이 시는 개인사와 역사적 사건을 평행적으로 나열함으로써 한 가족의 삶에 역사라는 거대한 시간에 속박되지 않은 고유성을 부여하고, 상처와 결핍의 시간을 폭력의 낭만화를 통해서 '후일담'의 일종으로 바꾸어 버린다. 이것은 한 개인의 삶을 '역사'의 시간 속에서 포착하려 했던 지난 시대의 문학적 태도와는 선명하게 구별된다.

오은의 「보카 델라 베리타」에서 낭만화의 대상은 학창시절의 기억이다. 시적 화자인 '소녀'는 '꼰대'를 '선생님'이라고 부르는 대가로 "한 달간 파마하는 자유"를 얻었다. 수학 시간에 함수 그래프만 보면 백묵을 씹어 먹고 싶은 충동에 사로잡히는 그 소녀는 수학 선생님의 질문에 대답하지 못한 채 과외 선생과 반전 집회에 나가지 못한 것을 후회한다. 학교라는 위계적 공간, 그리고 선생의 질문에 대답하지 못하는 난처한 상황임에도 불구하고 시인은 소녀의 상황을 결코 난처한 것으로 묘사하지 않는다. 학교라는 훈육 체계를 빠져나가는 소녀의 명랑함과 "그러려면 꼭 대학에 가야 할까요?"라는 도발적이면서 천진한 소녀의 물음에는 또래의 아이들이 학교에서 경험하는 고통의 흔적이 없다. 시인은 학교라는 제도적 세계를 재현하는 데 관심을 두기보다는 그런 훈육적 질서를 매끄럽게 빠져 달아나는 소녀의 발랄함을 표현하는 데 집중하고 있다. 그렇다고 해서 소녀가 생활하는 학교 공간 자체가 발랄할 수는 없는데, 이는 시인이 소녀의 학교생활을 낭만화하려는 시선으로 바라보고 있다는 것을 뜻한다.

현대시의 이러한 낭만화 현상은 현실에 대한 잘못된 표상이나 실패한 재현이 아니다. 그것은 일차적으로 시적 화자들의 미성숙에서 비롯되는 문제가 아니며, 시인들의 현실인식이 잘못되었기 때문에 발생하는 문제는 더더욱 아니다. 오히려 그것은 과거의 시간과 관계 맺는 현대적 태도, 즉 삶을 이해하는 시인들의 태도가 이전과 달라졌음을 말해주는 시대적 징후이다. 그러므로 이러한 낭만화가 고통을 외면하고 있다거나 폭력을 낭만화한다고 말하는 것은 지나치다. 어쩌면 그것은 고통과 결핍을 그 자체로 견딜만한 것으로 만들려는 무의식적 의지의 소산이며, 그런 한에서 비판이 아니라 분석해야 할 대상인지도 모른다. 또 하나, 삶에 대한 이러한 낭만화가 현대시에 서사성을 도입하는 중요한 매개가 된다는 것 또한 주목해야 할 문제이다. 상실과 동경의 세계를 노래하는 서정시의 영역은 여전히 존재하지만, 2000년대의 시는 전반적으로 그 세계로부터의 탈주선을 그리면서 급속하게 성장해왔다. 이것은 낭만주의적 맥락에서의 낭만성이 현대시의 새로운 돌파구로 인식되지 못한다는 것을 의미하며, 그 낭만성이 삭제된 자리에 낭만화라는 새로운 삶의 태도가 자리 잡고 있는 것이 오늘의 시적 현실이다.

2000년대 시의 혼종성과 상호텍스트성

　　최제훈의 단편소설 「퀴르발 남작의 성」에는 '퀴르발 남작'이 나오지 않는다. 대신 이 소설에는 '퀴르발 남작'이라는 기표에 관한 12개의 이야기가 등장한다. 이 소설에서 '퀴르발 남작'은 17세기 말에 존재한 드라큘라를 닮은 식인 귀족 퀴르발 남작의 이야기에서 19세기 말 프랑스의 어떤 할머니가 손자에게 들려주는 퀴르발 남작 이야기를 거쳐, 퀴르발 남작의 이야기를 담은 1930년대의 미국소설, 동명(同名)의 50년대 영화, 90년대 한국의 모 대학 교양과목의 강의, 2004년 이 영화를 리메이크한 일본의 영화감독 인터뷰, 그리고 2006년 인터넷 포털사이트에 게시된 영화 에세이까지 다양하게 변주되면서 의미의 불확정성을 이끄는 이상한 누빔점의 역할을 담당하고 있다. 때문에 이 소설은 '퀴르발 남작'이라는 기표에 관한 이야기가 아니라 '퀴르발 남작'이라는 유동적 기표의 무한증식에 관한 이야기, 즉 메타소설의 형식을 취하고 있는 이야기에 관한 이야기이다. 흥미롭게도 이 소설은 2000년대의 한국소설이 '한국'이라는 국가적 정체성, '소설'이라는 장르적 정체성과 상관없는 방식으로 창작되고 있음을, 소위 '작품'이라는 공간이 더 이상 호모토피아(homotopia)적인 세계로만 이해될 수 없음을 보여주는 대표적 사례이다. 언뜻 필연적인 연관이 없는 다수의 이야기들이 꼬리에 꼬리를 물고 이어지는 방식은 등장인물들의 일상을 플롯이라는 특유의 기법을 통해서 질서정연한 인과의 세계로 재구성하는 근대적인 의미의 '소설'과 선명하게 대조된다. 특히 이 새로운 기법이 12개의 이야기, 즉 다양한 문화적 맥락들에 의해 뒷받침되고 있다는 사실은 주목할 만하다.

「퀴르발 남작의 성」의 창작방법은 '혼종성'이라는 2000년대 시의 특징과 일맥상통하는 지점이 있다. 우선 혼종성(hybridity)의 개념에 대해 살펴보자. 혼종성이란 피식민자가 점령자의 문화를 모방하는 과정에서 '본래의 것'과는 다른 것("무언가 다른 것, 새로운 것, 인식될 수 없는 것, 의미와 표현의 조정이라는 새로운 영역")을 생산하는 행위를 '저항'이라는 맥락에서 이해하려고 만들어진 탈식민주의(postcolonialism)의 고유한 개념이다. 그러나 '혼종성' 개념이 최근의 문학적 현상과 관련하여 사용될 때, 그것은 탈식민주의의 저항적 맥락과는 달리 장르의 경계가 뒤섞이고, 대중문학과 본격문학을 가르는 분할선이 희미해지는 문학의 동시대적 경향을 가리킨다. 최근 문학의 혼종적 현상은, 소설에서는 하위 장르라고 평가되어 왔던 대중문학적 경향이 적극적으로 수용되는 것으로, 시에서는 시와 다른 장르의 경계가 불분명해지는 것으로 정의할 수 있다(고봉준, 「시와 음악, 그 낡은 질문의 새로운 의미」, 계간 『실천문학』, 2007 봄 참고). 특히 시에서 시와 산문, '시'와 '시 아닌 것'의 경계가 사라지는 현상을 지시할 때 '혼종'은 미셸 푸코의 헤테로토피아 (heterotopia)라는 개념과 더욱 밀접한 연관성을 지닌다. 헤테로토피아 란 '다른, 낯선, 혼종된'을 뜻하는 hetero와 '장소'를 의미하는 topos / topia의 합성어이다. 푸코는 절대적으로 보편적인 단일성의 허구성을 비판하기 위해 연관성이 없는 사물들을 묶는 하나의 허구적 질서로서 이 개념을 도입했다. 호모토피아가 동질적이고 획일화된 질서의 공간 이라면, 헤테로토피아는 일시적이고 불안정한, 균질적이지 않고 혼종 적인 공간을 의미한다. 호모토피아와 헤테로토피아의 이러한 분별은 문학에도 동일하게 적용될 수 있다. 가령 문학에서 장르의 역사는 특 정한 형식 / 내용의 실정성을 반복하는 재생산의 역사였다. 매 시대는 '시'에 대한 자신만의 실정적 원칙을 생산하거나 고집해왔고, 그에 근 거하여 '시'와 '시 아닌 것'의 분할 역시 역사적으로 승인되었다. 주어진 형식 안에서 스타일의 변화라는 다양성의 계기는 존재했지만, 스타일 의 다양성이 형식의 항구성을 위협하지는 못했다. 이러한 승인 과정을 거치면서 '시'라는 장르의 형식은 균질적인 텍스트의 공간으로 자리를 잡아 왔다. 물론, 이러한 문학의 실정적 원칙을 위반하려는 부정적 에 너지로서의 '예외' 또한 어느 시대에나 존재했다. 그러나 '예외'는 오직 실정적 원칙이라는 '보편'을 전제로 할 때에만 의미를 지닌다는 점에 서, 다시 말해 '예외'란 배제의 방식으로 행해지는 포함이라는 의미에서 '예외'가 '보편'의 권위를 위협하는 것은 아니었다. 시간이 지남에 따라 이러한 '예외'의 부정적 에너지는 점차 증폭되었고, 그 방식 또한 집단화의 형태를 띠기 시작했다. 흔히 포스트모더니즘의 징후라고 이해되는 80~90년대의 해체시가 바로 이러한 경우였다. 해체시 이후의 현대시에서 시 텍스트는 점차 이질적인 것들이 공존하는 헤테로토피아적 공간으로 구성되기 시작했다. 2000년대 시의 혼종적 경향이 80~90년대의 해체시와 자주 비교되는 것도 이 때문이다.

그러나 해체시의 혼종적 경향과 2000년대 시의 혼종적 특징은 동일한 것이 아니다. 지난날의 해체시가 강력한 대타자의 권위에 대한 문학적 도전의 형식이었다는 점에서 반시주의(反詩主義)라는 부정적인 계기에 의해 작동되었다면, 2000년대 시의 혼종적 경향에는 그러한 부정적 계기가 존재하지 않는다. 이런 까닭에 2000년대 문학의 혼종적 글쓰기는 "다양한 문화적 텍스트들과의 접속을 통한 상호 텍스트적인 글쓰기"(이광호)라고 규정할 수 있다. 단적으로 최제훈의 소설이 보여주는 대중문화적 상상력과 하위 장르적인 문법의 차용은 대타자에 대한 어떠한 부정성도 함의하지 않는다. 때문에 2000년대의 시가 보여주는 혼종적 경향의 기원을 90년대적인 의미의 해체시에서 찾으려는 시도, 즉 90년대 시와 2000년대 시를 계보학적인 연속선상에서 이해하려는 일체의 노력은 일정한 한계를 지닐 수밖에 없다. 오히려 2000년대 문학의 혼종성은 90년대의 문화적 무의식, 다시 말해서 대중문화적 상상력을 텍스트의 근거로 끌어들여 새로운 텍스트 생산의 계기로 이용하는 새로운 창작방식에서 기원한다. 물론 90년대의 해체시적 경향과

2000년대 시의 혼종적 경향은 표면적으로 매우 유사한 형태를 띠고 있다. 또한 텍스트의 효과라는 측면에서도 일부 유사성을 발견할 수 있다. 그렇지만 그것들은 상징질서와의 관계에서 결정적으로 다른 태도를 보이고 있다.

황병승, 김경주, 이승원, 이민하 등은 2000년대 시에서 이러한 혼종적 경향을 뚜렷하게 보여주는 시인들이다. 이들의 시는 문화적 체험의 시화(詩化)가 어떻게 미학적인 파괴력을 만들어내는가를 분명하게 보여주었다. 그런 만큼 그들의 시를 '혼종성'의 관점에서 분석한 비평은 비교적 손쉽게 찾을 수 있다. 때문에 여기에서는 반복을 피하기 위해 '포스트 미래파'라고 말할 수 있는 조인호의 시를 중심으로 2000년대 시의 혼종적 경향에 대해 살펴보려 한다. 조인호의 『방독면』은 자본주의의 암울한 이면을 광물적인 광물의 이미지를 통해 비판한 시집으로 평가된다. 전체 4부로 구성된 이 시집은 마치 태양의 흑점이 폭발할 때처럼 강렬한 빛의 파장을 만들어낸다. 특히 1부에 실려 있는 「존재의 세 가지 거짓군(群)」 연작은 각종 이미지 파일과 텍스트를 병치시킴으로써 80~90년대에 황지우나 박남철이 시도했던 것처럼 시의 경계를 폭파시켜버리며, 2부에 실려 있는 세 편의 시편은 왼쪽에서 오른쪽으로 향하는 이상한 세로쓰기를 고집하고 있다. 시집 3부에 실려 있는 「최종병기시인훈련소」에는 사진텍스와, 20세기 초 유럽의 아방가르드들이 시도했던 활자의 크기 변화, 병영일지, '최종병기시인의 긍지'를 고지하는 수칙 등이 뒤섞여 등장한다. 이러한 시적장치들은 마치 시집 자체가 하나의 헤테로토피아(heterotopia)적인 공간을 구성하고 있는 느낌을 자아낸다. 그렇다고 이러한 혼종적 공간이 출구가 없는 미로의 불모지대는 아니며, 마찬가지로 이 시집이 종잡을 수 없는 장광설들로 채워진 것은 아니다. 조인호의 시집에서 가장 먼저 주목할 것은 '소년'이라는 화자 / 대상이다. 시집의 4부에 등장하는 가족이야기에는 이 소년의 탄생과 성장과정이 빼곡하게 기입되어 있는데, 암환자가 되어 "나무 속에 박히다 만 못처럼 병원 침대에 구부러져 있"(「축구」)는 아버지, "새벽녘 장례식장"(「나의 투쟁」)과 "화장터"(「나와 나의 양(羊)」), 그리고 "환한 형광등 아래서 아버지의 시신을 닦"(「위험한 물」)는 모습은 '소년'과 '아버지'의 관계를, "만삭의 어머니가 생선을 굽던 비릿한 어느 저녁, 프라이팬 밖으로 튕겨오르던 기름방울처럼 지글지글 나는 태어났지"(「고등어 나르시시즘」), "나는 발부터 태어났어요 당신이 찻잔 속에 각설탕을 떨어뜨리듯 // 그만, // 머리통을 빠뜨리고 말았죠 어머니 당신의 젖가슴에 이빨자국을 남기고 싶어요"(「멜팅 포인트」) 등의 진술은 '소년'과 '어머니'의 관계를 선명하게 보여준다. '가족'이 핵심적인 시적 모티프가 되고 있는 이 시집의 4부는 한 소년의 성장담과 그것에 관한 정신분석적 상상력이 지배적인 요소이지만, 1~3부까지는 '북방한계선(北方限界線)', '제국에서 보낸 한 철(鐵)', '악(惡)의 축'처럼 정치적인 메타포로 이해될 여지가 많으며, 실제로도 가족적 질서와는 거리가 있는 디스토피아적 현실인식이 지배적이다. 가령 「존재의 세 가지 거짓군(群)」이 대표적인 경우이다.

이 시는 '매직아일랜드'와 '어드벤처'가 합쳐진 놀이공원의 지도를 펼쳐놓고 그 각각의 공간을 두 개의 서로 다른 세계로 인식한다. 그리

존재의 세 가지 거짓군(群)*

「첫번째 _ 소년군(少年群)」

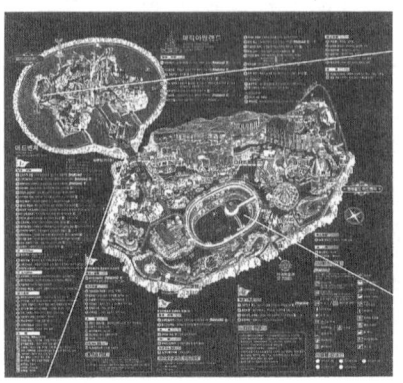

* 아고타 크리스토프, 『존재의 세 가지 거짓말』을 변형함.

조인호의 『방독면』 중 「존재의 세 가지 거짓군(群)」 (문학동네, 2011, 44~45쪽)

고 그 두 세계의 경계선, 즉 '국경지대'라고 명시된 곳에는 "날카로운 쇳조각들을 바닥에 깔았고 전깃줄로 경계선을 그었으며, 발전기를 돌려 전기를 흘려보내고 있다"라는 설명 문구를 넣어두었다. 두 개의 공간으로 분할된 세계의 형상과 '북방한계선'이라는 장 제목, 그리고 두 개의 서로 다른 소년족의 모습은 놀이공원이라는 시뮬라크르적 공간을 내세워 분단이라는 정치적 알레고리를 작동시킨다. 이 경우, '매직 아일랜드'와 '어드벤처'로 구획된 문화적 아이콘으로서의 지도의 기능은 분단이라는 다소 추상적인 현실을 구체적인 이미지로 가시화하는 역할을 한다. 그리하여 "키가 큰 어른들은 모두 죽었다"라는 진술은 한때 이 놀이공원에서 아이들이 손을 잡고 따라다녔던 부모 세대를 지칭하게 된다. 그렇다면 부모 세대의 종말은 이 세계에 '분단'이라는 정치적 불화를 멈추게 할 수 있었을까. 그렇지 않은 듯하다. 시의 마지막 구절에서 시인은 "우리보다, 키가 한참" 큰 검은 복면의 사내들을 다시 등장시키는데, 이는 부모 세대의 종말 이후에도 여전히 이 세계의 불화가 지속될 것임을 예언한다. 이처럼 조인호의 『방독면』은 끝을 알 수 없는 디스토피아적 세계를 통해서 우리의 삶을 옥죄고 있는 비가시적 권력의 힘과, 그 권력과의 싸움에서 결국 패배할 수밖에 없는 소년들의 운명에 대해 이야기한다. 이것이 바로 20세기 소년의 죽음 이후에도 21세기 소년들이 다시 등장하게 되는 근본적인 이유이다. 위에서 우리는 조인호의 시집이 2000년대 시의 혼종적 경향을 적절하게 보여주는 사례라고 설명했다. 그렇지만 그의 시에서 중요한 것은 다양한 문화적 아이콘과 실험적인 시적장치만은 아닌 듯하다. 우리가 '혼종'이라는 비평적 개념에 시선을 집중함으로써 한 시인의 시세계가 함축하고 있는 세계의 형상을 놓칠 때, '혼종'이란 우리의 시선을 일시적으로 다른 곳으로 돌려놓는 환상의 역할에 그치게 된다. 그러므로 문제는 '혼종' 자체가 아니라 그것이 '혼종적 경향'이라는 새로운 방식으로 드러내려고 하는 세계의 실상에 도달하는 일이다.